Michael J. Sullivan

DIE VERBORGENE STADT PERCEPLIQUIS

RIYRIA 6

Mit einem Glossar für die gesamte Reihe

Aus dem Englischen von
Wolfram Ströle

Klett-Cotta

Hobbit Presse
www.hobbitpresse.de
Die Originalausgabe erschien unter dem Titel
»Heir of Novron/Percepliquis« im Verlag Orbit, Hachette Group, New York
© 2012 by Michael J. Sullivan
© Karte by Michael J. Sullivan
Für die deutsche Ausgabe
© 2016 by J. G. Cotta'sche Buchhandlung
Nachfolger GmbH, gegr. 1659, Stuttgart
Alle deutschsprachigen Rechte vorbehalten
Printed in Germany
Umschlaggestaltung: Birgit Gitschier, Augsburg
Illustration: Federico Musetti
Gesetzt von Dörlemann Satz, Lemförde
Gedruckt und gebunden von CPI – Clausen & Bosse, Leck
ISBN 978-3-608-96017-4

Vierte Auflage, 2022

Inhalt

1
Das Kind *9*

2
Albträume *33*

3
Gefängnisse *53*

4
Mauerfall *77*

5
Der Markgraf von Glouston *101*

6
Freiwillige *109*

7
Zum lachenden Gnom *115*

8
Amberton Lee *153*

9
Kriegsrat *179*

10
Unter der Erde *191*

11
Der Patriarch *211*

12
Das Ziel vor Augen *223*

13
Die Fahrt der *Herold* *247*

14
Die große Kälte *275*

15
Percepliquis *293*

16
Der weiße Fluss *315*

17
Die Große Par *325*

18
Staub und Stein *349*

19
Das Tor wird geschlossen *373*

20
Das Gewölbe der Tage *387*

21
Das Opfer *413*

22
Novron der Große *433*

23
Der Himmel in Aufruhr *449*

24
Das Geschenk *475*

25
Die Ankunft *511*

26
Die Rückkehr *519*

27
Der Zweikampf *545*

28
Der Kreis schließt sich *571*

29
Aus heiterem Himmel *593*

Länder und Götter Elans 611

*Glossar der Namen,
Orte und Begriffe 613*

*Karte der Welt Elan
auf den Seiten 636–637*

1

Das Kind

So hatte sich Miranda immer den Beginn des Weltuntergangs vorgestellt – ohne Vorwarnung und mit Feuer. Flammen und Funkenregen stiegen hinter ihnen zum nächtlichen Himmel auf und der Himmel leuchtete rot. Die Universität von Sheridan brannte.

Sie hielt die kleine Mercy an der Hand und hatte schreckliche Angst, das Mädchen im Dunkeln zu verlieren. Bereits seit Stunden eilten sie blind durch den Kiefernwald und mussten immer wieder verdeckte Äste beiseiteschieben, auf denen sich der Schnee häufte. Alles war tief verschneit. Miranda kämpfte sich durch Schneewehen, die ihr bis über die Knie reichten. Unermüdlich bahnte sie dem Mädchen und dem alten Professor den Weg.

In einiger Entfernung hinter ihnen hatte Arcadius Mühe, ihnen zu folgen. »Geht nur weiter, wartet nicht auf mich.«

Miranda, die das schwere Bündel schleppte und das Mädchen hinter sich herzog, lief so schnell sie konnte. Immer wenn sie ein Geräusch hörte oder einen Schatten zu sehen glaubte, der sich bewegte, musste sie einen Aufschrei unterdrücken. Panik drohte sie zu überwältigen. Der Tod folgte ihnen auf den Fersen und ihre eigenen Füße waren wie bleierne Gewichte.

Das Kind tat ihr leid und sie hoffte nur, dass sie ihm nicht zu sehr wehtat, wenn sie es am Arm hinter sich herzog. Einmal hatte sie zu heftig gezogen und Mercy förmlich über den Schnee geschleift. Mercy hatte den Schnee ins Gesicht bekommen und geweint, allerdings nur kurz. Das Mädchen hatte aufgehört, Fragen zu stellen oder über Müdigkeit zu klagen. Es sagte überhaupt nichts mehr und stapfte nur noch hinter Miranda her, so gut es konnte. Es war ein tapferes Mädchen.

Sie erreichten die Straße und Miranda kniete sich vor das Mädchen. Mercys Nase lief, an ihren Wimpern hingen Schneeflocken, ihre Wangen waren gerötet und die schwarzen Haare klebten ihr nass an der Stirn. Unter dem wachsamen Blick von Ringelpelz strich Miranda ihr einige lose Strähnen hinter die Ohren. Der Waschbär schmiegte sich wie eine Pelzstola um den Hals des Mädchens. Mercy hatte vor ihrem Aufbruch unbedingt die Tiere aus den Käfigen freilassen wollen. Der Waschbär war ihren Arm hinaufgeklettert und hatte sich droben festgeklammert. Auch er schien das drohende Verhängnis zu spüren.

»Geht's noch?«, fragte Miranda. Sie zupfte die Kapuze des Mädchens zurecht und schnallte die Spange enger, die ihren Mantel hielt.

»Ich habe kalte Füße.« Das Mädchen hielt den Blick auf den Schnee gesenkt, seine Stimme war kaum mehr als ein Flüstern.

»Ich auch«, erklärte Miranda so munter sie konnte.

»Ah, das hat Spaß gemacht, nicht wahr?«, sagte der alte Professor, der in diesem Augenblick die Böschung zu ihnen hinaufstieg. Sein Atem kam in großen Wolken aus seinem Mund, an Bart und Augenbrauen hingen Schnee und Eis. Er verlagerte das Gewicht der Tasche auf seiner Schulter.

»Und wie geht es Euch?«, fragte Miranda.

»Oh, gut, danke. Ein alter Mann braucht hin und wieder etwas Bewegung. Aber wir müssen weiter.«

»Wohin gehen wir?«, fragte Mercy.

»Nach Aquesta«, antwortete Arcadius. »Den Namen kennst du, nicht wahr, mein Schatz? Dort wohnt die Imperatorin in ihrem großen Palast und regiert. Die würdest du doch bestimmt gern kennenlernen.«

»Kann sie die bösen Leute aufhalten?«

Das Mädchen blickte über die Schulter des Alten auf die brennende Universität. Auch Miranda betrachtete den hellen Schein über den Baumwipfeln. Obwohl sie schon viele Meilen gegangen waren, war immer noch der ganze Horizont erleuchtet. Durch den Schein des Feuers flogen dunkle Schatten. Sie stiegen über der Universität auf, kreisten in der Luft und spien Feuerströme aus ihren Mäulern.

»Hoffen wir es, Schatz, hoffen wir es«, sagte Arcadius. »Aber lass uns weitergehen. Ich weiß, du bist müde und frierst. Ich auch, aber wir müssen so schnell wie möglich weg von hier.«

Mercy nickte. Vielleicht zitterte sie auch nur, die Unterscheidung war schwierig.

Miranda klopfte ihr den Schnee von Rücken und Beinen, damit sie nicht noch nasser wurde, als sie ohnehin schon war. Das brachte ihr einen vorwurfsvollen Blick von Ringelpelz ein.

»Glaubt ihr, die anderen Tiere konnten fliehen?«, fragte Mercy.

»Ganz bestimmt«, versicherte Arcadius. »Die sind doch schlau. Wenn auch vielleicht nicht so schlau wie unser Ringelpelz – der hat sich gleich noch eine Trägerin beschafft.«

Mercy nickte wieder und fügte hoffnungsvoll hinzu: »Tasse konnte bestimmt auch entkommen. Sie kann fliegen.«

Miranda vergewisserte sich, dass das Bündel des Mädchens und ihr eigenes gut verschlossen und am Rücken festgeschnallt waren. Dann blickte sie die dunkle Straße entlang.

»Auf dieser Straße kommen wir über Colnora geradewegs nach Aquesta«, erklärte der alte Zauberer.

»Wie lange brauchen wir bis nach Aquesta?«, fragte Mercy.

»Ein paar Tage – vielleicht eine Woche. Wenn das Wetter schlecht bleibt, womöglich auch länger.«

Miranda sah die Enttäuschung in Mercys Augen. »Keine Sorge,

wir gehen noch ein Stück und dann machen wir erst mal Pause, ruhen aus und essen etwas. Ich mache uns was Warmes und dann schlafen wir ein paar Stunden. Aber jetzt müssen wir weiter. Wenigstens ist das Laufen auf der Straße nicht so anstrengend.«

Sie nahm das Mädchen an der Hand und ging weiter. Zu ihrer Erleichterung behielt sie recht: Tiefe Wagenspuren halfen ihnen beim Fortkommen, außerdem führte die Straße bergab. Sie schlug ein strammes Tempo an und schon bald verschwand der feurige Schein in ihrem Rücken hinter den Bäumen. Es wurde dunkel und still und nur das Pfeifen des eisigen Windes leistete ihnen Gesellschaft.

Miranda warf dem alten Professor, der hinter ihnen herstapfte, einen Blick zu. Er hatte den Kragen hochgeschlagen und hielt ihn am Hals zusammen. Sein Gesicht war gerötet und fleckig, sein Atem ging keuchend. »Kommt Ihr auch bestimmt zurecht?«

Arcadius antwortete nicht gleich. Er schloss zu ihnen auf und lächelte angestrengt, dann flüsterte er Miranda ins Ohr: »Ich fürchte, ihr müsst diese Reise ohne mich fortsetzen.«

»Was?«, sagte Miranda zu laut. Sie blickte zu Mercy hinunter, aber das Mädchen reagierte nicht. »Wir machen bald Pause. Dann ruhen wir aus und morgen lassen wir uns Zeit. Wir haben heute schon eine gute Strecke geschafft.« Sie streckte die Hand aus. »Ich nehme Eure Tasche.«

»Nein, die behalte ich. Der Inhalt ist sehr empfindlich, wie du weißt – und gefährlich. Wenn ihr Träger sterben muss, will ich das sein. Und ich glaube nicht, dass eine Pause mir viel nützen würde. Ich habe für diese Art des Reisens einfach nicht die Kraft, das wissen wir beide.«

»Ihr dürft nicht aufgeben.«

»Ich gebe auch nicht auf, ich vertraue nur dir unseren Schützling an. Ihr werdet es schaffen.«

»Aber ich weiß nicht, was ich tun soll. Ihr habt mich nicht in Euren Plan eingeweiht.«

Arcadius lachte leise. »Nur deshalb nicht, weil er sich ständig ändert. Ich hatte gehofft, die Regenten würden Mercy als Modinas Erbin anerkennen, aber sie haben sich geweigert.«

»Und jetzt was?«

»Jetzt sitzt Modina auf dem Thron und wir haben eine zweite Chance. Versucht also, euch nach Aquesta durchzuschlagen, und bittet sie um eine Audienz.«

»Aber ich weiß doch gar nicht, wie ...«

»Das findest du schon heraus. Stelle Mercy der Imperatorin vor, das wäre ein erster Schritt in die richtige Richtung. Du wirst bald die Einzige sein, die die Wahrheit kennt. Ich bürde dir diese Last ja nur ungern auf, aber ich habe keine andere Wahl.«

Miranda schüttelte den Kopf. »Nein, meine Mutter hat sie mir aufgebürdet, nicht Ihr.«

»Eine Beichte auf dem Sterbebett ist eine ernste Sache.« Der Alte nickte. »Aber anschließend konnte sie in Frieden sterben.«

»Glaubt Ihr wirklich? Oder geht ihre Seele noch unter uns um? Manchmal habe ich das Gefühl, als würde sie mich beobachten – und mir nachstellen. Ich bezahle den Preis für ihre Schwäche, ihre Feigheit.«

»Deine Mutter war jung, arm und unwissend. Sie musste den Tod Dutzender Männer mit ansehen und wie eine Mutter mit Kind abgeschlachtet wurde, und sie ist selbst nur mit knapper Not davongekommen. Sie lebte in ständiger Angst, eines Tages würde jemand herausfinden, dass es Zwillinge gab und sie einen davon gerettet hat.«

»Aber was sie getan hat, war falsch und gewissenlos«, entgegnete Miranda bitter. »Und am schlimmsten ist, dass sie die Sünde nicht mit ins Grab genommen hat. Sie musste sie mir anvertrauen, mich dazu verpflichten, ihre Fehler wiedergutzumachen. Sie hätte ...«

Mercy blieb plötzlich stehen und zog Miranda am Arm.

»Schatz, wir müssen ...« Miranda sah Mercys Gesicht und blieb ebenfalls stehen. Mercy blickte unverwandt in Richtung einer großen steinernen Brücke, zu der die Straße sich absenkte.

Der schwache Schein der ersten Morgendämmerung fiel auf ihr Gesicht. Sie hatte Angst.

»Da vorne ist Licht«, sagte Arcadius.

»Ist das …?«, setzte Miranda an.

Er schüttelte den Kopf. »Es handelt sich um ein Lagerfeuer – oder, wie es aussieht, mehrere. Vermutlich andere Flüchtlinge. Wir können zu ihnen stoßen, es würde das Reisen vereinfachen. Wenn ich es richtig sehe, lagern sie am anderen Ufer des Galewyr. Ich hatte keine Ahnung, dass wir schon so weit gekommen sind. Kein Wunder bin ich erschöpft.«

Sie gingen weiter.

»Na also«, sagte Miranda zu dem Mädchen. »Siehst du? Unser Problem hat sich schon gelöst. Vielleicht haben die Flüchtlinge sogar ein Fuhrwerk, auf dem ein alter Mann fahren kann.«

Arcadius lächelte ein wenig gequält. »Immerhin eine schöne Aussicht.«

»Wir werden …«

Das Mädchen drückte Mirandas Hand und blieb erneut stehen. Auf der Straße kamen ihnen Reiter entgegen. Die Pferde schnaubten weiße Wolken und ihre Hufe klapperten in den vereisten Fahrrinnen. Die Reiter waren in dunkle Mäntel gehüllt. Sie hatten Kapuzen auf und Schals um die Köpfe geschlungen, deshalb war von ihren Gesichtern nicht viel zu sehen. Nur eines stand fest – es handelte sich ausschließlich um Männer. Miranda zählte drei. Sie kamen von Süden, aber nicht aus der Richtung der Lagerfeuer. Demnach waren sie keine Flüchtlinge.

»Was glaubt Ihr?«, fragte Miranda. »Wegelagerer?«

Der Professor schüttelte den Kopf.

»Was sollen wir tun?«

»Vielleicht brauchen wir gar nichts zu tun. Wenn wir Glück haben, sind es nur brave Leute, die uns zu Hilfe kommen. Wenn nicht …« Er klopfte grimmig auf seine Tasche. »Dann gehst du zu den Lagerfeuern und bittest dort um ein Nachtlager und Schutz. Anschließend sorgst du dafür, dass Mercy nach Aquesta kommt.

Meide die Regenten. Suche möglichst die Imperatorin selbst auf und erzähle ihr Mercys Geschichte. Sag ihr die Wahrheit.«

»Aber wenn ...«

Die Reiter waren herangekommen und ritten nun im Schritt.

»Wen haben wir denn hier?«, fragte einer.

Miranda hätte nicht sagen können, wer gesprochen hatte, vermutlich der, der den anderen ein wenig vorausritt. Er betrachtete die Frau, den alten Mann und das Kind eingehend, während die drei wie erstarrt dastanden. Nur das kehlige Schnauben der Pferde war zu hören.

»Ist das nicht ein schöner Zufall?«, sagte der Reiter und stieg ab. »Ausgerechnet Euch von allen Menschen der Welt wollte ich besuchen.«

Er war groß, bewegte sich ein wenig steif und hielt sich dabei die Seite. Von unter seiner Kapuze musterte er die Reisenden mit einem stechenden Blick. Nase und Mund waren mit einem scharlachroten Schal verhüllt.

»Ihr macht einen Morgenspaziergang im Schnee?«, fragte er und kam näher.

»Keineswegs«, erwiderte Arcadius. »Wir sind auf der Flucht.«

»Das glaube ich Euch sofort. Wenn ich auch nur einen Tag länger gewartet hätte, hätte ich Euch also verpasst und Ihr wärt mir entschlüpft. In den Palast zu kommen, war ein törichter Fehler. Ihr habt dabei zu viel verraten. Und wofür? Ihr hättet es besser wissen müssen. Aber das Alter bringt offenbar eine gewisse Ungeduld mit sich.« Er sah Mercy an. »Ist sie das Mädchen?«

»Guy, Sheridan brennt«, sagte Arcadius. »Die Elben haben den Nidwalden überquert. Sie greifen an!«

Guy! Miranda kannte ihn oder wenigstens seinen Ruf. Von Arcadius wusste sie die Namen sämtlicher Inquisitoren der Kirche. Und Luis Guy war seiner Meinung nach der gefährlichste. Alle Inquisitoren waren Fanatiker, ausgewählt aufgrund ihrer strengen Rechtgläubigkeit, aber Guy hatte darüber hinaus noch eine ganz spezielle Mission. Seine Mutter hieß mit Mädchennamen Evone. Sie war eine fromme Frau und hatte Fürst Jarred Seret geheiratet, einen direkten Nachfahren des ersten Fürsten Darius Seret, der von Patriarch Venlin beauftragt worden war, den Erben des Alten Imperiums zu suchen. Hinter dem Erben waren auch noch andere Menschen her, aber Luis Guy war von allen Jägern der besessenste.

»Haltet mich nicht zum Narren. Das ist doch das Mädchen, über das ihr mit Saldur und Ethelred gesprochen habt, das Mädchen, das Ihr zur nächsten Imperatorin heranziehen wolltet. Aus welchem Grund? Warum ausgerechnet sie? Und was habt Ihr jetzt wieder vor? Wolltet Ihr sie tatsächlich an uns vorbeimogeln? Um Euren Fehler wiedergutzumachen?« Guy beugte sich hinunter, um Mercys Gesicht besser sehen zu können. »Komm her, mein Kind.«

»Nein!«, rief Miranda heftig und zog Mercy an sich.

Guy richtete sich langsam auf. »Lass das Kind los«, befahl er.

»Nein.«

»Inquisitor Guy!«, rief Arcadius. »Sie ist nur ein Bauernmädchen, ein Waisenkind, das ich bei mir aufgenommen habe.«

»Ach ja?« Guy zog sein Schwert.

»Nehmt Vernunft an. Ihr wisst doch gar nicht, was Ihr tut.«

»Oh, ich glaube schon. Esrahaddon stand so im Mittelpunkt der Aufmerksamkeit, dass man Euch ganz übersehen hat. Wer wäre auch auf die Idee gekommen, dass Ihr einen Hinweis auf den Erben gebt, und das nicht nur einmal, sondern gleich zweimal?«

»Den Erben? Den Erben Novrons? Seid Ihr verrückt geworden? Ihr glaubt, ich hätte deswegen bei den Regenten vorgesprochen?«

»Etwa nicht?«

»Nein.« Arcadius schüttelte den Kopf und lächelte wie über eine absurde Unterstellung. »Ich hatte nur die Vermutung, sie könnten die Frage der Erbfolge nicht bedacht haben, und wollte dazu beitragen, dass die nächste Herrscherin des Imperiums eine gute Erziehung bekommt.«

»Aber Ihr wolltet unbedingt dieses Mädchen – nur sie. Warum, wenn sie nicht die Erbin ist?«

»Aber das ist doch abwegig. Woher soll ich wissen, wer der Erbe ist? Ob überhaupt noch ein Erbe lebt?«

»Das ist tatsächlich der springende Punkt, das fehlende Puzzleteilchen. Ihr seid der Einzige, der es wissen könnte. Sagt doch, Arcadius Latimer, womit hat Euer Vater seinen Lebensunterhalt verdient?«

»Er war ein Weber, aber ich verstehe nicht, was …«

»Und wie hat der arme Sohn eines Webers aus einem kleinen Dorf es geschafft, Professor für Überlieferung an der Universität von Sheridan zu werden? Euer Vater konnte vermutlich nicht einmal lesen und schreiben, sein Sohn dagegen ist einer der größten Gelehrten der Welt. Wie ist das möglich?«

»Wirklich, Guy, ich hätte nicht gedacht, dass ich jemandem wie Euch erklären muss, was man mit Ehrgeiz und harter Arbeit alles erreichen kann.«

Guy verzog spöttisch die Lippen. »Ihr wart zehn Jahre verschwunden und bei Eurer Rückkehr wusstet Ihr auf einmal viel mehr als bei Eurem Verschwinden.«

»Das phantasiert Ihr Euch zusammen.«

Guy grinste. »Die Kirche lässt an ihrer Universität nicht jeden unterrichten. Wisst Ihr nicht, dass sie Akten über ihre Mitarbeiter anlegt?«

»Doch, natürlich. Ich wusste nur nicht, dass Ihr sie kennt.« Der Alte lächelte.

»Ich bin Inquisitor, Dummkopf! Ich habe Zutritt zu sämtlichen Archiven der Kirche.«

»Schon, ich hätte nur nicht gedacht, dass mein akademisches Examen jemanden interessieren könnte. In meiner Jugend war ich ein Rebell – und übrigens auch ein gutaussehender junger Mann. Steht das auch in den Akten?«

»Dort steht, Ihr hättet das Grab Yolrics gefunden. Wer war Yolric?«

»Jetzt dachte ich schon, Ihr wüsstet alles.«

»Ich hatte keine Zeit, in Bibliotheken zu stöbern. Schließlich musste ich Euch erwischen.«

»Aber warum? Warum seid Ihr hinter mir her? Und warum das Schwert in Eurer Hand?«

»Weil der Erbe Novrons sterben muss.«

»Das Mädchen ist nicht der Erbe. Wie kommt Ihr drauf? Woher sollte ausgerechnet ich wissen, wer der Erbe ist?«

»Weil Ihr die Lösung dieses Geheimnisses damals mitgebracht habt. Ihr habt entdeckt, wie man den Erben finden kann.«

»Von wegen! Wirklich, Guy, Ihr habt eine blühende Phantasie.«

»Es gibt auch noch andere Berichte. Die Kirche hat Euch zu einer Befragung einbestellt. Man glaubte, Ihr wärt wie dieser andere Professor, Edmund Hall, in Percepliquis gewesen. Und nur wenige Tage nach dieser Befragung kam es in Rehagen zu einem Zwischenfall. Eine schwangere Frau und ihr Mann wurden getötet, eine gewisse Linitha Brown und ihr Mann Naron. Sie und ihr Kind wurden von Seret-Rittern hingerichtet. Ich finde es interessant, dass mein Vorgänger den Erben Novrons nach jahrhundertelanger Suche wenige Tage nach Eurer Befragung durch die Kirche ausfindig machen konnte.« Guy durchbohrte den Professor mit einem Blick. »Habt Ihr einen Handel mit der Kirche gemacht? Eure Freilassung mit gewissen Informationen erkauft? Man hat Euch bestimmt gesagt, man suche den Erben, um ihn zum König krönen zu können. Und als Ihr dann erfahren habt, was die Kirche wirklich wollte, hattet Ihr wohl das Gefühl, missbraucht worden zu sein – Ihr müsst schrecklich unter Eurer Schuld gelitten haben.«

Er machte eine Pause, um Arcadius die Gelegenheit zur Antwort zu geben, aber der Professor schwieg.

»Danach glaubten alle, es gebe keine direkten Nachfahren mehr. Nicht einmal der Patriarch wusste, dass noch ein weiterer Erbe lebte. Dann flieht Esrahaddon aus dem Gefängnis und begibt sich geradewegs zu Degan Gaunt. Nur dass Degan nicht der

Erbe ist. Auch ich habe mich lange Zeit zum Narren halten lassen. Stellt Euch meinen Schrecken vor, als er den Bluttest nicht bestand, den er doch zuvor absolviert hatte. Was bestimmt das Ergebnis desselben Tranks war, den Esrahaddon auch bei König Amrath und Arista angewendet hatte und der Bragas Verdacht gegen die Essendons weckte. Rückblickend hätten wir eigentlich draufkommen müssen, dass ein Zauberer des Alten Imperiums nie so dumm sein würde, uns zum wirklichen Erben zu führen. Denn es gibt noch einen anderen Erben, eine Erbin, nicht wahr? Und Ihr habt sie auf dieselbe Weise gefunden wie den ersten Erben.«

Guy betrachtete Mercy. »Wer ist sie? Ein uneheliches Kind? Eine Nichte?« Er trat vor Miranda. »Übergib sie mir.«

»Nein!«, rief der alte Professor.

Einer der Soldaten packte Miranda, der andere entriss ihr das Mädchen.

»Aber lass uns auf Nummer sicher gehen. Ich mache denselben Fehler nicht zweimal.« Mit einer raschen Bewegung schnitt er Mercy über die Hand. Sie schrie auf und Ringelpelz fauchte.

»Das ist völlig unnötig!«, rief Arcadius.

»Passt auf sie auf«, befahl Guy seinen Leuten und ging zu seinem Pferd.

»Ist ja gut«, sagte Miranda zu Mercy. »Du musst jetzt für mich ganz tapfer sein.«

Guy legte sein Schwert behutsam auf den Boden und zog einen kleinen Lederkoffer aus seiner Satteltasche. Ihm entnahm er drei Fläschchen. Er entkorkte das erste, neigte es und klopfte mit dem Finger darauf, bis ein Pulver auf die blutige Schwertspitze fiel.

»Ich will gehen«, wimmerte Mercy, doch der Soldat ließ sie nicht los. »Können wir bitte gehen?«

»Interessant«, murmelte Guy und wandte sich dem zweiten Fläschchen zu. Es enthielt eine Flüssigkeit, die zischte, als sie auf das Schwert tropfte.

»Guy!«, rief Arcadius und trat auf ihn zu.

»Sehr interessant«, fuhr Guy fort. Er entkorkte das letzte Fläschchen.

»Nicht, Guy!«, schrie der Alte.

Der Inquisitor ließ einen einzelnen Tropfen auf die Schwertspitze fallen.

Ein Ploppen war zu hören wie von einem Korken, den man aus einer Weinflasche zieht, gefolgt von einem grellen Lichtblitz.

Der Inquisitor richtete sich auf, starrte das Schwert an und begann zu lachen. Das Lachen klang seltsam, geradezu gespenstisch, als würde ein Verrückter singen. »Endlich! Endlich habe ich die Erbin Novrons gefunden. Ich habe die Suche meiner Vorfahren zum Abschluss gebracht.«

»Miranda«, flüsterte Arcadius, »du musst dir dort Hilfe suchen.« Sein Blick wanderte verstohlen zum Lager der Flüchtlinge.

Die Morgendämmerung hatte eingesetzt und Miranda sah Rauchsäulen vom Lager aufsteigen. Hilfe war so verlockend nah, nur ein paar hundert Fuß entfernt.

»Ich habe mein ganzes Leben lang versucht, meinen Fehler wiedergutzumachen«, sagte Arcadius. »Jetzt ist es an dir, zu tun, was getan werden muss.«

Luis Guy nahm das Mädchen und setzte es auf sein Pferd. »Wir bringen die Kleine zum Patriarchen.«

»Und diese beiden?«, fragte einer der Kapuzenmänner.

»Nehmt den Alten auch mit. Die Frau tötet.«

Der Soldat griff nach seinem Schwert und Miranda stockte der Atem.

»Halt!«, rief Arcadius. »Was ist mit dem Horn?« Er wich einige Schritte zurück und hielt seine Umhängetasche mit den Händen umklammert. »Das Horn will der Patriarch doch bestimmt auch, oder?«

Guys Blick wanderte zu der Tasche.

»Ihr habt es?«, fragte er.

Arcadius warf Miranda einen verzweifelten Blick zu, dann drehte er sich um und rannte die Straße entlang.

»Pass du auf das Kind auf«, befahl Guy einem Soldaten. Dann winkte er dem anderen und zu zweit nahmen sie die Verfolgung auf. Arcadius rannte schneller, als Miranda je für möglich gehalten hätte.

Sie sah ihm – ihrem engsten Freund – nach, wie er mit wehendem Mantel den Weg zurücklief, den sie gekommen waren. Unter anderen Umständen hätte sie den Anblick komisch gefunden, aber sie wusste, was in Arcadius' Tasche steckte. Sie wusste, weshalb er weglief, was es bedeutete und was sie jetzt tun musste.

Sie griff nach dem Dolch unter ihrem Mantel. Sie hatte noch nie jemanden getötet, aber was für eine Wahl hatte sie? Der Mann, der zwischen ihr und Mercy stand, war Soldat, wahrscheinlich sogar ein Seret-Ritter. Er kehrte ihr den Rücken zu und war damit beschäftigt, Guys Pferd festzuhalten, Mercy zu bewachen und dem Waschbären auszuweichen, der fauchend nach ihm schnappte.

Miranda blieben nur wenige Augenblicke, bis Guy und der andere Mann Arcadius eingeholt hätten. Sie wusste, was gleich passieren würde, und hätte am liebsten geweint. Sie hatten es gemeinsam so weit geschafft, hatten so viel geopfert. Jetzt, so dicht vor dem Ziel, angehalten zu werden … am Straßenrand ermordet zu werden … das Wort »tragisch« war viel zu schwach, um die darin liegende Ungerechtigkeit auszudrücken. Aber für Tränen war später noch Zeit. Der Professor rechnete mit ihr und sie würde ihn nicht enttäuschen. Sein letzter Blick hatte alles gesagt. Es ging um alles oder nichts. Wenn sie Mercy zu Modina bringen konnte, wurde vielleicht doch noch alles gut.

Sie zog den Dolch, trat rasch hinter den Soldaten und stieß ihm die Klinge mit aller Kraft in den Rücken. Er trug weder Kettenhemd noch Lederpanzer und die scharfe Klinge drang durch Kleider, Haut und Muskeln hindurch und tief in ihn hinein.

Der Soldat fuhr herum und schlug nach ihr. Er erwischte sie mit dem Handrücken an der Wange und sie taumelte zurück und fiel in den Schnee. Den Dolch hielt sie immer noch in der Hand. Der Griff war vom Blut glitschig.

Mercy klammerte sich schreiend an den Sattel. Der Waschbär hatte das Fell gesträubt und schnatterte aufgeregt.

Miranda stand auf und der Soldat zog sein Schwert. Er war schwer verletzt und sein Hosenbein war blutgetränkt. Taumelnd kam er näher. Miranda versuchte ihm zu entkommen und streckte die Hände nach Mercy und dem Pferd aus, aber der Seret war schneller. Sein Schwert bohrte sich in Hüfthöhe in ihre Seite. Sie spürte, wie es in sie eindrang. Sengende Schmerzen durchfuhren sie und dann war ihr plötzlich ganz kalt. Die Knie gaben unter ihr nach, doch sie konnte sich am Sattel festhalten. Aufgeschreckt durch das Handgemenge und Mercys Geschrei, setzte das Pferd sich in Bewegung und schleifte sie mit.

Hinter ihnen ging der Soldat in die Knie. Zwischen seinen Lippen erschien blutiger Schaum.

Miranda wollte sich zum Sattel hinaufziehen, konnte die Beine aber nicht mehr bewegen. Schlaff hingen sie hinunter und auch die Kraft in ihren Armen nahm rapide ab. »Nimm die Zügel, Mercy, und halte dich gut fest.«

Guy und der andere Mann hatten Arcadius auf der Straße inzwischen eingeholt. Guy, der stehen geblieben war, als das Mädchen zu schreien begonnen hatte, traf etwas später bei ihm ein. Der Soldat drückte den Alten nach unten in den Schnee.

»Mercy«, sagte Miranda, »du musst ohne mich reiten. Reite in diese Richtung, zu den Lagerfeuern. Bitte die Leute um Hilfe. Los.«

Mit ihrer letzten Kraft schlug sie dem Pferd auf die Flanke. Das Tier setzte sich erschrocken in Trab. Der Sattel wurde Miranda aus den Händen gerissen und sie fiel wieder in den Schnee. Auf dem Rücken liegend, lauschte sie auf die sich entfernenden Hufschläge.

»Knie dich ...«, hörte sie Guy rufen, aber zu spät. Arcadius hatte die Tasche geöffnet.

Sogar aus mehreren hundert Fuß Entfernung spürte Miranda, wie die Erde unter der Explosion erbebte. Im nächsten Augenblick stieg eine weiße Wolke zum Morgenhimmel auf und eine heftige Bö blies ihr den Schnee schmerzhaft ins Gesicht. Arcadius und der Mann, der ihn in den Schnee gedrückt hatte, waren sofort tot. Guy wurde umgerissen, die restlichen Pferde stoben auseinander.

Die Wolke legte sich wieder und Miranda blickte zum heller werdenden Himmel auf. Ihr war nicht mehr kalt. Die Schmerzen in ihrer Seite hatten nachgelassen und sie spürte auch in Beinen und Händen nichts mehr. Ein Luftzug strich ihr über die Wange und sie bemerkte, dass ihre Beine und Hüften und ihre Kleider blutgetränkt waren. Auf der Zunge hatte sie einen metallischen Geschmack. Das Atmen fiel ihr schwer, als müsste sie ersticken.

Guy lebte noch. Sie hörte, wie er Arcadius verwünschte und nach den Pferden rief wie nach ungehorsamen Hunden. Dann knirschte Schnee, knarrte Leder und entfernten sich Hufe im Galopp.

Sie war allein, umgeben nur von der Stille des kalten Wintermorgens.

Alles war so ruhig, so friedlich.

»Maribor, erhöre mich«, betete sie laut zum Himmel hinauf. »Vater Novrons und Schöpfer der Menschen.« Sie holte ein letztes Mal Luft. »Nimm dich deiner einzigen Tochter an.«

Alenda Lanaklin kroch aus ihrem Zelt. Es war ein kalter Morgen und sie fror, obwohl sie ihr dickstes Wollkleid und darüber noch zwei Felle trug. Die Sonne ging gerade auf – ein milchig kalter Schein an dem von einer dicken Wolkensuppe bedeckten Winterhimmel. Seit über einer Woche war der Himmel jetzt schon grau und trübe und Alenda fragte sich allmählich, ob sie die Sonne überhaupt je wieder zu Gesicht bekommen würde.

Sie stand auf dem festgetrampelten Schnee und ließ den Blick über mehrere Dutzend Zelte wandern, die sie im Schutz der Kiefern aufgeschlagen hatten. In rußgeschwärzten Gruben im Schnee brannten Lagerfeuer, von denen graue Rauchfahnen aufstiegen, die der Wind einmal in die eine und dann in die andere Richtung wehte. Dazwischen eilten Gestalten mit Kapuzen hin und her, die so dick vermummt waren, dass man Männer und Frauen nicht unterscheiden konnte. Eine Unterscheidung, die sich freilich fast erübrigte – es waren kaum Männer anwesend. Überwiegend Frauen bevölkerten das Lager, außerdem Kinder und alte Menschen. Mit gesenkten Köpfen suchten sie sich einen Weg durch den Schnee.

Bei Tageslicht wirkte alles so anders, so still und ruhig. Die vorangegangene Nacht war ein Albtraum gewesen, erfüllt von Flammen und Geschrei. In Panik waren sie auf der nach Westen führenden Straße geflohen. Sie hatten nur einmal kurz haltgemacht, um die Anwesenden durchzuzählen. Alenda war so erschöpft gewesen, dass sie sich an den Aufbau des Lagers kaum noch erinnerte.

»Guten Morgen, Herrin«, begrüßte Emily sie von unter einer Decke, die sie sich um den Mantel gewickelt hatte. Alendas Zofe klang nicht so munter wie gewöhnlich. Sie war sonst am Morgen immer zu Scherzen aufgelegt. Doch jetzt war ihr Gesicht ernst und verhalten. Ihre geröteten Hände zitterten vor Kälte und ihre Zähne klapperten.

»Guten Morgen, Emily?« Alenda sah sich noch einmal um. »Was soll an diesem Morgen gut sein?«

»Ihr müsst frühstücken. Etwas Warmes wird Euch guttun.«

»Mein Vater und meine Brüder sind tot«, erwiderte Alenda. »Die Welt geht unter. Wie kann ein Frühstück dagegen helfen?«

»Ich weiß es nicht, Herrin, aber wir müssen es versuchen. Euer Vater wollte es so – dass Ihr überlebt, meine ich. Deshalb ist er doch zurückgeblieben.«

In einiger Entfernung im Norden ertönte ein Knall wie ein

Donnerschlag mit langsam verrinnendem Echo. Alle blickten mit panischen Gesichtern über die schneebedeckten Wiesen. War dies das Ende?

In der Mitte des Lagers begegnete Alenda Belinda Pickering, ihrer Tochter Lenare, dem alten Julian, dem Erzkämmerer von Melengar, und Graf Valin, dem einzigen Beschützer der Flüchtlinge. Der ältere Ritter hatte sie durch das Chaos der vergangenen Nacht geführt – sie, die Überreste des königlichen Hofes, die in Melengar geblieben waren. König Alric war bereits in Aquesta. Er hatte dort in dem kurzen Bürgerkrieg mitgekämpft und seine Schwester Arista vor der Hinrichtung gerettet. Zu ihm flohen sie jetzt.

»Wir wissen es nicht, aber es wäre töricht, noch länger zu bleiben«, sagte der Graf gerade.

Belinda nickte. »Das ist auch meine Meinung.«

Graf Valin wandte sich an einen Jungen. »Weck die anderen. Wir brechen sofort das Lager ab.«

Alenda wandte sich an ihre Zofe. »Emily, lauf zurück und pack unsere Sachen.«

»Zu Befehl, Herrin.« Emily knickste und eilte zu ihrem Zelt.

»Was war das für ein Knall?«, fragte Alenda Lenare, doch Lenare sah sie nur verängstigt an und zuckte die Schultern.

Lenare Pickering war wie immer bildhübsch anzusehen, eine strahlende Erscheinung trotz der Schrecken der Nacht, der Flucht und der primitiven Bedingungen im Lager. Zwar wirkte sie in ihrem hastig übergeworfenen Mantel, aus dessen Kapuze ihre blonden Haare hervorquollen, ein wenig zerzaust, doch tat das ihrer Schönheit keinen Abbruch, so wie ein Baby im Schlaf nicht weniger vollkommen erscheint. Sie hatte das von ihrer Mutter geerbt. So wie die Männer der Pickerings als Schwertkämpfer berühmt waren, waren die Frauen es für ihr Aussehen. Lenares Mutter Belinda war eine legendäre Erscheinung gewesen.

Doch schien das alles keine Rolle mehr zu spielen. Was noch am Tag zuvor unverrückbar gegolten hatte, schien jetzt durch eine schier unüberbrückbare Kluft entfernt und für alle Zeiten verloren, auch wenn es manchmal den Anschein hatte, als versuchte Lenare diese Kluft zu überbrücken. Alenda hatte sie oft dabei beobachtet, wie sie zum nördlichen Horizont starrte und nach Geistern Ausschau hielt, in ihrem Blick eine Mischung aus Verzweiflung und Reue.

Das legendäre Schwert ihres Vaters hatte Lenare bei sich. Der Graf hatte es ihr gegeben, mit der Bitte, es ihrem Bruder Mauvin zu überbringen. Anschließend hatte er alle Mitglieder seiner Familie geküsst und war zur Front zurückgekehrt, wo Alendas Vater und Brüder mit dem Rest der Armee warteten. Seit damals hatte Lenare das Schwert nicht aus der Hand gegeben. Sie hatte es in eine schwarze Wolldecke gewickelt und diese mit einem Seidenband verschnürt. Auf der Flucht hatte sie das längliche Paket an die Brust gedrückt und sich damit manchmal auch die Tränen weggewischt.

»Wenn wir uns beeilen, könnten wir es bis Sonnenuntergang nach Colnora schaffen«, erklärte Graf Valin. »Vorausgesetzt, das Wetter bessert sich.« Grimmig blickte er zum Himmel auf, als sei dieser ihr schlimmster Feind.

»Baron Julian«, sagte Belinda, »die königlichen Kleinodien … Zepter und Siegel …«

»Sind in Sicherheit, Herrin«, antwortete der alte Kämmerer. »Sie befinden sich auf einem Wagen. Es ist alles da, nur das Land wurde uns genommen.« Der Alte blickte in die Richtung des seltsamen Knalls, der vom Ufer des Galewyr und der Brücke gekommen war, die sie in der Nacht überquert hatten.

»Wird man uns in Colnora helfen?«, fragte Belinda. »Wir haben nicht mehr viel Proviant.«

»Wenn man dort weiß, dass König Alric geholfen hat, die Imperatorin zu befreien, dann ganz bestimmt«, sagte Graf Valin. »Und selbst wenn nicht, Colnora ist eine Handelsstadt und Kaufleute leben vom Profit, nicht von ritterlichen Tugenden.«

»Ich habe einigen Schmuck«, erklärte Belinda. »Notfalls könnt

Ihr den verkaufen ...« Sie brach ab, denn sie hatte bemerkt, dass Julian immer noch zur Brücke blickte.

Die anderen folgten seinem Blick und endlich hob auch Alenda den Kopf. Ein Reiter näherte sich ihnen.

»Ist das ...?«, begann Lenare.

»Ein Kind«, stellte Belinda fest.

Jetzt sah auch Alenda, dass sie recht hatte. Ein Mädchen galoppierte auf sie zu. Es klammerte sich verzweifelt an den Rücken des schweißgetränkten Pferdes. Der Wind hatte ihm die Kapuze vom Kopf geweht, so dass man seine langen, schwarzen Haare und rosigen Wangen sah. Es mochte sechs Jahre alt sein, und so, wie es sich an das Pferd klammerte, klammerte sich ein Waschbär an das Mädchen. Die beiden waren ein seltsames Paar, so ganz allein auf der Straße, doch Alenda rief sich ins Gedächtnis, dass nichts mehr »normal« war. Wenn sie als Nächstes einen Bären sah, der einen Hut mit Feder trug und auf einem Hühnchen ritt, war das womöglich auch schon normal.

Das Pferd galoppierte ins Lager und Graf Valin packte es an den Zügeln und zwang es anzuhalten.

»Wie geht es dir, mein Kind?«, fragte Belinda.

»Am Sattel klebt Blut«, sagte Graf Valin.

»Bist du verletzt? Wo sind deine Eltern?«

Das Mädchen zitterte und schloss kurz die Augen, schwieg aber. Mit seinen kleinen Fäusten hielt es weiter die Zügel umklammert.

Belinda berührte seine Wangen. »Eiskalt«, sagte sie. »Helft mir, es vom Pferd herunterzuholen.«

»Wie heißt du?«, fragte Alenda.

Das Mädchen blieb stumm. Nachdem man ihm das Pferd genommen hatte, begann es den Waschbären zu streicheln.

»Da kommt noch ein Reiter«, rief Graf Valin.

Alenda blickte auf. Ein Mann überquerte die Brücke und ritt in ihre Richtung.

Im Lager angekommen, warf er seine Kapuze zurück. Lange,

schwarze Haare kamen zum Vorschein, eine helle Haut und stechende Augen. Er trug einen schmalen Schnurrbart und einen kurzen, zu einer Spitze zulaufenden Bart. Finster ließ er den Blick wandern, bis er das Mädchen entdeckte.

»Da!«, rief er. »Gebt mir das Kind sofort heraus.«

Das Mädchen schrie angstvoll auf und schüttelte den Kopf.

»Nein!«, erwiderte Belinda und schob es zu Alenda.

»Aber wenn das Kind ihm gehört ...«, sagte Graf Valin.

»Es gehört ihm nicht«, erklärte Belinda scharf.

»Ich bin Inquisitor der Nyphronkirche«, rief der Mann so laut, dass alle es hören konnten. »Die Kirche erhebt Anspruch auf dieses Kind. Ihr werdet es mir daher augenblicklich aushändigen. Wer sich mir widersetzt, muss sterben.«

»Ich kenne Euch, Luis Guy«, rief Belinda empört. »Und ich werde Euch keine weiteren Kinder ausliefern, damit Ihr sie ermorden könnt.«

Der Inquisitor musterte sie. »Gräfin Pickering?« Er sah sich mit neuem Interesse um. »Wo ist Euer Mann? Wo ist Euer flüchtiger Sohn?«

»Ich bin nicht flüchtig«, erwiderte Denek und trat vor. Belindas Jüngster war kurz zuvor dreizehn geworden, ein hoch aufgeschossener, schlaksiger Junge. Er kam ganz nach seinen älteren Brüdern.

»Er meint Mauvin«, erklärte Belinda. »Dieser Mann hat Fanen ermordet.«

»Ich wiederhole meine Frage«, sagte Guy ungeduldig. »Wo ist Euer Mann?«

»Er ist tot und an Mauvin kommt Ihr nicht ran.«

Der Blick des Inquisitors wanderte über die anderen Anwesenden und blieb an Graf Valin hängen. »Und jetzt habt Ihr keinen starken Arm mehr, der Euch schützt. Gebt mir das Kind.«

»Nein.«

Guy stieg ab und trat vor Graf Valin. »Gebt das Kind heraus oder ich hole es mir.«

Der alte Ritter sah Belinda an, deren Miene ablehnend blieb. »Meine Herrin wünscht das nicht und ich werde notfalls für sie kämpfen.« Er zog sein Schwert. »Geht jetzt.«

Guy zog ebenfalls das Schwert und griff an. Stahl klirrte auf Stahl. Im nächsten Augenblick hielt Graf Valin sich die blutende Seite und sein Schwertarm sank herunter. Mit einem Kopfschütteln schlug der Inquisitor die Klinge weg und stieß dem Grafen sein Schwert in den Hals.

Mit zornig funkelnden Augen ging er auf das Mädchen zu. Doch da trat Belinda zwischen sie.

»Ich töte Frauen nur ungern«, sagte Guy. »Aber ich lasse mir das Mädchen von niemandem wegnehmen.«

»Wozu braucht Ihr sie?«

»Ich werde sie töten, wie Ihr gesagt habt. Ich bringe sie zum Patriarchen und dann muss sie von meiner Hand sterben.«

»Niemals.«

»Ihr könnt mich nicht aufhalten. Seht Euch um. Ihr habt nur Frauen und Kinder, niemanden, der für Euch kämpfen könnte. Gebt mir das Mädchen!«

»Mutter?«, sagte Lenare leise. »Er hat recht. Es ist sonst niemand da. Bitte.«

»Lasst mich kämpfen, Mutter«, bat Denek.

»Nein, du bist noch zu jung. Deine Schwester hat recht. Es kommt sonst niemand in Frage.« Die Gräfin nickte ihrer Tochter zu.

»Es freut mich, dass hier wenigstens eine Person ...« Guy brach ab. Lenare war vorgetreten. Sie schlüpfte aus ihrem Mantel und packte das Bündel auf, das sie in den Händen hielt. Das Schwert ihres Vaters kam zum Vorschein. Sie zog es aus der Scheide und hob es an. Die Klinge fing das dunstige Licht des Wintertages ein und begann zu funkeln.

Verwirrt sah Guy Lenare an. »Was soll das?«

»Ihr habt meinen Bruder getötet«, sagte Lenare.

Guy sah Belinda an. »Das ist nicht Euer Ernst.«

»Aber nur dieses eine Mal«, sagte Belinda zu ihrer Tochter.

»Ihr lasst zu, dass Eure Tochter für dieses Kind stirbt? Wenn es sein muss, werde ich alle Eure Kinder töten.«

Die Anwesenden traten zurück und bildeten einen Kreis um Inquisitor Guy und Lenare. Alenda hatte die Augen entsetzt aufgerissen. Eine heftige Bö ließ die Leinwand der Zelte flattern und wehte Lenares goldene Haare nach hinten. Wie sie da in ihren weißen Reisekleidern und mit dem Schwert in der Hand im Schnee stand, sah sie aus wie eine der Legende entsprungene Feenkönigin oder Göttin – eine Gestalt von überirdischer Schönheit.

Wütend stürzte Luis Guy sich auf sie, doch sie schlug seine Klinge mit einer überraschend schnellen, anmutigen Bewegung zur Seite. Das Schwert ihres Vaters gab dabei einen singenden Ton von sich.

»Ihr kämpft nicht zum ersten Mal mit einem Schwert«, sagte Guy überrascht.

»Ich bin eine Pickering.«

Er schlug wieder zu und sie parierte seinen Schlag. Auch beim nächsten Mal. Dann schlug sie zu und brachte Guy einen Schnitt auf der Wange bei.

»*Lenare*«, sagte ihre Mutter streng. »Du sollst nicht mit ihm spielen.«

Guy hielt inne und hob die Hand an sein blutendes Gesicht.

»Er hat Fanen getötet, Mutter«, sagte Lenare kalt. »Dafür sollte er leiden. An ihm sollte ein Exempel statuiert werden.«

»Nein«, erwiderte Belinda, »das ist nicht unser Stil. Dein Vater würde es nicht gutheißen, du weißt das. Also bring es zu Ende.«

»Was soll das?«, fragte Guy empört, doch er klang nicht mehr ganz so zuversichtlich. »Ihr seid eine Frau.«

»Wie gesagt – ich bin eine Pickering und Ihr habt meinen Bruder getötet.«

Guy hob sein Schwert.

Doch da war Lenare bereits vorgetreten und hatte zugestoßen. Die schmale Klinge bohrte sich in das Herz des Inquisitors. Lenare hatte sie wieder herausgezogen, bevor Guy seinen Schlag zu Ende führen konnte.

Mit dem Gesicht voraus fiel Luis Guy in den blutgetränkten Schnee. Er war tot.

2
Albträume

Arista wachte schreiend auf. Sie zitterte am ganzen Leib und war einer Panik nahe – Nachwehen eines Traums, an den sie sich nicht mehr erinnern konnte. Sie setzte sich auf und hob die linke Hand an die Brust. Ihr Herz schlug so heftig und schnell, als wollte es ihr aus der Brust springen. Angestrengt versuchte sie sich an den Traum zu erinnern, aber es fielen ihr nur Bruchstücke ein, Ausschnitte ohne ersichtlichen Zusammenhang. Nur das Bild Esrahaddons sah sie deutlich vor sich. Seine Stimme war dagegen so fern und leise, dass sie nicht hören konnte, was er sagte.

Das dünne Leinennachthemd klebte schweißnass an ihrer Haut. Das Laken hatte sie offenbar im Schlaf von der Matratze gerissen und auf den Boden geworfen. Die mit einem Muster aus Frühlingsblumen bestickte Decke lag zusammengeknüllt fast am anderen Ende des Zimmers. Esrahaddons Umhang dagegen lag ordentlich zusammengefaltet neben ihr auf dem Bett und leuchtete in einem schwachen Blau. Es sah aus, als hätte eine Zofe ihn ihr für die Morgengarderobe herausgelegt. Arista berührte ihn.

Wie kommt er auf das Bett? Arista blickte zum Schrank. Sie erinnerte sich daran, die Tür geschlossen zu haben, doch jetzt stand sie offen. Ein kalter Schauer überlief sie. Sie war allein.

Ein leises Klopfen an der Tür schreckte sie auf.

»Arista?«, fragte Alrics Stimme auf der anderen Seite.

Sie legte sich den Umhang des Zauberers um die Schultern. Augenblicklich war ihr wärmer und sie fühlte sich weniger hilflos. »Herein«, rief sie.

Ihr Bruder öffnete die Tür und blickte ins Zimmer. In der erhobenen Hand hielt er eine Kerze. Gekleidet war er in ein tiefrotes Gewand und an dem schweren Wehrgehänge um seine Hüften hing das Schwert von Essendon. Es war riesig, und als Alric eintrat, drückte er den Griff nach unten, damit die Spitze nicht über den Boden schleifte. Arista fühlte sich an die Nacht erinnert, in der ihr Vater ermordet worden war – die Nacht, in der Alric König geworden war.

»Ich hörte dich schreien. Ist etwas passiert?« Seine Augen suchten das Zimmer ab und blieben an dem leuchtenden Umhang hängen.

»Nein, ich habe nur schlecht geträumt.«

»Schon wieder?« Er seufzte. »Vielleicht hilft es ja, wenn du nicht in diesem Ding schläfst.« Er zeigte auf den Umhang. »In den Kleidern eines Toten zu schlafen ist … abartig und irgendwie krank. Esrahaddon war ein Zauberer, vergiss das nicht. Der Umhang könnte … nein, er ist verzaubert, ich will es ganz offen aussprechen. Bestimmt ist er an deinem Traum schuld. Willst du darüber sprechen?«

»Ich erinnere mich kaum noch daran. Es ist genau wie bei meinen anderen Träumen … ich weiß nicht, es ist schwer zu beschreiben. Da ist dieses überwältigende Gefühl, keine Zeit mehr zu haben. Ich muss ganz dringend etwas finden – und wenn ich es nicht finde, werde ich sterben. Ich wache immer in Panik auf, als würde ich an einem Abgrund entlanglaufen, ohne ihn zu sehen.«

»Kann ich dir etwas bringen? Wasser? Tee? Suppe?«

»Suppe? Wo willst du mitten in der Nacht Suppe herbekommen?«

Alric zuckte mit den Schultern. »War nur ein Angebot, du brauchst deshalb nicht gleich so vorwurfsvoll zu tun. Ich höre dich schreien, springe aus dem Bett, renne zu dir und biete dir meine Dienste an und das ist der Dank?«

»Entschuldigung.« Arista runzelte zwar ein wenig ironisch die Stirn, aber sie meinte, was sie sagte. Alrics Anwesenheit verjagte die dunklen Schatten und lenkte ihre Gedanken von dem Kleiderschrank ab. Sie klopfte auf das Bett. »Setz dich.«

Alric zögerte kurz, dann stellte er die Kerze auf das Nachttischchen und setzte sich neben sie. »Was ist mit den Laken und der Decke passiert? Sieht aus, als hättest du damit gekämpft.«

»Vielleicht habe ich das ja auch, ich kann mich an nichts erinnern.«

»Du siehst schrecklich aus.«

»Danke.«

Alric seufzte.

»Entschuldigung. Aber du bist immer noch mein kleiner Bruder und ich kann mich nicht daran gewöhnen, dass du mich auf einmal ständig beschützen willst. Weißt du noch, wie ich einmal vom Pferd gefallen bin und mir den Knöchel gebrochen habe? Ich konnte vor Schmerzen nicht mehr klar denken. Aber als ich dich gebeten habe, Hilfe zu holen, hast du mich nur ausgelacht.«

»Ich war zwölf.«

»Du warst ein frecher Bengel.«

Er runzelte die Stirn.

»Jetzt nicht mehr.« Sie nahm seine Hand. »Danke, dass du nach mir gesehen hast. Sogar dein Schwert hast du umgehängt.«

Alric senkte den Blick. »Ich wusste ja nicht, was für ein Tier oder Bösewicht dich überfallen hat. Also musste ich auf einen Kampf vorbereitet sein.«

»Kannst du das Ding überhaupt aus der Scheide ziehen?«

Er sah sie böse an. »Hör auf, ja? Alle sagen, ich hätte mich in der Schlacht um Medford ausgezeichnet geschlagen.«

»Ausgezeichnet?«

Alric konnte ein zufriedenes Lächeln nicht unterdrücken.

»Richtig, oder sogar heldenhaft. Wenn ich mich recht entsinne, haben einige das wirklich gesagt.«

»Du hast dieses alberne Theaterstück zu oft gesehen.«

»Es ist gut und ich fördere die Künste gern.«

»Die *Künste*.« Arista verdrehte die Augen. »Du gehst nur gern ins Theater, weil die jungen Frauen dann reihenweise in Ohnmacht fallen und du die Aufmerksamkeit liebst.«

»Also ...« Er zuckte schuldbewusst die Schultern.

»Streite es nicht ab! Ich habe gesehen, wie sie dich wie Geier umkreisen und du herumstolzierst wie ein Preisbulle auf dem Jahrmarkt. Machst du eigentlich Listen? Schickt Julian die Frauen nach Haarfarbe und Größe sortiert in dein Zimmer oder einfach in alphabetischer Reihenfolge?«

»Es ist nicht so, wie du denkst.«

»Du solltest wirklich heiraten, und zwar je eher, desto besser. Du brauchst einen Erben. Könige, die keinen Erben in die Welt setzen, lösen Bürgerkriege aus.«

»Du klingst wie Vater: Bloß nicht das Leben genießen, das verhüte Maribor. Aber ich muss schon König sein, zwing mich nicht dazu, auch noch Ehemann und Vater zu werden. Genauso gut könntest du mich gleich einsperren. Ich habe doch noch Zeit, ich bin noch jung. Du klingst, als stünde ich schon mit einem Fuß im Grab. Was ist denn mit dir? Du bist bald eine alte Jungfer. Sollten wir nicht einen geeigneten Adligen für dich suchen? Weißt du noch, wie du geglaubt hast, ich hätte eine Ehe mit Prinz Rudolf für dich arrangiert und ... Arista? Alles in Ordnung?«

Arista hatte sich abgewandt und wischte sich über ihre nassen Augen. »Alles in Ordnung.«

»Entschuldige.« Sie spürte seine Hand auf der Schulter.

»Ist schon gut.« Sie hustete, um den Frosch im Hals loszuwerden.

»Du weißt, ich würde nie ...«

»Ich weiß. Es ist alles in Ordnung, wirklich.« Sie zog die Nase hoch und schneuzte sich. Schweigend saßen sie eine Weile da, dann sagte Arista: »Ich hätte übrigens fast Hilfred geheiratet. Deine Meinung oder die des Rats wäre mir egal gewesen.«

Alric sah sie überrascht an. »Ich wusste gar nicht, dass dieser ... Hilfred dich überhaupt interessiert hat.« Er schüttelte den Kopf.

Sie sah ihn wütend an.

»Es ist nicht, was du denkst«, sagte er.

»Was dann?« Sie klang vorwurfsvoll und dachte wieder an den Jungen, der gelacht hatte, als sie vom Pferd gefallen war.

»Ich will Hilfreds Verdienste nicht schmälern. Ich mochte ihn. Er war ein tapferer Mann und sehr in dich verliebt.«

»Aber er war kein Adliger«, fiel sie ihm ins Wort. »Jetzt pass mal auf ...«

»Moment.« Ihr Bruder hob die Hand. »Lass mich ausreden. Mir ist egal, ob er adlig war oder nicht. Er hatte mehr Adel als die meisten anderen, die ich kenne, vielleicht mit Ausnahme dieses Breckton. Täglich in deiner Nähe zu sein, ohne sich zu offenbaren – das war wirklich ritterlich. Er war kein Ritter, hat sich aber als Einziger wie einer verhalten. Nein, dass er nicht adlig war und auch keinen höheren Rang bekleidet hat, hätte mich nicht gestört. Ich hätte ihn nur zu gern als Bruder gehabt.«

»Was hat dich dann gestört?«, fragte sie verwirrt.

Alric sah sie an und in seinem Blick lag derselbe Ausdruck wie damals, als er sie aus dem Kerker des Imperiums befreit hatte.

»Du hast ihn nicht geliebt«, sagte er schlicht.

Sie erschrak zutiefst und sagte nichts. Sie konnte nichts sagen.

»Auf Schloss Essendon wussten meines Wissens alle von Hilfreds Gefühlen«, fuhr Alric fort. »Nur du nicht. Wie kam das?«

Arista begann zu weinen, sie konnte nicht anders.

»Arista, tut mir leid. Ich wollte nur ...«

Sie schüttelte den Kopf und rang nach Luft. »Nein ... du hast ja recht ... vollkommen recht.« Ihre Lippen zitterten, ohne dass sie etwas dagegen tun konnte. »Aber ich hätte ihn trotzdem geheiratet. Es hätte ihn glücklich gemacht.«

Alric legte den Arm um sie und zog sie an sich. Sie schmiegte sich an ihn und vergrub den Kopf in den dicken Falten seines Gewands. Lange Zeit schwiegen sie. Dann setzte Arista sich wieder auf und trocknete sich das Gesicht.

Sie holte tief Luft. »Seit wann bist du überhaupt so romantisch? Seit wann hat Liebe etwas mit Ehe zu tun? Du liebst die Mädchen doch auch nicht, mit denen du dir die Zeit vertreibst.«

»Genau deshalb habe ich ja noch nicht geheiratet.«

»Wirklich?«

»Überrascht? Vielleicht habe ich ja einfach unsere Eltern als Vorbilder vor Augen.«

Arista musterte ihn nachdenklich. »Vater hat Mutter geheiratet, weil sie Ethelreds Nichte war und er ihn für den Handelskrieg gegen Chadwick und Glouston an seiner Seite brauchte.«

»Vielleicht am Anfang, aber dann haben sie angefangen, sich zu lieben. Vater hat mir immer gesagt, dass für ihn überall dort Zuhause war, wo Mutter war. Das habe ich nie vergessen. Und ich habe bisher niemanden kennengelernt, bei dem das für mich so war. Du?«

Arista zögerte. Sie überlegte kurz, ob sie ihm die Wahrheit sagen sollte, doch dann schüttelte sie nur den Kopf.

Wieder saßen sie schweigend da. Dann stand Alric auf. »Ich kann dir also wirklich nichts bringen?«

»Nein, aber danke. Dass du an mich denkst, bedeutet mir sehr viel.«

Er wandte sich zum Gehen. Als er an der Tür war, sagte sie: »Alric?«

»Hm?«

»Weißt du noch, wie du zusammen mit Mauvin immer nach Percepliquis wolltest?«

»Natürlich, ich denke in letzter Zeit oft daran. Wenn das doch möglich wäre …«

»Weißt du überhaupt, wo es liegt?«

»Percepliquis? Nein, das weiß niemand. Mauvin und ich hofften nur, wir würden eines Tages durch Zufall darüber stolpern.

Typische Jungenträume, wie einen Drachen töten oder bei den Wintertid-Spielen gewinnen. Es hätte sicher Spaß gemacht, danach zu suchen. Aber jetzt sollte ich wohl lieber nach Melengar zurückkehren und mir eine Frau suchen. Die zwingt mich dann, zum Abendessen Schuhe anzuziehen, das weiß ich jetzt schon.«

Alric ging und zog die Tür leise hinter sich zu. Nur noch der blaue Schein von Esrahaddons Umhang erhellte das Zimmer. Arista legte sich hin und betrachtete die aus Stein gemauerte Decke über sich. An einer Stelle hatte der Maurer mit seiner Kelle einen Kratzer hinterlassen, der seitdem die Zeiten überdauerte. Der Schein des Umhangs änderte sich im Rhythmus ihrer Atemzüge. Er schien gleichsam zu pulsieren und ihr war auf einmal, als blicke sie vom Grund eines winterlichen Teichs zur sonnenbeschienenen Oberfläche hinauf und als müsse sie ertrinken, eingesperrt unter einer dicken Schicht von hartem, blauem Eis.

Sie schloss die Augen, aber es half nicht.

Suppe, dachte sie – eine warme, schmackhafte, beruhigende Suppe. Auf einmal fand sie das doch keine so schlechte Idee. Vielleicht war schon jemand in der Küche. Sie hatte keine Ahnung, wie spät es war. Draußen herrschte Dunkelheit, aber es war ja auch Winter. Trotzdem musste es noch sehr früh am Morgen sein, denn es waren noch keine Diener an ihrer Tür vorbeigeeilt. Aber egal. Einschlafen würde sie sowieso nicht mehr, da konnte sie auch gleich aufstehen. Und wenn sonst niemand wach war, kam sie vielleicht allein zurecht.

Die Vorstellung, sich ganz allein etwas zu essen zu machen, beflügelte sie. Schwungvoll stellte sie die Füße auf den kalten Steinboden und sah sich nach ihren Pantoffeln um. Der Umhang leuchtete heller, als wollte er ihr helfen. Auch als sie in den dunklen Korridor hinaustrat, leuchtete er noch. Erst als sie die Treppe hinunterstieg und in den Schein der Fackeln eintauchte, verging das Leuchten und der Umhang reflektierte nur noch das Licht des Feuers.

Zu Aristas Enttäuschung waren in der Küche bereits mehrere Bedienstete an der Arbeit. Cora, das stämmige Milchmädchen mit den buschigen Augenbrauen und den rosigen Wangen, war in der Nähe der Tür mit Buttern beschäftigt. Gleichmäßig hob und senkte sie den Butterstampfer und wechselte sich dabei mit den Händen ab. Der Küchenjunge Nipper kam gerade vom dunklen Hof herein, die Arme voller Holz. Seine Schultern waren mit Schnee bestäubt und an der Tür blieb er kurz stehen, stampfte mit den Füßen auf und schüttelte den Kopf wie ein Hund. Schnee flog durch die Luft und Cora fluchte. Leif und Ibis waren damit beschäftigt, den Herd anzuheizen, und schimpften über den feuchten Zunder. Lila stand wie eine Zirkusartistin auf einer Leiter und holte einen sich neigenden Stapel von Tellern vom obersten Regalbrett. Edith Mon hatte darauf bestanden, die Teller immer am Monatsanfang abzustauben. Die Tyrannin war zwar nicht mehr da, aber ihre Schreckensherrschaft lebte weiter.

Arista hatte sich darauf gefreut, wie eine Maus durch die dunkle Küche zu huschen und nach etwas Essbarem zu suchen. Dieses Abenteuer war ihr jetzt verdorben und sie überlegte schon, ob sie nach oben zurückkehren sollte, um einer unangenehmen Begegnung auszuweichen. Sie kannte die Küchenangestellten aus ihrer Zeit als Scheuermagd Ella, und auch wenn sie eine Prinzessin war, war sie doch auch eine Lügnerin, eine Spionin und natürlich eine Hexe.

Ob sie mich verachten? Angst vor mir haben?

Früher hatte sie sich keine Gedanken um Diener gemacht, sie hatte sie kaum wahrgenommen. Als sie jetzt vom Fuß der Treppe aus das Treiben in der kalten Küche beobachtete, hätte sie nicht sagen können, ob sie weiser geworden oder einfach nicht mehr so naiv war.

Sie wollte schon kehrtmachen und ungesehen wieder zum sicheren Refugium ihrer Kammer hinaufsteigen, da fiel ihr Blick auf den Mönch. Er saß neben den Spülbecken auf dem Boden, der dort aufgrund eines undichten Pfropfens nass war, und lehnte mit dem Rücken gegen ein Fass mit Lauge. Er war klein und schmächtig und trug die rostrote Kutte des Ordens der Maribormönche. Vor ihm saß Red, der große Elchhund, dem er mit einem breiten Lächeln das zottige Fell kraulte. Der Hund gehörte zur Küche und entsorgte regelmäßig deren Abfälle. Er hatte die Augen geschlossen, die lange Zunge hing ihm sabbernd aus dem Maul und sein Körper wiegte sich im Rhythmus der kraulenden Hände.

Arista hatte Myron seit seiner Ankunft im Palast kaum gesehen. Seit damals war so viel passiert, dass sie seine Anwesenheit mehr oder weniger vergessen hatte.

Sie strich ihren Umhang glatt, zupfte den Kragen zurecht und betrat die Küche. Cora sah sie als Erste und der Butterstampfer wurde langsamer. Neugierig folgte sie Arista mit dem Blick. Nipper, der das Brennholz abgelegt hatte, richtete sich auf, um sich den Schnee von den Kleidern zu klopfen, und hielt mitten in der Bewegung inne.

Ibis Feinlein sprach als Erster. »Ella … äh, Verzeihung, Hoheit.«

»Nennt mich Arista«, sagte sie. »Ich konnte nicht schlafen und hoffte, hier vielleicht einen Teller Suppe zu bekommen.«

Ibis grinste wissend. »Droben in den Türmen kann es sehr kalt werden, nicht wahr? Zufällig habe ich noch einen Topf mit dem Wildeintopf von gestern Abend aufbewahrt. Er steht gefroren draußen im Schnee. Wenn es Euch recht ist, soll Nipper ihn hereinbringen. Ich kann ihn ganz schnell auftauen und der Eintopf wird Euch warm machen. Wie wäre dazu ein Becher heißer Apfelsaft mit Zimt? Ich habe noch Saft, der nicht vergoren ist. Er schmeckt zwar schon ein wenig streng, ist aber noch gut.«

»Ja, danke, das wäre wunderbar.«

»Ich lasse ihn zu Euren Gemächern hinaufbringen. Ihr wohnt doch im dritten Stock?«

»Äh, nein, ich würde eigentlich lieber hier unten essen – wenn es recht ist.«

Ibis lachte leise. »Aber natürlich. In letzter Zeit essen häufig

Gäste hier unten, und Ihr könnt selbstverständlich überall essen, wo es Euch beliebt, außer vielleicht im Schlafgemach der Imperatorin – was Ihr Gerüchten zufolge aber auch schon getan habt.« Er lachte wieder.

»Ich dachte nur ...« Arista ließ den Blick über die anderen Küchenangestellten wandern, die an ihren Lippen hingen. »Ich dachte nur, dass ich hier vielleicht nicht willkommen bin ... weil ich euch doch angelogen habe.«

Der Koch schnaubte. »Ihr vergesst, dass wir für Saldur und Ethelred gearbeitet haben. Die haben die ganze Zeit nur gelogen, aber nie einen Boden geschrubbt oder einen Nachttopf geleert. Setzt Euch an diesen Tisch, Hoheit, und ich bringe Euch den Eintopf. Nipper, hol ihn rein und hol auch den Krug mit Apfelsaft!«

Arista setzte sich wie geheißen. Die anderen Bediensteten ließen nicht erkennen, ob sie Ibis zustimmten oder nicht. Sie kehrten an ihre Arbeit zurück und warfen Arista nur hin und wieder einen flüchtigen Blick zu. Lila wagte als Einzige ein kleines Lächeln, bevor sie zu ihren Tellern zurückkehrte.

Arista wandte sich an den Mönch und den Hund. »Ihr seid doch Myron Lanaklin, ja?«

Er hob überrascht den Kopf. »Ja, das stimmt.«

»Ich freue mich, Euch kennenzulernen. Ich bin Arista. Ich glaube, Ihr kennt meinen Bruder Alric.«

»Natürlich! Wie geht es ihm?«

»Gut. Seid Ihr ihm denn nicht begegnet? Er wohnt nur ein paar Stockwerke höher.«

Der Mönch schüttelte den Kopf.

Red öffnete die Augen, weil er nicht mehr gekrault wurde, und sah Myron mit offensichtlicher Enttäuschung an.

»Ist er nicht wunderbar?«, sagte Myron. »Ich habe noch nie einen so großen Hund gesehen. Zuerst wusste ich gar nicht, dass er einer war. Ich hielt ihn für eine Art Reh mit zottigem Fell, das in der Küche gehalten wird, genauso wie wir es in der Abtei mit Schweinen und Hühnern gemacht haben. Als ich dann erfuhr, dass er nicht als Mahlzeit gedacht war, war ich so froh. Er heißt Red und ist ein Jagdhund. Obwohl ich glaube, dass die Tage, in denen er Wölfe und Wildschweine gejagt hat, vorbei sind. Wusstet Ihr, dass solche Hunde in Kriegszeiten Ritter von ihren Pferden holen können? Sie töten ihre Opfer durch einen Genickbiss. Aber Red ist überhaupt nicht bösartig. Ich komme täglich hier herunter, um ihn zu kraulen.«

»Steht Ihr immer so früh auf?«

»Es ist doch überhaupt nicht früh. In der Abtei würde ich als Faulpelz gelten.«

»Dann geht Ihr bestimmt früh schlafen.«

»Ich brauche nicht viel Schlaf.« Myron wandte sich dem Hund zu.

»Ich schlafe auch nicht viel«, gestand Arista. »Ich träume schlecht.«

Myron sah sie überrascht an und hörte auf, Red zu kraulen, der daraufhin ungeduldig an seiner Hand schnüffelte. Arista glaubte schon, Myron wollte etwas sagen, doch dann widmete er sich wieder dem Hund.

»Ich überlege gerade, ob Ihr mir vielleicht helfen könnt, Myron«, sagte sie.

»Gerne. Wovon handeln die Albträume denn?«

»Nein, die meine ich nicht. Aber mein Bruder erwähnte, dass Ihr ein fleißiger Leser seid.«

Myron zuckte mit den Schultern. »Ich habe im dritten Stock eine kleine Bibliothek entdeckt, die allerdings nur etwa zwanzig Bücher umfasst. Die lese ich jetzt schon zum dritten Mal.«

»Ihr habt alle Bücher der Bibliothek drei Mal gelesen?«

»Fast alle. Hartenfords *Stammbaum der Könige von Warric* fällt mir besonders schwer. Er besteht fast nur aus Namen und die meisten davon kenne ich nicht. Was wollt Ihr wissen?«

»Ich dachte eigentlich mehr an Dinge, von denen Ihr vielleicht in der Winde-Abtei gelesen habt. Habt Ihr je von der Stadt Percepliquis gehört?«

Myron nickte. »Das war die Hauptstadt des alten novronischen Reiches.«

Arista nickte eifrig. »Und wisst Ihr, wo die liegt?«

Myron überlegte kurz und lächelte gedankenverloren. Dann sagte er: »In den alten Texten wird die Lage eines Ortes immer in Bezug auf die Hauptstadt angegeben. Hashton lag fünfundzwanzig Wegstunden südöstlich von Percepliquis, Fairington hundert Wegstunden nördlich. Niemand hat je angegeben, wo Percepliquis lag, vermutlich weil es allgemein bekannt war.«

»Wenn ich Euch eine Karte beschaffen würde, könntet Ihr die Lage der Stadt dann aufgrund der Bezüge zu anderen Orten herausfinden?«

»Vielleicht. Ich bin überzeugt, dass Edmund Hall die Stadt auf diese Weise gefunden hat. Im Grunde bräuchtet Ihr nur sein Tagebuch. Das habe ich schon immer lesen wollen.«

»Ich dachte, die Lektüre gilt als Ketzerei. Hat man Hall und sein Tagebuch nicht deshalb im Kronturm eingesperrt?«

»Doch.«

»Aber Ihr würdet das Buch trotzdem lesen? Alric hat gar nicht gesagt, was für ein Rebell Ihr seid.«

Myron sah sie verwirrt an, dann lächelte er. »Es ist nur Ketzerei, wenn ein Mitglied der Nyphronkirche es liest.«

»Ach so, stimmt. Ihr seid ja ein Mönch des Maribor.«

»Und unsere Lektüre ist Gott sei Dank keinen solchen Auflagen unterworfen.«

»Man wüsste schon gerne mehr, nicht wahr?«, sagte Arista. »Was im Kronturm so alles aufbewahrt wird.«

»Man wünscht sich, man käme irgendwie hinein.«

»Ja, genau das.«

Sie kamen am späten Abend und die Nachricht davon verbreitete sich in Windeseile im Palast. Trompeten schmetterten, Palastangestellte eilten hin und her, und noch bevor Arista sich ankleiden konnte, hatten bereits zwei Dienerinnen und außerdem

Alric und Mauvin sie aufgesucht und ihr mitgeteilt, dass der Zug mit dem Falkenwappen und den goldgrünen Fahnen soeben von Norden eingetroffen sei.

Arista raffte den Saum ihres Umhangs und eilte hinter den anderen her die Treppe hinunter. An der Eingangstreppe bildete sich bereits eine Menschentraube. Diener, Handwerker, Beamte und Adlige suchten nach Plätzen, von denen sie gut sehen konnten. Wachen bildeten einen Gang, durch den Arista nach vorn gehen konnte, wo bereits Mauvin und Alric standen. Auf ihrer linken Seite sah sie Nimbus, der Amilia gerade seinen Mantel um die Schultern legte. Ohne ihn wirkte der schmächtige Mann noch schmächtiger und Wind und Wetter schutzlos preisgegeben. Die Imperatorin sah sie nicht.

Der Zug bog auf den Hof ein, der von im Wind flackernden Fackeln und einem milchigen Mond beschienen wurde. Statt Soldaten folgten nur einige ältere Männer den Fuhrwerken. Am Ende des Zugs kamen einige geschlossene Wagen, in denen sich zitternd Frauen und Kinder drängten. Gegen die Kälte hatten sie unter gemeinsamen Decken Schutz gesucht. Der erste Wagen traf am Fuß der Treppe ein und Belinda und Lenare Pickering stiegen aus, gefolgt von Alenda Lanaklin. Ein wenig verunsichert blickten die drei Frauen zu der Menge vor ihnen hinauf.

Mauvin eilte auf sie zu und umarmte seine Mutter.

»Was ist passiert?«, rief er aufgeregt. »Wo ist Vater? Oder wollte er nicht ...« Er verstummte abrupt.

Es war kein freudiges Wiedersehen. Die Gesichter der Frauen sprachen von ihrem Unglück. Sie waren bleich und angespannt, ohne jede Farbe mit Ausnahme der Augen und Nasen, die vom Weinen und vom eisigen Wind gerötet und wund waren. Belinda hielt sich verzweifelt an den Kleidern ihres Sohnes fest.

»Dein Vater ist tot«, schluchzte sie und vergrub das Gesicht an seiner Brust.

Inzwischen war auch Julian Tempest, der alte Erzkämmerer von Melengar, vorsichtig aus dem Wagen gestiegen. Als Arista ihn sah, spürte sie einen Knoten im Magen. Es gab nicht viele Gründe, die Julian veranlassen konnten, Melengar zu verlassen. Entsprechend schlimm musste es um das Königreich stehen.

»Die Elben haben den Nidwalden überquert«, rief Julian zu den auf der Treppe Wartenden hinauf. Er musste gegen den Wind ankämpfen, der an den Fahnen und Bannern zerrte. Beim Gehen trat er so vorsichtig auf dem eisglatten Boden auf, als könnte ihm der jederzeit unter den Füßen weggezogen werden. Seine prächtigen Gewänder flatterten wie lebendige Wesen, seine Mütze drohte wegzufliegen. »Sie haben bereits ganz Dunmore und Ghent überrannt und erobert.« Er machte eine Pause, sah König Alric an, holte tief Luft und fügte hinzu: »Und Melengar.«

»Der ganze Norden ist an die Elben gefallen?« Alric klang ungläubig. »Wie ist das möglich?«

»Die Angreifer sind keine *mir*, Majestät, nicht die uns vertrauten Mischwesen, sondern reinblütige Elben aus dem Reich Erivan. Sie kommen von Osten und machen alles, was sich ihnen in den Weg stellt, grausam und ohne Gnade nieder.« Der Wind riss Julian die Mütze vom Kopf, wehte sie über den Hof und entblößte seinen kahlen, nur von einem schütteren weißen Haarkranz gesäumten Schädel. In einem vergeblichen Versuch, sie zu fangen, hob er hastig die Hände. Sie zitterten und blieben wie vergessen neben seinem Gesicht stehen. »Wehe dem Haus Essendon, das Königreich ist verloren!«

Alrics Blick wanderte über den Wagenzug. Wie viele Wagen waren es und wie viele Menschen stiegen aus ihnen aus? Arista wusste, was er dachte.

Ist das alles?

Julian und die Damen wurden nach drinnen geführt. Arista sah ihnen nach, blieb aber draußen auf der Treppe stehen. Das eine oder andere Gesicht kannte sie. Eine Frau war Schankkellnerin in der DORNIGEN ROSE gewesen, eine andere Näherin im Schloss. Arista hatte ihre Tochter oft in der Nähe des Schlossgrabens mit einer Puppe spielen sehen, die ihre Mutter ihr aus

Lumpen gemacht hatte. Die Tochter hatte die Puppe nicht dabei. *Was wohl aus ihr geworden ist?*, dachte Arista. *Und aus allem anderen?*

»Besonders viele sind das nicht«, sagte neben ihr Amilia zu Sebastian. Er war Offizier der Palastwache, aber an seinen genauen Rang konnte sie sich nicht erinnern. »Bringt sie fürs Erste in der Galerie unter.«

Sebastian salutierte.

»Und gebt Ibis Bescheid, er soll etwas zu essen machen. Die Flüchtlinge sehen hungrig aus.«

Amilia schickte sich an, in den Palast zurückzukehren, da fiel ihr Blick auf Arista. Traurig presste sie die Lippen zusammen. »Es tut mir leid«, sagte sie leise und verschwand.

Arista blieb auf der Treppe stehen, während die letzten Flüchtlinge ausstiegen und Stallknechte die Pferde abschirrten. Die Flüchtlinge strömten an ihr vorbei nach drinnen.

»Melissa!«, rief Arista.

»Hoheit.« Melissa knickste.

»Lass das mit der Hoheit.« Arista eilte die Stufen hinunter und umarmte die junge Frau. »Ich freue mich so, dass dir nichts passiert ist.«

»Bist du die Imperatorin?«, fragte das kleine Mädchen, das Melissa an der Hand hielt.

Arista war zwar schon länger nicht mehr in Melengar gewesen – fast ein Jahr –, aber das Kind konnte unmöglich zu Melissa gehören. Es war sechs oder sieben Jahre alt, trat ängstlich von einem Fuß auf den anderen und drückte mit der freien Hand ein Bündel an die Brust.

»Das ist Mercy«, stellte Melissa es vor. »Wir sind ihr unterwegs begegnet.« Sie senkte die Stimme. »Ein Waisenmädchen.«

Etwas an dem Mädchen kam Arista vertraut vor und sie war überzeugt, dass sie es schon einmal gesehen hatte. »Nein, tut mir leid, ich bin nicht die Imperatorin. Ich bin Arista.«

»Kann ich die Imperatorin sehen?«

»Ich fürchte, das geht nicht. Sie ist sehr beschäftigt.«

Das Mädchen sah sie zutiefst enttäuscht an und blickte auf seine Füße. »Arcadius hat aber gesagt, ich würde die Imperatorin sehen, wenn wir nach Aquesta kommen.«

Arista betrachtete es aufmerksam. »Arcadius? Ach ja, jetzt erinnere ich mich an dich. Wir sind uns doch im vergangenen Sommer begegnet.« Sie sah sich unter den letzten Flüchtlingen um, aber ihr alter Lehrer war nicht dabei. Im selben Augenblick bemerkte sie, dass das Bündel des Mädchens sich bewegte. »Was hast du denn da drinnen?«

Bevor das Mädchen antworten konnte, erschien der Kopf eines Waschbären. »Das ist Ringelpelz.«

Arista beugte sich hinunter und dabei begann ihr Umhang plötzlich in einem sanften Rosa zu leuchten. Fasziniert starrte das Mädchen ihn an. »Das ist ja ein Zaubermantel!«, rief es. Es streckte die Hand aus, zögerte dann aber und blickte zu Arista auf.

»Du darfst ihn anfassen«, sagte Arista.

Das Mädchen befühlte den Stoff mit den Fingern. »Er ist ganz glatt. Arcadius konnte auch zaubern.«

»Wo ist er denn?« Das Mädchen antwortete nicht. Es zitterte vor Kälte. »Oh, entschuldigt, euch ist bestimmt schrecklich kalt. Kommt rein.«

Sie traten aus dem dämmrig blauen Winterabend in die dunkle, von Fackeln erleuchtete Halle. Das Portal fiel mit einem dumpfen Schlag ins Schloss und das Heulen des Windes verstummte abrupt. Ehrfürchtig betrachtete das Mädchen die breite Treppe und die steinernen Säulen und Bögen. Einige in Decken gehüllte Flüchtlinge warteten fröstelnd auf weitere Anweisungen.

»Hoheit«, flüsterte Melissa, »Mercy kam ganz allein auf einem Pferd zu uns.«

»Allein? Aber wo ist …« Arista zögerte, denn Melissa hatte bedrückt den Blick niedergeschlagen.

»Mercy hat nicht viel erzählt, aber … also es tut mir leid.«

Das Leuchten des Umhangs wurde schwächer und das Rosa verfärbte sich zu Blau. »Er ist tot?« *Zuerst Esrahaddon und jetzt Arcadius.*

»Die Elben haben Ghent in Schutt und Asche gelegt«, sagte Melissa. »Sheridan und Ervanon gibt es nicht mehr.«

»Was heißt das?«

»Alles wurde niedergebrannt.«

»Aber der Turm von Glenmorgans Palast, der Kronturm ...«

Melissa schüttelte den Kopf. »Einige Leute von dort sind mit uns nach Süden geflohen. Sie haben gesehen, wie er gesprengt wurde. Einer meinte, er sei umgefallen wie ein Spielzeugturm. Alles ist zerstört.« Melissas Augen glänzten. »Niemand kann die Elben aufhalten.«

Arista hätte auch am liebsten geweint, aber sie war wie betäubt – überwältigt von den vielen Verlusten auf einmal. Abwesend strich sie Mercy über die Wange.

»Darf Ringelpelz hier drinnen spielen?«, fragte Mercy.

»Was?« Arista kam wieder zu sich. »Ich denke schon, solange du gut auf ihn aufpasst. Es gibt hier einen Elchhund, der ihn fressen könnte, wenn er frech wird.«

Mercy setzte den Waschbären auf den Boden. Er schnupperte an den Fliesen, lief zur Wand neben der Treppe und begann von dort systematisch, die Fußleisten auf ihre Gerüche zu überprüfen. Mercy folgte ihm und setzte sich auf die unterste Treppenstufe.

»Ich kann nicht glauben, dass Arcadius tot ist.«

... zu Wintertid endet das Uli Vermar. *Sie werden kommen ... ohne das Horn müssen alle sterben.* Esrahaddons Worte gingen Arista durch den Kopf. Worte der Warnung, vermischt mit Worten, die sie immer noch nicht verstand.

Mercy gähnte und stützte das Kinn auf die Hände, während Ringelpelz sich schnuppernd an einer Stufe entlangarbeitete.

»Sie ist müde«, sagte Arista. »Ich glaube, im großen Saal wird Suppe ausgegeben. Hättest du auch gern welche, Mercy?«

Das Mädchen blickte auf, lächelte und nickte. »Ringelpelz hat auch Hunger, stimmt's, Ringelpelz?«

Die Stadt war schöner als alles, was Arista je gesehen hatte. Weiße Gebäude, höher noch als die höchsten Bäume und alle Häuser, die sie kannte, stiegen wie schlanke Finger zum Himmel auf. An ihren Spitzen wehten knatternd Wimpel, die grün und blau leuchteten wie Edelsteine. Eine breite Straße, auf der vier Kutschen nebeneinander fahren konnten und die mit glatten Steinen gepflastert war, führte schnurgerade durch die Stadt. Auf ihr herrschte ein reger Verkehr der verschiedensten Fuhrwerke, Karren und Kutschen. Keine Mauer und kein Tor behinderte ihre Fahrt, kein Wachhaus, vor dem die Wagen hätten anhalten müssen. Die Stadt war auch nicht von Türmen, Wällen und Gräben umgeben. In unverhüllter Pracht lag sie da, furchtlos und stolz, und den Besucher begrüßten nur zwei furchteinflößende steinerne Löwen am Eingang. Sie war so groß, dass Arista es kaum glauben konnte. Über drei Berge erstreckte sie sich und füllte das weite Tal dazwischen aus, durch das ein breiter Fluss strömte. Alles war so schön – und so vertraut.

Arista, erinnere dich.

Sie spürte, wie sich in ihr alles zusammenkrampfte und ein Schauer sie überlief. Sie musste nachdenken und das Rätsel lösen. Die Zeit war knapp, aber einen solchen Anblick konnte man doch nicht vergessen. Ausgeschlossen, dass sie die Stadt schon einmal gesehen hatte.

Du warst hier.

Nein, sie war nie hier gewesen. Einen solchen Ort konnte es gar nicht geben. Er war ein Traum, ein Phantasiegebilde.

Glaub mir, du warst hier. Sieh genau hin.

Arista schüttelte den Kopf. Es war lächerlich ... und doch ... Die Krümmung, mit der der Fluss dem Fuß des Berges im Norden folgte ... Und erst recht der Berg selbst, er kam ihr tatsächlich bekannt vor. Und die Straße – sie war nur nicht so breit gewesen und mit Gestrüpp zugewuchert. Arista erinnerte sich, wie sie bei Dunkel-

heit darauf gestoßen war. Und dass sie sich gewundert hatte, wie die Straße hierher kam.

Eben, du warst hier. Sieh dir das Aguanon auf dem Berg an.

Arista verstand nicht, was sie ansehen sollte.

Den Tempel auf der Kuppe der Berges im Norden.

Jetzt sah sie ihn. Er kam ihr tatsächlich bekannt vor, sah aber anders aus als in ihrer Erinnerung. Als sie den Tempel gesehen hatte, war er zerstört gewesen, eingestürzt, halb unter Trümmern begraben, aber es handelte sich um dasselbe Gebäude. Sie war dort gewesen. Die Erinnerung war allerdings mit Angst verbunden. Ihr war dort etwas Schreckliches widerfahren. Sie wäre auf diesem Berg inmitten der eingestürzten Mauern, der geborstenen Säulen und der zerbrochenen Steinplatten fast umgekommen. Aber nur fast. Sie hatte dort oben etwas Schreckliches getan. Mit den Fäusten hatte sie das taunasse Gras ausgerupft und Maribor um Verzeihung angefleht.

Da begriff sie endlich, wo sie war und was sie sah.

Eben. Und das war mein Zuhause. Geh hin, steige in die Tiefe hinab, finde das Grab und hole das Horn. Auf, Arista! Du musst es tun! Die Zeit drängt! Sonst müssen alle sterben! Alle! ALLE ...

Schreiend wachte Arista auf.

3

Gefängnisse

»Aus dem Weg!«, rief Hadrian und seine Stimme dröhnte durch den Korridor. Er stand drohend nur einen Schritt von der Wache entfernt, die seinen Blick wütend erwiderte. Vom Ende des Gangs kamen zwei Wachen, die den Vorfall beobachtet hatten, herbeigeeilt. Hadrian hörte ihre Kettenhemden klirren und die leeren Scheiden ihrer Schwerter an ihre Schenkel schlagen. Eine Schwertlänge von ihm entfernt blieben sie stehen.

»Das ist der Teshlor«, sagte eine Stimme warnend.

Doch der Soldat, der die Tür bewachte, trat nicht zur Seite. Hadrian spürte seine Angst und Verunsicherung, aber auch seinen Mut und das Pflichtbewusstsein, das ihn an seinem Platz ausharren ließ. Er schätzte diese Qualitäten durchaus, aber nicht dieses Mal. Der Mann stand ihm im Weg.

Hinter ihm wurde ein Riegel angehoben und eine Tür knarrte.

»Was geht hier vor?«, fragte die verschlafene Stimme einer Frau.

Hadrian drehte sich um. Es war Amilia. Sie trat aus ihrem Zimmer, rieb sich die Augen und zog den Gürtel ihres Morgenmantels fester.

»Ich muss mit der Imperatorin sprechen«, knurrte er. »Sagt den Wachen, sie sollen mich durchlassen.«

»Aber es ist mitten in der Nacht!«, flüsterte Amilia aufgeregt. »Ihr könnt die Imperatorin jetzt nicht sprechen. Wenn Ihr wollt, versuche ich, einen Termin für den Vormittag zu finden, aber ich sage Euch gleich, Ihre Eminenz ist sehr beschäftigt. Die Nachrichten ...«

Hadrian legte die Hände an seine beiden Schwerter. Die drei Soldaten traten einen Schritt zurück und erstarrten, nur der Mann vor der Tür behauptete seinen Platz. Er legte ebenfalls die Hand an sein Schwert, zog es aber nicht.

Ganz schön mutig, dachte Hadrian und trat noch einen halben Schritt näher, bis ihre Nasen sich fast berührten. »Mach Platz!«

»Hadrian? Was ist denn los?«, tönte Aristas Stimme durch den Korridor.

»Ich muss die Imperatorin sprechen«, sagte er ungeduldig. Er sah die Prinzessin auf dem Gang des fünften Stocks näher kommen. Sie trug wieder den Umhang Esrahaddons, der stumpfblau war und nur von den Fackeln in den Wandhalterungen beleuchtet wurde.

»Man hat ihn eingesperrt«, sagte Hadrian. »Ich darf ihn nicht einmal besuchen.«

»Royce?«

»Er wollte die Imperatorin doch nicht entführen, aber er hätte alles getan, um Gwen freizubekommen. Dafür, dass er Saldur und Merrick getötet hat, sollte er eigentlich einen Orden bekommen.« Hadrian seufzte. »Gwen ist in seinen Armen gestorben und er konnte nicht mehr klar denken. Er wollte Modina nichts antun. Ich weiß inzwischen, dass man ihn im Nordturm gefangen hält. Ich glaube nicht, dass Modina das überhaupt weiß, deshalb will ich es ihr sagen. Versucht nicht, mich daran zu hindern.«

Arista schüttelte den Kopf. »Nein, ich muss sie auch sprechen.«

»Weswegen?«

Die Prinzessin druckste herum. »Ich habe schlecht geträumt.«

»Wie bitte?«

»Heute Nacht spricht niemand mit der Imperatorin!«, erklärte Amilia. Sechs weitere Wachen eilten im Laufschritt herbei. »Notfalls lasse ich die ganze Wache kommen!«

Hadrian musterte sie. »Glaubt Ihr, Soldaten können mich aufhalten?«

»Die Tür ist von innen verriegelt«, sagte die Türwache. »Selbst wenn Ihr an uns vorbeikommt, müsstet Ihr immer noch eine dicke Tür aus massiver Eiche aufbrechen.«

»Das wäre kein Problem«, erklärte Arista ruhig. »Aber ich muss euch warnen. Ich hafte nicht für Verletzungen durch herumfliegende Splitter.« Ihr Umhang begann in einem trüben Grau zu leuchten, das sich langsam aufhellte. Die Gesichter der Wachen begannen ebenfalls zu leuchten und die Schatten, die die Fackeln warfen, vergingen. Hadrian bemerkte außerdem, dass im Gang auf einmal ein schwacher, warmer Luftzug wehte. Er erfasste Arista, fuhr spielerisch wirbelnd um sie herum und versetzte den Saum ihres Umhangs und ihre Haare in Bewegung.

Amilia riss entsetzt die Augen auf.

»Öffnet die Tür, Amilia, oder ich reiße sie aus den Angeln.«

Amilia sah aus, als würde sie gleich losschreien.

»Lass sie rein, Gerald.« Die Stimme kam von hinter der Tür.

»Eminenz?«

»Ja, Gerald. Die Tür ist nicht abgesperrt. Lass sie rein.«

Die Türwache hob den Riegel und drückte. Die Tür schwang nach innen auf. Dahinter öffnete sich das dunkle Schlafgemach der Imperatorin. Amilia schwieg. Sie atmete schneller als sonst und hatte die Hände an ihren Seiten zu Fäusten geballt. Hadrian trat als Erster ein, gefolgt von Arista und außerdem Amilia und Gerald.

Drinnen war es kalt. Der Kamin war dunkel und das einzige Licht kam vom offenen Fenster in der hinteren Wand. Die weißen Vorhänge rechts und links davon bauschten sich nach innen und führten im schwachen Licht des Monds einen geisterhaften Tanz auf. Nur mit einem Nachthemd bekleidet, saß die Imperatorin mit angezogenen Knien auf dem Boden und blickte zu den Sternen hinaus. Die Hände hatte sie in den Schoß gelegt, die Schultern gegen die Kälte hochgezogen. Ihr weißes Nachthemd lag um sie ausgebreitet auf dem Boden, und nur ihre nackten Zehen sahen darunter hervor. Die blonden Haare fielen ungekämmt über ihren Rücken. Sie erinnerte Hadrian wieder an das Mädchen, das er vor so langer Zeit in Colnora am Bogen der Kaufmannschaft kennengelernt hatte.

»Man hat Royce verhaftet«, sagte er. »Er wurde in eine Turmzelle gesperrt.«

»Ich weiß.«

»Ihr wisst es?«, fragte er ungläubig. »Seit wann ...«

»Ich habe es angeordnet.«

Hadrian starrte sie entgeistert an. »Thrace ... ich meine Modina«, sagte er leise. »Ihr habt das missverstanden. Royce wollte Euch nichts tun. Er hat nur getan, was er tun musste. Er wollte den Menschen retten, den er von allen Menschen am meisten geliebt hat. Wie konntet Ihr ihm das antun?«

Modina drehte sich zu ihm um. »Habt Ihr je einen Menschen verloren, der Euch alles bedeutet? Und zugleich gewusst, dass er durch Eure Schuld stirbt?«

Hadrian schwieg.

Modina blickte wieder aus dem Fenster. »Als mein Vater getötet wurde, konnte ich vor Schmerzen kaum atmen. Ich hatte nicht nur meinen Vater verloren. Die ganze Welt war wie tot und ich war allein zurückgeblieben. Ich sehnte nur noch das Ende herbei. Ich hatte keine Kraft mehr und die Schmerzen sollten aufhören. Wenn ich die Möglichkeit gehabt hätte – wenn man mich nicht weggebracht und eingesperrt hätte –, dann hätte ich mich in den Wasserfall gestürzt.« Sie drehte sich wieder um und sah Hadrian an. »Glaubt mir, Royce wird gut versorgt – zumindest soweit er es zulässt. Ibis bereitet Mahlzeiten für ihn zu, die er nicht isst. Fällt Euch ein Ort ein, an dem Royce gegenwärtig besser aufgehoben wäre?«

Hadrians Schultern waren nach unten gesackt, seine Hände hingen seitlich hinunter. »Kann ich ihn wenigstens sprechen?«

Modina überlegte kurz. »Ja, aber nur Ihr. Für jeden anderen ist er in seinem augenblicklichen Zustand eine Gefahr. Ich bin auch gar nicht sicher, ob er Euch sehen will. Ihr könnt ihn am Morgen besuchen.« Sie blickte an ihm vorbei zu Amilia. »Kümmerst du dich darum, dass man ihn zu Royce lässt?«

»Ja, Eminenz.«

»Gut.« Die Imperatorin sah Arista an. »Und was habt Ihr so Dringendes, dass es nicht bis morgen warten kann?«

Die Prinzessin von Melengar trat unruhig von einem Bein auf das andere und faltete immer wieder die Hände. Ihr Umhang war von einem unauffälligen Dunkelblau. Sie sah die Imperatorin an, dann Hadrian, Amilia und sogar Gerald, der zu einer Statue erstarrt an der Tür stand. Anschließend kehrte ihr Blick zu Modina zurück. »Ich glaube, ich weiß jetzt, wie wir die Elben aufhalten können«, sagte sie.

Hadrian stieg in das dritte Stockwerk hinunter. Auch einige andere kehrten jetzt, da der Aufruhr sich gelegt hatte, in ihre Zimmer zurück. Am Fuß der Treppe sah er Degan Gaunt im Nachthemd stehen. Der ehemalige Anführer der Nationalisten blickte neugierig und zugleich verärgert die Treppe hinauf. Hadrian sah ihn zum ersten Mal, seit sie aus dem Kerker befreit worden waren. Er hatte einen dürren Hals und eine schmale Nase und seine Lippen waren so dünn, dass man sie kaum sah. Die Falten auf seiner Stirn und um die Augen zeugten von einem entbehrungsreichen Leben. Seine Haltung und die Art, wie er sich bewegte, verrieten, dass er sich in seiner eigenen Haut nicht recht wohlfühlte. Sein Blick war abwesend, sein Kinn stoppelig und von seinem Kopf stand eine Haarsträhne ab. Wenn Hadrian hätte raten müssen, hätte er ihn für einen mittellosen Dichter gehalten. Wie der Nachfahre der Imperatoren sah er jedenfalls nicht aus.

»Was ist da droben los?«, fragte Gaunt einen vorübereilenden Diener.

»Jemand wollte die Imperatorin besuchen, Herr. Jetzt ist alles vorbei.«

Gaunt schien da seine Zweifel zu haben.

So hatte Hadrian sich die Begegnung mit Gaunt nicht vorgestellt. Er hatte zunächst warten wollen, bis sie beide wieder voll hergestellt waren. Dann hatte er ein Treffen aus Angst immer wieder hinausgeschoben. Es sollte erfolgreich verlaufen, die Umstände mussten perfekt stimmen. Das war zwar auch jetzt keineswegs der Fall, aber er stand praktisch schon vor Gaunt und konnte schlecht wieder verschwinden.

»Guten Abend, ich bin Hadrian Blackwater«, stellte er sich vor und machte eine Verbeugung.

Degan Gaunt sah ihn mit gerümpfter Nase an, als stinke er, musterte ihn prüfend und runzelte die Stirn. »Ich habe dich mir größer vorgestellt.«

»Tut mir leid«, sagte Hadrian entschuldigend.

»Du wurdest mir als Diener zugeteilt, ja?« Gaunt ging langsam um ihn herum. Seine Stirn blieb gerunzelt.

»Eigentlich bin ich Euer Leibwächter.«

»Und was kostet mich dieses Privileg?«

»Ich verlange kein Geld.«

»Nein? Was dann? Soll ich dich zum Herzog machen? Bist du deshalb hier? Junge, wenn man Geld und Macht hat, wollen plötzlich alle was von einem. Ich meine, ich kenne dich nicht mal, und du bittest mich um Privilegien, bevor ich überhaupt zum Imperator gekrönt worden bin.«

»Nein, ich will nichts von Euch. Aber Ihr seid der Erbe Novrons und ich bin der Verteidiger des Erben, wie mein Vater vor mir. Das ist in unserer Familie … eine Tradition.«

»Aha.« Gaunt stand mit hängenden Schultern vor ihm und lutschte mit der Zunge an seinen Zähnen. Dann steckte er den kleinen Finger in den Mund, offenbar um etwas zu entfernen, das sich in einer Zahnlücke festgesetzt hatte. Nach einer Weile gab er auf.

»Also ich kapiere eins nicht. Ich bin doch der Erbe und damit das Oberhaupt des Imperiums und der Kirche. Ich bin sogar eine Art Halbgott, wenn ich das richtig verstehe – ein Ururenkel Maribors oder so was. Und als Imperator habe ich zu meinem Schutz ein ganzes Heer von Wächtern und außerdem noch eine Armee. Wozu brauche ich dann dich?«

Hadrian schwieg. Er wusste nicht, was er sagen sollte. Gaunt hatte im Grunde recht. Seine Aufgabe als Leibwächter war beendet, wenn der Erbe sich nicht mehr zu verstecken brauchte.

»Ich breche ungern mit dieser Tradition«, sagte er schließlich. Es klang sogar in seinen eigenen Ohren unsinnig.

»Kannst du mit einem Schwert umgehen?«

»Ganz gut.«

Gaunt kratzte sich das Stoppelkinn. »Hm, wenn du nichts verlangst, wäre es wohl dumm von mir, dich nicht zu nehmen. Also gut, du kannst mein Diener sein.«

»Leibwächter.«

»Was auch immer.« Gaunt machte eine Handbewegung, als wollte er eine lästige Fliege verscheuchen. »Ich lege mich jetzt wieder schlafen. Wenn du willst, kannst du vor meiner Tür stehen und mich bewachen.«

Gaunt verschwand in seinem Zimmer und Hadrian wartete draußen. Er kam sich vor wie ein Dummkopf. Das Gespräch war überhaupt nicht so verlaufen, wie er gehofft hatte. Er hatte Gaunt nicht beeindrucken können. Gaunt ihn allerdings auch nicht, wie er zugeben musste. Er wusste nicht, was er erwartet hatte. Vielleicht einen zwar armen, aber dafür umso edler gesinnten Menschen, einen Mann von unerschütterlicher Rechtschaffenheit und voll der tiefsten Weisheit, der es aus einfachen Verhältnissen aus eigener Kraft bis an die Spitze geschafft hatte. Zugegeben, seine Erwartungen waren hoch gewesen, aber Gaunt war ja auch angeblich zum Teil ein Gott. Stattdessen hatte seine bloße Nähe in Hadrian das Bedürfnis geweckt, ein Bad zu nehmen.

Er lehnte sich an die Wand vor der Tür und blickte den menschenleeren Gang hinauf und hinunter.

Das ist doch albern. Was tue ich hier?
Die Antwort lag auf der Hand – nichts. Aber es gab auch gar nichts zu tun. Er hatte seine Chance vergeben und war jetzt zu nichts mehr nütze.
Hinter der Tür begann Gaunt zu schnarchen.

Als Hadrian am nächsten Morgen Royce besuchte, saß der auf dem Boden seiner Zelle. Den Rücken hatte er an die Wand gelehnt und ein Bein wie eine Zeltstange aufgestellt. Auf dem Knie lag der rechte Arm, die Hand hing schlaff hinunter. Er trug nur seinen schwarzen Kittel und die schwarze Hose. Gürtel und Stiefel fehlten. Er war barfuß und seine Fußsohlen waren schwarz vom Dreck. Sein nach oben gerichteter Kopf lehnte ebenfalls an der Wand. Kinn, Wangen und Hals waren mit einwöchigen schwarzen Stoppeln bedeckt. In seinen Haaren und Kleidern hingen Strohhalme, auf seinem Schoß lag ordentlich zusammengefaltet ein neu aussehender Schal.
Er rührte sich nicht, als Hadrian die Zelle betrat. Aber er schlief auch nicht. Wenn sich ihm jemand näherte, wachte er immer auf. Außerdem hatte er die Augen geöffnet. Er starrte blicklos zur Decke.
»He, Kumpel«, sagte Hadrian und trat ein.
Der Wächter schloss die Tür hinter ihm und schob den Riegel vor. »Ruft mich, wenn Ihr fertig seid«, sagte er zu Hadrian.
Die Zelle hatte ein kleines Fenster unterhalb der Decke, das ein helles Rechteck auf die Stelle zeichnete, an der Wand und Boden aneinanderstießen. In der Lichtsäule schwebte Strohstaub. Neben der Tür standen ein mit Wasser gefüllter Becher, ein Glas mit Wein und ein Teller mit einem Eintopf aus Kartoffeln und Karotten, alles unberührt. Der Eintopf war zu einem festen Klumpen getrocknet.
»Störe ich beim Frühstück?«
»Das war das Abendessen«, sagte Royce.
»War es so schlecht?« Hadrian setzte sich ihm gegenüber auf

das Bett. Auf dem Gestell lagen eine dicke Matratze, ein halbes Dutzend warme Decken, drei weiche Kissen und Laken aus feinstem Leinen. Doch Royce hatte nicht darin geschlafen. »Gar nicht übel hier drin«, sagte Hadrian und tat so, als müsste er sich ausführlich umsehen. »Da haben wir schon schlechter gewohnt. Aber ich hätte dich nie hier vermutet. Ich dachte irgendwie, du wolltest verschwinden und mir Zeit geben, zu erklären, warum du die Imperatorin entführt hast. Was ist passiert?«

»Ich habe mich gestellt.«

Hadrian grinste. »Wie man sieht.«

»Warum bist du hier?« Royces Blick war stumpf und leer.

»Na ja, als ich erfuhr, dass du hier bist, dachte ich, du könntest Gesellschaft gebrauchen. Du weißt schon, jemanden, mit dem du reden kannst und der dir heimlich mal ein Stück Kuchen in die Zelle schmuggelt oder einen Hähnchenschlegel. Ich könnte dir auch ein Kartenspiel bringen. Ich weiß doch, wie gern du mich schlägst, wenn wir … Du schlägst mich eben gern.«

Royce machte eine Grimasse, die einem Lächeln nahe kam. Er streckte den linken Arm aus und nahm eine Handvoll Stroh. Er zerdrückte es in der Faust, ließ die Stückchen durch die Finger rieseln und betrachtete sie in der Lichtsäule, die durch das Fenster fiel. Als die Hand leer war, öffnete er sie mit dem Handteller nach oben und betrachtete sie und wendete sie hin und her, als hätte er sie noch nie gesehen.

»Ich möchte dir danken, Hadrian«, sagte er schließlich leise und zusammenhanglos, ohne den Blick von der Hand abzuwenden.

»Wie schrecklich förmlich das klingt«, sagte Hadrian und lächelte. »Es geht doch nur um ein Kartenspiel.«

Royce senkte die Hand und legte sie wie ein vergessenes Spielzeug auf dem Boden ab. Dann richtete er den Blick wieder zur Decke. »Als wir uns kennenlernten, konnte ich dich nicht ausstehen, wusstest du das? Ich hielt Arcadius für verrückt, als er meinte, ich solle dich zu einem Raubüberfall mitnehmen.«

»Warum hast du mich dann mitgenommen?«

»Willst du eine ehrliche Antwort? Ich habe damit gerechnet, dass du ihn nicht überlebst. Dann hätte ich den Alten auslachen und sagen können: ›Siehst du, was habe ich gesagt? Der Trampel hat nicht überlebt.‹ Aber du hast doch überlebt. Du bist ohne Klagen und Jammern bis zum obersten Stock des Kronturms hinaufgestiegen.«

»Und dann hast du deine Meinung geändert?«

»Nein, ich hielt das für Anfängerglück. Ich rechnete damit, dass du am folgenden Abend umkommen würdest, als wir die Sachen in den Turm zurückbringen sollten.«

»Nur dass ich wieder überlebt habe.«

»Das hat mich richtig wütend gemacht. Ich irre mich sonst nie, was andere Menschen angeht. Und meine Güte, konntest du kämpfen. Ich dachte, Arcadius würde aufschneiden, als er so von dir schwärmte. ›Der beste Soldat unserer Zeit‹, sagte er. ›In einem fairen Kampf kann ihn niemand besiegen.‹ Das war das entscheidende Wort – in einem fairen Kampf. Er wusste, dass du nicht immer die Gelegenheit zu einem fairen Kampf bekommen würdest und ich sollte dich auf eine Welt der Heimtücke, des Betrugs und des Verrats vorbereiten. Offenbar glaubte er, ich würde mich darin auskennen.«

»Und ich sollte einen unter Wölfen aufgewachsenen Mann Ehre, Anstand und Güte lehren.«

Royce hob den Kopf und sah Hadrian an. »Er hat dir von mir erzählt?«

»Nicht alles, nur einige der weniger schönen Seiten.«

»Manzant?«

»Nur dass du dort eingesperrt warst und dabei fast umgekommen wärst und dass er dich herausgeholt hat.«

Royce nickte. Dann senkte er das Gesicht, starrte wieder ins Leere, nahm abwesend eine Handvoll Stroh auf und zerdrückte es in der Faust.

Hadrian ließ den Blick durch die Zelle wandern. Die untere

Hälfte der steinernen Wände waren von den Gefangenen im Lauf der Jahrhunderte bis zu einer Art Hochwasserlinie abgenutzt und glattgescheuert worden. An der hinteren Wand waren die Tage eines ganzen Jahres mit einer Strichliste abgezählt, die aussah wie eine endlos lange Reihe von Weizengarben. Droben am Fenster hatte in der Ecke des Außensimses ein Vogel ein Nest gebaut. Jetzt war es leer und mit gefrorenem Schnee überzogen. Hin und wieder hörte man vom Hof draußen einen Karren, ein Pferd oder von Menschen verursachte Geräusche, doch meist herrschte eine drückende, trostlose Stille.

»Hadrian«, sagte Royce. Er hatte aufgehört, mit dem Stroh zu spielen, und die Hände flach vor sich hingelegt. Sein Blick war auf die Wand gerichtet und er sprach leise und stockend. »Du und Arcadius ... ihr seid die einzige Familie, die ich je hatte. Die einzigen Menschen auf der Welt ...« Er schluckte und biss sich auf die Lippen.

Hadrian wartete.

»Ich will, dass du weißt ...«, fuhr Royce fort. »Es ist mir wichtig, dass ...« Er warf Hadrian einen Blick zu und blickte wieder auf die Wand. »Ich wollte dir dafür danken, dass du für mich da bist und dass du jetzt hier bist. Dass du ein Bruder für mich bist, wie es niemand anders je sein wird. Ich ... ich will nur, dass du das weißt.«

Hadrian schwieg. Er wartete darauf, dass Royce ihn wieder ansah. Es dauerte eine Weile. Erst als das Schweigen unerträglich wurde, hob Royce den Blick. Hadrian erwiderte ihn streng. »Und warum soll ich das wissen?«

»Was meinst du?«

»Verrate mir doch ... nein, sieh nicht die Wand an, sondern mich. Warum ist es so wichtig, dass ich das weiß?«

»Weil es eben wichtig ist, zufrieden?«

»Nein, überhaupt nicht. Erzähl keinen Mist, Royce. Wir sind seit zwölf Jahren zusammen und haben dem Tod Dutzende Male ins Auge geschaut. Warum sagst du mir das ausgerechnet jetzt?«

»Ich bin außer mir, durcheinander. Was willst du von mir?«

Hadrian sah ihn unverwandt an, dann nickte er langsam. »Du hast die ganze Zeit darauf gewartet, stimmt's? Du hast hier gesessen, an der Wand gelehnt und darauf gewartet, dass ich komme.«

»Nur falls du es vergessen hast, man hat mich festgenommen. Ich bin in einer Zelle eingesperrt. Ich kann sonst nicht viel tun.«

Hadrian schnaubte.

»Was?«

Hadrian stand auf. Er brauchte jetzt Bewegung. In der Zelle war nicht viel Platz, aber er ging trotzdem zwischen Wand und Tür hin und her, drei Schritte in jede Richtung. »Wann willst du es tun? Sobald ich gegangen bin? Heute Abend? Wie wäre es mit einem schönen Selbstmord am Morgen? Du könntest es ganz romantisch bei Sonnenaufgang tun. Oder lieber dramatisch um Mitternacht?«

Royce sah ihn böse an.

»Und wie willst du es machen? Die Handgelenke aufschlitzen? Die Kehle? Oder den Wächter zu einem Kampf provozieren, wenn er das Abendessen bringt? Ihn beschimpfen? Oder willst du es ganz groß aufziehen? Zu Modina gehen und wieder damit drohen, sie zu töten? Du findest schon einen Idioten, einen Vollidioten mit genügend Selbstbewusstsein. Du ziehst irgendein kleines Schwert, das nicht so furchterregend aussieht, und er zieht sein Schwert. Du täuschst einen Angriff vor und er weiß das ja nicht.«

»Sei nicht so.«

»Nicht *so*?« Hadrian blieb stehen und durchbohrte ihn mit seinem Blick. Er musste Luft holen, um sich zu beruhigen. »Wie soll ich denn sein? Was erwartest du? Vielleicht glücklich? Hast du geglaubt, ich wäre damit einverstanden? Ich habe dich für stärker gehalten. Wenn jemand überlebt hat, was du …«

»Genau das ist es doch – ich will nicht mehr! Ich habe immer überlebt. Das Leben ist eine einzige Schikane. Es macht sich ein Vergnügen daraus, herauszufinden, wie viele Demütigungen du erträgst. Es droht dir damit, dich umzubringen, wenn du keinen Dreck frisst. Es nimmt dir alles weg, was dir wichtig ist – nicht aus Neid, sondern nur um zu sehen, wie viel du aushältst. Ich habe mich seit meiner Kindheit immer vom Leben herumschubsen lassen. Ich habe alles getan, was es verlangte, nur um zu überleben. Doch mit zunehmendem Alter habe ich begriffen, dass es Grenzen gibt. Du hast sie mir gezeigt. Ich kann nur so weit gehen, nur so viel aushalten. Jetzt will ich nicht mehr. Ich fresse nicht Dreck, nur um zu überleben.«

»Also ist alles meine Schuld?« Hadrian ließ sich auf die Matratze fallen und fuhr sich mit den Händen durch die Haare. »Nur dass du es weißt, du bist nicht der Einzige, der Gwen vermisst. Ich habe sie auch geliebt.«

Royce hob den Kopf.

»In einem anderen Sinn als du. Du weißt schon, was ich meine. Das Schlimmste ist ...« Hadrians Stimme versagte. »Es ist ja wirklich meine Schuld und damit muss ich leben. Hast du daran schon mal gedacht? Du hattest immer recht und ich nicht. Du wolltest den Auftrag von DeWitt nicht annehmen, aber ich habe dich dazu überredet. ›Lass uns aus Dahlgren verschwinden, dieser Krieg geht uns nichts an‹, hast du gesagt, aber ich habe dich zum Bleiben überredet. ›Gegen Merrick kannst du nicht gewinnen‹, hast du gesagt, also hast du mich beschützt. Du hast gesagt, Gaunt sei ein Idiot, und auch damit hast du recht behalten. Wegen mir hast du Dinge getan, von denen du wusstest, dass sie falsch waren. Ich habe dich mitgeschleppt, weil ich mein schlechtes Gewissen gegenüber meinem toten Vater beruhigen wollte. Gwen ist wegen mir tot. Ich habe das einzig Schöne, das du im Leben hattest, kaputtgemacht, nur weil ich etwas vollbringen wollte, das letztlich bedeutungslos war. Ich bin nicht der Held, der das Königreich rettet und die Hand der schönen Prinzessin gewinnt. So geht es im Leben nicht zu.«

Hadrian lachte bitter. »Das hast du mich jedenfalls gelehrt, Royce. Es geht im Leben nicht zu wie im Märchen. Der Held reitet nicht auf einem Schimmel und es gewinnt nicht immer der Gute. Ich wollte das nur unbedingt glauben. Und ich hätte nie im Leben gedacht, dass ich damit so viel Schaden anrichte. Dass ihr zwei, du und Gwen, dafür büßen müsst.«

»Es war nicht deine Schuld«, widersprach Royce.

»Wenn du mir das noch tausend Mal sagst, glaube ich es am Ende noch. Nur dass es dazu nicht kommt, stimmt's? Weil du ja demnächst nicht mehr da bist. Weil du aufgibst. Weil du mich sitzen lässt, was aber auch wieder meine Schuld ist. Verdammt, Royce, du hast doch die Wahl! Ich weiß, es sieht nicht so aus und ich bin ein Dummkopf, der an eine Phantasiewelt glaubt, in der die Guten gewinnen, aber das eine weiß ich ganz bestimmt: Dein Weg führt entweder in Nacht und Verzweiflung oder zum Licht und zum Guten. Es ist deine Entscheidung.«

Royce hob ruckartig den Kopf und sah Hadrian geradezu erschrocken an. Aus dem Schrecken wurde rasch Misstrauen.

»Was ist?«, fragte Hadrian besorgt.

»Wie machst du das?«, wollte Royce wissen und Hadrian spürte zum ersten Mal, seit er die Zelle betreten hatte, wieder den alten, kaltschnäuzigen und aggressiven Royce.

»Wie mache ich was?«

»Du zitierst jetzt schon zum zweiten Mal Gwen, damals auf der Brücke und jetzt wieder. Sie hat dasselbe einmal zu mir gesagt, mit genau denselben Worten.«

»Wirklich?«

»Sie hat mir aus der Hand gelesen und von einer Verzweigung gesprochen, einer Stelle, an der ich eine Entscheidung treffen muss. Und zwar müsste ich mich zwischen einem Weg in die Nacht und Verzweiflung und einem Weg zum Licht und zum Guten entscheiden. Notwendig würde die Entscheidung durch ein traumatisches Ereignis – den Tod des Menschen, den ich am meisten lieben würde.«

»Gwens Tod?«

Royce nickte. »Aber du warst damals nicht dabei und kannst

nicht gehört haben, was sie sagte. Wir saßen allein im Salon im MEDFORDERHAUS. Das war vor einem Jahr. Ich erinnere mich nur daran, weil es der Abend war, an dem Arista in die DORNIGE ROSE kam. Und du hast dich betrunken und etwas von einer Sinnkrise lamentiert. Also woher wusstest du, was Gwen gesagt hat?«

Hadrian zuckte mit den Schultern. »Ich wusste es nicht, aber ...« Ein Schauer überlief ihn. »Was ist, wenn es umgekehrt ist? Wenn nicht ich sie zitiert habe, sondern sie mich?«

»Wie bitte?«

»Gwen war doch eine Seherin. Vielleicht hat sie verschiedene Ereignisse aus deiner Zukunft gesehen, wie Fan Irlanu damals in dem Dorf der Tenkin.« Hadrians Blick wanderte ziellos hin und her, während er weiter überlegte. »Vielleicht hat sie uns auf der Brücke und hier in der Zelle gesehen. Sie wusste, was ich sagen würde, und sie wusste auch, dass du mir nicht zuhören würdest. Genauso wie sie gewusst haben muss, dass du mir auf der Brücke auch nicht zuhören würdest. Deshalb hat sie das gesagt.« Auf einmal fügte sich alles zusammen und Hadrian sprach immer schneller. »Sie wusste, dass du nicht auf mich hören würdest, aber auf sie schon. Gwen will nicht, dass du stirbst, Royce. Sie ist derselben Meinung wie ich. Ich habe mich vielleicht in der Vergangenheit geirrt, aber nicht diesmal. Diesmal habe ich recht. Ich weiß das, weil Gwen in die Zukunft geblickt und sich auf meine Seite gestellt hat.« Hadrian lehnte sich an die Wand und verschränkte triumphierend die Hände hinter dem Kopf. »Du kannst dich nicht umbringen«, rief er geradezu fröhlich, als hätte er soeben eine Wette gewonnen. »Sonst würdest du ihre Wünsche verraten!«

Royce sah ihn verwirrt an. »Aber wenn sie das alles wusste, warum hat sie es dann nicht verhindert? Warum hat sie mich mit dir gehen lassen? Warum hat sie nichts gesagt?«

»Das liegt doch auf der Hand. Sie wollte, dass wir gehen, und entweder konnte sie ihren Tod nicht verhindern oder ...«

»Oder was?«, fragte Royce scharf. »Oder sie wollte sterben?«
»Nein, oder sie wusste, dass sie sterben musste.«
»Aber warum?«
»Keine Ahnung – vielleicht hat sie noch etwas anderes gesehen, das noch nicht eingetreten ist. Etwas, das so wichtig war, dass es lohnte, dafür zu sterben. Jedenfalls sollst du dich nicht umbringen, das hat sie klargemacht.«

Royce warf den Kopf mit einem dumpfen Laut gegen die steinerne Wand und kniff die Augen zu. »Verdammt.«

Mauvin Pickering stand auf dem Balkon des vierten Stocks und blickte in den Palasthof hinunter. Es schneite wieder. Dicke, nasse Flocken fielen auf den morastigen Boden und füllten nach und nach die tiefen Wagenspuren aus. Zwar schienen die einzelnen Flocken zu schmelzen, doch irgendwie blieb der Schnee trotzdem liegen und der Morast verschwand unter einer makellos weißen Decke.

Hinter der Hofmauer sah Mauvin die Dächer der Stadt. Aquesta erstreckte sich zu seinen Füßen, ein Gewimmel vieler hundert verschneiter, strohgedeckter Häuser, die sich wie gegen das Unwetter Schutz suchend aneinanderdrängten. Die Stadt erstreckte sich bis zum Meer und zog sich im Norden einen Hang hinauf. Mauvins Blick wanderte zu der Lücke, die durch den Platz des Imperiums entstand, und weiter zum Bingham-Platz mitten im Handwerkerviertel. Daneben war die Spitze des Turms der Handwerker zu sehen. Er ließ den Blick noch weiter wandern, bis zu den bewaldeten Bergen jenseits der Felder und Weiden. Sie waren aufgrund des Schneetreibens nur als verschwommene graue Linie in der Ferne zu erkennen, hinter der man noch höhere Berge erahnen konnte. Er stellte sich vor, er könnte Glouston sehen und dahinter, jenseits des Flusses, Melengar, dessen Könige den Falken im Wappen führten, das Land, in dem er geboren war, seine Heimat. Er stellte sich vor, dass auch in Drondilsfeld Schnee lag und genauso im Obstgarten und dass der Burggraben zugefroren war. Vern würde das Eis im Brunnen zerschlagen, indem er einen schweren Hammer hinunterfallen ließ, den er an einem Seil festgebunden hatte. Er würde Angst haben, der Knoten könnte wie vor fünf Jahren einmal aufgehen und der Hammer, von allen Werkzeugen sein liebstes, im Brunnen liegen bleiben. Der alte Hammer lag immer noch dort unten im Wasser, dachte Mauvin, und wartete darauf, dass Vern ihn herauszog – aber Vern konnte das nicht mehr tun.

»Du holst dir da draußen den Tod«, sagte seine Mutter.

Er drehte sich um und sah sie in ihrem dunkelblauen Gewand – ein schwarzes hatte sie nicht – in der Tür stehen. Um die Schultern hatte sie den dunkelroten Schal gewickelt, den Fanen ihr vor drei Jahren zu Wintertid geschenkt hatte, in seinem Todesjahr. Seitdem war der Schal zu ihrem ständigen Begleiter geworden und sie trug ihn das ganze Jahr über. Im Winter hielt er sie nach ihren Worten schön warm, im Sommer schützte er ihre Schultern gegen die Sonne. Wie Mauvin bemerkte, trug sie an diesem Morgen auch die Halskette. Die peinlich dicke Kette mit dem riesigen Anhänger war auch schwer zu übersehen. Der Anhänger sollte die Sonne darstellen: ein großer, in Gold gefasster Smaragd, umgeben von mit Rubinen besetzten Strahlen. Die Kette war hässlich und protzig und seine Mutter hatte sie nur wenige Male getragen und dann auf dem Grund ihrer Schmuckschatulle versenkt. Sein Vater hatte sie ihr geschenkt.

Obwohl sie vier Kinder geboren hatte, zog Belinda Pickering immer noch die Blicke auf sich. Für den Geschmack seines Vaters zu viele Blicke, wenn man den Geschichten glauben durfte, die man sich erzählte. Jahrzehntelang hatte es Gerüchte um die zahlreichen Duelle gegeben, die um Belindas Ehre ausgetragen worden waren. Zwanzig sollten es insgesamt gewesen sein, alle ausgelöst durch Männer, die Belinda zu lange angesehen hatten. Alle hatte sie dasselbe Schicksal ereilt, der Tod durch Graf Pickerings magisches Schwert. Doch gehörte das ins Reich der Legende. Nach Mauvins Wissen war es nur zwei Mal zum Kampf gekommen.

Der erste hatte noch vor seiner Geburt stattgefunden. Sein Vater hatte ihm an seinem dreizehnten Geburtstag davon erzählt, an dem er seine erste Prüfung im Schwertkampf der Teshlor-Ritter abgelegt hatte. Wegelagerer hatten seinen Eltern auf ihrem einsamen Nachhauseweg aufgelauert, vier an der Zahl. Sein Vater war bereit gewesen, Pferde, Geldbörse und sogar Belindas Schmuck herzugeben, wenn die Räuber sie dafür unbehelligt ziehen ließen. Doch dann hatte er bemerkt, wie die Banditen Belinda hungrige Blicke zuwarfen und miteinander tuschelten. Er hatte zwei von ihnen getötet, einen verwundet und den letzten in die Flucht geschlagen. Von den Kämpfen hatte er eine fast einen Fuß lange Narbe davongetragen.

Der zweite Vorfall hatte sich ereignet, als Mauvin zehn war. Sie waren zu Wintertid nach Aquesta gekommen und der Graf von Tremore hatte sich darüber aufgeregt, dass Pickering nicht am Schwertkampf teilnehmen wollte. Denn Tremore wusste, dass er in diesem Fall, selbst wenn er das Turnier gewann, nur als zweitbester Kämpfer gelten würde. Also forderte er Pickering zum Duell. Mauvins Vater weigerte sich. Daraufhin hatte der Graf Belinda gepackt und vor den Augen des ganzen Hofes geküsst. Sie hatte ihn geohrfeigt und von sich weggestoßen. Als er sich festhalten wollte, war ihr Kleid am Halsausschnitt gerissen und sie stand auf einmal nackt da. Weinend war sie zu Boden gesunken und hatte versucht, ihre Blöße zu bedecken. Mauvin erinnerte sich noch genau, wie sein Vater sein Schwert gezogen und ihm aufgetragen hatte, seine Mutter auf ihr Zimmer zu bringen. Im folgenden Zweikampf hatte er den Grafen von Tremore nicht getötet, aber ihm die Hand abgeschlagen.

Doch konnte man immer noch nachvollziehen, wie es zu den Gerüchten hatte kommen können. Selbst Mauvin sah, wie attraktiv seine Mutter war. Doch bemerkte er jetzt zum ersten Mal auch das Grau in ihren Haaren und die Falten in ihrem Gesicht.

Außerdem stand sie, die immer so aufrecht gegangen war, auf einmal gebeugt da, als drücke sie eine unsichtbare Last nieder.

»Ich sehe dich in letzter Zeit so selten«, sagte sie. »Wo bist du?«

»Nirgends.«

Er wartete darauf, dass sie nachhaken würde, mehr wissen wollte, aber – sie nickte nur. Sie verhielt sich seit ihrer Ankunft so und das machte ihm zunehmend zu schaffen.

»Kanzler Nimbus war vorhin da. Er wollte dir mitteilen, dass die Imperatorin heute Abend eine Besprechung abhält, bei der auch deine Anwesenheit erforderlich ist.«

»Ich weiß. Alric hat es mir schon gesagt.«

»Hat er auch gesagt, um was es geht?«

»Bestimmt um die Invasion der Elben. Die Imperatorin wird alle Kräfte für einen Vergeltungsschlag mobilisieren wollen. Alric meint, sie wird aus diesem Anlass fordern, dass Melengar dem Imperium beitritt.«

»Und was will er tun?«

»Was kann er tun? Ohne sein Reich ist Alric kein König mehr. Und ich werde mich ihm anschließen. Ich werde die Leute sammeln, die er noch hat, und freiwillig kämpfen.«

Wieder ein schweigendes, resigniertes Nicken.

»Warum sagst du nichts? Warum gibst du mir nach, ohne zu protestieren? Wenn ich vor einem Monat gesagt hätte, ich würde in den Krieg ziehen, hätte ich etwas zu hören bekommen.«

»Vor einem Monat warst du mein Sohn, jetzt bist du Graf Pickering.«

Die Knöchel der Hand, mit der sie den Schal hielt, traten weiß hervor, mit der anderen Hand hielt sie sich am Türrahmen fest. Die Lippen hatte sie zusammengepresst.

»Vielleicht lebt Vater ja noch«, sagte Mauvin. »Er hat schon so manche gefährliche Situation überstanden. Es ist durchaus denkbar, dass er sich freikämpfen konnte. Solange er sein Schwert hat, kann ihn niemand besiegen – nicht einmal Braga.«

Belindas Lippen begannen zu zittern und ihre Augen glänzten

feucht. »Komm mit«, sagte sie nur und wandte sich zum Gehen. Er folgte ihr zu ihrem Zimmer. Darin standen drei Betten. Aufgrund der vielen Flüchtlinge war der Platz im Palast knapp. Der Kämmerer tat zwar sein Bestes, die Flüchtlinge ihrem Rang entsprechend unterzubringen, aber auch ihm waren Grenzen gesetzt. Mauvin nächtigte zusammen mit Alric und jetzt auch noch seinem Bruder Denek. Seine Mutter teilte ihr Zimmer mit seiner Schwester Lenare und Alenda Lanaklin von Glouston, die beide gerade nicht da waren.

Das Zimmer war nur einen Bruchteil so groß wie ihr Schlafgemach zu Hause. Bei den Schlafgelegenheiten handelte es sich um einfache Betten, deren Kopfbretter gepolstert und mit einem Stoff mit Rosenmuster überzogen waren. Durch Bleiglasfenster fiel Licht, das allerdings durch weiße Vorhänge gedämpft wurde, die dem Raum etwas Drückendes gaben. Man fühlte sich wie in einem Sterbezimmer. Auf der Kommode entdeckte er eine kleine Statue Novrons, die immer in der Kapelle gestanden hatte. Der Halbgott saß auf einem Thron und hatte eine Hand gebieterisch erhoben. Daneben brannte eine angenehm nach Salifan duftende Kerze. Davor lag auf dem Boden Belindas Kopfkissen mit zwei Ausbuchtungen, wo sie gekniet hatte.

Seine Mutter ging zum Schrank, holte ein längliches, in eine Decke gewickeltes Bündel heraus und hielt es ihm hin. Ihre Bewegungen wirkten steif, ihr Blick war ernst. Er betrachtete das Bündel – lang und schmal, verschnürt mit einem grünseidenen Band. Mit solchen Bändern hatten Belinda und Lenare sich immer die Haare aufgebunden. Die Decke kam ihm vor wie ein Leichentuch. Er wollte sie nicht anfassen.

»Nein«, sagte er unwillkürlich und trat einen Schritt zurück.

»Nimm«, befahl seine Mutter.

Plötzlich ging die Tür auf.

»Ich will nicht allein gehen«, sagte Alenda Lanaklin und trat zusammen mit seiner Schwester Lenare ein. Die beiden Frauen trugen ebenfalls dunkle, hochgeschlossene Gewänder. Lenare hielt einen Teller mit Essen in der Hand, Alenda eine Tasse. »Es wäre irgendwie peinlich. Ich kenne ihn doch gar nicht. Oh ...« Die beiden blieben stehen.

Mauvin nahm hastig das Bündel, das seine Mutter ihm hinhielt. Ohne es anzusehen, eilte er zur Tür.

»Es tut mir leid«, sagte Alenda und sah ihn bekümmert an.

»Entschuldigt mich bitte«, murmelte Mauvin und ging an ihnen vorbei nach draußen. Den Blick hielt er zu Boden gerichtet.

»Mauvin?«, rief Alenda ihm nach.

Er hörte ihre Schritte hinter sich und blieb stehen, drehte sich allerdings nicht um.

Er spürte, wie sie ihn an der Hand fasste. »Es tut mir so leid.«

»Das hast du schon gesagt.«

»Das vorhin war für die Störung.«

Er spürte, wie sie sich an ihn drückte. Sie küsste ihn auf die Wange.

»Danke.« Er sah, wie sie sich zu einem Lächeln zwang, während ihr eine Träne über die Wange lief.

»Deine Mutter hat noch nichts gegessen. Sie verlässt ihr Zimmer kaum noch. Lenare und ich haben ihr etwas geholt.«

»Das ist sehr nett.«

»Geht es dir gut?«

»Das sollte ich dich fragen. Ich habe einen Vater verloren, aber du einen Vater und außerdem noch zwei Brüder.«

Alenda nickte und zog die Nase hoch. »Ich versuche, nicht daran zu denken. Es gibt so viel – zu viel. Jeder hat jemanden verloren. Man kann kein Gespräch mehr führen, ohne dass jemand in Tränen ausbricht.« Sie weinte und lachte zugleich. »Siehst du?«

Er hob die Hand und wischte ihr die Tränen ab. Ihre Wangen waren erstaunlich weich und glänzten nass.

»Worüber habt ihr beide euch eben unterhalten?«, fragte er.

»Eben?« Sie klang verlegen. »Es klingt bestimmt albern.«

»Vielleicht ist etwas Albernes jetzt genau richtig.« Er verzog das Gesicht und zwinkerte.

Sie lächelte, diesmal weniger gezwungen.

»Na los«, sagte er. Er nahm ihre Hand und zog sie mit sich den Flur entlang. »Verrate mir das schreckliche Geheimnis.«

»Es ist kein Geheimnis. Ich wollte nur Lenare dabeihaben, wenn ich meinen Bruder besuche.«

»Myron?«

Sie nickte. »Ich habe ein wenig Bauchschmerzen davor – oder eigentlich Angst. Wie soll ich ihm erklären, warum ich ihn bisher nie besucht habe?«

»Und warum hast du ihn nicht besucht?«

Sie zuckte verlegen mit den Schultern. »Ich hätte es tun sollen, nur irgendwie ... er war ein Fremder. Wenn wenigstens mein Vater mitgekommen wäre, aber er wollte das nicht. Er wollte offenbar vergessen, dass es Myron überhaupt gibt. Ich glaube, er hat sich für ihn geschämt, und das hat irgendwie auf mich abgefärbt.«

»Und jetzt?«

»Jetzt habe ich Angst.«

»Wovor?«

»Vor ihm.«

»Du hast vor Myron Angst?« Mauvin begann zu lachen, verstummte aber abrupt, als er Alendas ernsten Blick sah.

»Ich wusste, dass du mich auslachen würdest!«

»Nur weil wir von Myron sprechen und ...«

»Er ist jetzt Markgraf!«, rief Alenda. »Das Oberhaupt der Familie. Dem Gesetz nach muss ich tun, was er sagt, hingehen, wohin er befiehlt, und heiraten, wen er für mich auswählt. Wenn er mich nun nicht leiden kann? Wenn er mich büßen lässt, dass er so viel Not ertragen musste? Ich habe die ganze Zeit in einem Schloss gewohnt und Diener haben mich angekleidet, mir zu essen gegeben und mich gebadet. Ich habe Bankette und Turniere besucht, Feste und Picknicks, und bestickte Kleider aus Seide und Spitzen und kostbaren Schmuck getragen. Während er ...« Sie brach ab. »Myron kam mit vier in die Winde-Abtei. Er musste grobe Handarbeit verrichten und Kleider aus grober Wolle tragen und durfte nie ausgehen oder jemanden besuchen – nicht einmal seine Angehörigen. Jetzt sind außer mir alle tot. Natürlich hasst er mich. Warum auch nicht? Er wird mich verfluchen und seine ganze Bitterkeit an mir auslassen. Er wird mich verleugnen, wie wir ihn verleugnet haben. Er wird mich ohne einen Pfennig aus dem Haus werfen und mir meinen Titel nehmen. Und ... und ... ich kann es ihm nicht einmal verdenken.«

Verwirrt sah sie Mauvin an. »Was? Was ist denn?«

4

Mauerfall

»Wie geht es Royce?«, fragte Arista, während sie und Hadrian nebeneinander am Tischende Platz nahmen. Es gab keine Tischkärtchen, Hadrian wusste deshalb auch nicht, wo er sitzen sollte. Er sah die Prinzessin fragend an, aber sie zuckte nur mit den Schultern.

»Nicht besonders, aber zur Zeit geht es ja niemandem richtig gut.« Er warf Alric einen Blick zu, der sich Arista gegenübersetzte, und dann Mauvin, der neben seinem König Platz nahm. »Das mit Eurem Vater tut mir sehr leid«, sagte er.

Mauvin antwortete mit einem kaum merklichen Nicken. Arista stand auf, streckte den Arm über den Tisch aus und ergriff Mauvins Hand. Sie sagte nichts, sondern sah ihn nur an und lächelte angespannt.

»Seht ihr, das ist der Unterschied«, sagte Mauvin. »Wenn ich jemanden verliere, trösten die Leute mich. Wenn Royce jemanden verliert, werden aus Angst ganze Städte evakuiert.« Er lächelte traurig. »Mir geht es eigentlich nicht schlecht. Mein Vater hatte ein schönes Leben. Er hat die schönste Frau des ganzen Königreichs geheiratet, vier Kinder großgezogen und eins davon überlebt und er ist bei der Verteidigung seiner Heimat im Kampf gefallen. Ich kann nur hoffen, dass ich es einmal halb so gut mache.«

»Man kann sich nur schwer vorstellen, dass überhaupt jemand Royces Panzer durchbrechen konnte«, sagte König Alric.

Hadrian hatte ihn erst vor wenigen Jahren kennengelernt. Unmittelbar nach König Amraths Tod waren er, Royce und später auch noch Myron drei Tage lang mit dem Prinzen in den Bergen von Melengar unterwegs gewesen. Es kam ihm vor wie gestern, doch Alric schien seitdem um Jahrzehnte gealtert. Der Blick seiner Augen war gereift, sein jungenhafter Gesichtsausdruck verschwunden – verborgen hinter einem Vollbart. Mit seinem schwermütigen, von Falten durchzogenen Gesicht glich er jetzt mehr seinem Vater. Die kleine weiße Narbe auf seiner Stirn war noch da – eine ferne Erinnerung an den Tag, an dem er mit dem Gesicht in der Erde beinahe gestorben wäre.

»Gwen war eine außergewöhnliche Frau«, erklärte Hadrian.

»Ich hätte sie gern kennengelernt«, sagte Arista und setzte sich wieder.

»Ihr hättet sie gemocht und ich weiß, dass sie Euch sehr geschätzt hat. Sie war« – Hadrian machte eine Pause – »einzigartig.«

Sie versammelten sich im großen Saal, dem größten Raum im Palast. Vier steinerne Feuerstellen erfüllten ihn mit Wärme und einem rötlich-orangenen Schein. Über jedem Kamin hingen stählerne Schilde und schimmernde Schwerter als Insignien der Macht. An der Decke hingen in zwei Reihen die zweiunddreißig Fahnen mit den Wappen der Adelshäuser von Avryn. Fünf waren seit dem letzten Mal, als Hadrian hier gewesen war, dazugekommen: die Fahnen der Häuser Lanaklin von Glouston, Hestle von Bernum, Exeter und Pickering von Galinin und der goldene gekrönte Falke auf rotem Grund des Hauses Essendon von Melengar. Sie alle waren an ihre angestammten Plätze zurückgekehrt.

Der Tisch, an dem sie warteten, war der einzige im Saal. Er stand in der Mitte und war länger als der Tresen der DORNIGEN ROSE. Neun Stühle säumten ihn an jeder Seite, dazu kamen die beiden Stühle an den Enden. In diesem Saal hatte Hadrian seinen ersten Auftritt als Adliger gehabt. Er kam sich jetzt genauso fehl am Platze vor wie damals, als sich der Saal nach und nach mit den anderen geladenen Gästen gefüllt hatte, die ausnahmslos Adlige waren.

Die meisten Teilnehmer der Konferenz kannte er. Armand, der König von Alburn, setzte sich auf einen Platz nahe am Kopfende, sein Sohn, Prinz Rudolf, rechts daneben. Fredrick, der als König von Galeannon nicht hinter ihm zurückstehen wollte, nahm ihm gegenüber Platz. König Vincent von Maranon setzte sich zwei Plätze weiter, worauf Hadrian überlegte, ob es zwischen den beiden aneinander angrenzenden Königreichen etwa Streit gegeben hatte. Doch nicht nur königliche Hoheiten kamen. Die Ritter Elgar, Murthas und Gilbert trafen gemeinsam mit Baron Breckton ein. Breckton trug die goldene Schärpe seines neuen Amtes als Oberbefehlshaber der imperialen Armee.

Die Kellner begannen, Wein einzuschenken. Sieben Plätze waren noch leer, darunter der am Kopfende, auf den sich niemand zu setzen wagte. Hadrian nahm einen Schluck aus seinem Weinglas und machte eine Grimasse.

»Richtig«, sagte Arista, »du bist kein Weintrinker, stimmt's?«

Hadrian stellte das Glas ab und betrachtete es grimmig. »Der Wein ist bestimmt sehr gut«, sagte er. »Er schmeckt für mich nur leider wie verdorbener Traubensaft. Aber Ihr dürft nicht vergessen, dass ich mit Armigils Bier aufgewachsen bin.«

Der spindeldürre Kanzler des Imperiums, Nimbus, der Hadrian in der Hofetikette unterrichtet hatte, traf zusammen mit Amilia ein, der früheren Erzieherin und jetzigen Sekretärin der Imperatorin. Die beiden setzten sich auf die Plätze unmittelbar rechts und links des Kopfendes. Degan Gaunt kam hereinspaziert und sah sich ein wenig verloren um. Er trug ein teures Wams, Kniehosen und Schnallenschuhe, ein Aufzug, der überhaupt nicht zu ihm passte. Hadrian musste beim Anblick des Erben unwillkürlich an den Pudel der Herzogin von Rochelle und seine maßgeschneiderten Westen denken. Gaunt umkreiste den Tisch drei Mal, bevor er einen freien Platz wählte, der in der einen Richtung zwei Plätze von Mauvin und in der anderen einen von Ritter Elgar entfernt war, die er beide misstrauisch beäugte.

Zwei weitere Männer traten ein. Den ersten, einen älteren, korpulenten Herrn mit Glatze und feisten Wangen, kannte Hadrian nicht. Er trug einen langen, prächtigen Brokatmantel mit großen silbernen Knöpfen und darunter ein Rüschenhemd aus Seide. Der ihm folgende Mann war jünger und dicker, aber ansonsten sein Duplikat. In ihm erkannte Hadrian Cosmos DeLur, den reichsten Mann Avryns und berüchtigten Anführer der Diebeszunft Schwarzer Diamant. Demnach war der ältere Mann sein Vater, Cornelius DeLur, vormals das inoffizielle Oberhaupt der Republik Delgos.

Noch zwei Plätze waren frei.

Verschiedene Gespräche wurden gleichzeitig geführt und Hadrian versuchte zu verstehen, was gesagt wurde. Köpfe neigten sich einander zu und man lächelte wissend, tauschte verstohlene Blicke aus und murmelte leise Worte. Hadrian fing nur hier und da eine Handvoll davon auf. Die Gespräche drehten sich überwiegend um die Imperatorin. Die meisten Anwesenden hatten Modina nur damals am Abend vor dem letzten Wintertid-Turnier bei ihrem dramatischen Kurzauftritt gesehen und dann noch einmal, als sie ihr nach den Unruhen den Lehnseid geschworen hatten. Dies war die erste Gelegenheit zu einem ausführlicheren Gespräch.

Eine Fanfare ertönte.

Die Gespräche verstummten und alle hoben die Köpfe und standen auf. Die Imperatorin trat durch die Saaltür. Ihre Eminenz Modina Novronia sah wirklich aus wie die Tochter eines Gottes. Sie trug eine schwarze, in allen Regenbogenfarben von Hand bestickte und mit Diamanten, Rubinen und Saphiren besetzte Robe. Um den Hals trug sie eine gestärkte Halskrause in Form einer kalischen Lilie. Die langen Ärmel endeten an den Handgelenken in Ärmelkrausen, an ihren Ohren baumelten funkelnde Ringe, auf ihrer Brust lag eine Perlenkette. Beim Gehen wehte ein langer, schwarzer, mit dem Wappen des Imperiums bestickter Samtmantel hinter ihr her. Die Tage, in denen sie einen Sekretär um Stoff für ein Kleid hatte bitten müssen, waren längst vorbei.

Die Frau, die Hadrian jetzt vor sich sah, hatte zwar das Gesicht von Thrace Wood, doch ansonsten hatte sie mit dem Mädchen, das er einst aus dem Rinnstein des Finanz-Boulevards von Colnora gezogen hatte, nichts mehr gemein. Modina ging aufrecht, mit zurückgezogenen Schultern und stolz erhobenem Kopf. Sie sah niemanden an, sondern blickte starr geradeaus. Und sie ließ sich Zeit. Gemessenen Schrittes ging sie in einem weiten Bogen um den Tisch herum, so dass ihre Schleppe sich wieder geradelegen konnte, bevor sie am Kopfende ankam.

Hadrian musste daran denken, dass die Betreiberin des Salons Clarisse einst vorgeschlagen hatte, Thrace solle in ihrem Bordell einsteigen, um ein Dach über dem Kopf zu haben, und lächelte in sich hinein. Er hatte auf den Vorschlag damals mit den prophetischen Worten geantwortet: »Ich habe irgendwie das Gefühl, sie ist keine Prostituierte.«

Ein Kammerherr nahm den Mantel von ihren Schultern und schob den Stuhl hinter sie, aber die Imperatorin setzte sich nicht. Sie ließ den Blick über die Anwesenden wandern und Hadrian bemerkte, wie sie kaum merklich die Stirn runzelte. Er folgte ihrem Blick zu dem letzten noch leeren Stuhl.

Sie wandte sich an Nimbus. »Ihr habt dem Patriarchen doch meine Vorladung übermittelt?«

»Jawohl, Eminenz.«

Modina seufzte. Dann sah sie ihre Untertanen an.

»Erlaubt mir bitte, dass ich auf einige Traditionen verzichte. Laut meinem Kanzler müsste ich eigentlich eine Menge Formalitäten beachten, doch kostet so etwas Zeit, und Zeit ist ein Luxus, den wir uns nicht leisten können.«

Es war schon fast unheimlich, dachte Hadrian, zu erleben,

wie sie mit Staatsoberhäuptern so ruhig und selbstverständlich sprach, als hätte sie Kinder zum Tee eingeladen.

»Wie die meisten von Euch bereits wissen, wurde Avryn angegriffen. Der Angriff begann schon vor über einem Monat, doch hat sich das erst vor kurzem bestätigt. Unsere Informationen kommen von Flüchtlingen und zwölf Kundschaftertrupps, die ich nach Norden geschickt habe. Die meisten von ihnen sind nicht zurückgekehrt. Baron Breckton, könnt Ihr uns bitte einen Überblick über die gegenwärtige Lage geben.«

Breckton erhob sich. Er trug seine Ausgehuniform und darüber einen langen schwarzen Mantel. Alle Blicke wandten sich ihm zu, nicht nur, weil er gleich sprechen würde, sondern weil er zu den Menschen gehörte, die Aufmerksamkeit auf sich zogen. Es hatte mit der Art zu tun, wie er dastand. Er brachte es fertig, größer, aufrechter und tatkräftiger zu wirken als andere. Jetzt verbeugte er sich vor der Imperatorin, dann begann er zu sprechen.

»Leider konnte keiner unserer Kundschafter durch die Vorhut der Elben dringen und über ihre Hauptmacht berichten, aber was wir wissen, ist beunruhigend genug. An Wintertid haben um Mitternacht Truppen des Reiches Erivan mit über hunderttausend Mann über den Nidwalden gesetzt. In weniger als einer Woche haben sie das Königreich Dunmore erobert. Glamrendor ist ausgelöscht, König Roswort, Königin Freda und ihr gesamter Hof sind – vermisst, sie wurden vermutlich auf der Rückreise von den Feierlichkeiten zu Wintertid überfallen.«

Die Zuhörer wechselten Blicke und Hadrian hörte, wie die Worte »hunderttausend« und »in weniger als einer Woche« wiederholt wurden. Nach einer kurzen Pause fuhr Breckton fort:

»Die Elbenstreitmacht ist nach Westen weitergezogen und ungehindert in Ghent eingefallen. Schätzungen zufolge hat sie Ghent innerhalb von acht Tagen erobert. Ob Ghent sich gegen sie zur Wehr gesetzt hat, wissen wir nicht. Dagegen wurde bestätigt, dass die Universität von Sheridan niedergebrannt und Ervanon zerstört wurde.«

Wieder breitete sich Unruhe unter den Anwesenden aus, aber kaum noch einer äußerte etwas.

»Anschließend sind die Elben in Melengar eingefallen«, sagte Breckton und einige Anwesende sahen Alric an. »Die Bewohner von Drondilsfeld haben sich erbittert gewehrt und anderen durch ihren Heldenmut Zeit verschafft, nach Süden zu fliehen. Die Burg konnte dem Gegner genau einen Tag standhalten.«

»Einen Tag?«, rief König Vincent. Er sah Alric an, der ernst nickte. »Wie ist das möglich?«

Die Imperatorin wandte sich an den Fürsten auf ihrer linken Seite. »König Fredrick, wiederholt bitte, was Ihr uns gesagt habt.«

König Fredrick stand auf und strich die Falten seines Gewands glatt. Er war ein untersetzter Mann mit nur noch wenigen Haaren und einem runden Bauch, der die Vorderseite seines Rocks straff spannte.

»Nicht lange nach den Wintertid-Ferien – es waren höchstens ein paar Tage – erfuhren wir durch Reisende von Unruhen in Calis. Angeblich griffen Horden von Ghazel die Küste an. Die Reisenden sprachen von einer ›Flut‹. Bei Gur Em Dal stürmten Hunderttausende von ihnen die Klippen.«

»Wollt Ihr damit sagen, dass die Elben mit den Ghazel gemeinsame Sache machen?«, fragte Cornelius DeLur.

Der König schüttelte den Kopf. »Nein, es handelte sich nicht um Krieger. Vielleicht waren auch welche darunter, aber meinem Eindruck nach handelte es sich ebenfalls um Flüchtlinge, die ihre Heimat Hals über Kopf verlassen haben. Die kalischen Fürsten haben sie an der Ostküste haufenweise niedergemetzelt, konnten die Flut aber nicht aufhalten. Innerhalb einer Woche standen einzelne Trupps der Ghazel bereits an der Grenze zu Galeannon und drangen in die Vilanischen Berge ein. Seitdem ist der Kontakt mit Calis abgebrochen – es kommen keine Reisenden mehr heraus.«

Fredrick setzte sich.

»Erst heute Nachmittag kam eine neue Nachricht herein. Ein

Schiff namens *Silberne Flosse*, das vor fünf Tagen aus Kilnar ausgelaufen ist, hat beobachtet, dass Wesberg brannte. In der Ferne sei eine zweite Rauchsäule aufgestiegen, die laut Kapitän vermutlich zu Dagastan gehörte.«

»Warum sollten die Elben die Ghazel und zugleich uns angreifen?«, fragte Ritter Elgar. »Warum zwei Fronten eröffnen?«

»Vermutlich betrachten sie weder die Ghazel noch uns als ernsthafte Bedrohung«, erklärte Breckton. »Berichten zufolge wird ihre Streitmacht von Dutzenden Drachen begleitet, die auf ihrem Weg alles in Schutt und Asche legen. Andere Berichte sprechen von beunruhigenden Fähigkeiten der Elben wie der Fähigkeit, das Wetter zu manipulieren und Blitze auszulösen. Des Weiteren ist von Monstern die Rede, die die Erde zum Beben bringen, von Bestien, die den Boden aufreißen, Lichtern, die blenden, und einem Nebel, der ... Menschen verschlingt.«

»Sind das Märchen, die Ihr uns glauben machen wollt, Breckton?«, fragte Murthas. »Märchen mit Riesen, Monstern, Nebel und Elben? Was waren das für Kundschafter? Alte Weiber?«

Elgar und Gilbert mussten kichern und Rudolf lächelte.

»Es waren tapfere Leute, Ritter Murthas, und es steht Euch nicht an, schlecht über die zu reden, die mutig gehandelt und dafür den Tod gefunden haben.«

»Ich trauere um das Leben all derer, die umgekommen sind«, sagte König Armand. »Aber im Ernst, Breckton, ein Nebel, der Menschen verschlingt? Bei Euch klingt es, als seien die Elben der Albtraum schlechthin und der Wald jenseits des Nidwalden die Brutstätte aller nur denkbaren Greuel. Dabei sind es doch nur Elben, keine unbesiegbaren Götter, die ...« Er brach ab, denn von der Tür kam eine Stimme:

»*Sie kamen in Scharen und ohne Vorwarnung*
So schön wie auch schrecklich anzuschauen,
Sie kamen auf Pferden von strahlendem Weiß,
Gewandet in glänzendes Gold und schimmerndes Blau,

*Sie kamen mit Drachen und heftigen Winden
Und Riesen aus Erde und Stein,
Sie kamen und nichts konnte sie aufhalten.
Und immer noch kommen sie.«*

Alle drehten die Köpfe. Ein alter Mann hatte den Saal betreten, eine so sonderbare Erscheinung, dass Hadrian nicht hätte sagen können, was ihm zuerst auffiel. Die Haare hingen ihm von dem weit zurückweichenden Haaransatz bis zu den Kniekehlen hinunter und sie waren grau und weiß mit einem purpurroten Schimmer wie die Ränder einer faulenden Kartoffel. Sein Mund hatte keine Lippen, seine Augen hatten keine Brauen und seine Wangen waren tief eingefallen und runzelig. Er trug wallende Gewänder, die bei jeder ausladenden Bewegung seiner Arme, mit denen er dramatisch einen langen Stock schwang, wirkungsvoll in purpurfarbenen, goldenen und roten Kaskaden aufleuchteten. Seine strahlend blauen Augen wanderten ruhelos durch den Saal, ohne länger auf einer einzelnen Person zu verweilen. Sein Mund war geöffnet und zu einem stummen Lachen verzogen. Dahinter sah man ein erstaunlich vollständiges Gebiss.

Ihm folgten zwei genauso absonderlich aussehende Wächter. Sie trugen goldene Brustpanzer über senkrecht in Rot, Purpur und Gelb gestreiften Hemden mit langen Manschetten und Pluderärmeln, außerdem dazu passende Pluderhosen, die unterhalb der Knie von langen, gestreiften Strümpfen abgelöst wurden. Über die Brust hingen ihnen von Schulter zu Schulter verschiedene Ehrenzeichen mit silbernen Litzen und Troddeln. Auf ihren Köpfen saßen goldene Helme mit seitlich angebrachten Flügeln, die ihre Gesichter verbargen. In den Händen hielten sie seltsame Waffen, lange Hellebarden mit kunstvoll geschwungenen Klingen an beiden Enden. Die Hand mit der Waffe hatten sie auf Brusthöhe angehoben, die andere nach unten ausgestreckt.

Sie blieben genau gleichzeitig stehen und schlugen mit einem hörbaren Knall die Hacken zusammen. Der Alte ging weiter. Vor Modina blieb er stehen und stieß die eiserne Spitze seines Stocks auf den steinernen Boden.

»Verzeiht, Eminenz«, sagte er mit lauter Stimme und führte eine kunstvolle Verbeugung aus, die seine prächtige Robe erneut aufs schönste zur Geltung brachte. »Ich kann gar nicht ausdrücken, wie sehr es mich schmerzt, nicht rechtzeitig zur festgesetzten Zeit eingetroffen zu sein, doch leider wurde ich durch Umstände aufgehalten, gegen die ich machtlos bin. Ich hoffe doch, Ihr könnt einem schwachen alten Mann verzeihen.«

Modina starrte ihn verwirrt an und schwieg.

Der Alte wartete, verlagerte sein Gewicht von einem Bein auf das andere und legte den Kopf schräg.

Modina warf Nimbus einen Blick zu.

»Patriarch Nilnev«, sagte der Kanzler zu dem Alten. »Wenn Ihr bitte Platz nehmen wollt.«

Der Patriarch sah Nimbus an und erneut Modina. Dann nickte er, ohne eine Miene zu verziehen, ging mit laut klackendem Stock zu dem letzten noch freien Platz und setzte sich.

»Patriarch Nilnev«, sagte Breckton, »könnt Ihr die Worte erklären, mit denen Ihr die Ausführungen König Armands unterbrochen habt?«

»Ich habe einen alten Text zitiert: ›*Und siehe, die Waldgötter machen Jagd auf die Menschen. Sie, die der Tod nicht heimsucht und denen die Zeit nichts anhaben kann, erstgeborene Feenkönige und unumschränkte Herrscher, von den Menschen gefürchtet.*‹« Der Patriarch klang ehrerbietig. Nach einer Pause fuhr er fort: »Die alten Texte sprechen in aller Deutlichkeit von der Macht der Elben. Seither ist so viel Zeit vergangen und so viel Staub hat sich auf die Jahre gelegt, dass die Menschen vergessen haben, wie die Welt vor der Ankunft unseres Herrn Novron aussah. Vor seiner geheiligten Geburt haben die Elben über das ganze Land geherrscht. Jeder Ort, jeder sonnenbeschienene Berg und jedes grüne Tal unterstand ihnen. Sie waren die Erstgeborenen, die

Mächtigsten der Bewohner Elans. Wir haben das vergessen und der Grund dafür ist das Wunder Novrons. Vor seiner Ankunft waren die Elben unbesiegbar.«

»Mit Verlaub, Eure Heiligkeit«, sagte Ritter Elgar. Seine Stimme klang wie das Brummen eines Bären. »Aber das ist doch Unsinn. Die Elben sind so schwach wie Frauen und dümmer als das Vieh.«

»Habt Ihr schon einmal den Nidwalden überquert, Ritter Elgar? Seid Ihr je einem wirklichen Bürger des Reiches Erivan begegnet? Oder sprecht Ihr von den *mir*?«

»Wer ist das?«

»Die *mir* – oder auf Kalisch *kaz* – sind abscheuliche Wesen, die in Apeladorn früher die Straßen der Städte bevölkert haben. Diese ausgemergelten Kreaturen mit ihren spitzen Ohren und schrägstehenden Augen, die Menschen- und Elbenblut in sich vereinen, sind in der Tat widerwärtig. Sie sind die Reste eines besiegten Volkes, das mit den Elben weniger gemein hat als Ihr mit einem Goldfisch. Elben und Menschen können nicht nebeneinander existieren. Sie sind durch göttliche Vorsehung Todfeinde. Die Mischung ihres Blutes in einem Körper hat Wesen hervorgebracht, die sowohl Maribor wie Ferrol beleidigen und entsprechend den Zorn der Götter auf sich gezogen haben. Vom Aussehen eines *mir* auf das Wesen eines Elben zu schließen, wäre eine Anmaßung.«

»In Ordnung, verstanden«, sagte Elgar. »Trotzdem bin ich noch keinem Lebewesen begegnet, das gegen die scharfe Klinge eines Schwerts immun gewesen wäre.«

Die anderen Ritter trommelten zustimmend mit den Fäusten auf den Tisch und nickten – alle außer Breckton.

»In dem alten Text steht, dass vor der Ankunft Novrons kein Elbe je von einem Menschen getötet wurde. Und weil die Elben so lange leben, sah auch kein Mensch je die Leiche eines Elben. Daraus entstand der Glaube, die Elben seien unsterbliche Götter. ›*Mit leisen Schritten, laut wie der Donner, furchtbar wie der Blitz und größer als die Sterne, kommen sie, kommen sie unaufhaltsam und erobern das Land.«*

»Aber wenn sie so mächtig waren, wie konnte Novron sie dann besiegen?«, fragte Elgar herausfordernd.

»Er war der Sohn eines Gottes«, erwiderte der Patriarch kurz. »Und« – er machte eine Pause, sein Lächeln wurde breiter und es waren noch mehr Zähne zu sehen – »er hatte Hilfe in Gestalt des Rhelacan.«

»Des göttlichen Schwerts?«, fragte Baron Breckton skeptisch.

Der Patriarch schüttelte den Kopf. »Es wurde von den Göttern geschaffen, ist aber kein Schwert, sondern die Fanfare Ferrols, die Stimme der Nationen, das *Syord duah Gylindora*, mit dem Novron Erivan besiegte. Viele machen diesen Fehler. Das Wort *syord* bedeutet in der alten Sprache ›Horn‹, eine Bedeutung, die durch einen schlampigen Übersetzer verlorenging, der glaubte, es bedeute ›Schwert‹. Und Rhelacan ist lediglich das Wort der alten Sprache für ›Reliquie‹ oder ›Gegenstand‹. So wurde aus dem *Syord duah Gylindora*, dem Horn von Gylindora, das ›Schwert, das eine bedeutende Reliquie ist‹ oder eben das Rhelacan – die Waffe, mit der Novron gegen die Elben kämpfte.«

»Wie kann man mit diesem … *Horn* … eine Armee besiegen?«, fragte Baron Breckton.

»Es wurde vom Gott der Elben, Ferrol, eigenhändig erschaffen und die Elben müssen seinem Ruf gehorchen. Und es hat Novron die Kraft verliehen, die Elben zu besiegen.«

»Und wo finden wir diese Wunderwaffe?«, erkundigte sich Cornelius DeLur. »Ich frage nur, weil wir einen solchen Schatz in unserer Lage natürlich wunderbar gebrauchen könnten.«

»Das ist die große Frage. Das Rhelacan ist seit Jahrhunderten unauffindbar. Niemand weiß, was aus ihm geworden ist. Laut den zuverlässigsten Berichten befand es sich in der alten Hauptstadt Percepliquis, als diese verschwand.«

»Verschwand?«, fragte Cornelius und beugte sich so weit vor, wie sein beträchtlicher Körperumfang es erlaubte.

Der Patriarch nickte. »Alle Berichte aus dieser Zeit stimmen darin überein, dass die Stadt von einem Tag auf den anderen verschwand. Percepliquis, so heißt es, wurde an einem einzigen Tag zerstört, ausgelöscht.« Der Patriarch schloss die Augen und deklamierte in einem singenden Tonfall:

Novrons Wohnung, Sitz der Macht,
Der Straßen, Mauern, Türme Pracht,
Erbaut auf Bergen dreien und im Tal,
Ausgelöscht für immer, Mauerfall.

Geburtsort unserer wundersamen Königin,
Ein Fahnenmeer aus Blau und Grün,
Voll prächtiger Paläste ohne Zahl,
Leb wohl auf ewig, Mauerfall.

Percepliquis, du schöne Stadt,
Die jeder sucht, doch nie gefunden hat,
Nehmt Schaufeln und grabt all
Und sucht für immer, Mauerfall.

Das Fest ist aus, zerstört die Pracht,
Erstickt der Frühling unter Staub und Nacht,
Und Dunkelheit deckt zu die Qual,
Denn tot sind alle, Mauerfall.

In Trümmern liegt der Lee, der Zeiten Raub,
Zu sehen vergessener Erinnerungen Staub.
Einst Mittelpunkt, doch dann, mit einem Mal,
In alle Ewigkeit verloren, Mauerfall.

»Das kenne ich«, platzte Hadrian heraus und bereute im selben Moment, dass er es gesagt hatte, denn alle sahen ihn an. »Es ist mir nur eingefallen, dass ich das als Kind gehört habe. Nicht das ganze Gedicht, nur die letzte Strophe. Wir haben sie gesungen, wenn wir ein Spiel namens Mauerfall spielten. Wir wussten nicht, was die Worte zu bedeuten hatten. Wir dachten gar nicht daran, dass sie etwas bedeuten könnten. Obwohl einige Kinder glaubten, sie hätten etwas mit den Ruinen von Amberton Lee zu tun.«

»Das haben sie auch!«, fiel Arista eifrig ein. »Amberton Lee ist das, was von der alten Hauptstadt Percepliquis übrig geblieben ist.«

Um den Tisch wurden ungläubige Ausrufe laut.

»Woher wollt Ihr das wissen?«, fragte Ritter Murthas misstrauisch. »Gelehrte und Abenteurer suchen die Stadt seit Jahrhunderten und jetzt will plötzlich eine ...« Er fing sich gerade noch. »Und jetzt wollt Ihr, eine Prinzessin, wissen, wo sie liegt? Habt Ihr Beweise?«

»Ich ...«, begann Arista, doch die Imperatorin fiel ihr ins Wort.

»Prinzessin Arista hat mir eindeutige Beweise vorgelegt, dass sie tatsächlich die Wahrheit sagt.« Sie sah den Ritter streng an.

Murthas schien protestieren zu wollen, schwieg aber.

»Ich glaube, dass die Stadt unter Trümmern von Amberton Lee begraben liegt«, fuhr Arista fort. »Edmund Hall hat vermutlich einen Zugang zu ihr gefunden. Wenn wir nur sein Tagebuch hätten ... aber der Kronturm wurde zerstört und alles, was in ihm aufbewahrt wurde, ging verloren.«

»Moment«, sagte Hadrian. »War das ein abgenutztes Notizbuch aus braunem Leder? Ungefähr so groß?« Er hielt die Hände hoch.

»Ja«, sagte der Patriarch.

Arista sah zwischen den beiden hin und her. »Woher wisst Ihr das?«

»Ich kenne es, weil ich im Kronturm gewohnt habe«, sagte der Patriarch.

»Und du?« Arista sah Hadrian an, der zögerte.

»Ha, ha! Natürlich, ich wusste es!« Cosmos DeLur lachte, klatschte anerkennend in die Hände und grinste Hadrian an.

»Ein so wunderbares Gerücht musste stimmen. Eine großartige Leistung.«

»Du hast es gestohlen?«, fragte Arista.

Der Patriarch nickte. »Ja, hat er.«

»Genaugenommen mit Royce zusammen«, erklärte Hadrian. »Aber wir haben es in der Nacht darauf wieder zurückgebracht.«

»Der Ruf von Riyria ist wohlbegründet«, sagte Cosmos.

»Und ich wollte einen so kostbaren Schatz nicht wieder verlieren und trage es deshalb seitdem immer bei mir.« Der Patriarch zog ein kleines, in rötlich-braunes Leder gebundenes Büchlein aus der Tasche und legte es auf den Tisch. »Das ist das Tagebuch von Edmund Hall, der Bericht über seinen Abstieg in die alte Stadt Percepliquis und das, was sich dort verbirgt.«

Schweigend starrten die anderen das Buch an.

»Die Prinzessin hat recht«, fuhr der Patriarch fort. »Die Stadt liegt unter Amberton Lee und Hall hat einen Zugang zu ihr entdeckt und noch viel mehr. Im Tagebuch ist von einem schrecklichen Schacht der Dunkelheit die Rede, einem unterirdischen Meer, das überquert werden muss, einem Labyrinth von Tunneln und engen Spalten, blutrünstigen Kriegern der Ba Ran Ghazel und einem Ungeheuer, das so furchtbar ist, dass Hall es gar nicht beschreiben konnte.«

»Heißt das, die alte Hauptstadt liegt nur drei Meilen von meinem Heimatdorf Hintindar entfernt?«, fragte Hadrian.

Modina nickte. »In der Tat. Und ich werde eine Expedition dorthin schicken, um das Horn zu holen.«

»Aufgrund meiner Lektüre empfehle ich, der Expedition einige tüchtige Soldaten als Eskorte mitzugeben, außerdem einen Historiker, der sich mit der Geschichte der Stadt auskennt, einen Höhlenforscher und jemanden, der ein Boot steuern kann«, sagte der Patriarch. »Ich habe bereits drei Expeditionen entsandt, aber ...«

»Ich weiß«, fiel die Imperatorin ihm ins Wort, »sie sind alle gescheitert. Prinzessin Arista wird geeignete Leute auswählen.«

»Wenn wir Halls Tagebuch ausleihen könnten, wäre das eine große Hilfe«, sagte Arista. »Ich verspreche Euch, dass Ihr es zurückbekommt, bevor wir aufbrechen.«

Das Lächeln des Patriarchen drohte zu erlöschen, doch er nickte. »Natürlich. Es ist das Mindeste, das ich tun kann.«

Modina gab Arista ein Zeichen. »Hoheit, wenn Ihr jetzt …«

Die Prinzessin stand auf und wandte sich der Tischrunde zu. Doch bevor sie sprechen konnte, war Ritter Elgar aufgesprungen. »Moment«, sagte er. »Heißt das, wir unternehmen keinen Versuch, gegen die Elben zu kämpfen? Wir sitzen nur herum und warten auf ein legendäres Horn, das es vielleicht gar nicht gibt? Ich schlage vor, wir machen mobil, marschieren nach Norden und greifen die Elben an, bevor sie uns angreifen!«

»Euer Mut ist lobenswert«, sagte Baron Breckton, »aber in diesem Fall töricht. Wir haben keine Ahnung, wo genau unser Gegner steht, wie stark er ist und wohin er will. Ohne jede Information wären wir aufgeschmissen wie ein Blinder auf Bärenjagd im Wald. Und alle Versuche, etwas über unseren Gegner in Erfahrung zu bringen, sind bisher gescheitert. Ich habe Dutzende Kundschafter ausgeschickt und nur wenige sind zurückgekehrt.«

»Es kommt mir einfach falsch vor, untätig zu warten.«

»Das werden wir ja nicht«, erwiderte die Imperatorin. »Seid versichert, dass Baron Breckton die Verteidigung Aquestas bereits bis ins Detail geplant hat, und ich erwarte, dass Ihr ihm bei der Umsetzung helft. Wir haben bereits angefangen, Proviant anzulegen und die Mauern zu verstärken. Denn täuschen wir uns nicht: Der Krieg wird kommen wie ein Unwetter und wir müssen auf ihn vorbereitet sein. Ich versichere Euch, wir werden uns wehren, wir werden kämpfen und wir werden beten. Aber angesichts der drohenden Vernichtung fühle ich mich verpflichtet, nach jedem Strohhalm zu greifen. Wenn eine Möglichkeit besteht, mein Volk und meine Familie mit diesem Horn zu retten, müssen wir sie nützen. Ich werde alles Erforderliche zu unserem Schutz tun. Dazu würde ich sogar mit Uberlin selbst verhandeln.«

Niemand sagte etwas und die Imperatorin erteilte wieder Arista das Wort.

Die Prinzessin holte Luft. »Was ich jetzt sage, habe ich bereits mit der Imperatorin abgesprochen. Wir werden nur wenige sein, vermutlich nicht mehr als zwölf. Zwei Teilnehmer stehen bereits fest, dazu kommen Freiwillige. Wir haben eine Liste von Kandidaten zusammengestellt. Mit ihnen werde ich einzeln sprechen, damit sie sich ihre Teilnahme in Ruhe überlegen können.«

»Und wer sind die beiden, die auf jeden Fall mitkommen?«, fragte Murthas. »Dürfen wir ihre Namen erfahren?«

»Ja«, sagte Arista. »Es handelt sich um Degan Gaunt und mich selbst.«

Daraufhin sprachen mehrere Leute gleichzeitig. Ritter Elgar und die anderen Ritter lachten, Alric protestierte. Die bei weitem lauteste Stimme gehörte Degan Gaunt.

»Seid Ihr verrückt?«, rief er und sprang auf. »Ich gehe nirgends hin! Warum muss ich mit? Das ist doch nur wieder ein Komplott des Adels, um mich zum Schweigen zu bringen. Kapiert Ihr nicht, um was es wirklich geht? Die Bedrohung durch die Elben ist doch nur ein Schwindel, ein Vorwand, um die Bevölkerung von neuem zu unterdrücken!«

»Setzt Euch, Gaunt«, befahl Modina. »Wir unterhalten uns darüber unter vier Augen gleich im Anschluss an diese Besprechung.«

Gaunt setzte sich missmutig.

Die Imperatorin stand auf und Ruhe kehrte ein. »Damit wäre die Besprechung beendet. In einer Stunde tagt hier der Kriegsrat unter Leitung von Baron Breckton. Er wird Einzelheiten der Truppenmobilisierung und der Beschaffung von Proviant und Waffen besprechen, wie sie zur Verteidigung der Stadt notwendig sind. Diejenigen, die nicht an der Expedition nach Percepliquis teilnehmen, treffen sich also hier. Und ab sofort stehen Kanzler

Nimbus und meine Sekretärin Amilia in ihren Zimmern für zusätzliche Fragen zur Verfügung. Möge Maribor uns schützen.«

Stühle scharrten über den Boden und leises Gemurmel erfüllte den Saal. Hadrian stand auf, doch da spürte er Aristas Hand auf dem Arm.

»Wir bleiben hier«, sagte sie.

Er sah zu, wie die Könige und Ritter den Saal verließen. Die Imperatorin machte dagegen keine Anstalten zu gehen, genauso wenig wie Amilia und Nimbus. Der Kanzler gab ihm sogar noch durch ein diskretes Klopfen auf den Tisch zu verstehen, er solle sich wieder setzen. Alric und Mauvin waren zwar aufgestanden, gingen aber nicht zur Tür.

Der Patriarch verließ den Saal in Begleitung seiner Leibwächter. An der Tür drehte er sich noch einmal um und nickte lächelnd. Das Klacken seines Stocks war noch eine Weile zu hören. Nachdem er gegangen war, machten die Wachen auf ein Nicken von Nimbus hin die Tür zu. Sie fiel mit einem dumpfen und, wie Hadrian fand, unheilvollen Schlag ins Schloss.

»Ich komme auch mit«, sagte Alric zu seiner Schwester.

»Aber ...«, begann sie.

»Kein Aber«, erwiderte er fest. »Du hast dich gegen meinen Willen mit Gaunt getroffen. Statt nach Hause zu kommen, hast du versucht, ihn aus dem Kerker zu befreien. Du warst sogar dabei, als Modina den Gilarabrywn getötet hat. Ich will nicht mehr der sein, der zu Hause sitzt und sich Sorgen macht. Ich habe vielleicht kein Königreich mehr, aber ich bin immer noch der König! Wenn du gehst, gehe ich auch.«

»Und ich auch«, ergänzte Mauvin. »Als Graf von Galilin ist es meine Pflicht, für Euer beider Sicherheit zu sorgen. Mein Vater hätte darauf bestanden.«

»Bevor du mich unterbrochen hast, wollte ich sagen, dass ihr schon auf der Liste steht«, erklärte Arista. »Ich notiere mir nur eben, dass ihr beide mitkommt.«

»Gut.« Alric lächelte triumphierend, verschränkte die Arme vor der Brust und sah Mauvin grinsend an. »Sieht so aus, als würden wir doch noch nach Percepliquis kommen.«

»Und mich könnt Ihr von der blöden Liste streichen!«, rief Degan Gaunt. Er war wieder aufgestanden. »Ich komme nicht mit!«

»Setzt Euch bitte wieder, Degan«, sagte Arista. »Ich werde Euch alles erklären.«

Doch Gaunt ließ sich nicht so leicht beruhigen. Erregt zupfte er an seinem Wams und seinem engen Kragen. »Du da!« Er zeigte anklagend auf Hadrian. »Was sitzt du nur herum? Beschütze mich!«

»Vor was?«, fragte Hadrian. »Hier werden doch nur Dinge besprochen.«

»Vor der brutalen Unterdrückung des gemeinen Mannes durch den Adel!«

»Genau darüber müssen wir ja sprechen«, erklärte Modina. »Ihr seid der wahre Erbe Novrons, nicht ich. Deshalb haben Ethelred und Saldur Euch eingesperrt.«

»Warum bin ich dann nicht als solcher anerkannt? Mein toller Titel hat mir bisher herzlich wenig gebracht. Ich sollte doch der Imperator sein und auf dem Thron sitzen. Warum wurde nicht öffentlich bekanntgegeben, wer meine Vorfahren sind? Warum wollt Ihr mit mir nur unter vier Augen darüber sprechen? Wenn ich wirklich der Erbe bin, dann sollte ich mich jetzt auf meine Krönung vorbereiten, statt an einem solchen Selbstmordkommando teilzunehmen. Für wie dumm haltet Ihr mich eigentlich? Wenn ich wirklich der Nachkomme eines Gottes wäre, wäre ich für ein solches Risiko doch viel zu wertvoll. Nein, Ihr wollt mich aus dem Weg räumen, damit Ihr selbst herrschen könnt! Ich bin für Euch ein Hindernis und jetzt habt Ihr eine Möglichkeit gefunden, wie Ihr mich loswerden könnt!«

»Eure Abstammung wurde zu Eurer eigenen Sicherheit nicht bekanntgemacht. Wenn …«

»Zu meiner eigenen Sicherheit?«, fiel Gaunt Modina ins Wort. »Die einzige Gefahr für mich sind Eure Leute!«

»Lasst die Imperatorin ausreden«, brauste Amilia auf.

Modina drückte ihr beruhigend die Hand und fuhr fort: »Der Erbe sollte die vier Nationen Apeladorns unter einem Banner einen, aber das habe ich ja schon getan oder, genauer, die letzten Regenten Saldur und Ethelred. Aufgrund ihrer geschickten, wenngleich fehlgeleiteten Bemühungen glaubt die Öffentlichkeit, der Erbe sitze bereits auf dem Thron. Gegenwärtig führen wir Krieg mit einem Gegner, gegen den unsere Chancen schlecht stehen. Jetzt ist keine Zeit, den Glauben der Öffentlichkeit zu erschüttern. Die Menschen müssen stark sein und an ihren Herrscher glauben. Im Angesicht des Gegners müssen wir alle an einem Strang ziehen. Wenn wir jetzt die Wahrheit offenbaren, würden die Menschen verunsichert und das würde uns schwächen. Wenn wir den Krieg lebend überstehen, wenn der Schnee geschmolzen ist und die Blumen wieder blühen, dann können wir beide darüber sprechen, wer auf dem Thron sitzen soll.«

Gaunt sah sie verunsichert an, stützte sich auf den Tisch und zerrte an seinem Kragen. »Aber ich verstehe immer noch nicht, warum ich auf diese absurde Expedition in eine verschüttete Stadt mitkommen soll.«

»Wir dachten bisher, die Aufgabe des Erben bestehe vor allem darin, die Königreiche zu vereinen. Aber jetzt glauben wir, dass er noch eine viel wichtigere Aufgabe hat.«

»Die wäre?«

»Die Aufgabe, das Horn von Gylindora zu finden und einzusetzen.«

»Aber ich habe keine Ahnung von diesem – Horn. Was soll ich denn damit tun?«

»Ich weiß es nicht.«

»Was passiert denn, wenn ich da reinblase?«

»Das weiß ich auch nicht.«

»Dann weiß ich noch nicht, ob ich mitkomme. Ihr sagtet, wenn wir überleben, könnten wir darüber reden, wer auf dem Thron sitzen soll, aber lasst uns doch lieber jetzt gleich darüber reden. Ich komme auf Eure Expedition mit, aber im Gegenzug will ich den Thron. Ich will es schriftlich und von Eurer Hand unterschrieben, dass ich bei meiner Rückkehr Imperator von Apeladorn werde, egal ob die Expedition erfolgreich war oder nicht. Und das in zwei Ausfertigungen, von denen ich eine mitnehme, falls die andere *irgendwie* verlorengeht.«

»Eine unverschämte Forderung!«, rief Alric.

»Vielleicht, aber sonst komme ich nicht mit.«

Mauvin grinste. »Ich glaube schon.«

»Natürlich könnt Ihr mich fesseln und mitschleifen, aber ich werde an Euch hängen wie ein totes Gewicht und das wird Euch bremsen. Und wenn ich dann irgendwann etwas tun soll, tue ich es ganz bestimmt nicht. Also wenn ich mit Euch zusammenarbeiten soll, müsst Ihr mir schon den Thron geben.«

Modina starrte ihn an. »Also gut«, sagte sie schließlich. »Wenn das Euer Preis ist, werde ich ihn zahlen.«

»Das ist nicht Euer Ernst!«, rief Alric. »Ihr könnt unmöglich wollen, dass dieser ... dieser ...«

»Vorsicht«, sagte Gaunt. »Ihr sprecht von Eurem nächsten Imperator und ich habe ein gutes Gedächtnis für Beleidigungen.«

»Was passiert dann mit Modina?«, fragte Amilia.

Gaunt schürzte die Lippen und dachte nach. »Sie kommt doch von einem Bauernhof, ja? Sie könnte dorthin zurückkehren.«

»Imperatorin, überlegt Euch genau, was Ihr tut«, sagte Alric.

»Das tue ich.« Modina wandte sich an Nimbus. »Nehmt Gaunt mit. Der Schreiber soll ein entsprechendes Dokument aufsetzen, ich unterschreibe es dann.«

Gaunt folgte dem Kanzler mit einem zufriedenen Lächeln aus dem Saal. Danach herrschte Stille. Alric setzte ein paarmal an, etwas zu sagen, brach aber immer wieder ab und ließ sich schließlich auf seinen Stuhl fallen.

Arista wandte sich an Hadrian und nahm seine Hand. »Ich will, dass du mitkommst.«

Hadrian warf einen Blick zur Tür. »Als sein Leibwächter habe ich wohl keine andere Wahl.«

Sie lächelte und fügte hinzu: »Royce soll auch mitkommen.«

Hadrian fuhr sich mit der Hand durch die Haare. »Das könnte schwierig werden.« Er sah Modina an.

»Ich habe nichts dagegen«, sagte die Imperatorin.

»Wir brauchen die besten Leute, die wir kriegen können«, ergänzte Arista.

Alric nickte. »Stimmt. Und Hadrian und Royce können Wunder bewirken. Deshalb brauchen wir die beiden jetzt mehr denn je. Sag Royce, ich werde dafür sorgen, dass es sich für ihn lohnt. Noch verfüge ich über einige Mittel.«

Hadrian schüttelte den Kopf. »Diesmal geht es nicht um Geld.«

»Aber du sprichst mit ihm?«, fragte Arista.

»Ich versuche es.«

Alric sah Arista an. »Warum willst du eigentlich unbedingt mitkommen? Soweit ich mich erinnere, hast du dich bisher nie für Percepliquis interessiert.«

»Ich würde ehrlich gesagt auch lieber zu Hause bleiben, aber es ist meine Pflicht.«

»Pflicht?«

»Oder vielleicht ist Buße das bessere Wort. Sonst finde ich keine Ruhe.« Ihr Bruder verstand sie immer noch nicht, aber sie ging nicht darauf ein. »Wir brauchen noch einen Historiker. Wenn doch Arcadius ... aber so ...«

»Ich kenne jemanden«, sagte Hadrian und griff nach Halls Tagebuch. »Einen Freund, der ein Büchernarr ist und ein geradezu unheimliches Gedächtnis hat.«

Arista nickte. »Und wer kommt mit einem Boot zurecht?«

»Ich war mit Royce einen Monat auf der *Smaragdsturm* unterwegs, deshalb kennen wir uns mit Schiffen ein wenig aus. Ein Jammer, dass ich nicht weiß, wohin es Wyatt Deminthal verschlagen hat. Er war Rudergänger auf der *Smaragdsturm* und ist ein hervorragender Seemann.«

»Ich kenne ihn«, sagte Modina, was ihr einen neugierigen Blick von Hadrian einbrachte. »Vielleicht kann ich ihn überreden, mitzukommen.«

»Bleibt noch der Zwerg«, sagte Arista.

»Der was?« Hadrian sah sie verwirrt an.

»Magnus.«

»Du hast ihn gefunden?«, fragte Alric.

»Nicht ich, Modina.«

»Das ist ja wunderbar!«, rief Alric. »Können wir ihn noch schnell hinrichten, bevor wir aufbrechen?«

»Er kommt mit Euch mit«, erklärte Modina.

»Magnus hat meinen Vater ermordet!«, rief Alric. »Er hat ihm ein Messer in den Rücken gestoßen, als er gebetet hat!«

»Ich verstehe Euch ja, Majestät«, sagte Hadrian, »aber es gibt ein noch größeres Problem. Magnus hätte Royce zweimal fast getötet. Wenn Royce ihm jetzt begegnet, ist Magnus so gut wie tot.«

»Dann solltest du den vielleicht an dich nehmen.« Modina zog einen weißen Dolch aus ihrem Gewand und ließ ihn über den Tisch schliddern. Vor Hadrian blieb er zitternd liegen. »Ich kenne Magnus' Verbrechen. Er ist von Royces Dolch besessen und hat sich davon zu einigen Dummheiten verleiten lassen. Zuletzt wollte er ihn stehlen, was zu seiner Verhaftung geführt hat. Aber Ihr werdet bald ohne Karte und Wegweiser in die Erde hinabsteigen, vielleicht sogar sehr tief, und ich will nicht riskieren, dass Ihr Euch verirrt.«

»Ich stimme Modina zu, Alric«, sagte Arista. »Vergiss nicht, auch mein Vater wurde ermordet. Aber wir brechen zu einer Reise auf, die womöglich das Schicksal der Menschheit entscheidet! Die Elben wollen uns nicht nur von unserem Land vertreiben und in Ghettos sperren. Sie wollen uns auslöschen. Sie werden sich von uns nicht noch einmal unterdrücken lassen.

Wenn wir sie nicht besiegen, ist alles vorbei, endgültig. Dann gibt es kein Melengar mehr, kein Warric und kein Avryn. Dann existieren wir nicht mehr. Wenn ich für die Rettung der Menschheit und meiner Welt einen Mord hinnehmen, ja sogar verzeihen muss ... Ich würde den kleinen Bösewicht sogar heiraten, wenn Maribor es als Preis verlangen würde.«

Auf ihre Worte folgte Schweigen.

»Also gut«, sagte Alric widerstrebend. »Dann finde ich mich eben damit ab.«

Hadrian griff nach dem Dolch. »Den nehme ich auf jeden Fall an mich.«

»Du würdest ihn wirklich heiraten?«, fragte Mauvin und sah Arista an. »Das ist ja krass.«

»Ich lasse Eure Ausrüstung zusammenstellen«, erklärte Modina. »Ibis Feinlein sorgt für die Verpflegung, außerdem bekommt Ihr Laternen, Seile, Klettergeschirre, Äxte, Tücher, Pech, Decken und alles, was Euch sonst noch nützen könnte.«

»Wir brechen auf, sobald die Vorbereitungen abgeschlossen sind«, sagte Arista.

»Dann wäre das also erledigt.« Modina stand auf und die anderen folgten ihrem Beispiel. »Möge Maribor Eure Schritte lenken.«

5

Der Markgraf von Glouston

Myron saß mit angezogenen Beinen und in mehrere Decken eingewickelt auf seiner Pritsche. Die Kapuze hatte er aufgesetzt, in der Hand hielt er eine Kerze, deren Schein auf das große Buch auf seinen Knien fiel. Er teilte sich ein Zimmer mit Hadrian im Ritterflügel. Der Raum hatte weder Fenster noch Kamin und war entsprechend dunkel und kalt. Die einzige Auflockerung bestand in einem einfarbig grünen Vorhang, der eine Wand bedeckte. Doch Myron fochten Dunkelheit und Kälte nicht weiter an, er mochte das Zimmer.

Die Mahlzeiten nahm er in der Küche ein – ein frühes Frühstück und ein spätes Abendessen, wie in der Abtei. Dabei besuchte er jedes Mal den Elchhund Red. Seine Gebete sprach er allein. In vieler Hinsicht fühlte er sich an das Leben im Kloster erinnert. Er hatte mit Heimweh gerechnet, aber es wollte sich keines einstellen. Das überraschte ihn zunächst, bis er begriff, dass Zuhause weniger ein Ort war als eine Vorstellung, die im Lauf eines Menschenlebens wie alles andere wuchs und sich veränderte. Mit dem Aufenthalt in der Fremde kam die Erkenntnis, dass die Abtei nicht mehr sein Zuhause war – er trug sein Zuhause jetzt in sich und seine Familie bestand nicht mehr nur aus einer Handvoll Mönche.

Er zwang sich dazu, den Blick wieder auf das Buch vor ihm

zu richten. Fürst Amberlin von Gaston Loo hatte soeben entdeckt, dass er von dem Grafen von Gast abstammte, der in der Schlacht von Primiton Tor die angreifenden Lumbertons besiegt hatte. Myron hatte keine Ahnung, wer Fürst Amberlin oder die Lumbertons waren, aber die Lektüre faszinierte ihn trotzdem. Alles, was er las, faszinierte ihn.

Es klopfte an der Tür und fast hätte er das heiße Wachs der Kerze verschüttet. Er legte das Buch beiseite und öffnete. Draußen stand ein Page, den er kannte.

»Herr.«

Myron lächelte. Der Junge nannte ihn immer »Herr«, was Myron stets aufs Neue belustigte. »Comtesse Alenda bittet um ein Gespräch mit Euch im kleinen Salon des Ostflügels. Sie ist jetzt dort. Wollt Ihr sie gleich sprechen oder soll ich ihr etwas ausrichten?«

Myron sah ihn verwirrt an. »Comtesse wer?«

»Comtesse Alenda von Glouston.«

»Ach richtig. Ja, ich komme gleich. Kannst du mir vielleicht den Weg zeigen? Ich weiß nicht, wo dieser Salon sich befindet.«

»Selbstverständlich, Herr.«

Der Page wandte sich zum Gehen und Myron zog die Tür hinter sich zu und eilte ihm nach. »Was ist das für eine Frau, diese Comtesse?«, fragte er.

Der Page sah ihn überrascht an. »Sie ist Eure Schwester, Herr. Wenigstens hat sie das gesagt.«

»Ja, schon, nur ... weißt du, was sie will?«

»Nein, Herr. Sie hat es mir nicht gesagt.«

»Klang sie wütend?«

»Nein, Herr.«

Sie erreichten den kleinen Salon, in dem ein behagliches Feuer brannte. Das Zimmer war mit mehreren weichen Polstersesseln und Sofas sehr gemütlich eingerichtet. Auf farbenprächtigen Wandteppichen waren eine Jagd, eine Schlacht und ein Frühlingsfest dargestellt.

Bei seinem Eintreten sprangen zwei Frauen auf. Die eine trug ein schönes schwarzes Brokatkleid mit einem hochgeschlossenen Kragen und einem eng geschnürten Mieder, das hauptsächlich aus Knöpfen, Spitze und anderen Besätzen bestand. Die andere trug ein schlichteres, aber trotzdem vornehmes schwarzes Wollkleid.

Myron, der fast sein ganzes Leben in einem abgelegenen Kloster verbracht hatte, hatte nur selten Umgang mit Menschen, von Frauen ganz zu schweigen – und schon gar nicht mit Frauen wie diesen beiden. Sie waren beide so schön und anmutig wie Rehe.

Die Frauen knicksten hastig. Myron war sich nicht sicher, was das zu bedeuten hatte.

Muss ich jetzt auch knicksen?

Bevor er eine Entscheidung treffen konnte, sprach die eine der beiden schon. »Herr«, sagte sie, während sie noch knickste, »ich bin Eure Schwester Alenda und das ist meine Zofe Emily.«

»Guten Tag«, sagte er verlegen. »Ich bin Myron.«

Er hielt ihr die Hand hin. Alenda, die immer noch knickste, blickte zu ihm auf. Als sie die ausgestreckte Hand sah, warf sie der anderen Frau einen verwirrten Blick zu, dann ergriff sie die Hand und küsste den Handrücken.

Erschrocken zog Myron sie zurück. Es folgte ein längeres unbehagliches Schweigen.

»Ich würde euch ja gerne etwas Gebäck anbieten«, sagte er schließlich.

Wieder Schweigen.

»In der Abtei hatten wir für Gäste immer Gebäck.«

»Ich möchte Euch um Verzeihung bitten, Herr, dass ich Euch bisher nicht besucht habe«, platzte Alenda heraus. Ihre Stimme zitterte. »Ich weiß, es war nicht recht von mir und Ihr habt allen Grund, wütend auf mich zu sein. Ich bitte Euch hiermit inständig, Gnade walten zu lassen.«

Myron sah die Frau vor ihm entgeistert an und machte die Augen ein paarmal auf und zu.

»Du bittest mich um Gnade – *mich*?«

Alenda sah ihn entsetzt an. »Ach bitte, Herr, habt Erbarmen. Ich habe erst mit vierzehn erfahren, dass es Euch überhaupt gibt, und auch dann nur in einem Nebensatz beim Abendessen. Im Grunde wurde mir erst mit neunzehn klar, dass ich noch einen Bruder habe und dass Vater Euch an diesen schrecklichen Ort verbannt hat. Ich weiß, dass auch ich Schuld auf mich geladen habe, und ich bekenne mich zu meinem Fehler und meinem schändlichen Verhalten. Als ich erfuhr, dass Ihr lebt, hätte ich sofort zu Euch eilen und Euch in die Arme schließen müssen, aber ich habe es nicht getan. Versteht bitte, ich bin es nicht gewohnt, zu reisen und fremde Männer zu besuchen, selbst wenn es sich um einen verlorenen Bruder handelt. Hätte doch mein Vater mich Euch vorgestellt – doch er weigerte sich und ich habe ihn leider nicht dazu gedrängt.«

Myron stand da wie versteinert.

Alenda sah es. »Bestraft mich, wie Ihr müsst, aber foltert mich nicht länger mit Eurem Schweigen«, jammerte sie. »Das ertrage ich nicht.«

Myron öffnete den Mund, aber nichts kam heraus. Verdattert machte er einen Schritt zurück.

Die Beine drohten unter Alenda nachzugeben. Wieder folgte Schweigen. Sie betrachtete die zerschlissene Kutte aus grober Wolle, die Myron trug, und ihre Augen füllten sich mit Tränen. Sie trat vor ihn, streckte zitternd die Hände aus, berührte die Kutte, befühlte sie mit den Fingern und flüsterte erstickt: »Es tut mir leid, wie Vater Euch behandelt hat und wie ich Euch behandelt habe. Und es tut mir leid, was Ihr durch unsere Selbstsucht alles erdulden musstet, aber bitte verstoßt mich nicht und schickt mich nicht in die Kälte hinaus. Ich tue alles, was Ihr wollt, aber bitte habt Erbarmen.« Schluchzend fiel sie vor ihm auf die Knie und verbarg ihr Gesicht in den Händen.

Myron fiel ebenfalls auf die Knie, schlang die Arme um seine Schwester und drückte sie an sich. »Hör bitte auf zu weinen. Ich weiß nicht, wodurch ich dich gekränkt habe, aber es tut mir sehr leid.« Er blickte zu Emily auf und sagte stumm mit den Lippen: »Hilf mir doch.«

Die Zofe starrte ihn nur entsetzt an.

Alenda blickte auf und trocknete sich mit einem Spitzentaschentuch die Tränen. »Ihr nehmt mir meinen Titel nicht weg? Verjagt mich nicht von unserem Land und zwingt mich nicht, mich allein durchzuschlagen?«

»Bei Maribor, nein!«, rief Myron. »Das würde ich nie tun! Aber ...«

»Nein?«

»Natürlich nicht! Aber ...«

»Und ... ich darf auch meine Aussteuer behalten, das Rilantal?« Hastig fügte sie hinzu: »Ich frage nur, weil kein anständiger Mann eine Frau ohne standesgemäße Mitgift heiraten würde. Ohne sie würde ich weiter Euch und dem Familienvermögen zur Last fallen. Natürlich ist das Rilantal sehr fruchtbar und ich würde es vollkommen verstehen, wenn Ihr es nicht hergeben wollt, nur Vater hat es mir versprochen. Aber ich würde natürlich jederzeit auch nehmen, was Ihr mir geben wollt.«

»Aber ich kann dir nichts geben. Ich bin nur ein Mönch der Winde-Abtei.« Myron zeigte auf seine Kutte. »Das ist alles, was ich besitze, alles, was ich je besessen habe. Obwohl theoretisch wahrscheinlich auch die Kutte der Abtei gehört.«

»Aber ...« Alenda sah ihn verwirrt an. »Dann wisst Ihr es noch nicht?«

Myron sah sie nur abwartend an.

»Unser Vater und unsere Brüder sind tot, gefallen im Kampf gegen die Elben in Drondilsfeld ...«

»Es tut mir sehr leid, das zu hören«, sagte Myron und drückte ihre Hand. »Ich bin um deinetwillen traurig. Bestimmt ist dir schrecklich zumute.«

»Sie waren auch Eure Angehörigen.«

»Natürlich, aber ich habe ihnen nicht so nahegestanden wie

du. Ich bin nur Vater begegnet, und das auch nur einmal. Aber deshalb tust du mir trotzdem von Herzen leid. Kann ich etwas für dich tun?«

Alenda sah Emily mit fragend gerunzelter Stirn an.

»Ich weiß nicht, ob Ihr mich richtig verstanden habt. Mit ihrem Tod fallen das Vermögen der Familie und der Titel an Euch. Euer Erbe haben sie Euch gelassen. Ihr seid jetzt der Markgraf von Glouston. Ihr besitzt mehrere tausend Morgen Land, eine Burg und Dörfer und gebietet über Barone und Ritter. Ihr bestimmt über Leben und Tod einiger hundert Männer und Frauen.«

Myron erschauerte und machte eine Grimasse. »Nein, nein, tut mir leid, das ist bestimmt ein Missverständnis. Ich will das alles nicht. Könntest du dich vielleicht darum kümmern?«

»Ich kann das Rilantal also haben?«

»Nein, oder … ich meine, ja … nimm alles. Ich will nichts. Du kannst alles haben … das heißt, gibt es irgendwelche Bücher?«

»Ein paar, glaube ich«, sagte Alenda wie betäubt.

»Kann ich die haben? Wenn du willst, kriegst du sie wieder, wenn ich sie gelesen habe, aber wenn nicht, würde ich sie gern in die Bibliothek der Abtei stellen. Wäre das in Ordnung?«

»Soll das heißen, Ihr wollt mir ganz Glouston überlassen? Alles – bis auf die Bücher?«

Myron nickte und warf Emily einen Blick zu. »Wenn das zu viele Umstände macht, kann deine Freundin dir vielleicht helfen. Vielleicht kann sie ein paar Schlösser und Ritter übernehmen – du weißt schon, geteilte Arbeit, halbe Arbeit.«

Alenda nickte. Ihr Mund stand immer noch offen.

Myron lächelte. »War noch was?«

Sie schüttelte langsam den Kopf.

»Tja dann, war nett, dich kennengelernt zu haben.« Er gab ihr die Hand. »Euch beide.« Er gab auch Emily die Hand. Die Frauen blieben stumm.

Myron verließ den Salon. Draußen lehnte er sich an die Wand. Ihm war, als sei er soeben nur knapp dem Tod entronnen.

»Da bist du ja«, rief Hadrian und kam auf ihn zu. Er hielt ein kleines Notizbuch in der Hand. »Der Page sagte mir, wo ich dich finden würde.«

»Mir ist gerade etwas Seltsames passiert«, sagte Myron und zeigte auf die Tür zum Salon.

»Später.« Hadrian hielt ihm das Buch hin. »Du musst das heute Nacht noch lesen, das ganze Buch. Schaffst du das?«

»Nur das eine?«

Hadrian lächelte. »Ich wusste, dass ich auf dich zählen kann.«

»Um was handelt es sich?«

»Das Tagebuch von Edmund Hall.«

»Mein Gott!«

»Genau. Und morgen unterwegs erzählst du mir, was da drin steht. Dann wird uns schon mal nicht langweilig.«

»Morgen – unterwegs?«, fragte Myron. »Kehre ich zur Abtei zurück?«

»Noch viel besser – du kannst dich um das Imperium verdient machen.«

6

Freiwillige

Was Gefängniszellen betraf, hatte Wyatt Deminthal schon in viel schlimmeren gesessen. Die Zelle war trotz des vielen Steins überraschend warm und der Einzelzelle bemerkenswert ähnlich, in der er die vergangenen Wochen verbracht hatte. Das schmale Bett, auf dem er saß, war bequemer als die Betten der meisten Zimmer, in denen er zur Miete untergebracht war, und viel besser als die Schiffshängematten, die er gewohnt war. Durch ein kleines Fenster hoch über ihm fiel etwas Licht auf die gegenüberliegende Wand. Ein schönes Zimmer, fand Wyatt. Er hätte sich hier richtig wohlgefühlt, wenn nicht die Tür abgesperrt gewesen wäre und der Zwerg ihn unverwandt angestarrt hätte.

Der Zwerg war schon in der Zelle gewesen, als man Wyatt gebracht hatte, und die Wachen hatten sich nicht damit aufgehalten, sie einander vorzustellen. Er hatte einen braunen, zu Zöpfen geflochtenen Bart und eine breite, flache Nase und trug eine blaulederne Weste und hohe, schwarze Stiefel. Obwohl sie jetzt schon seit mehreren Stunden gemeinsam in der Zelle saßen, hatten sie kein einziges Wort gewechselt. Der Zwerg brummte zwar gelegentlich etwas oder setzte sich anders hin und machte dabei scharrende Geräusche mit den Stiefeln, aber er sagte nichts. Doch starrte er Wyatt unverwandt an. Er hatte kleine, runde Augen unter buschigen Brauen – die Brauen hatten dieselbe Farbe wie der Bart, waren aber nicht so sorgfältig gestutzt. Wyatt kannte nicht viele Zwerge, aber sie hatten immer gepflegte Bärte gehabt.

»Du bist also Seemann«, brummte der Zwerg endlich.

Wyatt, der aus Langeweile mit der Feder an seinem Hut gespielt hatte, hob den Kopf und nickte. »Und du bist ein Zwerg.«

»Wie kommst du drauf?« Der Zwerg grinste. »Was hast du ausgefressen?«

Wyatt sah keinen Grund, warum er nicht die Wahrheit sagen sollte. Man log, wenn man sich davon einen Vorteil für die Zukunft versprach, aber Wyatt sah für seine Zukunft eher schwarz. »Ich bin schuld daran, dass Tur Del Fur zerstört wurde.«

Der Zwerg richtete sich interessiert auf. »Wirklich? Welcher Teil?«

»Die ganze Stadt – oder genaugenommen eigentlich ganz Delgos. Ohne den Schutz von Drumindor ist der Hafen verloren und auch der ganze Rest.«

»Du hast ein ganzes Land zerstört?«

»So gut wie.« Wyatt nickte trübe und seufzte.

Der Zwerg starrte ihn fasziniert an.

»Und du?«, fragte Wyatt. »Was hast du getan?«

»Ich wollte einen Dolch stehlen.«

Jetzt starrte Wyatt ihn an. »Einen Dolch?«

»Klar, aber du darfst nicht vergessen, ich bin ein Zwerg. Du bekommst zur Strafe wahrscheinlich nur einen Klaps auf die Hand, schließlich hast du nur ein Land zerstört. Ich werde wahrscheinlich von wilden Hunden zerfleischt.«

Die Zellentür ging auf, und auch wenn Wyatt die Imperatorin Modina Novronia noch nie gesehen hatte, handelte es sich doch, ohne dass es einen Zweifel hätte geben können, um dieselbe. Sie trat ein, begleitet von zwei Wachen und einem spindeldürren Mann mit einer stutzerhaften Perücke.

»Ihr habt beide Verbrechen begangen, die mit dem Tod bestraft werden«, sagte sie.

Der Klang ihrer Stimme überraschte Wyatt. Er hatte einen kälteren, geifernden Ton erwartet, wie er im Hochadel verbreitet war. Die Imperatorin dagegen klang – wie eine junge Frau.

»Wyatt Deminthal«, sagte der dürre Mann mit der Perücke förmlich, »wegen verbrecherischen Tuns, das zum Angriff der Ba Ran Ghazel auf Delgos und zur Zerstörung von Tur Del Fur geführt hat, werdet Ihr hiermit des Hochverrats für schuldig befunden. Die Strafe besteht in der Hinrichtung durch Enthaupten und ist sofort zu vollstrecken.«

Der Imperatorin wandte sich an den Zwerg, und der Dünne fuhr fort: »Zwerg Magnus, Ihr werdet des Mordes an König Amrath für schuldig befunden und zum Tod durch Enthaupten verurteilt. Die Strafe ist ebenfalls sofort zu vollstrecken.«

»Dann war der Dolch doch nicht alles«, bemerkte Wyatt, aber der Zwerg brummte nur etwas Unverständliches.

»Ihr habt beide euer Leben verwirkt«, erklärte Modina. »Wenn ich diese Zelle verlasse, wird der Henker Euch zum Block im Hof führen und dort die Strafe vollziehen. Wollt Ihr noch etwas sagen, bevor ich gehe?«

»Meine Tochter …«, begann Wyatt, »… ist unschuldig. Und Elden auch – der große Mann, bei dem sie lebt. Ich bitte Euch inständig, die beiden nicht zu bestrafen.«

»Ihnen passiert nichts und sie können gehen, wohin sie wollen. Aber wo sollen sie nach Eurem Tod wohnen? Ihr habt doch jahrelang für beide gesorgt, nicht wahr? Elden ist vielleicht ein guter Babysitter, als Ernährer taugt er dagegen weniger.«

»Warum sagt Ihr das?« Wyatt verstand nicht, wie eine so junge Frau so grausam sein konnte.

»Weil ich Euch ein Angebot machen will, Deminthal. Ich möchte Euch beiden ein Angebot machen. Und angesichts Eurer Lage halte ich es für ein sehr gutes Angebot. Ihr sollt beide etwas für mich tun. Es geht um eine schwierige Reise, die vermutlich auch sehr gefährlich sein wird. Wenn Ihr dazu bereit seid, werde ich Euch bei Eurer Rückkehr begnadigen.«

»Und wenn ich nicht zurückkehre? Was passiert dann mit Elden und Allie?«

»Elden wird Euch begleiten. Ich brauche erfahrene Seeleute und starke Männer, da kann er sich nützlich machen.«

»Und Allie? Ich will nicht, dass man sie in ein Gefängnis oder Waisenhaus sperrt. Kann sie auch mitkommen?«

»Nein, wie bereits erwähnt, ist die Reise gefährlich, deshalb bleibt sie bei mir. Ich passe auf sie auf, solange Ihr weg seid.«

»Und wenn ich nicht zurückkomme? Wenn weder Elden noch ich …«

»Ich verspreche Euch, dass ich sie in diesem Fall persönlich adoptieren werde.«

»Wirklich?«

»Ja. Wenn Ihr Erfolg habt, werden Euch alle Verbrechen vergeben, die Ihr begangen habt. Wenn nicht, werde ich Eure Tochter zu meiner Tochter machen. Natürlich könnt Ihr mein Angebot auch ablehnen, dann muss ich Euch jetzt fragen, ob Ihr zur Hinrichtung eine Augenbinde wollt. Ihr habt die Wahl.«

»Und ich?«, fragte Magnus.

»Euch mache ich dasselbe Angebot. Tut, um was ich Euch bitte, und Ihr werdet leben. Dann betrachte ich Euren Dienst als Erfüllung Eurer Strafe. Allerdings habe ich in Eurem Fall eine weitere Bedingung. Wyatt Deminthal hat hinlänglich gezeigt, dass seine Bindung an seine Tochter so stark ist, dass er seine Verpflichtungen auch einhält. Ihr dagegen habt keine solche Bindung, pflegt aber immer wieder spurlos zu verschwinden. Wenn ich Euch aus dieser Zelle lasse, brauche ich eine Art Versicherung. Ich kenne eine Zauberin, die verschwundene Personen mit Hilfe einer Haarsträhne überall finden kann. Und Ihr habt ja einen langen Bart.«

Magnus sah sie alarmiert an.

»Ihr habt die Wahl, Meisterzwerg, Euer Bart oder Euer Hals.«

»Erfahren wir wenigstens, wohin die Reise geht und was wir tun sollen?«, fragte Wyatt.

»Spielt das eine Rolle?«

Wyatt überlegte kurz, dann schüttelte er den Kopf.

»Ihr werdet eine Expedition in das alte Percepliquis begleiten und dort nach einem sehr wichtigen Gegenstand suchen, der die ganze Menschheit retten kann. Wenn Euch das gelingt, habt Ihr es verdient, dass ich Euch begnadige.

Noch etwas. Auch Royce Melborn und Hadrian Blackwater werden auf diese Expedition mitkommen. Sie wissen nicht, dass Ihr Euch mit Merrick eingelassen habt, Wyatt. Ich schlage vor, es dabei zu belassen. Merrick ist tot, und bekanntzumachen, dass Ihr in Tur Del Fur für ihn gearbeitet habt, nützt niemandem.«

Wyatt wies mit einem Nicken auf den Zwerg. »Ihm habe ich es schon erzählt.«

»Das macht nichts. Ich glaube eher nicht, dass Magnus viel mit den beiden sprechen wird. Er hatte selbst, wie soll ich sagen, einige Zusammenstöße mit Riyria, von den Kindern König Amraths ganz zu schweigen, die ebenfalls auf die Reise mitkommen werden. Entsprechend wird er sich wohl von seiner besten Seite zeigen, nicht wahr, Magnus?«

Der Zwerg machte ein besorgtes Gesicht, nickte aber.

»Tja, meine Herren, Ihr habt die Wahl. Riskiert Euer Leben für mich und man wird Euch als Helden des Imperiums feiern, oder weigert Euch und Ihr werdet jetzt gleich als Verbrecher hingerichtet.«

»Das ist keine faire Wahl«, brummte der Zwerg.

»Nein, wirklich nicht. Aber Ihr habt keine andere.«

Hadrian stieg langsam die Treppe hinauf. Es kam ihm so vor, als hätte sie diesmal mehr Stufen. Nach seinem Gespräch mit Myron war er die ganze Nacht und einen guten Teil des darauffolgenden Tags auf den Gängen und im Hof auf und ab gegangen und hatte überlegt, wie er Royce am besten davon überzeugen konnte, mitzukommen.

Der Wächter hörte ihn kommen und hielt bereits den Schlüssel in der Hand. Er wirkte gelangweilt. »Ihr wollt ihn abholen?«, fragte er gleichgültig. »Man hat mir gesagt, dass Ihr kommen würdet – ich habe Euch früher erwartet.«

Hadrian nickte nur.

»Was ist eigentlich so schlimm an dem kleinen Kerl?«, fuhr der Wächter fort und steckte den Schlüssel ins Schloss. »Wenn man die Angestellten im Palast über ihn reden hört, könnte man meinen, er sei Uberlin persönlich. Dabei war er hier so still wie eine Maus. Vor ein paar Nächten habe ich ihn weinen gehört – so ein unterdrücktes Schluchzen, Ihr wisst schon. Klang nicht gerade wie der Teufel, vor dem ich gewarnt wurde.«

Royce schien sich nicht von der Stelle bewegt zu haben. Auch in der Zelle hatte sich seit Hadrians letztem Besuch nichts geändert.

»Ich brauche womöglich etwas Zeit«, sagte Hadrian zu dem Wächter, der hinter ihm stand.

»Was? Äh – natürlich. So viel Ihr wollt.«

Hadrian blieb stumm in der offenen Tür stehen. Royce rührte sich nicht, sondern saß nur mit gesenktem Kopf da.

Hadrian seufzte. Stundenlang hatte er hin und her überlegt, doch mit einem äußerst bescheidenen Ergebnis. Dutzende Male hatte er im Kopf das Gespräch und die Argumente beider Seiten durchgespielt, aber als er jetzt Royce gegenüberstand, fiel ihm nur ein einziger Satz ein: »Ich brauche deine Hilfe.«

Royce hob den Kopf, als wiege er hundert Kilo. Seine Augen waren rot, sein Gesicht aschfahl. Er wartete.

»Ein letzter Auftrag«, sagte Hadrian. »Versprochen.«

»Ist er gefährlich?«

»Sehr.«

»Besteht die Aussicht, dass ich dabei ums Leben komme?«

»Durchaus.«

Royce nickte und blickte auf den Schal in seinem Schoß. »Einverstanden.«

7

ZUM LACHENDEN GNOM

Arista trug ihr Bündel in die Kälte hinaus. Drei Bedienstete und ein Soldat, ein älterer Mann mit einem schwarzen Bart, der ihr die Tür aufhielt, erboten sich, es ihr abzunehmen, doch sie schüttelte nur lächelnd den Kopf. Das Bündel war leicht. Vorbei waren die Tage, in denen sie für alle Fälle sechs Seidenkleider, Reifröcke, Korsette, Gürtel und Hüte eingepackt hatte. Sie wollte in den Kleidern schlafen, in denen sie reiste, und lernen, mit nur ganz wenig auszukommen. Im Grund brauchte sie nur Esrahaddons Umhang. Der Wind blies ihr den Schnee ins Gesicht und ihre Nase war eiskalt. Sie hatte auch kalte Füße, doch ansonsten konnten ihr Wind und Wetter nichts anhaben. Der schimmernde Umhang schützte sie.

Sie ging über den Hof. Nur im Stall brannte Licht und das lauteste Geräusch kam von ihren im Schnee knirschenden Stiefeln.

»Hoheit!« Ein Junge rannte hinter ihr her. In den Händen hielt er einen dampfenden Becher. »Das schickt Euch Ibis Feinlein.« Der Junge trug nur einen dünnen Wollkittel und zitterte vor Kälte.

Arista nahm den Becher. »Richte ihm meinen Dank aus.«

Der Junge verbeugte sich hastig und machte so schnell kehrt, um zurückzulaufen, dass er ausrutschte und auf die Knie fiel.

Der mit Tee gefüllte Becher fühlte sich in ihren kalten Fingern wunderbar warm an. Sie nippte daran und der Dampf wärmte ihr Gesicht. Ibis hatte für alle Reisenden eine köstliche Mahlzeit zubereitet und auf zwei Tischen angerichtet. Arista hatte die Teller nur mit einem Blick gestreift. Für sie war es noch zu früh zum Essen. Sie frühstückte sowieso nur selten. An diesem frühen Morgen war ihr schon der Gedanke an Essen widerwärtig. Ihr Magen verweigerte jede Nahrungsaufnahme, obwohl sie wusste, dass sie später dafür büßen würde. Irgendwann unterwegs würde sie bereuen, nichts gegessen zu haben.

Im Stall roch es nach nassem Stroh und Pferdemist. Beide Türen standen offen. Der Wind fuhr hindurch und das Zaumzeug klirrte. Heftige Böen brachten die Laternen zum Schwanken und fuhren knatternd durch Spalten in den Wänden, so dass es alle paar Augenblicke klang, als fliege ein großer Schwarm von Spatzen auf.

»Gebt mir das, Hoheit«, sagte ein Stallknecht, ein untersetzter, älterer Mann mit einem struppigen Bart und einer schiefsitzenden Strickmütze. Um seinen Hals hingen zwei Zügel, an seinem Gürtel baumelte ein Handhaken. Er nahm Aristas Bündel und ging zu einem Wagen. »Ihr sitzt da hinten«, erklärte er. »Ich habe Euch einen bequemen Platz gemacht, mit einem weichen Kissen, das ich von einer Zofe bekommen habe, und drei dicken Decken. Damit reist Ihr standesgemäß.«

»Danke, aber ich brauche ein Pferd und einen Damensattel.«

Der Stallknecht starrte sie mit offenem Mund an. Seine dicken Lippen waren aufgesprungen. »Aber ... Hoheit ... vor Euch liegt eine weite Reise. Und das Wetter ist schlimm. Da wollt Ihr nicht auf einem Pferd sitzen.«

Arista wandte sich lächelnd ab und ging den Gang zwischen den Boxen entlang. Er war mit Ziegeln gepflastert. Der Boden der Boxen bestand aus Erde und war mit Stroh bedeckt. Die Hinterteile von einem Dutzend Pferden sahen sie an. Schweife schwangen hin und her, und ab und zu verlagerte ein Pferd sein Gewicht von einem Huf auf den anderen. In den Ecken und unter den Dachbalken hingen Spinnweben, in denen sich Strohhalme gefangen hatten, so dass sie aussahen wie verfilzte Nester. Die Wände waren vom Boden an einen Fuß hoch vollkommen verdreckt – vermutlich mit dem Mist der Pferde. Vor einer Box blieb Arista stehen. Hier hatte sie damals die Nacht mit Hilfred verbracht. Hilfred hatte sie in den Armen gehalten, ihr über die Haare gestrichen und – sie geküsst. Jetzt stand dort eine friedlich aussehende graue Stute. Sie drehte den Kopf nach Arista um und Arista sah, dass sie eine weiße Schnauze und dunkle Augen hatten. »Wie heißt die?«

Der Knecht tätschelte dem Pferd liebevoll die Flanke. »Das ist Prinzessin.«

Arista lächelte. »Sattle sie für mich.«

Sie führte Prinzessin auf den Hof. Der Knecht folgte ihr mit dem Wagen. Die beiden davorgespannten Pferde schnaubten und weiße Atemwolken stiegen in die Luft auf. Schaulustige erschienen eingemummt in schwarze Mäntel und mit aufgesetzten Kapuzen auf der Treppe des Palasts. Sie standen in kleinen Gruppen zusammen und unterhielten sich leise, einige weinten. Arista fühlte sich an eine Trauergesellschaft erinnert.

Sie kannte viele Gesichter, wenn auch nicht alle dazugehörigen Namen.

Alenda Lanaklin stand neben Denek, Lenare und Belinda Pickering, die sich von Mauvin und Alric verabschiedeten. Mauvin warf gerade den Kopf zurück und lachte über etwas, doch das Lachen klang künstlich – zu laut und angestrengt. Belinda hielt in der linken Hand ein Taschentuch und wischte sich damit immer wieder über die Augen. Mit der rechten Hand, an der die Fingerknöchel weiß hervortraten, hielt sie Mauvins Arm umklammert. Alenda sah sich suchend um, und als sie Myron entdeckte, winkte sie ihm. Der Mönch, der gerade den beiden an den Wagen geschirrten braunen Wallachen die Nüstern streichelte, richtete sich auf, lächelte und winkte unsicher zurück.

Ganz in der Nähe sprachen zwei Arista unbekannte Männer

mit der Imperatorin, neben der Allie stand. Der eine trug einen prächtigen Federhut, ein rotschwarzes Wams, hohe Lederstiefel und einen schweren Seemannsmantel. Der andere war ein Hüne, der alle Anwesenden überragte. Sein Kopf erinnerte Arista an ein Fass – er war breit, oben und unten abgeflacht und von senkrechten Falten durchzogen, die an die Ritzen zwischen den Fassdauben erinnerten. Außerdem hatte der Mann eine Glatze, nur noch ein Ohr und zahlreiche unschöne Narben, von denen eine seine Unterlippe spaltete. Ein unförmiger Mantel hing ihm wie ein Zelt um die Schultern. Vermutlich hatte er ein Loch in eine dicke Decke geschnitten und den Kopf hindurchgesteckt. An seiner Hüfte hing an einem rohledernen Riemen eine gewaltige Axt.

»Tu, was die Imperatorin dir sagt«, hörte Arista den Seemann zu Allie sagen. »Sie kümmert sich um dich, bis ich zurückkomme.«

Ein paar Meter von ihr entfernt sprach Hadrian mit einem Flüchtling aus Melengar, einem Vicomte, dessen Namen sie allerdings nicht kannte. Eine attraktive junge Frau eilte auf Hadrian zu, stellte sich auf die Zehenspitzen und küsste ihn. Der Vicomte nannte sie Esmeralda.

Was ist das für ein Name?

Hadrian umarmte Esmeralda und hob sie dabei vom Boden hoch. Esmeralda kicherte und winkelte das linke Bein an. Sie war ein niedliches Geschöpf – kleiner als Arista, schlanker und jünger. Die Prinzessin hätte gern gewusst, ob Hadrian vielleicht über Avryn verteilt ein paar Dutzend solcher Frauen kannte oder ob diese Esmeralda etwas Besonderes war. Während sie zusah, wie er sie umarmte und die beiden sich küssten, spürte sie eine innere Leere. Ihre Brust schmerzte wie unter einer Last und sie beschloss, wegzusehen, was ihr, nachdem eine weitere Minute vergangen war, auch gelang.

Zwölf Reitpferde und ein Pferdegespann mit einem Wagen, vierzehn Tiere insgesamt, standen wartend im Schnee. Auf vier davon saßen fünf junge Burschen, die Hadrian als Diener und

Pferdeknechte angeworben hatte – Knappen, wie er sie nannte. Arista kannte von ihnen nur die Namen: Renwick, Elbrecht, Brand, Kine und Minte. Der Letztgenannte war noch so klein, dass er sich mit Kine ein Pferd teilte. Die Burschen saßen kerzengerade im Sattel und waren bemüht, möglichst ernst und erwachsen auszusehen.

Der Wagen war mit Vorräten gefüllt und mit einer schweren Plane aus Segeltuch zugedeckt. Die Räder hatte man abmontiert und durch Kufen ersetzt. Auf der vorderen Bank kauerte der Zwerg. Er nestelte ungeduldig und mit wütendem Gesicht an seiner Kapuze und warf den Zuschauern nur gelegentlich einen flüchtigen Blick zu. Der zu Zöpfen geflochtene Bart unter den buschigen Brauen, der großen Nase und dem grimmigen Mund war unlängst gekürzt worden. Die Finger des Zwergs drehten abwesend an den Strähnen, so wie eine Zunge mit einer Zahnlücke spielt. Ab und zu schnaubte er und brummte etwas in sich hinein, aber Arista hatte kein Mitleid mit ihm. Sie sah Magnus zum ersten Mal seit dem Tag, als er ihr die Tür vor der Nase zugeschlagen hatte – keine Woche nach dem Mord an ihrem Vater.

Royce Melborn wartete stumm und allein auf der anderen Seite des Hofes am Tor, ein kleiner Schatten an der Mauer mit einem schwarzen Mantel, der sich im Wind blähte. Niemand schien ihn wahrzunehmen außer Hadrian, der ihn nicht aus den Augen ließ, und Magnus, der ihm wiederholt nervöse Blicke zuwarf. Doch Royce schenkte den beiden keinerlei Beachtung. Sein Gesicht blickte in Richtung Tor, zur Stadt und der Straße dahinter.

Amilia trat aus dem Palast, eingewickelt in einen dicken Wollmantel. Sie schob sich durch die Wartenden und kam auf Arista zu. Unter den Arm hatte sie ein zerknittertes Pergament geklemmt, in der Hand hielt sie einen Gegenstand, der aussah wie eine kurze Peitsche.

»Das ist für Euch«, sagte sie und hob den Gegenstand hoch. Erst jetzt sah Arista, dass es sich um die abgetrennte untere Hälfte des Zwergenbarts handelte, die noch zu ordentlichen Zöpfen geflochten war. »Da Modina weiß, dass Magnus gern verschwindet, hat sie vorsorglich einige Haare für Euch abgeschnitten.«

Arista nickte. »Richtet ihr meinen Dank aus. Wisst Ihr, wo Gaunt bleibt?«

»Er ist auf dem Weg.«

Das Portal schwang erneut auf und Degan Gaunt trat heraus. Er trug einen bodenlangen, pelzgefütterten Rock mit Gürtel und auf dem Kopf einen Chaperon, einen turbanähnlichen Wulst, von dem eine Stoffbahn fast bis zum Boden hinunterhing. Der kostbar bestickte Rock hatte gewaltige Glockenärmel und eine lange Schleppe, die hinter Gaunt über den Schnee schleifte.

»Da ist er, der künftige Imperator«, flüsterte Amilia und fügte hinzu: »Er meinte, seine Kleider müssten seinen künftigen Rang zeigen, und er wollte auch nicht frieren.«

»Kann er darin reiten?«

Bevor Amilia antworten konnte, eilte ein Page mit zwei großen Seidenkissen und einer Decke an Gaunt vorbei und legte alles auf die Bank des Wagens. Als der Zwerg die Kissen sah, vergaß er seinen Bart und schnaubte verächtlich.

»Ich fahre nicht mit einem Zwerg«, verkündete Gaunt. »Holt den Wicht da runter. Hadrian wird den Wagen lenken.« Als niemand reagierte, sagte er lauter: »Hat mich jemand gehört?«

Arista zog sich auf den Rücken ihrer Stute, schwang das Bein über das Horn des Damensattels und trabte zu Gaunt. Nur wenige Schritte vor ihm hielt sie an, so dass er unwillkürlich zurückwich. Empört blickte sie zu ihm hinunter. »Magnus sitzt hier, weil er für ein Pferd zu kurze Beine hat, und er ist jederzeit imstand, einen Wagen zu fahren, stimmt's?«

Der Zwerg nickte.

»Gut.«

»Aber ich will nicht neben ihm sitzen.«

»Dann reitet auf einem Pferd.«

Gaunt seufzte. »Man hat mir gesagt, dass es eine lange Reise wird, und die will ich nicht auf dem Rücken eines Pferdes verbringen.«

»Dann setzt Euch neben Magnus. Mir ist egal, was Ihr macht.«

»Aber ich habe doch eben gesagt, dass ich nicht neben einem Zwerg sitzen will.« Gaunt starrte Magnus wütend an. »Und Euer Ton gefällt mir auch nicht.«

»Und mir gefällt Euer Dickkopf nicht. Von mir aus könnt Ihr neben Magnus sitzen, auf einem Pferd reiten oder zu Fuß gehen. Wir brechen jetzt jedenfalls auf.« Arista hob den Kopf. »Aufsitzen!«

Auf ihr Kommando schwangen sich alle in die Sättel. Gaunt sah sie empört an.

Arista zog an den Zügeln und wendete, so dass sie vor Modina stand, die Allie an der Hand hielt, und ihr Pferd Gaunt das Hinterteil zukehrte.

»Ich gelobe, dass ich alles daransetzen werde, das Horn zu finden und damit so schnell wie möglich zurückzukehren.«

»Ich weiß«, antwortete Modina. »Möge Maribor Eure Schritte lenken.«

Alric und Mauvin ritten voraus, obwohl der König nicht wusste, welche Richtung sie einschlagen mussten. Er hatte zwar schon viele Karten studiert, aber nur bei drei Gelegenheiten Melengar verlassen. So weit nach Süden war er noch nie gereist und von Amberton Lee hatte er vor der Besprechung noch nie gehört. Er vertraute darauf, dass jemand ihm sagen würde, wo er abbiegen musste – höchstwahrscheinlich Arista.

Sie folgten der alten Straße nach Süden, die, wie Alric wusste, bis nach Tur Del Fur an der Südspitze von Delgos führte. Auf dem Weg durch den Adendal Durat verengte sich die Straße zu einer schmalen Klamm durch das Felsgebirge, die von der Hochebene von Warric zum Tiefland von Rhenydd hinunterführte. Die Klamm war zum Teil so tief verschneit, dass sie absteigen und die Pferde führen mussten, aber die Straße blieb passierbar. Aufgrund der vielen Sonnentage gefolgt von bitterkalten Nächten war der Boden mit einer Eiskruste überzogen, die unter den Hufen der Pferde knirschte, und an den Felswänden hingen unzählige Eiszapfen wie gefrorene Wasserfälle. Doch der Winter näherte sich seinem Ende. Die Tage wurden länger und der Schnee lag nicht mehr so hoch wie noch vor einigen Wochen.

Im Verlauf des Vormittags wurde nicht viel geredet. Gaunt und Magnus waren besonders still. Beide schwiegen verstockt und sahen einander auch nicht an. Gaunt hatte sich die lange Schleppe seines Rocks so um Körper und Kopf gewickelt, dass nur noch die Nase sichtbar war. Magnus dagegen schien die Kälte nichts auszumachen. Er lenkte den Wagen mit bloßen, geröteten Händen. Sein Atem gefror in seinem Schnurrbart und den Resten seines übrigen Barts und er bot damit einen jämmerlichen Anblick, der Alric mit Genugtuung erfüllte.

Royce und Hadrian bildeten den Abschluss und Alric sah sie kein einziges Mal miteinander sprechen. Royce schien in Gedanken versunken. Er hatte die Kapuze hochgeschlagen und den Kopf gesenkt und wiegte sich wie in Trance hin und her. Die fünf Knappen folgten den beiden. Sie tuschelten gelegentlich leise miteinander, wie alle Diener es tun. Der Seemann namens Wyatt ritt neben seinem Freund, dem Hünen. Alric hatte noch nie einen so großen Menschen gesehen. Er saß auf einem Zugpferd, aber trotzdem hingen seine Füße, die er nicht in die Steigbügel gesteckt hatte, fast bis zum Boden hinunter. Wyatt hatte ihm zu Anfang ein paar Worte zugeflüstert, doch Elden blieb stumm.

Das einzige Gespräch, das das monotone Knirschen des Schnees und das Schnauben der Pferde unterbrach, war das von Myron und Arista. Es verging keine Viertelstunde, ohne dass der Mönch Arista auf eine Besonderheit aufmerksam gemacht hätte. Alric hatte ganz vergessen, dass Myron sich für alles begeistern konnte, wie unbedeutend es auch sein mochte. So waren die zwanzig Fuß langen Eiszapfen an den Felsen für ihn ein wahres

Wunder. Außerdem sah er in den Felsen bestimmte Bilder – in einem erkannte er das Gesicht eines bärtigen Mannes. Arista lächelte höflich und hin und wieder lachte sie auch richtig, ein mädchenhaft helles, unbeschwertes Lachen. Alric wäre es peinlich gewesen, in aller Öffentlichkeit so laut zu lachen. Es schien seiner Schwester vollkommen egal zu sein, was andere von ihr hielten.

Es hatte ihn gewurmt, wie sie beim Aufbruch Befehle erteilt hatte. So sehr ihm das Gesicht Gaunts gefallen hatte, als Arista ihn im Hof gemaßregelt hatte, so wenig mochte er die forsche Art, mit der sie alles in die Hand nahm. Das hätte sie doch auch ihm überlassen können. Schließlich war er der König. Die Imperatorin hatte Arista beauftragt, die Expedition zu *organisieren*, aber das bedeutete nicht, dass sie sie auch anführen sollte. Sie hatte auch nie richtig begründet, warum sie überhaupt selbst mitkam. Er war davon ausgegangen, dass sie still im Wagen sitzen und die Leitung ihm überlassen würde, aber er hätte es besser wissen müssen. So wie sie sich im Hof aufgespielt hatte, war es überraschend, dass sie überhaupt noch im Damensitz ritt und nicht schon Reithosen trug.

Sie ließen die enge Schlucht noch vor Mittag hinter sich und am Himmel begann die morgendliche Bewölkung aufzureißen. Vor ihnen fiel das Gelände ab und es öffnete sich ein spektakulärer Blick nach Süden. Im Tal konnte Alric Rehagen erkennen. Aus der Ferne war die Stadt nicht größer als sein Daumen, doch sah sie wunderschön aus, eine Lichtung voller Häuser inmitten eines Meeres von Wald und Wiesen.

»Da«, rief Hadrian von hinten und zeigte auf einen glänzenden Fluss im Osten. »Dort kann man Amberton Lee sehen, an der Biegung des Bernum, wo das Gelände ansteigt, an der Stelle mit den drei Bergen.«

»Ja, das ist es«, stimmte Arista zu, »ich erinnere mich.« Sie blickte zum Himmel auf. »Heute schaffen wir es nicht mehr.«

»Wir könnten in Rehagen übernachten«, schlug Hadrian vor.

»Das liegt nur ein paar Meilen entfernt. Wir wären bei Einbruch der Nacht dort.«

»Hm, ich finde …«, begann Arista.

»Wir reiten nach Rehagen«, erklärte Alric rasch, was ihm einen überraschten Blick seiner Schwester einbrachte.

»Ich wollte eben nur sagen«, fuhr sie fort, »dass wir es morgen näher hätten, wenn wir schon jetzt nach Osten abbiegen.«

»Aber dort gibt es keine Straße«, erwiderte Alric. »Wir können nicht über die verschneiten Wiesen reiten.«

»Warum nicht?«

»Weil wir nicht wissen, wie tief der Schnee ist und was darunter liegt.«

»Royce könnte uns führen, darin ist er Fachmann«, sagte Hadrian.

Arista nickte. »Das habe ich auch gedacht.«

»Nein, Rehagen ist viel besser«, beharrte Alric. »Wir ruhen uns gut aus, brechen morgen in aller Früh auf und sind um Mittag da.«

»Aber, Alric …«

»Du hast meine Entscheidung gehört!« Alric trat sein Pferd in die Flanken und galoppierte die Straße entlang. Er spürte die Blicke der anderen im Rücken.

Hufgetrappel näherte sich ihm von hinten. Er rechnete mit seiner Schwester und machte sich auf einen harten Wortwechsel gefasst, denn diesmal wollte er nicht nachgeben. Verärgert drehte er sich um, aber es war nur Mauvin, der ihm mit wehenden Haaren nachritt. Der Rest der Gruppe folgte in einem Abstand von zwanzig Pferdelängen. Alric ritt langsamer.

»Was war das eben?«, fragte Mauvin und kam neben ihn. Die beiden Pferde fielen von selbst in denselben Schritt.

»Ach nichts.« Er seufzte. »Ich wollte Arista nur daran erinnern, wer der König ist. Sie vergisst das so leicht.«

»Es hat sich trotz der vielen Jahre kaum etwas geändert«, sagte Mauvin leise und strich sich die Haare aus den Augen.

»Was soll das heißen?«

Mauvin lächelte nur. »Ich persönlich würde auch Rehagen bevorzugen. Wer schläft schon gern im Schnee, wenn er in einem Bett übernachten kann. Außerdem würde ich mir die Stadt gerne ansehen. Sie stand auf unserer Liste, weißt du noch?«

Alric nickte. »Wir wollten auch nach Tur Del Fur.«

»Ja, aber das sparen wir uns für ein andermal auf, dort hat die Herrschaft gewechselt. Ich kann noch gar nicht glauben, dass wir nach Percepliquis unterwegs sind. Das war doch immer unser großer Traum.«

»Du willst immer noch den Kodex der Teshlor-Ritter finden?«

Mauvin grinste. »Stimmt. Ich wollte ihren geheimen Kampftechniken auf die Spur kommen, wenn du dich erinnerst. Ich wollte der erste Mensch seit zweitausend Jahren sein, der sie kennt. Natürlich hätte ich das Geheimnis streng gehütet und wäre der größte Ritter der Gegenwart geworden.« Er warf einen Blick zurück. »Aber daraus wird wohl nichts. Selbst wenn ich den Kodex finde, könnte ich es doch nie mit Hadrian aufnehmen. Er ist damit aufgewachsen und wurde von einem Meister unterrichtet. Aber es war sowieso ein dummer Traum, die Phantasie eines Jungen. Das, was man sich so ausmalt, bevor man zum ersten Mal Blut an einem Schwert sieht. Wenn man jung ist, hält man sich für allmächtig. Und dann …« Er seufzte und wandte sich ab. Alric sah, wie er die Hand für einen kurzen Moment an sein Gesicht hob und dann an den Griff seines Schwertes legte. Allerdings war, was da hing, gar nicht Mauvins Schwert.

»Das habe ich noch gar nicht gesehen«, sagte Alric.

»Ich trage es zum ersten Mal.« Mauvin zog die Hand verlegen zurück. »Ich habe es mir so lange gewünscht. Ich hatte ja vor Augen, wie mein Vater damit umging – es sah so schön aus. Manchmal habe ich davon geträumt. Ich wollte es nur halten, durch die Luft schwingen und hören, wie es singt.«

Alric nickte.

»Und du?«, fragte Mauvin. »Willst du immer noch die Krone Novrons finden?«

Alric schnaubte und hätte gelacht, wenn Mauvins Worte nicht so ironisch geklungen hätten. »Ich habe doch schon eine Krone.«

»Stimmt«, sagte Mauvin traurig.

»Der Preis, den man für Träume zahlt, ist manchmal, dass man sie verwirklicht«, sagte Alric so leise, dass nur Mauvin ihn hören konnte.

Sie trafen in Rehagen ein, kurz bevor das Stadttor für die Nacht geschlossen wurde. Arista kannte den Torwächter nicht, einen beleibten, glatzköpfigen Mann in einem grob genähten Ledermantel, der sie ungeduldig nach drinnen winkte.

Alric wendete sein Pferd zu dem Wächter um, der sich daranmachte, den Torriegel vorzuschieben. »Wo finden wir eine gute Unterkunft für die Nacht, guter Mann?«, fragte er.

»In Aquesta, ha!« Der Wächter lachte.

»Ich meine hier.«

»Ich weiß, was Ihr meint«, erwiderte der Mann barsch. »Soviel ich weiß, hat der GNOM freie Zimmer.«

»Der Gnom?«

»Eine Schenke«, erklärte Arista. »ZUM LACHENDEN GNOM – Ecke Königstraße und Sagengasse.«

Der Wächter musterte sie neugierig.

»Danke«, sagte sie und trieb ihr Pferd an. »Hier lang.«

Während die Stadt damals vor allem nach Pferdemist und Urin gestunken hatte, wie Arista sich erinnerte, stank sie jetzt penetrant nach Rauch. Ansonsten hatte sich seit ihrem letzten Aufenthalt nicht viel geändert. Die Straßen verliefen in schrägen Winkeln zueinander, weshalb die an ihnen liegenden Häuser oft seltsame Grundrisse hatten. So gab es Läden, die wie Käseecken aussahen. Die Bretter, die über den Morast der Straßen führten, waren unter einer dicken Schneeschicht begraben. Der Winter hatte die Bäume ihrer Blätter beraubt und ein scharfer Wind blies zwischen den Häusern hindurch. Nur die Schneeflocken waren in Bewegung. Arista hatte eigentlich erwartet, dass der Winter die Stadt aufhellen und den Schmutz überdecken würde. Stattdessen erschien sie ihr öde und trostlos.

Sie ritt jetzt voraus. Hinter ihr hörte sie Alric etwas brummen. Er sprach so leise, dass sie die Worte nicht verstand, aber sein Ton war eindeutig. Er ärgerte sich über sie – schon wieder. Zu jeder anderen Zeit hätte sie sich zurückfallen lassen, sich für das entschuldigt, was sie falsch gemacht hatte, und versucht, ihn zu versöhnen. Doch ihr war kalt, sie hatte Hunger und sie war müde. Sie wollte zur Schenke. Alrics Gefühle konnten warten, bis sie zumindest ihre Unterkunft bezogen hatten.

Sie näherten sich dem Hauptplatz und Arista versuchte, nach unten zu blicken und sich auf den Schnee zu konzentrieren. Aber dann konnte sie doch nicht widerstehen. Als sie genau in der Mitte des Platzes angekommen waren, blickten ihre Augen auf, ohne dass sie es wollte. Der Pfosten stand noch da, nur die Seile waren verschwunden. Dunkel ragte er vor ihr auf, vor dem dunklen Hintergrund kaum zu erkennen, eine dingliche Erinnerung an das, was hätte sein können.

Unter dem Schnee ist Blut, dachte sie.

Ihr Atem ging schneller und ihre Lippen begannen zu zittern. Da merkte sie plötzlich, dass jemand neben ihr ritt. Sie hatte Hadrian nicht kommen gehört und bemerkte ihn erst jetzt, nur eine Armlänge von ihr entfernt. Er sah sie nicht an und sagte auch nichts, sondern ritt nur schweigend neben ihr her. Es war das erste Mal seit ihrem Aufbruch, dass er von Royces Seite wich, und sie hätte gern gewusst, weshalb er nach vorn gekommen war. Vielleicht weil er wusste, wie ihr zumute war? Es war zwar abwegig, das zu glauben, aber es tat ihr trotzdem gut.

Das Schild über der Tür des Wirtshauses trug eine Kappe aus Schnee, sah aber so schauerlich aus wie eh und je. Der vulgär aufgerissene, breite Mund, die behaarten spitzen Ohren und die zusammengekniffenen Augen des namengebenden Gnoms starrten böse auf sie herab.

Sie hielt an, stieg ab und betrat den Plankenweg. »Vielleicht solltet ihr draußen warten, während Hadrian und ich die Zimmer mieten.«

Alric hustete und sah sie verärgert an.

»Hadrian und ich kennen uns hier aus«, erklärte sie. »Es geht einfach schneller, wenn wir es machen. *Du* wolltest doch hierher kommen.«

Alric runzelte die Stirn und Arista seufzte. Sie bedeutete Hadrian, ihr zu folgen, und ging unter dem Schild des LACHENDEN GNOMS hindurch. Gelb flackerndes Licht und warme, nach Fett und Rauch stinkende Luft schlugen ihnen entgegen. Ein zottiger, gefleckter Hund trottete auf sie zu und wollte ihnen die Hände ablecken. Hadrian konnte ihn gerade noch festhalten, als er an Arista hinaufspringen wollte. Der Hund stützte sich mit den Vorderpfoten gegen seine Schenkel und Hadrian kraulte ihn hinter den Ohren, worauf er zu hecheln begann.

Die Gaststube war anders als bei ihrem ersten Besuch fast leer. Nur an der Feuerstelle saßen zwei Gäste. Arista starrte auf eine Stelle in der Mitte des Raums, an der einst ein junger Mann mit feuerroten Haaren eine flammende Rede gehalten hatte.

Hier habe ich Emery zum allerersten Mal gesehen.

Sie hatte seitdem nicht mehr daran gedacht, aber jetzt war ihr der Raum auf einmal heilig. Sie spürte eine Hand auf der Schulter. Hadrian drückte sie sanft.

Ayers stand hinter dem Tresen und trocknete Krüge ab. Er trug dieselbe Schürze wie damals, die sogar noch dieselben Flecken zu haben schien. Sein Kinn war mit Bartstoppeln bedeckt, seine Haare standen wirr durcheinander, sein Gesicht glänzte feucht.

»Was kann ich für Euch tun?«, fragte er, als sie näher kamen. Der Hund folgte ihnen und drückte sich bettelnd an Hadrian.

»Wir würden gerne übernachten.« Arista zählte mit den Fingern. »Wir sind insgesamt fünfzehn Personen, also vielleicht vier Zimmer? Haben in Euren Zimmern vier Personen Platz?«

»Schon, aber ich vermiete sie normalerweise nur als Zweierzimmer.«

»Gut, dann brauchen wir sieben Zimmer, wenn Ihr so viele habt – die jungen Burschen können in einem Zimmer schlafen. Habt Ihr denn etwas frei?«

»Ja, schon. Hier wohnen im Moment nur Mäuse. Die Leute auf der Rückreise von Wintertid sind schon vor Wochen durchgekommen. Um diese Jahreszeit reist niemand. Weshalb auch ...« Er verstummte und musterte Arista genauer. Dann bekam er plötzlich große Augen. »Aber, seid Ihr nicht ... ich meine, Ihr seid doch ... *sie*, nicht wahr? Wo seid Ihr gewesen?«

Arista warf Hadrian einen verlegenen Blick zu. Sie hatte eigentlich gehofft, unerkannt zu bleiben. »Wir hätten nur gern Zimmer.«

»Bei Mar! Ihr seid es!«, rief er so laut, dass die beiden Gäste am Kamin aufmerksam wurden. »Es hieß doch, Ihr wärt tot.«

»War ich auch fast. Aber wirklich, die anderen warten draußen in der Kälte. Können wir Zimmer haben? Und wir haben auch Pferde, die ...«

»Jimmy! Jimmy! Beweg deinen Hintern, Junge!«

Ein sommerprossiger Junge, der so dünn war wie ein Mitglied des Schwarzen Diamanten, eilte mit erschrockenem Gesicht durch die Küchentür.

»Draußen sind Pferde, die in den Stall müssen, los.«

Der Junge nickte. Als er an Ayers vorbeischlüpfte, flüsterte der Wirt ihm etwas ins Ohr. Der Bursche sah Arista an und seine Kinnlade klappte herunter, als hätte jemand ein Gewicht drangehängt. Dann rannte er aus der Stube.

»Versteht bitte, dass wir müde sind«, sagte Arista. »Wir sind den ganzen Tag geritten und müssen morgen in aller Früh aufbrechen. Wir suchen nur ein ruhiges Nachtquartier.«

»Selbstverständlich! Aber Ihr wollt gewiss auch etwas zu Abend essen?«

Arista sah Hadrian an, der nickte. »Ja, natürlich.«

»Wunderbar. Ich mache Euch etwas Besonderes.«

»Das ist nicht nötig. Wir wollen keine Umstände ...«

»Überhaupt nicht«, schnitt Ayers ihr das Wort ab. »Rusty!«, rief er über ihren Kopf hinweg in Richtung der beiden Gäste am Kamin, die aufgestanden waren und zögernd näher kamen. »Lauf zu Engles. Ich brauche Schweinefleisch.«

»Schweinefleisch?«, erwiderte der Mann. »Du kannst ihr doch kein Schweinefleisch auftischen! Benjamin Braddock hat ein Lamm vom Feinsten. Den ganzen Winter hat er es durchgefüttert, wie ein Baby.«

Sein Gefährte nickte. »Ein Gedicht von einem Lamm.«

»Also gut, dann sag ihm, er soll es Engles bringen, damit der es schlachtet.«

»Wie viel zahlt Ihr dafür?«

»Sag ihm nur, für wen es ist, und wenn er dann *sie* um Geld bitten will, soll er das tun.«

»Bitte, das ist doch nicht nötig«, sagte Arista.

»Er hat das Lamm für einen besonderen Anlass aufgespart«, erklärte Rusty und lächelte. »Und einen besseren bekommt er nicht.«

Die Tür ging auf und die anderen kamen herein, klopften sich den Schnee von Kapuzen und Schultern und stampften mit den Füßen auf. Gaunt ließ fröstelnd seine Schleppe fallen und nahm den Hut ab. Dann marschierte er mit ausgestreckten Händen zum Feuer. Arista fühlte sich an einen großen Pfau erinnert.

Rusty versetzte seinem Gefährten einen Rippenstoß. »Das ist Degan Gaunt.«

»Bei Mar«, sagte Ayers und schüttelte den Kopf, »so viel Prominenz auf einmal. Und seht doch, er trägt die Kleider eines Königs. Gehört der auch zu Euch?«

Arista nickte.

»Ach du grüne Neune!«, rief Rusty, der inzwischen Hadrian anstarrte, »den kenne ich doch auch – ich habe ihn erst vor ein paar Wochen gesehen. Er hat im Turnier gesiegt und alle vom Pferd gestoßen außer Breckton, und den nur deshalb nicht, weil er ihn nicht töten wollte.« In seine Augen trat Bewunderung. »Den hättet Ihr mit Leichtigkeit auch geschafft, ganz bestimmt.«

»Wen habt Ihr denn noch dabei?«, fragte Ayers überwältigt. »Den Erben Novrons?«

Arista und Hadrian wechselten Blicke.

»Wo sind unsere Zimmer?«, fragte Alric, der zu ihnen getreten war und seine nasse Kapuze ausschüttelte.

»Ich ... äh ... zeige sie Euch.« Ayers nahm eine Schachtel mit Schlüsseln und stieg ihnen voraus die Treppe hinauf.

Arista blickte von der Treppe aus noch einmal in die leere Wirtsstube hinunter. Fünfundvierzig Silbertaler hatten sie damals für die Übernachtung gezahlt. »Wie viel kosten die Zimmer?«

Ayers blieb stehen, drehte sich um und lächelte nur.

Oben angekommen, breitete er die Arme aus. »Bitte sehr.«

»Welche Zimmer?«

Ayers grinste. »Nehmt den ganzen Stock.«

»Wie viel?«, fragte Alric.

Ayers lachte. »Ich verlange nichts – das kann ich gar nicht. Man würde mich aufknüpfen. Richtet Euch ein und ich rufe Euch, wenn das Essen fertig ist.«

Alric grinste. »Seht ihr? Ich sagte doch, dass es sich lohnt, herzukommen. Man ist hier so gastfreundlich.«

»Sie bekommt in dieser Stadt alles umsonst.« Ayers nickte mit dem Kopf in Aristas Richtung.

Alric runzelte die Stirn.

»Das ist sehr nett«, sagte Arista. »Aber angesichts unserer Lage denke ich, dass fünf Zimmer trotzdem ausreichen.«

»Warum das?«, fragte Alric.

»Ich finde, wir sollten Magnus und Gaunt nicht ohne Aufsicht lassen.«

Hadrian, Royce, Myron und Gaunt nahmen ein Zimmer, Wyatt, Elden, Magnus und Mauvin das zweite und die jungen

Burschen das dritte. Alric wollte unbedingt ein Zimmer allein, Arista bekam deshalb auch eins.

»Ruht Euch aus, so lange Ihr wollt«, sagte Ayers. »Ihr könnt auch jederzeit herunterkommen und Euch an den Kamin setzen. Ich öffne mein bestes Bierfass und den besten Wein. Wenn Ihr lieber schlafen wollt, klopft Jimmy bei Euch an, sobald das Essen fertig ist. Ich will nur noch einmal sagen, dass es eine große Ehre für mich ist, Euch hier zu beherbergen.« Sein Blick hing an Arista.

Alric seufzte hörbar.

Wyatt lag auf seinem Bett und streckte die schmerzenden Muskeln. Elden saß auf dem Bett gegenüber und hatte seinen riesigen Kopf in die Hände gestützt und die Ellbogen auf die Knie. Das Bett bog sich unter seinem Gewicht. Wyatt sah, dass die Matratze bereits bis unter den Rahmen durchhing. Elden fing seinen Blick auf und erwiderte ihn mit traurigen, unschuldigen Augen. Er vertraute Wyatt, genau wie Allie. Wyatt lächelte ihn beruhigend an.

»Halt! Nicht anfassen!«, rief Mauvin und alle drehten sich nach ihm um. Der Graf, der seinen Mantel gerade an eine Leine mit den anderen nassen Kleidern hängte, sah Magnus wütend an. Magnus hatte die Hand nach dem Knauf seines Schwertes ausgestreckt, das in der Scheide steckte und mitsamt dem Wehrgehänge an einem Bettpfosten hing.

Magnus zog die buschigen Brauen hoch und runzelte die Stirn. »Was habt ihr eigentlich, ihr Menschen? Und ihr werft uns vor, wir könnten nicht teilen! Glaubt Ihr, ich will mir das Schwert unters Hemd stecken und damit weglaufen? Es ist so groß wie ich!«

»Ist mir egal. Einfach Hände weg.«

»Es ist eine schöne Waffe«, sagte der Zwerg. Er zog die Hand zurück, betrachtete das Schwert aber weiter sehnsüchtig. »Woher habt Ihr es?«

»Es gehörte meinem Vater.« Mauvin ging zum Kopfende des Betts und nahm das Schwert.

»Und woher hat er es?«

»Es ist ein Erbstück, das schon seit Generationen im Besitz der Familie ist.« Mauvin hielt es so vorsichtig in der Hand, als sei es ein verletzter Spatz, der getröstet werden musste, nachdem er dem Zwerg in letzter Sekunde entkommen war. Es war Wyatt bisher nicht aufgefallen, aber jetzt, da seine Aufmerksamkeit geweckt war, sah er, dass es sich um eine ungewöhnlich schöne Waffe handelte. Sie war in ihrer Schlichtheit von vollendeter Eleganz und das Metall des Griffs glänzte vornehm. Verziert war sie mit einem kaum sichtbaren Muster feiner Linien.

»Ich meinte, wie ist es in Eure Familie gekommen? Nur wenige Menschen nennen ein solches Schwert ihr Eigen.«

»Wahrscheinlich hat einer meiner Vorfahren es gemacht oder machen lassen.«

Der Zwerg schnaubte. »Dieses Schwert wurde nicht von irgendeinem beliebigen Schmied mit einem Gehilfen am Blasebalg gemacht. Es wurde in einer dunklen Vollmondnacht über einem natürlichen Feuer geschmiedet. Die Menschen bekamen es erst Jahrhunderte später in die Hände.«

»Die Menschen? Soll das heißen, Zwerge haben es gemacht?«

Wieder das vorwurfsvolle Schnauben. »Ach was! Nicht Zwerge – es wurde von Elben geschmiedet. Und es ist ein ganz besonders schönes Stück, oder ich will nie einen Bart getragen haben.«

Mauvin sah ihn zweifelnd an.

»Singt es, wenn es durch die Luft fährt? Fängt es das Licht ein und spiegelt es? Wird es nie stumpf, selbst wenn man es als Schaufel oder Axt benützt? Schneidet es durch Stahl? Und durch andere Schwerter?«

Mauvins Gesicht reichte dem Zwerg als Antwort. Der Graf zog das Schwert ein Stück aus der Scheide. Die Klinge glänzte im Licht der Laterne wie Glas.

»Doch, das ist ein Elbenschwert, gefertigt aus Stein und Eisen, geschmiedet im Feuer der Welt und gehärtet in reinem Wasser durch die Ersten, die Kinder des Ferrol. Ich kenne keine herrlichere Waffe, von einer Ausnahme abgesehen.«

Mauvin steckte das Schwert stirnrunzelnd wieder in die Scheide. »Bitte trotzdem nicht anfassen, ja?«

Wyatt hörte den Zwerg etwas murmeln von wegen, er würde sich den Bart abschneiden lassen. Doch dann ging Magnus zu dem Bett auf der anderen Seite des Zimmers und Wyatt konnte ihn nicht mehr verstehen. Mauvin hielt das Schwert immer noch in der Hand. Er strich mit den Fingern über den Knauf und in seine Augen war ein abwesender Blick getreten.

Beide waren für Wyatt Fremde. Er wusste, dass Mauvin ein Graf aus Melengar und Freund König Alrics war. Außerdem war Mauvin angeblich ein ganz vortrefflicher Schwertkämpfer. Sein jüngerer Bruder war vor einigen Jahren in einem Schwertkampf getötet worden. Sein Vater war erst vor kurzem gefallen – von der Hand der Elben. Mauvin schien ein anständiger Kerl zu sein, ein wenig launisch vielleicht, aber ansonsten in Ordnung. Aber natürlich war er ein Adliger und mit Adligen hatte Wyatt nie viel zu tun gehabt. Er beschloss daher, sich nicht einzumischen.

Dann dachte er über den Zwerg nach. Was die Imperatorin wohl mit den »Zusammenstößen« meinte, von denen sie gesprochen hatte?

Warum gerate ich immer wieder in solche Situationen?

Der arme Elden. Wyatt hatte keine Ahnung, was er aus all dem machte.

»Wie geht es dir?«, fragte er.

Elden zuckte mit den Schultern.

»Willst du zum Essen mit runterkommen oder soll ich dir einen Teller raufbringen?«

Erneut ein Schulterzucken.

»Spricht er auch?«, fragte Mauvin.

»Wenn er will, ja«, antwortete Wyatt.

»Ihr seid Seeleute, richtig?«

Wyatt nickte.

»Ich bin Mauvin Pickering.« Mauvin streckte die Hand aus. Wyatt ergriff sie. »Wyatt Deminthal. Und das ist Elden.«

Der Graf betrachtete Elden näher. »Was macht er denn auf dem Schiff?«

»Was er will, würde ich sagen«, brummte Magnus. Alle mussten lachen, auch der Zwerg, obwohl er es gar nicht witzig gemeint hatte.

»Wo kommst du her – Magnus, ja?«, fragte Wyatt. »Gibt es irgendwo ein Land der Zwerge?«

Das Lächeln des Zwergs verging. »Nicht mehr.« Seinem Ton nach wollte er nicht weiter darüber sprechen, aber Wyatt und schließlich auch Mauvin und Elden sahen ihn fragend an. »Ich komme aus dem Norden – den Bergen von Trent.«

»Ist es dort schön?«

»Es ist wie in einem Gefängnis – schmutzig, überfüllt und ohne Hoffnung, wie an jedem Ort, an dem Zwerge leben dürfen. Zufrieden?«

Wyatt bereute schon, etwas gesagt zu haben. Verlegenes Schweigen folgte, bis die Spannung durch ein Klopfen an der Tür gebrochen wurde. »Das Essen ist fertig«, rief eine muntere Stimme.

Ein Klopfen an der Tür kündigte das Abendessen an und Hadrian und Myron waren als Erste auf den Beinen. Royce, der auf einem Stuhl am Fenster saß, rührte sich nicht. Er hatte den anderen den Rücken zugekehrt und starrte in die Nacht hinaus. Vielleicht konnte er mit seinen Elbenaugen hinter der Scheibe ja mehr erkennen als nur Dunkelheit, vielleicht beobachtete er die Passanten auf der Straße und die Fenster der Läden auf der anderen Straßenseite, aber vermutlich sah er nicht einmal das Fenster.

Er hatte seit ihrem Aufbruch aus Aquesta kein Wort gesprochen. Die notwendige Kommunikation beschränkte sich auf Nicken. Royce war kein gesprächiger Mensch, aber ein so langes Schweigen war sogar für ihn ungewöhnlich. Noch beunruhigender waren seine Augen. Er behielt sonst immer die Straße im Auge, den Waldrand und den Horizont, war stets auf der Suche nach möglichen Gefahren, aber nicht an diesem Tag. Er war neun Stunden lang geritten, ohne ein einziges Mal den Kopf zu heben. Hadrian konnte nicht sagen, ob er auf den Sattel oder auf den Boden blickte. Er hätte schlafen können, nur dass er mit den Händen ständig die Zügelenden knetete. Er bearbeitete sie mit einer solchen Gewalt, dass Hadrian das Leder knarren hörte.

»Hadrian, bring mir doch einen Teller von dem, was da drunten ausgeteilt wird«, sagte Gaunt, der auf seinem Bett lag und an die Decke starrte.

Gaunt hatte beim Betreten des Zimmers sofort das Bett am Kamin für sich beansprucht. Er hatte Mantel und Hut abgenommen und zu Boden fallen lassen, dann hatte er sich auf das Bett geworfen, alle viere von sich gestreckt und über seine Schmerzen gejammert.

»Und achte bitte darauf, dass das Fleisch mager ist«, fuhr er fort. »Ich will nicht lauter Fett essen, sondern richtiges Fleisch. Und wenn es Schwarzbrot gibt, nehme ich das – je schwärzer, desto besser. Und ein Glas Wein – nein, bring gleich eine ganze Flasche, aber guten Wein bitte, nicht …«

»Vielleicht solltet Ihr selbst mit nach unten kommen und auswählen, was Ihr essen wollt. Dann kann ich nichts falsch machen.«

»Bring mir lieber was rauf. Ich liege hier doch bequem, siehst du das nicht? Ich will nicht mit dem gemeinen Volk zusammensitzen. Ein Imperator braucht seine Ruhe. Und bei Novron, heb meine Kleider vom Boden auf! Du musst sie aufhängen, damit sie richtig trocknen.« Gaunt überlegte. »Hm … müsste ich statt ›bei Novron‹ nicht eigentlich ›bei meinen Vorfahren‹ sagen? Oder noch besser ›bei mir selbst‹?« Bei diesem Gedanken lächelte er.

Hadrian verdrehte die Augen. »Lasst es mich anders ausdrücken. Holt Euch das Essen selbst oder bleibt eben hungrig.«

Gaunt sah ihn wütend an und schlug so heftig auf die Matratze, dass sogar Royce den Kopf hob. »Was nützt mir verdammt noch mal ein Diener, wenn er mir nie etwas bringt?«

»Ich bin nicht Euer Diener, sondern Euer ... Leibwächter«, sagte Hadrian widerstrebend. Das Wort hatte einen schalen Beigeschmack. »Wie steht's mit dir, Royce? Kann ich dir etwas bringen?«

Royce machte sich nicht einmal die Mühe, den Kopf zu schütteln. Mit einem Seufzer ging Hadrian zur Tür.

In der Gaststube des LACHENDEN GNOMS herrschte drangvolle Enge. In Anbetracht der Zahl der Gäste war es aber bemerkenswert leise. Statt lauter Reden und dröhnenden Gelächters war nur leises Murmeln zu hören. Als Hadrian und Myron die Treppe heruntergestiegen kamen, wandten sich ihnen die Köpfe erwartungsvoll zu, doch machte sich schnell Enttäuschung breit.

»Hierher, meine Herren«, rief Ayers und drängte ihnen entgegen. »Macht Platz!«

Er geleitete sie vom Fuß der Treppe zu einem separaten Raum, in dem ein großer Tisch stand. Auf dem Weg hörte Hadrian verschiedene leise Bemerkungen wie »falscher Ritter« und »Turniersieger«.

»Die anderen Gäste bleiben draußen, Ihr könnt also ungestört essen«, erklärte Ayers. »Aus dem Wirtshaus kann ich sie allerdings nicht hinauswerfen. Ich lebe in dieser Stadt und das würden sie mir nie verzeihen.«

Wyatt, Mauvin, Magnus und Alric saßen bereits am Tisch, vor sich Becher und leere Teller. Jimmy, der sich eine fleckige Schürze umgebunden hatte, schenkte ein. Er hielt in jeder Hand einen Krug und tänzelte um den Tisch wie ein Gaukler an Karneval. Das Zimmer war klein und grenzte unmittelbar an die Küche. Die untere Hälfte der Wände war aus Feldsteinen gemauert, in eine Ecke war ein Kamin eingelassen. Die obere Hälfte bestand aus Balken und Putz. Die Fensterläden der drei Fenster waren geschlossen und verriegelt.

»Sind die alle gekommen, um uns zu sehen?«, fragte Myron. Er war an der Tür stehengeblieben und betrachtete die Menge im Gastraum genauso ehrfürchtig wie sie ihn.

Hadrian hatte sich gerade gesetzt, da wurden in der Gaststube Rufe und Beifall laut. Alric leerte seinen Becher und hielt ihn Jimmy hin.

»Geht es Euch gut?«, riefen durch die hölzerne Tür gedämpfte Stimmen. »Wo wart Ihr? Wurdet Ihr entführt? Werdet Ihr Euer Amt wieder aufnehmen? Wir haben Euch vermisst. Werdet Ihr die Soldaten des Imperiums wieder vertreiben?«

»Entschuldigt, ihr guten Leute, aber ich habe eine lange Reise hinter mir«, antwortete Arista. »Ich bin sehr müde und kann unmöglich auf alle eure Fragen eingehen. Nur eins: Die Tyrannen, die das Imperium einst regiert haben, sind weg. Zum ersten Mal regiert jetzt die Imperatorin und sie ist eine tüchtige und kluge Frau.«

»Ihr kennt sie?«

»Ja. Ich wohne seit einiger Zeit mit ihr zusammen und komme auch gerade aus Aquesta. Böse Menschen haben sie in ihrem eigenen Palast gefangen gehalten und in ihrem Namen regiert. Aber ... sie hat sich gewehrt. Sie hat mir das Leben gerettet und die Welt von der Herrschaft der falschen Regenten befreit. Jetzt ist sie gerade dabei, ein Reich zu errichten, das der wahre Nachfolger des novronischen Imperiums sein wird. Vertraut ihr, wie ihr mir vertraut habt, und ich verspreche euch, ihr werdet nicht enttäuscht werden. Aber jetzt, mit Verlaub, habe ich wirklich Hunger.«

Wieder ertönten Rufe und Beifall.

Die Tür ging auf, Arista trat ein, machte die Tür hinter sich zu und lehnte sich dagegen, als müsste sie verhindern, dass sie wieder aufging. »Wo kommen die ganzen Leute her?«

»Die Kunde hat sich verbreitet«, sagte Ayers ein wenig verlegen. »Ich muss an den Tresen zurück. Die Leute brauchen etwas zum Trinken.«

Er ging und Hadrian sah Minte und die anderen Jungs draußen vor der Tür. Er winkte ihnen und die fünf kamen hintereinander herein und blieben stehen. Sie trauten sich nicht, weiterzugehen.

»Jemand kam zu unserem Zimmer und sagte, unten gebe es etwas zu essen, Herr«, sagte Renwick zu Hadrian. »Aber wir wissen nicht, wo wir sitzen sollen.«

»Setzt euch an den Tisch«, antwortete Hadrian.

Die Jungs machten alle dasselbe erschrockene Gesicht. Angst mischte sich mit ungläubigem Staunen.

»Aber die Diener können nicht mit uns essen«, sagte Alric, worauf die Jungs erneut stehen blieben.

»Es gibt genügend Stühle«, erwiderte Arista.

»Aber im Ernst, Stallburschen? Sieh sie dir an. Das sind nicht nur Diener, sondern auch Kinder. Es muss doch noch einen anderen Raum geben, in dem sie essen können.«

»Vielleicht darf ich …«, sagte Hadrian laut. Er stand auf und hielt Minte fest, der das Zimmer soeben wieder verlassen wollte. »Diese jungen Burschen«, er zeigte auf Elbrecht, Kine und Brand, »haben den Aufstand der Einwohner von Aquesta unterstützt und dazu beigetragen, dass man Euch und Eurer Armee die Tore geöffnet hat. Und Renwick« – Hadrian zeigte auf den Ältesten der fünf – »hat mir in der Zeit, in der ich vorgab, ein Ritter zu sein, als mein Knappe unschätzbare Dienste geleistet.«

»Ich bin immer noch Euer Knappe, Herr, egal, was die anderen sagen.«

Hadrian lächelte ihn an. »Er hat außerdem im Palasthof mitgekämpft und war einer der Ersten im Kerker, wenn Ihr Euch erinnert. Und dieser junge Mann hier« – er hielt den sich windenden Jungen mit beiden Händen gepackt – »ist Minte. Dieses *Kind*, wie Ihr es nennt, hat auf Wunsch der Imperatorin persönlich eine entscheidende Rolle beim Sturz von Ethelred und Saldur gespielt. Ohne diese jungen Leute wären Eure Schwester,

Royce, ich und sogar die Imperatorin höchstwahrscheinlich tot. Ach ja, und Ihr und Mauvin natürlich auch. Nicht übel für Stallburschen. Glaubt Ihr angesichts dessen nicht auch, dass sie einen Platz an unserem Tisch verdient haben?«

»Doch, natürlich«, sagte Alric hastig und ein wenig beschämt.

»Dann setzt euch«, befahl Hadrian und die fünf setzten sich stolz.

Eine rundliche Frau mit kurzen, fransigen Haaren und feisten Wangen kam mit einem großen Tablett mit gegrilltem Lammfleisch rückwärts aus der Küche. Sie trug ein Kleid aus grauer Wolle und eine fleckige Schürze.

Am Tisch blieb sie abrupt stehen und sah die Wartenden enttäuscht und fast verärgert an. »Es fehlen drei«, sagte sie. Ihre hohe Stimme erinnerte Hadrian an eine quietschende Tür.

»Ich nehme Royce einen Teller mit hinauf«, erklärte er. »Er ... fühlt sich nicht wohl.«

Arista sah ihn an. »Können wir ihn allein lassen?«

Hadrian nickte. »Ich glaube schon. Wenn er sich etwas antun will, könnten wir es sowieso nicht verhindern.«

»Elden bleibt auch auf dem Zimmer«, erklärte Wyatt. »Er mag keine Menschenansammlungen.«

Die Köchin nickte. Ihre großen Brüste, die sich deutlich unter der Schürze abzeichneten, hingen über den Rand der Pfanne und drohten gegen das dampfende Lamm zu stoßen. Da niemand mehr etwas sagte, fragte sie schließlich: »Und wo ist dieser Spitzbube Degan Gaunt? Ich kann mir nicht vorstellen, dass er eine kostenlose Mahlzeit auslässt.«

»Spitzbube?«, fragte Hadrian überrascht. »Ich dachte, er sei hier in Rehagen ein Held.«

»Ein Held?«

Hadrian nickte. »Ja, Ihr wisst schon, ein Junge vom Ort, der sein Glück in der Fremde sucht, Pirat wird und zurückkehrt und den Aufstand gegen die Unterdrücker anführt.«

Die Köchin lachte, was wie Gackern klang, das mit einiger

Mühe aus ihrem dicken Hals aufstieg. Sie stellte das Tablett hin und begann das Fleisch zu schneiden.

Die am Tisch Sitzenden wechselten Blicke.

Wyatt zuckte mit den Schultern. »Ich kenne Gaunts Vergangenheit ja nicht, aber Pirat war er auf keinen Fall. Das weiß ich.«

Wieder lachte die Köchin. Diesmal hielt sie die Hand vor den Mund, so dass das Lachen nach innen ging und Brüste und Schultern auf und ab hüpften.

»Wollt Ihr uns nicht verraten, was so lustig ist?«, fragte Alric.

»Aber es steht mir nicht an, Gerüchte zu verbreiten«, erwiderte die Köchin und presste demonstrativ die Lippen zusammen. Ihre mit dem Fleisch beschäftigten Hände wurden langsamer und kamen zur Ruhe. Sie blickte auf und ein breites Grinsen drückte die feisten Wangen auseinander.

»Es ist nämlich so«, fuhr sie mit gesenkter Stimme fort. »Ich bin nur ein paar Häuser von Gaunt entfernt aufgewachsen – auch in der Degan-Straße. Wusstet Ihr, dass seine Mutter ihn Degan genannt hat, weil es das einzige Wort war, das sie schreiben konnte? Sie hatte ja jahrelang das Straßenschild gesehen.«

Jetzt, wo ihr Mund in Fahrt kam, nahmen auch ihre Hände wieder die Arbeit auf und sie schnitt Fleischscheiben ab und legte sie auf die Teller, ohne auf das Fett zu achten, das dabei auf den Tisch tropfte. »Jedenfalls waren unsere Mütter befreundet und ich war die beste Freundin seiner Schwester Miranda. Sie war eine Seele von Mensch, aber Degan – schon als Junge war er ein Teufel. Wir sind ihm möglichst aus dem Weg gegangen. Im Grunde war er ein armes Schwein. Ein paarmal wurde er beim Stehlen erwischt, aber nicht, weil er etwas gebraucht hätte. Ich heiße Stehlen nicht gut, aber wenn jemand beim Bäcker Briklin einen Brotlaib klaut, während der Alte ihm den Rücken zukehrt, weil er die Mutter an Wintertid damit überraschen will, ist das eine andere Sache. Ich sage nicht, dass es richtig ist, aber ich drücke ein Auge zu.

Degan dagegen wirft die Scheibe eines Ladens ein, der allerlei

Krimskrams verkauft, um ein Porzellankaninchen zu klauen, das ihm gefällt. In Rehagen wissen alle, was für ein Tunichtgut er ist. Man merkt es daran, wie die Ladenbesitzer ihn im Auge behalten oder aus dem Laden scheuchen. Sie spüren Leute wie ihn auf eine Meile Entfernung.«

In diesem Augenblick stürzte Ayers herein. »Jimmy, geh in den Keller und hol noch ein Fass. Das erste haben die Gäste bereits leergetrunken.« Der Junge stellte seine Krüge ab und eilte in die Küche. Ayers sah die Köchin an. »Du jammerst den Herrschaften doch nicht die Ohren voll, Bella? Ist sie Euch lästig?«

»Überhaupt nicht«, erwiderte Arista und die Runde um den Tisch nickte zustimmend.

»Dann bleibt es hoffentlich auch so. Bella jammert so gern.«

Bella klapperte unschuldig mit den Augen.

Jimmy rollte ein Fass aus der Küche herein.

»Wie viele haben wir noch?«, fragte der Wirt.

»Vier.«

Ayers runzelte die Stirn. »Ich hätte mehr bestellen sollen, aber wer kann wissen ...« Er zeigte auf die Essenden und zuckte mit den Schultern. Dann übernahm er das Fass und rollte es in den Schankraum. Bella sah noch einen Moment stumm die Tür an, die sich hinter ihm schloss, dann begann sie zu grinsen und fuhr fort:

»Nur um Euch eine Vorstellung davon zu geben, wie schlimm Degan es getrieben hat: Er bekam sogar Besuch vom SD und eine Warnung. Natürlich hat ihn das nicht gekümmert. Trotzdem ist er um eine Bestrafung irgendwie immer herumgekommen – als sei er durch einen Zauber dagegen gefeit, wie Miranda und ich immer sagten. Nach dem Tod seiner Mutter bekam er dann allerdings ernsthafte Schwierigkeiten. Ich habe es nicht mit eigenen Augen gesehen, aber Gerüchten zufolge – die auch sehr gut zu diesem Dummkopf passen – trank er sich einen Rausch an und vergewaltigte Clara, die Tochter des Kerzenmachers. Doch der Alte hatte Beziehungen. Er war nicht nur Lieferant des königlichen Kämmerers, sondern hatte einen Neffen beim SD.«

»SD?«, fragte Myron. »Was ist das?«

»Es steht für Schwarzer Diamant«, erklärte Mauvin.

Myron sah ihn verwirrt an.

»Über den gibt es nicht viele Bücher«, sagte Hadrian. »Der Schwarze Diamant ist eine mächtige Diebeszunft, die die illegalen Machenschaften in einer Stadt beaufsichtigt, genauso wie die Zunft etwa der Töpfer Herstellung und Verkauf von Töpferwaren regelt.«

Der Mönch nickte. Die Köchin stand wieder bewegungslos da, hielt ein Lammkotelett mit zwei fettigen Stummelfingern und wartete, als könnte sie das Fleisch erst verteilen, wenn sie weitersprechen konnte.

»Entschuldigt, fahrt bitte fort«, sagte Myron. »Das ist eine köstliche Geschichte.«

»Nun«, sagte sie und pfefferte das Kotelett so schwungvoll auf Myrons Teller, das es fast über den Rand rutschte. »Ich erinnere mich noch, wie Patrouillen die Straßen nach ihm durchkämmten. Die Leute waren wütend und riefen, dass sie ihn aufknüpfen wollten, nur haben sie ihn nicht gefunden. Wie sich herausstellte, hatte ihn in ebendieser Nacht ein Presskommando am Hafen aufgegriffen. Die Männer des Kommandos kannten ihn nicht, sie brauchten aber Matrosen für ein Schiff und nahmen ihn mit. Wie gesagt, dieser Halunke wird durch einen Zauber geschützt.

Den nächsten Teil der Geschichte weiß ich aus zuverlässigen Quellen. Ein paar Jahre später wurde das Schiff, auf dem er fuhr, von Piraten angegriffen. Sie töteten die ganze Besatzung, nur Degan überlebte irgendwie. Wer weiß, wie er das wieder angestellt hat. Wahrscheinlich hat er den Piraten weisgemacht, er wisse, wo ein Schatz vergraben sei, oder so etwas. Jedenfalls kommt er davon. Manche sagen, das Piratenschiff sei in einem Sturm gesunken und er hätte wieder als Einziger überlebt. Das scheint mir ein wenig zu viel des Glücks, aber es passt zu Degan.

Er landet also in Delgos und bringt sich sofort in Schwierigkeiten. Er fängt wieder an zu klauen, diesmal von Kaufmannsfamilien in den Orten an der Grenze. Ihm droht die Hinrichtung, aber dann landet er seinen größten Coup.

Er behauptet, er sammle nur Geld für die Verwirklichung seines Traums, den gemeinen Mann vom Joch des Adels zu befreien. Hat man Töne? Degan Gaunt ein Mann des Volkes? Aber bei den Leuten da drunten auf der Halbinsel kommt so was gut an. Sie hassen Könige. Also schlucken sie, was er sagt, und, ob man es glaubt oder nicht, sie lassen ihn nicht nur gehen – sie geben ihm auch noch Geld für seine Sache! Das findet Degan sehr lustig, wie man sich vorstellen kann, und er beschließt, das Geschäft auszubauen. Er zieht durchs ganze Land, hält Reden und sammelt Spenden. Ich habe ihn einmal ausführlich in Colnora gehört und er war gar nicht schlecht – er hat mit erhobener Faust Freiheit gefordert und sich in Rage geredet. Anschließend geht natürlich der Hut herum. Aber dann ...« Bella verstummte, ganz damit beschäftigt, ein widerspenstiges Kotelett vom Rest des Bratens zu befreien.

»Aber dann?«, fragte Alric.

»Entschuldigt«, sagte sie. »Irgendwann wird aus dem reisenden Alleindarsteller dann tatsächlich der Anführer einer Armee – der auch noch Erfolg hat! Das ist wirklich sonderbar. Ich meine, ein Hochstapler ist noch lange kein ...«

Draußen in der Gaststube begannen die Leute zu klatschen und im nächsten Moment ging die Tür zum Nebenzimmer auf und Gaunt kam herein. Er verzog missbilligend das Gesicht.

»Ihr wolltet ohne mich anfangen?«

Niemand antwortete. Die Köchin schob die Lippen vor und verteilte schweigend die restlichen Koteletts. Degan setzte sich und wartete ungeduldig auf seinen Teller. Die anderen starrten ihn an, bis er ihren Blick erwiderte und wütend fragte: »Was?«

»Schmeckt ausgezeichnet«, sagte Wyatt und zeigte auf das Lamm auf seinem Teller.

»Danke«, sagte die Köchin.

»Wenn das stimmt, wäre es das erste Mal, dass es hier etwas Anständiges zu essen gibt«, brummte Gaunt. »Beeil dich, Frau!«

Die Köchin, die hinter ihm stand, sah die anderen vielsagend an und legte ihm ein Stück Fleisch auf den Teller.

»Wann werdet Ihr morgen aufstehen?«, fragte sie. »Bestimmt wollt Ihr noch frühstücken.«

»Wir brechen in aller Frühe auf«, sagte Arista. Sie fing einen Blick ihres Bruders auf. »Stimmt doch, Alric, ja?«

»Ja, äh – im Morgengrauen, denke ich«, sagte Alric. »Wir müssten also noch davor frühstücken. Hoffentlich etwas Warmes.«

»Da Ihr dem alten Ayers ein solches Geschäft verschafft, wird er auf jeden Fall Fleisch für Euch besorgen, und wenn er deshalb Wilderer losschicken muss. Natürlich wird er untröstlich sein, dass Ihr morgen schon weiterzieht. Er hofft bestimmt, dass Ihr mindestens eine Woche bleibt.«

»Wir haben es eilig«, erklärte Arista.

Bella schien noch etwas sagen zu wollen, doch da ging die Tür zur Gaststube wieder auf. »Bella, hör auf, die Gäste vollzulabern. Ich zahle dich nicht fürs Reden. Ich habe Essensbestellungen. Ich brauche fünfmal Eintopf und einmal die Bauernplatte.«

»Ich komme ja schon!«, rief sie zurück. Sie verabschiedete sich mit einem ungelenken Knicks und eilte in die Küche.

Im Zimmer war es dunkel bis auf den Mond, der durch das Fenster schien, und das Glimmen der Kohlen im Kamin. Draußen blies der Wind den Schnee gegen die Scheibe. Durch die Bodendielen hörte Royce die gedämpften Stimmen der Essenden unter ihm. Dazu kamen vertraute Geräusche wie Stühlescharren und Gläserklirren.

Sein Blick war auf die Straßenecke draußen gerichtet. Dort begann die Gasse, die zwischen Ingersols Lederwerkstatt und einem Silberschmied hindurchführte. Dort war es gewesen – genau an dieser Ecke, an dieser Stelle.

»Von dort bin ich gekommen«, sagte Royce zu dem leeren Zimmer und die Fensterscheibe beschlug von seinem warmen Atem.

Er erinnerte sich an solche Nächte – kalte, windige Nächte, in denen man Mühe hatte, einzuschlafen. Er hatte meist in einem mit Stroh ausgestopften Fass geschlafen, aber wenn es wirklich kalt wurde – so kalt, dass man erfrieren konnte –, war er in Ställe eingestiegen und hatte sich zwischen die Schafe und Kühe gezwängt. Das war nicht ungefährlich. Die Bauern hörten es, wenn ihre Tiere unruhig wurden, und wenn sie einen Fremden im Stall fanden, nahmen sie an, dass er etwas stehlen wollte.

Royce war in jener Nacht erst acht oder zehn Jahre alt gewesen. Er hatte gefroren, Füße und Hände waren taub und seine Wangen hatten gebrannt. Es war schon spät gewesen und er war in den Stall in der Legendenstraße geschlüpft. Der hintere Teil war zu einem provisorischen Pferch für vier Schafe abgetrennt. Sie lagen wie ein großes Bett aus Wolle nebeneinander auf dem Boden und ihre Seiten hoben und senkten sich wie atmende Kissen. Royce kroch vorsichtig zwischen sie und spürte ihre Körperwärme und die weiche Wolle. Sie blökten ein wenig, aber angesichts des engen Pferchs fanden sie sich mit seiner Gegenwart ab. Er war in wenigen Minuten eingeschlafen.

Als er aufwachte, stand ein Bauer mit einer Mistgabel vor ihm. Der Bauer stach zu und erwischte Royce fast am Bauch. Royce rollte zur Seite und die Zinken trafen ihn in die Schulter. Er schrie und die Schafe sprangen vor Schreck auseinander und prallten gegen die Wände. In der allgemeinen Verwirrung konnte er nach draußen in den Schnee entkommen. Draußen war es noch dunkel. Das Blut lief an seinem Arm hinunter. Damals hatte er die Kanalisation noch nicht entdeckt und wusste nicht, wohin er fliehen sollte. Er war zu dem Fass an der Ecke zurückgekehrt und hineingestiegen und hatte sich mit so viel Stroh wie möglich zugedeckt.

Er erinnerte sich noch an das Stück »Ladies von Engenall«, das von einer Fiedel im LACHENDEN GNOM gespielt wurde. Die ganze Nacht hatte er die Gäste der Schenke gehört, wie sie sangen und lachten und mit ihren Gläsern anstießen – sie saßen behaglich im Warmen, während er draußen fror und weinte. Die Schmerzen in seiner Schulter machten ihn fast besinnungslos. Das Blut gefror und machte die Lumpen, die er trug, hart. Dann begann es zu schneien. Er spürte die Flocken auf dem Gesicht und glaubte, dass er in dieser Nacht sterben würde. So sicher war er sich, dass er betete. Es war das erste und letzte Mal in seinem Leben, dass er die Götter um Hilfe bat. Die Erinnerung daran war so lebendig, dass er das Stroh förmlich riechen konnte. Er erinnerte sich, wie er zitternd und mit fest geschlossenen Augen dagelegen und Novron angefleht hatte, ihn zu retten. Er hatte ihn daran erinnert, dass er doch erst ein Kind war, ein kleiner Junge – nur dass das gelogen war. Er war kein Junge – Jungen waren Menschen.

Royce war aber kein Mensch – oder wenigstens nicht ganz. Er war ein *mir*, ein Halbblut, ein Mischling.

Er wusste, dass Novron ihm nicht helfen würde. Novron und sein Vater Maribor waren die Götter der Menschen. Warum sollten sie einen Elben anhören, einen abscheulichen Bastard, der von seinen eigenen Eltern wie Müll weggeworfen worden war? Trotzdem bettelte er um sein Leben. Weil er nicht wie ein Elbe aussah, hatte er gedacht, würde Novron es vielleicht nicht bemerken.

Dort unten, an dieser Ecke, hatte er um sein Leben gebettelt.

Mit dem Finger zeichnete er einen Kreis an das Fenster.

Er würde diese schlimmste Nacht seines Lebens nie vergessen – er war allein gewesen, hatte schreckliche Angst gehabt und den Tod vor Augen. Am nächsten Morgen war er glücklich gewesen, weil er noch lebte. Halb verhungert, zitternd vor Kälte, steif von seinem harten Lager und mit schmerzender Schulter, aber so glücklich, wie man nur sein konnte.

Und jetzt sitze ich hier warm und behaglich im LACHENDEN

GNOM und würde alles darum geben, wieder in diesem Fass zu liegen.

Eine Diele knarrte und Myron trat leise ein. Er zögerte kurz an der Tür, dann kam er langsam näher und setzte sich auf das Bett neben Royces Stuhl.

»Ich habe auch oft stundenlang so dagesessen«, sagte er leise. Es war kaum mehr als ein Flüstern. »Und dann kamen die Erinnerungen ... an gute und schlechte Zeiten und Orte. Ich sah etwas, das mich an die Vergangenheit erinnerte, und wünschte mich dorthin zurück. Ich wünschte mir, wieder der Mensch von damals zu sein, auch wenn es mit Schmerzen verbunden war. Nur fand ich nie einen Weg um die Mauer herum. Verstehst du, was ich mit ›Mauer‹ meine?«

Royce schwieg beharrlich, aber Myron schien es nicht zu stören.

»Nachdem die Abtei niedergebrannt war, fühlte ich mich nicht mehr ganz. Die Hälfte, nein über die Hälfte von mir fehlte, war verschwunden. Und mit dem, was übrig war, kam ich nicht zurecht, so als hätte ich mich verirrt und wüsste nicht mehr, wie ich zurückfinde.«

Royce starrte geradeaus. Er atmete schneller, ohne dass er hätte sagen können, warum.

»Ich habe nach einem Weg gesucht, auf dem ich weitergehen konnte. Es gab vertraute Spuren meines bisherigen Lebens, aber sie waren durch diese Mauer abgeschnitten. Kennst du das? Zuerst will man die Mauer hinaufklettern, als sei das gar kein Problem, aber sie ist zu hoch. Dann versucht man, um sie herumzugehen, aber sie ist zu lang. Dann hämmert man in seiner Verzweiflung mit den Fäusten dagegen, aber völlig vergeblich. Man wird müde, setzt sich und starrt die Mauer an. Man starrt sie an, weil man sich nicht überwinden kann, wegzugehen. Denn weggehen hieße aufgeben, die anderen im Stich lassen.

Im Leben führt kein Weg zurück, man kann nur vorwärtsgehen. Man kann sich allerdings keinen einzigen Grund vorstellen, warum man das tun sollte. Doch nicht das lähmt einen, sondern die Angst, man könnte sich irren.«

In Royce war alles in Wallung geraten. Myron schien gleichsam sein Innerstes zu durchstöbern und versiegelte Türen und abgeschlossene Schubladen zu öffnen. Er sah ihn böse an. Wenn er ein Hund gewesen wäre, hätte er geknurrt. Doch der kleine Mönch schien seine Erregung nicht zu bemerken.

Unbeeindruckt fuhr er fort.

»Man ist vor Reue wie gelähmt, fühlt sich kraftlos, versinkt in Erinnerungen. Nichts zählt mehr, Verzweiflung erstickt einen. Manchmal – meist nachts – empfindet man geradezu körperliche Schmerzen. Der Kummer ist unerträglich.«

Royce packte Myron am Handgelenk. Er sollte aufhören, jetzt sofort.

»Man hat das Gefühl, es bleibt einem keine Wahl. Aus Liebe zu den Toten klammert man sich an die Erinnerung und den Schmerz des Verlusts. Alles andere, denkt man, wäre Verrat.« Myron legte seine freie Hand auf Royces Hand und drückte sie sanft.

»Die Vorstellung, sich davon abzuwenden, ist am Anfang unerträglich. Aber man muss sich fragen, was die Toten sagen würden, wenn sie wüssten, was man ihretwegen leidet. Würden sie das wollen? Und würde man selbst es von ihnen erwarten, wenn es umgekehrt wäre? Wenn man sie liebt, muss man von seinem Schmerz ablassen und sein Leben weiterleben. Alles andere ist egoistisch und grausam.«

Hadrian öffnete die Tür und hätte den Teller mit Lammfleisch vor Schreck fast fallen lassen. Zögernd trat er ein. »Ist hier alles in Ordnung?«, fragte er.

»Schaff ihn mir aus den Augen, bevor ich ihn umbringe«, fauchte Royce. Seine Stimme drohte zu kippen, seine Augen funkelten.

»Doch nicht Myron, Royce«, sagte Hadrian und zog den Mönch hastig von ihm weg wie ein Kind, das mit einem wilden Bären spielt. »Das wäre, als würdest du einen Welpen töten.«

Aber Royce wollte Myron gar nicht töten. Er hatte keine Ahnung, was er wollte, nur dass Myron aufhören sollte. Alles, was der Mönch gesagt hatte, tat weh, weil es stimmte. Es kam der Wahrheit nicht nur besorgniserregend nahe, sondern traf so genau ins Schwarze, als hätte Myron Royces Gefühle gelesen, als würde er seine innersten Gedanken aussprechen – und seine Ängste für jedermann sichtbar ans Licht zerren.

»Geht's wieder, Royce?«, fragte Hadrian, ohne Myron loszulassen. Er klang angespannt.

»Er beruhigt sich schon«, antwortete Myron an Royces Stelle.

Die fünf Jungs und Myron waren als Erste mit dem Essen fertig gewesen und gegangen, wenig später gefolgt von Hadrian und Wyatt, die Teller für Royce und Elden mitnahmen. Alric, der ebenfalls zu Ende gegessen hatte, lockerte seinen Gürtel, machte aber keine Anstalten, aufzustehen. Stattdessen lehnte er sich zurück und lächelte, als Ayers mit einer neuen Weinflasche hereinkam und sie vor ihm auf den Tisch stellte. Zum ersten Mal seit Beginn der Reise ging es ihm richtig gut. So hatte er sich das immer vorgestellt. An Mauvins Blick sah er, dass es ihm ähnlich ging. Davon hatten sie in ihrer Jugend geträumt: tagsüber spannende Abenteuer, abends eine herzhafte Mahlzeit in einem Gasthaus mit anschließendem Trinken, Lachen und Singen. Endlich war die sorgenfreie Zeit seiner Kindheit, die so abrupt geendet hatte, zurückgekehrt. Endlich erlebten sie ein Abenteuer, wie jeder Mann es sich nur wünschen konnte, und konnten das Leben in vollen Zügen genießen.

»Mein bester Wein«, erklärte Ayers stolz.

»Das ist überaus freundlich von Euch«, sagte Arista. »Aber wir müssen morgen früh aufstehen.«

»Es wäre unhöflich, unseren Gastgeber so zu kränken«, erwiderte Alric. Arista drohte seinem Traum den Garaus zu bereiten.

»Ich wollte doch nicht ... Alric, wenn du die ganze Nacht aufbleibst und trinkst, kommst du morgen früh nicht aus dem Bett.«

Er sah sie stirnrunzelnd an. Genau deshalb hatten Mauvin und er sie nie bei ihren Unternehmungen mitmachen lassen. »Der Wirt will uns mit seiner Gastfreundschaft ehren. Wenn du müde bist, geh schon ins Bett und lass uns hier noch eine Weile sitzen.«

Arista schnaubte verärgert, warf ihre Serviette auf den Tisch und ging.

»Sie ist wütend auf Euch«, stellte Gaunt fest.

»Das merkt Ihr erst jetzt?«

»Soll ich die Flasche öffnen?«, fragte Ayers.

»Ich weiß nicht«, brummte Alric verstimmt.

»Ich würde lieber tun, was sie sagt«, meinte Gaunt.

»Warum das?«

»Ich meine nur, weil sie die Expedition doch leitet. Ihr wollt nicht ihren Ärger auf Euch ziehen. Ich verstehe, warum Ihr sie fürchtet, und Ihr habt mein Mitgefühl, glaubt mir. Ihr habt gesehen, wie sie mich bei unserer Abreise behandelt hat – aber was können wir tun? Sie hat das Sagen.«

»Hat sie nicht«, brummte Alric. »Ich bin der Anführer.« Er sah Ayers an. »Macht die Flasche auf, guter Mann, und schenkt großzügig ein.«

Gaunt lächelte. »Dann habe ich Euch falsch eingeschätzt, Majestät. Das ist mir in letzter Zeit wirklich oft passiert. Zum Beispiel mit Magnus hier.«

Doch an den Zwerg wollte Alric lieber nicht denken. Die Vorstellung, dass er gerade zusammen mit dem Mörder seines Vaters eine Mahlzeit eingenommen hatte und jetzt noch am selben Tisch mit ihm trinken wollte, verursachte ihm Übelkeit.

»Ich war zunächst gekränkt, weil ich mit einem Zwerg fahren sollte, aber wie sich herausgestellt hat, ist er gar kein schlechter Reisegefährte. Er ist kein großer Redner, zugegeben, aber trotzdem interessant. Wusstet Ihr, dass ihn ganz buchstäblich die Haare seines Bartes hier festhalten? Auch er gehört dem exklusiven Club an, über den Eure Schwester bestimmt und der tun muss, was sie sagt.«

»Ich muss nicht tun, was meine Schwester sagt«, erwiderte Alric scharf.

»Und Ihr gebt lieber acht, was Ihr sagt, mein Freund«, wies Mauvin Gaunt zurecht. »Ihr bewegt Euch auf gefährlichem Boden.«

»Entschuldigt, vielleicht irre ich mich. Bitte verzeiht mir. Ich habe nur noch nie erlebt, dass eine Frau eine solche Expedition anführt. Für mich ist das schockierend, aber Ihr kommt natürlich aus dem Norden und ich aus dem Süden, wo die Frauen traditionell zu Hause bleiben, wenn die Männer in den Krieg ziehen. Gestattet, dass ich auf die Prinzessin anstoße.« Er hob sein Glas. »Auf Prinzessin Arista, unsere reizende Anführerin.«

»Ich habe doch gesagt, dass sie das nicht ist«, erwiderte Alric heftig. »Das bin ich.«

Gaunt lächelte und hielt beschwichtigend die andere Hand hoch. »Ich wollte Euch nicht kränken.« Er hob das Glas erneut. »Dann auf Euch, König Alric, den eigentlichen Anführer dieser Expedition.«

»Bravo, so ist es richtig!«, stimmte Alric zu und trank.

8

Amberton Lee

Die Menschen sangen auf den Straßen und jeder tanzte mit jedem. Luftschlangen flogen durch die Luft und Feuerwerk erhellte den Himmel wie durch Zauberei. Musikkapellen spielten und auf allen Gesichtern spiegelte sich Freude. Die Türen sämtlicher Läden standen offen und alles war frei – Brot, Kuchen, Fleisch und Getränke. Die Menschen nahmen sich, was sie wollten, und die Ladenbesitzer bedienten sie lächelnd.

»Einen schönen Gründungstag!«, riefen die Menschen einander zu. »Eine schöne Gründung dir! Möge Novron seine Stadt und sein Volk segnen!«

Unruhe stieg in ihr auf, aber sie wusste nicht, was sie beunruhigte. Etwas stimmte nicht. Sie betrachtete die Gesichter. Die Menschen spürten es nicht.

Was spürten sie nicht?, überlegte sie. Sie musste sich beeilen. Die Zeit wurde knapp. Knapp? Was sollte denn passieren?

Sie musste handeln, aber nicht überstürzt. Die anderen durften auf keinen Fall Verdacht schöpfen. Sie musste zu der Verabredung gehen. Sie schloss die Finger um die beiden Halsketten in ihrer Hand. Für den Zauber hatte sie die ganze Nacht gebraucht. Sie hatte sich nicht einmal von Elinya verabschieden können, und das tat ihr in der Seele weh.

Während sie durch die Straßen hastete, dachte sie daran, dass *sie Elinya nie wieder sehen würde. Sie bog auf die Große Par ein, die Prachtstraße, die zum Palast führte, und sah in einiger Entfernung die imperialen Wachen stehen. Jede Gruppe wurde von einem Teshlor-Ritter angeführt. Zu erkennen waren die Ritter an ihrer Rüstung und den drei Schwertern. Helden des Reiches und Beschützer des Imperators – Mörder allesamt.*

Sie musste Nevrik und Jerish finden.

An der Hohlen Säule blieb sie stehen. Der Palast lag keine halbe Meile entfernt geradewegs vor ihr. Sie konnte die große goldene Kuppel sehen. Dort wohnte Imperator Nareion mit seiner Familie. Ihr Herz klopfte und ihr Atem ging stoßweise. Sie könnte jetzt ihren Feinden gegenübertreten und kämpfen. Damit würden sie nicht rechnen und sie hatte den Vorteil des ersten Zauberspruchs. Den ganzen elenden Palast könnte sie in die Luft sprengen und die Scherben und Trümmer würden viele Bösewichter töten. Aber sie wusste, dass das nicht reichte. Es würde die anderen nicht aufhalten. Sie würde einige wenige töten und viele weitere verletzen, aber nicht den Patriarchen Venlin und nicht den Zauberer Yolric. Die beiden würden umgekehrt sie töten – vielleicht nicht Yolric, aber auf jeden Fall Venlin. Venlin würde keinen Augenblick zögern. Dann wäre zuerst sie tot und anschließend die imperiale Familie und Nevrik und Jerish wären verloren.

Nein, sie musste den Vater für den Sohn opfern. Das war der Wunsch, der Befehl des Imperators selbst. Der Stammbaum musste um jeden Preis gesichert werden, die Familie musste überleben.

Sie bog von der Straße ab und eilte die Ebenholzgasse entlang. Mit den Fingern wob sie einen Zauber, so dass niemand sie bemerkte. Sie musste den beiden die Ketten bringen. Dann konnten sie sich verstecken und das Imperium war gerettet – oder wenigstens ein kleiner Teil davon. Erst wenn die beiden die Talismane umgehängt und sich auf den Weg gemacht hatten, würde sie zurückkehren. Und dann Gnade Maribor den Verrätern, denn sie würde sich nicht mehr verstecken. Und die anderen würden die entfesselte, durch keine Verordnung mehr beschränkte Gewalt eines Cenzar zu spüren bekommen. Notfalls würde sie die ganze Stadt zerstören, in Schutt und Asche

legen, tief unter der Erde begraben. Dann konnten die anderen ewig suchend durch die Trümmer irren.
Doch sie musste sich beeilen. Sie hatte keine Zeit zu verlieren. Zeit zu verlieren.
Zeit ...
Arista wachte auf.
Es war dunkel, aber Esrahaddons Umhang leuchtete wie immer schwach und erhellte das kleine, karg möblierte Zimmer. Ihr war, als wäre sie aus einer Welt in eine andere gefallen. Sie hatte in aller Eile etwas tun müssen, aber das war nur im Traum gewesen. Durch das Fenster sah sie den ersten schwachen Schein der Morgendämmerung. Langsam kehrte die Erinnerung zurück. Sie befand sich im LACHENDEN GNOM in Rehagen. Sie warf die Decken ab und tastete mit den Zehen nach ihren Schuhen. Das Feuer war ausgegangen und im Zimmer war es kalt. Die Bodendielen fühlten sich an wie Eis.
Nur wenige Momente später ging sie den Gang entlang und klopfte an Türen. Ein Stöhnen und Ächzen antwortete ihr. Drunten in der Gaststube sah es aus, als sei ein Unwetter hindurchgefahren. Bella war schon auf und aus der Küche roch es nach dem Lammfleisch vom Vorabend und Zwiebeln. Die anderen kamen die Treppe herunter und rieben sich verschlafen die Augen. Mauvins Haare standen in alle Richtungen ab, Magnus musste in einem fort gähnen und Alric strich sich ständig mit den Händen über das Gesicht, wie um einen Schleier wegzuziehen. Nur Myron wirkte ganz wach, als sei er schon eine Weile auf.
Während sie frühstückten, sattelte Jimmy auf Geheiß Ayers' draußen in der Kälte die Pferde. Hadrian und Mauvin hatten Mitleid mit ihm und gingen zusammen mit den fünf Stallburschen ebenfalls nach draußen, um ihm zu helfen. Bei Sonnenaufgang waren sie zum Aufbruch bereit.
»Arista?«, sagte Alric. Arista hatte gerade zur Tür gehen wollen. Sie standen allein in der Gaststube am Tresen, vor sich ein Dutzend Becher, die nach schalem Bier stanken. »Ich wäre dir dank-

bar, wenn du dich in meiner Gegenwart mit Befehlen ein wenig zurückhalten würdest. Schließlich bin ich der König.«

»Was habe ich denn ... Bist du wütend, weil *ich* euch geweckt habe?«

»Na ja, ehrlich gesagt, ja. Deswegen und wegen allem anderen. Du untergräbst ständig meine Autorität. Du ... du lässt mich schwach aussehen und das will ich nicht.«

»Aber ich habe euch doch nur geweckt, damit wir frühzeitig aufbrechen können. Wenn du das machen würdest, bräuchte ich es nicht zu tun. Gestern habe ich vorgeschlagen, früh zu Bett zu gehen, aber du wolltest nicht auf mich hören. Oder wäre es dir lieber gewesen, bis Mittag zu warten?«

»Nein, und ich bin ja auch froh, dass du uns geweckt hast, nur ...«

»Nur was?«

»Du übernimmst irgendwie immer gleich das Kommando.«

»Wenn ich mich recht erinnere, wollte ich gestern in Richtung Amberton Lee weiterreiten, aber du hast angeordnet, dass wir hier übernachten. Habe ich widersprochen?«

»Du wolltest es. Wenn ich nicht einfach losgeritten wäre, würden wir uns immer noch streiten.«

Arista verdrehte die Augen. »Was soll ich denn tun, Alric? Gar nichts mehr sagen? Mich auf dem Vorratsschlitten verkriechen und so tun, als sei ich gar nicht da?«

»Genau das ist der springende Punkt. Du ... du mischst dich in alles ein. Dabei solltest du gar nicht hier sein. Eine Frau hat hier nichts verloren.«

»Du magst der König sein, aber das ist *meine* Expedition. Nicht Modina hat mich damit beauftragt, sondern ich bin zu ihr gegangen und habe ihr erklärt, was ich tun will. Es war meine Idee und ich bin dafür verantwortlich. Ich wäre auch gegangen, wenn niemand mitgekommen wäre, sogar wenn Modina es mir verboten hätte. Und vergiss bitte eins nicht: Wenn wir scheitern, bist du König von gar nichts mehr.«

Alric lief rot an und seine Augen funkelten zornig.

»Zwist unter Geschwistern?«, fragte Mauvin und trat lächelnd ein. Als er keine Antwort bekam, wurde er rasch wieder ernst. »Gut ... egal. Ich habe nur meine Handschuhe vergessen, aber, ach ja ... die Pferde stehen bereit.« Er nahm die Handschuhe vom Tisch und eilte wieder hinaus.

»Hör zu«, sagte Arista, »es tut mir leid, ja? Wenn du willst, versuche ich, mich mehr wie eine Dame zu benehmen, und überlasse dir die Führung.« Sie zeigte nach draußen. »Die anderen nehmen wahrscheinlich sowieso lieber Befehle von einem Mann entgegen.«

Es folgte eine lange Pause, dann sagte sie: »Immer noch böse auf mich?«

Alric machte ein finsteres Gesicht, aber das Unwetter hatte sich verzogen. »Gehen wir. Die anderen warten.«

Er marschierte an ihr vorbei und Arista folgte ihm seufzend.

Am späteren Vormittag stießen sie auf die alte Straße. Royce schien es besser zu gehen. Er ritt mit Hadrian an der Spitze der Kolonne und lenkte sie über schmale Pfade und sogar zugefrorene Flüsse. Alric folgte als Nächster, Arista ließ sich weiter zurückfallen. Sie ritt wieder neben Myron, unmittelbar hinter dem Wagen. Sie ließen die Felder hinter sich und durchquerten eine menschenleere Wildnis aus Wiesen und Gestrüpp. Anschließend tauchten sie in einen Wald ein und standen wenig später auf einer breiten Straße, die allerdings ganz anders aussah als damals, als Arista mit Ätzer auf ihr geritten war. Schnee überdeckte Pflaster und Unkraut.

Arista hielt ihre Stute an und blickte die Straße auf und ab. »Kerzengerade«, murmelte sie.

Der Mönch sah sie an.

»Das ist sie«, sagte sie, »die Straße nach Percepliquis. Die Pflastersteine unter dem Schnee wurden vor Tausenden von Jahren auf Befehl Novrons gelegt.«

Myron folgte ihrem Blick. »Sieht schön aus«, sagte er höflich.

Sie ritten in den Spuren des Schlittens vor ihnen. Stille hüllte sie ein. Der pulverige Schnee dämpfte alles, das Hufgeklapper der Pferde und das Knirschen der Schlittenkufen.

Auch diesmal wurde nicht viel gesprochen. Sie ritten noch nicht lange auf der Straße, da schnitt Magnus das Thema Mittagessen an und Arista hörte Alric zu ihrer Erleichterung sagen, dass sie erst nach der Ankunft in Amberton Lee essen würden. Die Sonne hatte den Zenit bereits überschritten und die Schatten der Bäume waren auf die andere Seite gewandert, als die Straße mit einem Mal steil anstieg. Die verschneiten Bäume blieben hinter ihnen zurück und vor ihnen tauchte eine schneebedeckte Bergkuppe auf. Auf ihr standen steinerne Trümmer, die Ruinen einer großen Stadt. Auf den tief in die Erde und den Schnee eingesunkenen alten Mauern lag das fahle Licht des winterlichen Spätnachmittags.

Wie ein Grab, dachte Arista und wunderte sich, warum ihr das nicht schon früher aufgefallen war. Die Trümmer strahlten jetzt, wo sie wusste, was sich darunter verbarg, Trauer und Melancholie aus. Pfeiler ragten wie die gewaltigen Grabsteine eines riesigen Friedhofes aus der Erde. Geborstene Treppenstufen aus Marmor und steinerne Mauern bedeckten den Boden. Auf der Kuppe war ein einziger Baum zu sehen – er schien längst tot zu sein, stand aber wie die anderen Ruinen immer noch. Bizarre Formen warfen bläuliche Schatten. Es war ein schöner Anblick – schön und traurig zugleich, so wie ein See schön sein kann, auch wenn er zugefroren ist.

Am Rand der Kuppe angelangt, hob Royce die Hand zum Zeichen, dass sie anhalten sollten. Er stieg ab und ging zu Fuß weiter. Die anderen warteten und lauschten. Zu hören war nur das Klirren der Zügel, wenn die Pferde ungeduldig die Köpfe schüttelten.

Royce kam zurück und besprach sich kurz mit Hadrian und Alric. Alric drehte sich nach seiner Schwester um, als wollte er sie nach vorn rufen und um Rat fragen. Doch dann wandte er sich wieder ab und die Kolonne setzte sich erneut in Bewegung. Arista unterdrückte das Verlangen, nach vorn zu galoppieren und nach den neusten Plänen zu fragen. Es war ärgerlich, nicht Bescheid zu wissen und wie ein ungezogenes Kind in der Ecke stehen zu müssen, aber Alric wollte ja unbedingt die Zügel in der Hand halten. Arista ballte die Fäuste. Sie mochte ihren Bruder, bezweifelte aber, dass er die richtigen Entscheidungen traf.

Aber Hadrian ist ja auch dabei, dachte sie. *Er wird nicht zulassen, dass Alric eine Dummheit begeht.* Maribor sei Dank, dass sie Hadrian mitgenommen hatte. Er war der Einzige der Gruppe, dem sie vollkommen vertraute, der Einzige, auf den sie sich verlassen konnte, ohne ständig Angst haben zu müssen, ihn zu überfordern oder zu kränken. Schon der Anblick seines sich auf dem Pferd hebenden und senkenden Rückens tröstete sie.

Sie ritten zur Kuppe hinauf und stiegen ab.

»Wir essen jetzt zu Mittag«, gab Alric bekannt. »Myron, wir müssen etwas besprechen.«

Royce, Alric und Myron besprachen sich, während Arista auf einem Stein saß und bis zur Erschöpfung ihrer Kaumuskeln auf in Streifen geschnittenem, geräuchertem Rindfleisch kaute. Ibis hatte ihnen volle Mahlzeiten mitgegeben, aber sie hatte keinen Appetit. Wenigstens war sie mit Kauen beschäftigt, wenn sie schon nicht zu den anderen gehen durfte.

Sie hob den Kopf und sah, dass Elden sie anstarrte. Sofort wandte er sich verlegen ab und tat, als suche er in seinem Bündel nach etwas.

»Beachtet ihn nicht, Herrin«, sagte Wyatt. »Oder soll ich Euch mit Hoheit anreden?«

»Arista genügt«, erwiderte sie.

Er riss die Augen auf. »Im Ernst?«

Sie nickte. »Natürlich.«

Er zuckte mit den Schultern. »Also gut, *Arista*.« Er sprach den Namen behutsam aus. »Elden kommt nicht viel raus, und wenn, dann geht er meist an Bord eines Schiffes, wo es sowieso keine Frauen gibt. Ich vermute mal, Ihr seid die erste Frau, die er von so nahe sieht, seit ... hm, seit ich ihn kenne. Und Ihr seid bestimmt die einzige Adlige, die er je gesehen hat.«

Arista strich sich über ihre verfilzten Haare und den Umhang, der wie ein Sack an ihr hing. »Dafür bin ich leider kein besonders gutes Beispiel. Ich sehe nicht gerade aus wie eine Lenare Pickering und bin nicht einmal in unserer Gruppe die bestaussehende Prinzessin. Dieser Titel gebührt meinem Pferd. Es heißt nämlich Prinzessin.« Sie lächelte.

Wyatt sah sie verwirrt an. »Ihr klingt nicht wie eine Edelfrau. Ich meine, doch, schon – aber auch wieder nicht.«

»Ihr drückt Euch wirklich sehr verständlich aus.«

»Seht Ihr? Das sind die Worte einer Prinzessin – die mich höflich und diskret zurechtweist.«

»Wie es ihr auch zusteht«, sagte Hadrian, der neben Arista aufgetaucht war. Er musterte Wyatt. »Muss ich ein Auge auf dich haben?«

»Ich dachte, du wärst *sein* Leibwächter.« Wyatt zeigte auf Gaunt, der zusammen mit dem Zwerg auf dem Wagen sitzen geblieben war. Das Mittagessen stand auf der Bank zwischen ihnen.

»Sollte man meinen.«

»Was hat Royce gefunden?«, fragte Arista.

»Spuren, aber sie sind schon älter.«

»Was für Spuren?«

»Ghazel – wahrscheinlich Kundschafter. Sieht aus, als hätte König Fredrick mit seinen Ghazel-Horden recht gehabt. Aber wir sind von den Vilanischen Bergen noch weit entfernt. Es überrascht mich, dass sie ihre Kundschafter so weit vorausschicken.«

Arista nickte nachdenklich. »Und Alric hat Myron und Royce losgeschickt, um die Stelle zu suchen, wo es zur Stadt hinuntergeht?«

»Ja, sie suchen nach einem Bach. In Halls Tagebuch ist von einem Bach die Rede, der in einem Loch verschwindet.«

»Und die Spuren?«

»Ja?«

»Seid ihr ihnen gefolgt?«

»Sie sind keine Bedrohung. Royce meint, sie seien schon über eine Woche alt.«

»Vielleicht kommen die Kundschafter ja gar nicht von den Vilanischen Bergen. Der Patriarch meinte doch, die Ghazel seien auch in Percepliquis. Folgt den Spuren ... sie führen womöglich zum Eingang. Magnus soll auch mitkommen. Ist er nicht darauf spezialisiert, unterirdische Gänge zu finden?«

Hadrian starrte sie an. »Ihr habt vollkommen recht.« Er wandte sich zum Gehen.

»Hadrian?«

Er blieb stehen. »Ja?«

»Sag Alric nicht, dass ich dich darauf hingewiesen habe. Sag, es sei deine Idee gewesen.«

Hadrian sah sie verwirrt an. »Ja gut ...« Dann verstand er, was sie meinte, und nickte. Er wollte zu den anderen zurückkehren, blieb aber noch einmal stehen und winkte Wyatt zu sich. »Los, Seemann, du kannst uns bei der Suche helfen.«

»Aber ich bin doch noch ...«

Hadrian grinste nur.

»Ist ja gut. Entschuldigt mich, Hoheit, äh ... ich meine, Arista.«

Die beiden entfernten sich und verschwanden hinter der Kuppe. Elden kam und setzte sich neben Arista. Er langte in seine Tasche, holte einen kleinen Gegenstand aus Holz heraus und hielt ihn ihr auf seiner riesigen Pranke hin. Aus dem Holz hatte jemand mit großem Geschick eine Frau geschnitzt. Arista nahm das Figürchen, betrachtete es näher und stellte fest, dass sie selbst dargestellt war. Jedes Detail stimmte, sogar die widerspenstigen Haare und Esrahaddons Umhang.

»Für Euch«, hörte sie Elden leise sagen.

»Das ist wunderschön, vielen Dank.«

Elden nickte. Dann stand er schwerfällig wieder auf und setzte sich ein wenig abseits.

Arista wendete die Statuette in den Fingern hin und her. Wann er wohl Zeit gefunden hatte, sie zu schnitzen? Sie überlegte, ob er beim Reiten daran gearbeitet hatte oder am Abend zuvor, als die anderen beim Essen gewesen waren.

Myron tauchte auf und Arista winkte ihn zu sich.

»Wie ist Edmund Hall denn laut seinem Tagebuch zur Stadt hinuntergekommen?«

Myron lächelte belustigt. »Besonders hilfreich ist es nicht, was er schreibt. Er hat zwar einige schöne Zeichnungen von den Ruinen angefertigt, wir wissen also, dass wir am richtigen Ort sind. Aber zum Eingang schreibt er nur, er sei in ein Loch gestiegen. Seinen Worten nach muss es ziemlich tief hinuntergegangen sein. Er ist zuerst geklettert und dann abgestürzt. Der Sturz scheint heftig gewesen zu sein. Seine Schrift ist danach sehr zittrig und er schreibt nur noch kurze Sätze: *In ein Loch gefallen. Kein Weg nach draußen. Ein solcher Haufen! Sie fressen alles! Schwarzer Sturm. Ein Fluss. Sterne, Millionen. Was für ein endloses Gewusel. Sie fressen alles.*«

Arista schnaubte. »Klingt irgendwie nicht besonders verlockend.«

»Es kommt noch schlimmer«, sagte Myron. »Drunten bei dem unterirdischen Meer, kurz vor der Stadt, ist er den Ba Ran Ghazel begegnet. Aber das war noch nicht das Schlimmste. Er hat es bis zur großen Bibliothek geschafft und dann ...«

Ein Pfiff ertönte.

»Gefunden!«, rief Alric.

Das Loch befand sich nicht auf, sondern hinter der Bergkuppe.

Hadrian hatte gesehen, wie Magnus und Royce es beide gefunden hatten, wobei jeder aus einer anderen Richtung gekommen war. Royce folgte den Spuren der Ghazel, Magnus dem, wie er es nannte, Hall eines unterirdischen Hohlraums. Sie trafen sich auf der Rückseite der Kuppe, wo das Gelände gefährlich steil abfiel. In einer Mulde wuchsen einige Bäume und Dornengestrüpp. Der einzige Hinweis darauf, dass sich in dieser Senke noch mehr verbarg, war das schwache Echo fallenden Wassers.

»Sieht rutschig aus«, bemerkte Mauvin, als alle sich am vereisten oberen Rand der Mulde versammelt hatten. »Wer geht als Erster?«

Bevor jemand antwortete, erschien Royce mit einem schweren Seil. Er trug sein Klettergeschirr und streifte gerade seine Handkrallen über – eine Art Messingfutteral um die Hände mit spitz vorspringenden Krallen. Hadrian half ihm bei den letzten Vorbereitungen. Royce legte sich auf den Bauch und schob sich ganz langsam in die Senke hinunter. Er hinterließ eine tiefe Spur in dem weichen Schnee.

Dann begann er zu rutschen. Er wollte sich festhalten, bekam mit Händen und Krallen aber nur den Schnee zu fassen. Wie ein Schlitten wurde er immer schneller, während Hadrian rasch das Seil einholte. Krachend brach Royce durch das Dickicht und verschwand außer Sicht. Mauvin half Hadrian, das Seil festzuhalten, das sich straff wie eine Bogensehne spannte.

»Nimm das Ende und binde es an den Baum dort drüben.«

Magnus wollte das Seil packen.

»Nein, nicht du!«, rief Hadrian. Der Zwerg sah ihn finster an. Hadrian sah sich nach der nächststehenden Person um. »Wyatt, kannst du das tun?«

Wyatt nahm das Seil und schlang es um den Fuß einer kleinen Birke.

»Wie geht's da unten, Royce?«, rief Hadrian.

»Ich hänge in der Luft«, antwortete Royce. »Alles ist extrem glatt. Lass das Seil aus.«

Alle standen in einem Kreis und mit sicherem Abstand um die Senke herum. Sie hatten sich auf die Zehen gestellt, um möglichst weit nach unten sehen zu können. Aufgrund des winterlichen grauen Himmels konnte man schwer sagen, wie spät es war. Die Sonne war nicht zu sehen, alles war in ein diffuses, trüb graues Licht getaucht, das den Dingen ihre Farbe nahm. Hadrian vermutete, dass es höchstens noch vier Stunden hell sein würde.

Mauvin und Hadrian gaben das Seil aus, bis es vom Baum an straff gespannt war. Hadrian hielt es allerdings zur Vorsicht weiter fest. Royce konnte er nicht sehen, nur das Seil, und auch davon nur ein kurzes Stück. Der Rest war im Schnee eingesunken und nur an der Spur zu erkennen, die es hinterlassen hatte.

»Kommst du bis ganz runter?«

»Wie viel Seile haben wir noch?« Royces Stimme stieg zu ihnen auf wie ein Echo vom Grund eines Brunnens.

Hadrian sah Arista an.

»Zehn Rollen von jeweils fünfzig Fuß«, antwortete sie. »Insgesamt also ungefähr fünfhundert Fuß.« Dabei streckte sie den Kopf, als müsste sie ihre Stimme in das Loch werfen.

»Das reicht nicht annähernd«, erwiderte Royce.

»Dann ist das Loch aber tief«, sagte Hadrian.

Das Seil geriet in Bewegung und schrammte über den Rand der Senke.

»Was tust du da, Royce?«

»Ich probiere etwas aus.«

»Etwas Dummes?«

»Vielleicht.« Er klang atemlos.

Das Seil hörte auf, sich zu bewegen, und erschlaffte.

»Royce?«, rief Hadrian.

Keine Antwort.

»Royce?«

»Ganz ruhig«, kam die Antwort. »So könnte es gehen. Ich stehe auf einem Vorsprung, der für uns alle reichen könnte. Vereist, aber machbar. Hier können wir auch Seile festbinden. Sieht aus, als müssten wir uns schrittweise hinunterarbeiten. Ihr könntet schon mal die Ausrüstung runterlassen.«

Sie holten den Wagen und ließen Ausrüstung und Proviant hinunter. Ein Packen nach dem anderen verschwand durch die Öffnung im Gestrüpp.

»Ich gehe zuerst«, erklärte Alric, als der Wagen leer war.

Hadrian und Mauvin banden ihm das Sicherungsseil um Hüften und Beine. Dann packte der König das Führungsseil, setzte sich in den Schnee und rutschte los. Mauvin und Hadrian passten diesmal auf, dass sie das Seil ganz langsam ausgaben. Alric kam bei dem Gestrüpp an und spähte hindurch.

»Bei Maribor!«, rief er und drehte sich um. »Haltet das Seil bitte gut fest!«

»Du brauchst nur Stopp zu rufen und wir halten dich an«, antwortete Mauvin.

»Mein Gott«, wiederholte Alric noch einige Male.

Royce rief ihm von unten Ratschläge zu, aber Hadrian konnte nicht verstehen, was er sagte.

»Na gut, dann los.« Alric drehte sich um, legte sich auf den Bauch und ließ sich mit den Füßen voraus in das Loch hinunter. Das Führungsseil hielt er fest umklammert. »Ganz langsam bitte«, rief er zu Mauvin und Hadrian hinauf und rutschte Zoll für Zoll über den Rand und außer Sicht.

»Maribor steh mir bei!«, hörten sie ihn rufen.

»Alles in Ordnung?«, rief Hadrian.

»Soll das ein Witz sein? Natürlich nicht! Das ist der nackte Wahnsinn.«

»Lasst ihn runter«, rief Royce.

Sie gaben das Seil aus, bis Hadrian einen Ruck spürte. Offenbar hatte Royce Alric auf den Vorsprung gezogen. Das Seil erschlaffte. Royce rief wieder etwas und sie zogen das leere Klettergeschirr nach oben. Als Nächster war Elden an der Reihe. Er sollte hinuntergelassen werden, solange oben noch genügend Männer bereitstanden, sein Gewicht zu halten. Stumm verschwand er hinter dem Gestrüpp, doch war sein Blick ähnlich entsetzt wie der von Alric.

»Jetzt seid Ihr dran, Degan«, sagte Hadrian.

»Soll das ein Witz sein?«, erwiderte Gaunt. »Du erwartest doch nicht, dass ich da runter gehe?«

»Deshalb seid Ihr hier.«

»Das ist doch verrückt. Was ist, wenn das Seil reißt? Ich mache das nicht. Es ist ... absurd!«

Hadrian sah ihn nur an und hob das Klettergeschirr.

»Nein.«

»Ihr müsst«, erklärte Arista. »Ich weiß nicht, warum, aber der Erbe Novrons muss mit uns kommen, wenn wir Erfolg haben wollen. Ohne Euch brauchen wir auch nicht zu gehen.«

»Na gut, dann geht eben keiner!«

»Aber dann werden die Elben uns alle töten.«

Gaunt sah sie und dann die anderen mit einer verzweifelt flehenden Miene an. »Woher wisst Ihr das? Ich meine, dass ich mitkommen muss?«

»Esrahaddon hat es gesagt.«

»Dieser Spinner?«

»Er war ein Zauberer.«

»Er ist tot. Wenn er so allwissend war, warum ist er dann jetzt tot? Na?«

»Wir warten«, rief Alric von unten.

»Na los«, sagte Arista.

»Und wenn ich mich weigere?«

»Werdet Ihr nicht Imperator.«

»Was nützt es mir, Imperator zu sein, wenn ich tot bin?«

Niemand sagte etwas, alle sahen ihn nur an.

Gaunt ließ die Schultern fallen und machte eine Grimasse. »Wie ziehe ich dieses blöde Teil an?«

»Steckt Eure Füße durch die Schlaufen und schnallt es Euch um die Hüften«, erklärte Hadrian.

Als Gaunt und Arista drunten waren, übernahm Wyatt Hadrians Platz am Seil und Hadrian wandte sich an Renwick. »Ihr habt Proviant für eine Woche oder mehr, wenn ihr sparsam damit umgeht«, sagte er zu ihm und den anderen Jungs, die sich um ihn versammelten. »Versorgt die Pferde und haltet euch von der Kuppe fern. Lagert weiter unten. Um eurer eigenen Sicherheit willen würde ich am Tag kein Feuer machen. Der Rauch wäre weithin zu sehen und ihr solltet keine ungebetenen Gäste auf euch aufmerksam machen.«

»Wir kommen schon zurecht«, erklärte Brand.

»Bestimmt, aber es wäre trotzdem am besten, nicht offen herumzuspazieren.«

»Ich will mit Euch mitkommen«, sagte Renwick.

»Ich auch«, fügte Minte hinzu.

Hadrian lächelte. »Ihr seid sehr tapfer.«

»Ich nicht«, sagte Elbrecht. »Man muss schon ziemlich dumm sein, wenn man sich auf so was einlässt.«

»Du bist hier also der Vernünftige«, sagte Hadrian. »Trotzdem brauchen wir euch alle. Kümmert euch für uns um das Lager und die Pferde. Wenn wir in einer Woche nicht zurück sind, kommen wir wohl nicht mehr, und wenn doch, wäre es vermutlich sowieso zu spät. Wenn ihr im Norden oder Westen Feuer seht, bedeutet das wahrscheinlich, dass die Elben Aquesta oder Rehagen erobert haben. Dann solltet ihr nach Süden reiten. Versucht ein Schiff zu den Westerlanden zu kriegen. Obwohl ich keine Ahnung habe, was euch dort erwartet.«

»Ihr kommt schon wieder zurück«, meinte Renwick zuversichtlich.

Hadrian drückte ihn an sich, dann wandte er sich an den Mönch, der wie gewöhnlich bei den Pferden stand. »Na los, Myron, du bist gleich dran.«

Myron nickte, strich seinem Pferd ein letztes Mal über den Rücken und flüsterte ihm etwas zu. Hadrian legte ihm den Arm um die Schultern und sie gingen zum Rand der Senke, wo Wyatt und Mauvin gerade Magnus hinunterließen.

»Was hast du gestern Abend eigentlich zu Royce gesagt?«, fragte Hadrian.

»Ich habe nur kurz darüber gesprochen, wie man mit Verlusten umgehen kann.«

»Du hast etwas darüber gelesen?«

»Leider nein.«

Hadrian wartete, aber der Mönch sprach nicht weiter. »Na gut, was auch immer es war, es hat jedenfalls funktioniert. Royce ... ich weiß nicht ... ist wieder zum Leben erwacht. Natürlich nicht tanzend und singend, dann würde ich mir ernsthaft Sorgen machen. Aber er ist auf seine Weise wieder wie früher.«

»Nicht wie früher«, erwiderte Myron. »Das wird er nie mehr sein. Eine Narbe bleibt immer zurück.«

»Ich meine ja nur, es ist ein Unterschied wie zwischen Sommer und Winter. Er sollte sich bei dir bedanken, auch wenn er es nie tun wird. Es gibt nicht viele, die sich getraut hätten, mit ihm darüber zu sprechen. Das ist, als wollte man einem Löwen einen Dorn aus der Tatze ziehen. Royce bedeutet mir sehr viel, aber er ist gefährlich. Er hat in dem Leben, das er führen musste, nicht gelernt, zwischen richtig und falsch zu unterscheiden. Als er sagte, er würde dich töten, war das kein Spaß.«

»Ich weiß.«

»Wirklich?«

Myron nickte.

»Du scheinst nicht einmal Angst gehabt zu haben. Was ist aus meinem Unschuldslamm geworden, für das die ganze Welt ein Mysterium war? Woher kommt all die Weisheit?«

Myron sah ihn erstaunt an. »Ich bin ein Mönch.«

Hadrian ließ sich als Letzter in das Loch hinunter. Vorsichtig hangelte er sich an dem Seil entlang und rutschte auf dem Bauch bis zum Rand. Dann blickte er über den Rand und sah endlich, was Alric und die anderen gesehen hatten. Unter ihm klaffte ein Abgrund. Vom Rand der Senke hätte man kein großes Loch erwartet, aber das war eine Täuschung. Das Loch im Felsen war riesig und fast kreisrund wie ein Kaninchenbau und es führte senkrecht in die Tiefe. Am oberen Teil der felsigen Wände hingen wie an den Felsen am Pass lange Eiszapfen und in den Spalten lag Schnee.

Bis auf den Grund konnte er nicht sehen. Die Abendsonne fiel schräg in die Öffnung und auf die gegenüberliegende Wand, der Rest verlor sich im Dunkel. Tief unter ihm, zu tief für einen Schuss mit Pfeil und Bogen, kreisten winzig klein wie Insekten Schwalben, die immer wieder in der Sonne aufleuchteten.

Ein wenig schwindlig blickte Hadrian in den Abgrund. Sein Hals war wie zugeschnürt und das Atemholen kostete ihn Mühe. Er packte das Seil mit beiden Händen, rutschte über den Rand und hing baumelnd in der Luft. Es war kein schönes Gefühl. Nur das dünne Seil trennte ihn vom Tod.

»Du machst das wirklich gut«, rief Arista von unten, als hätte sie jede Menge Erfahrung mit Klettern. Ihre Stimme hallte hohl durch den Schacht. Er spürte, wie Royce ihn zur Seite zog. Dann sah er die anderen auch schon auf einem schmalen Sims kauern, der mit durchsichtig glänzendem Eis überzogen war und an dessen Ende sich ihre Ausrüstung stapelte.

Er landete und Hände zogen ihn an den Hüften zur sicheren Wand.

»Das hat aber Spaß gemacht«, witzelte er. Erst jetzt merkte er, dass sein Herz raste.

»Ja, wir sollten das öfter machen«, pflichtete Mauvin ihm bei und lachte nervös.

»Sollen wir das Seil hängen lassen oder losbinden?«, rief Renwick von oben.

»Er soll es hängen lassen«, sagte Royce. »Sonst kommen wir von diesem Sims nicht mehr hoch. Ab jetzt gehe ich als Letzter und nehme das Seil jeweils mit. Wyatt, du hast am meisten Erfahrung mit Klettern. Willst du den nächsten Vorsprung suchen?«

Hadrian spürte Wyatts Nervosität, als sie ihm das Geschirr anlegten.

Die Innenwand des Lochs hatte viele Vertiefungen und Vorsprünge, an denen man sich festhalten konnte. Selbst Hadrian hätte sie hinunterklettern können, wenn nicht das Eis gewesen wäre und das Wissen, dass es unter ihnen mehrere hundert Fuß hinunterging.

Wyatt fand in einiger Entfernung unter ihnen einen neuen Sims und sie kletterten wieder nacheinander hinunter. Der zweite Sims war schmaler und kürzer als der erste. Er bot nicht genügend Platz für alle, Wyatt musste deshalb weiterklettern, bevor alle unten waren. Royce bildete den Abschluss. Er band das Seil los, wickelte es sich um den Leib und kletterte ungesichert nur mit Hilfe seiner Krallen hinunter.

Bei den nächsten beiden Zwischenstopps hatten sie gar keinen richtigen Sims zum Stehen, sondern lediglich einige Haltegriffe für die Hände und Vorsprünge für die Füße, auf denen aber nur drei Personen Pause machen konnten. Sie mussten sich ohne Seil an die Felswand klammern, ihr Gepäck hing baumelnd hinter ihnen.

Der nächste Sims war der bisher breiteste. Er war so breit wie eine Straße, und als sie ihn erreichten, blieben einige verschwitzt und keuchend auf dem Rücken liegen. Auch Hadrian legte sich hin und gähnte, um den wachsenden Druck in seinen Ohren zu lindern. Als er nach oben blickte, sah er einen hellen Kreis, nicht größer als ein auf Armeslänge vom Körper weggehaltener Daumen. Von dort fiel das Licht wie eine hellgraue Säule in den Schacht. Durch diese Säule flitzten etwa auf Höhe seiner Augen die Schwalben. Sie stiegen auf und ließen sich fallen, als tanzten sie im Licht. Die gegenüberliegende Wand war immer noch so weit entfernt, dass sie in dem schwachen Licht nur undeutlich zu erkennen war.

»Ich komme mir vor wie eine Spinne«, bemerkte Alric.

»Und ich weiß nicht, ob der Imperatortitel diese Strapaze wert ist«, stöhnte Gaunt.

»Ich verstehe jetzt, wie Edmund Hall zumute gewesen sein muss, aber er muss es bis nach unten und wieder zurück geschafft haben, schließlich hat er überlebt«, sagte Arista. »Könnt ihr euch vorstellen, die ganze Tour allein zu machen?«

»Er war nicht allein«, erwiderte Myron. »Er hatte zwei Begleiter und einige Diener.«

»Was ist aus ihnen geworden? Wurden sie auch eingesperrt?«

»Nein«, sagte Myron.

»Dann haben sie nicht überlebt?«

»Ich fürchte nein.«

Hadrian setzte sich auf. Seine Kleider waren nass und um ihn regneten Tropfen von den Wänden herunter. Er sah, dass der obere Teil der gegenüberliegenden Wand heller und mit Eis und Schnee bedeckt war und der untere deutlich dunkler und nass. »Hier unten ist es wärmer«, sagte er.

»Wir müssen weiter«, erklärte Royce. »Das Licht lässt nach. Und wer will beim Klettern auch noch eine Fackel halten?«

»Sucht nach möglichst breiten Simsen«, sagte Alric zu Wyatt.

»Ich tue schon, was ich kann.«

Je tiefer sie kamen, desto dunkler wurde es ungeachtet des von oben einfallenden Tageslichts, das allerdings rasch verging, wie Hadrian mit einiger Sorge feststellte. Sie stiegen vier weitere Simse nach unten. Mit jeder Wiederholung wurden sie geschickter, doch wurde ihr Fortkommen durch das schwindende Licht behindert. Die Wände waren jetzt schwarz, die Öffnung über ihnen nicht mehr leuchtend grau, sondern fahlgelb und auf einer Seite rötlich getönt. Dort ging die Sonne unter.

Arista hing gerade am Seil und kletterte nach unten, da hörte Hadrian sie plötzlich gellend schreien. Sein Herz setzte einen Schlag aus. Er hatte sich das Seil um die Hüften geschlungen und spürte mit einem Ruck ihr ganzes Gewicht.

»Arista!«, rief er.

»Alles in Ordnung«, rief sie herauf.

»Bist du ausgerutscht?«, rief Alric von weiter unten.

»Nein, ich ... ich habe nur mit der Hand eine Fledermaus berührt.«

»Seid bitte alle mal still«, befahl Royce.

Jetzt hörte Hadrian das Geräusch auch, ein leises Fiepen, das aber aus vielen hundert Kehlen zu kommen schien. Darauf folgte ein Summen und Vibrieren, dessen Echo im Schacht hin und her sprang und zu einem Donnern anschwoll. Die Luft geriet in Bewegung und ein geheimnisvoller Wind begann zu wehen.

»Was ist das?«, rief Arista. Ihre Stimme war über dem anschwellenden Brausen kaum zu hören.

»Haltet Euch fest!«, rief Hadrian zurück.

Von unten stieg gleichsam eine Druckwelle zu ihnen auf und alles füllte sich mit unzähligen flatternden Flügeln und misstönendem Kreischen. Arista schrie wieder und Hadrian umklammerte das Seil fester und vergewisserte sich, dass er gut stand. Der Schacht füllte sich mit einem Schwarm von Fledermäusen, die mit der Gewalt eines Wirbelsturms nach oben aufstiegen.

Hadrian ließ ihn mit gesenktem Kopf an sich vorbeiziehen. Das Seil hatte er sich fest um den Unterarm geschlungen. Er selbst wurde von Mauvin und Royce gehalten. Arista durfte nicht abstürzen.

In weniger als einer Minute war der Sturm an ihnen vorbeigezogen.

»Lasst mich runter!«, rief Arista. »Bevor noch etwas passiert.«

Hadrian spürte, wie sie auf festem Boden aufkam. Während er das Geschirr wieder nach oben zog, blickte er auf. Durch den kleinen, inzwischen violetten Himmelsausschnitt zog wirbelnd eine schwarze Linie. Der Fledermausschwarm wand und ringelte sich wie der Schwanz einer Schlange, kräuselte sich wie ein Rauchfaden. Er bot einen faszinierenden Anblick. Es musste sich um Millionen von Fledermäusen handeln.

Hadrian blickte wieder nach unten und sah einen hellen Schein, der auf den nassen Wänden des Schachts glänzte.

»Was ist da unten?«, rief er.

»Ich wollte endlich etwas sehen«, rief Arista zurück.

»Sie lässt ihren Umhang leuchten«, sagte Alric unbehaglich.

Als Hadrian nach unten kam, saß die Prinzessin auf einem Felsvorsprung. Ihre Beine hingen baumelnd über den Rand, ihr Umhang leuchtete weiß. Sobald sie sich bewegte, wanderten Schatten über die Wände. Die anderen warfen ihr verstohlene Blicke zu, als wollten sie nicht aufdringlich sein. Nur Gaunt hatte keine solchen Hemmungen und starrte sie mit unverhohlenem Entsetzen an.

Sie stiegen weiter hinunter, immer in derselben Reihenfolge und im selben Rhythmus. Bis auf die zur Verständigung notwendigen Worte »Runterlassen!« und »Angekommen!« sprach niemand. Nach fünf weiteren Etappen hörte Hadrian Wyatt endlich rufen: »Halt! Ich bin drunten!«

»Aber du hängst noch am Seil«, rief Hadrian verwirrt zurück. »Du stehst noch nicht auf dem Boden. Brauchst du mehr Seil?«

»*Nein!* Bitte nicht! Ich möchte gar nicht auf dem Boden stehen.«

»Ist da ein Fluss?«, fragte Arista.

»Nein, aber es bewegt sich etwas.«

»Was denn?«

»Schwer zu sagen, es ist zu dunkel. Lasst mich kurz nach einer Stelle suchen, auf der ich landen kann.«

Hintereinander landeten sie auf einem Felsen, der vom Höhlenboden aufragte. Hadrian stand zwar neben Arista, konnte aber trotzdem nicht erkennen, was sie umgab. Er wusste nur, dass sie auf einer Insel standen, um die sich etwas Dunkles bewegte. Vom Höhlenboden stiegen fauliger Gestank und leises Schnattern zu ihnen auf. Er fühlte sich an einen Hühnerstall erinnert. »Was ist das, Royce?«

»Ich finde, das solltest du selbst sehen«, antwortete Royce. »Könnt Ihr Euren Umhang heller leuchten lassen, Arista?«

Noch bevor er zu Ende gesprochen hatte, begann Esrahaddons Umhang stärker zu leuchten und sein heller Schein erfüllte das untere Ende des Schachts. Was sie sahen, verschlug ihnen den Atem. Sie waren noch gar nicht ganz unten angelangt. Sie standen auf einem Felsen, dessen Spitze aus einem Berg von Fledermauskot ragte. Der kegelförmige Guanohaufen war bestimmt dreihundert Fuß hoch und seine Oberfläche schien sich zu bewegen, denn sie war mit Hunderttausenden von durcheinanderwuselnden Kakerlaken bedeckt.

»Bei Mar!«, rief Mauvin.

»Wie ekelhaft«, sagte Alric.

Doch nicht nur Kakerlaken bevölkerten den Hügel. Hadrian sah auch etwas Weißes, Spinnenähnliches über die Oberfläche huschen – eine Krabbe, und nicht nur eine, sondern hunderte. Von weiter unten hörte er leises Quieken und sah eine Ratte. Sie versuchte, von dem Haufen zu fliehen, verfolgt von einer Gruppe von Kakerlaken. Die Ratte stürzte und wurde von den Kakerlaken auf den Rücken gezerrt. Zappelnd versuchte sie sich aufzurichten, was ihr aufgrund des weichen Guanos allerdings nicht gelang. Sie quiekte wieder. Verzweifelt wehrte sie sich mit Füßen und Schwanz, während ihre Verfolger sie nach unten zogen. Zuletzt war nur noch der zuckende kahle Schwanz zu sehen, dann verschwand auch er.

»›Was für ein endloses Gewusel. Sie fressen alles‹«, zitierte Myron.

»Hat jemand eine Idee, wie wir diesen Haufen hinunterklettern können?«, fragte Royce.

Wyatt lachte unbehaglich. »Nein, im Ernst, wie soll das gehen?«

»Vielleicht springen und dann ganz schnell rennen?«, schlug Mauvin vor.

Die anderen verzogen nur das Gesicht.

»Vielleicht ist der Haufen gar nicht fest«, murmelte Magnus. »Vielleicht ist er so weich, dass man darin untergeht wie in Wasser.«

»Du hast doch schon eine Idee«, sagte Hadrian zu Royce. »Du hast den Haufen schon von oben gesehen und wärst nicht heruntergekommen, wenn du nicht schon einen Plan hättest.«

Royce schüttelte den Kopf. »Ich habe keinen, aber ich hoffte, sie hätte einen.« Er zeigte auf Arista.

Alle sahen die Prinzessin an und sie erwiderte die Blicke erstaunt und verunsichert.

»Ihr müsst Euch einen Weg überlegen, irgendeine Methode, wie wir diesen Haufen runterkommen«, sagte Royce. »Da drüben ist eine Spalte in der Wand – seht Ihr sie?« Er streckte den Arm aus. »Sie ist schmal, aber ich denke, wir kommen durch. Natürlich müssen wir kriechen oder vielleicht sogar den Weg freigraben. Es wäre also schön, wenn Ihr diese fleischfressenden Käfer irgendwie ablenken könntet.«

Arista nickte und seufzte. »Viel Erfahrung habe ich mit so was nicht.«

»Versucht es einfach«, sagte Hadrian. »Die einzige Alternative ist Mauvins Vorschlag – zu rennen und zu hoffen, dass wir drunten sind, bevor sie uns ganz auffressen können.«

Arista machte eine Grimasse und nickte wieder. »Stellt euch alle hinter mich. Ich weiß nicht genau, was passieren wird.«

»Was hat sie vor?«, fragte Gaunt. »Was passiert jetzt?«

»Tut einfach, was sie sagt«, erwiderte Royce.

Die Prinzessin trat an den Rand des Felsens und blickte den Haufen hinunter. Die anderen versammelten sich hinter ihr und suchten mit den Füßen nach einem festen Stand. Arista ließ die Arme hängen, drehte die Handflächen nach außen und begann leise zu summen. Das Licht, das ihr Umhang verbreitete, erlosch.

Dunkelheit umfing sie.

Ihr einziger Orientierungspunkt war der kleine Kreis des sternenübersäten Himmels über ihnen. Ohne Licht hörten sie das Krabbeln der zigtausend Kakerlaken viel lauter. Dicht aneinandergedrängt warteten sie. Da erschienen in der Luft vor ihnen plötzlich kleine Lichtpunkte. Die Punkte leuchteten auf, wirbelten durch die Luft und vergingen wieder. Immer mehr Punkte erschienen, bis Hadrian das Gefühl hatte, auf einem riesigen Lagerfeuer zu stehen. Flammen sah er keine, nur einen Regen von

Funken, die im Höhlenschacht aufstiegen wie in einem riesigen Kamin.

Mit den Funken kam die Hitze. Hadrian hatte das Gefühl, unmittelbar vor der Esse seines Vaters zu stehen. Die Hitze brannte in seinen Kleidern und auf seiner Haut. Mit ihr kam ein neuer Geruch, der noch viel schlimmer war als der muffige Ammoniakgestank – ein aufdringlicher, überwältigender Gestank nach verbrannten Haaren. Der Haufen begann vor ihren Augen zu leuchten und gab einen schwachen, rötlichen Schein von sich ähnlich der Glut eines heruntergebrannten Feuers. Und dann schlugen an verschiedenen Stellen Flammen aus dem Guano und ließen dämonische Schatten über die Höhlenwände tanzen.

»Genug!«, rief Alric. »Das reicht! Halt! Du verbrennst mir das Gesicht.«

Die Flammen erstarben, der rote Schein verging und die Funken erloschen. Wieder leuchtete Aristas Umhang, doch diesmal nur ganz schwach und bläulich. Sie fühlte sich kraftlos und matt und die Beine wollten unter ihr nachgeben. Hadrian stützte sie an Ellbogen und Hüfte.

»Alles in Ordnung?«

»Hat es funktioniert?« Arista sah sich um. »Ist jemand verletzt?«

»Höchstens angesengt«, sagte Hadrian.

Royce setzte vorsichtig einen Fuß auf den Haufen. Man hörte ein Knirschen und Knacken, als trete er auf Eierschalen. Die Oberfläche war schwarz und glasig. Nichts bewegte sich mehr.

Royce machte zwei Schritte, dann kehrte er hastig wieder auf den Felsen zurück. »Es ist noch eine Spur zu heiß. Wir sollten kurz warten.«

»Wie habt Ihr das gemacht?«, fragte Gaunt entgeistert und rückte gleichzeitig so weit von Arista ab, wie es auf dem engen Platz möglich war.

»Sie ist eine Hexe«, sagte Magnus.

»Das ist sie nicht!« Es war Hadrian peinlich, wie laut seine Stimme in der ansonsten stillen Höhle klang. Das Echo warf sie zweimal zurück. Er spürte, wie Alric ihn überrascht ansah, und plötzlich wurde es ihm auf dem Felsen zu eng. Er betrat den Haufen und begann ihn hinunterzusteigen.

Die Oberfläche knackte unter seinem Gewicht und die Wärme drang durch seine Stiefel, als gehe er über sonnenheißen Sand. Auf dem Weg schob er die verbrannten Überreste der Krabben zur Seite. Hinter ihm hüpfte ein heller Schein auf und ab und er schloss daraus, dass zumindest Arista ihm folgte. Sie gelangten zu der Spalte. Sie war größer, als es aus der Ferne ausgesehen hatte, und er brauchte sich beim Durchgehen nicht einmal zu bücken.

9

Kriegsrat

Die beiden Mädchen rannten an der Brüstung entlang und ihre schwarzen Wintermäntel blähten sich hinter ihnen im Wind. Dann blieb Mercy plötzlich stehen und Allie hätte sie fast umgerannt. Sie stießen zusammen und kicherten atemlos. Der Wind war kalt und der Himmel so grau wie die Mauer, auf der sie standen, und ihre Wangen waren knallrot vor Kälte, doch das alles kümmerte sie nicht im Geringsten.

Mercy ging auf alle viere, kroch zwischen zwei Zinnen und blickte nach unten. Gewaltige Steinblöcke in verschiedenen Brauntönen waren zu einer zwanzig Fuß hohen Mauer aufgeschichtet. Mit zunehmender Entfernung schien ihre Größe abzunehmen. Am Fuß der Mauer führte eine Straße entlang, auf der mehrere Dutzend Menschen gingen, auf Pferden ritten oder Karren vor sich herschoben. Bei diesem Anblick wurde Mercy ganz flau im Magen und ihre Hände wurden kraftlos und kribbelten, wenn sie damit etwas anfasste. Trotzdem war es herrlich, die Welt von so hoch oben zu sehen, die Hausdächer und das Gewirr der Straßen. Fast alles war weiß verschneit, aber es gab auch bunte Flecken: die rote Wand einer Scheune auf einem fernen Hügel, ein dreistöckiges, himmelblau gestrichenes Haus und die bronzefarbenen Flecken auf den Straßen dort, wo der Verkehr den Schnee in Matsch verwandelt hatte. Mercy hatte noch nie eine Stadt gesehen und natürlich schon gar nicht von so hoch oben. Auf den Mauern des Palasts zu stehen, gab ihr das Gefühl, über die ganze Welt zu herrschen oder zumindest ein Vogel zu sein – beides für sie gleichermaßen wunderbare Vorstellungen.

»Da unten ist er nicht!«, rief Allie. Der Wind riss ihr die Worte von den Lippen, so dass Mercy sie wie aus großer Entfernung hörte. »Er kann ja nicht fliegen!«

Mercy zog den Kopf wieder von den Zinnen zurück und lehnte sich mit dem Rücken an die Brüstung, um zu verschnaufen.

Allie stand vor ihr und grinste bis über beide Ohren. Ihre Kapuze war hinuntergerutscht und ihre schwarzen Haare flatterten im Wind. Mercy nahm Allies Ohren oder ihre seltsam schlitzförmigen Augen schon gar nicht mehr wahr. Allie faszinierte sie seit dem Tag, an dem sie sich zum ersten Mal im Speisesaal begegnet waren. Mercy hatte den Tisch der Pickerings verlassen, um das fremde Elbenmädchen genauer zu betrachten. Allie wiederum hatte sich brennend für Ringelpelz interessiert und seitdem waren die beiden unzertrennlich. Allie war Mercys beste Freundin – noch mehr als Ringelpelz. Mercy vertraute zwar beiden all ihre Geheimnisse an, aber nur Allie konnte sie verstehen.

Allie hatte Mercy sofort verstanden, als die ihr erzählt hatte, Arcadius habe sie nicht im Wald in der Nähe der Universität spielen lassen. Allie hatte selbst unter ähnlichen Einschränkungen gelitten. So hatte ihr Vater ihr nicht erlaubt, die Straßen ihrer Heimatstadt Colnora zu erkunden. Die beiden Mädchen erzählten sich an langen Abenden bei Kerzenschein gegenseitig von ihrer schrecklichen Kindheit. Kaum ein Abenteuer hatten sie erleben dürfen, nur weil übervorsichtige Aufpasser nicht hatten einsehen wollen, dass man Kaulquappen oder die verbogenen Metallreste, die der Klempner wegwarf, sammeln musste.

Sie tauschten ihre Kleider und probierten sie an. Allies Garderobe bestand hauptsächlich aus Hemden und Hosen, die besser für einen Jungen gepasst hätten. Sie waren zwar abgetragen und hatten an Knien und Ellbogen Löcher, aber Mercy fand sie trotzdem herrlich. Sie waren zum auf Bäume Klettern viel besser geeignet als Röcke. Allie besaß nur ganz wenige Kleider im Vergleich zu den vielen Röcken, Kleidern und Mänteln, die Mercy zu Hause an der Universität getragen hatte, aber jetzt hatte Mercy natürlich nur noch die Kleider, die Miranda ihr am Tag ihrer Flucht aus Sheridan angezogen hatte. Deshalb konnten sie eigentlich auch nur die Mäntel tauschen. Mercys Mantel war dicker und wärmer, aber sie mochte Allies verschlissenen alten Umhang, in dem sie aussah wie eine verwegene Abenteuerin.

Allie ließ Mercy mit dem Sextanten spielen, den ihr Vater ihr geschenkt hatte, und zeigte ihr, wie man anhand der Sterne seine Position bestimmte. Mercy ließ Allie dafür mit Ringelpelz spielen, bereute ihre Entscheidung allerdings inzwischen, weil Ringelpelz jetzt öfter auf Allies Schulter saß als auf ihrer. Vor dem Schlafengehen schimpfte sie den Waschbären für seine Treulosigkeit aus, bekam aber nur ein Schnattern als Antwort. Sie hatte das Gefühl, dass er den Ernst des Problems überhaupt nicht verstand.

»Da!«, rief Allie und zeigte an der Brüstung entlang. Und tatsächlich sah Mercy das kleine Gesicht des Waschbären dort um eine Ecke spähen. Die zwei rannten los und das Gesicht verschwand. Einen kurzen Moment lang war ein geringelter Schwanz zu sehen, der jedoch ebenfalls verschwand.

Die beiden rannten um die Ecke und schlidderten über den Schnee. Sie befanden sich jetzt über dem großen Tor vor dem Palast. Davor erstreckte sich ein großer Platz, auf dem Händler alle möglichen Waren verkauften und lauthals das beste Leder, die ergiebigsten Kerzen und den günstigsten Honig feilboten. Auf der anderen Seite der Mauer lagen der Hof des Palasts und dahinter der gewaltige Bergfried, ein mächtiger Turm mit zahlreichen Fenstern.

Der Waschbär war nirgends zu sehen.

»Hier sind wieder Spuren!«, rief Mercy aufgeregt. »Der Dummkopf hinterlässt Spuren!«

»Er ist die Treppe hinuntergelaufen«, rief der Turmwächter, als sie an ihm vorbeirannten. Mercy streifte ihn mit einem Blick. Er war riesengroß wie alle Wächter, trug einen silbernen Helm und einen Mantel aus schwarzer Wolle und hielt einen Speer. Er lächelte sie an und sie lächelte zurück.

»Dort!«, rief Allie und zeigte über den Hof auf einen dunklen Schatten, der soeben unter dem Karren eines Lieferanten verschwand.

Sie eilten die Treppe hinunter, übersprangen die unterste Stufe und rannten über den Hof. In der Nähe des alten Gartens holten sie den Waschbären ein. Sie teilten sich auf wie erfahrene Jäger. Allie schnitt Ringelpelz den Weg ab, so dass er auf Mercy zulaufen musste, die sich ihm von der anderen Seite näherte. Im letzten Moment bog er seitlich ab und rannte zu dem Brennholzstapel vor der Küche. Er kletterte ihn mühelos hinauf und schlüpfte durch ein Fenster, das einen Spalt offen stand, um Rauch abzulassen.

»So ein schlauer Kerl!«, schimpfte Allie.

»Du entkommst uns nicht!«, rief Mercy.

Sie öffneten die Hoftür der Küche und rannten durch die Spülküche. Die Küchenangestellten erschraken und einer ließ vor Schreck einen großen Topf fallen, der wie ein Gong wummerte. Empörte Rufe folgten ihnen, während sie an der Wäschekammer vorbei die Treppe hinauf und in den großen Saal rannten. Dort bekam Mercy Ringelpelz schließlich durch einen spektakulären Hechtsprung an der Hinterpfote zu fassen. Er scharrte mit seinen kleinen Krallen über den polierten Boden, aber vergeblich. Mercy packte ihn mit beiden Händen und zog ihn zu sich.

»Erwischt!«, rief sie auf dem Rücken liegend und drückte ihn keuchend an sich. »Darauf steht der Galgen!«

»Ähem«, räusperte sich jemand.

Mercy hörte es und wusste sofort, dass das nichts Gutes bedeutete.

Sie rollte auf den Bauch und hob den Kopf. Eine Frau blickte mit verschränkten Armen und strengem Gesicht auf sie herunter. Sie trug ein schwarz glänzendes, mit Edelsteinen besetztes Gewand. Die Edelsteine funkelten wie Sterne. Von einem nahen Tisch sahen eine weitere Frau und acht Männer mit grimmigen Gesichtern zu ihnen herüber.

»Ich entsinne mich nicht, dich zu unserer Besprechung eingeladen zu haben«, sagte die Frau. »Oder dich«, fügte sie an Allie gewandt hinzu, die hinter Mercy in den Saal gestürmt war. Ihr Blick wanderte zu Ringelpelz. »Und dich ganz bestimmt nicht.«

»Verzeiht, Eminenz«, riefen die beiden Türwächter fast genau gleichzeitig und eilten herbei. Der erste packte Allie grob, der zweite streckte die Hand nach Mercy auf, die erschrocken aufsprang.

Doch die vornehme Dame hob eine feingliedrige Hand und gab dem Wächter ein Zeichen. Augenblicklich hielt er inne.

»Ich verzeihe euch«, sagte sie zu ihm. »Lass das Mädchen los.«

Der Wächter, der Allie gepackt hatte, gehorchte und das Mädchen wich einen Schritt vor ihm zurück und sah ihn ängstlich an.

»Du bist die Imperatorin?«, fragte Mercy.

»Stimmt. Ich heiße Modina.«

»Und ich Mercy.«

»Ich weiß. Allie hat mir alles über dich erzählt. Und das ist Ringelpelz, stimmt's?« Die Imperatorin streckte die Hand aus und kraulte dem Waschbären den Kopf. Ringelpelz blickte ein wenig verlegen nach unten, weil Mercy ihn unbeholfen an die Brust drückte und sein ganzer Bauch frei war. »Ist er an allem schuld?«

»Nein«, platzte Mercy heraus. »Wir spielen nur ein Spiel. Ringelpelz war der böse Dieb, der die Kronjuwelen gestohlen hat, und ich und Allie mussten ihn fangen, damit er bestraft werden kann. Nur ist Ringelpelz ein wirklich guter Dieb.«

»Verstehe. Aber leider sind wir mitten in einer sehr wichtigen Besprechung, in der Diebe und kleine Mädchen nichts zu suchen haben.« Modina sah Ringelpelz an, als spreche sie nur mit ihm.

»Und Waschbären auch nicht, auch wenn sie noch so süß sind. Bringt ihn also bitte in die Küche und fragt den Koch, ob er ihm etwas zu fressen macht, damit er keinen Unfug mehr anstellt. Fragt den Koch auch, ob er für euch etwas Süßes hat – vielleicht Sahnebonbons? Und wenn er so nett ist, könntet ihr euch revanchieren und ihm eure Hilfe anbieten.«

Mercy nickte, noch bevor Modina zu Ende gesprochen hatte.

»Dann fort mit euch«, sagte Modina. Die beiden rannten den Weg zurück, den sie gekommen waren, und wechselten unterwegs erleichterte Blicke.

Modina sah ihnen nach, dann wandte sie sich wieder den Ratsmitgliedern zu. Sie setzte sich allerdings nicht mehr. Lieber ging sie mit langsamen Schritten um den Tisch, an dem ihre Minister und Ritter warteten. Zu hören waren nur das Knacken des Feuers und das Klacken ihrer Schuhe. Sie ging der Wirkung halber, nicht weil es ihr ein Bedürfnis gewesen wäre. Als Imperatorin wusste sie, was man durch richtiges Auftreten bewirken konnte.

Auch ihr Kleid drückte das aus. Es war steif, eng, unbequem und raschelte laut, aber es tat seine Wirkung. Sie bemerkte sehr wohl die ehrfürchtigen Blicke der Menschen, die sie darin sahen. Und Ehrfurcht führte zu Achtung, Achtung zu Vertrauen und Vertrauen zu Mut, und ihr Volk musste mutig sein. Es durfte selbst im Angesicht der schrecklichsten Bedrohung nicht von Zweifeln gelähmt werden und sollte selbst am Rand des Abgrunds noch fest an die Weisheit seiner jungen Herrscherin glauben.

Die Männer am Tisch waren nicht dumm. Wenn Modina sie für dumm gehalten hätte, hätten sie nicht da gesessen. Sie waren praktisch und nüchtern denkende, kriegserfahrene Generäle. Mit Gefühlsduseleien wie der Unfehlbarkeit einer Tochter Novrons konnten sie nichts anfangen. Das Rechnen mit Truppenstärken und Strategien war mehr nach ihrem Geschmack. Doch auch das allein reichte nicht, wie Modina wusste. Beides, die Soldaten auf dem Schlachtfeld und der Glaube an eine Imperatorin, die von einem Gott abstammte, konnte gleichermaßen zu ihrer Rettung beitragen. Egal ob als Göttin oder kluge Regentin, sie brauchte die Hilfe und das Vertrauen dieser Männer. Also ging sie mit gesenktem Kopf um den Tisch, klopfte sich mit den Fingern an die Lippen und vermittelte den Eindruck tiefen Nachdenkens – über die Zahl der verfügbaren Schwerter und Schilde, die Stellungen der Soldaten an den Pässen, die Anzahl der Flussdämme und Brücken, die zerstört werden mussten, die Einheiten der Kavallerie und die Mobilisierung der Reserve. Auf keinen Fall sollten diese alten Männer den Eindruck bekommen, sie wäre eine oberflächliche junge Frau, die sich ihrer Verantwortung nicht bewusst war.

Sie blieb mit dem Rücken zum Tisch stehen und blickte in das Feuer. »Ihr seid ganz sicher?«, fragte sie.

»Jawohl, Eminenz«, antwortete Baron Breckton. »Ein Signalfeuer brennt.«

»Aber nur eins?«

»Wie wir wissen, rücken die Elben sehr schnell und lautlos vor. Deshalb haben wir ja so viele Signalfeuer vorbereitet.«

»Aber nur eins brennt?«

»Das ist kein Zufall.«

»Nein, natürlich nicht.« Sie drehte sich um und ihr Mantel beschrieb einen eleganten Bogen. »Ich glaube Euch ja, aber es zeigt, wie geschickt die Elben sind. Von vierundzwanzig Posten hatte nur einer Zeit, eine Fackel in einen Haufen ölgetränktes Holz zu stecken.« Modina seufzte. »Die Elben haben also den Galewyr überschritten. Trent ist gefallen. Gut, gebt Anweisung, die Städte und Dörfer zu evakuieren, und zerstört Dämme und Brücken. Trennt jede Verbindung zum Rest der Welt – bis auf den Pass im Süden. Den lassen wir für die Prinzessin offen. Danke, meine Herren.«

Die Besprechung war vorbei und die Männer standen auf. Breckton wandte sich an Modina. »Ich werde sofort aufbrechen und mich persönlich um die Zerstörung der Brücken in Colnora kümmern.«

Modina nickte und bemerkte, wie Amilia bei seinen Worten zusammenzuckte. »Ich will Euch nicht kränken, Baron Breckton, aber ich würde gerne meine Sekretärin mit Euch mitschicken, damit sie mir anschließend berichten kann. Ich will Euch nicht von Eurer Arbeit abhalten, nur um mich zu informieren.«

Die beiden sahen sie entgeistert an. »Aber Eminenz, ich reite nach Norden ... es ist gefährlich ...«

»Dann überlasse ich Amilia die Entscheidung. Also? Wollt Ihr ihn begleiten?«

Amilia nickte. »Wie meine Herrscherin befiehlt«, sagte sie ernst, als würde sie diese schreckliche Zumutung nur um des Imperiums willen auf sich nehmen. Sie war allerdings keine gute Schauspielerin.

»Ihr werdet auch an Tarin im Tal vorbeikommen. Seht dort bitte nach Amilias Angehörigen und sorgt dafür, dass sie hierher kommen.« Diesmal war Amilias Überraschung echt.

»Wie Ihr wünscht.« Breckton verbeugte sich.

Amilia schwieg, nahm aber auf dem Weg zur Tür Modinas Hand und drückte sie.

»Noch eins«, sagte Modina. »Sorgt dafür, dass der Mann, der das Signalfeuer angezündet hat, eine Anerkennung bekommt. Er sollte dafür belohnt werden.«

»Sehr gerne, Eminenz.«

Diener mit Tellern in den Händen betraten den Saal, blieben aber abrupt und mit schuldbewussten Blicken stehen, als sie die Imperatorin sahen.

»Nein, kommt ruhig herein.« Modina winkte sie weiter. Sie wandte sich an ihren Kanzler. »Wir beide setzen die Besprechung in meinem Arbeitszimmer fort, damit diese Leute den Tisch für das Abendessen decken können.«

Auf den Gängen und in den öffentlichen Räumen vor dem großen Saal eilten Dutzende von Menschen geschäftig hin und her oder standen in Gruppen zusammen und unterhielten sich. Modina mochte das, es erfüllte den Palast mit Leben. Sie hatte hier so lange von allen abgeschottet leben müssen – wie ein Geist in einem Mausoleum. Doch jetzt, mit so vielen Gästen, die zu den Waschbecken drängten und anschließend um einen Platz an den Tischen kämpften und sich über schnarchende Gefährten und geklaute Decken beschwerten, fühlte der Palast sich wie ein richtiges Zuhause an. Manchmal konnte sie sich vorstellen, die Gäste wären Angehörige, die sich hier zu einem Fest oder angesichts der gedrückten Stimmung vielleicht eher einem Begräbnis versammelt hatten. Die meisten, die sie sah, kannte sie zwar nicht, aber sie waren alle wie eine Familie.

Wachen begleiteten sie durch den Korridor und die große Treppe hinauf. Seit dem »Vorfall mit Royce«, wie Breckton dazu sagte, bestand er darauf, dass Modina zu jeder Zeit Leibwächter an ihrer Seite hatte. Sie wiesen die Passanten barsch an, zurückzutreten. »Die Imperatorin!«, riefen sie und die Menschen blieben erschrocken stehen, drehten sich um, gingen zur Seite und verbeugten sich. Modina lächelte dann und winkte ihnen im Vorbeigehen zu. Auf der Treppe musste sie den Saum ihres Gewands anheben. Das Kleid verursachte nichts als Probleme, obwohl es so viel gekostet hatte, und sie freute sich immer schon auf den Abend, wenn sie sich in ihr Zimmer zurückziehen und in ihr bequemes Nachthemd aus Leinen schlüpfen konnte.

Sie überlegte, ob sie das schon jetzt tun sollte. Nimbus hätte nichts dagegen gehabt. Er hatte sie schon hundertmal im Nachthemd gesehen, und obwohl er selbst die Auflagen der Etikette mustergültig erfüllte, überging er ihre Verstöße mit Schweigen. Während Modina die Treppe hinaufstieg, dachte sie, dass sie sich vor ihm genauso ungeniert umziehen würde wie vor Red oder Amilia, so als sei er ein Arzt oder Priester.

Sie betraten das frühere Amtszimmer Saldurs. Modina hatte die meisten kirchlichen und persönlichen Gegenstände entfernen lassen. Offenbar hatten die Mägde auch den Boden gewischt – das Zimmer roch jedenfalls nicht mehr so muffig.

Vor dem Fenster ging die Sonne unter und es wurde rasch dunkel.

»Wann sind sie aufgebrochen?«, fragte sie Nimbus, der die Tür hinter ihnen schloss.

»Erst vor zwei Tagen, Eminenz«, antwortete Nimbus.

»Es kommt mir schon viel länger vor. Inzwischen müssten sie Amberton Lee erreicht haben, oder?«

»Ich denke ja.«

»Ich hätte ihnen Reiter mitgeben sollen, die mir Bericht erstatten. Ich will nicht immer warten müssen, warten, bis ich von ihnen höre oder bis die Elben vor den Toren stehen.« Sie blickte in die einbrechende Dunkelheit hinaus. »Wenn der Pass im Norden gesperrt ist und die Brücken in Colnora zerstört sind, kann man Aquesta nur noch vom Meer oder von Süden her erreichen. Sollte ich Schiffe vor der Küste zusammenziehen, um gegen einen Angriff vom Meer gewappnet zu sein? Dort sind wir verwundbar.«

»Ein solcher Angriff ist möglich, aber unwahrscheinlich. Dass die Elben zur See fahren, ist mir neu. Ich glaube nicht, dass sie auf dem Weg durch Dunmore Schiffe mitgenommen haben. Und die Flotte von Melengar hat Breckton zerstört ...«

»Und Trent? Vielleicht haben sie sich dort Schiffe beschafft.«

Nimbus nickte mit seinem von einer gepuderten Perücke bedeckten Kopf. »Nur dass dafür bisher keine Notwendigkeit bestand. Schiffe brauchen sie erst, wenn Eure Leute die Straßen sperren. Aber solange man etwas nicht braucht, unternimmt man auch keine allzu großen Anstrengungen, es sich zu beschaffen, und bisher ...«

»Bisher haben sie uns ungehindert abgeschlachtet. Ob sie hier mehr Mühe haben?«

»Ich glaube schon«, sagte Nimbus. »Im Unterschied zu den anderen hatten wir Zeit, uns vorzubereiten.«

»Aber reichen unsere Vorbereitungen aus?«

»Eine menschliche Armee könnte uns nichts anhaben, aber ...«

Modina setzte sich auf den Rand ihres Schreibtischs und ihr Gewand bauschte sich auf. »Den Berichten zufolge verfügen sie über Schwärme von Gilarabrywns. Ihr habt nie einen gesehen, Nimbus, aber ich schon. Es sind riesige, brutale fliegende Monster. Ein einziges davon hat mein Heimatdorf zerstört – zu Asche verbrannt. Nichts kann sie aufhalten.«

»Und doch habt Ihr es aufgehalten.«

»Ich habe eins getötet – aber der Kundschafter sprach von Schwärmen! Sie werden die Stadt aus der Luft in Brand stecken.«

»Die Bunker sind fast fertig. Die Häuser wären bei einem Angriff verloren, aber die Bevölkerung wäre in Sicherheit. Mit Gilarabrywns werden die Elben die Stadt nicht erobern können, dafür habt Ihr gesorgt.«

»Wie steht es mit der Versorgung?«

»Wir haben Glück. Wir haben mehr Vorräte als sonst im späten Winter. Die Fischer sind rund um die Uhr mit Fischen, Einsalzen und Räuchern beschäftigt. Fleisch und Getreide sind rationiert und wurden in unterirdische Speicher gebracht. Selbst hier im Palast lagern die meisten Vorräte schon im alten Kerker.«

»Das müsste helfen, sie aufzuhalten.«

»Ich denke doch.«

Modina blickte wieder aus dem Fenster auf die schneebedeckten Dächer. »Und was ist, wenn Arista und ihre Leute nicht durchgekommen sind? Wenn Diebe sie überfallen haben? Dann wurden sie vielleicht noch vor dem Ziel getötet.«

»Diebe?« Nimbus unterdrückte ein Lachen. »Mit Verlaub, die Diebe, die das Pech haben, Arista und ihre Leute zu überfallen, tun mir aufrichtig leid. Nein, ich bin überzeugt, dass sie wohlbehalten am Ziel eingetroffen sind.«

Modina sah ihn an. Er klang so zuversichtlich, so gewiss, dass ihre Unruhe nachließ. »Ja, Ihr habt wahrscheinlich recht. Wir müssen einfach hoffen, dass sie Erfolg haben. Die Hindernisse, auf die sie unter der Erde stoßen werden, sind bestimmt viel größer als eine Bande von Dieben.«

10

Unter der Erde

Arista hatte keine Ahnung, wie spät es war und wie lange sie seit ihrer Ankunft auf dem Boden des Schachts schon gelaufen waren. Ihre Füße fühlten sich jedenfalls wund und bleiern schwer an, und sie stolperte immer wieder über Steine oder rutschte aus. Außerdem musste sie unablässig gähnen und ihr Magen knurrte. Aber noch durften sie nicht anhalten.

Sie zwängten sich durch Felsspalten, die so niedrig und schmal waren, dass sie oft auf allen vieren hindurchkriechen mussten. Elden musste den Bauch einziehen und sie mussten von vorne oder hinten nachhelfen. Manchmal war die Enge schier unerträglich. Arista schob sich seitlich durch Spalten, bei denen die gegenüberliegende Wand nur wenige Zoll von ihrer Nase entfernt war. Ihr Umhang war auf dieser Strecke die einzige Lichtquelle. Er wurde gelegentlich dunkler oder flackerte kurz, was ihr jedes Mal einen Schrecken einjagte. Sie erstarrte dann und sofort hörte das Flackern auf oder der Schein wurde wieder heller. Doch nach einiger Zeit wurde er wieder dunkler und bläulicher.

Der Gang wurde abwechselnd weiter und enger oder er verzweigte sich, doch Royce fand meist die richtige Abzweigung. Nur ein paar Mal irrte er sich und sie mussten ein Stück zurückkehren und eine andere Abzweigung nehmen. Dann hörte Arista Magnus verärgert etwas brummen. Royce hörte es bestimmt auch, aber er richtete nie das Wort an Magnus und würdigte ihn auch keines Blickes. Der Zwerg, der sich mit einer traumwandlerischen Sicherheit bewegte, als sei er hier zu Hause, äußerte sich auch nie deutlicher. Meist war von ihm nichts zu hören und er ging am Ende oder in der Mitte der Gruppe. Nur gelegentlich, wenn Royce sich einer Abzweigung zuwandte, hüstelte er missbilligend. Royce achtete nicht darauf, kam nach einer Weile aber unweigerlich mit finsterer Miene zurück. Nach einigen solchen Fehlentscheidungen wandte Royce sich von einer Abzweigung immer gleich ab, wenn Magnus zu hüsteln begann, und tat so, als habe er es sich anders überlegt. So arbeiteten die beiden in stummer Übereinstimmung zusammen, und da sie gut vorankamen, war es beiden recht.

Die anderen folgten ihnen blindlings, den Blick nur auf ihre Füße gerichtet. Alric erteilte anfangs gelegentlich noch die eine oder andere, ohnehin auf der Hand liegende Anweisung oder stellte Fragen und nickte, als gebe er zu etwas seine Einwilligung. Doch nach einer Stunde gab er auf und ging wie die anderen blind hinter Magnus und Royce her.

»Mmm«, hörte Arista Magnus brummen, als habe er soeben etwas Köstliches geschmeckt.

Sie kämpften sich gerade durch eine tiefe, schmale Spalte und die Prinzessin hatte die Hände tastend ausgestreckt und den Kopf eingezogen. Der Fels leuchtete im Licht ihres Umhangs blau.

»Wunderbar«, murmelte der Zwerg.

»Was?«

»Ihr werdet es gleich sehen.«

Zoll für Zoll schoben sie sich weiter, während der Weg immer noch enger wurde. Arista streckte den Fuß aus und schob einige lose Steine zur Seite, um besser auftreten zu können.

»Oh«, hörte sie Royce in einiger Entfernung vor ihr sagen. Er klang ungewöhnlich bewundernd. Sie reckte den Kopf, aber Mauvin und Alric, die vor ihr gingen, versperrten ihr die Sicht.

Dann rief Alric: »Bei Mar! Wie ist das möglich?«

»Was denn?«, fragte Gaunt hinter ihr.

»Keine Ahnung, ich sehe noch nichts«, erwiderte sie. »Mauvin versperrt mir mit seinem dicken Schädel die Sicht.

»He!«, rief Mauvin. »Das ist nicht meine Schuld. Hier ist es wirklich eng … mein Gott!«

Arista zwängte sich weiter.

Mauvin hatte recht, es wurde extrem eng und sie musste sich winden und biegen, um nicht steckenzubleiben. Sie schürfte sich die Schultern auf, ihre Haare verfingen sich an Felsvorsprüngen und ihr einer Fuß blieb zwischen zwei Steinen stecken. Sie verlagerte das Gewicht auf den anderen, hielt die Luft an und zwängte sich durch die engste Stelle.

Auf der anderen Seite angekommen, fiel ihr als Erstes auf, dass sie in einer großen Höhle stand, ein herrliches Gefühl, nachdem sie stundenlang wie Würmer durch den Stein gekrochen waren. Irgendwann vor langer Zeit hatte ein vergessener Fluss die Wände ausgehöhlt und sie zu einer gewellten Oberfläche glattgeschliffen. Der Boden war mit länglichen Tümpeln bedeckt, die wie Spiegel glänzten und durch ebenfalls glattgeschliffene Felsgrate voneinander getrennt waren.

Dann erst hob sie den Kopf und sah die Sterne.

»Mein Gott«, sagte sie unwillkürlich. Die Decke der Höhle sah aus wie der nächtliche Himmel, übersät mit Tausenden von hell leuchtenden Lichtpunkten. Mit ihrem Schein erleuchteten sie die ganze Höhle. »Sterne.«

»Glühwürmchen«, verbesserte Magnus und ging ein paar Schritte in die Höhle hinein. »Sie hängen an der steinernen Decke.«

»Sie sind wunderschön«, sagte Arista.

»Drome hat seine Herrlichkeit nicht an der Oberfläche von Elan verschwendet. Eure Schlösser und Türme sind dagegen nur erbärmliches Spielzeug. Hier unten befinden sich unsere eigentlichen Schätze. Die Menschen droben werfen uns vor, wir würden Geld horten – sie haben keine Ahnung. Sie suchen nach

Gold, Silber und Diamanten, aber die wirklichen Schätze unter ihren Füßen finden sie nicht. Willkommen im Haus des Drome, Ihr steht vor dem Eingang.«

»Da drüben ist ein flacher Felsen, der aussieht wie ein Tisch«, sagte Royce und zeigte auf eine gewaltige Felsplatte, die leicht geneigt auf dem Boden lag. »Dort schlagen wir unser Lager auf und essen und schlafen.«

»Das klingt gut«, stimmte Alric zu und nickte eifrig.

Sie gingen um die Tümpel herum, in denen sich die Sterne spiegelten. Myron und Elden, die sich nicht vom Anblick der Decke losreißen konnten, traten ein paarmal daneben und bekamen klatschnasse Füße, aber es schien ihnen nichts auszumachen. Sie kletterten auf die Felsplatte, die etwa so groß war wie der große Saal des Palasts, nur dass sie wie ein Dreieck spitz zulief. Die höhergelegene Spitze des Dreiecks zeigte in die Mitte der Höhle wie der Bug eines durch eine Welle brechenden Schiffes.

Da sie kein Holz zum Feuermachen hatten und keine Zelte aufzuschlagen brauchten, ließen sie lediglich ihre Bündel fallen und setzten sich. Arista hatte das leichteste Gepäck. Sie trug nur ihren Proviant, ihr Bettzeug und Wasser. Trotzdem schmerzten ihre Schultern, erst recht nachdem sie ihr Bündel abgestellt hatte. Sie setzte sich an den Bug, ließ die Beine über die Kante baumeln, stützte sich nach hinten auf die Hände und bewegte den Kopf hin und her. Ihr Nacken schmerzte. Sie blickte zu dem falschen Himmel auf. Elden kam als Erster neben sie. Er setzte sich ebenfalls und ahmte ihre Bewegungen nach. Als er merkte, dass sie ihn beobachtete, lächelte er verlegen. Seine Stirn und seine linke Wange hatten hässliche Schrammen und sein Kittel war über der Brust und an der rechten Schulter zerrissen. Dass er sich überhaupt durch den engen Tunnel hatte zwängen können, grenzte an ein Wunder.

Arista holte aus ihrem Bündel eine Mahlzeit in einem ordentlich genähten Beutel. Die Mahlzeit bestand aus Salzfisch, einem hartgekochten, grünlich aussehenden Ei, einem harten

Brotkanten, Walnüssen und einer Essiggurke. Sie verzehrte alles, genauso wie sie damals am ersten Abend ihrer Reise mit Hadrian und Royce den Eintopf mit Schweinefleisch gegessen hatte, und durchsuchte den Beutel anschließend noch nach etwaigen Resten. Leider fand sie nur zwei Walnüsse ganz unten. Sie überlegte, ob sie einen zweiten Beutel öffnen sollte, aber die Vernunft siegte über den Appetit. Ihr Hunger war auch zum Teil gestillt und verging schließlich vollends.

Die anderen setzten sich auch an die Kante der Felsplatte. Aufgereiht wie Vögel auf einem Zaun saßen sie da und ließen die Beine baumeln. Royce setzte sich als Letzter. Es dauerte wie früher immer einige Zeit, bis er die Umgebung erkundet hatte. Degan und Magnus hatten sich ein wenig abseits gesetzt und unterhielten sich leise.

»Bei Maribor, habe ich einen Hunger!«, erklärte Mauvin und öffnete ebenfalls einen Beutel. Er betrachtete den Inhalt enttäuscht, ließ sich aber nicht vom Essen abhalten. Als er gekostet hatte, kehrte sein Lächeln zurück. »Dieser Ibis ist ein Genie. Der Fisch schmeckt köstlich!«

»Ich ... habe ... Schweinefleisch«, nuschelte Alric mit vollem Mund. »Auch gut.«

»Ich komme mir wieder vor wie auf einem Schiff«, sagte Wyatt und biss herzhaft in sein Brot. Einen näheren Grund gab er nicht an.

Myron tauschte Walnüsse mit Elden, ohne dass dabei ein Wort gesprochen wurde. Der kleine Mönch wirkte müde, lächelte den Hünen aber immer wieder freundlich an, während sie sich mit Handbewegungen und Kopfnicken verständigten. Elden genoss das Spiel sichtlich und erwiderte das Lächeln.

Nach dem Essen sah Arista sich nach einem Schlafplatz um. Im Unterschied zum Wald, wo man sich dazu eine ebene Stelle ohne Wurzeln und Steine suchen konnte, war hier alles Stein. Eine Stelle war so gut wie die andere, alle sahen gleich unbequem aus. Mit ihrem Bündel in der Hand ging sie zur Mitte der

Platte. Dort konnte sie im Schlaf wenigstens nicht hinunterfallen. Am tiefergelegenen Ende der Platte sah sie Hadrian. Er lag auf dem Rücken, hatte die Beine aufgestellt und den Kopf auf seine Decke gelegt, die er zu einem Kopfkissen zusammengerollt hatte.

»Alles in Ordnung?«, fragte sie und näherte sich ihm vorsichtig.

Er drehte sich auf die Seite und hob den Kopf. »Hm? Ja.«

»Ja?« Sie kniete sich neben ihn. »Warum liegst du dann so abseits?«

Er zuckte mit den Schultern. »Ich wollte nur ungestört sein.«

»Oh, dann will ich nicht stören.« Sie stand auf.

»Nein, Ihr stört mich nicht.« Er hob die Hand. »Ich meine ...« Er seufzte. »Egal.«

Er klang unglücklich oder sogar wütend. Unsicher blieb sie stehen, in der Hoffnung, er würde noch etwas sagen oder wenigstens lächeln. Doch er sah sie nicht einmal an. Sein Blick war auf den dunklen hinteren Teil der Höhle gerichtet. Wie bitter sein »egal« geklungen hatte, dachte sie.

»Ich gehe jetzt schlafen«, sagte sie schließlich.

»Gute Idee.« Er sah sie immer noch nicht an.

Arista kehrte langsam zur Mitte der Felsplatte zurück und blickte verstohlen zurück. Hadrian starrte immer noch blicklos ins Leere, und das beunruhigte sie. Wenn es Royce gewesen wäre, hätte sie keinen zweiten Gedanken daran verschwendet, aber zu Hadrian passte so etwas nicht. Sie breitete ihre Decke aus und legte sich hin. Sie fühlte sich auf einmal ganz schlecht, als hätte sie etwas Wertvolles verloren. Nur dass sie nicht wusste, was.

Ihr Umhang leuchtete nicht mehr. Sie bemerkte es erst jetzt und konnte sich nicht erinnern, wann das Leuchten erloschen war. Sie waren offenbar alle müde, auch der Umhang. Sie blickte zu den Glühwürmchen hinauf. Sie sahen tatsächlich aus wie Sterne. Es mussten Hunderttausende sein.

Der Junge war gespenstisch blass und seine Augen blickten erschöpft. Sein Mund war ein wenig geöffnet, als wollte er eine Frage stellen, nur dass er keine Worte mehr bilden konnte. Wahrscheinlich brauchte er schon seine ganze geistige Kraft dazu, nicht zu schreien, dachte sie. Jerish stand neben ihm. Der Blick, mit dem der Krieger sich schützend über den Jungen beugte, erinnerte sie an eine in die Enge getriebene Bärenmutter. Beide trugen unauffällige Kleider. Jerish hatte seine Rüstung und seine Abzeichen im Palast zurückgelassen. Er sah aus wie ein armer Kaufmann oder Handwerker, bis auf das lange Schwert, das er auf dem Rücken trug und dessen Knauf wie ein Wächter über seiner linken Schulter aufragte.

»Da ist sie«, sagte der Junge, als sie das Versteck betrat.

»Nevrik«, begrüßte sie ihn und es kostete sie Anstrengung, sich nicht zu verbeugen. Er sah seinem Vater so ähnlich – dieselben Gesichtszüge, dieselben klar blickenden Augen, derselbe Schwung der Lippen; unverkennbar der Nachkomme des Imperators.

»Ist man Euch gefolgt?«, fragte Jerish.

Sie lächelte nur.

»Man kann einem Cenzar nicht folgen?«

»Nein«, sagte sie kurz. »Alle glauben noch, dass ich der Sache treu diene. Wir müssen schnell handeln. Hier.« Sie hielt ihnen die Halsketten hin. »Die ist für dich, Nevrik, und die ist für Jerish. Zieht sie an und legt sie nie ab. Habt ihr verstanden? Legt sie nie ab. Sie entziehen euch magischen Blicken, schützen euch vor bösen Zaubern und ermöglichen mir, euch zu finden, wenn keine Gefahr mehr droht. Sie können euch sogar als Glücksbringer dienen.«

»Ihr wollt gegen die anderen kämpfen?«

»Ich werde tun, was ich kann.« Sie sah den Jungen an. Ihre ganze Anstrengung musste jetzt ihm gelten, seiner Sicherheit und seiner Rückkehr.

»Ihr könnt Nareion nicht retten«, sagte Jerish grob. Sie sah den Jungen wieder an. Seine Lippen zitterten.

»Ich werde retten, was ihm noch mehr bedeutet: seinen Sohn und sein Reich. Das kann eine Zeitlang dauern – vielleicht sogar lange

Zeit –, aber ich schwöre, ich werde dafür sorgen, dass das Imperium wiederersteht, und wenn es mich das Leben kostet.« Die beiden legten die Halsketten um. *»Sorgt dafür, dass er gut versteckt ist. Bringt ihn aufs Land und lebt dort mit dem einfachen Volk. Tut nichts, das Aufmerksamkeit erregen könnte, und wartet, bis ich Euch rufe.«*

»Werden die Halsketten uns wirklich vor Euren Komplizen schützen?«

»Ab morgen werde ich keine Komplizen mehr haben.«

»Nicht einmal den alten Yolric?«

Sie zögerte. »Yolric ist sehr mächtig, aber auch weise.«

»Wenn er so weise ist, warum steht er dann auf der Seite der anderen? Ist es nicht weise, das Imperium zu erhalten und dem Imperator treu zu sein?«

»Ich bin nicht sicher, ob Yolric wirklich auf ihrer Seite steht. Er war immer ein Einzelgänger und selbst die Imperatoren haben keinen Einfluss auf ihn. Er tut, was er will, und ich weiß nicht, was er tun wird. Ich hoffe, dass er sich auf meine Seite stellt, aber sollte er Venlin unterstützen …« Sie schüttelte traurig den Kopf. »Wir müssen hoffen.«

Jerish nickte. »Ich vertraue darauf, dass Ihr uns schützt. Ich hätte nie gedacht, dass ich das einmal zu einem Cenzar sagen würde … oder zu Euch.«

»Und ich vertraue Euch die Zukunft des Reiches und letztlich das Schicksal der Menschheit an – dass ich das je tun würde, hätte ich ganz bestimmt nicht gedacht.«

Jerish zog den Handschuh aus und hielt ihr seine Hand hin. »Lebt wohl.«

Sie nahm die Hand in ihre Hände. Es war das letzte Mal, dass sie jemandem die Hand geben würde.

Woher weiß ich das?

»Leb wohl, Nevrik«, sagte sie zu dem Jungen. Nevrik eilte zu ihr und schlang die Arme um sie. Sie umarmte ihn ebenfalls.

»Ich habe Angst«, sagte er.

»Du musst tapfer sein. Vergiss nicht, du bist der Sohn Nareions,

des Imperators von Apeladorn und Nachfahren Novrons, der die Menschen gerettet hat. Wisse, dass eine Zeit kommen wird, in der ein direkter Nachfahre Novrons uns wieder beschützen muss – dein Nachfahre, Nevrik. Es kann viele Jahre dauern, bis ich das Böse besiegt habe, dass sich heute erhoben hat, deshalb darfst du nicht warten. Wenn du einem Mädchen begegnest, das dich glücklich macht, nimm sie zur Frau. Denk dran, Persephone war nur die Tochter eines Bauern und doch zugleich die Stammmutter eines Geschlechts von Imperatoren. Suche dir eine solche Frau und gründe eine Familie. Gib deinem Kind deine Halskette. Achte darauf, dass dir nichts zustößt. Tu, was Jerish sagt. Von morgen an wird es keinen Krieger geben, der größer ist als er. Auch dafür werde ich sorgen.« Sie bemerkte, wie Jerish sie erschrocken ansah. »Es ist notwendig«, versicherte sie ihm. Sie war selbst überrascht, wie kalt ihre Stimme klang.

Er nickte niedergeschlagen. »Was genau habt Ihr vor?«

»Sorgt Ihr nur dafür, dass Ihr nicht in der Stadt seid, wenn ich es tue.«

Ein Klacken war zu hören.

Frierend und verwirrt wachte Arista auf. Sie spürte immer noch die Angst und Sorge und dass ihr keine Zeit mehr blieb. Und der Rücken tat ihr weh. Der harte, feuchte Stein war eine Tortur für ihre überanstrengten Muskeln und sie hatte das Gefühl, sich überhaupt nicht mehr rühren zu können. Mit einem schmerzerfüllten Ächzen drehte sie sich auf die Seite.

Wieder klackte es, als würden Steine aneinanderstoßen.

Sie blickte auf, sah aber nichts. Alles war dunkel. Die Glühwürmchen waren verschwunden oder leuchteten nicht mehr.

Klack.

Ein Funke schien auf und in seinem Licht sah sie Magnus, der sich nur wenige Schritte von ihr entfernt über einen Haufen Steine beugte.

Klack.

»*Ba, durim hiben!*«, knurrte er und verlagerte sein Gewicht.

»Wie lange habe ich geschlafen?«, fragte sie.

»Sechs Stunden.«

Klack! Wieder ein Funke und unverständliches Gebrumm.

»Was tut Ihr da?«

»Mich selber ärgern und lächerlich machen.«

»Was?«

»Es ist einfach so lange her, obwohl das wirklich keine Entschuldigung ist. Wer bin ich denn, wenn ich das nicht …«

Klack. Wieder ein Funke, der diesmal nicht ausging, sondern erstaunlich hell weiterbrannte. Sofort beugte Magnus sich darüber und Arista hörte ihn pusten. Der Funke wurde mit jedem Pusten heller. Schon bald konnte sie in seinem flackernden Schein deutlich das Gesicht des Zwergs erkennen – die Konturen seiner Wangen, die Nasenspitze und den kurzgeschnittenen Bart. Seine dunklen Augen glänzten und blickten unverwandt auf die Flammen, denen er Leben einhauchte.

»Wir haben doch gar kein Holz«, sagte sie und setzte sich verwirrt auf.

»Brauche ich nicht.«

Sie sah zu, wie er faustgroße Steine auf das kleine Feuer schichtete. Er blies wieder und das Feuer wurde stärker. Die Steine brannten.

»Magie?«

»Können«, erwiderte er. »Glaubt Ihr, es gibt nur droben bei Euch Feuer? Drome hat es zuerst den Zwergen gebracht. In der Tiefe brodelt das Blut Elans. Dort gibt es zähflüssige, heiße Ströme von rot und gelb brennendem Gestein. Wir haben das Geheimnis des Feuers an die Elben weitergegeben, sehr zu unserem Bedauern.«

»Wie alt seid Ihr?«, fragte Arista. Dass Elben länger, sogar viel länger als Menschen lebten, wusste sie, doch sie hatte keine Ahnung, wie lange Zwerge lebten.

Magnus betrachtete sie mit zusammengekniffenen Augen und

verzog den Mund, als hätte er etwas Bitteres geschmeckt. »So etwas fragt man nicht, ich bin deshalb genauso unhöflich und ignoriere Eure Frage. Da Ihr mich noch zu brauchen scheint, vertraue ich darauf, dass Ihr mich deswegen nicht gleich zu Asche verbrennt.«

Arista sah ihn erschrocken an. »So etwas würde ich nie tun. Offenbar habt Ihr vergessen, dass nicht ich diejenige bin, die willkürlich Morde begeht.«

»Nein? Mein Fehler. Ihr scheint Euch mit Versklavung zu begnügen.« Er zupfte an seinem kurzgeschnittenen Bart.

»Wärt Ihr auch mitgekommen, wenn die Imperatorin nur darum gebeten hätte?«

»Nein. Was geht es mich an, ob die Elben euch auslöschen? Es würde die Welt wiederherstellen, wie sie früher war. Die Menschen sind seit je eine Plage, genau wie die Ba Ran Ghazel, nur dass man bei den Ghazel weiß, woran man ist. Sie reden dir nicht nach dem Mund, wenn sie etwas wollen, und stoßen dich in die Kälte hinaus, wenn sie mit dir fertig sind. Nein, ihr Hass ist offen und ehrlich, nicht wie die Lügen der Menschen.«

»Ich würde ihm gut zuhören, Prinzessin. Mit Verrat kennt er sich aus.«

Die Stimme kam aus dem Dunkeln und klang leise und drohend. Magnus sprang hoch und eilte wie schutzsuchend zu Arista. Im nächsten Moment trat Royce in den Schein des Feuers.

»Ich wollte nur den Dolch«, sagte Magnus. Seine Stimme war vor Aufregung eine Oktave höher als sonst.

»Verstehe. Und ich verspreche dir, sobald wir hier fertig sind, mache ich ihn dir zum Geschenk.« Royces Augen blickten so hungrig, dass sogar Arista der Atem stockte. »Haltet mich doch darüber auf dem Laufenden, ob er sich nützlich macht, Hoheit«, fügt er hinzu.

»Er hat mir schon sehr geholfen«, versicherte sie. »Bisher.«

»Schade«, sagte Royce. »Aber ich erwarte doch, dass sich das ändert, nicht wahr, Magnus?« Er starrte den Zwerg wie in Erwartung einer Antwort längere Zeit finster an. Dann wandte er sich wieder Arista zu. »Weckt bitte die anderen. Wir müssen los.«

Er drehte sich um und verschwand lautlos im Dunkel der Höhle. Als Arista sich wieder Magnus zuwandte, starrte der sie überrascht, ja geradezu erschrocken an, als könnte er etwas an ihr absolut nicht verstehen. Er wandte sich ab, brummte etwas, das sie nicht verstand, und kehrte zu seinen brennenden Steinen zurück.

Sein Lagerfeuer verlieh dem Aufstehen und Frühstücken eine fast schon fröhliche Note und eine gewisse Normalität inmitten ihrer bizarren Umgebung. Das Flackern der gelben Flammen erinnerte Arista an ihre Reise mit Royce und Hadrian und die Reise nach Aquesta. Dass damals bessere Zeiten geherrscht hatten, war ein ernüchternder Gedanke. Jedenfalls war ihr Leben seit dem Tod ihres Vaters ein nicht enden wollender Absturz in immer größere Schwierigkeiten.

Eine verzweifeltere Lage als die gegenwärtige konnte sie sich gar nicht vorstellen. Was konnte schon schlimmer sein als die drohende Auslöschung der Menschheit? Trotzdem war sie überzeugt, dass es dazu nicht kommen würde. Selbst wenn die Elben die Menschen besiegten und anschließend darangingen, sie auszurotten, würden doch kleinere Gruppen von Menschen überleben. Genauso wenig konnte man alle Mäuse töten, die es auf der Welt gab. Einige würden immer überleben. Sie steckte sich die Haare für die Reise hoch und sah sich dabei in der Höhle um. Allein hier unten war Platz für einige hundert, vielleicht sogar tausend Menschen. Arista war wie ihr Vater nicht besonders religiös. Trotzdem konnte sie nicht glauben, dass Maribor zulassen würde, dass sein Volk von der Oberfläche Elans verschwand. Er hatte ihm auch schon früher geholfen und ihm in letzter Minute Novron als Retter geschickt. Bestimmt würde er das wieder tun.

Myron saß beim Frühstück wie schon beim Abendessen neben Elden. Die beiden unterhielten sich stumm. Wyatt rollte derweil Decken zusammen. Aus ihm wurde Arista nicht so richtig schlau.

Er und Elden hielten sich abseits, sprachen nur wenig und wenn, dann meist nur miteinander. Doch schienen sie keine schlechten Menschen zu sein, nicht wie Degan Gaunt. Gaunt war ihr lästig wie ein Spreißel in der Haut. Sie begriff nicht, wie er ein Nachfahre Novrons sein konnte, und überlegte nicht zum ersten Mal, ob Esrahaddon sich vielleicht geirrt hatte.

Sie zündeten an den verlöschenden Flammen des Lagerfeuers Laternen an und nahmen ihr Gepäck auf. Royce streifte durch die Höhle und verschwand gelegentlich ganz außer Sicht. Nur der Schein seiner Laterne zeigte an, wo er sich befand.

»Falsche Richtung«, hörte sie Magnus murmeln. Der Zwerg hatte die Arme verschränkt und klopfte mit dem Fuß auf den Felsen. »Besser ... besser ... jetzt nach oben ... und noch weiter, ja!«

Sie sahen, wie Royce am Ende der Höhle seine Laterne hin und her schwang, und setzten sich in Marsch. Sie kletterten eine steile Felswand zu einer Spalte hinauf, schlüpften hindurch und gelangten in eine zweite Höhle. Durch einen weiteren Gang stiegen sie anschließend in eine dritte Höhle hinunter. Die Höhlen sahen alle gleich aus – mit glattgescheuerten Wänden und nassen, von Wasserlachen bedeckten Böden.

»Ich dachte, in Höhlen würden immer so lange Zapfen von der Decke herunterhängen«, sagte Alric, als sie eine weitere Höhle betraten.

»Die hier ist nicht alt genug«, sagte Magnus.

»Nicht alt genug?«

»Es konnten sich noch keine Tropfsteine bilden. Das braucht mehrere zehntausend Jahre. Die Gänge und Höhlen hier dagegen ...«, Magnus sah sich um und schob die wulstigen Lippen vor, »... sind noch jung. Sie existieren wahrscheinlich erst seit ein paar tausend Jahren und die meiste Zeit davon hat ein großer Fluss sie ausgefüllt. Er hat die Wände ausgehöhlt und die Steine glattgeschliffen. Außerdem braucht man dafür Kalkstein, den es hier nicht gibt. Ich glaube sogar ...« Magnus verstummte, blieb stehen und hob einen Stein auf. Er wog ihn in der Hand und runzelte verwirrt die Stirn.

»Was ist?«, fragte Mauvin.

»Die Steine hier kommen von droben.« Magnus zuckte mit den Schultern. »Vielleicht hat der Fluss sie hereingespült.« Er starrte den Stein eine Weile an und leckte sich mit der Zunge über die Zähne, dann ließ er ihn fallen und ging weiter.

Sie betraten einen gewundenen Gang, der aber deutlich breiter war als die bisherigen Gänge. Er erinnerte an den Korridor einer Burg. Aufgrund der niedrigen Decke mussten sie zwar immer wieder den Kopf einziehen und verschiedentlich um gezackte Kämme auf dem Boden herumgehen, aber insgesamt kamen sie deutlich leichter voran. Der Gang führte mit jedem Schritt steiler nach unten. Sie folgten dem Schein von Royces Laterne. Von hinten leuchtete ihnen die auf und ab hüpfende Laterne Hadrians. Arista ging wie schon am Vortag in der Mitte. Ihr Umhang schimmerte schwach.

Aus der Ferne drang ein Knattern und Rauschen zu ihnen, als würde eine Trommel geschlagen. Aufgrund des Halls konnten sie nicht feststellen, aus welcher Richtung es kam. Sie blieben stehen und blickten sich beunruhigt um. Arista spürte einen leichten Wind und da wusste sie plötzlich, was gleich kommen würde. Zugleich wusste sie, dass in diesem Augenblick draußen die Sonne aufging.

»Da sind sie wieder«, rief Hadrian.

Arista duckte sich und zog die Kapuze ihres Mantels über den Kopf. Durch den Gang brauste derselbe riesige Schwarm von Fledermäusen, der sie am Vorabend im Schacht so erschreckt hatte. Der Gang füllte sich mit flatternden Flügeln und schrillem Geschrei. Dann verging der Wind wieder und der Lärm entfernte sich. Arista richtete sich auf und blickte unter ihrer Kapuze hervor. Auch die anderen senkten die Arme, die sie schützend über den Kopf gehoben hatten. Einige Nachzügler flogen noch an ihnen vorbei. Einer wurde plötzlich neben Myron aus der Luft gerissen. Der Mönch wich erschrocken zurück, stolperte und fiel Elden vor die Füße. Elden hob ihn auf, als sei er eine Puppe.

»Das war eine Schlange«, rief Wyatt. »Groß und schwarz.«

»Davon gibt es hier Dutzende«, erklärte Royce.

»Wo?«, fragte Alric.

»Hinter Euch an den Wänden.«

»Was?«, rief der König entsetzt. »Warum hast du nichts gesagt?«

»Wenn alle es gewusst hätten, wären wir noch langsamer vorangekommen.«

»Sind sie giftig?«, fragte Mauvin.

Sie sahen, wie Royces Schatten an der hinteren Wand die Schultern zuckte.

»Bitte informiere mich in Zukunft über so etwas sofort!«, sagte Alric.

»Dann wollt Ihr auch von den Riesentausendfüßern wissen?«

»Soll das ein Witz sein?«

»Royce macht keine Witze«, erklärte Arista und sah sich um. Die Arme hatte sie ängstlich um den Körper geschlungen. Sofort leuchtete ihr Umhang heller und sie sah an der Wand zwei Schlangen, allerdings in sicherer Entfernung.

»Aber es muss ein Witz sein«, murmelte Alric leise. »Ich sehe nämlich keine.«

»Dann blickt nach oben«, sagte der Dieb.

Darauf hatte Arista eigentlich keine Lust. Ein Instinkt, eine leise Stimme warnte sie davor, der Versuchung nachzugeben, aber dann tat sie es doch. An der niedrigen Decke sah sie im Schein ihres Umhangs eine wuselnde Masse wurmähnlicher Insekten mit unendlich vielen, haarfeinen Beinen. Sie waren etwa fünf Zoll lang und so dick wie der Finger eines Mannes. Vor lauter Würmern konnte man die Decke nicht erkennen. Ein kalter Schauer überlief Arista. Sie biss die Zähne zusammen und zwang sich, auf den Boden zu blicken und so schnell wie möglich weiterzugehen.

Sie überholte Alric und Mauvin, die ebenfalls schneller gingen als sonst. Royce stand am Ende des Gangs auf einem Felsen. Hinter ihm öffnete sich eine breitere Passage.

»Tut mir leid«, sagte er und sah zu, wie sie auf ihn zueilten. »Ich hätte Euch früher darüber unterrichten sollen.«

»Sind da oben …?« Arista zeigte zur Decke hinauf, ohne hinzusehen.

Royce blickte auf und schüttelte den Kopf.

»Gut«, sagte sie. »Und wenn Alric das alles wissen will, bitte sehr, aber sag mir nichts davon. Ich wollte das mit den Würmern eigentlich gar nicht wissen.« Sie erschauerte wieder.

Die anderen eilten aus dem Korridor, nur Myron war stehen geblieben, blickte zur Decke hinauf und lächelte fasziniert. »Das sind ja Millionen.«

Sie betraten eine weitere, diesmal kleinere Höhle, in der vom Boden seltsam abgeknickte Felsen aufragten. Für Arista sahen sie aus wie die Balken eines Hauses, auf das ein Riese getreten war. An der gegenüberliegenden Wand erwartete sie ein Rätsel – drei dunkle Passagen, eine große, eine kleine und eine besonders schmale. Sie warteten, während Royce die Gänge kurz überprüfte. Als er zu ihnen zurückkehrte, hatte er die Stirn gerunzelt.

»Welchen sollen wir nehmen, Zwerg?«, fragte er barsch.

Magnus trat vor, steckte den Kopf in die Eingänge und legte die Hände auf den Fels und bewegte sie tastend wie ein Blinder darüber. Dann drückte er das Ohr an den Stein und atmete schnuppernd die Luft in jedem Gang ein. Unschlüssig trat er zurück. »Sie führen alle tief in die Erde hinein, aber in verschiedenen Richtungen.«

Royce starrte ihn unverwandt an.

»Der Fels weiß nicht, wohin wir wollen, er kann es mir also nicht sagen.«

»Wir können uns nicht leisten, die falsche Abzweigung zu nehmen«, warf Arista ein.

»Ich bin dafür, das größte Loch zu nehmen«, schlug Alric vor. »Klingt das nicht am vernünftigsten?«

»Warum soll das vernünftig sein?«, fragte Arista.

»Na ja ... weil es der größte Gang ist, führt er doch auch am weitesten und ... du weißt schon ... bringt uns ans Ziel.«

»Aber vielleicht bleibt er nicht so groß«, erwiderte Magnus. »Felsspalten sind nicht wie Flüsse, sie werden nicht immer breiter.«

Alric sah Arista verärgert an. »Also gut, dann tu du doch was. Du weißt schon, irgendwas, um den richtigen Eingang zu bestimmen.«

»Wie zum Beispiel?«

»Muss ich noch deutlicher werden? Du könntest ...« Er wedelte mit den Händen durch die Luft, was für Arista ziemlich albern aussah. »Du könntest es mit Magie probieren.«

»Ich weiß, was du meinst, aber was genau soll ich tun? Novrons Geist beschwören, damit er uns den richtigen Eingang zeigt?«

»Das würde gehen?« Alric klang beeindruckt und besorgt zugleich.

»Nein!«

Er runzelte die Stirn und schlug sich wie zum Zeichen seiner großen Enttäuschung mit den Händen auf die Schenkel. Jetzt war Arista verärgert. Niemand wollte etwas von ihren magischen Fähigkeiten wissen, aber wenn sie dann einmal etwas nicht konnte, war die Enttäuschung groß.

»Myron?«, sagte Hadrian leise zu dem Mönch, der die drei Öffnungen stumm betrachtete.

»*Drei Öffnungen. Was sollte ich tun?*«, rezitierte Myron.

»Ja, Myron!« Alric lächelte. »Wie hat Hall sich entschieden?«

»Das wollte ich ja gerade zitieren.« Myron unterdrückte ein Lächeln. »Drei Öffnungen. Was sollte ich tun? Eine Stunde saß ich da und überlegte, dann gab ich auf und wählte einfach eine aus. Ich nahm die nächste.«

Er verstummte, und als er nicht weitersprach, sagte Alric: »Die nächste? Was heißt das? Die nächste zu was?«

»Ist das alles, was Hall geschrieben hat?«, fragte Arista. »Wie fährt er fort?«

Alle sahen Myron an und der Mönch räusperte sich.

»›Ständig geht es tiefer, immer tiefer und noch tiefer, nie hinauf. Wieder im Gang geschlafen. Furchtbare Nacht. Proviant geht zur Neige. Die Fische mit den großen Augen sehen immer besser aus. Es ist hoffnungslos, ich werde hier sterben. Wie ich Sadie vermisse. Und Ebot und Dram. Ich hätte nicht herkommen sollen. Es war ein Fehler. Ich habe mir mein eigenes Grab geschaufelt. Immer nasse Füße. Würde gern schlafen, will aber nicht im Wasser liegen.

Ein Stampfen, ein Stampfen von vorn. Vielleicht ein Weg nach draußen!

Stampfen hat aufgehört. Ich glaube, es kam nicht von draußen. Ich glaube, hier ist noch jemand, sind noch andere Leute. Ich höre sie – keine Menschen.

Ba Ran Ghazel, Goblins der See. Eine ganze Patrouille. Fast hätten sie mich entdeckt. Habe einen Schuh verloren.

Brot schimmelig, Pökelschinken fast gegessen. Wenigstens gibt es Wasser. Schmeckt schlecht, brackig. Wieder schlecht geschlafen. Schlecht geträumt. Gefunden.‹«

»Den Schuh?«, fragte Wyatt.

»Nein.« Myron lächelte. »Die Stadt.«

»Interessant«, sagte Gaunt. »Aber es hilft uns nicht bei unserer Entscheidung. So wie er klingt, war er tagelang unterwegs, er gibt aber keinerlei Orientierungshilfen. Das hat keinen Zweck.«

»Wir könnten uns aufteilen«, überlegte Alric. »In zwei Dreiergruppen und eine Vierergruppe. Dann kommt auf jeden Fall eine Gruppe nach Percepliquis.«

Arista schüttelte den Kopf. »Das geht nur, wenn wir Gaunt in drei Teile aufspalten. Denn er muss die Stadt betreten.«

»Danke für die wiederholte Erinnerung«, sagte Gaunt. »Aber Ihr wollt mir ja nicht sagen, was genau ich tun soll. Ich habe nicht viele Talente. Was ich kann, können andere aus unserer Gruppe auch. Ich hoffe nur, dass ich nicht eins von diesen Gillybran-irgendwas-Dingern töten muss. Ich bin kein großer Krieger.«

»Wahrscheinlich müsst Ihr ... keine Ahnung ... das Horn blasen.«

»Hätte ich das nicht auch nach Eurer Rückkehr tun können?«

Arista seufzte. »Da ist noch was, ich weiß nur nicht was. Jedenfalls ist Eure Anwesenheit hier erforderlich.«

»Obwohl wir keine Ahnung haben, was unter ›hier‹ zu verstehen ist«, sagte Gaunt empört.

Arista seufzte, setzte sich auf einen Stein und starrte die Öffnungen an. Da wandte Alric sich plötzlich ihr zu.

»Was ist?«, fragte sie.

Alric lächelte und blickte wieder zu den Eingängen. »Ich habe mich geirrt. Hall hat den schmalen ganz rechts genommen.«

Er klang so sicher, dass alle ihn ansahen.

»Willst du uns vielleicht sagen, wie du darauf kommst?«, fragte Arista.

Alric grinste sichtlich zufrieden. »Klar, aber zuerst musst du mir sagen, warum du dich auf diesen Stein gesetzt hast.«

»Keine Ahnung. Ich wollte nicht mehr stehen und wir scheinen hier noch eine Weile zu brauchen.«

Alric nickte. »Genau. Und was hast du eben gesagt, Myron? Hall hätte für seine Entscheidung eine Stunde gebraucht?«

»So in etwa. ›Eine Stunde saß ich da und überlegte, dann gab ich auf und wählte einfach eine aus‹«, zitierte der Mönch.

»Er hat also eine Stunde lang überlegt«, sagte Alric. »Und er saß genau da, wo du jetzt sitzt.«

»Wie wollt Ihr das wissen?«, fragte Gaunt. »Dass er auf genau diesem Stein saß und nicht auf einem anderen?«

»Fragt Arista. Warum hast du dich ausgerechnet hierher gesetzt?«

Arista zuckte mit den Schultern und sah sich um. »Ich habe nicht darüber nachgedacht, sondern mich einfach gesetzt. Vermutlich, weil dieser Stein am bequemsten aussah.«

»Eben. Sieh dich um. Dein Stein ist der perfekte Stuhl. Die anderen Steine haben entweder zu scharfe Kanten oder zu steil geneigte Flächen oder sie sind zu groß oder zu klein. Von deinem Stein aus kann man die drei Öffnungen am besten betrachten! Deshalb hat Hall denselben Stein gewählt und deshalb ist der nächste Eingang der schmale. Den hat Hall gewählt, ganz sicher.«

Arista sah Royce an und Royce sah Hadrian an. Hadrian zuckte mit den Schultern. »Er könnte recht haben.«

»Mir leuchtet es ein«, sagte Royce.

Arista nickte. »Mir auch.«

Alle schienen zufrieden, mit Ausnahme von Gaunt, der die Stirn gerunzelt hatte, aber schwieg.

Alric schulterte sein Bündel, nahm die Laterne von Royce und ging voraus.

»Aus dem wird noch was«, sagte Mauvin und folgte ihm grinsend.

11

Der Patriarch

Monsignore Merton ging schlurfend die dunkle, verschneite Straße entlang. Die schwarze Kapuze hatte er aufgesetzt, mit seinen kältestarren Fingern hielt er den Kragen der Kutte zu. Er machte nur ganz kleine Schritte, weil er Angst hatte, auf dem unsichtbaren Eis unter dem Schnee auszurutschen. An der Nasenspitze und auf den oberen Wangenhälften spürte er ein unangenehmes Brennen.

Vielleicht habe ich Erfrierungen, dachte er. *Ohne Nase sehe ich bestimmt schrecklich aus.* Doch beunruhigte ihn das nicht sonderlich. Er würde auch ohne Nase zurechtkommen.

Es war schon spät. Die Ladenfenster waren schwarze, blicklose Augen, in denen sich seine Gestalt spiegelte. Seit er den Palast verlassen hatte, waren ihm kein Dutzend Menschen begegnet, allesamt Soldaten, die auf den Straßen für Recht und Ordnung sorgen sollten. Sie taten ihm leid. Niemand mochte sie, nicht die Ladenbesitzer, von denen sie Steuern eintrieben, nicht die Landstreicher, die sie von der Straße verjagten, und die Bösewichte sowieso nicht. Sie waren schlecht rasiert, hatten grobe Gesichter und waren laut und rauflustig. Aber niemand sah sie in Nächten wie dieser. Die Ladenbesitzer schliefen in ihren Betten, Landstreicher und Diebe lagen in ihren Verstecken, nur die Soldaten der Imperatorin waren unterwegs. Sie mussten Kälte und Wind und Müdigkeit trotzen, aber sie taten es ohne Jammern. Merton sprach ein stummes Gebet zu Novron. Er sollte den Männern Kraft geben und ihnen die nächtlichen Runden erleichtern. Dabei kam er sich allerdings etwas albern vor. *Novron weiß doch selber, was sie ertragen müssen, ich brauche ihn nicht daran zu erinnern. Bestimmt falle ich ihm nur lästig. Kein Wunder, wenn ich zur Strafe meine Nase verliere. Vielleicht sollte er mir auch noch die Füße wegnehmen.*

»Aber wie soll ich ohne Füße meine Arbeit tun, Herr?«, fragte er leise. Sein Atem kam in Wolken aus der Nase, die beim Gehen hinter ihm zurückblieben. »Denn zur Zeit tauge ich lediglich dazu, Nachrichten zu überbringen.«

Er blieb stehen und lauschte. Es kam keine Antwort.

Doch dann nickte er. »Ach so, verstehe. Hör auf zu jammern und geh schneller, dann behältst du deine Füße. Sehr weise, Herr.«

Er trottete weiter. Auf der Hügelkuppe angelangt, verließ er den Boulevard der Majestäten und betrat den Kirchplatz. In der Mitte des leeren, dunklen Platzes leuchteten die Fenster der großen Kathedrale, der Imperialen Basilika von Aquesta. Jetzt, da die Elbenhorden Ervanon überrannt und zerstört hatten, war hier das Machtzentrum der Nyphronkirche. Hier würden in Zukunft die Imperatoren gekrönt, vermählt und bestattet werden. Hier würden die Gottesdienste zur Feier von Wintertid stattfinden, hier würden der Patriarch und seine Bischöfe sich der Kinder Maribors annehmen. Zwar war die Kathedrale nicht annähernd so altehrwürdig wie die Basilika von Ervanon, aber dafür hatte sie etwas anderes – den Erben Novrons, in dessen Person der Gott auf die Erde zurückgekehrt war. In letzter Minute, wie Merton fand, aber die Götter hatten nun mal eine Vorliebe für das Drama. Er empfand es als Gnade, in einer so erstaunlichen Zeit leben zu dürfen. Er würde die Erfüllung des Versprechens und die Rückkehr des novronischen Reiches erleben und dazu womöglich auch einen bescheidenen Beitrag leisten können.

Er stieg die Treppe zum gewaltigen Eingangsportal hinauf und zog an dem Ring. Abgeschlossen. Merton hatte noch nie verstanden, warum man das Haus Novrons abschloss. Er hämmerte mit der steifgefrorenen Faust gegen die Tür.

Der Wind heulte und die Kälte drang erbarmungslos durch die dünne Wolle seiner Kutte. Er blickte auf, doch zu seiner Enttäuschung standen keine Sterne am Himmel. Er mochte Sterne, vor allem an kalten Winternächten, wenn sie aussahen, als könnte man die Hand nach ihnen ausstrecken und sie pflücken. Als kleiner Junge hatte er sich immer vorgestellt, dass er sie einsammeln und in die Tasche stecken würde. Was er dann mit ihnen tun wollte, hatte er nicht gewusst. Er wollte sie nur zwischen den Fingern spüren wie Sandkörner.

Die Tür blieb geschlossen.

Wieder hämmerte er gegen die dicken Bohlen, doch es klang schwach und kraftlos.

»Ist es denn dein Wille, dass ich auf deiner Treppe erfriere?«, fragte er Novron. »Es macht doch bestimmt keinen guten Eindruck, wenn die Leiche deines Dieners hier gefunden wird. Die Menschen könnten auf falsche Gedanken kommen.«

Er hörte, wie drinnen ein Riegel zurückgeschoben wurde.

»Danke, Herr, und verzeih meine Ungeduld. Ich bin nur ein Mensch.«

Bischof DeLunden spähte nach draußen. Er hielt eine Laterne in der Hand. »Monsignore Merton!«, rief er. »Was führt Euch in einer solchen Nacht so spät noch nach draußen?«

»Gottes Wille.«

»Natürlich, aber der Herr könnte doch bestimmt auch bis morgen warten. Deshalb erschafft er ja ständig neue Tage.« DeLunden war jetzt, da der Patriarch hier eingezogen war, mehr der Verwalter der Kirche als ihr Bischof – der Kapitän eines Schiffes, das einen Admiral beförderte.

Er hatte selbst für einen Menschen aus Calis eine ungewöhnlich dunkle Haut, von der sich der Kranz kurzer weißer Haare um seinen Kopf nur umso heller abhob. Seine Glatze sah aus wie eine schwarze Olive in einem See von Sahne. Der Bischof hatte die Angewohnheit, nachts wie ein Geist durch die Kathedrale zu wandern. Was genau er dabei tat, wusste Merton nicht, aber an diesem Abend war er ihm für seine nächtliche Angewohnheit mehr als dankbar. »Und es war auch nicht Novron, der Euch in einer solchen Nacht hinausgeschickt hat, sondern Patriarch Nilnev.« DeLunden schloss das Tor hinter Merton und schob den Riegel wieder vor. »Ihr kommt wieder vom Palast, stimmt's?«

»Wir leben in schwierigen Zeiten und der Patriarch muss sich informieren. Und wer könnte die Schönheit der Nächte des Herrn preisen, wenn ich nicht unterwegs wäre?«

»Die Menschen im Süden vermutlich«, brummte DeLunden. »Wärmt Eure Hände an der Laterne, damit sie nicht abfallen.«

»So viel Barmherzigkeit«, sagte Merton. »Und das für jemanden wie mich, der aus Ervanon kommt.«

»Nicht alle von dort sind schlecht.«

»Wir sind nur zu viert.«

»Ja und von Euch kann ich sagen, dass Ihr ein guter, frommer und sanftmütiger Mensch seid.«

»Und die anderen?«

»Über die sage ich nichts. Ich finde es immer noch merkwürdig, dass nur der Patriarch und seine Leibwächter der Zerstörung Ervanons entkommen konnten, während alle anderen sterben mussten.«

»Ich habe auch überlebt.«

»Novron liebt Euch. Er hat Euch am Tag Eurer Geburt der Obhut seines Vaters anempfohlen.«

»Ihr seid zu gütig, aber Novron liebt doch gewiss alle Menschen und ganz besonders das Oberhaupt seiner Kirche.«

»Aber das ist der Patriarch nicht – oder jedenfalls nicht mehr.« Der Bischof spähte mit zusammengekniffenen Augen von der Eingangshalle nach drinnen. »Mir gefällt nicht, wie er Euch behandelt.«

Seit der Ankunft des Patriarchen hatte Bischof DeLunden sich offen darüber geäußert, wie der Patriarch andere Menschen und vor allem *seine* Kathedrale behandelte. Da war Eifersucht im Spiel, aber Merton sagte nichts. Wenn Novron wollte, dass der Bischof eine Lektion lernte, würde er damit einen würdigeren Menschen beauftragen als ihn, Merton.

»Mir gefällt auch nicht, wie er vor dem Altar Hof hält, als sei er Novron persönlich. Der Altar hat mehr Respekt verdient. Nur die Imperatorin sollte dort sitzen, nur die Nachkommenschaft Novrons. Aber der Patriarch thront dort, als sei *er* der Imperator.«

»Ist er jetzt da?«

»Natürlich – mit seinen Leibwächtern. Warum braucht er überhaupt Leibwächter? Ich habe auch keine und ich treffe täglich Dutzende von Menschen. Er trifft niemanden, hat die Leibwächter aber ständig um sich. Was für seltsame Leute das sind. Sie sprechen nur mit ihm, und das immer im Flüsterton. Warum? Er geht mir auf die Nerven. Ich bin froh, dass ich ihm nicht schon als Diakon begegnet bin, sonst hätte ich mein Leben nicht Novron geweiht.«

»Was für uns alle ein großer Verlust gewesen wäre«, versicherte Merton. »Aber jetzt muss ich den Patriarchen sprechen, wenn Ihr erlaubt.«

»Den Patriarchen! Auch das ist so was. Er hat doch einen Namen, er wurde mit einem Namen geboren wie wir alle – aber niemand verwendet ihn. Unsere Herren nennen wir Novron und Maribor, aber Nilnev von Ervanon muss ›der Patriarch‹ genannt werden aus Achtung vor seinem Amt als Oberhaupt der Kirche. Dabei ist er das gar nicht mehr, wie ich schon sagte. Novrons Kind ist zu uns zurückgekehrt, aber er macht weiter, als sei nichts passiert. Das gefällt mir nicht, überhaupt nicht, und ich glaube, die Imperatorin findet es auch nicht gut. Und wenn sie es nicht gut findet, können wir davon ausgehen, dass auch unser Herr Novron nicht erfreut ist.«

»Soll ich mit ihm über Eure Bedenken sprechen?«

DeLunden verzog das Gesicht. »Er kennt sie, glaubt mir, er kennt sie.«

Merton ließ den Bischof in der Vorhalle stehen und betrat das Kirchenschiff. Er blieb kurz stehen und blickte in den saalartigen Raum mit seinem herrlichen Deckengewölbe, das an den umgedrehten Rumpf eines großen Schiffes erinnerte. Gerippte Pfeiler ragten wie Bündel aus Schilfrohr über hundert Fuß auf. Oben verzweigten die Rippen sich und bildeten das Gewölbe. Rechts und links des Hauptschiffs verliefen die niedrigeren Seitenschiffe, abgetrennt durch Arkaden aus Bögen und Säulen. Darüber, im Obergaden oder zweiten Stock, wurde die Wand von großen, mit Maßwerk verzierten Fenstern durchbrochen, durch die tagsüber das Licht bis auf den Boden flutete. Jetzt dagegen glänzten sie schwarz und reflektierten die Flammen der Kerzen. Dasselbe galt für die große Fensterrose über dem Eingang der Kathedrale, die wie ein riesiges Auge aussah. Merton fühlte sich oft an das Auge Gottes erinnert, das sie beobachtete, aber an diesem Abend war die Fensterrose wie die anderen Fenster dunkel und das große Auge geschlossen.

Am Altar standen Alabasterstatuen von Maribor und Novron. Novron, dargestellt als athletischer, schöner Mann in der Blüte der Jugend, kniete und hielt ein Schwert in der Hand. Maribor, eine überlebensgroße Gestalt mit langem Bart und wallenden Gewändern, stand vor ihm und setzte ihm eine Krone auf. Dieselben Statuen standen in jeder Kirche und Kapelle, nur die Materialien waren abhängig von den Mitteln der jeweiligen Gemeinden verschieden.

»Tretet näher, Monsignore«, hörte er den Patriarchen sagen. Die Stimme hallte vom Altar durch das Schiff. Die Kathedrale war so groß, dass der Altar aufgrund der Entfernung ganz klein wirkte.

Merton ging das Schiff entlang und lauschte auf das Geräusch seiner Schuhe auf dem steinernen Boden.

Der Patriarch saß, genau wie DeLunden gesagt hatte, auf einem

Stuhl vor dem Altar und sein rotgoldenes Gewand fiel bis zum Boden hinunter. Gerüchten zufolge saß er auf demselben Stuhl wie in Ervanon. Angeblich hatte er ihn unter großem Aufwand nach Aquesta transportieren lassen. Merton hatte in Ervanon nie mit Seiner Heiligkeit gesprochen, deshalb konnte er nicht beurteilen, ob das Gerücht stimmte. Nur wenige konnten das – Seine Heiligkeit hatte damals abgeschieden im Kronturm gelebt und nur selten Besucher empfangen.

Der Patriarch sah aus, als schlafe er, wie alte Menschen es manchmal tun, egal wo sie sich gerade aufhalten. Rechts und links von ihm standen die beiden Leibwächter, deren Kleidung in Farbe und Schnitt gut zu der ihres Schützlings passte. DeLunden hatte recht, zumindest was die Wächter betraf: Die beiden waren ein merkwürdiges Paar. Sie standen wie Statuen mit ausdruckslosen Gesichtern da, und einen Moment lang fühlte Merton sich beim Anblick ihrer Augen an die Fenster der Kathedrale erinnert.

Vor dem Patriarchen angekommen, kniete Merton nieder und küsste den Ring an seiner Hand. Dann stand er wieder auf. Der Patriarch nickte. Die Leibwächter rührten sich nicht – sie bewegten nicht einmal die Augenlider.

»Ihr bringt Neuigkeiten«, sagte Nilnev.

»So ist es, Eure Heiligkeit. Ich komme von einer Besprechung mit Ihrer Eminenz und ihren Beratern.«

»Dann sagt doch, was unternimmt die Imperatorin zu unserem Schutz?«

»Sehr viel. Vorräte wurden in der Stadt gelagert, mit denen die Bevölkerung bei entsprechender Einteilung, die die Imperatorin bereits angeordnet hat, etwa zwei Jahre durchhalten kann. Außerdem wird der Platz des Hochgerichts im nächsten Frühjahr für Bauern freigegeben. Dort und an anderen Stellen innerhalb der Stadt sollen mit Hilfe des eingelagerten Saatguts Getreide und Gemüse angebaut werden. Vorsorglich wird der Boden schon jetzt gedüngt. Fische werden rund um die Uhr gefangen und an den entsprechenden Orten gesalzen und haltbar gemacht. In der Nähe des Hafens wurde eine Saline errichtet, so dass dort in Pfannen Salz gewonnen werden kann. All diese Maßnahmen könnten Stadt und Einwohner auf Jahre mit Essen versorgen – vielleicht sogar ewig, vorausgesetzt die Fischereiflotte kann weiterhin ungehindert das Meer befahren.

Alle Vorräte werden in unterirdischen Bunkern gelagert. Diese Bunker wurden von der Bevölkerung für den Fall angelegt, dass wie in Dahlgren ein Angriff aus der Luft erfolgt. In den meisten Fällen handelt es sich um die Erweiterung oder Umwandlung eines bereits bestehenden Verlieses. Außerdem wurden verschiedene Tunnel mit Zugang zu Trinkwasser angelegt. Das Abwasser aus den Latrinen wird durch neu angelegte Kanäle abgeführt. Angesichts des gefrorenen Bodens kommen die Arbeiten zwar nur langsam voran, aber schon jetzt ist angeblich genügend Platz zur Rettung der Bevölkerung vorhanden – auch wenn es noch sehr eng werden wird. Der weitere Ausbau der unterirdischen Anlagen könnte noch zwei oder drei Monate dauern. Die Imperatorin sieht einen Vorteil darin, dass noch nicht alles fertig ist, weil die Bevölkerung dann beschäftigt ist.«

»Sie will Aquesta also in eine Stadt der Maulwürfe verwandeln, die im Dreck hausen?«

»Ja und nein, Eure Heiligkeit. Sie hat auch die Stadtmauer verstärken lassen. Auf den äußeren Mauern werden Katapulte aufgestellt und General Breckton hat Offiziere zur Ausbildung der Soldaten abgestellt. Er hat auch Vorkehrungen für alle möglichen Notfälle getroffen. Je nachdem werden dann die Befehle mit Hörnern, Trommeln oder Fahnen erteilt, die auf Türmen gehisst werden. Bogenschützen haben sich mit vielen tausend Pfeilen versorgt und jeder diensttaugliche Bürger, der nicht schon einer anderen Arbeit zugeteilt ist, sammelt Holz für noch mehr Pfeile. Sogar Kinder sind im Wald unterwegs. Mit Öl und Teer gefüllte Bottiche werden vorbereitet und sollen an allen Stadttoren stehen.

In der Umgebung der Stadt wurden Signalfeuer eingerichtet,

die angezündet werden sollen, sobald die Elben auftauchen. Eins brannte bereits und die Imperatorin hat entsprechend angeordnet, dass sämtliche zur Stadt führenden Straßen zerstört werden sollen mit Ausnahme der Straße nach Süden. Auch alle Brücken und Deiche sollen zerstört werden, um zu verhindern, dass ...«

»Zerstört?«, fiel der Patriarch Merton ins Wort. »Wann hat sie das angeordnet?«

»Erst gestern Abend.«

»Gestern Abend?« Der Patriarch klang besorgt. »Gibt es noch weitere Neuigkeiten?«

»Die Imperatorin hat mich beauftragt, Euch zu fragen, was für Vorkehrungen Ihr treffen werdet.«

»Das geht sie nichts an«, erwiderte der Patriarch.

Merton fuhr erschrocken auf. »Mit Verlaub, Eure Heiligkeit, aber sie ist die Imperatorin und damit zugleich das Oberhaupt der Kirche. Deshalb muss sie sich doch dafür interessieren, was Ihr zum Schutz ihrer Gemeinde unternehmt.«

Der Patriarch sah ihn einen Moment lang böse an, dann besänftigte sich seine Miene. »Ihr seid ein gutes und treues Mitglied der Kirche, Merton von Ghent, und da der Herr Euch zu meinem Verbindungsmann zur Imperatorin gemacht hat, denke ich, es ist an der Zeit, Euch über bestimmte Dinge aufzuklären.«

»Eure Heiligkeit?«

»Imperatorin Modina ist nicht das Oberhaupt unserer Kirche.«

»Aber sie ist die Erbin Novrons ...«

»Das ist ja genau das Problem ... sie ist es nicht.« Der Patriarch leckte sich die nicht vorhandenen Lippen und fuhr fort: »Bischof Saldur und Erzbischof Galien sind in Dahlgren über ihren Auftrag hinausgegangen und haben das Mädchen eigenmächtig zur Erbin erklärt. Es war gut gemeint, aber trotzdem ein Fehler. Sie wollten in ihrer Ungeduld nicht warten, bis Novron ihnen den Weg zeigte, und haben versucht, künstlich ein neues Imperium zu schaffen. Sie haben das Mädchen willkürlich ausgewählt und die unerwarteten Vorfälle am Nidwalden zu Beweisen für die Richtigkeit ihrer Pläne erklärt. Doch was dort geschehen ist, beweist gar nichts. Dass ein Gilarabrywn nur von einem Nachfahren Novrons getötet werden könne, ist ein Lügenmärchen. Sie haben ihr falsches Imperium auf der Unwissenheit der Massen errichtet.«

»Warum habt Ihr sie nicht aufgehalten?«

»Was konnte ich tun? Glaubt Ihr, ich hätte freiwillig so abgeschieden gelebt?«

Merton sah den Patriarchen verwirrt an, dann begriff er plötzlich. »Ihr wart ein Gefangener?«

»Warum wäre ich sonst die ganzen Jahre im Kronturm eingesperrt gewesen, ohne jemanden zu sehen?«

»Und Eure beiden Leibwächter?«

»Sind die einzigen Menschen, von denen ich weiß, dass sie mir treu sind. Sie haben versucht, mich zu befreien. Sie haben laut aufbegehrt und Galien hat ihnen daraufhin die Zunge abschneiden lassen. Erst jetzt, wo Saldur und die anderen tot sind und Ervanon zerstört ist, kann ich offen sprechen.«

»Ich kann es kaum glauben«, sagte der Monsignore. »Der Erzbischof und auch Saldur? Beide machten immer einen so gütigen Eindruck.«

»Ihr habt ja keine Ahnung, wie skrupellos sie waren. Als Ergebnis ihres Treibens sitzt jetzt ein falscher Gott auf dem Thron unseres Herrn und das ganze Reich ist in Gefahr.«

»Aber jetzt könnt Ihr doch etwas tun, nicht wahr?«

»Was denn? Ihr habt gehört, dass selbst der alte Bischof DeLunden Vorbehalte gegen mich hat. Stellt Euch vor, was die Welt erst denken würde, wenn ich die Wahrheit sage. Man würde mich als alten Mann beschimpfen, der sich an eine Macht klammert, die er nicht mehr hat. Niemand würde mir glauben. Die Imperatorin würde mich ermorden lassen, wie sie es schon mit Ethelred und Saldur getan hat, als die ihr im Weg standen. Nein, ich kann nicht offen vorgehen – noch nicht.«

»Was gedenkt Ihr dann zu tun?«

»Es geht um etwas noch Größeres. Nicht nur das Reich ist bedroht, sondern die ganze Menschheit. Modina wird uns mit ihrem Handeln alle in den Abgrund reißen.«

»Aber ihre Vorkehrungen zur Verteidigung der Stadt sind doch gewiss ...«

»Sie sind nutzlos, aber das meine ich nicht.«

»Ihr meint die Expedition nach Percepliquis?«

»Ja! Dadurch gefährdet sie uns alle.«

»Aber Ihr wart damals bei der Besprechung dabei. Warum habt Ihr nichts gesagt?«

»Weil die Expedition ja notwendig ist. Das Horn muss gefunden werden. Entscheidend ist, *wer* es findet. Das Horn ist eine unglaublich starke Waffe. Was Modina nicht weiß – und was nicht einmal Saldur und Ethelred wussten – ist, dass jemand anders sie durch eine List dazu gebracht hat, es zu suchen. Unser Gegner braucht das Horn genauso dringend wie wir. Denn wer immer es besitzt, herrscht über die ganze Welt. In Wirklichkeit führen Modina und ihre Verbündeten aus, was dieser Feind will. Ihm waren sie schon immer hörig. Seit Jahrhunderten plant er alles, lenkt er, selbst im Schatten verborgen, jeden Zug und manipuliert unsichtbare Kräfte. Sie glauben, es gebe ihn nicht mehr, er sei tot, aber das stimmt nicht. Er ist listig und verschlagen, seine magischen Kräfte sind unvorstellbar groß und er sinnt auf Rache. Tausend Jahre der Vorbereitung gipfeln in dieser Expedition. Er will das Horn und er will sich damit die ganze Menschheit unterwerfen. Auch die Elben sollen für Verbrechen, die sie vor tausend Jahren begangen haben, büßen. Die Teilnehmer der Expedition werden ihm das Horn übergeben, weil sie die Gefahr nicht erkennen, die mit ihnen reist.

In diesem Moment tauchen zehn Personen tief unter der Erde in die Vergangenheit ein und finden, was nicht gefunden werden sollte. Und damit wird die Welt vernichtet werden, es sei denn ...«

Merton wartete, und als der Patriarch nichts mehr sagte, fragte er: »Es sei denn was?«

Der Alte mit seinen spärlichen Haaren sah ihn an, als sei er eben erst aus einem schrecklichen Albtraum erwacht. »Ich habe getan, was ich konnte. Ich habe mit einem Mitglied der Expedition eine Abmachung getroffen. Diese Person wird im richtigen Moment ihre Gefährten verraten.«

»Um wen handelt es sich?«

»Das sage ich nicht. Ihr seid ein guter Diener Novrons, aber nicht einmal Euch darf ich es enthüllen – dazu ist der Einsatz zu hoch.«

»Könnt Ihr mir dann wenigstens sagen, wer unser Feind ist? Wer kann seine Rache über tausend Jahre planen?«

»Denkt nach, Monsignore, und Ihr werdet es erraten. Aber jetzt betet – betet zu Novron, dass mein Beauftragter seinen Auftrag erfolgreich ausführt.«

»Das will ich tun, Eure Heiligkeit, ganz bestimmt.«

»Gut. Und achtet darauf, dass Euer Gepäck leicht ist.«

»Ich gehe auf eine Reise?«

»Zusammen mit mir.«

12

Das Ziel vor Augen

Royce hörte jemanden flüstern.

Seiner Schätzung nach war es eine Stunde vor Tagesanbruch. Er war sich zwar nicht sicher, wäre aber überrascht gewesen, wenn er deutlich danebengelegen hätte. Er hatte gelernt, sich auch im Dunkeln zeitlich zu orientieren. Während seiner Gefangenschaft in Manzant hatte er eine überraschend genaue Methode dafür entwickelt. Er hatte die Minuten gezählt und das hatte ihm geholfen, sich zu konzentrieren und von anderen, schmerzhafteren Gedanken abzulenken.

Es war das erste Mal seit vielen Jahren, dass er eine Erinnerung an damals zuließ. Er hatte die Vergangenheit sorgfältig in den hintersten Winkel seines Kopfes verbannt, weil er nicht einmal zufällig darauf stoßen wollte. Aber jetzt erfüllten die damit verbundenen Schmerzen denselben Zweck wie damals in Manzant das Zählen der Minuten. Oder wie wenn er sich in den Finger gebissen oder die Faust geballt hätte, bis der Handteller den halbmondförmigen Abdruck der Fingernägel zeigte. Sie lenkten ihn von einem Schmerz ab, der noch viel frischer war und viel größer.

Mehr als zehn Jahre waren vergangen, seit der Erste Offizier des Schwarzen Diamanten ihm eine Falle gestellt hatte. Aufgrund eines tragischen Missverständnisses hatte Royce damals Jade getötet und anschließend hatte sein bester Freund dafür gesorgt, dass er in das Manzant-Gefängnis kam. Manzant war ein von Zwergen erbautes Gefängnis und zugleich ein Salzbergwerk. Royce erinnerte sich noch an das schwarze Gestein mit den weißen Streifen und den versteinerten Muscheln. Wände und Decken wurden durch Balken abgestützt. Zwerge verwendeten kein Holz. Die Menschen hatten die Balken mitgebracht, als sie Jahre später tiefer gegraben und das Steinsalz in Körben zum Aufzug geschafft hatten. Die von Menschen gegrabenen Gänge konnte man anhand der Deckenhöhe leicht von den von Zwergen gegrabenen unterscheiden. Die Sträflinge, darunter oft auch Royce, hatten in den Zwergentunneln gearbeitet.

Er erinnerte sich noch an das Klirren der Spitzhacken und die Hitze der Feuer, über denen die Sole der unterirdischen Seen eingedampft wurde. In riesigen Pfannen hatte das salzhaltige Wasser gezischt und gebrodelt und die abgestandene Luft mit Dampf erfüllt. Wenn er die Augen schloss, konnte er die Reihe der Männer mit ihren Eimern sehen und die im Kreis gehenden Männer, die mit dem Hals an das riesige Rad gekettet waren, das die Pumpe antrieb. Er sah auch Männer, die vor Erschöpfung in die Feuergrube fielen.

Wasser gab es genug, die Arbeiter hatten genug zu trinken. Doch für Essen verschwendete Ambrose Moor, der Besitzer der Gefängnismine, seinen Profit nicht. Wenn die Gefangenen Glück hatten, bekamen sie eine kleine Mahlzeit am Tag, meist die verdorbenen Reste einer Mahlzeit, die zwangsverpflichtete Matrosen nicht mehr hatten essen wollen. Außer den Mahlzeiten kannte Ambrose noch viele weitere Tricks, wie er die Betriebskosten niedrig halten konnte. Royce träumte oft davon, wie er Ambrose tötete, und der Gedanke daran begleitete ihn auch tagsüber. In den zweieinhalb Jahren, die er in Manzant verbrachte, tötete er Ambrose fünfhundertsiebenunddreißigmal – jeweils auf eine andere Weise. Er tötete auch viele weitere Leute im Gefängnis, und das nicht immer nur in Gedanken. Sie waren für ihn keine Menschen, sondern Tiere, Ungeheuer. Die Menschlichkeit, die sie beim Antritt ihrer Strafe noch besessen haben mochten, wurde durch Salz, Schmerzen und Verzweiflung aus ihnen herausgewaschen. Alle kämpften um verfaultes Essen, einen Platz zum Schlafen und einen Becher Wasser. Royce gewöhnte sich einen leichten Schlaf an und lernte, sich schlafend zu stellen, wenn er in Wirklichkeit wach war.

Kein Tageslicht zu sehen und keine frische Luft zu atmen, täglich bis zur Erschöpfung zu arbeiten und von den Aufsehern zum Spaß verprügelt zu werden, hatte viele das Leben gekostet und andere in den Wahnsinn getrieben. Für Royce dagegen war Manzant nur ein Teil des Gefängnisses, ein Teil, der neu dazugekommen war. Die eigentlichen Mauern hatte er Ziegel für Ziegel im Lauf der Jahre selbst errichtet. Aus Manzant zu fliehen war so gut wie unmöglich, es war aber letztlich leichter gewesen, als aus dem selbstgeschaffenen Gefängnis zu entkommen.

Ein Mitgefangener namens Nim hatte ihn auf den Weg gebracht und später hatten Arcadius und Hadrian ihm die Richtung gewiesen, aber letztlich war es Gwen gewesen, die die Zellentür aufgesperrt hatte. Sie hatte sie geöffnet und von draußen gerufen und ihm versichert, dass ihm nichts passieren würde. Er konnte die frische Luft riechen und das Sonnenlicht sehen und war schon fast hindurchgegangen, war fast draußen – fast.

Das Flüstern kam aus der Richtung des Teichs.

Er hatte geglaubt, dass alle schliefen. Sie hatten an diesem Tag eine lange Strecke über unwegsames Gelände zurückgelegt. Niemand hatte ihn gebeten anzuhalten, aber er hatte gesehen, wie die anderen stolperten – alle bis auf den Zwerg. Das kleine Ekel schien nie müde zu werden, sondern trippelte einfach immer weiter. Und bei mehr als einer Gelegenheit hatte Royce hinter dem Schnurrbart und den Resten des Barts ein Lächeln bemerkt.

Er hätte Magnus in jener ersten Nacht im LACHENDEN GNOM fast getötet. Die Verlockung war groß gewesen, damals, bevor Myron vom Essen zurückgekommen war und angefangen hatte, mit ihm zu plaudern. Doch auch wenn Royce es vor niemandem zugegeben hätte, der Zwerg war nützlich und wusste sich überraschend gut zu benehmen, was – noch überraschender – von einiger Vernunft zeugte. Und mehr noch, Royce hatte entdeckt, dass er ihn gar nicht mehr töten wollte. Sein Vergehen war wie alles andere angesichts von Gwens Tod bedeutungslos geworden. Royce empfand weder Liebe noch Hass, in ihm war eine Wüste bar jeder Leidenschaft und jeden Gefühls. Vor allem aber war er müde. Noch eine letzte Aufgabe musste er erledigen und das würde er auch, aber nicht für das Imperium und nicht einmal für Hadrian, sondern nur für Gwen.

Mehr aus Neugier als aus Sorge stand er lautlos auf. Das Flüstern kam eindeutig von seinen Gefährten, nicht von einem Fremden. Er sah die Prinzessin in Decken eingewickelt auf der Seite liegen. Sie zuckte immer wieder zusammen und schlug um sich und der gespenstische Umhang leuchtete in verschiedenen Farben auf. Royce wusste nicht, ob er ihre unruhigen Träume verursachte oder umgekehrt die Träume den Umhang zum Leuchten brachten. Aber im Grunde ging ihn das auch nichts an, er wandte sich deshalb ab.

Zuerst glaubte er, dass Magnus und Gaunt miteinander flüsterten. Er hatte schon öfter beobachtet, dass die beiden nebeneinander gingen und sich unterhielten, wenn die anderen zu weit weg waren, um sie zu hören. Doch als er näher kam, entdeckte er, dass jemand anders redete – Elden. Der Riese hatte sich unter seiner Decke auf den Ellbogen aufgestützt und verdeckte seinen Gesprächspartner, der auf der anderen Seite lag. Seitlich neben ihm lag Wyatt. Auch er war wach und hatte den Blick auf Elden gerichtet.

»Was ist los?«, fragte Royce ihn leise. »Mit wem spricht Elden?«

»Mit dem Mönch.«

»Myron?«

Wyatt nickte.

»Unterhält er sich gern mit Fremden?«

Wyatt sah Royce an. »Er hat mit dem kleinen Mönch in den

letzten drei Tagen mehr gesprochen als mit mir in den vergangenen zehn Jahren. Die beiden haben sich auch vergangene Nacht unterhalten, und ich könnte schwören, dass Elden geweint hat. Ich war einmal dabei, als ein Schiffsarzt ihm einen rotglühenden Schürhaken auf eine Wunde am Schenkel gedrückt hat. Elden blieb stumm wie ein Fisch, aber in der vergangenen Nacht hat der Mönch ihn so heftig zum Weinen gebracht, dass seine Augen am nächsten Morgen noch rot waren.«

Royce schwieg.

»Lustigerweise war er aber trotzdem gut gelaunt. Er hat den ganzen Tag bis über beide Ohren gegrinst. Das sieht ihm überhaupt nicht ähnlich.«

»Schlaf noch eine Weile«, sagte Royce. »Ich wecke euch in einer Stunde.«

Royce blieb wieder stehen.

Hadrian sah ihn von seinem Platz als Letzter über die Köpfe der anderen. Diesmal kniete Royce hin, stellte die Laterne neben sich auf den Boden und scharrte im Dreck. Alric blieb ein wenig seitlich von ihm ebenfalls stehen.

Sie waren den ganzen Tag wie auch schon am Vortag hintereinander durch einen schmalen Tunnel gelaufen. Von oben tropfte ihnen Wasser auf Kopf und Schultern, ihre Füße waren vom Waten durch knöcheltiefe Wasserlachen schon ganz aufgeweicht.

»Was ist es denn diesmal?«, hörte er Gaunt unwirsch brummen. »Jetzt bleibt er schon alle zwanzig Fuß stehen. Das ist übrigens das Problem mit Monarchien und dem ganzen Feudalsystem. Alric ist nur aufgrund seiner Geburt unser Anführer und nicht wegen irgendwelcher Fähigkeiten, und er ist doch ganz offensichtlich inkompetent. Sein Königreich hat er in einem einzigen Jahr gleich zwei Mal verloren! Und jetzt führt er uns an? Wir bräuchten einen Anführer, der sich durch Verdienste, nicht durch Abstammung auszeichnet, jemanden mit besonderen Fähigkeiten, besonderen Talenten, aber nein – wir haben Alric. Und der König hat in seiner bescheidenen Weisheit Royce zu unserem Führer erkoren. Wenn ich bestimmen könnte, hätte ich Magnus genommen. Er ist doch ganz klar besser. Er korrigiert ständig die Fehler, die Royce macht. Wir wären doppelt so schnell. Mir ist übrigens aufgefallen, dass die Leute auch dich respektieren.«

Hadrian merkte, dass Gaunt ihn ansah. Er hatte bis dahin gar nicht gewusst, mit wem Gaunt sprach.

»Auch wenn niemand es sagt oder sich vor dir verbeugt, du genießt bei allen hohes Ansehen, ich spüre das – auf jeden Fall mehr als Alric. Wenn du dich auf meine Seite stellst, könnten wir die anderen dazu bringen, mir zu folgen. Magnus wäre dazu bereit, das weiß ich.«

»Warum Euch?«

»Wie bitte?«

»Warum sollten wir Euch folgen?«

»Äh … na ja, weil ich erstens der Nachkomme Novrons bin und demnächst Imperator sein werde. Und weil ich zweitens deutlich mehr auf dem Kasten habe als dieser Alric.«

»Sagtet Ihr nicht eben, Ihr wolltet einen Anführer, der sich durch Verdienste auszeichnet, nicht durch Abstammung?«

»Ja, aber wie gesagt, ich bin für diese Aufgabe viel besser geeignet als er. Und warum sollte ich sonst hier sein, wenn nicht als Anführer?«

»Alric hat Männer in die Schlacht geführt, und wenn ich sage ›geführt‹, meine ich das ganz wörtlich. Er ist vor seinen Soldaten und sogar vor seinen Leibwächtern inmitten eines Pfeilhagels auf das Stadttor von Medford zugeritten.«

»Eben, er ist ein Dummkopf.«

»Zugegeben, es war vielleicht nicht die klügste Entscheidung, aber es zeigt Mut und die Bereitschaft, auch selbst etwas zu riskieren, wenn man andere in die Schlacht schickt. Das verschafft ihm meinen Respekt. Aber gut, ich verstehe, was Ihr meint. Er ist vielleicht nicht der klügste Anführer. Wenn Ihr also jemanden mit Köpfchen und Verdiensten wollt, müsste Eure Wahl ganz klar auf Prinzessin Arista fallen.«

Gaunt hielt das offenbar für einen Witz und kicherte. Als er sah, dass Hadrian ernst blieb, brach er ab. »Du meinst das doch nicht ernst? Sie ist eine Frau – eine nervende, rechthaberische und herrschsüchtige Frau. Eigentlich hätte sie gar nicht mitkommen dürfen. Sie hat Alric um den Finger gewickelt und das wird uns alle noch das Leben kosten. Wusstest du, dass sie ganz allein versucht hat, mich aus dem Gefängnis zu befreien? Sie ist kläglich gescheitert und wurde selbst gefangen genommen. Ihr Leibwächter wurde getötet. Durch ihre Schuld. Sie bringt anderen Menschen den Tod. Sie ist gefährlich. Und außerdem ist sie auch ein Witz von ...«

Gaunt stieß mit dem Hinterkopf an die Felswand und fiel auf die Knie. Hadrian taten die Fingerknöchel weh und da merkte er erst, dass er Gaunt eine Ohrfeige verpasst hatte.

Gaunt hielt sich den Kopf mit den Händen und blickte wütend und mit tränenden Augen zu ihm auf. »Du Idiot! Spinnst du?«

»Was ist los?«, rief Arista von weiter vorn.

»Der Depp hat mich ins Gesicht geschlagen! Meine Nase blutet!«

»*Hadrian?*«, fragte die Prinzessin entgeistert.

»Es ... war ein Unfall«, entgegnete Hadrian. Es klang wie eine schwache Entschuldigung, aber er wusste nicht, wie er den Vorfall anders beschreiben sollte. Er hatte Gaunt nicht schlagen wollen, es war einfach passiert.

»Du hast ihn *versehentlich* geschlagen?«, fragte Wyatt und unterdrückte ein Lachen. »Dann weiß ich nicht, ob du wirklich zum Leibwächter geeignet bist.«

»Hadrian!«, rief Royce.

»Was ist denn?«, rief Hadrian zurück, verärgert, dass sogar Royce sich in diese für ihn peinliche Situation einmischte.

»Komm nach vorn. Du musst dir etwas ansehen.«

Gaunt kniete in einer Wasserlache.

»Äh, tut mir leid.«

»Rühr mich nicht an!«

Hadrian zwängte sich an Wyatt, Elden und Myron vorbei, die sich an die Wand drückten, um ihn durchzulassen, und ihn dabei neugierig ansahen.

»Was hat Gaunt getan?«, fragte Arista leise, als er zu ihr kam.

»Gar nichts.«

Sie hob die Augenbrauen. »Du hast ihn ohne Grund geschlagen?«

»Nein, also – es ist nicht so einfach zu erklären. Ich verstehe es im Grunde selber nicht. Es war vermutlich eine Art Reflex.«

»Ein ... Reflex?«

»Ich habe mich bei ihm entschuldigt.«

»Wär nett, wenn du es heute noch schaffst«, sagte Royce.

Arista trat zur Seite und ließ Hadrian mit einem misstrauischen Blick an sich vorbei.

»Was war die ganze Aufregung?«, fragte Alric, als Hadrian vor ihm stand.

»Ich, äh ... habe Gaunt eine Ohrfeige gegeben.«

»Gut gemacht.«

»War auch höchste Zeit«, fügte Mauvin hinzu. »Tut mir nur leid, dass nicht ich sie ihm gegeben habe.«

Royce kniete immer noch auf dem Boden und zeigte auf etwas neben der Laterne. »Was hältst du davon?«, fragte er.

Hadrian beugte sich hinunter. Es handelte sich um einen Lederriemen, auf den verschiedene Steinperlen, Federn und Knöchelchen, die von einem Huhn zu stammen schienen, aufgefädelt waren.

»Das ist ein Fußkettchen, wie die Krieger vom Stamm Ankor der Ghazel es als Glücksbringer tragen«, erklärte er.

»Die Enden sind nicht abgerissen, nur gebogen«, sagte Royce. »Ich vermute deshalb, dass es einfach aufgegangen ist. Und es war teilweise mit Erde bedeckt, liegt also vermutlich schon länger hier. Trotzdem verkehren hier Ghazel, wir müssen uns also vorsehen. Sag den anderen, dass sie möglichst wenig reden sollen.«

Hadrian betrachtete das Kettchen, und als Royce sich zum Gehen wandte, hielt er ihn am Ärmel fest.

»Hier«, sagte er, während er so vor Royce stand, dass die anderen den Dieb nicht sehen konnten. Er drückte ihm Alversten in die Hand.

»Ich habe mich schon gefragt, wo der geblieben ist.«

»Ich denke, es ist Zeit, dass die Katze wieder ihre Krallen bekommt«, sagte Hadrian. »Aber sei bitte brav, ja?«

»Das sagt der Richtige.«

Sie setzten sich in Marsch. Hadrian kehrte nicht ans Ende der Kolonne zurück. Er hielt es für wahrscheinlicher, dass die Ghazel von vorn kamen, außerdem legte er keinen Wert auf Gaunts Gesellschaft.

Der Gang wurde breiter, bis sie zu dritt nebeneinander gehen konnten. Dann endete er unvermutet. Sie standen in einer kleinen Kammer, deren Ende zu einem schmalen Spalt zusammenlief. In der Mitte der Kammer lag ein größerer Haufen Steine.

Gaunt schüttelte verärgert den Kopf und zeigte auf Alric. »Ich sagte es doch, er ist inkompetent. Er war sich absolut sicher, dass wir richtig gegangen sind, und jetzt stehen wir in einer Sackgasse.«

»Ihr nennt *mich* inkompetent?«, fragte der König. Er sah Hadrian an. »Kein Wunder hast du ihm eine runtergehauen. Danke.«

»Und was tun wir jetzt?«, fragte Gaunt. »Für wie viele Tage haben wir noch Proviant? Wie viel Zeit haben wir vertan? Wir sind jetzt wie lange hier unten? Drei Tage? Und von Aquesta haben wir zwei Tage nach Amberton Lee gebraucht. Macht insgesamt fünf Tage. Dazu kommen fünf Tage für den Rückweg. Selbst wenn wir sofort umkehren, wären wir dann zehn Tage weggewesen! Wie viel Zeit haben wir Eurer Meinung nach, bis die Elben vor Aquesta stehen? Zwei Wochen? Die meiste Zeit davon sind wir dann nur hin und her gegangen.«

»Ich habe von Euch keinen anderen Vorschlag gehört«, sagte Arista. »Alric hat nach bestem Wissen und Gewissen entschieden und niemand hätte es besser machen können.«

»Was für eine Überraschung«, spottete Gaunt. »Seine *Schwester* verteidigt ihn.«

Mauvin trat zu ihm, zog sein Schwert und hielt es ihm an die Kehle. Die Klinge blitzte im Schein der Laterne auf. »Ich habe Euch schon einmal gewarnt. Sprecht in meiner Gegenwart nicht verächtlich von meinem König.«

»Mauvin, nicht!«, rief Arista.

»Ich werde ihn nicht töten. Ich will ihm nur meine Initialen ins Gesicht schneiden.«

»Alric.« Arista drehte sich zu ihrem Bruder um. »Sag ihm, er soll das lassen.«

»Ich weiß nicht, ob ich das soll.«

»Na bitte! Das ist die Unterdrückung, die ich meinte!«, rief Gaunt. »Dazu kommt es, wenn Herrschaft vererbt wird.«

»Er soll gefälligst leise sein«, fauchte Royce.

»Mauvin«, sagte Hadrian.

»Was denn?« Mauvin sah ihn verwirrt an. »Du hast ihm eine Ohrfeige gegeben!«

»Ja gut – das war vorhin.«

»Nimm das Schwert weg, Mauvin«, lenkte Alric schließlich ein. »Meine Ehre kann warten, bis wir hier fertig sind.«

Mauvin steckte sein Schwert wieder ein und Gaunt drückte sich schweratmend von der Felswand ab. »Mir zu drohen ändert nichts an unserer Situation. Wir stecken immer noch in einer Sackgasse fest und …«

»Das ist keine Sackgasse«, erwiderte Magnus. Er stampfte zweimal mit dem Stiefel auf, kniete sich hin und hielt das Ohr an den Boden. Dann richtete er sich auf und blickte verärgert auf den Haufen Steine. Er stand auf und begann die Steine zur Seite zu räumen. Darunter kamen einige Bretter zum Vorschein und darunter ein Loch.

»Das wurde absichtlich versteckt«, sagte Wyatt.

»Was noch nicht heißt, dass wir richtig gegangen sind«, erwiderte Gaunt. »Soweit ich mich erinnere, hat der Mönch nichts von einem Loch gesagt, das man hinuntersteigen muss. Wir wissen also nicht, ob wir hier richtig sind.«

»Wir sind richtig«, sagte Myron.

Gaunt sah ihn an. »Aha, du hast uns also Informationen vorenthalten, ja? Oder bist du einfach nur unfähig und hast vergessen, uns von diesem Abschnitt des Tagebuchs zu erzählen?«

»Nein«, sagte Myron freundlich, »im Tagebuch steht das nicht.«

»Dann musst du frömmer sein, als ich dachte, weil offenbar Maribor selbst dich mit Informationen versorgt, die er uns vorenthält.«

»Vielleicht«, antwortete Myron. »Ich weiß nur, dass das da Edmund Halls Zeichen ist.« Er streckte die Hand aus. »Dort, im Stein.«

Royce hielt die Laterne an die angegebene Stelle, so dass die in den Stein gemeißelten Buchstaben deutlich hervortraten.

»E. H.«, las Gaunt vor. »Woher wissen wir, dass das für Edmund Hall steht?«

»Ihr glaubt offenbar, dass viele Menschen mit diesen Initialen hier herunterkommen«, sagte Royce.

»Genau so hat er seine Initialen in seinem Tagebuch geschrieben«, erklärte Myron.

»Und was ist das, Myron?«, fragte Royce. Unter einigen anderen Steinen kamen weitere Buchstaben zum Vorschein, die deutlich heller und damit neuer waren als die von Hall.

Myron warf nur einen kurzen Blick darauf. »Keine Ahnung.«

Hadrian trat näher und blies den Schmutz weg. Dann sah er Arista und Alric an. »Hat der Patriarch nicht gesagt, er hätte einige Expeditionen hierher geschickt?«

Alric nickte. »Stimmt. Ich glaube, es waren drei.«

»Der Imperatorin zufolge sind alle gescheitert«, fügte Arista hinzu.

Hadrian streifte Royce mit einem Blick. »Ich denke, von der dritten Gruppe wissen wir, aber sie kam nicht hier entlang. Vermutlich handelt es sich deshalb um die Initialen der Teilnehmer der ersten oder zweiten Expedition.« Er sah Royce wieder an. »Wenn du eine solche Expedition zusammenstellen müsstest und freie Auswahl hättest, wen würdest du als ihren Anführer wählen?«

»Vielleicht Breckton«, antwortete Royce. »Oder auch Gravin Dent von Delgos.«

»Gut, wir wissen, dass Breckton nicht dabei war. Und die Initialen hier sind G und D. Wer hat Gravin zuletzt gesehen? Bei den diesjährigen Wintertid-Spielen war er nicht dabei.«

»Letztes Jahr auch nicht«, sagte Alric.

»Er war in Dahlgren«, sagte Mauvin.

»Stimmt!«, bestätigte Arista. »Ich erinnere mich, dass Fanen auf ihn zeigte und sagte, er sei ein großer Abenteurer und arbeite hauptsächlich für die Nyphronkirche. Er hatte auch einen speziellen Namen für ihn ... äh ...«

»Gralsritter?«, fragte Mauvin.

»Ja, genau!«

»Lasst uns überlegen«, sagte Hadrian. »Für die Expedition brauchte man auch einen Gelehrten, einen Historiker. Dent war in Dahlgren. War da nicht noch jemand – dieser lustige Typ mit dem Katapult, wie hieß er noch gleich?«

»Tobis Rentinual?«, fragte Mauvin. »Das war wirklich ein verrückter Kerl.«

»Ja, aber erinnert Ihr Euch, wie er sagte, er hätte sein Katapult nach Novrons Frau benannt, weil er sich viel mit der Geschichte des alten Imperiums beschäftigt hätte?«

»Richtig. Sagte er nicht, er müsse eine Sprache lernen? Er hat furchtbar damit angegeben, erinnerst du dich?«

»Stimmt.« Hadrian nickte. »Die zweiten Initialen würden auf ihn passen. TR.«

»Tobis Rentinual«, sagte Mauvin. »Sogar die Schrift würde gut zu ihm passen.«

»Und die anderen Initialen?«, fragte Alric.

Hadrian zuckte mit den Schultern. »Die ersten beiden habe ich wirklich nur geraten. Die anderen sagen mir nichts.«

»Aber mir«, sagte Magnus. »Zumindest eine davon. HM steht für Herclor Math.«

»Wen?« Hadrian sah die anderen an, aber auch sie zuckten mit den Schultern.

»Natürlich kennt ihn von Euch niemand. Er ist Steinmetz, *Zwerg* und Steinmetz – ein sehr guter. Ich würde seine Initialen überall erkennen. Die Maths sind eine alte Familie. Ein Math hat sogar am Bau von Drumindor mitgewirkt. Die Sippe reicht weit zurück.«

»Aber warum haben sie hier ihre Initialen hinterlassen?«, fragte Wyatt.

»Vielleicht wollten sie möglichen Nachfolgern mitteilen, dass sie bis hierher gekommen sind«, antwortete Magnus.

»Warum haben sie das nicht an der Stelle mit den drei Gängen getan?«, fragte Mauvin.

»Vielleicht wollten sie das ja«, sagte Arista. »Aber vielleicht waren sie sich wie wir nicht sicher, welcher der richtige Gang war, und wollten ihn erst bei ihrer Rückkehr markieren. Nur … nur dass sie dann nicht zurückkehrten.«

»Vielleicht sollten wir auch unsere Initialen hinterlassen«, schlug Mauvin vor. »Damit andere nach uns wissen, dass wir hier waren.«

»Nein«, widersprach Arista. »Wenn wir nicht zurückkehren, wird es niemanden mehr geben, der nach uns kommt.«

Die anderen starrten düster auf das Loch.

»Jedenfalls scheint hier unser Weg weiterzugehen«, sagte Royce schließlich. »Wer hat das Seil?«

Sie banden drei Seile zusammen, dann kletterte er in das Loch und Hadrian ließ ihn hinunter. Er hatte das Seil zu zwei Dritteln ausgegeben, als es ruckte und schlaff wurde.

Er wartete.

Sie warteten alle. Einige setzten sich auf dafür geeignete Steine. Elden blieb stehen und betrachtete das Loch mit sichtlicher Abneigung. Der Zwerg war damit beschäftigt, trotz Aristas ablehnender Bemerkung ihre Initialen in den Stein zu meißeln.

»Ruf doch runter«, schlug Alric vor. »Er ist jetzt schon ziemlich lange drunten.«

»Wir müssen uns gedulden«, erwiderte Hadrian. »Wenn Royce will, dass wir kommen, ruft er entweder oder er zieht am Seil.«

»Und wenn er abgestürzt ist?«, fragte Mauvin.

»Ist er nicht. Dagegen könnte es sehr gut sein, dass er auf eine Patrouille der Ghazel gestoßen ist und sie zuerst an sich vorbeiziehen lassen will. Wenn Ihr jetzt anfangt, zu ihm hinunterzuschreien, wird er entweder wütend oder die Ghazel töten ihn. Beides wollen wir nicht.«

Mauvin und Alric nickten ernst. Hadrian hatte seine Lektion damals gleich bei der ersten Unternehmung mit Royce in Ervanon auf die harte Tour gelernt. Leicht war es nicht gewesen, Royce zu vertrauen, wenn man allein war und wenn es dunkel war und so still, dass man den eigenen Atem hörte.

Er erinnerte sich noch, wie der Wind an ihnen gezerrt hatte, als sie den Kronturm hinaufgeklettert waren. War das ein hoher Turm gewesen! Seither war er zusammen mit Royce auf bestimmt hundert solcher Türme geklettert, aber der Kronturm war neben Drumindor der höchste gewesen – und der erste. Wie eine Fliege war der kleine Dieb nur mit seinen Handkrallen die senkrechte Mauer hinaufgekrochen und Hadrian hatte nur noch gestaunt. Royce hatte ihm auch ein Paar Krallen gegeben und grinsend zugesehen, wie er sie ausprobierte.

»Hoffnungslos«, hatte er nur gesagt und sie wieder an sich genommen. »Kannst du wenigstens an einem Seil klettern?«

Hadrian war damals eben erst aus Calis zurückgekehrt, wo die Menschen ihm, dem Tiger von Mandalin, in den Arenen frenetisch zugejubelt hatten. Entsprechend sauer stieß ihm auf, dass dieser Knirps ihn wie den letzten Idioten behandelte. Royces Überheblichkeit hatte ihn so in Rage versetzt, dass er ihn am liebsten bewusstlos geprügelt hätte, nur dass Arcadius gesagt hatte, er müsse Geduld haben. »Royce ist wie der Welpe eines berühmten Jagdhunds, der von jedem seiner bisherigen Besitzer misshandelt wurde«, hatte der alte Zauberer erklärt. »Er ist ein Schatz, der die Arbeit lohnt, die man in ihn investiert, aber er wird dich provozieren, und das nicht zu knapp. Er schließt nicht leicht Freundschaften und macht es einem auch nicht leicht, sein Freund zu sein. Aber geh nicht darauf ein. Das will er doch, das erwartet er. Er wird versuchen, dich zu vergraulen, aber du kannst ihn überlisten. Höre ihm zu, vertraue ihm. Damit rechnet er nicht. Du wirst es nicht leicht haben und brauchst viel Geduld. Aber dann wirst du einen Freund fürs Leben gewinnen, einen Freund, der unbewaffnet in die Höhle des Löwen eindringt, wenn du ihn darum bittest.«

Hadrian spürte ein leichtes Rucken am Seil.

»Alles in Ordnung?«, rief er leise hinunter.

»Wir haben sie gefunden«, antwortete Royce. »Kommt runter.«

Der Schacht war wie in einem Bergwerk schmal und tief. Hadrian hatte erst ein kurzes Stück zurückgelegt, als er unter sich einen schwachen, blaugrünen Schein wahrnahm. Der Schein kam vom unteren Ende des Schachts, der insgesamt nicht tiefer als hundert Fuß sein mochte. Als Hadrian auf dem Boden aufkam, spürte er kräftigen Wind und hörte ein Geräusch. Ein Geräusch, das überhaupt nicht hierher passte – das Rauschen einer Brandung.

Er stand in einer Höhle, die so riesig war, dass er das andere Ende nicht sehen konnte. Der Boden war mit Muscheln und schwarzem Sand bedeckt und vor ihm erstreckte sich ein großes Gewässer mit heranrollenden Wellen, die weiße Schaumkronen trugen. Auf dem Strand sah er Klumpen von leuchtend grünem Seetang und Algen. Das Meer leuchtete smaragdgrün und die Decke warf dieses Leuchten zurück, so dass es aussah, als befänden sie sich gar nicht unter der Erde. Hadrian hatte das Gefühl, nachts unter einem bewölkten, wenn auch grünen Himmel am Strand zu stehen. Die Luft roch scharf nach Salz, Fisch und Tang. Rechts von ihm erstreckte sich eine endlose Wasserfläche, aber geradeaus konnte er am Horizont mit einiger Mühe Formen erkennen – die Umrisse von Häusern, Pfeilern, Türmen und Mauern.

Auf der anderen Seite des Meers lag die Stadt Percepliquis.

Royce stand am Strand und starrte ebenfalls über das Wasser. Als Hadrian ihm die Hand auf die Schulter legte, drehte er sich um. »So was sieht man nicht alle Tage.«

»Wahnsinn«, sagte Hadrian.

Schon bald standen sie alle auf dem schwarzen Sand und blickten über das Meer zu der Stadt hinüber. Myron schien förmlich unter Schock zu stehen. Hadrian wurde klar, dass er noch nie ein Meer gesehen hatte, schon gar nicht eins, das grün leuchtete.

»Edmund Hall hat von einem unterirdischen Meer gesprochen«, sagte Myron schließlich. »Aber er kann nicht besonders gut beschreiben. Das hier ist ... wirklich atemberaubend. Ich bin ja sowieso nicht groß, aber wenn ich hier stehe, komme ich mir so klein und unbedeutend vor wie ein Kieselstein.«

»Sucht jemand ein Meer?«, witzelte Mauvin. »Weil ich glaube, wir haben gerade eins gefunden.«

»Es ist wunderschön«, sagte Arista.

»Toll«, murmelte Wyatt.

»Wie kommen wir rüber?«, fragte Gaunt.

Alle sahen Myron an. »Ach so, richtig, Entschuldigung. Edmund Hall hat aus Treibgut, das er am Strand gefunden hat, ein Floß gebaut. Er meinte, da liege genügend herum. Mit einem mitgebrachten Seil hat er ein paar Bretter zusammengebunden und dann aus der Seite einer alten Kiste ein Steuerruder gebastelt. Als Segel hat er einige Säcke zusammengenäht, als Mast einen langen Balken verwendet, den er ebenfalls am Strand gefunden hat.«

»Wie lange hat er bis hinüber gebraucht?«, fragte Gaunt.

»Drei Wochen.«

»Bei Maribor!«

Alric sah Gaunt böse an. »Wir sind zu zehnt und haben einen erfahrenen Seemann dabei und jede Menge Ausrüstung. Also los, suchen wir uns zusammen, was wir brauchen.«

Sie verteilten sich wie Strandgutsammler, die an einem schönen Sommertag Muscheln und Seesterne suchen.

Am Strand lag einiges an Abfällen herum, darunter alte Flaschen und zerbrochene Kisten, Stangen und Netze, alles erstaunlich gut erhalten dafür, dass es bereits tausend Jahre alt war. Hadrian hob einen Krug mit einer seitlichen Aufschrift auf. Behutsam wendete er ihn in den Händen. Der Krug war allein schon aufgrund seines Alters sehr wertvoll. Die Aufschrift konnte er vermutlich nicht lesen, denn in Percepliquis hatte man damals die alte Sprache gesprochen. Er betrachtete die Buchstaben und zu seiner großen Verwirrung ergaben sie doch einen Sinn: BRIGS SCHNAPSBRENNEREI. DAGASTAN, CALIS.

Erstaunt starrte er den Krug an.

»Wo ist Myron?« Weniger die Frage als die Stimme riss Hadrian aus seinen Gedanken.

Sie gehörte Elden. Der Hüne stand wie ein Wellenbrecher im Sand und drehte suchend den Kopf hin und her. »Ich sehe ihn nicht.«

Hadrian blickte den Strand entlang. Elden hatte recht – der Mönch war verschwunden.

»Ich suche ihn«, brummte Royce verärgert und setzte sich in Bewegung.

»Elden?«, rief Wyatt. »Kannst du mir mal helfen?« Er zerrte an einem großen, verwitterten Balken, der zum größten Teil im Sand vergraben war. »Den können wir als Kiel verwenden.«

Alric und Mauvin kamen. Sie zogen die Seite einer großen Kiste hinter sich her. »Da drüben bei den Felsen liegt der Rest«, sagte der König zu Wyatt.

»Prima, aber könnt Ihr beide uns erst mal helfen, diesen Balken auszugraben?«

Gaunt wanderte unschlüssig am Strand entlang und drehte verschiedentlich mit dem Fuß Steine um, als könnte darunter ein Mast versteckt sein. Magnus schien das Wasser nicht zu mögen. Er hielt sich weiter oben am Strand auf und blickte über die Schulter immer wieder auf die Wellen, als seien sie bellende Hunde und als müsste er sich ständig versichern, dass sie gut angekettet waren.

Arista eilte zu den vier Männern, die den Balken aus dem Sand ausgruben. »Ich habe ein großes Stück Leinwand gefunden!«, rief sie und vollführte ein Tänzchen.

Hadrian sah, dass sie barfuß war. Die Schuhe hielt sie an den Absätzen in der Hand und schwang sie im Kreis, ihr Mantel flog hinter ihr her. Sie sah in diesem Augenblick aus wie eins der Mädchen, denen er in Tavernen und in Dörfern begegnet war – nicht wie eine Prinzessin.

»Gefällt dir mein Freudentanz?«, fragte sie.

»Das ist ein Freudentanz?«

Arista verdrehte die Augen. »Na los, hilf mir mit der Leinwand. Sie ist das perfekte Segel.«

Sie rannte den Strand entlang und Hadrian folgte ihr. Wenig später blieb sie stehen, bückte sich und zog an dem Zipfel eines unter dem Sand vergrabenen Tuchs. »Wir müssen es erst noch ausgraben, aber es ist bestimmt groß. Ich vermute ...« Sie brach ab, denn Royce und Myron kamen auf sie zu.

»Da bist du ja, mein Lieber«, sagte Hadrian vorwurfsvoll. »Elden hat sich schon Sorgen gemacht.«

»Ich habe eine Krabbe gesehen«, sagte Myron verlegen. »Sie hatte große Scheren und konnte sehr schnell seitwärts gehen – wie eine große Spinne. Ich bin ihr nachgerannt, aber sie verschwand in einem Loch, bevor ich sie mir genauer ansehen konnte. Hast du schon mal eine Krabbe gesehen?«

»Ja, Myron, habe ich.«

»Dann weißt du ja, wie faszinierend sie sind! Ich war ganz buchstäblich hin und weg – aber jetzt bin ich wieder da.«

»Royce, sieh mal das Tuch, das ich gefunden habe!«, rief Arista und führte für ihn noch einmal ihr Tänzchen auf.

»Sehr schön«, sagte der Dieb.

»Etwas mehr Begeisterung könnte nicht schaden, denn das wird unser Segel sein«, sagte sie stolz. »Vielleicht sollten wir einen Preis für die Person aussetzen, die das nützlichste Teil für unser Floß findet.« Sie grinste.

»Könnten wir.« Royce nickte. »Aber ich glaube nicht, dass Ihr ihn gewinnen würdet.«

»Nein? Hast du etwas Besseres gefunden?«

»Nicht ich, Myron.«

»Noch besser als die Krabbe?«, fragte Hadrian.

»Das kann man sagen.« Royce bedeutete ihnen, ihm zu folgen.

Sie gingen um einen ins Meer vorspringenden Zacken der Felswand. Dabei mussten sie ein Stück durch das Wasser waten, das ihnen bis zu den Knöcheln reichte. Auf der anderen Seite lag in etwa einer halben Meile Entfernung ein kleiner Einmaster leicht zur Seite geneigt auf dem Sand. An den Rahen hingen zwei schwarze Segel, die sich träge in der schwachen Brise bewegten.

»Bei Mar!«, riefen Hadrian und Arista gleichzeitig.

Eine lose Planke des Bootsdecks knarrte unter Hadrians Gewicht und Royce sah ihn wütend an. Obwohl sie nun schon seit zwölf Jahren zusammenarbeiteten, schien er immer noch nicht begriffen zu haben, dass Hadrian nicht schweben konnte. Was er selbst offenbar konnte und bei ihm ganz leicht aussah. Hadrian bewegte sich wie die Karikatur eines Diebes – er schwankte auf Zehenspitzen und mit ausgestreckten Armen hin und her, als balanciere er auf einem Seil. Royce dagegen ging so lässig, als spaziere er eine Straße entlang. Ihre Verständigung erfolgte wie immer bei der Arbeit mimisch und mit Gesten. Royce hatte im Rahmen seiner Ausbildung bei der Zunft die Zeichensprache gelernt, er hatte Hadrian aber nur einige wenige Zeichen beigebracht. Er selbst konnte sich immer verständlich machen, indem er auf etwas zeigte, mit den Fingern zählte oder einfache, selbsterklärende Zeichen erfand, zum Beispiel Finger, die sich wie marschierende Beine über den Handteller bewegten. Meist verständigte er sich mit Hadrian allerdings wie jetzt: durch Augenverdrehen, wütende Blicke oder mitleidiges Kopfschütteln. Angesichts seiner vielen wütenden Blicke war es sowieso ein Wunder, warum er sich überhaupt mit Hadrian abgab. Nach ihrem ersten Besuch im Kronturm waren sie beide überzeugt gewesen, dass es vollkommen abwegig von Arcadius war, sie zu Partnern machen zu wollen. Royce hatte Hadrian nicht leiden können und Hadrian hatte seine Abneigung erwidert. Wie Royce erst vor kurzem bestätigt hatte, waren sie nur aus Trotz gemeinsam zurückgekehrt – eben weil sie sich nicht leiden konnten. Royce hatte darauf gewartet, dass Hadrian aufgab oder ums Leben kam, und Hadrian wollte ihm diese Genugtuung nicht verschaffen. Und natürlich war dann passiert, womit keiner von beiden gerechnet hatte – sie waren erwischt worden.

Royce hob die Hand und Hadrian blieb wie bei einem Kinderspiel sofort bewegungslos stehen. Der Dieb legte wie ein Hund den Kopf schräg und lauschte, dann schüttelte er den Kopf und bedeutete Hadrian, ihm zu folgen.

Die beiden hatten die anderen am Strand an der Stelle zurückgelassen, an der Arista das Segeltuch gefunden hatte, und sich an die Erkundung des Schiffes gemacht. Es sah verlassen aus, aber Royce wollte kein Risiko eingehen. Was sie an Deck vorfanden, bestätigte den Eindruck allerdings. Die Planken waren rauh und stark verwittert, die Farbe schälte sich ab und Krabben, die offenbar schon länger hier lebten, brachten sich vor ihnen in Sicherheit. Auf einem Schild am Bug stand der Name: *Herold*.

Doch noch hatten sie ihre Erkundung nicht beendet. Das Schiff war im Vergleich zur *Smaragdsturm* winzig, bot aber Platz für eine Kajüte unter Deck, und die mussten sie sich noch ansehen.

Die Tür war geschlossen. Royce näherte sich ihr so vorsichtig wie einer angriffsbereiten Giftschlange. An der Tür angekommen, blickte er zu Hadrian zurück und der zog seine Schwerter. Royce drückte behutsam die Klinke nach unten. Sie klemmte und er lehnte sich dagegen. Die Tür ging knarrend auf und schlug gegen die Innenwand. Hadrian eilte zu Royce, nur für den Fall. Er hatte fest damit gerechnet, dass die kleine Kabine leer war, aber zu seiner Überraschung waren in dem schwachen Licht, das durch die Tür fiel, die Umrisse eines Mannes zu erkennen.

Der Mann lag auf einem kleinen Bett. Er war tot und sein Gesicht verwest. Augen und Lippen waren verschwunden, das meiste Fleisch war weggefressen, vielleicht von den Krabben. Allzu lange war der Mann vermutlich noch nicht tot, ganz bestimmt noch kein Jahr, vielleicht erst ein halbes. Er war wie ein Seemann gekleidet und trug ein weißes Halstuch.

»Mein Gott, das ist doch …«, flüsterte Hadrian.

Royce nickte. »Bernie.«

Hadrian erinnerte sich sehr gut an Bernie. Er war Toppsgast auf der *Smaragdsturm* gewesen und hatte zusammen mit Staul, den Royce getötet hatte, dem Schiffsarzt Levy und dem Historiker Antun Bulard für den Inquisitor Thranic gearbeitet. Die Männer gehörten der dritten und letzten Expedition an, die der Patriarch ausgeschickt hatte, um das Horn zu beschaffen. Hadrian hatte sie zuletzt im Kerker unter dem Palast der vier Winde gesehen.

»Das auf dem Bett und Boden sieht wie Blut aus«, sagte Royce.

»Wenn du meinst … ich sehe nur dunkle Stellen. Aber was hat er da um den Bauch?«

»Das ist ein Verband – blutgetränkt. Sieht aus, als sei er an einem Messerstich in den Bauch gestorben, allerdings ganz langsam.« Royce stieg aus der Kabine, sah sich auf dem Schiff um und bückte sich, um Planken und Taue genauer zu betrachten.

»Nach was suchst du?«

»Blut. Hier ist überall Blut. Es ist auf das Deck getropft und kam über Hände auf die Taue und das Steuerrad. Ich vermute, Bernie wollte mit dem Schiff fahren, als er schon verwundet war.«

»Vielleicht ist er auch an Bord überfallen worden.«

»Vielleicht, ich glaube es allerdings nicht. Offenbar hat er den Kampf, in dem er verwundet wurde, zunächst überlebt. Aber das bedeutet, dass sein Gegner noch schlimmer verletzt worden ist. Nur haben wir keine zweite Leiche.«

»Vielleicht hat Bernie ihn ins Meer geworfen.«

»Vielleicht, aber dann müsste man hier Spuren des Kampfes sehen und noch viel mehr Blut. Ich sehe aber nur Tropfen. Nein, ich glaube, er ist verwundet worden und hat dann das Schiff startklar gemacht und Segel gesetzt …« Royce trat zum Steuerrad und anschließend an das Heck. »Ja, das Ruder ist festgebunden. Er hat das Schiff fertig gemacht und das Ruder festgebunden. Dann hat er sich schwach gefühlt und sich hingelegt und ist langsam verblutet.«

»Wer hat ihn erstochen?«

Royce zuckte mit den Schultern. »Ghazel?«

Hadrian schüttelte den Kopf. »Das ist jetzt wie lange her? Drei, vier Monate? Du hast das Fußkettchen gesehen. Die Ghazel sind hier vorbeigekommen. Sie haben das Schiff gesehen, aber nicht angerührt. Wenn sie Bernie getötet hätten, hätten sie es mitgenommen. Nein, Thranic hat doch ein Abkommen mit den Ghazel getroffen, erinnerst du dich? Er sagte etwas von einem Ghazelführer und freiem Geleit.«

»Also hat Merrick oder der Patriarch mit den Ghazel ausgehandelt, dass sie hierher kommen dürfen?«

»Sieht so aus.«

Hadrian winkte die anderen her und ließ eine Strickleiter über die Bordwand fallen.

Alric kletterte an Bord. »Keine versteckten Angreifer?«, fragte er. »Und das Schiff ist seetüchtig?«

»Keine versteckten Angreifer«, bestätigte Hadrian. »Ob das Schiff seetüchtig ist, muss unser Experte beurteilen.«

Wyatt stellte sich in die Mitte des Decks und stampfte mit dem Fuß auf. Dann packte er ein Tau, kletterte den Mast hinauf und inspizierte Taue und Segel. Abschließend ging er noch unter Deck. Bei seiner Rückkehr sagte er: »Ein wenig abgenützt und vernachlässigt, aber ansonsten ein seetüchtiges Fischerboot der Tenkin.«

»Tenkin?«, fragte Mauvin.

Wyatt nickte. »Und der Mann in der Kajüte ist Bernie, ja?«

»Mit ziemlicher Sicherheit«, antwortete Hadrian.

»Dann ist das Meer hier nicht nur ein unterirdischer Salzsee.«

»Inwiefern?«

»Dieses Boot kam vom Palast der vier Winde. Es muss also eine Verbindung zur Goblinsee geben. Die Ba Ran Ghazel haben offenbar eine Bucht entdeckt, die unter der Erde weitergeht und unter Alburn hindurchführt und bis hierher schiffbar ist.«

»Also sind die Spione der Ghazel auf diesem Weg hergekommen und haben die Umgebung von Amberton Lee ausgekundschaftet«, sagte Hadrian.

»Schön und gut«, sagte Alric, »aber wie bekommen wir das Schiff ins Wasser?«

»Wir überhaupt nicht«, erwiderte Wyatt. »Das macht das Schiff in etwa sechs Stunden von selbst.«

»Was?«

»Das Schiff fährt in sechs Stunden ganz von selbst ins Wasser?«, fragte Mauvin ungläubig.

»Wyatt spricht von Ebbe und Flut«, sagte Arista.

»Wir haben jetzt annähernd Niedrigwasser. Bei Hochwasser reicht das Wasser vermutlich bis zum Rand des Steilhangs. Dann gibt es hier keinen Strand mehr. Das Schiff berührt dann vielleicht immer noch den Grund, aber wir können Segel setzen und hoffen, dass der Wind uns hinausweht. Wenn nicht, müssen wir warpen.«

»Warpen?«, fragte Mauvin und sah Arista fragend an, die aber diesmal mit den Schultern zuckte.

»Dazu fährt man den Anker des Schiffes mit einem Beiboot ein Stück nach draußen, lässt ihn ins Wasser fallen und zieht das Schiff dann mit dem Ankerspill in dieselbe Richtung. Ist nicht besonders spaßig. Manchmal findet der Anker keinen Halt, manchmal verklemmt er sich. Und einen Anker einzuholen, ist nie ein Vergnügen. Ich kann nur sagen, Maribor sei Dank, dass wir Elden haben.

Ein Schiff dieser Größe hat natürlich kein Beiboot, wir müssen deshalb etwas basteln, mit dem wir den Anker nach draußen schaffen können. Warum auch nicht, wir haben ja noch sechs Stunden. Royce, Hadrian und Elden brauche ich, um das Schiff auf Vordermann zu bringen. Dann könnte ja Seine Majestät zusammen mit den übrigen ein kleines Floß bauen.«

»Wird sofort erledigt, Kapitän«, sagte Alric.

»Den alten Bernie müssen wir leider auch irgendwie loswerden«, fuhr Wyatt fort. »Die Versuchung ist natürlich groß, ihn einfach ins Meer zu werfen, aber vielleicht sollten wir ihn begraben.«

»Seht mich nicht so an«, sagte Gaunt. »Ich kannte den Mann nicht mal.«

»Ich mache das«, erbot sich Myron. »Kann mir jemand helfen, ihn zum Strand zu schaffen?«

»Gut, dann wäre die Arbeit verteilt«, sagte Wyatt. »In sechs Stunden setzen wir Segel – hoffentlich.«

13

Die Fahrt der *Herold*

Die Flut war gekommen und der Strand zum größten Teil verschwunden. Wellen schlugen gegen die Uferfelsen und Wasser strömte in den Schacht, durch den sie gekommen waren, und wurde mit einem schmatzenden Geräusch wieder herausgesogen. Das Schiff hatte sich aufgerichtet, das Deck stand waagrecht und jede Welle erschütterte es aufs Neue und hob das Heck ein wenig an.

Myron stand auf dem Deck der *Herold* und sah zu Royce hinauf, der sich an Tauen von Segel zu Segel schwang und nach den Brassen sah. Der Mönch war tropfnass und um ihn bildete sich eine Pfütze. Die Kutte klebte ihm am Körper, an seiner Schulter hing ein Büschel des leuchtenden Seetangs und an Haaren und Wangen klebte schwarzer Sand.

»Alles erledigt?«, fragte Hadrian und zurrte das Ende eines Taus fest, das Royce zu ihm hinuntergeworfen hatte.

Myron nickte. »So gut wie, ich dachte nur …« Er blickte wieder zu Royce auf. »Ich dachte, Royce würde vielleicht ein paar Worte sagen, weil er ihn doch am besten kannte.«

»Royce ist gerade ziemlich beschäftigt.«

Myrons Schultern sackten ein Stück nach unten.

»Soll ich das machen? Ich kannte ihn auch.«

»Kann ich auch mitkommen?«, fragte Arista. Sie hatte auf

Deck Taue zusammengelegt und überhaupt das Gerümpel aufgeräumt. Niemand hatte sie darum gebeten, etwas zu tun. Frauen waren an Bord eines Schiffes ein ungewöhnlicher Anblick und vermutlich wusste Wyatt nicht, was er mit ihr anfangen sollte. Eigentlich hatte sie Alric helfen wollen, das Floß für den Anker zu bauen, aber das war nicht gut gegangen. Ihr Bruder war jedes Mal, wenn sie Mauvin, Gaunt oder Magnus einen Vorschlag machte, sichtbar zusammengezuckt. Nach einer Stunde hatte sie sich mit Unwohlsein entschuldigt und war zum Schiff zurückgekehrt. Sie hatte gehofft, Wyatt hätte eine Verwendung für sie, aber der hatte nur gelächelt und höflich genickt, als sie an ihm vorbeiging.

»Natürlich«, sagte Myron eifrig und ein Lächeln hellte seine Miene auf.

Arista sprang seltsam erleichtert auf. Irgendwie hatte sie damit gerechnet, dass Myron sie ebenfalls ausschließen würde. Doch dann bereute sie fast schon, ihre Hilfe angeboten zu haben, weil sie beim Verlassen des Schiffes durch brusthohes Wasser waten musste. Das Wasser war eisig und verschlug ihr den Atem. Ihr Umhang breitete sich um sie aus, während sie mit den Füßen nach einem Halt auf dem Grund suchte.

Eine heftige Welle schlug von hinten gegen sie und sie fiel mit dem Gesicht nach vorn. Hadrian konnte sie gerade noch am Ellbogen halten und richtete sie wieder auf.

»Danke. Ich dachte schon, ich müsste schwimmen«, sagte sie.

»Das war nicht nett von der Welle, sich so von hinten an Euch anzuschleichen.«

»Ein Kavalier hätte das nicht getan.«

»Überhaupt nicht. Ich würde mich beschweren.«

Myron watete zu einer erhöhten Stelle, an der das Wasser nur wenige Zoll tief war. »Bernie liegt hier unten – oder wenigstens hat er da gelegen.« Er sah sich beunruhigt um.

»Er liegt bestimmt noch da«, sagte Hadrian.

»Wir fangen lieber an, bevor eine Welle ihn holt«, sagte Arista.

Ihre Füße wurden von einer zurückfließenden Welle in den Sand gesogen. »Fangt Ihr an, Myron.«

»Maribor, ewiger Vater, wir sind hier versammelt, um uns von unserem Bruder Bernie zu verabschieden. So heißt er doch, ja?«

Hadrian nickte.

»Wir bitten dich, nimm dich seiner an und sorge dafür, dass er wohlbehalten über den Fluss ins Land der Morgendämmerung kommt.« Myron sah Hadrian an und forderte ihn mit einer Handbewegung zum Sprechen auf.

»Äh …« Hadrian überlegte kurz. »Bernie war nicht unbedingt ein guter Mensch. Er war ein Dieb und Grabräuber und einmal ist er mit dem Messer auf Royce losgegangen …«

Arista sah Myrons Gesicht und stieß Hadrian an.

»Aber, äh … er hat nie ernsthaft versucht, einen von uns zu töten. Er hat vermutlich nur seine Arbeit getan. Und darin war er wohl ziemlich gut.« Hadrian verstummte ein wenig verlegen.

»Wollt Ihr auch etwas sagen?«, fragte Myron Arista.

»Ich kannte ihn nicht.«

»Ich glaube nicht, dass ihm das etwas ausmachen würde«, sagte Myron.

»Na gut, also dann.« Sie überlegte kurz. »Keiner von uns kannte ihn besonders gut, aber Bernie hatte wie wir alle neben seinen Fehlern bestimmt auch positive Eigenschaften. Wahrscheinlich half er anderen Menschen und zeigte Mut im Angesicht der Gefahr, wo andere das vielleicht nicht getan hätten. Etwas Gutes muss in ihm gesteckt haben, sonst hätte Maribor nicht einen seiner einfühlsamsten und umsichtigsten Diener geschickt, damit er ein ordentliches Begräbnis bekommt.«

»Kompliment, das war viel besser als das, was ich gesagt habe«, flüsterte Hadrian.

»Pst!«, zischte Arista.

»Und damit, Herr, nehmen wir Abschied von Bernie«, schloss

Myron mit gesenktem Kopf. »Möge das Licht einer anderen Morgendämmerung seiner Seele leuchten.« Anschließend deklamierte er noch mit seiner hellen Stimme:

Ich befehle dich Maribor an,
Seinen Händen übergebe ich dich.
Möge er dir Frieden und Ruhe geben,
Möge der Gott der Menschen über deinen Weg wachen.

»Fertig?«, fragte Hadrian.

Myron nickte. »Fertig. Ich danke Euch beiden, dass Ihr gekommen seid und im kalten Wasser ausgeharrt habt.«

»Dann zurück zum Schiff«, sagte Arista und hüpfte durch die Wellen. »Meine Füße werden schon taub.«

»Hoheit?« Myron eilte ihr nach. »Ich muss Euch etwas fragen. Wer ist der Diener Maribors, von dem Ihr gesprochen habt?«

Sie sah ihn überrascht an. »Ihr natürlich.«

»Oh.«

Bei ihrer Rückkehr vertäuten Alric und die anderen gerade das provisorische Floß an der Seite der *Herold*. Arista staunte. Das Floß war acht Fuß lang und breit und die Balken waren fest miteinander verschnürt und mit Pech abgedichtet.

An Bord hatten Wyatt und Elden alles, das nicht fest mit dem Schiff verbunden war, vom Bug zum Heck geschafft. Der hintere Teil schwankte immer stärker, so dass man kaum noch stehen konnte.

Sobald alle an Bord waren, blickte Wyatt auf, als wollte er den Himmel anrufen, und brüllte: »Toppsegel los!«

Royce zog an einem Tau, lief dann ohne zu zögern über die Rah auf die andere Seite und zog dort ebenfalls an einem Tau. Das Toppsegel öffnete sich. Anschließend sprang Royce auf die Rah des Großsegels und band die Schoten los.

»Großsegel los!«, brüllte Wyatt und das Großsegel entfaltete sich. »Alle Mann an die Schoten!«

Hadrian und Elden zogen an den gegenüberliegenden Seiten des Schiffs an Tauen, die mit den unteren Ecken des Segels verbunden waren, bis das Segel straff gespannt war.

»Alle Mann an die Brassen! Backbrassen!«

Elden und Hadrian packten Taue, die an den Rahenden befestigt waren, und zogen die Rahen daran herum, bis der Wind schräg von vorn kam und das Schiff rückwärts in Richtung Meer drückte. Sie sahen Wyatt an, der ihnen bedeutete, weiterzuziehen, bis die Rahen genau im richtigen Winkel standen. Dann machten sie die Brassen fest.

»Alle Mann ans Heck!«, rief Wyatt und sie eilten ans hintere Ende des Schiffes. Wind und Wellen erschütterten es und ein paarmal kam es ihnen so vor, als würde es sich heben, aber es nahm keine Fahrt auf.

»Der Kiel steckt zu tief im Sand«, sagte Wyatt und seufzte. »Wir müssen warpen. Elden und Hadrian, bringt den Anker auf das Floß und bindet ihn gut fest. Alric – verzeiht, Majestät, aber ich brauche Euch als Matrosen, deshalb lasse ich die förmliche Anrede weg. Ihr versteht das hoffentlich. Bindet zusammen mit Mauvin das Floß los, sobald der Anker darauf festgezurrt ist. Aber achtet bitte auf eins: Ihr müsst vom Schiff aus in einer geraden Linie hinausrudern, jede seitliche Abweichung vermindert die Zugkraft. Wir müssen das Schiff genau in die Richtung ziehen, in die der Kiel zeigt. Wenn Ihr so weit draußen seid, dass die Ankerkette straff gespannt ist, lasst den Anker fallen und kehrt so schnell wie möglich zum Schiff zurück.«

Alric nickte und kletterte zusammen mit Mauvin über die Bordkante. Mit Hilfe von an der Großrah befestigten Flaschenzügen senkten Hadrian und Elden den Anker zum Floß hinunter, das in der Brandung auf und ab hüpfte. Dort warteten Alric und Mauvin mit gespreizten Beinen und banden ihn fest. Beide waren von der Gischt vollkommen durchnässt. Hadrian reichte ihnen die Paddel nach unten und die beiden paddelten jeder an einer Seite mit dem schweren Anker über die Wellen nach draußen.

Wyatt stand am Heck, ließ die Kette durch die Hände laufen und überwachte den Kurs des Floßes. Alric und Mauvin sahen aus wie zwei Ratten auf dem Deckel eines Fasses. Die Kette spannte sich und Arista sah Mauvins Schwert aufblitzen. Der Anker fiel ins Wasser und das Floß wäre dabei fast umgekippt.

»Alle Mann an das Ankerspill!«, rief Wyatt. »Das heißt, natürlich mit Ausnahme von Euch, Hoheit.«

Arista seufzte, hatte aber nichts dagegen, an der Heckreling stehen zu bleiben und zuzusehen, wie Alric und Mauvin zum Schiff zurückpaddelten. Sie kamen jetzt, da die Wellen sie anschoben, viel schneller voran.

Stangen wurden in die Öffnungen im Kopf des Spills in der Mitte des Schiffs gesteckt, dann drückten alle mit ihrem Gewicht dagegen und das Spill begann sich zu drehen. Arista hörte das schnelle Klacken der Sperrklinken, bis die Kette sich gestrafft hatte. Dann wurde das Klacken deutlich langsamer.

Außer ihr waren alle, auch Wyatt, am Ankerspill im Einsatz. Jede Stange war mit zwei Männern besetzt, nur die von Elden nicht. Der Hüne hatte eine für sich allein. Sein Gesicht war vor Anstrengung gerötet. Anker und Schiff kämpften gegeneinander und ein lautes Ächzen ertönte.

»Zeigt uns die Wellen an, Arista!«, rief Wyatt. »Hebt die Arme und lasst sie fallen, wenn eine Welle gleich auf das Schiff trifft!«

Arista nickte und blickte aufs Meer hinaus. Alric und Mauvin gingen bereits längsseits. Sie suchte die Wellen. Im Moment war alles glatt, aber weiter draußen sah sie drei Höcker wie sich windende Schlangenrücken näher kommen.

»Es dauert noch kurz«, rief sie.

»Dann machen wir kurz Pause«, befahl Wyatt. »Und wenn Arista die Arme fallen lässt, drücken wir mit aller Macht.«

Mauvin und Alric kletterten tropfnass und erschöpft auf Deck und blieben keuchend auf den Planken liegen.

»Jetzt ist keine Zeit zum Ausruhen!«, rief Wyatt. »Sucht Euch einen Platz am Ankerspill.«

Die Höcker kamen näher und Arista hob die Arme. »Macht Euch bereit!«

Die Männer packten die Stangen und holten tief Luft.

Die erste Welle brandete heran und Arista schlug die Arme nach unten, aber zu spät.

Das Schiff hob sich und ein Knirschen ertönte. Dann hörte es wieder auf und die Männer ließen keuchend die Arme sinken.

»Das war mein Fehler«, rief Arista. »Ich war zu spät dran. Aber gleich kommt noch eine.« Sie hob die Arme und die Männer machten sich wieder bereit. Inzwischen hatten auch Mauvin und Alric Plätze gefunden.

Arista sah die Welle näher kommen. Als sie diesmal die Arme senkte, war die Welle noch einige Fuß entfernt. Im selben Moment, in dem die Männer sich gegen die Stangen legten, hob sich das Heck des Schiffes. Ein Ruck lief durch das Schiff und es knirschte wieder. Arista spürte, wie Holz über Sand schrammte und das Schiff sich bewegte.

»Noch einmal!«, rief sie. Sie hob die Arme und ließ sie fast im selben Moment fallen.

Wieder legten die Männer sich ins Zeug. Die Kette straffte sich und das Schiff hob sich. Diesmal füllte ein Windstoß das Toppsegel und das Schiff begann dramatisch zu schwanken. Sein Boden bewegte sich scharrend und löste sich vom Sand. Sie schaukelten auf dem Wasser und trieben rückwärts in Richtung Meer.

Alle lachten und redeten übermütig durcheinander. Wyatt eilte zum Heck und packte das Steuerrad. »Wir hatten Glück«, sagte er. Der Schweiß tropfte ihm von der Stirn. »Gut gemacht übrigens.«

»Danke.«

»Weiterdrehen! Vielleicht können wir ja den Anker retten.«

Die Männer drückten wieder gegen die Stangen. Das Spill drehte sich jetzt leichter. Sie legten die Strecke, die Alric und Mauvin mit dem Floß gefahren waren, rasch zurück und fuhren noch ein Stück darüber hinaus. Die Ankerkette verschwand unter ihnen im Wasser. Ein Ruck lief durch das Schiff, der Arista fast umgeworfen hätte, dann hörte sie wieder das schnelle Klacken der Sperrklinken. Der Anker wurde eingeholt.

»Alle Mann an die Brassen!«, rief Wyatt. »Klar zum Wenden!«

Er richtete den Blick auf die Wellen und kurbelte am Steuerrad. Das Schiff schwang herum. »Rahen herumholen auf Steuerbordbug!«

Hadrian, Elden und Royce holten die Rahen herum. Das Schiff drehte sich mit dem Bug in Richtung Meer und der Wind füllte die Segel. Das Schiff legte sich auf die Seite. »Auf Halsen, diesen Wind brauchen wir!«

Erschrocken über die plötzliche Fahrt, die das Schiff aufnahm, und das beunruhigend steil geneigte Deck, hielt Arista sich an der Reling fest. Besorgt sah sie zu, wie der Mast sich bog und das Schiff sich noch stärker auf die Seite legte. Hoffentlich kenterten sie nicht gleich!

»Da fährt sie hin!«, rief Wyatt mit einem breiten Lächeln. »Flieg, *Herold*, zeig, was du kannst!« Und als hätte das Schiff ihn gehört, brach es mit dem Bug durch einen Wellenkamm, machte einen Satz nach vorn und flog förmlich über das Wasser, bis es zuletzt wieder darin eintauchte. Gischt stieg um sie auf. »So ist es brav!«

Arista hatte Mühe, den heißen Becher zu tragen. Sie hielt ihn mit beiden Händen, aber das Deck wollte nicht stillhalten und sie geriet immer wieder ins Schwanken. Sie näherte sich Myron, der fröstelnd am Fuß des Masts saß.

»Hier«, sagte sie. Sie kniete sich auf die Planken und hielt ihm den dampfenden Becher hin.

»Für mich?«, fragte er. Sie nickte. Er nahm den Becher und roch daran. »Ist das Tee?«, fragte er, als handelte es sich um ein Wunder. »Es ist tatsächlich heißer Tee.«

»Mir schien, als könntet Ihr ein warmes Getränk gebrauchen.«

Myron sah sie mit einer solchen Dankbarkeit an, dass sie schon glaubte, er würde in Tränen ausbrechen. »Ich ... ich weiß nicht, was ich sagen soll.«

»Es ist doch nur Tee, Myron. Es war kein großer Aufwand.«

»Ihr musstet den Herd anheizen, das war bestimmt schwierig. Ich wüsste nicht, wie man das an Bord eines Schiffes macht.«

»Ich ... äh, habe nicht den Herd verwendet.«

»Aber Ihr musstet doch Wasser zum Kochen bringen ... ach so«, fügte er leiser hinzu.

»Ja, ich habe einen kleinen Trick angewandt.« Sie schnippte mit den Fingern.

Er blickte auf den Becher.

»Wenn Ihr den Tee nicht wollt, macht das nichts. Ich dachte nur ...«

Myron hob den Becher und nahm geräuschvoll schlürfend einen Schluck. »Er schmeckt wunderbar. Durch Zauberei geschaffen und von einer Prinzessin für mich zubereitet. Es ist der beste Tee, den ich je getrunken habe. Danke.«

Arista lachte und setzte sich, bevor das schlingernde Schiff sie umwerfen konnte. »In letzter Zeit vergesse ich manchmal, dass ich eine Prinzessin bin. Ich fühle mich schon lange nicht mehr als Prinzessin.«

»Aber es ist so überaus aufmerksam von Euch, mir Tee zu bringen.«

»Wenigstens das kann ich«, sagte Arista. »Ich fühle mich in letzter Zeit so nutzlos. Ich könnte natürlich etwas zu essen machen. Das Problem ist nur, dass ich nicht weiß, wie das geht. Aber Wasser kochen kann ich wie niemand sonst auf der Welt. Für Royce würde ich auch gern Tee machen. Hadrian meint, er wird leicht seekrank, und ich dachte immer, Tee beruhigt den Magen, aber er klettert droben in der Takelage herum. Na ja, so schnell, wie wir fahren, glaube ich, dass wir sowieso bald ankommen.«

Myron hob den Becher an die Lippen und nippte daran. »Er schmeckt köstlich. Ihr habt das hervorragend gemacht.«

Arista grinste. »Das würdet Ihr auch sagen, wenn er schrecklich schmecken würde. Ich habe das Gefühl, ich könnte Euch Spülwasser bringen und Ihr würdet so tun, als wärt Ihr vollkommen damit zufrieden.«

Myron nickte. »Stimmt, aber ich wäre das auch tatsächlich.«

Sie wollte protestieren, besann sich aber anders. »Im Ernst?«

Er nickte und nahm wieder einen Schluck.

»Ihr seid so leicht zufriedenzustellen, Myron.«

»Antun Bulard hat einmal geschrieben: ›Wer nichts von der Welt erwartet – nicht das Licht der Sonne, nicht das Nass des Wassers und nicht die Luft zum Atmen –, für den ist alles ein Wunder und jeder Augenblick ein Geschenk.‹«

»Und Ihr erwartet nichts von der Welt?«

Er sah sie verwirrt an. »Ich bin Mönch.«

Sie lächelte und nickte. »Ihr müsst mir zeigen, wie das geht. Ich erwarte zu viel und will zu viel ... Dinge, die ich nicht haben kann.«

»Verlangen kann wehtun, aber Reue auch.«

»Davon habe ich als Einziges zu viel.«

»Segel voraus«, rief Royce von irgendwo über ihnen.

»Wo?«, rief Wyatt vom Steuerrad.

»Steuerbordbug voraus. Du wirst es gleich auch sehen.«

Arista und Myron standen auf und traten an die Reling. Der dunkle Bug der *Herold* schnitt eine weiße Bahn durch die grün leuchtenden Wellen. Die Stadt vor ihnen war bereits viel näher gerückt. Arista konnte an den Gebäuden bereits Fenster, Türen, Treppen und Kuppeln erkennen.

»Wo ist die Steuerbordseite?«, fragte sie.

»Rechts«, antwortete Myron. »Man sagt *Steuerbord*, weil das Ruder zum Steuern immer auf der rechten Seite des Schiffs angebracht war, denn die meisten Menschen sind Rechtshänder. Im Hafen hat der Steuermann deshalb immer mit der gegenüberliegenden Seite, der Backbordseite, am Pier angelegt, damit das Ruder oder Steuer nicht beschädigt wurde. Jedenfalls erklärt das

Hill McDavin so in den *Chroniken des Seehandels und der Handelsbräuche des Bundes von Kilnar*.«

»Hadrian sagte schon, Ihr könntet Euch alles merken, was Ihr gelesen habt, aber man glaubt es erst, wenn man es erlebt. Es ist wirklich erstaunlich, an was Ihr Euch alles erinnert.«

»Jeder hat seine Begabungen. Das ist mit der Zauberei vermutlich nicht anders.«

Arista nickte langsam. »Das stimmt wohl.«

»Seht dort.« Myron streckte die Hand aus.

In einiger Entfernung waren dunkle Segel aus dem Dämmerlicht aufgetaucht. Sie waren viel größer als ihre eigenen – gewaltige Dreiecke aus schwarzer Leinwand, auf denen ein weißes Emblem aus Strichen prangte, das vage an einen Totenkopf erinnerte.

»Köpfe runter!«, rief Wyatt. »Royce, sag mir, ob das Schiff auf uns Kurs nimmt!«

Arista und Myron knieten sich auf die Planken, spähten aber weiter zu dem näher kommenden Schiff hinaus. Sein Rumpf, der gleichsam aus einem grünen Nebel auftauchte, war ebenfalls schwarz. Er glänzte vor Gischt und erinnerte an Rauchglas. Der Bauch reflektierte das gespenstische Leuchten des Wassers, was den unheimlichen Eindruck verstärkte. Das Schiff sah aus, als komme es aus einer anderen Welt.

An einer Mastspitze blitzte ein Licht auf.

»Sie geben uns ein Signal«, rief Royce nach unten.

»Verdammt«, sagte Wyatt, »das ist nicht gut.«

»Sie nehmen Kurs auf uns.«

»Alle Mann an die Brassen!«, rief Wyatt und kurbelte am Steuerrad. Die *Herold* drehte sich von dem entgegenkommenden Schiff weg. »Sie verfolgen uns.«

Arista hörte über das Wasser leise Rufe und konnte dunkle Gestalten erkennen, die über das Deck des anderen Schiffes eilten. Bei ihrem Anblick überlief sie ein Schauer. Sie hatte wie jeder schon Geschichten von den Ba Ran Ghazel gehört – den

Goblins der See. Über sie kursierten zahlreiche Gerüchte. Nora, Aristas Kindermädchen, hatte ihr vor dem Schlafengehen immer Märchen erzählt. Die meisten handelten von habgierigen Zwergen, die verwöhnte Prinzessinnen entführten, die aber anschließend immer von tapferen Prinzen gerettet wurden. Manchmal erzählte sie allerdings auch von den Ghazel. Von ihnen hatte noch kein Prinz eine Prinzessin zurückgeholt, er mochte noch so tapfer sein. Die Ghazel waren abscheuliche Geschöpfe der Nacht, Monster und Kinder eines heimtückischen Gottes. Noras Geschichten der Ghazel hatten von niedergebrannten Dörfern gehandelt, von getöteten Kriegern und entführten Kindern – die nicht etwa gegen Lösegeld zurückgegeben, sondern verspeist wurden. Die Ghazel aßen ihre Opfer immer auf.

Solange Arista in Decken gewickelt und von Kissen umgeben im Bett gesessen hatte, neben sich ein behaglich knackendes, warmes Feuer, waren Noras Geschichten unterhaltsam gewesen. Sie hatte sich die Zwerge immer als fiese kleine Männchen vorgestellt und die Feen als kleine Mädchen mit Flügeln. Die Ghazel waren dagegen verschwommen geblieben, obwohl sie als Mädchen viel Phantasie gehabt hatte. Sie waren bis heute ferne, bedrohliche Schatten mit schnellen, ruckartigen Bewegungen, wie Menschen sie nicht machten. Nora hatte ihre Geschichten immer mit denselben Worten angefangen: »Nicht alles an dieser Geschichte ist wahr, aber doch genug ...« Als Arista jetzt das Schiff mit den dunklen Gestalten näher kommen sah, fragte sie sich, ob Nora gewusst hatte, wie wahr ihre Geschichten waren.

Die *Herold* drehte sich unter Wyatts kundiger Hand nach links und Arista und Myron konnten das Ghazel-Schiff nicht mehr sehen. Sie eilten zum Heck. Dort stand Wyatt. Er hielt das Steuerrad mit einer Hand fest und blickte über die Schulter nach hinten. Das Ghazel-Schiff hatte den Kurs ebenfalls geändert und kam von hinten näher.

»Alle Mann nach Luv!«

»Welche Seite ist das?«, fragte Arista Myron.

»Die dem Wind zugewandte Seite, äh ... im Moment ist das die Backbordseite.«

»Bei Maribor, warum kann man nicht einfach ›links‹ und ›rechts‹ sagen?«

Sobald sie an der Backbordreling ankamen, wussten sie, warum Wyatt sie dorthin geholt hatte. Er drehte am Steuerrad, der Wind drückte immer heftiger auf die Segel der *Herold* und das Schiff legte sich so stark auf die Seite, dass es fast kenterte. Die Backbordseite stieg immer höher auf.

Arista schlang die Arme um die Reling, um nicht abzurutschen, und Myron tat dasselbe. In einiger Entfernung klammerte Magnus sich ebenfalls fest, während er mit den Füßen ständig auf den nassen Planken ausrutschte. Wenn das Schiff bisher schon geflogen war, tat es jetzt etwas ganz Unerhörtes. Es tauchte nicht mehr in die Wellentäler ein, sondern sprang über sie hinweg von Kamm zu Kamm wie ein Stück Seife über ein Waschbrett oder ein Stein über das Wasser.

»Ha, ha!«, rief Wyatt höhnisch. Der Wind riss ihm die Worte vom Mund, so dass sie ihn kaum hörten. »Macht das mal mit eurem übergewichtigen Kasten nach!«

Breitbeinig stand er da, hielt das Steuer mit beiden Händen und drückte es an die Brust wie eine Geliebte. Der Wind wehte seine Haare nach hinten und Gischt durchnässte ihn. Er grinste und Arista wusste nicht, ob sie darüber froh oder besorgt sein sollte. Die anderen klammerten sich ebenfalls verzweifelt fest, während sie über das leuchtende Meer rasten.

Dann merkte Arista plötzlich, dass die Schmerzen in ihren Armen nachließen und das Schiff sich aufrichtete und langsamer wurde. Sie sah Wyatt an. Er hatte die Stirn besorgt gerunzelt.

»Die nehmen uns den Wind weg«, knurrte er.

»Wie machen sie das?«, fragte Alric.

»Sie sind zwischen uns und den Wind gefahren, so dass wir uns im Windschatten befinden. Alle Mann an die Brassen! Wir gehen auf Backbordbug!«

Das Schiffsdeck war inzwischen fast eben und Hadrian und Elden konnten sich ungehindert bewegen. Sie machten die Leinen los und zogen die Rah wieder herum. Das große Segel begann zu killen, während Wyatt das Schiff wendete, um den Wind von der anderen Seite einzufangen. Royce war unterdessen droben in der Takelage mit dem oberen Segel beschäftigt.

»Schoten anholen!« Die Segel füllten sich mit Wind und das Schiff nahm wieder Fahrt auf. »Alle Mann nach Steuerbord!«

Noch ehe er zu Ende gesprochen hatte, rannte Arista bereits über das Deck, um sich an der Reling auf der anderen Seite festzuhalten. Diesmal wusste sie, was kam, und suchte mit den Füßen nach einem sicheren Halt, bevor das Schiff wieder in Schräglage ging. Sie sah, wie ihre Verfolger hinter ihnen ebenfalls eine Wende einleiteten und die großen, schwarzen Segel mit den totenkopfähnlichen Symbolen herumschwangen und einen Moment lang in sich zusammenfielen. Das Schiff hatte deutlich aufgeholt. Sie konnten die seltsamen Geschöpfe über Deck eilen und die Takelage hinaufklettern sehen. Einige Dutzend hatten sich am Bug versammelt. Die Art, wie sie sich bewegten, war furchteinflößend. Sie krochen auf allen vieren über den Boden wie Spinnen – eine ganze Schiffsladung riesiger, schwarzer Vogelspinnen – und sie waren so zahlreich, dass sie fortwährend übereinander kletterten.

Die *Herold* sprang wieder über die Wellen und raste geradewegs auf die Stadt zu, aber es nützte nichts. Das Verfolgerschiff mit seinen vielen Segeln holte trotzdem auf und schickte sich an, ihnen erneut den Wind zu nehmen.

»Elden, Hadrian!«, rief Wyatt. »Ich werde noch einmal wenden, aber dann die Wende abbrechen und wieder auf den alten Kurs zurückkehren, verstanden? Auf mein Zeichen holt ihr das Vorsegel nach Backbord.«

Hadrian sah Elden an, der nickte.

»Zeig ihm, was er machen muss, Elden. Es muss wie am Schnürchen klappen, sonst sind wir Futter für die Fische. Alric und Mauvin sollen sich an den Tauen bereithalten. Zu mehreren ist das leichter. Sobald wir wieder auf dem alten Kurs sind und Fahrt aufgenommen haben, holt das Vorsegel ein. Wir wollen doch sehen, wie gut die anderen sind. Sie haben mehr Segelfläche als wir, also verwenden wir das gegen sie. Mit ihren vielen Segeln werden sie länger brauchen, um wieder Fahrt aufzunehmen, und wenn sie ihr Manöver nicht rechtzeitig abbrechen, kommen sie ganz zum Stehen.«

Wyatt wandte sich an Arista. »Hoheit, ich muss nach vorn schauen, also müsst Ihr mein Auge nach hinten sein. Ihr müsst das Ghazel-Schiff beobachten und mir Bescheid geben, sobald die Ghazel die Wende einleiten, verstanden?«

»Ja«, sagte Arista und nickte für den Fall, dass ihre schwache Stimme im Wind nicht zu hören war.

»Dann geht nach hinten und wartet.«

Sie nickte wieder und hangelte sich mit den Händen an der Reling entlang nach hinten.

»Klar zum Wenden!«, rief Wyatt.

Dann wartete er. Das Ghazel-Schiff hatte sich hinter ihnen wieder in Stellung gebracht und nahm ihnen den Wind weg. Wyatt streckte die Finger, mit denen er das Steuerrad hielt, und holte tief Luft. Er schloss sogar für einen Moment die Augen und sprach womöglich ein stummes Gebet. Dann straffte er sich und drehte mit aller Macht am Steuerrad.

Das Schiff schwenkte wieder nach Backbord. »Auf Halsen!«

Elden und Hadrian machten sich an die Arbeit und Mauvin und Alric zogen nach ihren Anweisungen die Rahen herum. Arista blickte unentwegt auf das Ghazel-Schiff hinter ihnen. Sie spürte, wie die *Herold* sich drehte und den Wind verlor und langsamer wurde.

»Sie wenden auch!«, rief sie, als sie sah, wie auch das Ghazel-Schiff sich drehte. Wieder huschten die kleinen Spinnen in wildem Aufruhr über das Deck. Sie wollten nicht nur ebenfalls wenden, sondern sogar schneller sein als ihre Opfer.

Wyatt rührte sich nicht.

»Sie wenden!«, schrie Arista noch einmal.

»Ich habe es gehört«, antwortete er. »Wir müssen warten, bis sie mitten drin sind.«

Arista umklammerte aufgeregt die Reling. Sie spürte, wie ihr Schiff immer langsamer wurde.

»Achtung!«, rief er endlich. »Backbrassen! Vorsegel hochziehen!«

Das Schiff hatte noch einigen Wind und fuhr, und als Wyatt das Steuerruder drehte, reagierte es entsprechend. Das Vorsegel fing den restlichen Wind ein und der Bug schwang herum. Eine Welle erwischte sie direkt von vorn, brach sich am Rumpf und spülte über Deck, aber das Schiff hielt Kurs. Die Segel fingen den Wind erneut ein und füllten sich. Die *Herold* nahm erneut Fahrt auf und Elden holte das Vorsegel ein.

Die Ghazel hinter ihnen bemerkten ihren Fehler, aber es war zu spät. Sie versuchten die erneute Wende nachzumachen, aber ihre Segel fielen zusammen.

Wyatt blickte zurück. »Jetzt sind sie verloren, sie haben keinen Wind mehr«, erklärte er grinsend und schwer atmend vor Aufregung. »Es wird ein paar Minuten dauern, bis sie wieder fahren können. Bis dahin sind wir …«

»Segel Steuerbord voraus!«, rief Royce.

Wyatts Grinsen verging und er drehte sich wieder nach vorn um. Vor ihnen war ein Schiff aufgetaucht, das mehr oder weniger genauso aussah wie das hinter ihnen. Es gab ein Lichtsignal und das andere Ghazel-Schiff antwortete.

Wyatt blickte zwischen den beiden Schiffen hin und her und Arista konnte deutlich sehen, was in ihm vorging. Sie waren mit sehr viel Geschick und auch etwas Glück ganz knapp einem Schiff entkommen. Gegen zwei Schiffe hatten sie keine Chance.

»Segel Backbord voraus!«, rief Royce und Arista sah, wie Wyatt gegen das Steuerrad sackte, als hätte er einen Schlag auf den Hinterkopf bekommen.

Dann ließ er das Rad los und das Schiff verlor an Fahrt und wurde langsamer. Mit Schnelligkeit war ihnen jetzt nicht mehr gedient. Die anderen sahen Wyatt an.

»Was jetzt?«, fragte Alric und kam nach hinten.

Wyatt antwortete nicht. Er sah nur noch einmal zwischen den Schiffen hin und her. Seine Stirn glänzte. Dann biss er sich auf die Lippen und Arista sah, wie seine linke Hand anfing zu zittern.

»Jetzt stecken wir in der Klemme, stimmt's?«, fragte Alric.

»Wir haben nicht einmal Netze, um unsere Gegner am Entern zu hindern«, sagte Wyatt.

»Wie werden sie angreifen?«, fragte Hadrian. »Werden sie an Bord kommen?«

»Irgendwann ja, aber davor werden sie das Deck mit Pfeilen räumen.«

»Mit Brandpfeilen?«

»Nein«, erwiderte Wyatt. »Sie haben uns ja. Wir sitzen in der Falle, sind ihnen ausgeliefert. Sie wollen bestimmt das Schiff.«

»Müssen wir uns ergeben?«, fragte Alric.

»Ghazel machen keine Gefangenen«, erklärte Hadrian. »Sie haben in ihrer Sprache nicht einmal ein Wort für ›sich ergeben‹.«

»Was tun wir dann?«, fragte der König.

»Wir haben nicht viele Möglichkeiten, Majestät«, sagte Wyatt. »Auf diesen Schiffen befinden sich jeweils sechzig bis hundert Ghazel und wir haben nicht einmal etwas, womit wir auf sie schießen könnten. Ihre Schützen werden uns in die Kajüte treiben. Anschließend werden sie uns entern, ohne dass wir uns dagegen wehren können. Sie könnten uns in der Kajüte einsperren und in ihren Hafen bringen.«

»Das tun sie bestimmt«, fiel Hadrian ein. »Dann treiben sie uns am Ufer zusammen ... na ja, ihr könnt es euch ja denken. Ich will euch nicht die Überraschung verderben.«

»Ich hasse Schiffe!«, knurrte Magnus. »Sie sind die Hölle. Man kann nirgends hin, sich nirgends verstecken.«

»Wir ... müssen sterben?«, fragte Gaunt entgeistert. »Aber ... das geht nicht. Ich will doch Imperator werden.«

»Tja, wir hatten alle noch was vor«, bemerkte Hadrian.

»Ich nicht«, sagte Royce und stieg aus der Takelage herunter. Arista sah, dass er lächelte. »Ich glaube nicht, dass ich mit euch in die Kajüte komme. Lieber hüpfe ich auf Deck herum und ducke mich vor den Pfeilen.«

»Nur Arista und Myron sollten nach unten gehen«, erklärte Hadrian. »Wir anderen bleiben oben. Wir brauchen Schilde – dafür ist jedes Stück Holz geeignet, das einen Zoll dick ist. Eisen kann sogar dünner sein. Die Bögen der Ghazel haben keine große Durchschlagskraft. Wir können auch den Mast als Deckung verwenden.«

Arista blickte den aus verschiedenen Richtungen näher kommenden Schiffen entgegen. Die Ba Ran Ghazel würden sie gefangen nehmen und kein tapferer Prinz würde sie retten – *die Ghazel verspeisten ihre Opfer immer.*

»Aber diesmal nicht«, murmelte sie und ließ die Reling los. Sie ging um Wyatt herum und zwischen den Männern in der Mitte des Schiffs hindurch.

»Arista?«, fragte Hadrian. »Ihr solltet nach unten gehen.«

Sie blickte auf das Wasser hinaus.

»Deminthal«, rief sie, »bleibt beim Steuer. Die anderen halten sich an etwas anderem fest.«

Sie holte tief Luft, um sich zu beruhigen, streckte die Hände aus und spürte die Kraft, die sie von allen Seiten umgab. Sie spürte die Tiefe des Meeres, das Gewicht des Wassers, den Meeresgrund, die Fische, den Tang und die leuchtenden Algen. Und sie spürte die frische Brise und hielt sie fest.

Der Wind, der ständig geweht hatte, seit sie aus dem Höhlenschacht auf den Strand geklettert waren, erstarb abrupt. Die Segel fielen ein und das ständige Klirren und Summen der Takelage verstummte. Kein Lüftchen regte sich mehr, kein Laut war zu hören. Sogar die Wellen vergingen. Das Meer wurde so glatt wie eine Badewanne und die Schiffe blieben stehen. Eine ohrenbetäubende Stille setzte ein.

Über das Wasser kamen die Stimmen der Ghazel. Arista hörte sie. Sie klangen wie das Gebell und Geheul von Hunden. Arista spürte sie auch. Sie spürte alles, hielt alles in der Hand.

Sie hob die Hand, konzentrierte sich auf die Fingerspitzen.

Feuer?, dachte sie. Feuer hatte sie schon einmal gerufen, entsprechend kannte sie sich damit aus. Aber so verlockend die Vorstellung dreier brennender Scheiterhaufen mitten auf dem Meer war, ihr Schein hätte die Bewohner des Ufers alarmiert.

Wind? Eine gewaltige Kraft, wie sie spürte. Sie konnte die Schiffe damit zerschmettern. Aber nein, Wind war zu unhandlich – als wollte man mit Fausthandschuhen eine Münze aufheben.

Wasser? Ja! Wasser war überall. Sie fuhr mit drei Fingern durch die Luft und alles geriet in Bewegung.

Das Meer begann zu brodeln.

Strömungen bildeten sich, wallten auf und drehten sich im Kreis. Die drei Ghazel-Schiffe begannen sich ebenfalls zu drehen wie Spielzeugboote in einer Badewanne, gegen die sie mit dem Finger geschnippt hatte.

Strudel entstanden.

Unter den Schiffen der Goblins öffneten sich Trichter aus Wasser. Immer schneller wirbelte das Wasser im Kreis herum und die Mitte der Trichter wurde immer tiefer. Die Trichter breiteten sich aus und gewannen an Kraft. Nach und nach erfasste ihr Sog das ganze Meer und sogar die *Herold* begann merklich zu schaukeln.

Die alarmierten Rufe auf den kreiselnden Ghazel-Schiffen steigerten sich zu lautem Geschrei. Ein Mast brach, das Krachen war über das Wasser zu hören. Dann brach ein zweiter und ein dritter. Stangen, die so dick waren wie Baumstämme, knickten wie Zweige ab. Die Ghazel kreischten und heulten und ihre Stimmen verschmolzen zu einem Missklang, den Arista ebenfalls festhielt.

Das Ausmaß der Gewalt, über die sie gebot, war unglaublich. Alles ging mühelos leicht und gehorchte ihr. Alles gehörte ihr – jeder Tropfen, jeder Atemzug und jeder Herzschlag. Sie spürte alles und spielte damit. Der Drang, es zu tun, war unwiderstehlich, wie eine unerträglich juckende Stelle, an der man sich kratzen musste. Sie spielte die Macht aus, über die sie gebot. Und sie gebot nicht nur über die Macht, sie war identisch mit ihr, verschmolz mit ihr. Sie selbst wirbelte im Kreis und schäumte, sie wollte rennen, sich drehen und wachsen. Wie ein Ball, der einen Hang hinunterrollt, kam sie immer mehr in Fahrt. Ihr Schwung erregte sie und sie genoss ihn in vollen Zügen – das war Freiheit! Sie spürte, wie sie losließ, sich der Gewalt überließ, sich ausbreitete und zu einem Teil der Symphonie wurde, die sie spielte – einer herrlichen, großartigen Symphonie. Sie wollte nur noch eins werden mit dem Ganzen …

Aufhören!

Ein Missklang hatte sich eingeschlichen, eine falsche Note. Ein Faden war gerissen.

Aufhören! Haltet an!

Eine ferne Stimme sprach zu ihr, versuchte, sich über der immer lauter werdenden Musik, die sie spielte, Gehör zu verschaffen.

Ihr dürft nicht die Beherrschung verlieren!

Aber sie wollte nicht auf die Stimme hören, sie mochte sie nicht. Die Stimme passte nicht zu ihrer Melodie.

Ihr tötet sie noch!

Natürlich tue ich das. Das ist doch Sinn und Zweck des Ganzen.

Die Ghazel sind weg. Ihr tötet die anderen! Hört auf!

Nein, ich kann nicht aufhören.

Doch!

Aber ich will es nicht. Das ist alles so wunderbar, so unglaublich. Ich muss weitermachen, ich genieße es so sehr …

Arista wachte mit mörderischen Kopfschmerzen auf. Schon die Augen zu öffnen war mit Qualen verbunden. Sie lag in der Kajüte auf dem Bett, auf dem sie Bernie gefunden hatten. An einem Haken an der Decke hing schwankend eine Laterne und warf Schatten, die wild von einer Wand zur anderen wanderten.

Arista bewegte den Kopf und sofort stiegen hinter ihren Augen wieder Schmerzen auf. »Au«, murmelte sie.

Sie hob die Hand. Um den Kopf trug sie einen Verband. Am Hinterkopf ziepte der Verband an den Haaren und ihr Nacken fühlte sich steif an. Als sie die Hand zurückzog, waren die Fingerspitzen blutig.

»Wie geht's?«, fragte Myron, der auf einem Hocker neben ihr saß, und nahm ihre Hand.

»Was ist passiert?«, fragte sie. »Mein Kopf bringt mich um.«

»Entschuldigt mich einen Moment.« Der Mönch öffnete die Tür zum Deck. »Sie ist wach«, rief er.

Sofort kamen Hadrian und Alric herein und duckten sich unter der Laterne hindurch. »Geht es dir wieder gut?«

»Warum fragt ihr mich das? Ja, es geht mir gut ... im Großen und Ganzen. Nur der Kopf tut weh.« Sie setzte sich langsam auf.

Hadrian sah sie gequält an. »Das mit dem Kopf tut mir leid.«

Sie musterte ihn mit zusammengekniffenen Augen, worauf ihr Kopfweh noch schlimmer wurde. »Hast du mich geschlagen?«

Er nickte.

»Warum?«

»Er musste es tun«, erklärte Alric bedrückt. »Du bist – durchgedreht, hast die Beherrschung verloren.«

»Was soll das heißen?«

Sie sah, dass er verstohlen zur Tür blickte. »Was ist denn? Was ist passiert?«

Sie stand auf und sofort wurde ihr schwindlig. Mit ihrem Kopf stimmte immer noch etwas nicht, außerdem sie war vollkommen erschöpft. Hadrian stützte sie mit der Hand. Sie zog den Kopf ein, um nicht gegen den niedrigen Türrahmen zu stoßen, und trat auf das Deck hinaus.

»Bei Maribor!«, rief sie entgeistert.

Die *Herold* war ein Trümmerhaufen. Der Mast war verschwunden, übriggeblieben war nur ein zersplitterter Stumpf. Die Deckbalken hatten sich verzogen, eine Planke war geborsten und an der Steuerbordseite des Bugs klaffte ein Loch, durch das man in den Schiffsbauch sah. Das Toppsegel war einschließlich seiner Rah verschwunden, das Großsegel hing zerfetzt über den Bug. Auf der Backbordseite fehlte die Reling. Nicht einmal Stümpfe waren davon übrig.

»Habe *ich* das etwa getan?«, fragte sie entsetzt. »Nein, ist jemand ...« Sie sah sich suchend nach den anderen um – Gaunt, Magnus, Mauvin, Alric, Hadrian ... »Wo sind Royce, Wyatt und Elden?«

»Ihnen ist nichts passiert«, sagte Alric. »Sie reparieren gerade notdürftig die schlimmsten Schäden. Alle sind wohlauf, dank Hadrian. Wir haben mit dir gesprochen und dich geschüttelt und Wyatt hat dir sogar Wasser über den Kopf geschüttet, aber du hast nur vor dich hin gemurmelt und die Finger bewegt, während das Schiff sich auflöste.«

Mauvin sah sie lächelnd an und nickte. Auf der Stirn hatte er einen tiefen Schnitt und seine Wange war aufgeschürft.

»Bin ich daran auch schuld?«

»Das war eine Talje, die durch die Luft geflogen ist. Ich war nur zu dumm, mich rechtzeitig zu ducken.« Er lächelte immer noch, aber hinter dem Lächeln verbarg sich etwas anderes, etwas, das sie auf seinem Gesicht noch nie gesehen hatte: Angst – Angst vor ihr.

Die Kraft wich aus ihren Beinen und sie musste sich setzen. »Das tut mir ja so leid«, sagte sie leise.

»Ist schon recht«, sagte ihr Bruder. Er klang wieder bedrückt. Die anderen standen im Kreis um sie herum, aber niemand kam näher.

»Es tut mir leid«, wiederholte sie. Tränen stiegen ihr in die Augen und sie ließ sie über die Wangen laufen. »Ich wollte doch nur ...« Ihre Stimme versagte und sie begann zu weinen.

»Ihr braucht Euch nicht zu entschuldigen.« Hadrian kniete sich neben sie. »Ihr habt uns gerettet. Die Ghazel sind weg.«

»Richtig«, sagte Mauvin. »So etwas Unheimliches habe ich noch nie erlebt. Es war wie ... Esrahaddon konnte das angeblich auch tun, nur dass er es nie getan hat. Es war ...«

»Genau das, was wir brauchten«, fiel Hadrian ihm ins Wort. »Wenn Arista nicht gehandelt hätte, wären wir jetzt alle tot, und glaubt mir, es wäre kein schöner Tod gewesen. Ich danke Euch, Hoheit.«

Arista blickte zu ihm auf. Sie sah ihn durch ihre Tränen nur verschwommen. Er lächelte. Sie fuhr sich mit der Hand über die Augen und musterte ihn genauer, vor allem seine Augen.

»Was ist?«, fragte er.

»Nichts.«

Er streckte die Hand aus und trocknete ihr die Wangen. »Sagt es mir.«

»Ich ... ich will nicht ...« Sie zögerte und holte tief Luft. »Ich will nur nicht, dass die Menschen Angst vor mir haben.«

»Das lässt sich nun nicht mehr ändern«, brummte Degan Gaunt.

»Klappe, Gaunt«, schimpfte Alric.

»Seht mich an«, sagte Hadrian. Er legte die Hand unter ihr Kinn und hob es behutsam an. Dann nahm er ihre Hände in seine. »Sehe ich aus, als hätte ich vor Euch Angst?«

»Nein«, sagte Arista. »Aber ... vielleicht solltest du das haben.«

»Ihr seid müde.«

»Das bin ich – sogar sehr.«

»Wir treiben noch eine Weile übers Meer, also legt Euch hin und ruht aus. Wenn Ihr dann aufwacht, sieht bestimmt alles schon wieder besser aus.«

Sie nickte. Ihr Kopf fühlte sich an wie ein auf ihren Schultern hin und her wackelnder Felsbrocken.

»Dann kommt«, sagte er und half ihr aufzustehen. Sie schwankte und er schob den Arm um ihre Hüfte und geleitete sie zur Kajüte zurück, in der Myron das Bett gemacht hatte.

»Myron wird bei Euch wachen«, sagte Hadrian, während er sie fürsorglich zudeckte. »Jetzt schlaft.«

»Danke.«

Er strich ihr die nassen Haare aus den Augen. »Das ist doch das Mindeste, das ich für meine Heldin tun kann.«

Sie ging raschen Schrittes die Große Par entlang, die von blühenden Bäumen gesäumte Prachtstraße. Rosenfarbene Blütenblätter wirbelten wie ein frühlingshafter Schneesturm durcheinander, bedeckten den Boden mit einem Teppich und verbreiteten ihren Duft.

Es war der Tag des großen Festes. Über allen Häusern wehten blaue und grüne Fahnen und Passanten hielten Fähnchen in denselben Farben in den Händen. Auf den Straßen herrschte Gedränge. Spielleute erfüllten die Luft mit Musik und Gesang, Trommeln kündigten einen weiteren Umzug an, diesmal mit Elefanten, gefolgt von Triumphwagen, rassigen Pferden, tanzenden Frauen und stolzen Soldaten. Budenbetreiber boten ihre Waren feil und verteilten Kuchen, Nüsse, Zuckerwerk und ein aus den süßen Blüten der Bäume hergestelltes vergorenes Getränk namens Zitterling. Mädchen eilten von Tür zu Tür und verteilten kleine Blumensträuße in den Farben des Imperiums. Adlige standen in bunten Gewändern auf ihren Streitwagen. Ihre goldenen Armreifen blitzten in der Nachmittagssonne. Auf Balkonen standen ältere Frauen und winkten mit bunten Schals und riefen Worte, die niemand verstand. Junge Burschen mit Körben schoben sich durch die Menge und verkauften billigen Schmuck. Für drei Pitt bekam man drei kupferne Anstecknadeln, für einen Keng fünf. Und wie immer wetteiferten die Menschen darum, wer bis zum Abend am meisten verschiedene Anstecknadeln gesammelt hatte.

Die Sonne schien von einem strahlend blauen Himmel.

Sie eilte an den Menschenströmen vorbei zum Platz des Imperi-

ums. Rechts von ihr stand die steinerne Rotunde des Cenzariums, in dem der Rat der Cenzaren tagte, links die abgesperrte Halle der Teshlor-Ritter mit ihrer monumentalen Säulenfassade. Vor ihr ragte am Ende der Straße die gewaltige goldene Kuppel des imperialen Palastes auf, in dem der Weltherrscher residierte. Sie ging am Ulurium-Brunnen vorbei, überquerte den Park mit dem Denkmal und stand vor der Eingangstreppe des Palasts. Keine einzige Wache hatte Dienst. Niemand bemerkte sie, alle waren mit Feiern beschäftigt. Auch das gehörte zu dem Plan, den Venlin eingefädelt hatte.

Sie betrat den vornehmen Marmorsaal, in dem es angenehm kühl war. Der Duft des Weihrauchs ließ sie an tropische Wälder und Berggipfel denken. Der Palast war so groß und schön und herrlich und hatte so dicke Mauern, dass man sich gar nicht vorstellen konnte, was gleich geschehen würde.

Yolric wartete auf sie.

Der Alte stützte sich schwer auf seinen Stock. Sein langer, weißer Bart war verfilzt. »Da bist du ja«, begrüßte er sie. »Aber ich wusste, dass du kommen würdest. Ich wusste, dass jemand kommen würde, und ich hätte mir denken können, dass du dieser Jemand bist.«

»Was wir tun, ist falsch. Ihr vor allen anderen solltet das einsehen!«

Yolric schüttelte den Kopf. »Falsch, richtig – diese Worte haben nur in den Köpfen der Menschen eine Bedeutung. Sie sind Illusionen. Es zählt nur, was ist und was nicht ist, was war und was sein wird.«

»Ich bin gekommen, um Euch zu erklären, was sie bedeuten.«

»Das weiß ich, ich hätte es vorhersagen können. Mein Verdacht ist begründet, wie es scheint. Das ist jetzt das zweite Mal. Es hat lange gedauert, es herauszufinden, aber die Welt folgt einem bestimmten Muster. Wenn man sie erschüttert, fängt sie sich wieder, was eigentlich unmöglich ist. Chaos müsste zu Chaos führen. Ordnung dürfte nur eine Möglichkeit sein, die sich nicht gegen das Chaos behaupten kann. Aber wenn Ordnung sich wieder herstellt, wenn sie vorherrscht, dann kann es nur eine Antwort geben. Es ist noch eine *andere Kraft am Werk – eine unsichtbare Hand – und ich glaube, ich weiß, was das für eine Kraft ist.«*

»Ich habe keine Zeit, schon wieder über diese Theorie von Euch zu diskutieren.«

»Das brauchst du auch gar nicht. Wie gesagt, ich habe das Rätsel endlich gelöst. Die Legenden sind wahr.«

Sie sah ihn ungeduldig an. Er versperrte ihr den Weg, griff sie aber nicht an, sondern plapperte nur etwas von belanglosen Theorien. Jetzt war keine Zeit für Streitgespräche über Metaphysik und das Wesen des Seins, über Chaos und Ordnung und Gut und Böse. Sie musste an ihm vorbei, aber Yolric war der Einzige, den sie nicht besiegen konnte. Sie durfte keinen Kampf riskieren, wenn es sich vermeiden ließ. »Steht Ihr auf der Seite Venlins oder nicht?«

»Auf der Seite des Bischofs? Nein.«

Ihr war, als falle ihr ein Stein vom Herzen.

»Helft Ihr mir dann? Zusammen könnten wir ihn aufhalten. Zusammen können wir den Imperator und das Imperium retten.«

»Dazu bräuchte ich nicht deine Hilfe.«

»Ihr lasst dem Geschehen also seinen Lauf?«

»Natürlich.«

»Warum?«

»Ich brauche die Erschütterung. Einmal reicht noch nicht für ein erkennbares Muster. Ich muss sehen, ob die Ordnung sich wieder behauptet und möglichst auch wie. Ich muss den Fingerabdruck finden, die Spur, die mich zur Quelle führt. Die Legenden sind wahr – das weiß ich jetzt, aber ich will sein Gesicht sehen.«

»Ich weiß nicht, von was Ihr sprecht!«

»Das weiß ich. Du kannst es gar nicht wissen.«

»Werdet Ihr mich also aufhalten oder nicht?«

»Das Geschehen nimmt seinen Lauf. Ich mische mich nicht mehr ein, sobald ich es in Gang gesetzt habe. Du tust, was du tun willst. Ich bin nur noch als Beobachter hier. Vielleicht kann ich ja einen Blick auf das Gesicht hinter der unsichtbaren Hand erhaschen.«

Yolrics Gleichgültigkeit verwirrte sie, war ihr aber auch egal. Was zählte, war allein, dass er sich nicht einmischen wollte. Damit war das größte Hindernis auf ihrem Weg beseitigt. Jetzt standen sich nur noch sie und Venlin gegenüber.

»Dann lebt wohl, alter Meister, denn ich werde Euch wohl nicht mehr sehen.«

»Nein. Ich würde dir Glück wünschen, aber ich glaube nicht daran. Doch hast du vermutlich etwas Besseres als nur Glück auf deiner Seite – die unsichtbare Hand.«

14

Die große Kälte

Die Decke des großen Thronsaals war eine Kuppel, deren Blau den Himmel eines lauen Sommertags beschwor. Modina war immer wieder von ihrer Schönheit beeindruckt. Sie trug wieder ihr Staatsgewand und saß auf dem bunten Raubvogelthron, dessen Lehne von den halbkreisförmig ausgebreiteten mächtigen Schwingen des Vogels gebildet wurde. Der Thron stand auf einer Plattform, zu der zwölf Stufen hinaufführten. Unwillkürlich musste sie daran denken, wie man sie gezwungen hatte, das Treppensteigen zu üben.

»Erinnert Ihr Euch noch an das Brett, das auf Eure Anweisung in mein Kleid genäht wurde?«, fragte sie Nimbus, der sie daraufhin ein wenig unbehaglich ansah.

»Es hat seinen Zweck erfüllt«, antwortete er.

»Wer kommt als Nächster?«

Nimbus blickte auf das Pergament in seiner Hand. »Bernard Green, ein Kerzenmacher aus Alburn.«

»Holt ihn herein und legt noch ein Scheit auf das Feuer. Hier drinnen ist es eiskalt.«

Im Unterschied zum großen Saal wurde der Thronsaal nur selten genützt. Zumindest war es bisher so gewesen. Solange die Imperatorin nur eine sagenhafte Gestalt gewesen war, hatte ihn niemand betreten. Jetzt, da sie in Fleisch und Blut existierte, benützte man ihn zwar wieder, aber er war immer kalt, als bräuchte er nach all den Jahren der Vernachlässigung Zeit, wieder warm zu werden.

Nimbus winkte dem Schreiber und kurz darauf betrat ein kleiner Mann schüchtern den Saal. Er hatte runde Augen und eine schmale, spitze Nase und Modina musste sofort an ein Eichhörnchen denken. Ihr fiel ein, dass sie sich die Mitglieder von Ethelreds Hof auch durch solche Assoziationen gemerkt hatte, solange sie ihre Namen noch nicht kannte.

»Eure Großimperiale Eminenz«, sagte der Mann mit zittriger Stimme und verbeugte sich so tief, dass er mit der Stirn den Boden berührte.

Modina wartete. Der Mann bewegte sich nicht.

»Hm, steht bitte auf«, sagte Modina. Der Mann schoss wie ein Stehaufmännchen in die Höhe, hielt den Blick aber weiter gesenkt wie alle Bittsteller. Das nervte Modina, aber sie wusste, dass es sich um eine alte Tradition handelte und dass es sie noch mehr Nerven gekostet hätte zu versuchen, diese Tradition zu ändern. »Sprecht.«

»Äh ... Eure Großimperiale Eminenz, ich ... äh ... also ... äh ... ich komme aus Alburn und ... bin Kerzenmacher.«

»Ja, das weiß ich, aber was ist Euer Anliegen?«

»Nun, Eure Großimperiale Eminenz, ich bin aufgrund Eures Erlasses mit meiner Familie hierher gekommen, aber, nun, ich habe nur wenige Mittel und kann nur Kerzen machen. Aber die Handwerkerzunft will mir keine Arbeitserlaubnis geben. Das sei nicht möglich, heißt es, weil ich kein Bürger dieser Stadt bin.«

»Natürlich nicht«, sagte Nimbus. »Nur wer Bürger ist, darf sich um Aufnahme in einer Zunft bewerben und nur wer einer Zunft angehört, darf das entsprechende Handwerk in dieser Stadt ausüben.«

»Wie kriegt man denn das Bürgerrecht?«, fragte Modina.

»Gewöhnlich wird es vererbt, aber bestimmten Personen oder Familien kann es auch als Anerkennung für besondere Verdienste verliehen werden. Auf jeden Fall muss man einer Zunft angehören, um es zu bekommen.«

»Aber wenn man in einer Zunft sein muss, um das Bürgerrecht zu bekommen, und Bürger sein muss, um in eine Zunft eintreten zu können, ist es dann nicht unmöglich, überhaupt ein Bürger zu werden?«

»Darum geht es ja meines Wissens, Eminenz. Die Städte schützen sich gegen den massenhaften Zuzug auswärtiger Handwerker, die unter den ortsansässigen Handwerkern Unfrieden stiften und ihre Gewinne schmälern könnten.«

»Wie viele Einwohner besitzen denn das Bürgerrecht?«

»Gegenwärtig schätzungsweise zehn bis fünfzehn Prozent der Gesamtbevölkerung.«

»Das ist doch lächerlich.«

»Jawohl, Eminenz. Es ist auch für die Staatskasse schlecht, weil nur Bürger Steuern zahlen müssen. Des Weiteren haben im Streitfall nur Bürger das Recht auf ein ordentliches Gerichtsverfahren und nur Bürger werden im Fall eines Angriffs von außen zur Verteidigung der Stadt herangezogen.«

Modina sah Nimbus fassungslos an.

»Soll ich die Vertreter der Handwerkerschaft einbestellen und für morgen eine Besprechung ansetzen, auf der die Zulassung zu den Zünften neu geregelt wird?«, fragte der Kanzler.

»Ja bitte.« Modina wandte sich wieder Bernard Green zu. »Seid versichert, dass ich mich sofort um das Problem kümmern werde, und danke, dass Ihr mich darauf aufmerksam gemacht habt.«

»Maribor segne Euch, Eure Großimperiale Eminenz, Maribor segne Euch.« Green verbeugte sich wieder bis zum Boden.

Auf einen Wink Modinas geleitete eine Wache ihn hinaus. »Ich habe ja nichts gegen das viele Verbeugen – es ist eigentlich ganz nett. Aber das damit verbundene Scharren mit den Füßen nervt.«

»Ihr seid nicht nur die Imperatorin, sondern eine Halbgöttin«, erwiderte Nimbus. »Da muss man so was in Kauf nehmen.«

»Wer ist jetzt dran?«

»Ein Bursche namens Tope Entwistle, ein Kundschafter aus dem Norden.«

»Ein Kundschafter? Ein Kundschafter wird erst nach dem Kerzenmacher vorgelassen?«

»Er hat nur einen Routinebericht, nichts Dringendes«, erklärte Nimbus. »Und der Kerzenmacher hat schon drei Tage gewartet.«

Ein stämmiger Mann trat ein. Er trug einen Kittel aus schwerer Wolle, an dessen Brust eine kupferne Anstecknadel in Form einer Fackel hing. Außerdem trug er mit Lederriemen umwickelte Wollhosen. Sein Gesicht war fleckig, die Haut wie rötliches Leder. Seine Nasenspitze war nicht nur rot, sondern geradezu beunruhigend violett, Knöchel und Fingerspitzen zeigten eine ähnliche Farbe. Auch sein Gang war ungewöhnlich. Er humpelte, als würden ihm die Füße wehtun.

»Eure Imperiale Eminenz.« Er verbeugte sich und zog die Nase hoch. »Ich komme von General Breckton. Er meldet, dass seit der Überquerung des Nidwalden keine Bewegung der Elben mehr beobachtet wurde. Alle Brücken und Straßen sind geschlossen worden. Da die Elben offenbar nicht marschieren, vermutet er, dass sie das Winterquartier bezogen haben. Er schickt auch verschiedene Listen des Quartiermeisters und einen ausführlichen Bericht. Beides habe ich in dieser Tasche mitgebracht.«

»Das könnt Ihr dem Schreiber geben«, sagte Nimbus.

Der Kundschafter nahm die Tasche ab und hielt sie dem Schreiber hin. Dabei nieste er.

»Und wie ist die Lage in Colnora?«

»Entschuldigt bitte, Hoheit.« Der Mann steckte einen Finger ins Ohr und wackelte damit hin und her. »Ich kämpfe seit einem Monat mit einer Erkältung und mein Kopf ist so dicht, dass ich kaum noch etwas höre.«

»Ich fragte, wie die Lage in Colnora ist«, wiederholte Modina lauter.

»Dort ist alles bestens. Nur auf dem Weg hierher habe ich ziemlich gefroren. Nicht dass ich mich beklagen wollte. Ich war an der Front im Einsatz und dort ist es unvorstellbar kalt. Man darf ja kein richtiges Feuer machen, um den Elben nicht unsere Stellungen zu verraten.«

»Braucht Ihr jetzt noch etwas?«

»Ich? Eigentlich nicht. Ich hatte schon eine gute, warme Mahlzeit und konnte mich an einer Feuerstelle aufwärmen. Mehr brauche ich nicht. Schön wäre natürlich ein weiches, warmes Bett, in dem ich vor meiner Rückkehr ein paar Stunden schlafen könnte.«

Modina sah Nimbus an.

»Ich gebe dem Kämmerer Bescheid«, sagte Nimbus.

»Danke, Eminenz.« Der Kundschafter verbeugte sich und ging.

»Ich habe noch nie daran gedacht, wie es den Leuten gehen muss, die draußen an der Front sind«, sagte Modina.

»Der Nächste ist Abner Gallsworth, der städtische Verwalter«, kündigte Nimbus an. Ein hagerer, hochgewachsener Mann trat ein. Er war der bestgekleidete Besucher des Vormittags mit einem schweren Gewand in Grün und Gold, das fast bis zum Boden hinunterfiel. Auf dem Kopf trug er eine Art Zylinder mit Klappen, die seitlich hinunterhingen wie Hundeohren. Er hatte ein langes, schmales Gesicht, das aufgrund seines Alters noch länger und schmaler wirkte.

»Eure Imperiale Eminenz.« Er verbeugte sich, aber weniger tief als seine Vorgänger, und es war auch kein Scharren zu hören, weil er den rechten Fuß nicht nach hinten schob. »Ich freue mich, Euch mitteilen zu können, dass die von Euch angeordnete Einrichtung von Vorratslagern abgeschlossen und auch sonst alles vorbereitet ist. Zu meinem Bedauern muss ich Euch dennoch über ein Problem in Kenntnis setzen. Der Platz in der Stadt wird knapp. Es treffen weiter Flüchtlinge aus den Städten und Dörfern der Umgebung ein – sogar verstärkt, seit sich auf dem Land die Nachricht verbreitet hat, dass Soldaten die Straßen und Pässe abriegeln.

Inzwischen leben mehrere hundert Menschen auf der Straße,

und angesichts der winterlichen Kälte bekomme ich täglich Berichte von Erfrorenen, die fortgeschafft werden müssen. Gegenwärtig bringen wir die Leichen vor die Stadtmauer und stapeln sie auf einem brachliegenden Feld, damit sie im Frühjahr beerdigt werden können. Dadurch wurden jedoch wilde Tiere angezogen. Wolfsrudel wurden gesichtet, und die Menschen, die noch außerhalb der Stadtmauer wohnen, beklagen sich. Deshalb möchte ich um die Erlaubnis bitten, die Leichen auf See zu bestatten. Dazu brauche ich allerdings ein Schiff. Da alle Schiffe auf Anordnung des Imperiums beschlagnahmt sind, wurde meine Bitte wiederholt abgelehnt. Deshalb bin ich heute gekommen, um sie Euch vorzutragen.«

»Verstehe«, sagte Modina. »Und was für Vorkehrungen habt Ihr getroffen, um den Tod weiterer Flüchtlinge zu verhindern?«

»Vorkehrungen?«

»Ja. Was habt Ihr getan, damit nicht noch mehr Leute erfrieren?«

»Also … nichts. Die Bauern sterben, weil sie kein Dach über dem Kopf haben. Und das haben sie nicht, weil sie es sich nicht leisten können oder keins finden. Ich kann weder Geld herzaubern noch Häuser. Deshalb verstehe ich Eure Frage nicht.«

»Ihr könnt auch kein Schiff bekommen, um die Leichen zu entsorgen, steht aber trotzdem vor mir und bittet um eins.«

»Stimmt, aber ein Schiff zu bekommen ist ein erreichbares Ziel. Dass auch in Zukunft Bauern sterben, kann man nicht verhindern. Die Stadt ist seit Wochen überfüllt und erst heute Morgen ist wieder eine große Gruppe aus Alburn eingetroffen, etwa fünfzig Familien. Wenn Ihr eine praktikable Lösung wollt, schlage ich vor, den Zuzug weiterer Flüchtlinge zu verhindern. Lasst einfach die Tore schließen und fertig. Dann müssen die, die hilfesuchend hierher kommen, eben lernen, dass sie für sich selbst sorgen müssen. Wenn Ihr sie hereinlasst, sterben nur noch mehr.«

»Ihr habt vermutlich recht«, sagte Modina. »Aber Ihr würdet anders reden, wenn Ihr mit Eurer Familie selbst vor einem verschlossenen Tor stehen würdet. Ich bin als Imperatorin für alle Menschen zuständig und für ihr Wohl verantwortlich, nicht umgekehrt.«

»Dann sagt mir bitte, was ich tun soll, denn ich weiß keine Lösung für dieses Problem. Wir haben einfach nicht genug Platz für alle.«

Modina sah sich in dem Saal mit der blauen Kuppel um. In dem gewaltigen Kamin brannte ein neues Scheit, wie sie angeordnet hatte.

»Kanzler?«

»Jawohl, Eminenz?«, sagte Nimbus.

»Wie viele Leute kriegen wir in diesem Saal unter?«

Er hob überrascht die Augenbrauen und schürzte die Lippen. »Vielleicht hundert, wenn sie nichts dagegen haben, auf engstem Raum zu leben.«

»Bestimmt nicht, wenn die Alternative Erfrieren ist.«

»Ihr wollt den Thronsaal für die Öffentlichkeit öffnen?«, fragte Gallsworth entgeistert. »Wo wollt Ihr dann die Geschäfte des Imperiums führen?«

»Dazu brauche ich keinen Thronsaal.« Sie sah Nimbus an. »Und ich werde nicht nur den Thronsaal öffnen, sondern den ganzen Palast, und zwar sofort. Alle Säle, Gänge und auch die Kapelle sollen entsprechend hergerichtet werden. Ich will, dass jeder Quadratzoll ausgenützt wird. Solange im Palast noch Platz frei ist, soll kein Mann, keine Frau und kein Kind in der Kälte ausharren müssen. Ist das klar?«

»Vollkommen, Eminenz.«

Modina wandte sich an Gallsworth. »Außerdem soll überprüft werden, ob es sonst wo in der Stadt noch Unterkünfte gibt, die genutzt werden können. Kein Ort ist dafür zu heilig oder zu vornehm. Es handelt sich um eine Notlage und jeder verfügbare Platz muss verwendet werden.«

»Ist das Euer Ernst?«, fragte Gallsworth verdattert.

»Ich werde nicht zulassen, dass vor meiner Tür Menschen

sterben!«, rief Modina mit einer Stimme, die keinerlei Raum für Zweifel ließ.

Die Wachen hoben erschrocken über den ungewohnten Gefühlsausbruch die Köpfe und auch einige Diener zuckten sichtbar zusammen. Der Verwalter dagegen erwiderte Modinas Blick unbewegt. Einen Augenblick lang schwieg er, dann machte er mit den Lippen stumme Bewegungen und schließlich nickte er.

»Sehr wohl«, sagte er. »Ich werde mich darum kümmern. Ich kann Euch schon jetzt auf einen besonders großen ungenutzten Ort hinweisen. In der imperialen Basilika von Aquesta könnte man an die tausend Menschen unterbringen. Zur Zeit wohnen dort nur acht.«

»Wenn Ihr das wisst, warum habt Ihr es nicht schon früher gesagt?«

»Ich würde mir nie erlauben, arme, schmutzige Bauern im Haus Gottes einzuquartieren.«

»Für wen ist das Haus Gottes denn sonst da, bei Maribor?«

»Der Patriarch wird nicht erfreut sein.«

»Er soll sich zum Teufel scheren!«, rief Modina aufgebracht. »Nimbus ...«

»Wird erledigt, Eminenz.«

»Warum schlaft ihr nicht?«, fragte Modina. Mercy und Allie waren beide noch wach, als sie ihr Schlafzimmer betrat.

Modina hatte Allie in ihr Schlafzimmer geholt, um Platz für die Flüchtlinge zu machen. Als Allie dann gefragt hatte, ob Mercy bei ihr übernachten dürfe, hatte sie ihr das nicht abschlagen können. Die beiden Mädchen standen in ihren Nachthemden und in Decken gewickelt vor dem dunklen, mit Eisblumen geschmückten Fenster. Auf Modinas Frage drehten sie sich um und wischten sich rasch über die Wangen.

»Zu kalt«, sagte Mercy ein wenig lahm und zog die Nase hoch.

Allie nickte. »Es ist eisig. Wir konnten heute nicht mal draußen spielen.«

»Selbst Ringelpelz wollte nicht raus.« Mercy blickte zu dem Waschbären hinüber, der sich vor dem Kamin zusammengerollt hatte.

»Es ist wirklich sehr kalt!« Modina blickte durch das Fenster auf den sternenübersäten Himmel. Wenn es so kalt war, waren die Nächte immer klar.

»Sogar das Wasser in den Augen gefriert!«

»Und die Ohren tun mir weh.«

Modina legte die Hand an die bereifte Scheibe. Wie viele Stunden hatte sie vor diesem Fenster gekniet. Das Glas fühlte sich wie Eis an. »Ja, die Kälte ist lästig, aber vielleicht ist sie das Wunder, das wir brauchen.«

»Du findest es gut, wenn es so kalt ist?«, fragte Allie.

»Na ja, wenn Ringelpelz nicht raus will, dann will das vermutlich auch sonst niemand.«

»Du meinst die Elben?«, fragte Mercy.

Modina nickte. Warum sollte sie die Kinder anlügen?

»Warum wollen sie uns töten? Allie ist doch auch eine Elbin, aber sie will das nicht, oder?«

Allie schüttelte den Kopf.

»Ich weiß es auch nicht«, sagte Modina. »Und ich weiß nicht, ob das überhaupt jemand weiß. Der Grund dafür reicht wahrscheinlich weit zurück, so weit, dass niemand mehr sich daran erinnert.«

»Werden die Elben uns töten, wenn es wärmer wird?«, fragte Allie.

»Das werde ich nicht zulassen. Und dein Vater auch nicht. Hast du wegen ihm geweint? Er fehlt dir, ja?«

Das Mädchen nickte.

»Und du?« Modina sah Mercy an.

»Mir fehlen Arcadius und Miranda. Miranda hat mich abends immer ins Bett gebracht und mir Geschichten erzählt, wenn ich nicht einschlafen konnte.«

»Da kann ich aushelfen. Ich weiß eine Geschichte – eine Geschichte, die mir eine liebe Freundin einmal erzählt hat, als es mir sehr schlecht ging. So schlecht, dass ich nicht einmal mehr essen konnte. Ich mache euch einen Vorschlag: Wir legen noch etwas Holz nach und dann kuscheln wir uns in mein großes Bett und ich erzähle euch die Geschichte.«

Die Imperatorin sah zu, wie die beiden mit nackten Füßen durch das Zimmer patschten und Arme voller Holzscheite in den Kamin fallen ließen.

Sie lächelte.

Alle fanden es ungeheuer großzügig von ihr, die Mädchen in ihren persönlichen Gemächern aufzunehmen. Einige glaubten sogar, dass dahinter politisches Kalkül steckte, denn kein Herzog konnte jetzt noch sagen, er sei unter seiner Würde, Flüchtlinge bei sich aufzunehmen. Doch das war nicht der Grund, höchstens eine willkommene Nebenwirkung. Nein, Modina hatte Allie bei sich aufgenommen, weil sie Wyatt versprochen hatte, sich um sie zu kümmern, und ihr Versprechen zu halten gedachte. Und da die beiden Mädchen unzertrennlich waren, hatte Modina damit praktisch Zwillinge übernommen. Erst später stellte sie fest, dass sie die Kinder auch dann gerne bei sich behalten hätte, wenn Wyatt noch in derselben Nacht zurückgekehrt wäre oder auf den Winter unvermutet der Sommer gefolgt wäre und alle Probleme des Reiches sich durch ein Wunder in Wohlgefallen aufgelöst hätten. Modina hatte schon lange nicht mehr ein so unbeschwertes Lachen gehört. Um der grauen Welt finster dreinblickender Männer zu entkommen, hatte sie damals durch ihr Fenster auf den blauen Himmel geblickt. Jetzt war ein Stück dieses Himmels in ihre Gemächer gekommen und tollte dort herum. Die beiden erinnerten sie an Maria und Jessie Caswell, Kindheitsfreundinnen, die viel zu früh gestorben waren.

Sie deckte die beiden Mädchen gut zu, dann legte sie sich neben Allie und strich ihr über die Haare.

»Die Geschichte heißt ›Kile und die weiße Feder‹. Der Göttervater Erebus hatte drei Söhne: Ferrol, Drome und Maribor, die Götter der Elben, der Zwerge und der Menschen. Er hatte auch eine Tochter Muriel, die an Anmut nicht ihresgleichen hatte. Sie herrschte über das Reich der Pflanzen und Tiere. Doch eines Nachts betrank Erebus sich und … und tat seiner eigenen Tochter weh. Ihre Brüder waren wütend. Sie griffen den Vater an und wollten ihn töten, aber Götter können natürlich nicht sterben.

Voller Schuldgefühle und Trauer suchte Erebus Muriel auf und bat sie um Verzeihung. Die Reue ihres Vaters rührte sie, aber sie konnte seinen Anblick trotzdem nicht ertragen. Er flehte sie an, ihm eine Strafe aufzuerlegen. Er war zu allem bereit, nur damit sie ihm verzieh. Muriel brauchte Zeit, damit ihre Angst und ihr Schmerz sich legen konnten, deshalb sagte sie zu ihm: ›Geh nach Elan und lebe dort nicht als Gott, sondern als Mensch und lerne Demut.‹ Als Buße für sein Verbrechen sollte er gute Werke tun. Erebus tat wie geheißen und nahm den Namen Kile an. Es heißt, dass er bis heute bei uns unterwegs ist und Wunder bewirkt. Für jede Tat, die Muriel gefällt, schenkt sie ihm eine weiße Feder ihres herrlichen Mantels und Erebus bewahrt diese Feder in einer Tasche an seinem Gürtel auf. Erst an dem Tag, an dem Muriel alle Federn aufgebraucht hat, will sie ihren Vater nach Hause rufen und ihm verzeihen. Wenn die Götter wieder vereint sind, so heißt es, werde sich alles zum Guten wenden und die Welt sich in ein Paradies verwandeln.«

»Modina?«, fragte Mercy.

»Ja?«

»Wenn du stirbst, triffst du dann die Menschen, die schon gestorben sind?«

»Keine Ahnung. Wen soll ich denn treffen?«

»Meine Mutter fehlt mir.«

»Ach so, das ist etwas anderes«, sagte Modina. »Mütter und Töchter begegnen sich auf jeden Fall.«

»Wirklich?«

»Natürlich.«

»Meine Mutter war sehr schön. Sie hat immer gesagt, ich sei auch schön.«

»Das bist du.«

»Sie sagte, ich würde eine Märchenprinzessin sein, wenn ich groß bin, aber das glaube ich jetzt nicht mehr. Ich glaube nicht, dass ich überhaupt groß werde.«

»Rede kein dummes Zeug. Wenn deine Mutter es gesagt hat, musst du ihr glauben – Mütter wissen so etwas.« Modina umarmte Mercy und küsste sie auf die Wange. Das Mädchen fühlte sich so zart und zerbrechlich an. »Aber es ist schon spät und ihr müsst jetzt schlafen.«

Vor dem Fenster ging hell der Mond auf.

Modina dachte an die achtundfünfzig Männer, die draußen auf einem verschneiten Hang lagerten und die sie in die Kälte hinausbefohlen hatte. Einige würden Finger verlieren, andere Zehen, Nasen oder Ohren und einige würden vielleicht sogar erfrieren, wie ihr Vater in der Nacht des Schneesturms fast erfroren war. Vielleicht lagerten sie in einer Mulde, die sie in den gefrorenen Schnee gehauen hatten, und versuchten sich mit ihren wenigen Kleidern und einer dünnen Wolldecke vergeblich warmzuhalten und vor dem bitterkalten Wind zu schützen. Unbeherrscht zitternd und mit den Zähnen klappernd würden sie dort ausharren und auf ihren Bärten und Wimpern würden sich Schnee und Eis ablagern. Die Pechvögel unter ihnen würden in einen tiefen Schlaf fallen, aus dem sie nicht mehr aufwachten.

Beim Gedanken an diese Männer und ihre Not und Angst fühlte Modina sich schuldig. Die Männer sahen dem Tod ins Auge, weil sie es so wollte, aber sie brauchte sie dort. Sie wünschte, sie könnte ihnen die Lage erleichtern oder wärmeres Wetter herbeizaubern. Trotzdem betete sie, während sie die funkelnden Sterne draußen betrachtete, leise: »Bitte, Maribor, ich weiß zwar, dass ich nicht deine Tochter bin, sondern nur ein armes Bauernmädchen, das gar nicht hier sein sollte, aber mach bitte trotzdem, dass es kalt bleibt.«

Sie schlief ein, wachte aber wenige Stunden später wieder auf. Im Zimmer war es dunkel. Die Scheite waren heruntergebrannt und die Luft war eisig.

Mercy hatte sie geweckt. Sie wand sich unter ihren Decken und strampelte mit den Beinen, hatte die Augen aber geschlossen. Ihre Arme zuckten, ihre Augen wanderten unter den Lidern aufgeregt hin und her. Aus ihrem Mund kam ein schreckliches Keuchen, als ersticke sie.

»Was hat sie?«, fragte Allie. Ihr Gesicht war schläfrig und die Haare klebten ihr an der Stirn.

»Wahrscheinlich einen schlechten Traum.« Modina hielt Mercy an der Schulter fest und drückte sie leicht. »Mercy? Mercy, wach auf.«

Das Mädchen strampelte ein letztes Mal, dann blieb es ruhig liegen. Seine Augen gingen zuckend auf und es blickte aufgeregt nach links und rechts.

»Es ist alles gut. Du hast nur schlecht geträumt.« Zitternd klammerte das Mädchen sich an Modina. »Aber jetzt ist alles gut, ganz ruhig.«

»Nein«, erwiderte Mercy stockend. »Es ist nicht gut. Ich habe die Elben gesehen. Sie sind in die Stadt eingedrungen. Niemand hat sie aufgehalten.«

Modina strich ihr über den Kopf. »Das war nur ein Traum, ein Albtraum, weil wir vor dem Einschlafen über die Elben gesprochen haben. Ich habe doch gesagt, ich lasse nicht zu, dass sie uns etwas tun.«

»Aber du konntest sie nicht aufhalten – niemand konnte das. Die Mauern sind eingestürzt und fliegende Ungeheuer haben die Häuser in Brand gesetzt. Ich habe die Männer im Nebel schreien hören. Es hat geblitzt, der Boden öffnete sich und die Mauern stürzten ein. Die Elben ritten auf weißen Pferden und waren in Gold und Blau gekleidet.«

»In Gold und Blau?«, fragte Modina.

Mercy nickte.

Modinas Herz setzte einen Schlag aus. »Hast du die Elben gesehen, als ihr aus der Universität geflohen seid?«

»Nein, nur die fliegenden Ungeheuer. Die waren schrecklich.«

»Woher weißt du dann, dass die Elben Gold und Blau tragen?«

»Ich habe sie im Traum gesehen.«

»Was hast du noch gesehen? Aus welcher Richtung sind sie gekommen?«

»Ich weiß nicht.«

»Du sagtest, sie hätten auf Pferden gesessen. Sind sie mit Pferden gekommen oder mit Schiffen?«

»Ich weiß nicht. Ich habe sie nur auf Pferden in die Stadt reiten sehen.«

»Weißt du, durch welches Tor?«

Mercy schüttelte den Kopf und wirkte mit jeder Frage Modinas noch verängstigter. Die Imperatorin versuchte sie zu beruhigen und zu lächeln, aber es wollte ihr nicht gelingen. Schließlich stand sie auf. Der Boden war kalt, aber sie nahm es nicht wahr. In Gedanken versunken, ging sie auf und ab.

Dass ein Kind im Traum die Zukunft sieht, ist doch eigentlich unmöglich. Aber Mercy hat genau das gesehen, was in dem Text beschrieben wird, den der Patriarch bei der Besprechung zitiert hat. »Sie kamen auf Pferden von strahlendem Weiß, gewandet in glänzendes Gold und schimmerndes Blau.« *Aber vielleicht waren in dem alten Bericht nicht dieselben Elben gemeint.*

»Erinnerst du dich noch, wo du warst, als du sie durch das Tor hast kommen sehen?«

Mercy überlegte. »Wir standen auf der Mauer vor dem Palast, auf der Allie und ich immer mit Ringelpelz spielen.«

»War es Tag oder Nacht?«

»Vormittag.«

»Konntest du die Sonne sehen?«

Sie schüttelte den Kopf und Modina seufzte. Wenn sie doch nur …

»Es war bewölkt«, erklärte Mercy.

»Kannst du sagen, auf welcher Seite das Meer war, als du zum Tor geblickt hast?«

»Äh … auf dieser Seite, glaube ich«, sagte sie und zog die rechte Hand unter der Decke hervor und streckte sie aus.

»Bist du sicher?«

Das Mädchen nickte.

»Dann hast du auf das Südtor geblickt«, sagte Modina. »Ihr beide schlaft jetzt wieder«, fügte sie energisch hinzu. Die Mädchen sahen ihr nach, wie sie aus dem Zimmer eilte und im Gehen noch schnell etwas überzog. Die Wache vor der Tür fuhr erschrocken herum.

»Weck den Kanzler und sag ihm, dass ich den Kundschafter Entwistle sofort sprechen will. Es soll ins Amtszimmer des Kanzlers kommen. Los.«

Sie schloss die Tür und eilte nur spärlich bekleidet die Treppe in den vierten Stock hinunter.

»He du!« Sie blieb vor einem Wächter stehen, der gerade gähnte. Er stand sofort stramm. »Mach im Zimmer des Kanzlers Licht.«

Als Nimbus und der Kundschafter eintrafen, hatte sie bereits die Karte des Königreichs Warric aus dem Regal geholt und auf dem Tisch ausgebreitet.

»Was ist vorgefallen?«, fragte der Kanzler.

»Ihr kommt doch aus dem Süden, Nimbus, nicht wahr?«

»Aus Vernes, Eminenz.«

»Das liegt doch an der Mündung des Bernum?«

»Ja.«

»Gibt es einen Ort südlich von Colnora, an dem man den Bernum überqueren kann?«

»Nein, Eminenz.«

Modina wandte sich wieder der Karte zu und die beiden Männer warteten geduldig. »Die Elben können uns nicht von Westen angreifen, weil sie keine seetüchtigen Schiffe haben, und sie können wegen der Berge auch nicht von Norden kommen?«

Diesmal sah sie den Kundschafter an.

»Jawohl, Eminenz. Auf die Straße von Glouston haben wir eine Lawine niedergehen lassen, sie ist erst wieder Ende Frühjahr passierbar. Die Brücken in Colnora wurden zerstört.«

»Und wegen des Bernum können sie auch nicht von Osten oder Süden kommen. Wie steht's mit dem Rilantal? Können sie das passieren?«

»Nein, dazu liegt der Schnee zu hoch auf den Wiesen. Mit den richtigen Schuhen kann ein Elbe vielleicht drübergehen, aber auf keinen Fall mit Pferden oder Wagen. Und selbst wenn, müssten sie noch den Farendel Durat überqueren, und dessen Pässe sind geschlossen.«

Modina beugte sich wieder über die Karte und studierte sie aufmerksam.

»Wenn die Elbenarmee Aquesta von Süden angreifen würde, wie würde sie am besten dorthin kommen?«

»Überhaupt nicht«, sagte der Kundschafter. »Die einzigen Brücken über die Schlucht des Bernum befanden sich in Colnora und sie wurden zerstört.«

»Und wenn sie Colnora umgehen? Wenn sie den Bernum weiter südlich überqueren?«

»Im Süden ist der Fluss breit und tief. Außer in Colnora gibt es keine Furt oder Brücke.«

Modina trommelte mit den Fingern auf die Tischplatte und starrte die Karte an.

»Was beschäftigt Euch, Eminenz?«, fragte Nimbus.

»Ich weiß nicht«, sagte sie, »aber wir übersehen etwas. Die Kälte hat den Vormarsch der Elben nicht gestoppt. Wir sollen das vielleicht denken, aber ich bin überzeugt, dass sie uns umgehen. Ich glaube, sie werden von Südosten angreifen.«

»Aber das ist unmöglich«, wandte der Kundschafter ein.

»Sie sind Elben. Wissen wir denn, was für sie möglich ist? Wenn sie über den Bernum kämen, wie müssten wir reagieren?«

»Das hängt davon ab, wo sie ihn überqueren. Wir wären womöglich von Brecktons Armee im Osten abgeschnitten und sie könnten uns ungehindert von Süden angreifen.«

»Ich kenne jeden Zentimeter des Bernum, Eminenz. Als junger Bursche habe ich zusammen mit meinem Bruder mit dem Floß Waren von Colnora nach Vernes befördert. Wir haben das ganze Jahr über gearbeitet. Es gibt nirgendwo eine Furt. Der Fluss ist so breit und tief wie ein See und hat eine sehr gefährliche Strömung. Sogar im Sommer kommt ohne Boot niemand hinüber. Im Winter wäre es vollends Selbstmord.«

Die Entscheidung über das weitere Vorgehen war so wichtig, dass Modina sie nicht allein vom Albtraum eines Kindes abhängig machen durfte, obwohl sie in ihrem Herzen spürte, dass Mercy die Wahrheit geträumt hatte. Ihr Blick fiel auf die kleine kupferne Anstecknadel in Form einer Fackel an Tope Entwistles Brust. »Sagt doch, was tragt Ihr da auf der Brust?«

Der Kundschafter blickte an sich hinunter und lächelte verlegen. »Die hat Baron Breckton mir dafür verliehen, dass ich ein Feuerzeichen geben konnte, als die Elben den Galewyr überquert haben.«

»Ihr habt die Elbenarmee also tatsächlich gesehen?«

»Ja, Eminenz.«

»Dann sagt mir, was für eine Farbe die Uniformen der Elben haben.«

Der Kundschafter sah sie überrascht an. »Blau und Gold.«

»Danke, Ihr könnt gehen. Schlaft wieder und ruht Euch aus.«

Der Kundschafter nickte, verbeugte sich und ging.

»Worauf wollt Ihr hinaus, Eminenz?«, fragte der Kanzler.

»Ich werde Breckton und seine Armee aus Colnora zurückrufen. Wir werden diesen Krieg nicht überleben, Nimbus, trotz aller unserer Vorkehrungen. Die Elben werden unsere Verteidigung durchbrechen, die Mauern niederreißen und den Palast stürmen.«

Nimbus schwieg unbewegt.

»Das ist Euch bereits klar, nicht wahr?«

»Ich mache mir nur wenige Illusionen, Eminenz.«

»Aber ich werde nicht zulassen, dass meine Familie getötet wird – nicht schon wieder.«

»Noch besteht Hoffnung«, sagte er. »Dank Euch. Jetzt können wir nur warten.«

»Und beten.«

»Wenn Ihr meint, das hilft.«

»Ihr glaubt nicht an die Götter, Nimbus?«

Er lächelte schief. »Aber gewiss glaube ich an sie, Eminenz. Ich denke nur, dass sie nicht an mich glauben.«

15

Percepliquis

Das letzte Stück zur Küste legte die *Herold* im Schneckentempo zurück. Wyatt hatte aus den Überresten der Segel ein kleines neues Segel zusammengesetzt und es an einer Stange gehisst, die er an den Stumpf des alten Masts gebunden hatte. Sie flogen nicht mehr über die Wellen, sondern dümpelten mehr dahin, aber es reichte, um ans andere Ufer zu gelangen. Royce entdeckte in einiger Entfernung eine Art Hafen, den sie aber mieden. Stattdessen ankerten sie in einer geschützten Bucht mit nur einem schmalen Streifen Sand, umgeben von halb mannshohen Steinblöcken, die verstreut oder übereinander dalagen wie Bauklötze, die ein Riesenkind in einem Wutanfall auf den Boden geschleudert hatte. Sie glänzten von der Gischt und die Steine am Wasser trugen leuchtende Bärte aus einer Art strähnigem Moos.

»Mir gefällt nicht, dass es hier keine Möwen gibt«, sagte Wyatt und vertäute das Schiff an einem Stein, der wie ein gewaltiger Finger aus dem Sand ragte. »Nur gottverlassene Küsten haben keine Möwen.«

»Ach ja?«, fragte Hadrian. »Du sorgst dich wegen der Möwen? Ich hätte gedacht, das leuchtend grüne Wasser würde dich mehr beschäftigen.«

»Das auch.«

Magnus ging als Erster von Bord. Er sprang auf den Sand und

rannte den Strand zu den Steinblöcken hinauf und berührte sie mit den Händen, wie um sich zu versichern, dass sie echt waren. Royce folgte als Nächster. Sein Gesicht hatte inzwischen selbst eine grünliche Färbung angenommen. Das Elbenblut machte ihn anfällig für Seekrankheit und Hadrian musste daran denken, wie sehr er an Bord der *Smaragdsturm* gelitten hatte. Der Dieb kletterte auf einen Stein und legte sich hin. Alric und Mauvin gingen ebenfalls von Bord und blickten mit großen Augen zu den steinernen Trümmern hinauf. Arista sprang als Letzte, begleitet von Myron, der ihre Hand hielt. Sie hatte zwei Stunden geschlafen und immer noch dunkle Ringe unter den Augen. Sobald sie auf dem Strand stand, drehte sie sich zur *Herold* um und betrachtete sie reumütig.

»In diesem Zustand kommen wir nicht zurück«, sagte Wyatt und betrachtete das Schiff kritisch. »Ich habe schon überlegt, ob Elden und ich nicht hierbleiben und das Schiff reparieren sollen, während Ihr das Horn holt. Ich könnte an den Steinen ein paar Flaschenzüge befestigen und mit Eldens Hilfe vielleicht einen neuen Mast aufstellen, vorausgesetzt wir finden ein geeignetes Stück Holz. Oder ich könnte wenigstens mit Hilfe eines Taus die Stange verstärken, die wir jetzt haben. Auch das Ruder müsste repariert werden und ich müsste einige Lecks abdichten, sonst sinken wir auf dem Rückweg. Das dazu notwendige Pech habe ich dabei. Ich muss nur Feuer machen und die *Herold* aus dem Wasser ziehen, aber das müsste mit Hilfe der Flut gehen.«

»Und wenn die Ghazel Euch entdecken?«, fragte Arista.

»Das würde ich nach Möglichkeit vermeiden, aber wenn sie es wirklich tun, müssen wir uns eben zwischen den Felsen verstecken. Ich hoffe allerdings, dass wir sie nach heute für eine Weile nicht mehr sehen. Vielleicht haben wir ja ein paar Tage, bis ein anderes Schiff kommt.

Ich bin wegen meiner Fähigkeiten als Seemann auf die Reise mitgekommen. Mit einem Schwert kann ich nicht annähernd so gut umgehen wie ein Pickering oder wie Hadrian und das ist ja auch gar nicht meine Aufgabe. Und die von Elden auch nicht. Außerdem könntet Ihr dann überflüssiges Gepäck hier lassen und würdet leichter reisen.«

Arista nickte. Für Widerspruch schien ihr die Kraft zu fehlen. Sie setzte sich auf den Sand.

»Ich wollte wirklich nicht so heftig zuschlagen«, sagte Hadrian.

»Was?«, fragte sie benommen. »Ach nein, das mit meinem Kopf ist nicht so schlimm. Ich bin nur müde, obwohl ich geschlafen habe. Mir ist, als wäre ich endlos weit gegangen und als wäre ich seit Wochen auf. Aber das müsstest du besser wissen – kriegt man dieses Gefühl von einem Schlag auf den Kopf?«

»Eigentlich nicht«, sagte Hadrian. »Es tut nur eine Weile weh und dann hat man Kopfschmerzen.«

»Ich fühle mich so, als sei eine Erkältung im Anzug – schwach und müde. Und ich kann mich nicht konzentrieren. Und dass ich jedes Mal träume, wenn ich schlafe, trägt auch dazu bei.«

»Was träumt Ihr denn?«

»Ach, du würdest mich für verrückt halten«, meinte sie verlegen.

»Das tue ich doch jetzt schon.«

Sie grinste. »Ich bin in meinen Träumen nicht ich selbst, sondern Esrahaddon, allerdings in einer Zeit, die schon lange zurückliegt, bevor diese Stadt zerstört wurde, vor dem Tod des Imperators und bevor Esrahaddon eingesperrt wurde.«

»Das kommt davon, dass Ihr seinen Umhang tragt.«

Arista blickte an sich hinunter. »Er leistet mir wirklich gute Dienste und hält mich warm. Und hast du schon mal ein Gewand gesehen, das leuchtet?«

»Das ist ein wenig unheimlich.«

»Mag sein.«

Sie schwiegen. Elden und Wyatt gingen um das Schiff herum und betrachteten den Rumpf. Offenbar wollten sie sich so schnell wie möglich ein Bild von den Schäden verschaffen. Alric und Mauvin kletterten wie abenteuerlustige Kinder die Steine hinauf und erkundeten die Umgebung, Myron saß nur wenige Schritte entfernt ebenfalls im Sand und schien ihnen zuzusehen.

Hadrian blickte auf die Wellen, die an den Strand rollten und unmittelbar vor ihren Füßen spritzend ausliefen. Bald würden sie wieder aufbrechen, aber jetzt tat es gut, ganz ruhig auf festem Boden zu sitzen. Bevor er zum Aufbruch rief, wollte er Royce ein paar Augenblicke zum Verschnaufen geben. Ab hier würde ihr Weg wahrscheinlich besonders gefährlich sein, deshalb brauchten sie Royce in Topform.

»Ich sollte mich bei dir bedanken«, sagte Arista leise und mit gesenktem Blick wie bei einer Beichte.

Hadrian sah sie neugierig an. »Wofür?«

»Für den Schlag auf den Kopf.« Sie hob die Hand, um an der Stelle zu reiben, und nahm den Verband ab. »Alric hatte recht. Ich habe die Kontrolle über mich verloren.« Die Haare fielen ihr ins Gesicht wie ein kastanienbrauner Vorhang, so dass nur noch die Nasenspitze zu sehen war. »Ich kann das Gefühl schwer erklären. Man fühlt sich mächtig, geradezu allmächtig. Kannst du dir das vorstellen – zu denken, man könnte alles tun? Es ist aufregend und verlockend, wird zu einem Bedürfnis wie Hunger. Man hat das Gefühl, Teil von etwas Größerem zu sein, damit zu verschmelzen. Man spürt jeden Wassertropfen, jeden Grashalm und ist damit eins – genauso wie mit der Luft und den Sternen. Und man will wissen, wie weit man gehen kann, bis zu welcher Grenze. Zugleich weiß man instinktiv, dass es keine Grenze gibt. Ich habe bisher nie etwas so Großes getan. Ich habe mich zu sehr verausgabt, zu sehr hingegeben und deshalb offenbar die Beherrschung verloren. Es war einfach so überwältigend, zu spüren, wie alles mir antwortet, als sei es ein Teil von mir oder ich ein Teil von ihm. Also – ich konnte nicht mehr klar denken. Da war nur dieses Gefühl und ich weiß nicht, was passiert wäre, wenn du mich nicht ...«

»Wenn ich Euch nicht geschlagen hätte?«

»Ja.«

»Ich bin froh, dass Ihr nicht wütend auf mich seid«, sagte Hadrian erleichtert. »Leute, die ich schlage, sind beim Aufwachen meist nicht so gut gelaunt.«

»Kann ich mir denken.« Sie schob den Haarvorhang zur Seite und blickte mit einem verlegenen Lächeln zu ihm auf. »Ich möchte dir noch für etwas anderes danken.«

Hadrian sah sie verwirrt und ein wenig beunruhigt an.

»Nämlich dafür, dass du keine Angst vor mir hast.«

Ihre Haare waren ungekämmt, ihr Gesicht war müde und abgespannt. Sie hatte Ringe unter den Augen und dünne, farblose Lippen und an ihrer Nasenspitze klebte ein wenig Sand. Über ihre Stirn zogen sich dünne Sorgenfalten.

Ist sie nicht einzigartig?

Er musste den Drang unterdrücken, den Sand von ihrer Nase abzuwischen.

»Wer sagt, dass ich keine Angst vor Euch habe?«, fragte er.

Er sah, wie sie darüber nachdachte. Wahrscheinlich war es am besten, das Gespräch jetzt zu beenden, bevor er etwas Dummes sagte. Er stand auf, klopfte den Sand von sich ab und machte sich auf die Suche nach seinem Bündel. Er war gerade beim Schiff angekommen, auf dem Wyatt damit beschäftigt war, ein Tau aufzuwickeln, als die beiden Kundschafter zurückkehrten.

»Wir haben einen Weg in die Stadt gefunden«, verkündete Mauvin grinsend.

Die beiden gingen zu ihren Bündeln, holten ihre Trinkschläuche heraus und tranken durstig.

»Es ist schon Wahnsinn«, sagte Alric und wischte sich das Wasser aus dem Bart. »Da gibt es riesige steinerne Löwen – schon ihre Tatzen sind größer als ich! Wir sind wirklich in Percepliquis. Ich muss mir das ansehen. Wir sollten aufbrechen.«

»Wyatt und Elden wollen hierbleiben«, sagte Hadrian.

»Ach ja? Warum?«, fragte Alric ein wenig irritiert.

»Sie wollen das Schiff reparieren, während wir weg sind, damit es bei unserer Rückkehr wieder seetüchtig ist.«

»Gut, das leuchtet ein, sogar sehr. Wunderbar. Dann holen wir unsere Sachen und brechen auf. Ich brenne schon mein ganzes Leben lang darauf, diese Stadt zu sehen.« Alric und Mauvin kletterten an Bord der *Herold*, um ihre restlichen Sachen zu holen.

»Könige«, sagte Hadrian mit einem Schulterzucken zu Wyatt.

»Sei vorsichtig«, sagte Wyatt. »Und behalte Gaunt im Auge.«

»Gaunt?«

»Du bist zu vertrauensselig.« Wyatt wies mit einem Nicken auf Gaunt, der neben dem Zwerg auf einer großen Steinplatte saß. »Er verbringt viel Zeit mit Magnus und war ungewöhnlich freundlich zu Elden und mir. Offenbar will er sich bei den Leuten einschmeicheln, die man auch zum Mitkommen gezwungen hat. Weißt du noch, was ich auf der *Smaragdsturm* gesagt habe? Auf jedem Schiff gibt es einen Matrosen, der an Meuterei denkt.«

»Und der soll unsere einzige Hoffnung sein?« In Hadrians Stimme schwang Ironie. »Pass du auch gut auf. Mit den Ghazel ist nicht zu spaßen, wie du weißt. Sieh dich also vor. Schlafe nicht auf dem Schiff und mach kein Feuer an.«

»Glaub mir, ich erinnere mich noch sehr gut an die Arena im Palast der vier Winde. Ein zweites Mal will ich mit denen nicht kämpfen.«

»Gut, denn das hier ist keine Arena und es gibt keinerlei Regeln. Hier würden sie über dich herfallen wie ein Heer von Ameisen.«

»Viel Glück.«

»Dir auch. Und sorge dafür, dass das Schiff fahrbereit ist, wenn wir zurückkommen. Ich war mit Royce schon oft genug auf solchen Expeditionen und weiß deshalb, dass der Anfang zwar manchmal etwas zäh verläuft, zum Schluss aber alles furchtbar schnell gehen muss.«

Die Ruinen der Stadt begannen unmittelbar an der Küste, obwohl das erst sichtbar wurde, als sie das Ufer verlassen hatten und landeinwärts gegangen waren, wo sie einen besseren Überblick hatten. Die Steinblöcke an der Küste gehörten zum zerstörten Fundament einer Säulenreihe aus weißem Marmor, die einst hundert Fuß hoch gewesen war, wie die drei letzten noch stehenden Säulen zeigten. Dass sie allerdings noch standen, grenzte an ein Wunder, wenn man sah, wie sehr sich die Säulentrommeln verschoben hatten.

Sie folgten dem Weg, den Alric und Mauvin entdeckt hatten. Er begann an den Tatzen zweier riesiger steinerner Löwen. Die Löwen waren bestimmt zweihundert Fuß hoch, der Kopf des einen war allerdings heruntergefallen und verschwunden. Der andere hatte die Zähne grimmig gefletscht. Seinen Kopf umrahmte eine gewaltige Mähne.

»Die Löwen des Imperiums«, murmelte Myron. Sie tauchten in ihre Schatten ein und Royce blieb stehen und zündete seine Laterne an.

Arista blickte mit in den Nacken gelegtem Kopf zu ihnen auf. »Ich habe die schon gesehen«, flüsterte sie. »In meinen Träumen.«

»Was weißt du über diesen Ort, Myron?«, fragte Royce. Er hob die Laterne und spähte in das Labyrinth aus Trümmern und Ruinen, das sich vor ihnen öffnete.

»Welcher Autor interessiert dich besonders? Von Antun Bulard gibt es eine ausgezeichnete Untersuchung der alten Texte und …«

»Gib bitte eine Zusammenfassung.«

»Gut. Der Sage nach befand sich hier einst ein kleines Dorf, in dem eine Bauerstochter namens Persephone lebte. Die Bewohner des Dorfes lebten in ständiger Angst vor den Elben, die den Berichten zufolge bereits die Dörfer der Umgebung niedergebrannt und alle Einwohner einschließlich der Frauen und Kinder abgeschlachtet hatten. Das Dorf von Persephone war als Nächstes dran, doch da kam ein Mann namens Novron. Er verliebte sich in Persephone und gelobte, sie zu retten. Er flehte sie an, das Dorf zu verlassen, aber sie weigerte sich. Also beschloss er, ebenfalls zu bleiben und sie zu beschützen.

Er übernahm das Kommando und organisierte die Verteidigung des Dorfes. Als die Elben angriffen, besiegte er sie und rettete das Dorf. Anschließend offenbarte er sich als Novron, Sohn des Maribor, ausgeschickt, um die Kinder Maribors vor den Angriffen der Kinder Ferrols zu schützen.

Viele Schlachten später besiegte Novron die Elben in der Schlacht von Avempartha und eine Zeit des Friedens mit den Elben begann. Novron wollte eine Hauptstadt für sein Reich und ein Zuhause für seine Frau bauen. Sein Reich war riesig, aber Persephone wollte nirgendwo sonst leben als in ihrem Dorf. Also baute Novron seine Hauptstadt hier und nannte sie Percepliquis – die Stadt der Persephone.

Mit der Zeit wurde daraus die größte und höchstentwickelte Stadt der Welt. Den Chroniken zufolge hatte sie einen Durchmesser von fünf Meilen und war der Sitz einer berühmten Universität und Bibliothek. Aus dem ganzen Reich kamen die Gelehrten hierher, um zu studieren. Außerdem entstanden der große imperiale Palast und zahlreiche Tempel, Gärten und Parks. Es gab öffentliche Trinkwasserbrunnen und Bäder, in denen die Bürger in beheizten Wasserbecken liegen konnten.

Percepliquis war auch der Sitz der imperialen Bürokratie, unendlich vieler Behörden, die das Reich verwalteten und Wirtschaft und Gesellschaft lenkten. Agenten sorgten dafür, dass Dissidenten, Verbrecher und korrupte Beamte unschädlich gemacht wurden. Und natürlich beherbergte es die Zunft der Teshlor-Ritter und den Rat der Cenzaren, der Zauberer – zwei Vereinigungen, die den Imperator berieten und beschützten.

Mit Hilfe seiner Verwaltung kontrollierte der Imperator alles – Wälder, Bergwerke, Bauernhöfe, Getreidespeicher, Werften und Tuchfabriken. Die Korruption wurde dadurch eingedämmt, dass jede Behörde mehrere Leiter hatte, die häufig ausgewechselt wurden. Außerdem wurden keine Ortsansässigen ernannt, die womöglich Verbindungen zu denen hatten, die sie regierten. Sogar die Prostitution wurde geregelt.

Percepliquis war eine ungeheuer reiche Stadt. Es war Mittelpunkt des Handels, der ganz Apeladorn umfasste und bis in die exotischen Westerlande und nach Estrendor im hohen Norden reichte, und es wimmelte in der Stadt von wohlhabenden Kaufleuten. Die Straßen waren legendär. Sie waren breit und gepflastert und führten schnurgerade in alle nur denkbaren Richtungen. Sie waren mit Meilensteinen versehen und von schattenspendenden Bäumen gesäumt und sie wurden auch gut instandgehalten. Für die Bequemlichkeit der Reisenden gab es in regelmäßigen Abständen Brunnen und Unterkünfte.

Es gab in diesem Reich keinen Hunger, keine Verbrechen und keine Krankheiten und Seuchen. Nie wurde von einer Dürre oder einer Überschwemmung berichtet, nicht einmal von großer Kälte. Nahrung gab es immer ausreichend und niemand war arm.«

»Ich verstehe, warum die Imperialisten dieses Reich wiederhaben wollen«, sagte Alric.

»Was nur zeigt, wie dumm manche Leute sind«, warf Gaunt ein. »Keine Hungersnot, keine Dürre, keine Krankheiten, keine Armen? Dass es das gibt, ist in etwa so unwahrscheinlich wie ...«

»... dass Ihr Imperator werdet?«, fragte Royce.

Gaunt sah ihn böse an.

»Nach was müssen wir denn suchen?«, fragte Royce.

Myron schüttelte den Kopf. »Keine Ahnung.« Er sah Arista an.

»Nach dem Grab Novrons«, sagte die Prinzessin.

»Aha.« Myrons Miene hellte sich auf. »Das liegt unter dem Palast im Stadtzentrum.«

»Und wie finden wir den?«

»Das ist ein riesiges, weißes Gebäude mit einer goldenen Kuppel«, antwortete Arista an Myrons Stelle, was ihr einige überraschte Blicke einbrachte. Sie zuckte mit den Schultern. »Ich rate nur.«

Myron nickte. »Gut geraten.«

Sie marschierten weiter. Royce ging wie immer lautlos voraus und leuchtete mit seiner Laterne in alle möglichen dunklen Winkel. Alric und Mauvin folgten ihm in einiger Entfernung. Die Art, wie sie sich bewegten, erinnerte Hadrian an eine Fuchsjagd.

Arista und Myron gingen nebeneinander und betrachteten die Umgebung interessiert. Dahinter kamen Gaunt und Magnus, die hin und wieder eine leise Bemerkung wechselten. Den Abschluss bildete auch diesmal Hadrian, der immer wieder über die Schulter blickte. Er vermisste Wyatt und Elden.

Sie folgten einem Weg, der sich zwischen eingestürzten Mauern hindurchwand, bis sie zu einer ordentlich gepflasterten Straße kamen. Die Pflastersteine waren sechseckig zugehauen und passten nahezu fugenlos aneinander. Hier traten sie endlich aus den Schuttbergen heraus und bekamen einen besseren Überblick über die um sie aufragenden Trümmer der einst so prächtigen Stadt.

Die aus rosenfarbenen oder weißen Steinen erbauten Gebäude hatten trotz der vielen Schutthaufen und der Spuren des Alters nichts von ihrer Schönheit verloren. Besonders gefesselt war Hadrian von ihrer Höhe. Pfeiler und Bögen ragten mehrere hundert Fuß in die Luft auf und stützten herrlich verzierte Simse und Giebel. Die Kuppeln aus polierter Bronze oder Stein mit Durchmessern von über hundert Fuß waren größer als alles, was er bisher gesehen hatte. An Häusermauern zogen sich als Schmuck mehrere hundert Fuß lange Kolonnaden entlang. Statuen unbekannter Menschen wirkten so lebendig, als könnten sie sich jeden Moment bewegen. Sie schmückten versiegte Brunnen, Sockel und Gebäudefassaden.

Genauso eindrücklich wie die Pracht der Stadt war freilich ihr verheerender Zustand. Jeder Pfeiler und jeder Stein sah aus, als sei er aus großer Höhe heruntergefallen. Steinblöcke hatten sich verschoben. Einige wirkten so lose und schief, dass man das Gefühl hatte, das Gewicht eines Spatzen könnte ein tausend Tonnen schweres Gebilde zum Umfallen bringen. Das Ausmaß der Zerstörung war unterschiedlich und folgte keinen erkennbaren Regeln. Bei einigen Häusern fehlten ganze Wände. Viele hatten keine Dächer mehr, bei anderen hatten sich nur einige Steine verschoben. Andere Bereiche waren wiederum erstaunlich gut erhalten. Die Stände eines Markts schienen vollkommen unberührt. Zum Verkauf angebotene Besen standen noch aufrecht da. Ein anderer Stand bot bestens erhaltene Tonvasen an. Der Glanz der roten und gelben Glasuren wurde nur durch eine Staubschicht gemindert. Auf der linken Straßenseite lagen vor einem ruinösen vierstöckigen Wohnhaus drei Skelette, die ihre Kleider noch anhatten, ansonsten aber fast vollkommen zu Staub zerfallen waren.

»Was ist hier eigentlich passiert?«, fragte Gaunt.

»Das weiß niemand so genau«, antwortete Myron. »Theorien gibt es viele. Theodor Brindle meinte, der Grund sei Maribors Zorn auf die Mörder seiner Nachkommen gewesen. Deco Amos der Korpulente fand Hinweise darauf, dass die Stadt von den Cenzaren zerstört wurde, insbesondere dem Zauberer Esrahaddon. Professor Edmund Hall, dessen Spuren wir folgen, glaubte an eine Naturkatastrophe. Nachdem er das salzige Meer überquert und den Zustand der Stadt in Augenschein genommen hatte, schrieb er in seinem Tagebuch, die Stadt hätte auf einer mit Salz gefüllten Höhle gestanden. Das Salz sei durch einen plötzlichen Wassereinbruch ausgeschwemmt worden und die Stadt eingestürzt. Es gibt noch einige weitere, eher zweifelhafte Erklärungsversuche, die etwa Dämonen bemühen oder Zwerge, die die Stadt aus Rachsucht zerstört hätten.«

»Ach was!«, schnaubte Magnus. »Die Menschen geben immer den Zwergen die Schuld. Wird ein Baby vermisst, hat ein Zwerg es geklaut. Brennt eine Prinzessin mit dem zweiten Sohn des Königs durch, hat ein Zwerg sie entführt. Und wenn man sie dann mit dem Prinzen findet – na, dann wurde sie von ihm eben gerettet!«

»Ein König wird in seiner Kapelle erstochen und der Wohnturm einer Prinzessin in eine tödliche Falle verwandelt«, rief Royce von vorn. »Freunde werden verraten und in ein Gefängnis gesperrt – ja, ich verstehe deinen Ärger. Wie kommen die Menschen nur auf solche Ideen?«

»Zur Hölle mit seinen Elbenohren«, murmelte Magnus.

»Was?«, fragte Gaunt. »Royce ist ein Elbe?«

»Nein, ist er nicht« Alric blickte über die Schulter zurück. »Oder?«

»Warum fragst du ihn nicht selbst?«, sagte Arista.

»Royce?«

Die auf und ab hüpfende Laterne blieb stehen. »Ich finde, dies ist weder die Zeit noch der Ort, über meine Abstammung zu sprechen.«

»Gaunt hat damit angefangen. Ich wollte nur fragen. Du siehst nicht wie ein Elbe aus.«

»Weil ich ein *mir* bin. Ich bin nur zu einem Teil Elbe. Weil ich meine Eltern nie kennengelernt habe, kann ich Euch nicht mehr sagen.«

»Du bist zu einem Teil Elbe?«, sagte Myron. »Wie schön für dich. Ich glaube, ich bin noch nie einem Elben begegnet. Obwohl ich natürlich dich kenne, also vielleicht bin ich welchem begegnet, ohne es gemerkt zu haben. Aufregend, nicht wahr?«

»Ist das ein Problem?«, fragte Royce, an Alric gewandt. »Wollt Ihr meine Treue in Zweifel ziehen?«

»Nein, nein, keineswegs«, versicherte Alric. »Du warst immer ein treuer Diener …«

Hadrian ging zu den beiden nach vorn. Hätte er Royce den Dolch lieber noch nicht zurückgeben sollen?

»Diener? Treu?«, fragte Royce. Seine Stimme wurde immer leiser und sanfter.

Kein gutes Zeichen, dachte Hadrian. »Royce, wir müssen weiter.«

»Finde ich auch«, sagte Royce und starrte Alric an. Erst dann wandte er sich zum Gehen.

»Was habe ich denn gesagt?«, fragte der König. »Ich habe doch nur …«

»Halt«, fiel Hadrian ihm ins Wort. »Verzeiht, Majestät, aber sagt einfach nichts. Er kann Euch noch hören und Ihr würdet alles nur schlimmer machen.«

Alric schien noch etwas sagen zu wollen, überlegte es sich aber anders und ging mit finsterer Miene weiter. Arista warf ihm einen mitfühlenden Blick zu, als sie ihn überholte.

Schweigend folgten sie dem Schein der Laterne. Hin und wieder befahl Royce ihnen leise, stehenzubleiben, und dann warteten sie stumm und angespannt. Hadrian hatte die Hände an die Griffe seiner Schwerter gelegt und sah sich wachsam um und lauschte. Nach einiger Zeit tauchte Royce wieder auf und sie setzten sich erneut in Bewegung.

Sie gelangten auf eine breite Straße mit noch höheren und prächtigeren Gebäuden und Fassaden. Die Straße war von gewaltigen Säulen gesäumt, die jeweils aus einem Stein gehauen waren und mit Ornamenten, Inschriften und Darstellungen von Männern, Frauen und Tiergestalten bedeckt waren. Ein besonders großes Gebäude war vollkommen eingestürzt und sie mussten über einen Schuttberg steigen. Der Grund, auf dem sie sich bewegten, war tückisch, denn einige Trümmer, die so groß wie Häuser waren, lagen so lose, dass sie unter ihrem Gewicht nachzugeben drohten. Sie balancierten auf nur zollbreiten Simsen und stiegen über dunkle Löcher, und als sie auf der anderen Seite ankamen, hatten sie eine Pause verdient.

Sie setzten sich auf die Überreste einer großen Marmortreppe, die jetzt ins Nichts führte, und blickten die Hauptstraße der Stadt entlang. Alle Häuser waren aus sorgfältig behauenem Stein erbaut, in der Regel weißer Marmor oder rosenfarbener Granit. Entlang der breiten Straße standen in regelmäßigen Abständen Brunnen, und Hadrian meinte auf einmal zu sehen, wie Kinder die Straße entlangrannten, in den Brunnenbecken plantschten oder am ausgestreckten Speerarm einer Statue hin und her schwangen. Er sah auch bunte Markisen, Märkte und das Gedränge der Menschen. Wie in Dagastan erfüllten Musik und exotische Essensgerüche die Luft, nur dass die Straßen hier sauber waren und die Hitze nicht so drückend. Was für ein schöner Ort war das gewesen, was für eine wunderbare Zeit.

»Eine Bibliothek«, flüsterte Myron, als sie saßen, und blickte auf ein rundes, von einer Kolonnade umgebenes Gebäude mit einer kleinen Kuppel.

»Woher wisst Ihr das?«, fragte Arista.

»Es steht drauf«, antwortete er. »Dort, ganz oben. ›Imperiale Sammlung von Büchern und Wissen‹, steht da, zumindest grob übersetzt. Ob es wohl möglich wäre, dass ich ...« Er verstummte mit hoffnungsvollem Blick.

»Wenn du da reingehst, kriegen wir dich wahrscheinlich nie wieder heraus«, sagte Hadrian.

»Aber wir müssen irgendwo übernachten und wissen immer noch nicht, wo wir das Horn finden«, sagte Arista. »Vielleicht entdeckt Myron dort ja ein Buch ...«

»Ich werfe einen Blick hinein«, sagte Royce. »Hadrian, komm mit. Die anderen warten hier.«

Wie bei jedem Erkundungsgang umkreiste Royce das Gebäude zweimal, merkte sich genau die Eingänge und Ausgänge und trat erst dann vor das große Bronzeportal, dessen Flügel mit einem durchgehenden Relief geschmückt waren. Darauf überreichte ein Mann einem jüngeren Mann auf einem mit Toten übersäten Schlachtfeld eine Schriftrolle und einen Lorbeerkranz. In der Ecke oben rechts sah Hadrian einen Fluss mit einem Wasserfall und daneben einen Turm, der ihm bekannt vorkam. Die Türflügel waren schwer beschädigt und eingedellt wie von den Schlägen eines großen Hammers.

Lautlos zog Hadrian eins seiner beiden Schwerter. Royce stellte die Laterne hin und deckte sie ab, dann öffnete er einen Flügel des Portals und schlüpfte hinein. Eine der vielen Regeln, die Hadrian gleich zu Beginn ihrer Zusammenarbeit gelernt hatte, war, Royce nie gleich in einen Raum zu folgen.

Das war ihnen in Ervanon zum Verhängnis geworden.

Royce war so lautlos in den Kronturm geglitten wie eine Motte durch ein Fenster. Doch anders als in der vorangegangenen Nacht war das Zimmer nicht leer. Ein Priester saß in dem kleinen

Vorzimmer. Er sah und hörte Royce zwar nicht, aber dann kam Hadrian hereingepoltert und der Mann schrie. Sie rannten – Royce in die eine und Hadrian in die andere Richtung. Dass Hadrian gewann, war Zufall. Die Wachen kamen auf Royces Seite herbeigeeilt. Während sie damit beschäftigt waren, Royce zu ergreifen und niederzuringen, kehrte Hadrian zu ihrem Seil zurück. Damit war er in Sicherheit. Er brauchte es nur noch hinunterzuklettern, sein Pferd aus dem Dickicht zu holen und wegzureiten. Genau das erwartete Royce von ihm und genau das hätte Royce an seiner Stelle getan, aber er kannte Hadrian damals noch nicht.

Hadrian hörte ein dreimaliges Klopfen aus der Bibliothek. Er ergriff die Laterne und schlüpfte ebenfalls hinein. Drinnen war es stockdunkel und stank entsetzlich. Vorherrschend war der Gestank nach verbranntem Holz, durch den allerdings ein noch schärferer Gestank nach verwesendem Fleisch drang. Aus dem Dunkel hörte er Royce sagen: »Die Luft ist rein, du kannst Licht machen.«

Hadrian hob die Abdeckung der Laterne hoch. Ein ausgebrannter Saal wurde sichtbar. Alles war schwarz und überall häufte sich die Asche, trotzdem war der Saal schöner als alles, was Hadrian bisher gesehen hatte. Er war rund und vier Stockwerke hoch und an den Wänden strebten Marmorsäulen von erlesenen Proportionen nach oben. Mächtige Pfeiler stützten die Kuppel und die gewaltigen Bögen, die die Säulen oben miteinander verbanden. Auf einem Sims unterhalb der Kuppel standen in einer Kolonnade aus weißem Marmor die lebensechten Bronzestatuen von zwölf Männern, jede mindestens zwanzig Fuß hoch. Vom Boden aus gesehen, wirkten sie lebensgroß. Darunter hingen gewaltige goldene Kronleuchter. Unten bildeten die schwarz verkohlten Überreste von Tischen einen Kreis um eine Art Pult in der Mitte. Der untere Teil der Kuppel war mit einem Fresko ausgemalt, das verschiedene idyllische Landschaften zeigte, der größere obere Teil, der aus Glas bestanden hatte, war eingestürzt. Die Scherben lagen über den schönen Mosaikboden verstreut.

In der Mitte des Saals lagen inmitten versengter Bücher, Pergamente, Schreibfedern und dreier Laternen die Überreste seines einzigen Bewohners, eines alten Mannes. Der Mann lag auf dem Rücken, mit dem Kopf auf einem Ranzen und die Füße in eine Decke gewickelt. Er war tot, wie Bernie tot gewesen war, und Hadrian kannte ihn, wie er Bernie gekannt hatte.

»Antun Bulard«, sagte er und kniete sich neben die Leiche des Historikers, mit dem er sich in Calis angefreundet hatte. Der Tod hatte Bulard nicht so schrecklich zugerichtet wie Bernie. Wenigstens gab es hier keine Krabben. Blass war er schon immer gewesen, aber jetzt war seine Haut wächsern und blaugrau. Seine weißen Haare standen in alle Richtungen ab, die Brille saß noch auf der Nasenspitze.

»Bernie hatte recht«, sagte Hadrian zu ihm. »Du hast die Reise nicht überlebt, aber er übrigens auch nicht.«

Hadrian wickelte ihn vollends in die Decke ein und zusammen trugen er und Royce die Leiche nach draußen, legten sie ab und deckten sie mit Steinen zu. Der Gestank hing zwar weiter in der Luft, war aber nicht mehr so stark.

Die anderen kamen in die Bibliothek und sahen sich enttäuscht um, vor allem Myron. Schließlich siegte die Müdigkeit und sie legten ihre Bündel ab, während Royce die Tür verriegelte.

Myron ließ den Blick über die Stockwerke mit den vielen Nischen wandern, die einst mit Büchern gefüllt gewesen sein mussten und in denen sich jetzt die Asche häufte, und Hadrian bemerkte, wie seine Hände anfingen zu zittern.

»Wir ruhen uns hier ein paar Stunden aus«, sagte Royce.

»Hier?«, fragte Gaunt. »Es stinkt scheußlich nach Holzkohle und noch etwas anderem ... Was ist das denn für ein widerlicher ...«

»Wir haben eine Leiche gefunden«, sagte Hadrian. »Wieder ein Mitglied der letzten Expedition des Patriarchen, genau wie

Bernie, von der *Herold* ... und ein Freund. Wir haben seine Überreste nach draußen gebracht.«

»Ist er verbrannt?«, fragte Myron ängstlich.

»Nein.« Hadrian legte ihm die Hand auf die Schulter. »Ich glaube nicht, dass jemand hier war, als es brannte.«

»Aber der Saal hat erst vor kurzem gebrannt«, sagte Myron. »Nach tausend Jahren würde es nicht mehr so stinken.«

»Vielleicht kann unsere Expeditionszauberin ja etwas gegen den Gestank tun«, sagte Gaunt.

Hadrian, Alric und Mauvin sahen ihn streng an.

»Was ist denn?«, fragte er. »Sollen wir weiter um den heißen Brei herumreden? Sie ist eine Magierin, Zauberin, Hexe – nennt sie, wie Ihr wollt. Ihr könnt mich auch verprügeln, aber nach unserer kleinen Schiffsfahrt kann daran kein Zweifel mehr bestehen.«

Alric trat drohend und mit der Hand am Schwert auf Gaunt zu.

»Nein.« Arista hielt ihn zurück. »Er hat ja recht. Es hat keinen Sinn, es zu leugnen. Ich bin wohl eine – sagtet Ihr Magierin? Das klingt doch gar nicht schlecht.« Bei diesen Worten begann ihr Umhang wieder zu leuchten und ein mystisches weißes Licht erfüllte den Saal mit seinem Glanz, als sei mitten unter ihnen der Mond aufgegangen. »Es ist mir nur recht, wenn alles offen gesagt ist und alle es wissen. Royce ist ein Elbe, Hadrian ein Teshlor, Mauvin ein Graf, der die Schwertkunst des Tek'chin beherrscht, Alric ein König, Myron ein Mönch mit einem unauslöschlichen Gedächtnis, Magnus ein intriganter Zwerg, Degan Gaunt der Erbe Novrons und ich – eine Magierin. Aber wenn Ihr mich noch einmal Hexe nennt, werdet Ihr diese Reise ganz sicher als Frosch in meiner Tasche beenden. Haben wir uns verstanden?«

Gaunt nickte.

»Gut. Und jetzt bin ich müde, Ihr müsst also wohl oder übel mit dem Gestank leben.«

Mit diesen Worten legte sie sich hin, wickelte sich in ihre Decke und schloss die Augen. Das Leuchten ihres Umhangs verging und es wurde dunkel. Die anderen folgten ihrem Beispiel. Einige nahmen noch ein paar Bissen zu sich und tranken ein paar Schlucke Wasser, dann legten sie sich ebenfalls hin. Niemand sprach. Hadrian riss ein weiteres Essenspäckchen auf, überrascht, wie wenige er übrig hatte. Sie mussten das Horn schnell finden, sonst endeten sie noch wie Bulard.

Was ist ihm zugestoßen?
Über dieser Frage schlief er ein.

Jemand stieß ihn an. Er öffnete die Augen und sah Mauvins Gesicht umrahmt von wirren Haaren über sich.

»Royce meinte, ich solle dich wecken. Du bist mit der Wache dran.«

Hadrian setzte sich benommen auf. »Wie lange und wen wecke ich dann?«

»Du bist der Letzte.«

»Der Letzte? Aber ich bin doch eben erst eingeschlafen.«

»Du hast stundenlang geschlafen und laut geschnarcht. Jetzt lass mich auch noch kurz ausruhen.«

Hadrian rieb sich die Augen und überlegte, wie er die Zeit bis zum Wecken abschätzen sollte. Er fröstelte. Beim Aufwachen war ihm immer kalt, sein Kreislauf musste erst in Schwung kommen. Die kalte Luft der unterirdischen Welt tat ein Übriges. Er wickelte sich die Decke um die Schultern und stand auf.

Die anderen lagen wie in Decken gehüllte Leichen nebeneinander auf dem Boden. Nur ihre dunklen Umrisse waren zu erkennen. Die Scherben der Kuppel hatten sie nach außen gefegt, wo sie gleichsam die Grenze ihres Lagers markierten. Die Laterne brannte noch. Ein wenig seitlich, nahe der Stelle, wo er Bulards Leiche gefunden hatte, saß mit angezogenen Knien und in seine Kutte und Decke gehüllt Myron.

»Sag jetzt nicht, dass du die ganze Nacht gelesen hast«, flüsterte

Hadrian und setzte sich neben ihn zwischen die Pergamente und Bücher, die Myron ordentlich aufeinandergestapelt hatte.

»Nein«, erwiderte Myron. »Ich lag neben Mauvin, als Alric ihn weckte, weil er mit der Wache dran war, und konnte dann nicht wieder einschlafen, jedenfalls nicht hier drinnen.« Er nahm eine Hand voll Papiere auf. »Die hier wurden von Antun Bulard geschrieben, einem berühmten Historiker. Sie lagen hier verstreut. Demnach war er hier. Vermutlich ist er der Tote.«

»Er hat immer gesagt, er könne sich erst dann an etwas erinnern, wenn er es aufgeschrieben habe.«

»Antun Bulard?« Myron sah Hadrian erstaunt an. »Du hast ihn gekannt?«

»Ich war in Calis kurze Zeit mit ihm unterwegs. Ein netter alter Mann und dir in vieler Hinsicht ähnlich.«

»Er hat *Die Geschichte von Apeladorn* verfasst, ein phantastisches Buch. Ich habe es in der Nacht abgeschrieben, in der wir uns zum ersten Mal in der Winde-Abtei begegnet sind.« Myron hob ein Stapel Pergamente hoch und hielt ihn Hadrian hin. »Er hat beide Beine gebrochen und man hat ihn hier mit etwas Essen und Wasser zurückgelassen und mit der Laterne, damit er Licht hatte. Seine Schrift ist kaum leserlich und die Zeilen überlappen sich. Er hat vermutlich im Dunkeln geschrieben, um Öl zum Lesen zu sparen, aber ich kann das meiste trotzdem entziffern. Er kam mit drei anderen, einem Levy, mit Bernie, den wir begraben haben, und Inquisitor Thranic, der offenbar der Anführer der Gruppe war. Auf ihn war Antun nicht gut zu sprechen. Außerdem gab es noch einen Mann namens Staul, aber er starb, bevor sie aufbrachen.«

»Ja, den kannten wir auch. Was ist passiert?«

»Sie scheinen die *Herold* von einem kriegerischen Fürsten namens Er An Dabon gekauft zu haben. Er hat ihnen auch einen Ghazel-Führer mitgegeben, der sie zur Stadt bringen sollte. Alles ging den Umständen entsprechend gut bis zu ihrer Ankunft in der Bibliothek. Sie fanden Hinweise darauf, dass hier eine Vorgängerexpedition ihr Ende gefunden hatte. Bulard nennt die Namen Gravin Dent, Rentinual, Math und Bowls.«

»Also waren sie es tatsächlich.«

»Sie hatten sich offenbar in der Bibliothek verbarrikadiert, aber das Tor wurde gewaltsam geöffnet. Bulards Leute haben ihre Ausrüstung, Blutflecken und jede Menge Pfeile der Ghazel gefunden – allerdings keine Leichen.«

»Nein, natürlich nicht.«

»Antun hat den anderen vorgeschlagen, ihn hier lesen zu lassen, während sie weiter nach dem Horn suchten.«

»Also war die Bibliothek zu diesem Zeitpunkt ...«

»... noch unversehrt – in ›makellosem‹ Zustand, wie Antun Bulard es ausdrückt – bestückt mit Tausenden und Abertausenden von Büchern. Bulard schreibt: ›Es gibt hier vielleicht hundert Bücher über Vögel, nur Vögel, und im Stock darüber weitere hundert über den Seehandel des Imperiums. Ich folgte einem Gang, der zu einer Wendeltreppe aus Messing führte. Auf ihr gelangte ich in einen weiteren Stock unter dem Dach, der bis zur Decke mit dem Archiv der Stadt gefüllt war – in den Akten waren die Geburten verzeichnet, Todesfälle, wer welche Grundstücke besaß oder erwarb – erstaunlich!‹«

»Was ist also passiert?«

»Thranic hat sie niedergebrannt«, sagte Myron. »Antun mussten sie festhalten. Danach weigerte er sich, weiter mitzukommen. Thranic brach ihm beide Beine, damit er nicht aus der Stadt fliehen konnte, und ließ ihn hier liegen, nur für den Fall, dass sie noch Fragen hatten, die Bulard beantworten musste.«

Myron zeigte auf einen kleinen Stapel von fünf Büchern. »Die hat er aus der Asche gerettet. Er hat noch fast drei Monate gelebt. Als das Öl aufgebraucht war, hat er versucht, die Worte auf den Seiten mit den Fingerspitzen zu spüren.«

»Er schreibt nicht, was mit den anderen passiert ist?«

»Nein, aber ihm scheint etwas sehr Wichtiges klar geworden zu sein. Er fing an, darüber zu schreiben, aber offenbar war da das Öl bereits aufgebraucht und auch der Hunger hat ihm wohl zugesetzt. Seine Schrift ist ein einziges Gekrakel. Er schreibt von Verrat, einem Mord und einer, wie er es nennt, ›großen Lüge‹, aber gut zu lesen sind nur die Worte ›Mawyndulë von den Miralyith‹, die er zweimal unterstrichen hat. Der Rest ist unleserlich, obwohl er noch zehn Seiten schreibt und jede Menge Ausrufezeichen setzt. Nur die letzte Zeile kann man wieder lesen. Sie lautet: ›Was für ein Narr ich war, was für Narren wir alle sind.‹«

»Irgendeine Ahnung, was dieses Meinewindel von den Miralindel ist?«

»Mawyndulë von den Miralyith«, verbesserte Myron. »Die Miralyith sind oder waren einer der sieben Stämme der Elben.«

»Sieben Stämme?«

»Ja, Bulard hat in seinem ersten Buch vor Jahren darüber geschrieben. Es gab sieben nach ihren Gründern benannte Elbenstämme. Die Asendwayr, bekannt als die Jäger, die Gwydry, die Bauern, die Eilywin, die Baumeister, die Miralyith, die Magier, die Instarya, die Krieger, die Nilyndd, die Handwerker, und die Umalyn, die Priester des Ferrol. Wie allgemein bekannt ist, hat Ferrol die Elben zuerst erschaffen, und Jahrtausende lang gab es in Elan nur sie und die Geschöpfe Muriels. Bulard fand heraus, dass es von Anfang an Reibereien gab. Die Elbenstämme bekämpften sich gegenseitig. Zwischen den Instarya und den Miralyith gab es eine blutige Auseinandersetzung darüber, wo …«

Arista zuckte im Schlaf zusammen und gab einen erstickten Laut von sich.

»Sie schläft schon die ganze Nacht unruhig«, sagte Myron.

Hadrian nickte. »Sie meinte, sie hätte Albträume, aber ich glaube, dass es nicht nur Träume sind.« Er betrachtete Arista. Plötzlich spürte er Myrons Hand auf seiner. Er hob den Kopf. Der Mönch lächelte ihn traurig an.

Er zog seine Hand weg. »Ich muss jetzt die anderen wecken.«

Myron nickte, als habe er mehr verstanden, als Hadrian sagen wollte.

16

Der weiße Fluss

Minte war überzeugt, dass er in den zehn – bald elf – langen Jahren seines Lebens die meiste Zeit jämmerlich gefroren hatte. Zwar hatte die Imperatorin ihm Wollmäntel, Mützen, Handschuhe, Stiefel und Schals geschenkt, aber nicht einmal die dicksten Kleider konnten die beißenden Winde abhalten. Seine Finger waren vor Kälte taub und er musste die Fäuste ballen, um das Blut in Bewegung zu halten.

Das ist bestimmt der kälteste Winter aller Zeiten. Wenn jetzt auch noch das Wasser in meinen Augen gefriert, kann ich sie dann nicht mehr zumachen?

Mit einem Eimer in der Hand stand er auf dem zugefrorenen Fluss und stampfte mit seinen kalten Füßen auf – das Eis war so hart wie Stein. Nichts knackte, kein Wasser gluckste unter der Oberfläche. Sie würden wieder kein Wasser haben, mussten auch an diesem Tag mit Schnee gefüllte Becher unter ihren Hemden wärmen. Hadrian hatte ihnen verboten, Feuer zu machen, und Renwick sorgte dafür, dass sie sich daran hielten. Es war unbequem, aber sie kamen zurecht. Minte fragte sich nur, wie lange die Pferde ohne Wasser noch durchhalten würden.

Das fehlende Wasser war nicht das einzige Problem der Pferde. Zwar hatten die Jungs sie zusammengetrieben und aus Kiefernzweigen und Gestrüpp einen Windschutz gebaut, aber trotzdem litten sie unter der Kälte. Auf ihren Rücken hatte sich Eis gebildet, an ihren Schnauzen hingen Eiszapfen, und an diesem Morgen hatte Minte gesehen, dass zwei Pferde sich hingelegt hatten. Das eine atmete nur in beängstigend langen Abständen kleine weiße Atemwolken aus, das andere schien überhaupt nicht mehr zu atmen. Beide Tiere hatten am Rand der Herde gestanden und daher den meisten Wind abbekommen.

Die Eiszeit, wie Kine sie nannte, war vor drei Tagen über Nacht angebrochen. Am Tag davor hatte noch die warme Sonne geschienen und sie hatten ohne Schals und Mützen Fangen gespielt. Dann waren graue Wolken aufgezogen und ein eisiger Wind hatte angefangen zu blasen. Als Elbrecht am Morgen vom Wasserholen zurückgekehrt war, hatte er berichtet, dass nur eine schmale Rinne in der Mitte des Flusses noch nicht zugefroren war. Am Tag darauf war der Fluss ganz verschwunden – ersetzt durch eine glatte, weiße Fläche. Am Nachmittag hatte es begonnen zu schneien. Die Flocken waren so klein wie Sandkörner.

Die fünf Jungs hatten unter den ausladenden Ästen einer Stechpalme Wände aus Schnee aufgeschichtet. Bei Einbruch der Kälte hatten sie sich noch tiefer in den Schnee gegraben und den Eingang mit Kiefernzweigen vor dem Wind geschützt.

Von da an verging die Zeit im Schneckentempo. Aufgrund der bitteren Kälte gingen sie nur noch zum Austreten nach draußen. Ihre Laune hob sich erst, als Brand ein neues Spiel entdeckte. Er hatte beim Aufstehen gefroren und war schlecht gelaunt gewesen und hatte in seiner Verzweiflung ausgespuckt. Es war so kalt, dass die Spucke in der Luft knackte. Die folgenden Stunden hatten sie um die Wette gespuckt. Wer konnte das lauteste Knacken erzeugen? Kine hatte gewonnen, aber er hatte schon immer am weitesten spucken können. So lustig es auch war, die Spucke krachen zu lassen, das Spiel hatte die Langeweile doch nur vorübergehend verdrängt und nach einiger Zeit hatten sie es satt. Der eisige Wind blies unermüdlich, es wurde immer noch kälter und Minte fragte sich unwillkürlich, wie lange sie noch auf ihrem Posten ausharren mussten.

Er hätte jetzt eigentlich in ihre »Höhle«, wie sie ihr Schneehaus nannten, zurückkehren sollen. Stattdessen blickte er das breite, weiße Band des Flusses entlang, das wie eine Straße aus leuchtenden Kristallen in nord-südlicher Richtung verlief. Er wollte wissen, ob wirklich der ganze Fluss zugefroren war oder die Strömung irgendwo verhindert hatte, dass sich Eis bildete. War das Weiß irgendwo dunkler? Aber er sah nur das endlose Band. Doch etwas anderes erregte seine Aufmerksamkeit. Droben im Norden bewegte sich etwas.

Ein langer, grauer Zug von Reitern überquerte den Fluss, alle hochgewachsen und schlank und alle in den gleichen Mänteln. Entgeistert starrte er sie an und überlegte, ob es sich um Geister handelte, denn trotz der winterlichen Stille des Vormittags war kein Laut zu hören. Erst als er einen Brustpanzer aufblitzen sah, begriff er, was er da sah. Er erstarrte so plötzlich wie in der Morgenluft gefrierende Spucke.

Elben!

Vor seinen Augen zogen die Reiter zu dritt nebeneinander wie Gespenster dahin. Minte konnte trotz der Entfernung erkennen, dass ihre Pferde größer waren als alle von Menschen gezüchteten Pferde. Mit ihrer breiten Brust, den langen Ohren, den stolz gebogenen Hälsen und den Hufen, die kaum den Boden berührten, schienen sie aus einer anderen Welt zu stammen. Zaumzeug und Schabracken schienen aus Gold und Seide gefertigt, als seien die Tiere edlerer Abstammung als der vornehmste König der Menschen. Die Reiter trugen goldene Helme und Speere, an denen silberne Wimpel flatterten.

Dann hörte er Musik – eine wilde und ausgelassene Musik von einem betörenden Wohlklang, die sich ihm sofort einprägte. Unwillkürlich machte er einen Schritt nach vorn. Zur Musik kam der wunderbar melodische Gesang von Stimmen. Er erinnerte Minte an ein Zwiegespräch von Flöten und Harfen, so leicht und luftig war er. Die Stimmen sangen in einer Sprache, die Minte nicht verstand, aber das war auch gar nicht nötig. Die wehmütige Schönheit der Melodien nahm ihn vollkommen gefangen. Zufriedenheit und Wärme erfüllten ihn und er machte wieder einen Schritt. Doch schon bald verging die Musik. Die Reiter hatten den Fluss überquert und verschwanden zwischen den Hügeln.

»Minte!«, hörte er Elbrecht rufen. Hände schüttelten ihn. »Er ist hier! Der Dummkopf ist auf dem Eis eingeschlafen. Wach auf, los!«

»Was tut er denn dort? Ich habe den Eimer eine halbe Meile weiter unten gefunden.« Kines atemlose Stimme kam von weiter weg.

»Es ist schon fast dunkel. Wir müssen ihn zurückbringen. Ich trage ihn. Lauf du voraus und sag Renwick, er soll Feuer machen.«

»Du weißt, was er darauf antwortet.«

»Ist mir egal! Wenn wir Minte nicht warmkriegen, stirbt er.«

Aufgeregt über den Schnee eilende Schritte waren zu hören, aber sie kümmerten Minte nicht. Er war warm und geborgen und hörte im Kopf noch die Musik, die ihn so sehnsuchtsvoll gerufen hatte.

Als Kine ins Lager zurückkehrte, war nur Brand da – Brand der Unerschrockene, wie er sich nannte. Ein solcher Beiname klang bei einem Dreizehnjährigen nach Aufschneiderei, aber niemand stellte ihn in Frage. Brand hatte eine Messerstecherei überlebt, was die anderen nicht von sich behaupten konnten.

»Wir müssen Feuer machen«, rief Kine und kroch in die »Hütte«. »Wir haben Minte gefunden und er ist halb erfroren.«

»Ich hole Reisig«, sagte Brand und rannte nach draußen in den Schnee.

Kine holte die Zunderbüchse von den Vorräten, die sie bisher noch nicht gebraucht hatten, und machte im vorderen Teil ihrer Behausung Platz für das Feuer. Brand kehrte schon nach wenigen

Minuten mit einem Stück Birkenrinde, einer Handvoll braunem Gras, einigen trockenen Zweigen und sogar einem Stück Kaninchenfell zurück. Er ließ die Schätze fallen und eilte wieder los. Im Moment darauf traf Elbrecht mit Minte auf dem Rücken ein. Mintes Kopf rollte bei jedem Schritt hin und her. Kine fühlte sich an ein Reh erinnert, das Jäger von der Jagd mitbrachten.

»Mach ein Lager«, sagte Elbrecht. »Leg Zweige mit Nadeln aufeinander, er darf nicht auf dem Schnee liegen.«

Kine nickte und eilte ebenfalls nach draußen und an den Pferden vorbei, von denen sich zwei weitere hingelegt hatten. Er drang in ein Fichtenwäldchen ein und riss Zweige von den Stämmen, bis seine Handschuhe vom Harz klebrig waren. Vier Mal lief er hin und her, dann hatte Minte ein weiches Lager.

Elbrecht hockte im Schnee und hatte mit Hilfe der Birkenrinde ein kleines Feuerchen angezündet. Seine Fausthandschuhe lagen neben ihm und seine Finger waren gerötet. Er hauchte sie immer wieder an und schlug sie auf seine Schenkel. »Die Finger werden sofort gefühllos.«

»Was macht ihr da?«, rief Renwick, der von Süden den Hang heraufkam.

Als Minte nicht vom Fluss zurückgekehrt war, waren sie alle in verschiedene Richtungen ausgeschwärmt, um ihn zu suchen. Renwick hatte das südliche Ufer übernommen und kehrte erst jetzt zurück, weil es dämmerte und noch kälter wurde.

Er gehörte nicht zur Bande der anderen Jungs, obwohl auch er Waise war. Stattdessen lebte er im Palast, wo sein Vater Diener gewesen war. Im Grund war er nur ein Page, aber er hatte während des Wintertid-Turniers Ritter Hadrian als Knappe gedient. Alle Jungs hatten Hadrians spektakulären Turniersieg bewundert und von dieser Bewunderung hatte auch Renwick profitiert. Außerdem war er ein bis zwei Jahre älter als Elbrecht. Im Unterschied zu den anderen Jungs trug er Kleider in der richtigen Größe, die sogar farblich zusammenpassten.

»Wir mussten Feuer machen«, erklärte Elbrecht, während er

das Feuer mit kleinen Stöckchen fütterte. »Wir haben Minte auf dem Eis gefunden. Er ist halb erfroren.«

»Aber wir dürfen kein Feuer machen. Hadrian ...«

»Willst du, dass Minte stirbt?«

Renwick betrachtete das größer werdende Feuer und die aufsteigenden weißen Rauchfäden und dann Minte auf seinem Lager aus Fichtenzweigen. Kine konnte sehen, wie er mit sich rang.

»Minte ist mein bester Freund«, sagte er. »Bitte.«

Renwick nickte. »Es wird schon dunkel, deshalb wird man den Rauch nicht sehen, aber wir müssen das Licht so gut wie möglich nach außen abschirmen. Wir machen die Wände noch höher. Verdammt, es ist aber auch wirklich kalt.«

Brand kehrte mit noch mehr Holz zurück, dickeren Ästen und sogar einigen größeren Holzklötzen. Seine Wangen und Nase waren gerötet und um Mund und Nase bildeten sich bereits Eiskristalle.

»Weckt Minte auf«, wies Elbrecht sie an, während er selbst das Feuer umsorgte wie ein Lebewesen. »Wenn er weiter schläft, stirbt er.«

Kine schüttelte Minte und schlug ihn sogar ins Gesicht, aber der Junge schien es nicht wahrzunehmen. Inzwischen hatten Renwick und Brand die dem Wind zugewandte Wand erhöht, was nicht nur das Feuer besser abschirmte, sondern auch die Wärme besser reflektierte. Elbrecht redete dem Feuer zu, als sei es ein Kind, das er in die Welt gesetzt hatte. »Na los, iss diesen Zweig. Iss, jawohl, so ist es brav. Siehst du, schmeckt doch gar nicht so schlecht. Iss alles auf, dann wirst du groß und stark.«

Aus Elbrechts Baby wurde ein ausgewachsenes Feuer, das die Kälte schon bald verdrängte. Zum ersten Mal seit Tagen wurde den Jungen richtig warm. Kine taten Füße und Finger weh, als sie auftauten, und Wangen und Nasenspitze brannten.

Hinter der Türöffnung ihrer Behausung wurde es dunkel, eine Dunkelheit, die durch das helle Feuer noch vertieft wurde. Renwick holte einen Topf aus ihrem Gepäck, füllte ihn mit Schnee und stellte ihn zum Schmelzen neben das Feuer. Elbrecht wollte nicht, dass er ihn auf sein Feuer stellte. Stumm saßen sie da und lauschten dem behaglichen Knistern der Flammen.

Schon bald war es so warm, dass Elbrecht die Mütze und sogar den Mantel auszog. Die anderen folgten seinem Beispiel und Kine legte seinen Mantel auf Minte.

»Können wir jetzt essen?«, fragte Brand.

Renwick achtete streng darauf, dass sie sich das Essen einteilten, und sie aßen immer alle zusammen, um sicherzustellen, dass niemand mehr aß als seinen Anteil. Das Essen bewahrten sie wie die Wasserbecher unter ihren Hemden direkt auf der Haut auf. Nur so konnten sie verhindern, dass es gefror.

»Von mir aus«, sagte Renwick, als sei es ihm egal, dabei sah er genauso hungrig aus wie die anderen.

Brand zog sein Stück gepökeltes Schweinefleisch heraus und legte es neben das Feuer. »Ich esse heute warm.«

Die anderen machten es genauso und schon bald erfüllte der Duft des warmen Fleisches ihre Behausung. Die Jungs warteten ab, wie lange Brand durchhalten würde. Es dauerte nicht lange und dann fielen sie alle über das Fleisch her und schmatzten genießerisch, als verzehrten sie ein Festessen.

Mitten in ihrem Mahl setzte sich plötzlich Minte auf.

»Es gibt etwas zu essen?«

»Du lebst!«, rief Kine.

»Ihr esst nicht gerade meinen Anteil?«

»Das sollten wir eigentlich!«, schimpfte Elbrecht. »Du bist ein Dummkopf. Warum hast du ein Nickerchen auf dem Eis gemacht?«

»Ich bin eingeschlafen?«, fragte Minte verdutzt.

»Du weißt es nicht mehr?«, fragte Kine. »Als wir dich fanden, hast du zusammengerollt auf dem Fluss gelegen und geschnarcht.«

»Du kannst Maribor danken, dass du noch lebst«, fügte Elbrecht hinzu. »Warum bist du überhaupt so weit nach Norden gegangen?«

»Ich habe den Elben zugesehen.«

»Den Elben?«, fragte Renwick. »Was für Elben?«

»Ich habe gesehen, wie eine Elbenarmee den Fluss überquerte. Es war eine ganz lange Schlange.«

»Da waren keine Elben«, erklärte Elbrecht. »Du hast das geträumt.«

»Nein, ich habe sie auf ihren Pferden gesehen. Und sie haben diese wunderbare Musik gemacht. Ich habe ihnen zugehört und ...«

»Und was?«

»Ich weiß nicht.«

»Aber ich: Du bist eingeschlafen. Und wenn ich dich nicht schnarchen gehört hätte, wärst du jetzt tot.«

»Das wäre er«, murmelte Renwick und blickte in die Nacht hinaus. »Die Elben ... du sagst, sie wären geritten? Ging niemand zu Fuß? Hatten sie Wagen dabei?«

»Nein, keine Wagen, nur Elben auf Pferden, schönen Pferden.« Elbrecht sah Renwick an. »Warum fragst du?«

»Er hat nicht die Elbenarmee gesehen.«

»Weiß ich doch«, kicherte Elbrecht. »Er hat geträumt.«

»Nein, das auch nicht«, verbesserte Renwick. »Er hat Elben gesehen, aber nicht die eigentliche Armee, sondern nur die Vorhut, die Vorausabteilung. Ich habe die Ritter reden hören ... die Elbenarmee marschiert nur nachts, aber kaum jemand hat sie gesehen und niemand weiß, warum das so ist. Aber ich glaube, ich weiß es jetzt.«

Alle sahen Minte an.

»Er hätte es nicht überlebt«, sagte Elbrecht und nickte. »Aber das heißt doch, dass die Armee jetzt ... es ist Nacht!«

Sie blickten in das Feuer, das den Schnee einen halben Fuß tief geschmolzen hatte, so dass es jetzt in einer Mulde brannte. Elbrecht trat es schließlich aus. Mit einem Zischen erstickten die

Flammen unter dem Schnee. Gemeinsam deckten sie die Glut zu, bis nur noch ein kleiner, schmutzig brauner Hügel zu sehen war, aus dem einige Stöckchen und Grashalme ragten.

Im Dunkeln suchten sie nach ihren Mänteln und Handschuhen. Niemand sagte etwas. Die Stille legte sich ihnen auf die Ohren. Da es Winter war, hörte man sowieso keine Vögel oder Frösche, aber an diesem Abend wehte nicht einmal der Wind. Es fehlten das ständige Rascheln der kahlen Äste und ihr unregelmäßiges Knacken und Knallen.

Sie streckten die Köpfe über die Wände und den Windschutz und spähten an den Kieferzweigen vorbei. Nichts war zu sehen.

»Sie sind irgendwo in dieser Richtung«, flüsterte Renwick. »Sie überqueren den zugefrorenen Fluss und nähern sich Aquesta heimlich, still und leise von Süden. Wir müssen unsere Leute warnen.«

»Wir sollen in dieselbe Richtung gehen?«, fragte Elbrecht ungläubig. »Wo die Elben sind?«

»Wir müssen es versuchen.«

»Ich dachte, wir sollten hier bleiben und auf die Pferde aufpassen.«

»Das stimmt, aber wir müssen auch die Stadt warnen. Ich gehe und ihr bleibt hier. Elbrecht, du übernimmst das Kommando. Du kannst Hadrian dann erklären, warum ich weg bin.« Während Renwick noch redete, ging er zu ihren Sachen und wählte einige Vorräte aus. »Macht kein Feuer. Bleibt drinnen und ...« Er machte eine Pause. »Haltet euch die Ohren zu, wenn ihr Musik hört.«

Er schlüpfte nach draußen. Niemand sagte etwas. Sie sahen zu, wie er geduckt zu den Pferden lief. Er nahm das Pferd, das am weitesten in der Mitte stand, und sattelte es. Dann war er verschwunden. Zurück blieb nur die tiefe Stille einer kalten Winternacht.

17

Die Große Par

Sie hatten erneut angehalten. Seit ihrem Aufbruch aus der Bibliothek kamen sie nur schleppend voran, weil Royce immer wieder stehen blieb. Manchmal mussten sie stundenlang, wie es ihnen vorkam, zwischen den Trümmern warten, während er den Weg vor ihnen erkundete. Diesmal hatte er sie in einer Gasse anhalten lassen, die auf beiden Seiten von hohen Gebäuden gesäumt war. Seufzend lehnte Arista sich an eine Mauer. Jemand war vor ihr auf ein auf dem Boden liegendes Stück Stoff getreten und durch den Abdruck des Schuhs waren ein verblichenes Blau und Grün zum Vorschein gekommen. Sie bückte sich und hob eine kleine Fahne auf, die mit einer dicken Schmutzschicht bedeckt war. Es handelte sich um ein Fähnchen zum in der Hand halten, ein Fähnchen, wie man es bei einem Fest schwenkte. Sie blickte auf. Aus einem Fenster hing ein altes, verblichenes Banner mit der Aufschrift FESTIVITATE GRUNDERINGE!

»Was bedeutet das?«, fragte sie Myron, obwohl sie es schon wusste.

»»Einen schönen Gründungstag««, antwortete der Mönch.

Neben dem Fähnchen sah sie einen weiteren kleinen Gegenstand liegen. Sie hob ihn auf. Es handelte sich um eine kupferne Anstecknadel in Form des Buchstabens P. Sie wünschte sich, sie könnte sich genauer an ihren Traum aus der Vornacht erinnern, aber je mehr sie sich anstrengte, desto weniger bekam sie ihn zu fassen.

Royce kehrte zurück und winkte sie weiter. Er führte sie in einem Bogen zurück zu der breiten Prachtstraße. Hier sahen sie die ersten Skelette. Sie lagen in Gruppen von zweien oder dreien zusammengekrümmt auf dem Boden, als seien sie an der Stelle umgekommen, an der sie gestanden hatten. Zählen konnte man sie nur anhand der Schädel, die restlichen Knochen lagen auf einem Haufen zusammen. Je weiter sie kamen, desto mehr Knochenhaufen begegneten sie. Sie säumten beide Seiten der Straße und enthielten bis zu zehn Schädel.

Sie gelangten auf einen kleinen Platz. Ein Teil davon war überflutet. Dort war das Pflaster eingebrochen und ein Loch klaffte im Boden. Das Wasser leuchtete grün wie das Meer und in seinem Schein sahen sie einen Sockel mit der Statue eines Mannes. Er war etwa zwanzig Fuß groß und hatte einen jugendlich kräftigen Körper. In der rechten Hand hielt er ein Schwert, in der linken einen Stab. Arista hatte zuvor schon einige ähnliche Statuen gesehen. Jedes Mal fehlte der Kopf. Er war am Hals abgebrochen und auf dem Boden zersplittert.

Royce blieb erneut stehen.

»Weißt du, ob wir uns dem Palast nähern?« Er sah Myron an.

»Ich weiß nur, dass der Palast im Zentrum liegt«, erwiderte der Mönch.

»Der Palast liegt am Ende der Großen Par«, sagte Arista. »So hieß die Prachtstraße, auf der wir uns gegenwärtig befinden. Der Palast müsste also vor uns liegen.«

»Große Par?«, sagte Myron mehr zu sich selbst als zu Arista und nickte. »Das muss die Paradestraße sein.«

»Was murmelt Ihr da?«, fragte Alric.

»In Percepliquis soll es eine große Straße gegeben haben, die Große Imperiale Paradestraße hieß, weil dort oft Paraden abgehalten wurden. Alten Beschreibungen zufolge soll sie so breit gewesen sein, dass zwölf Soldaten nebeneinander gehen konnten.

In der Mitte wurde sie durch eine Reihe von Bäumen geteilt. Die Truppen des Imperiums marschierten auf der rechten Seite zum Palast, dort nahm der Imperator vom Balkon aus die Parade ab, dann kehrten sie auf der anderen Seite zurück.«

»Und die Bäume in der Mitte der Großen Par waren Obstbäume«, ergänzte Arista. »Obstbäume, die im Frühling blühten. Aus den Blüten wurde ein vergorenes Getränk hergestellt. Es hieß ... Zitterling.«

»Woher wisst Ihr das?«, fragte Myron.

Arista sah ihn an und tat überrascht. »Ich bin Zauberin.«

Sie machten Pause und nahmen auf der Treppe eines imposanten Gebäudes an der Hauptstraße eine kurze Mahlzeit zu sich. Steinerne Löwen ähnlich denen, die den Eingang zur Stadt bewachten, flankierten die Stufen. Auf der Straße stand in der Mitte einer Kreuzung ein Brunnen. Das Wasser sprudelte allerdings nicht mehr und das Becken war stattdessen mit einer schwarzen Flüssigkeit gefüllt.

Alric sah, wie Myron aus seinem Bündel eins der fünf Bücher zog, die Bulard gerettet hatte. »Was ist das?«, fragte er.

»*Das vergessene Volk* von Dubrion Ash. Es handelt vor allem von der Geschichte der Zwerge.«

»Was steht da drin?«, fragte Magnus und beugte sich herüber, um einen näheren Blick auf das Buch zu werfen.

»Zum Beispiel, dass die Menschen aus Calis stammen – ist das nicht interessant? Und die Zwerge aus dem heutigen Delgos. Die Elben kommen natürlich aus Erivan, haben aber schnell ganz Avryn besetzt.«

»Und die Ghazel?«, fragte Hadrian.

»Lustig, dass du das fragst.« Myron blätterte ein paar Seiten zurück. »Das habe ich gerade gelesen. Also, die Menschen tauchten in Calis während des *Urintanyth un Dorin* auf und ...«

»Wie bitte?«, fragte Mauvin.

»Das bedeutet *der große Kampf mit den Kindern des Drome*. Die Zwerge haben jahrhundertelang gegen die Elben gekämpft, genauer fast sechshundert Jahre, bis zur Einnahme von Drumindor 1705 – nach vorimperialer Zeitrechnung natürlich, also etwa zweitausend Jahre, bevor Novron diese Stadt erbaute. Danach tauchten die Zwerge unter. Die ersten Menschen hätten offenbar nicht überlebt, wenn sie nicht Kontakt zu den im Exil lebenden Zwergen gehabt hätten. Die Zwerge haben mit ihnen Handel getrieben.«

»Aha!«, sagte Magnus. »Und wie behandeln die Menschen uns dafür? Sie sperren uns in Ghettos, verweigern uns die Bürgerrechte, verbieten unsere Zünfte, erlegen uns Steuern auf, verfolgen uns – eine traurige Bilanz.«

»Pst!«, zischte Royce plötzlich, an alle gerichtet, und stand auf. Er sah nach links und rechts. »Macht euch bereit, wir brechen wieder auf.« Er stieg die Treppe hinunter und ging in die Richtung, aus der sie gekommen waren. Die Laterne ließ er stehen.

»Ihr habt Royce gehört«, sagte Hadrian.

»Aber wir haben uns eben erst hingesetzt«, beklagte sich Alric.

»Wenn Royce sagt, wir sollten aufbrechen, und dieses Gesicht dazu macht, dann tut man das, wenn einem das Leben lieb ist.«

Sie packten ihre Sachen zusammen. Arista aß noch schnell einen Bissen Pökelfleisch und nahm einen Schluck Wasser, das restliche Essen verstaute sie in ihrem Bündel. Sie zog sich gerade die Riemen über die Schultern, da tauchte Royce wieder auf.

»Wir werden verfolgt«, flüsterte er.

»Wie viele?«, fragte Hadrian.

»Fünf.«

»Eine vollzähliges Rudel.« Hadrian zog seine Schwerter. »Geht Ihr schon mal los, Royce und ich kommen nach.«

»Aber es sind doch nur fünf«, protestierte Arista. »Können wir ihnen nicht ausweichen?«

»Meine Sorge sind nicht diese fünf«, sagte Hadrian. »Geht jetzt. Folgt einfach der Straße.«

Er und Royce eilten die Straße im Laufschritt zurück und Arista sah den beiden beklommen nach. Dann setzte Alric sich in

Bewegung und sie liefen hinter ihm her an dem Brunnen vorbei und die Große Par hinauf.

Sie kannte diesen Teil der Stadt, die Straße, die Häuser – das alles hatte sie schon gesehen. Verschwunden waren allerdings die Mauern aus weiß glänzendem Alabaster und die bunt angemalten Türen. Stattdessen waren die Türen abgenutzt und braun und mit Schrammen, Rissen und Kerben übersät und wie alles andere mit einer Schmutzschicht überzogen. Und wie im Rest der Stadt standen die Säulenhallen auf bröckeligen Fundamenten.

Alric führte sie um eine riesige umgestürzte Statue, deren Kopf am Hals abgebrochen war und auf der Seite lag. Das Gesicht war zertrümmert. Anschließend mussten sie über eine umgefallene Säule klettern. Dahinter blieb Arista stehen. Sie kannte diese Säule. Es handelte sich um die Hohle Säule. Sie drehte sich nach links und blickte in die Ebenholzgasse. Dort war Esrahaddon hineingegangen, um Jerish und Nevrik zu treffen. Sie blickte wieder die Straße entlang. Vor sich hätte sie eigentlich die Kuppel des Palasts sehen müssen, aber da war nichts, nur ein Trümmerhaufen.

Sie hörte, wie Alric ihren Namen rief, und eilte weiter.

Royce und Hadrian blieben in der Nähe der kopflosen Statue stehen. Die Algen im Wasser warfen einen gespenstisch grünen Schein auf die Unterseite der Trümmer. Royce gab Hadrian mit zwei gespreizten Fingern zu verstehen, dass zwei Personen auf der einen und zwei auf der anderen Straßenseite näher kamen. Hadrian nahm die beiden Paare nur als Schatten war. Der fünfte Verfolger dagegen hüpfte deutlich sichtbar auf drei Gliedmaßen in der Mitte der Straße entlang wie ein vornübergebeugter Affe. Mit seinen gewaltigen Krallen machte er dabei klickende Geräusche auf dem Pflaster, durch die er sich mit den anderen verständigte. Alle paar Fuß blieb er stehen, hob den Kopf und schnupperte mit seiner hakenförmigen Nase, an der ein Ring hing. Er trug eine Kopfbedeckung, die aus der geschwärzten Flosse eines

Tigerhais gefertigt war, eine Art Rangabzeichen – den Hai hatte er vermutlich allein auf dem Meer nur mit Hilfe seiner Krallen erlegt. Er war der Anführer der Jäger, der größte von ihnen, der auch am gefährlichsten aussah. Die anderen gehorchten seinem Kommando. Alle trugen den traditionellen Krummsäbel, dessen Klinge zum Ende hin breiter wurde und aufgrund einer halbmondförmigen Ausbuchtung in einer doppelten Spitze auslief. Über der Schulter trugen sie wie alle Ghazel einen kleinen Bogen und einen Köcher.

Royce zog Alverstone, nickte Hadrian zu und verschwand im Dunkeln. Hadrian gab ihm eine Minute Vorsprung, dann setzte er sich ebenfalls in Bewegung. Er näherte sich einem Ghazel, wobei er die Statue als Deckung benützte. Zu seiner eigenen Überraschung schaffte er es bis zum Sockel, bevor der Krieger ihn bemerkte und das erwartete Geheul anstimmte. Augenblicklich flogen Pfeile durch die Luft, doch prallten sie am Stein ab.

Der Krieger rannte auf ihn zu und holte mit seinem Krummsäbel aus. Gegen einen Ghazel zu kämpfen war ganz anders als gegen einen Menschen zu kämpfen, aber sobald Säbel und Schwert klirrend aneinanderstießen, brauchte Hadrian nicht mehr zu überlegen. Sein Körper bewegte sich wie von selbst. Er machte einen Ausfallschritt und stieß zu. Der Krieger mit der Haifischmütze reagierte genau so, wie Hadrian es vorausgesehen hatte. Hadrian fing seinen nächsten Schlag mit dem Kurzschwert ab und sah den Schrecken im Blick des Ghazel, als er ihm gleich im nächsten Moment mit dem Langschwert den Arm am Ellbogen abtrennte. Anschließend vollführte er noch eine Drehung und schlug ihm den Kopf mitsamt der Mütze ab.

Zwei weitere Ghazel griffen mit schrillem Geheul an. Hadrian war schon immer dankbar dafür gewesen, dass die Ghazel ihre Angriffe auf diese Weise ankündigten. Er konnte jetzt aus seiner Deckung heraustreten, denn es flogen keine Pfeile mehr.

Die beiden Ghazel bleckten ihre spitzen Zähne mit dem schwarzen Zahnfleisch und gaben gackernde Laute von sich.

Hadrian rammte dem ersten das Kurzschwert bis zum Heft in den Bauch. Dunkles Blut sprudelte aus der Wunde. Dann schwang er das andere Schwert, ohne sich dem anderen Ghazel zuzuwenden, hinter seinem Rücken herum und spürte, wie es in dessen Fleisch schnitt.

Er hörte rasche Schritte und blickte auf. Royce rannte mit einem Ghazelbogen und einem Köcher über den offenen Platz auf ihn zu. Sein Mantel flog hinter ihm her und er strengte sich erst gar nicht an, leise zu sein.

»Was ist? Hast du die anderen erwischt?«

»Ja«, keuchte er und warf Bogen und Köcher Hadrian zu, ohne stehenzubleiben. »Die brauchst du vielleicht.«

Er rannte die Große Par hinauf und Hadrian folgte ihm. »Warum so eilig?«

»Sie waren nicht allein.«

Hadrian blickte über die Schulter, sah aber niemanden. »Wie viele?«

»Viele.«

»Und wie viele genau sind das?«

»Zu viele, um sie zu zählen.«

Sie gelangten ans Ende der Prachtstraße, das ganz anders aussah, als Arista es aus ihrem Traum in Erinnerung hatte. Der Ulurium-Brunnen mit seinen vier aus dem schäumenden Wasser galoppierenden Pferden war unter einem Schuttberg verschwunden. Die Rotunde des Cenzariums rechts davon stand zwar noch, zeigte aber nur noch einen schwachen Abglanz ihrer einstigen Schönheit. Die Kuppel war verschwunden, die Mauern geschwärzt. Die Säulenfassade der Teshlor-Halle links war noch intakt. Sie hatte die Jahre vergleichsweise gut überstanden, war aber wie alles andere mit Ruß bedeckt. Vor allem aber fehlte die große goldene Kuppel des prächtigen Palasts oder genauer der ganze Palast. Nur ein Trümmerhaufen war davon übrig. Und darum herum war alles mit den Knochen der Toten übersät.

Am Ende der Straße angekommen, drehte Alric sich um und hob die Laterne. »Arista! Wohin jetzt?«

Sie schüttelte den Kopf und zuckte mit den Schultern. »Der Palast müsste eigentlich vor uns stehen. Er ist offenbar zerstört worden.«

»Na toll!«, schimpfte Gaunt. »Was tun wir jetzt?«

»Ruhe!«, fuhr Mauvin ihn an.

»Ist Hall bis hierher gekommen?«, fragte Alric, an Myron gewandt.

»Nein, er schreibt, er hätte den Palast betreten.«

»Wie?«

»Er hat eine Spalte gefunden.«

»Eine Spalte? Wo?«

»Er schreibt: ›Da ich im Dunkeln Angst vor den Trommeln hatte und nicht im Freien schlafen wollte, suchte ich nach einem Unterschlupf in einem Trümmerhaufen. Ich fand eine Spalte, die gerade so breit war, dass ich hindurchschlüpfen konnte. Ich erwartete nur eine Nische zum Schlafen, entdeckte zu meiner Freude aber einen verschütteten Gang. Auf dem Weg nach draußen brachte ich Zeichen an, um ihn bei einer etwaigen Rückkehr wieder zu finden.‹«

Sie kletterten über die Steine und begannen zu suchen. Der Haufen war so breit wie die große Straße und zwischen den herabgestürzten Trümmern gab es Hunderte von Spalten, hinter denen sich ein Gang verbergen konnte. Sie suchten noch nicht lange, da kehrten Royce und Hadrian zurück. Die beiden hielten ihre Waffen, die vom Blut schwarz waren, noch in den Händen.

»Das sieht nicht gut aus«, hörte Arista Hadrian beim Anblick des Trümmerhaufens sagen.

»Es muss irgendwo eine Spalte geben, die nach drinnen führt«, sagte sie.

»Eine Horde von Ghazel ist uns auf den Fersen«, sagte Royce.

»Alle in das Gebäude da links«, rief Hadrian.

Sie rannten über den Platz und stiegen über die Haufen von

Knochen und Steinen, die den Zugang und die Treppe zur Teshlor-Halle bedeckten. Hinter ihnen ertönte wildes Geschrei. Arista warf einen Blick zurück. Goblins sprangen schlidternd und mit scharrenden Krallen wie Jagdhunde über das Pflaster. Ihre Augen funkelten wie von innen beleuchtet durch die Nacht, ein kränkliches Gelb um eine ovale Pupille. Unter ihren gekrümmten Rücken und an den Armen verliefen Muskelwülste, die so dick waren wie der Schenkel eines Mannes. Ihre Münder waren gleich mit mehreren Reihen nadelspitzer Zähne besetzt, die seitlich vorstanden, als sei der Mund zu klein, um sie alle aufzunehmen.

»Nicht schauen, rennen!«, rief Hadrian. Er packte Arista am Arm und zog sie über die auf dem Boden verstreuten Knochen.

Alric und Mauvin stürmten die Treppe hinauf und warfen sich gleichzeitig gegen das große Portal.

Hadrian versetzte Arista einen Stoß, dass sie stürzte und sich Knie und Wange aufschrammte.

»Was ...« Ein Hagel von Pfeilen schlug funkensprühend auf die Steine. Hadrian riss sie wieder hoch und schob sie weiter.

»Schnell!«, befahl er.

Sie rannte die Treppe hinauf, so schnell sie konnte. Myron und Magnus, die soeben durch das Portal geschlüpft waren, winkten ihr aufgeregt. Sie sollte sich beeilen. Sie blickte hinter sich. Gaunt war soeben am Fuß der Treppe angelangt.

Wieder flogen Pfeile durch die Luft.

Arista hörte sie kommen und Hadrian zog sie hinter die Säulen, aber Gaunt hatte keinen solchen Schutz. Ein Pfeil traf ihn ins Bein und er stürzte und blieb liegen.

Er drehte sich auf den Rücken. Ein Ghazel rannte auf ihn zu und er brüllte.

»Degan!«, schrie Arista.

Ein Dolch blitzte weiß und schlitzte dem Ghazel die Kehle auf. Royce stand mit gespreizten Beinen über dem gestürzten Gaunt. Drei weitere Ghazel griffen ihn an. Zwei gingen im nächsten Augenblick tot zu Boden, getroffen von den Schwertern Hadrians, der unvermutet neben Royce aufgetaucht war. Der dritte Ghazel wandte sich Hadrian zu, doch Royce trat hinter ihn und auch er ging zu Boden.

»Steh auf, Dummkopf!«, rief Royce. Er packte Gaunt am Mantel und riss ihn auf die Beine. »Und jetzt lauf!«

»Pfeil im Bein!«, würgte Gaunt mit zusammengebissenen Zähnen heraus.

»Vorsicht!«, schrie Arista. Fast ein Dutzend weiterer Ghazel eilte auf sie zu.

Hadrian stürzte sich in den Kampf und ließ seine Schwerter durch die Luft sausen. Royce verschwand, tauchte wieder auf und verschwand wieder und sein weißer Dolch funkelte wie ein Stern am nächtlichen Himmel.

»Zurück in eure Löcher, ihr Bestien!«, rief Alric, der plötzlich mit einer Laterne in der einen und seinem Schwert in der anderen Hand herausgerannt kam, gefolgt von Mauvin. Furchtlos stürzte er sich in das Getümmel und schlug auf den nächsten Goblin ein. Zuerst schlug er ihm einen Arm ab, dann durchbohrte er ihn. Doch Alric übersah das Schwert eines anderen Ghazel, das von der Seite nach seinem Kopf schlug. Aristas Herz setzte vor Schreck einen Schlag aus, doch Mauvin war zur Stelle. Blitzschnell parierte er den Hieb mit seinem Schwert, schnitt die gegnerische Klinge durch und tötete den Goblin, alles in einer Bewegung.

Gaunt war aufgestanden und humpelte die Treppe zum Portal hinauf.

Arista raffte ihren Mantel und eilte ihm entgegen. »Legt den Arm um mich!«, rief sie und trat auf seine verwundete Seite.

Gaunt stützte sich auf sie. Hinter ihnen strömten weitere Goblins auf den Platz. Zwanzig oder sogar dreißig näherten sich kreischend und kläffend und scharrten mit ihren Krallen über den Boden. Außerdem ging von ihnen ein bedrohliches Summen aus wie von einem Heuschreckenschwarm.

»Wir müssen hier weg!«, erklärte Hadrian. Er trat zu Alric, nahm ihm die Laterne aus der Hand und warf sie den angreifenden Ghazel vor die Füße. Eine Stichflamme stieg auf, gefolgt von weiterem Geschrei und Geheul.

»Ich übernehme Gaunt!«, sagte Hadrian zu Arista. »Lauf!«

Sie stürzten zu dem Portal hinauf, das Magnus und Myron für sie offen hielten. Sobald sie drinnen waren, zogen die beiden es zu und Royce schob den Riegel vor.

»Stellt auch noch die steinerne Bank vor die Tür!«, rief Royce.

»Was für eine Bank?«, fragte Mauvin. »Hier drin ist es stockdunkel!«

Kaum hatte er es gesagt, da begann Aristas Umhang zu leuchten und in dem kalten, blauen Schein wurde die Eingangshalle sichtbar. Die Luft war abgestanden und muffig und alles war wie in der Bibliothek mit Spinnweben und Staub bedeckt. Der schwarzweiß karierte Boden war gesprungen und gewellt. Ein Kronleuchter war von der Decke heruntergestürzt und lag in einer Ecke. Kohlenpfannen waren umgestürzt und steinerne Zierleisten zerbrochen und der Boden war mit Gipsbrocken übersät. An den Wänden hingen große Teppiche. Sie waren verblichen und schmutzig, aber ansonsten unversehrt. Dasselbe galt für die langen Vorhänge an den Wänden. Rechts und links des Portals führten Treppen nach oben, an zwei hohen, schmalen Fenstern vorbei, die auf den Platz blickten. Die Fenster erinnerten Arista an die Schießscharten einer Burg.

Dumpfe Schläge ertönten. Die Goblins hämmerten gegen die Tür, dass der Staub von den Wänden fiel.

Sie legten Gaunt in die Vorhalle, dann nahm Hadrian den Goblin-Bogen von seiner Schulter und rannte die Treppe hinauf. Durch die Schießscharten feuerte er auf die Goblins draußen. Bei jedem Schnappen der Sehne hörte Arista einen Schrei und schon bald verstummte das Hämmern.

»Sie sind weg«, sagte Hadrian und lehnte sich schwer gegen die

Wand. »Zumindest außer Schussweite. Aber da sie jetzt wissen, dass sie Besuch haben, werden sie uns nicht in Ruhe lassen.«

Royce ließ den Blick prüfend über Treppe, Decke und Wände wandern. »Die Frage ist ... gibt es einen zweiten Eingang? Oder anders herum, einen zweiten Ausgang?« Er holte die restlichen Laternen aus Myrons Bündel und zündete sie an.

Arista trat zu Gaunt. Der kurze, tückisch aussehende Pfeil hatte seine Wade durchbohrt und ragte auf beiden Seiten heraus. »Ich sehe, warum Ihr solche Mühe mit dem Laufen hattet«, sagte sie. Sie zog ihr Messer und begann das Hosenbein aufzuschneiden.

»Wenigstens eine, die mich versteht«, brummte er.

»Ihr habt Glück gehabt, Gaunt«, sagte Hadrian, der gerade die Treppe herunterkam. Er nahm eine der angezündeten Laternen und kniete sich neben ihn. »Wenn die Spitze noch in Eurem Bein wäre, würde das, was jetzt kommt, viel mehr wehtun.«

»Was kommt denn jetzt?«

Hadrian bückte sich, und bevor Gaunt wusste, wie ihm geschah, brach er die Spitze des Pfeils ab. Gaunt heulte vor Schmerzen auf.

»Bereitet einen Verband vor«, sagte Hadrian zu Arista. Myron stand schon bereit und hielt Arista zwei Binden hin. »Das tut jetzt ein wenig mehr weh.«

»Ach ja?«, fragte Gaunt ungläubig. »Was du eben getan hast ...«

Hadrian zog den Pfeilschaft aus seinem Bein. Gaunt schrie. Blut strömte aus den beiden Wunden und Hadrian wickelte rasch eine Binde darum und zog sie fest.

»Legt Eure Hände an die andere Seite und drückte fest zu, also richtig fest«, wies er Arista an. Blut sickerte durch die weiße Binde und färbte sie rot.

»Noch fester!«, befahl er und wickelte eine zweite Binde darum.

Gaunt schrie wieder. Er warf den Kopf in den Nacken, riss die Augen auf und kniff sie zusammen.

»Tut mir leid«, sagte Arista.

Gaunt stöhnte mit zusammengebissenen Zähnen.

Blut lief ihr zwischen den Fingern hindurch, warm und zähflüssiger, als sie erwartet hatte, fast ölig. Es war nicht das erste Mal, dass ihre Hände mit Blut bedeckt waren. Auf dem Platz von Rehagen hatte sie Emery in den Armen gehalten. Damals war noch viel mehr Blut geflossen, nur hatte sie es nicht bemerkt.

»Jetzt loslassen«, sagte Hadrian. Er verband die Wunde neu. Wieder musste Arista drücken, sobald er fertig war, und wieder sickerte Blut durch den Verband. Aber diesmal waren nur einige rote Flecken zu sehen.

Hadrian wickelte noch eine Binde darum und befestigte sie. »So«, sagte er und wischte sich die Hände ab. »Jetzt müsst Ihr nur noch hoffen, dass an dem Pfeil nichts Schlimmes dran war.«

Royce gab ihm eine Laterne. »Lass uns nach weiteren Eingängen suchen.«

»Mauvin, Alric? Ihr haltet an den Fenstern Wache. Ruft uns, wenn die Ghazel zurückkehren.

»Ich brauche Wasser«, stöhnte Gaunt, dem der Schweiß über das Gesicht lief. Arista schob ihm ein Bündel unter den Kopf und nahm seinen Trinkschlauch. Das meiste Wasser lief ihm über das Kinn.

»Ruht Euch aus«, sagte sie und strich ihm die Haare aus der Stirn.

Er sah sie misstrauisch an.

»Keine Sorge, ich werde Euch nicht verzaubern«, sagte sie.

Arista betrat den großen Saal und ihr Umhang tauchte alles in ein kaltes, blaues Licht. In der Mitte stand ein großer steinerner Tisch, darum herum standen Dutzende von Stühlen mit hoher Lehne. Einige davon waren umgefallen wie auch das halbe Dutzend metallener Pokale auf dem Tisch. Der Saal war vier Stockwerke hoch und hatte entlang einer Galerie große Fenster und in der Decke Oberlichter. Arista stellte sich vor, wie einst die Sonne durch sie hereingeflutet war. Der obere Teil der Wände und Teile der Decke waren mit spektakulären Schlachtenszenen bemalt. Ritter saßen auf Pferden und hielten lange Stangen in der Hand, an denen Wimpel flatterten. Tausende von Soldaten tummelten sich in breiten Tälern, Burgen wurden von Bogenschützen verteidigt und von schweren Kriegsmaschinen angegriffen. In einer Szene kämpften drei Männer auf einer Kuppe gegen drei Gilarabrywn. Dieselben Männer waren auch in anderen Bildern zu sehen. Auf einem saß einer von ihnen mit einer Krone auf dem Kopf auf einem Thron, die anderen beiden standen rechts und links von ihm. Unter den Gemälden hingen umfangreiche Waffensortimente: Schwerter, Speere, Schilde, Bögen, Lanzen und Streitkolben. Eins hatten die Waffen alle gemeinsam: Sie glänzten auch nach tausend Jahren noch wie neu.

In ein umlaufendes Band waren Wörter eingemeißelt, weitere Wörter standen auf in die Wand eingelassenen Tafeln, doch Aristas Unterweisung in der alten Sprache hatte immer der mündlichen Sprache gegolten, nicht der schriftlichen, deshalb konnte sie die Inschriften nicht lesen. Sie erkannte allerdings die Wörter *Techylor* und *Cenzlyor*.

Eine breite Treppe führte zur Galerie und Arista stieg sie hinauf. Oben gelangte sie zu einer Reihe von Türen, einige davon offen. Dahinter sah sie kleine Zimmer, Unterkünfte mit Betten, Regalen und Schränken. Aus einem Zimmer fiel Licht.

Sie traf Hadrian an, der neben dem Bett stand und wie in Trance auf die gegenüberliegende Wand starrte. Dort hingen eine Rüstung, ein Schild und verschiedene Waffen. Die Rüstung sah ganz anders aus als die herkömmlichen Ritterrüstungen mit Brustharnisch, Schulterstücken, Armschienen und Beintaschen. Aus einem Stück gefertigt, ähnelte sie einem langen Mantel, wie man ihn zu offiziellen Anlässen trug, doch war sie aus Plättchen eines goldfarbenen Metalls zusammengesetzt. Darüber hing wie der Kopf eines Adlers ein Helm mit einem gewaltigen Helmbusch.

»Willst du hier einziehen?«, fragte sie. »Ich habe mir schon Sorgen gemacht, weil du nicht zurückgekommen bist.«

»Tut mir leid«, sagte er verlegen. »Ich habe niemanden rufen gehört. Es ist doch nichts passiert?«

»Gaunt schläft, Myron liest, Magnus streitet mit Alric, Royce ist noch nicht zurückgekehrt und Mauvin hat sich irgendwohin verzogen. Und was machst du?«

Sie setzte sich auf das Bett, das unter ihrem Gewicht prompt zusammenbrach. Eine Staubwolke stieg auf.

»Habt Ihr Euch wehgetan?« Hadrian half ihr auf.

»Nein.« Sie hustete und wedelte mit der Hand vor ihrem Gesicht hin und her. »Offenbar ist das Holz im Lauf der Jahre verfault.«

»Das muss es gewesen sein«, sagte er.

»Was?« Sie klopfte den Staub von ihrem Gewand.

»Das Zimmer von Jerish, Jerish Grelad, dem Teshlor-Ritter, der sich mit dem Sohn des Imperators versteckte.«

»Woher weißt du das?«

»Weil dieser Schild hier hängt«, sagte er und zeigte auf den Dreiecksschild an der gegenüberliegenden Wand. Auf dem darauf abgebildeten Emblem schlangen sich Weinreben um einen Stern auf einer Mondsichel. Hadrian zog den Zweihänder von seinem Rücken. Er hielt ihn hoch, damit Arista die kleine Gravur auf dem Schwertknauf sehen konnte. Sie war identisch mit dem Emblem auf dem Schild. Hadrian trat vor die Wand. Dabei fiel Arista zum ersten Mal auf, dass neben der Rüstung kein Schwert hing, sondern nur eine Scheide aus Gold und Silber. Hadrian hielt sein Schwert an die Öffnung und ließ es hineingleiten. »Die beiden sind lange getrennt gewesen.«

»So gut passen sie nicht mehr zusammen«, sagte Arista. Die Schwertklinge war schartig und stumpf.

»Das Schwert war tausend Jahre lang im Einsatz.« Hadrian wandte sich der Rüstung zu. »Jerish hat nur das Schwert mitgenommen. In einer goldenen Rüstung konnte er sich vermutlich schlecht verstecken.« Er strich mit den Fingern über die glänzende Oberfläche.

»Sieht aus, als würde sie dir passen«, sagte Arista.

Hadrian grinste. »Was sollte ich damit anfangen?«

Sie zuckte mit den Schultern. »Trotzdem solltest du sie haben. Jedenfalls gehört sie zum Schwert.«

»Stimmt eigentlich.«

Er hob sie an. »Ganz leicht«, sagte er verblüfft.

Arista blickte auf das Bett hinter ihr und bemerkte einen kleinen Gegenstand – ein aus Rauchquarz geschnittenes Figürchen. Sie hob es auf und rieb es sauber. Genaugenommen handelte es sich um eine Figurengruppe, einen Jungen, flankiert von zwei Männern, der eine in einem Harnisch, der andere in einem Gewand aus Stoff. Die Figur in dem Gewand sah Esrahaddon bemerkenswert ähnlich, nur dass sie Hände hatte. Der unbekannte Künstler besaß ein ungewöhnliches Talent.

»Interessiert, wie Jerish aussah?« Sie hielt ihm den Quarz hin.

»Er war noch jung.« Hadrian nahm die Figurengruppe und wendete sie in den Händen hin und her. »Aber ein vertrauenerweckendes Gesicht.« Er betrachtete die anderen Figuren und lächelte. Da wusste sie, dass er Esrahaddon erkannt hatte. »Und der dritte ist also Nevrik, der Erbe. Sieht nicht gerade wie Gaunt aus.«

»Wie viele Generationen sind in tausend Jahren enthalten?«, fragte Arista. »Aber merkwürdig, dass Jerish das hiergelassen hat. Es ist so schön, dass man denken würde, er hätte es mitgenommen oder wenigstens ...« Sie verstummte und sah sich in dem Zimmer um. Von den Ablagerungen eines Jahrtausends abgesehen, war alles ordentlich aufgeräumt und das Bett gemacht. Schubladen und Schranktüren waren geschlossen. Am Fußende des Betts standen nebeneinander zwei Stiefel.

»Hast du hier ... irgendwie aufgeräumt?«, fragte Arista.

Hadrian sah sie an, als wollte er gleich in Lachen ausbrechen. »Nein, warum?«

»Weil alles so ordentlich ist.«

»Ihr glaubt, weil er ein Ritter war ... gut, Ihr denkt vermutlich an Elgar, aber er ist eher die Ausnahme. Elgar ist extrem schlampig ...«

»Das meinte ich nicht. Aber nachdem Jerish verschwunden war, nach seiner Flucht mit Nevrik, hätte ich gedacht, dass sie das Zimmer auf den Kopf stellen und nach einem Hinweis auf ihren Aufenthaltsort suchen. Aber hier ist alles so aufgeräumt. Und bestimmt hätten sie diese Skulptur mitgenommen. Warum haben sie das Zimmer nicht geplündert? Das ist jetzt tausend Jahre her, da hatten sie doch genug Zeit, es sei denn ... vielleicht hatten sie ja nie die Gelegenheit dazu.«

»Was wollt Ihr ...«

Von irgendwo draußen ertönte eine Fanfare, gefolgt von fernen Trommelschlägen.

»Was ist da draußen los?«, fragte Hadrian, als er mit Arista in die Vorhalle zurückkehrte. Die Rüstung hatte er zu einem Bündel verschnürt, den Schild über den Rücken gehängt. Alric stand an einer Schießscharte.

Er zuckte mit den Schultern. »Keine Ahnung. Es ist so dunkel. Habt ihr einen Ausgang gefunden?«

»Nein, alles ist durch Trümmer versperrt. Wir sind also einerseits sicher, andererseits sitzen wir in der Falle.«

»Ich glaube, vor der Halle treffen weitere Ghazel ein«, sagte Alric.

»Tretet vom Fenster zurück, bevor Ihr einen Pfeil in den Kopf bekommt«, sagte Royce, der gerade aus einem Nebenraum trat, den Arista noch nicht kannte.

Sie kniete sich neben Gaunt und untersuchte seine Wunde. Die Blutung hatte aufgehört, aber sein Gesicht war trotz der kalten Luft schweißnass.

»Irgendwas entdeckt?«, fragte Hadrian.

Royce schüttelte den Kopf. Dann sah er sich um. »Wo sind Myron und Mauvin?«

»Hier war der Sitz der Teshlor-Zunft«, sagte Alric. »Mauvin wollte ihn sich ansehen, seit er zehn ist.«

»Und Myron?«

Alric sah Gaunt an, der den Blick mit schmerzverzerrtem Gesicht fragend erwiderte. Dann drehten sich alle zu Magnus um.

»Seht mich nicht so an. Ich weiß nicht, wohin er gegangen ist. Er ist einfach wegspaziert.«

»Ich suche ihn«, sagte Royce.

»Moment«, rief Alric. »Wie kommen wir hier raus?«

»Keine Ahnung.«

Alric ließ sich verdrossen gegen die Wand fallen. »Das ist nicht sein Ernst, oder?«

»Ihr seid der König«, sagte Gaunt. »Sagt Ihr es uns. Ihr wolltet doch der Anführer sein. Was sagt Euch Euer blaues Blut, Euer königliches Geblüt? Was für eine Erkenntnis habt Ihr, die uns Normalsterblichen nicht zuteil wird?«

»Mund halten, Gaunt«, befahl Mauvin, der in diesem Augenblick die Treppe herunterkam.

»Da seid Ihr ja«, sagte Royce. »Ich suche jetzt Myron.« Er ging.

»Ich sage nur, dass er der König ist«, fuhr Gaunt fort. »Er ist der Anführer. Bisher hat er lediglich bewirkt, dass ich verblute und wir alle in der Falle sitzen. Jetzt hat er die Gelegenheit, zu glänzen und zu zeigen, was er kann. Die Expeditionen vor uns hatten keinen König als Anführer. Er wird doch nicht zulassen, dass uns dasselbe Schicksal ereilt. Stimmt doch, Majestät, ja?«

»Ich sagte Mund halten«, wiederholte Mauvin leise und drohend. »Habt Ihr schon vergessen, dass er sein Leben riskiert hat, um Eures zu retten?«

Sie saßen in der Eingangshalle im flackernden Licht von vier Laternen. Die Laternen warfen von allen Gegenständen vier Schatten an die Wände.

Alric blickte wieder aus dem Fenster. »Ihr habt die Fanfare und die Trommeln gehört. Da draußen haben sich inzwischen womöglich schon Dutzende Goblins versammelt.«

»Das bezweifle ich«, erwiderte Hadrian. Alric sah ihn hoffnungsvoll an. »Ich glaube eher, ein paar hundert. Die Ghazel bevorzugen ungleiche Kämpfe, je einseitiger, desto besser, solange es zu ihren Gunsten ist. Die Fanfare und die Trommeln rufen alle Goblins in Hörweite herbei. Ja, ich würde sagen, da draußen versammeln sich mindestens ein paar hundert.«

Alric starrte ihn entsetzt an. »Aber ... wie sollen wir dann von hier wegkommen?«

Niemand antwortete.

Sogar Gaunts Spottlust schien erschöpft und er legte sich wieder hin. »Fast wäre ich Imperator geworden.«

In diesem Augenblick kehrte Myron zusammen mit Royce zurück. »Zu Zeiten des alten Imperiums wurden riesige Jagden veranstaltet«, hörten sie ihn sagen. »Man sieht das an diesem Wandteppich. Die Jagden hatten viele hundert Teilnehmer und bestimmt wurden Tausende von Tieren getötet. Und hast du die Streitwagen gesehen?«

»Er hat die Bilder und Teppiche betrachtet«, sagte Royce zu den anderen.

»Die alten Handwerker waren meisterhafte Bronzegießer«, fuhr der Mönch fort. »Und dieses Gebäude ist die Zunfthalle der Ritter. Sie wird in Hunderten von alten Büchern erwähnt und gilt vielen als Mythos ... merkwürdigerweise wird sie aber immer Halle des Techylor genannt, nicht des Teshlor. Und so erstaunlich es klingt, ich habe in all den Jahren, in denen ich über das alte Imperium gelesen habe, nie etwas über Techylor erfahren, aber eines scheint zu stimmen: Techylor ist genauso wenig eine Kampfdisziplin oder Kriegskunst wie Cenzlyor eine Disziplin der mystischen Künste. Beides sind Namen. Namen! Techylor und Cenzlyor waren die Namen von Leuten, die in der ersten Schlacht des Großen Elbenkriegs an der Seite Novrons gekämpft haben. Die Teshlor-Ritter waren ganz wörtlich von Teshlor oder eigentlich Techylor ausgebildete Ritter.«

»Jetzt ist nicht der richtige Zeitpunkt für einen historischen

Vortrag!«, rief Alric ungeduldig. »Wir müssen einen Ausgang finden, bevor die Ghazel hier eindringen.«

»Ich sehe draußen Licht«, verkündete Mauvin. »Ein Feuer oder eine Fackel, oder ... ah.«

»Was?«, fragte Gaunt.

»Zweierlei«, sagte der junge Graf Pickering. »Erstens hatte Hadrian recht. Ich sehe zwar nur Schatten, aber ... doch, da sind ganz viele Leute, eine Menge.«

»Und zweitens?«, fragte Hadrian.

»Zweitens scheinen sie Brandpfeile vorzubereiten.«

»Zu was soll das gut sein?«, fragte Alric. »Das Gebäude besteht aus Stein, es brennt nicht.«

»Sie wollen uns ausräuchern«, erklärte Hadrian.

»Klingt nicht gut«, meinte Gaunt.

»Schon wieder ein Raum, in dem wir eingesperrt sind«, sagte Hadrian zu Royce. »Der wievielte eigentlich? Ich habe den Überblick verloren.«

»Es waren schon viel zu viele.«

»Irgendeine Idee?«

»Nur eine«, sagte der Dieb und sah Arista an.

Hadrian nickte.

»Nein«, sagte Arista sofort. Sie stand auf und wich einen Schritt zurück. »Das kann ich nicht.«

»Ihr müsst«, sagte Royce.

Sie schüttelte so heftig den Kopf, dass ihr die Haare um das Gesicht flogen. Ihr Hals war auf einmal wie zugeschnürt und sie spürte einen Knoten im Magen. »Ich kann nicht«, beharrte sie.

Hadrian ging ganz langsam auf sie zu, als wollte er ein scheuendes Pferd einfangen.

Ihre Hände begannen zu zittern. »Ihr habt doch selbst erlebt ... ihr wisst, was letztes Mal passiert ist. Ich konnte mich nicht beherrschen.«

Hadrian nickte. »Mag sein, aber vor dieser Tür warten fünfzig bis mehrere hundert Ba Ran Ghazel. Die Legenden und Märchen, die man Kindern vor dem Schlafengehen erzählt, stimmen, das weiß ich aus eigener Erfahrung. Sie enthalten allerdings nur die halbe Wahrheit – niemand würde es wagen, Kindern die ganze Wahrheit zuzumuten. Ich habe einige Jahre als Söldner in Calis gedient und im Gur Em Dal, dem Dschungel am östlichen Ende der Halbinsel, den die Goblins zurückerobert haben, für verschiedene Fürsten gekämpft. Ich habe nie darüber gesprochen, was dort geschehen ist, und das werde ich auch jetzt nicht tun. Ich verdränge es, so gut ich kann. Denn die Zeit im Dschungel war ein einziger Albtraum.

Die Ghazel sind stärker und schneller als die Menschen und sie können im Dunkeln sehen. Sie haben scharfe Zähne, und wenn sie die Gelegenheit dazu bekommen, drücken sie dich zu Boden und beißen dich in die Kehle oder den Bauch. Die Ghazel sind ganz versessen nach Menschenfleisch. Wir sind für sie eine Delikatesse und außerdem verwenden sie ihre Opfer für religiöse Zeremonien. Sie machen ein Ritual daraus, uns zu töten und möglichst bei lebendigem Leibe zu verspeisen – während wir noch atmen. Und zu unseren Schreien trinken sie ein modrig stinkendes Gebräu und rauchen Tulanblätter.

Diese Tür ist der einzige Ausgang. Wir können uns nicht heimlich wegschleichen oder die Ghazel ablenken und überrumpeln, und wir können auch nicht auf Hilfe von außen hoffen. Entweder Ihr tut etwas oder wir sterben alle, so einfach ist das.«

»Du weißt nicht, was du von mir verlangst. Du weißt nicht, wie das ist. Ich kann mich nicht beherrschen und ... ich weiß nicht, was geschehen wird. Die Macht, die ich habe ... wie soll ich es beschreiben ... ich kann damit töten, aber dann wird sie übermächtig und kennt keine Grenzen mehr.«

»Ihr könnt damit umgehen.«

»Nein, eben nicht.«

»Doch. Beim ersten Mal wurdet Ihr überrumpelt. Jetzt wisst Ihr, mit was Ihr rechnen müsst.«

»Hadrian, wenn ich zu weit gehe ...« Sie versuchte, sich vorzustellen, was dann passieren würde, schreckte aber davor zurück. Der Gedanke an die Macht hatte etwas Verführerisches und Erregendes, wie wenn man am Rand einer Klippe stand oder mit einem scharfen Messer spielte. Die Angst, sie könnte zu weit gehen, versetzte sie zugleich in einen Rausch, der sie lockte wie die stille Schönheit eines tiefen Sees. Sie erinnerte sich noch zu gut, wie dieser Rausch sich angefühlt hatte, wie die Gier nach immer mehr in ihr erwacht war. »Wenn ich nachgebe, wenn ich zu weit gehe … kehre ich vielleicht nicht mehr zurück.« Sie sah Hadrian an. »Ich habe Angst, dass das passieren könnte. Dann wäre ich wahrscheinlich kein Mensch mehr. Ich wäre für immer verloren.«

Hadrian fasste sie an den Händen. Erst jetzt, als er sie berührte, merkte sie, dass sie zitterte. Seine Hände waren warm und stark. »Ihr könnt das«, sagte er fest. Er sah sie unverwandt an und sie konnte nicht anders, als seinen Blick zu erwidern. Hadrian strahlte Ruhe aus und ein Verständnis, das sie tröstete und ihr gut tat.

Wie macht er das?

Ihre Hände hörten auf zu zittern.

Ein Pfeil flog zischend durch Mauvins Fenster und verfehlte ihn nur knapp. Er zog eine dicke, schwarze Rauchfahne hinter sich her, die nach Schwefel stank. Vom Stein der gegenüberliegenden Wand prallte er ab, er brannte und rauchte allerdings weiter. Zwei weitere Pfeile fanden den Weg durch die schmalen Schlitze, während draußen ein Trommeln einsetzte wie von Regen. Durch die Ritzen der Tür quoll Rauch.

»Ihr müsst es versuchen«, sagte Hadrian.

Arista nickte. »Aber du musst bei mir bleiben. Geh nicht weg, egal was passiert.«

»Ich verspreche es Euch.«

Sie spürte, dass er es ernst meinte. Der Blick seiner Augen war fest entschlossen.

Gaunt begann zu husten und Mauvin und Alric kamen die Treppe herunter.

»Bleibt alle zusammen«, sagte sie leise, ohne den Blick von Hadrian abzuwenden. »Ich weiß nicht genau, was gleich passiert. Bleibt einfach so eng wie möglich zusammen, und du, Hadrian, weiche nicht von meiner Seite.«

18

Staub und Stein

Der Rauch wurde dicker, das Atmen mühsamer. Arista stand mit geschlossenen Augen da und murmelte etwas. Ihre Hände zuckten.

»Warum tut sie nichts?«, fragte Gaunt und hustete wieder.

»Gib ihr einen Moment«, erwiderte Hadrian.

Wie als Reaktion auf seine Worte wehte eine leichte Brise an ihnen vorbei. Hadrian hätte nicht sagen können, woher sie kam, jedenfalls zog sie durch den Raum, wirbelte den Rauch durcheinander und blies ihn weg. Sie wurde stärker, setzte den Saum ihrer Mäntel in Bewegung, drückte ihnen die Kapuzen an den Kopf und wirbelte überall kleine Wolken von Staub auf. Schlagartig erloschen die Flammen der Laternen und der Wind erstarb. Einen Herzschlag lang herrschte Totenstille.

Dann explodierte die Fassade der Zunfthalle.

Aristas Gewand schien grell durch das Loch und Hadrian hörte das Geschrei der Goblins. Es klang wie das Quieken von einer Million Ratten. Der Platz, der seit tausend Jahren in Dunkelheit gehüllt gewesen war, lag taghell vor ihnen, als sei die Sonne auf die Große Par zurückgekehrt. Endlich sahen sie die vergangene Pracht der Stadt Novrons, der Stadt des Lichts mit Namen Percepliquis.

»Nehmt eure Sachen«, rief Arista. Die Prinzessin öffnete die

Augen, doch Hadrian spürte, dass sie immer noch abwesend war. Sie atmete tief und langsam und ihr Blick ging ins Leere, nahm die Umgebung nicht wahr. Sie sah nicht mehr mit den Augen.

Mauvin und Alric stützten Gaunt von beiden Seiten. Er ächzte, sagte aber nichts, sondern begann auf seinem gesunden Bein zu hüpfen.

»Kommt«, sagte Arista und ging in die Richtung des Trümmerhaufens, der einst der Palast gewesen war.

»Ihr macht das wunderbar«, sagte Hadrian. Sie schien ihn nicht zu hören.

Die Goblins griffen nicht an. Hadrian wusste nicht, ob sie vor der Explosion geflohen waren oder das grelle Licht sie abhielt oder ob Arista sie mit einem unsichtbaren Zauber in Schach hielt, jedenfalls kamen sie nicht näher.

Die Gefährten scharten sich um Arista.

»Das ist doch verrückt«, sagte Gaunt. Seine Stimme zitterte. »Die bringen uns um.«

»Bleibt dicht zusammen«, ermahnte Hadrian die Gefährten.

»Sie legen Pfeile auf«, sagte Mauvin.

»Bleibt zusammen.«

Die Ghazel, die die Augen gegen das Licht zusammengekniffen hatten, spannten ihre Bögen. Ein Pfeilhagel flog durch die Luft. Alle zuckten zusammen, mit Ausnahme von Arista. Die Pfeile flogen ins Leere, gingen in Flammen auf und verschwanden in einer Rauchwolke. Wieder stieg Geheul aus den Reihen der Ghazel auf, aber es flogen keine Pfeile mehr und sie kamen auch nicht näher.

»Sucht die Spalte!«, rief Arista. Sie klang atemlos und ungeduldig, wie jemand, der ein schweres Möbelstück tragen muss.

»Suche nach einer hohlen Stelle, Magnus«, befahl Hadrian.

»Weiter nach links, dort hinauf, da ist eine Spalte. Das ist zu weit – ja, dort!«

Royce hatte die Stelle erreicht und räumte Steine zur Seite. »Magnus hat recht, hier ist eine Öffnung.«

»Natürlich habe ich recht!«, rief Magnus empört.

»Da ist etwas …«, sagte Arista abwesend.

»Was denn, Arista?«, fragte Hadrian. Sie murmelte etwas, doch er verstand sie nicht. Er legte ihr die Hände auf die Schultern und drückte sie leicht, er hätte nicht sagen können, ob zu seiner oder ihrer Beruhigung.

»Etwas … ich spüre etwas … das sich mir widersetzt.«

Hadrian blickte zu den Goblins auf der Großen Par hinüber, einer wimmelnden Masse missgestalteter Leiber, von deren gefletschten Zähnen der Speichel tropfte und die in ihren blitzenden Krallen lange Spieße und Schwerter hielten. Dahinter fand er, was er suchte. Silhouetten, die sich um den Ulurium-Brunnen versammelten, darunter die kleine, schmale Gestalt des Oberdaza mit einem gefiederten Rock und Kopfputz, der einen Tulanstab hielt und tanzende Schritte machte. Zwei weitere Gestalten gesellten sich zu ihm.

»Wir müssen von hier weg!«, rief er.

Royce drückte Myron eine Laterne in die Hand und schob ihn durch die Öffnung und dann Magnus. Dann ging er selbst. Gaunt, Mauvin und Alric folgten ihm.

»Wir müssen auch verschwinden«, sagte Hadrian zu Arista.

Vom Platz hörte er Sprechgesang. Zwei weitere Hexendoktoren hatten zu tanzen begonnen.

»Das ist etwas, das immer größer wird«, murmelte Arista.

»Deshalb müssen wir ja weg.«

In der Mitte des Platzes erschien ein Lichtpunkt, nicht größer als eine Kerzenflamme. Flackernd schwebte er in der Luft. Dann begann er zu wachsen. Er knallte, flammte auf und wuchs auf die Größe eines Apfels an. Die Ghazelkrieger stimmten in den Gesang der drei Oberdaza ein und der Feuerball wurde noch größer und nahm Gestalt an. Aus dem vergehenden Feuer tauchten Gliedmaßen und ein Kopf auf.

»Jetzt müssen wir aber wirklich gehen«, sagte Hadrian und fasste die Prinzessin an den Händen. Im selben Moment wich sie taumelnd zurück. Die Augen hatte sie erschrocken und angstvoll aufgerissen. Der Schein ihres Umhangs erlosch.

»Was geht hier vor?«, fragte sie.

Hadrian antwortete nicht, sondern zog sie nur über den Schutt zu der Öffnung und schob sie mit dem Kopf voraus hinein. Ein Hagel von Pfeilen flog zischend durch die Luft und schlug hinter ihr in das Loch ein.

»Schnell!«, rief er. »Auf allen vieren!« Er folgte ihr und verschloss die Öffnung so gut es ging mit Steinen. Arista gehorchte. Dann hörte er sie im Dunkeln vor sich aufschreien.

»Arista!« Er drehte sich um, kroch ihr hastig nach und stürzte in die Tiefe.

Er fiel zehn Fuß tief und landete neben Arista. Sie lagen in einem Gang, der von der Laterne in Myrons Hand beleuchtet wurde.

»Alles heil geblieben?«, fragte Royce. »Man rechnet nicht damit, dass es hier so tief runtergeht.«

»Tut mir leid«, sagte Arista und rieb sich den Rücken. »Ich konnte die Ghazel nicht zurückhalten. Etwas hat sich mir widersetzt, eine andere Macht, die ich noch nie gespürt habe.«

»Aber Ihr habt es großartig gemacht«, widersprach Hadrian. »Wir sind im Palast.«

»Ach ja?« Die Prinzessin sah sich überrascht um.

»Und wie kommen wir wieder raus?«, fragte Gaunt.

»Meine größere Sorge ist im Moment, dass sie uns hierher folgen werden«, sagte Hadrian. »Der enge Gang wird sie verlangsamen, aber sie werden kommen.«

»Alles Weitere besprechen wir im Gehen«, sagte Royce. »Oder Laufen, wer kann. Gib mir die Laterne, Myron. Ich will nicht wieder irgendwo hinunterfallen.«

»Vielleicht sollten wir hierbleiben und sie töten, wenn sie herunterfallen«, sagte Mauvin zu Hadrian.

»Die sind so viele, dass Euch die Kraft bald ausgehen würde. Außerdem ist da noch dieses ... seltsame Ding, das die Oberdaza gemacht haben.«

»Ding?«, fragte Arista.

Sie eilten den Gang entlang, immer hinter Royce her, der die Laterne hielt. Zu beiden Seiten verliefen Wände aus weißem Marmor. Der dunkel glänzende Boden unter ihren Füßen war mit herrlichen Mosaiken eingelegt.

»Du hast nicht zufällig irgendwo einen Grundriss dieses Gebäudes gesehen?«, fragte Royce, an Myron gewandt.

»Doch, das habe ich sogar, aber er war schon sehr alt und einige Teile fehlten.«

»Besser als nichts. Irgendeine Vorstellung, wo wir uns befinden?«

»Noch nicht.«

Hadrian glaubte zuerst, sie hätten einen Raum betreten, der Größe nach zu schließen einen Saal, aber es stellte sich schnell heraus, dass es sich nur um einen Korridor handelte, der allerdings größer war als alle Korridore, die Hadrian kannte. An den Wänden standen Rüstungen wie die, die er in Jerishs Kammer gefunden hatte. Außerdem zogen reliefartige Darstellungen an ihnen vorbei, die Menschen zeigten, Schlachtenszenen und andere denkwürdige Ereignisse.

Zum Beispiel sah Hadrian eine lange Bildfolge von Männern, die gekrönt wurden. Dabei war Percepliquis jeweils im Hintergrund zu sehen. Die Stadt wurde allerdings von Bild zu Bild kleiner und die Krönungszeremonie immer schlichter. Zweierlei fiel Hadrian im Vorbeilaufen auf. Zum einen, dass auf allen Bildern der Kopf des Mannes, der gekrönt wurde, abgeschlagen worden war. Zum anderen, dass zwar immer wieder andere Zuschauer dargestellt waren, im Vordergrund aber jedes Mal ein großgewachsener, schlanker Mann auftauchte, den der Künstler offenbar nach demselben Vorbild geschaffen hatte. Und auch wenn seine Gesichtszüge im flackernden Licht der Laterne nur schwer zu erkennen waren, war Hadrian sich sicher, dass er ihn schon gesehen hatte.

Sie gelangten an eine Kreuzung. Links ragte ein atemberaubendes, fünf Stockwerke hohes Portal aus massivem Gold auf, das mit so kunstvollen geometrischen Mustern überzogen war, dass alle es ehrfürchtig anstarrten.

»Der Thronsaal des Imperiums«, sagte Myron. »Von dort regierte einst der Imperator die ganze Welt.«

»Demnach weißt du, wo wir sind?«, fragte Royce.

Myron nickte und ließ den Blick über die Wände wandern. »Ich glaube, ja.«

»Wo geht es zur Krypta?«

Der Mönch zögerte und schloss für einen Moment die Augen. »In dieser Richtung.« Er zeigte geradeaus. »Zwei Türen weiter und dann links die Treppe hinunter.«

Sie erreichten die Treppe und Royce stieg sie als Erster hinunter. Gaunt humpelte ächzend neben Myron her. Er hatte ihm einen Arm über die Schultern gelegt, mit dem anderen hielt er sich an der Gürtelschnur des Mönchs fest.

»Du hast vorhin von den Oberdaza gesprochen«, sagte Arista zu Hadrian, während sie den anderen nacheilten. »Das hast du damals in Hintindar auch getan. Du sagtest, es seien Hexendoktoren, die die Magie der Ghazel verwendeten.«

»Fiese kleine Männchen.«

»Und was für ein ›Ding‹ haben sie gemacht?«

»Keine Ahnung, eine Art Kugel aus Feuer, die immer größer wurde.«

»Ich habe gespürt, wie etwas meinen Rhythmus störte und meine Verbindung unterbrach. Das habe ich noch nie erlebt. Ich wusste nicht, was ich tun sollte.«

»Ich finde, Ihr habt das großartig gemacht«, sagte Hadrian. »Ihr hattet Euch vollkommen unter Kontrolle und wart zu keinem Zeitpunkt in Gefahr, sie zu verlieren.«

Er sah trotz des trüben Lichts den Anflug eines Lächelns auf ihrem Gesicht. »Diesmal ging es tatsächlich besser. Du hast mir geholfen. Ich habe deine Nähe und Wärme gespürt und konnte mich daran klammern wie an einen Anker, der mich am Boden festhielt.«

»Wahrscheinlich hattet Ihr nur Angst, ich würde Euch wieder schlagen.« Ein gewaltiger Donnerschlag hallte durch den Gang. Der Boden erbebte und Staub wirbelte von den Wänden auf. »Oha.«

Sie kamen wieder an eine Treppe.

»Wir steigen einfach immer tiefer, ja?«, hörte er Royce fragen. »Das Grab liegt ganz unten?«

Myron nickte. »Die imperiale Krypta liegt auf der tiefsten Ebene. Der Palast wurde als Schrein über dem Grab Novrons erbaut, der sein Andenken verherrlichen sollte. Daraus wurde erst viel später der Palast der Herrscherfamilie.«

Sie gelangten wieder zu einer Treppe und eilten sie hinunter. Magnus keuchte bei jedem Schritt. Drunten wurden die Gänge kleiner und enger und die Decken niedriger. Sie gingen jetzt hintereinander. Gaunt hielt nur mühsam mit ihnen Schritt. Sie kamen an eine Kreuzung dreier Wege. Vor ihnen standen drei Statuen von Männern mit langen Bärten und Schilden und starren Blicken.

»Und jetzt?«, fragte Royce, an Myron gewendet.

»Hier war ein Teil des Grundrisses abgerissen«, sagte Myron entschuldigend. »Den Rest kenne ich nicht.«

»Na toll«, sagte Royce.

»Aber wir müssten ganz in der Nähe sein. Es fehlte nicht viel, deshalb ... seht dort!« Myron zeigte auf die Wand des rechten Gangs, in die ein EH eingekratzt war.

»Hoffen wir, dass die Ghazel nicht lesen können«, sagte Royce und setzte sich wieder in Bewegung.

»Das brauchen sie gar nicht, sie können sehr gut riechen«, erklärte Hadrian.

Sie rannten, so schnell sie konnten, hinter der schwankenden Laterne her. Doch der Lärm der Verfolger wurde lauter, die Ghazel holten auf. Der Gang war auf beiden Seiten von Türen gesäumt, die Royce jedoch nicht beachtete. Einige standen einen Spalt offen. Hadrian versuchte den Raum dahinter zu sehen, doch es war zu dunkel.

Trommeln und eine erneute Fanfare dröhnten durch das steinerne Labyrinth. Gaunt blutete von neuem. Hadrian sah auf dem Boden hinter ihm dunkle Tropfen. Damit war es für die Ghazel endgültig leicht, ihnen zu folgen.

Sie hielten wieder an, diesmal auf einer T-förmigen Kreuzung mit einem steinernen Tisch in der Mitte und dahinter einer großen, steinernen Tür. Alle sahen die Inschrift, die in den Türbogen eingemeißelt war.

»Myron, übersetze«, befahl Royce.

»Wir sind da«, sagte Myron aufgeregt. »*Alle, die ihr hier eintretet, nähert euch leisen Schrittes und mit Ehrfurcht und Scheu, denn dies ist die letzte Ruhestätte der Imperatoren von Elan, der Herrscher der Welt.*«

Noch bevor Myron zu Ende gelesen hatte, hörte Hadrian das durch Mark und Bein gehende Scharren von Krallen auf Stein.

»Sie kommen!«

Royce zerrte an der Tür, aber sie wollte nicht aufgehen. Hadrian und Mauvin eilten ihm zu Hilfe, packten die Tür an der Kante und zogen. Stein knirschte auf Stein.

Das Kratzen hunderter drei Zoll langer Krallen hinter ihnen wurde lauter und ein feurig roter Schein tauchte auf und wuchs an den Wänden entlang. Sie schoben sich durch die Tür und zogen sie mit vereinten Kräften wieder zu. Hadrian spähte noch durch den sich schließenden Spalt und sah für einen kurzen Moment eine riesenhafte, gebeugte Gestalt aus Feuer, die durch den Gang auf sie zu kam.

»Die Tür hat keinen Riegel!«, rief Alric.

»Platz da!« Der Zwerg fiel auf die Knie, zog seinen Hammer und hämmerte auf die Scharniere. Sofort bekamen sie Risse. »Das wird sie aufhalten.«

Vor ihnen führte eine weitere, sehr schmale Treppe nach unten. Hier war der Stein anders. Er hatte eine bläuliche Farbe und verlief in geschwungenen, fließenden Linien.

Ein ohrenbetäubender Donnerschlag ertönte.

Hadrian blickte über die Schulter und sah, wie Myron Gaunt die Treppe hinunter half. Von der anderen Seite der Tür kam ein hässliches Scharren und er stellte sich vor, wie die vielen Krallen daran kratzten. Magnus kniete noch davor und schlug keilförmige Steintrümmer in die Ritzen der Tür, um das Öffnen zu erschweren.

Wieder ein Donnerschlag.

Ein roter Schein drang durch die Ritzen und Flammen züngelten wie lange, suchende Finger herein.

»Die Tür wird sie nicht aufhalten«, sagte Arista. Auch sie stand noch vor der Tür und Hadrian konnte ihre Anspannung an ihrem Gesicht ablesen. »Und wir können nicht immer wieder vor ihnen davonlaufen. Irgendwann holen sie uns ein. Ich muss sie anhalten. Geh schon voraus.«

»Aber Ihr habt es doch schon einmal versucht«, erwiderte Hadrian.

»Damals habe ich es noch nicht richtig gemacht, jetzt weiß ich es besser.« Aristas Brust hob und senkte sich unter schnellen Atemzügen und sie starrte unverwandt auf die Tür und ballte immer wieder die Fäuste.

»Aber die Oberdaza sind zu dritt und Ihr seid allein, und dann ist da noch dieses Wesen aus Feuer. Ihr ...«

»Geh!«, rief sie. »Es ist die einzige Möglichkeit!«

Ein gewaltiger Schlag ertönte.

Risse taten sich in der Tür auf und Splitter sprangen vom Stein ab und fielen dem Zwerg auf den Kopf.

»Geht alle, los!« Arista schloss die Augen und begann etwas zu murmeln. Myron und Gaunt waren endlich am Fuß der Treppe angelangt. Magnus sprang ihnen rasch nach, Mauvin und Alric zögerten auf halber Strecke. Hadrian dagegen blieb stehen – er wollte Arista nicht alleinlassen.

Wieder ein gewaltiger Schlag.

Die Risse wurden größer und Flammen schossen hindurch und leckten gierig am Stein.

Aristas Gewand leuchtete grellweiß auf und tauchte die Treppe in ein so helles Licht, dass alle die Augen abschirmen mussten.

Der nächste Schlag.

Die Tür gab nach.

»Nein, das lasse ich nicht zu!«, rief Arista über das Donnern des Steins hinweg.

Das weiße Licht erfasste die Tür, umspielte sie, füllte alle Lücken aus und drängte das rote Feuer zurück. Die Flammenfinger bäumten sich auf und leisteten Widerstand. Sie bogen und wanden sich und Funken flogen, wo Licht auf Licht prallte. Von der anderen Seite der Tür ertönte Schmerzensgeheul. Es war so unnatürlich laut, dass der Boden unter ihren Füßen bebte. Es krachte und die Wände erzitterten und der feurige Schein erlosch so plötzlich, als hätte Arista eine Kerze ausgeblasen.

Arista blieb auf dem Treppenabsatz stehen. Ihr Gesicht war schweißnass und sie hatte die Arme erhoben und bewegte die Finger, als spiele sie eine unsichtbare Harfe. Der Stein der Tür begann bläulich zu leuchten, ein Schein, der abwechselnd heller und schwächer wurde wie ein leuchtender Puls. Aristas Bewegungen wurden schneller und ruckartiger. Sie stöhnte und schrie auf wie vor Schreck. »Nein!«, rief sie.

Ein Windstoß fegte durch den Gang und schlug ihr die Haare ums Gesicht. Ihr Umhang blähte sich auf und schimmerte wie die Oberfläche eines mondbeschienenen Sees.

»Arista?«, fragte Hadrian.

»Sie sind ... sie sind ...« Arista wehrte sich offensichtlich gegen jemanden. Das Licht auf der Tür pulsierte immer schneller. Arista schrie und machte eine Kopfbewegung, als müsste sie zur Seite ausweichen. Sie trat einen Schritt zurück und warf sich mit einem erneuten Stöhnen und ihrem ganzen Gewicht nach vorn. »Sie kämpfen gegen mich!«

Wieder schrie sie und ein heftiger Windstoß kam durch die Tür. Beide gerieten sie ins Taumeln und Hadrian musste sich mit der Hand an der Wand abstützen, um nicht umzufallen.

»Mehr als drei!«, rief Arista. »Bei Maribor! Ich kann sie nicht ...«

Sie hatte das Gesicht vor Anstrengung verzerrt und die Zähne in wilder Entschlossenheit zusammengebissen. Tränen waren ihr in die Augen getreten und liefen ihr über die Wangen. »Ich kann sie nicht aufhalten. Lauf! Schnell!«

Die Tür explodierte. Splitter flogen durch die Luft und schlugen krachend gegen die Wände. Eine Staubwolke stieg auf. Arista wurde nach hinten gerissen und blieb auf dem Boden liegen. Das weiße Licht war fast erloschen, ihr Umhang verbreitete nur noch einen purpurrot flackernden Schein.

»Nein!«, rief Hadrian. Er packte sie und hob sie hoch. Im selben Moment stürzten die Goblins durch die Tür.

Mit gefletschten Zähnen und glühenden Augen brachen sie aus der Staubwolke. Die Säbel hatten sie erhoben, von ihren Fangzähnen tropfte der Geifer. Dazu stießen sie wüste Beschimpfungen aus.

Alric griff nach dem Schwert seines Ahnen Tolin Essendon. »Im Namen Novrons und Maribors!«, rief er wild und eilte dicht gefolgt von Mauvin die Treppe hinauf. Gleißend fuhr die Klinge aus der Scheide. »Zurück!«, schrie der König. »Zurück zu Uberlin, räudiges Pack!«

Hadrian stürzte mit der Prinzessin auf den Armen die Treppe hinunter. Hinter sich hörte er Alric die Goblins verwünschen. Schwerter klirrten und die Ghazel brüllten.

Als Hadrian am Fuß der Treppe ankam, bewegte Arista sich und öffnete zuckend die Lider. Er übergab sie Myron. »Bring sie in Sicherheit!«

Dann drehte er sich um, zog seine beiden Schwerter und stürmte die Treppe wieder hinauf. Royce folgte ihm auf den Fersen. Mauvin und Alric kämpften erbittert und schwarzes Blut spritzte auf die Wände und lief die Stufen hinab. Auf dem Treppenabsatz häuften sich die Leichen der Goblins. Hadrian war noch drei Schritte von Alric entfernt, als dieser plötzlich mit einem Aufschrei zu Boden ging.

»Alric!«, brüllte Mauvin und drehte sich zu seinem gefallenen König um. Im selben Augenblick schlug ein Säbel nach ihm.

Er tat einen Schmerzensschrei, konnte dem Goblin aber den Kopf vom Rumpf schlagen.

»Macht Platz, Mauvin!«, rief Hadrian und stieg über Alric.

Schulter an Schulter füllten er und Mauvin den Gang aus. Sie kämpften wie ein Mann mit vier Armen. Pfeifend sausten ihre Schwerter durch die Luft, und nach drei vergeblichen Versuchen geriet der Angriff der Goblins ins Stocken. Unsicher starrten sie von der anderen Seite der geborstenen Tür über den Leichenhaufen zu Hadrian und Royce hinüber.

»Nehmt Alric und geht nach unten«, befahl Hadrian Mauvin keuchend.

»Ihr könnt die Goblins nicht allein aufhalten«, erwiderte Mauvin.

»Ihr blutet und ich kann sie lange genug aufhalten. Bringt den König weg.«

Mauvin starrte grimmig auf die gebleckten Zähne auf der anderen Seite der Tür.

Hadrian sah, dass mindestens zwei Oberdaza mit dem Gesicht nach unten auf dem steinernen Tisch lagen. *Wenigstens hat Arista sie teuer bezahlen lassen*, dachte er.

»Bringt den König weg, Mauvin. Es ist Eure Pflicht. Vielleicht lebt er noch. Bringt ihn zu Arista.«

Mauvin steckte sein Schwert ein, bückte sich, hob Alric auf und stieg mit ihm die Treppe hinunter. Die Goblins kamen einen Schritt näher, doch da tauchte Royce neben Hadrian auf und sie blieben wieder stehen.

Royce ließ den Blick über ihre Gesichter wandern. »Abstoßendes Gesindel.«

Die Goblins kamen wieder näher, geschoben von ihren hinter ihnen stehenden Artgenossen.

»Wann ihnen wohl einfällt, dass sie Bögen dabeihaben?«, flüsterte Royce.

»Sie sind nicht besonders helle, vor allem dann nicht, wenn sie Angst haben«, erklärte Hadrian. »In vieler Hinsicht ähneln sie einer Herde von Tieren. Wenn einer in Panik gerät, machen die anderen es ihm nach. Aber doch, irgendwann fällt es ihnen bestimmt ein. Wahrscheinlich haben wir noch ein, zwei Minuten. Sieht aus, als hätten wir doch lieber Winzer werden sollen, was?«

»Dazu ist es zu spät«, sagte Royce vorwurfsvoll.

»Dann säßen wir jetzt in unserem Häuschen an einem behaglichen Feuer. Du würdest den Wein verkosten und jammern, er sei nicht gut genug, ich würde Verkaufslisten für das Frühjahr machen.«

»Nein«, erwiderte Royce. »Es ist fünf Uhr morgens. Ich würde noch mit Gwen im Bett liegen. Sie würde mit angezogenen Beinen neben mir schlafen und ich würde ihr dabei zusehen und die Haare auf ihrer Wange bewundern, die dort liegen, als hätte Maribor persönlich sie für mich arrangiert. Und in der Wiege würden mein Sohn Elias und meine Tochter Mercedes gerade aufwachen.« Hadrian sah ihn zum ersten Mal seit Gwens Tod lächeln.

»Warum fliehst du nicht mit den anderen und lässt mich hier zurück?«, fragte Royce. »Vielleicht schafft ihr es ja noch ein Stück weiter in Richtung Grab. Vielleicht kommt da noch eine Tür, diesmal eine mit Schloss. Du hast genug Zeit mit mir verbracht.«

»Ich lasse dich nicht hier zurück«, sagte Hadrian fest.

»Warum nicht?«

»Es gibt bessere Arten, zu sterben.«

»Aber vielleicht ist das mein Schicksal, der Lohn für das Leben, das ich geführt habe. Wären doch diese Ghazel damals auf der Brücke dabei gewesen oder hätte Merrick wenigstens besser gekämpft. Ich bereue es inzwischen – dass ich ihn getötet habe, meine ich. Er hat die Wahrheit gesagt, er hat Gwen nicht getötet. Na ja, ich nehme das einfach zu den vielen anderen Dingen dazu, die ich in meinem Leben bereue. Also los, geh schon.«

»Royce! Hadrian!«, rief Myron von unten herauf. »Kommt, schnell!«

»Wir können nicht …«, rief Hadrian zurück, doch dann sah er den heller werdenden, weißen Schein am Fuß der Treppe und spürte den Wind. »Beim Sohn des …!«

Die Treppe bebte und der Fels krachte. Splitter flogen in alle Richtungen und stachen sie wie Bienen. Hadrian fasste Royce an der Hand und stürzte die Treppe hinunter. Über ihnen schrien die Goblins gellend auf, dann stürzte die Decke ein.

»Hadrian!«, rief Arista ängstlich. Ihr Umhang wurde heller und Myron hielt seine Laterne hoch, aber sie konnte nicht durch die Staubwolke sehen. Taumelnd stand sie auf. Ihr war schwindlig, ihre Beine fühlten sich kraftlos an und sie konnte keinen klaren Gedanken fassen. Sie streckte die Arme aus, um das Gleichgewicht zu halten, und starrte in den durch die Luft wirbelnden Dreck. »Mein Gott, lass sie nicht tot sein!«

»Das war aber ziemlich knapp berechnet«, hörte sie Hadrians Stimme durch die undurchdringliche Wolke.

Der Söldner und der Dieb traten aus der Wolke, über und über bedeckt mit einer feinen Schicht wie von grauer Kreide. Sie wedelten mit den Händen vor ihren Gesichtern hin und her, husteten ein paarmal und kletterten über das Geröll zu den anderen. Der Gang hinter ihnen war verschüttet.

Royce blickte zurück. »Das war eine Möglichkeit, ihnen den Weg abzuschneiden. Keine gute, aber eine Möglichkeit.«

»Ich wusste nicht, was ich sonst hätte tun sollen!«, sagte Arista und öffnete und schloss aufgeregt die Hände. Sie war erschöpft und verängstigt und hatte das Gefühl, sie könnte jederzeit die Kontrolle über sich verlieren.

»Ihr habt das sehr gut gemacht«, sagte Hadrian. Er nahm ihre Hände und hielt sie sanft. Dann blickte er an ihr vorbei auf Mauvin. »Wie geht es ihm?«

»Schlecht«, antwortete der Graf. Seine Stimme bebte. »Aber er lebt noch.«

Der neue Graf Pickering kniete auf dem Boden, hielt Alric und strich ihm die Haare aus dem Gesicht. Alric lag bewusstlos inmitten einer großen, schwarzen Blutlache.

»Ein dummer Fehler«, sagte Mauvin. »Er hat den Arm gehoben, um einen Schlag zu parieren, als hätte er einen Schild – weil er immer mit Schild geübt hat. Sein Gegner hat ihm den Arm von der Schulter bis zum Ellbogen aufgeschnitten, und als er sich drehen wollte, auch noch den Bauch.« Mauvin wischte sich die Tränen aus den Augen. »Aber er hat gut gekämpft, wirklich gut – besser, als ich ihn je habe kämpfen sehen. Ich hatte schon fast das Gefühl, als … als würde Fanen wieder neben mir stehen.« Die Tränen strömten ihm jetzt schneller über die Wangen, als er sie wegwischen konnte.

Alrics Brust hob und senkte sich mühsam. Bei jedem rasselnden Atemzug stieg ein schreckliches Gurgeln in seiner Kehle auf.

»Gebt mir die Laterne.« Hadrian beugte sich hastig über den König und riss das Hemd über der Wunde auf. Sobald er sie sah, hielt er inne. »Bei Novron«, sagte er.

»Tu doch was«, drängte Arista.

»Da kann ich nichts mehr tun«, erwiderte er. »Das Schwert hat ihn ganz durchbohrt. Ich kenne solche Fälle, es gibt keine Hilfe mehr. Man kann die Blutung nicht stoppen, nicht wenn … nein, es geht nicht, verdammt, es tut mir so leid.«

Er presste die Lippen aufeinander und schloss die Augen.

»Nein.« Arista schüttelte den Kopf. »Nein!« Auf allen vieren kroch sie zu Alric und legte ihm die Hand auf die Stirn. Sie war heiß und schweißnass. »Nein«, wiederholte sie. »Das lasse ich nicht zu.«

»Arista?« Sie hörte Hadrian noch, hatte aber bereits die Augen geschlossen und begann zu summen. Sie spürte die Festigkeit der alten Mauern, den Schmutz und den Stein und die Luft dazwischen, die Körper der Anwesenden und das Blut, das aus Alrics Leib auf den Boden floss. Es erschien vor ihrem geistigen Auge als silbern leuchtender Fluss. Das Leuchten wurde allerdings immer schwächer.

»Arista?« Wieder hörte sie Hadrians Stimme, aber nur ganz schwach, wie aus großer Entfernung.

Sie sah eine dunkle Spalte, einen Riss im Gefüge der Welt und streckte die Hände danach aus, tastete nach den Rändern und zog sie auseinander, bis sie hindurchschlüpfen konnte.

Drinnen war es dunkel, dunkler als die Nacht, dunkler als ein Zimmer, in dem man die Kerze ausgeblasen hat – es war die Dunkelheit des Nichts. Suchend spähte sie in die Leere. Vor ihr lag Alric. Er wurde von einer Strömung wie von einem schwarzen Fluss von ihr weggezogen. Sie folgte ihm.

»Alric!«, rief sie.

»Arista?«, hörte sie ihn sagen. »Arista, hilf mir!«

Sie sah vor sich Licht, einen weiß schimmernden Punkt.

»Das versuche ich ja. Halte an und warte auf mich.«

»Ich kann nicht.«

»Dann komme ich und hole dich.« Sie begann zu laufen.

»Ich will nicht sterben«, sagte Alric.

»Das lasse ich auch gar nicht zu. Ich rette dich.«

Sie eilte weiter, kam aber nur mühsam voran. Der Fluss, der Alric von ihr wegzog, drängte sie zugleich zurück und sie stolperte immer wieder. Sie kämpfte dagegen an, während Alric über das Wasser glitt.

Trotz aller Mühe holte sie ihn langsam ein. Ihr Bruder blickte mit angstvollem Gesicht zu ihr zurück. »Es tut mir leid, dass ich kein besserer Bruder war und kein besserer König«, sagte er. »Arista, du hättest an meiner Stelle herrschen sollen. Du warst immer klüger, stärker und mutiger. Ich war auf dich eifersüchtig. Es tut mir leid, bitte verzeih mir.«

Sie streckte die Hand aus und bekam ihn beinahe zu fassen. Einen kurzen Moment berührten sich ihre Fingerspitzen, dann glitt er wieder weg. Sie musste zusehen, wie er immer schneller wurde. Die Strömung wurde stärker und riss ihn mit sich und von ihr weg.

Das Licht vor ihr kam näher und wurde heller und sie meinte

zu erkennen, wie sich Gestalten darin bewegten. »Alric, langsam, halte an, du bist zu schnell, ich kriege dich nicht zu fassen. Du wirst immer schneller, Alric! Streck die Hand aus! Alric! *Alric!*«

Sie rannte weiter, aber ihr Bruder war schon wieder weg, wurde so schnell in Richtung des Lichts gerissen, dass sie nicht mitkam. Sie sah ihn immer kleiner werden, bis er zuletzt in dem Licht verging.

»Nein!«, rief sie. »*Nein!*« Geblendet starrte sie in das Licht.

»*Arista*«, rief eine Stimme – nicht die von Alric, aber trotzdem vertraut. »*Arista, dein Bruder ist jetzt bei uns. Es ist gut.*«

»Vater?«

»*Ja, Liebes, ich bin es. Leider habe ich dir diesmal keine Haarbürste als Geschenk mitgebracht, aber hier wartet viel mehr als eine Haarbürste auf dich. Komm zu uns.*«

»Ich ... darf nicht«, sagte sie, ohne dass sie einen Grund dafür hätte angeben können.

Das Licht tat ihr nicht in den Augen weh, aber sie konnte in ihm nur verschwommene, schattenhafte Gestalten erkennen, die sich wie hinter einer Milchglasscheibe bewegten.

»*Du darfst kommen, Schatz*«, sagte ihr Vater. »*Und nicht nur wir warten auf dich. Du hast hier auch noch andere Freunde, andere Menschen, die dich lieb haben.*«

»*Meine Verbrennungen sind verschwunden*«, hörte sie Hilfred sagen. »*Kommt und seht es Euch selbst an.*«

Die schemenhaften Gestalten vor ihr wurden immer deutlicher und festumrissener. Die Strömung widersetzte sich ihr nicht mehr und sie glitt immer schneller dahin. Aber sie musste doch anhalten und umkehren, da war etwas, das ...

»*Arista, meine Liebe.*« Diese Stimme hatte sie schon sehr lange nicht mehr gehört. Ihr Herz tat einen Sprung.

»Mutter?«

»*Komm zu mir, mein Schatz, komm nach Hause. Ich warte auf dich.*«

Sie hörte leise, sanfte Musik spielen. Das Licht wurde immer heller und hüllte sie ein und das Dunkel des Nichts verging. Sie gab ihren Widerstand auf und ließ sich auf der Strömung immer schneller dahintreiben.

»Arista«, rief eine andere Stimme. Sie klang schwach und fern und kam von irgendwo hinter ihr.

Sie konnte schon fast die Gesichter der Gestalten vor ihr erkennen. Es waren so viele und sie lächelten und hatten die Arme ausgestreckt.

»Arista, kommt zurück.« Die Stimme kam aus der Dunkelheit zu ihr, nicht aus dem Licht. »Arista, geht nicht weg!«

Es war ein Schrei, eine verzweifelte Bitte, und sie kannte die Stimme.

»Bitte geht nicht weg, Arista. Kommt zurück. Lasst ihn los und kommt zurück!«

Die Stimme gehörte Hadrian.

»*Arista*«, rief ihre Mutter, »*komm nach Hause.*«

»Nach Hause«, sagte Arista und bei diesen Worten blieb sie stehen.

»Nach Hause«, wiederholte sie. Das Licht vor ihr wurde schwächer und sie spürte ein Ziehen im Bauch.

»*Ich werde immer auf dich warten.*« Die Stimme ihrer Mutter verging.

»*Viel Glück*«, rief Alric so leise, dass sie ihn kaum hörte.

Sie flog zurück und dann ...

Gingen ihre Augen auf.

Sie lag keuchend und nach Luft schnappend auf dem Boden. So tief und gierig sie auch einatmete, sie bekam nicht genügend Luft. Alles drehte sich um sie und war dunkel, von einem schwachen purpurfarbenen Schein abgesehen. In seinem Licht sah sie, wie Hadrian sich über sie beugte, und spürte, wie er ihre Hände drückte und wie seine Hände zitterten. Plötzlich wich sein ängstlicher Blick einem freudigen Strahlen.

»Sie lebt!«, rief Mauvin. »Seht doch! Sie hat die Augen geöffnet!«

»Könnt Ihr mich hören?«, fragte Hadrian.

Sie wollte etwas sagen, aber kein Wort kam heraus. Nur ein kleines Nicken brachte sie zustande. Ihr Blick fiel auf Alric.

»Er ist tot«, sagte Hadrian traurig.

Wieder brachte sie ein Nicken zustande.

»Aber Ihr lebt, Maribor sei Dank«, sagte Hadrian.

»Nur furchtbar … müde«, flüsterte sie. Die Augen fielen ihr zu und sie schlief ein.

Da sowohl Arista als auch Gaunt schliefen, versorgte Hadrian Mauvin. Die ganze Seite des Grafen war blutgetränkt. Die Stichwunde ging hinter dem Knochen des Oberarms durch das Fleisch. Mauvin hatte sie mit der Hand zugehalten und keinen Laut von sich gegeben, deshalb hatte Hadrian sie erst bemerkt, als Mauvin gestolpert war.

Zusammen mit Magnus vernähte er die Wunde, während Myron ihnen mit der Laterne leuchtete. Beim Nähen musste er einen Muskel wegdrücken, aber Mauvin blieb weiter stumm und verlor schon bald das Bewusstsein. Als sie fertig waren, verband Hadrian den Arm noch. Sie hatten gute Arbeit geleistet und die Blutung stoppen können. Mauvin würde wieder gesund werden, auch wenn der linke Arm nie mehr so stark sein würde wie früher. Anschließend sah Hadrian noch nach Gaunts Bein und wechselte den Verband. Dann schliefen sie alle beim trüben Schein der Laterne. In dem schmalen Gang war es totenstill.

Als Hadrian aufwachte, spürte er jede Schramme, jeden Schnitt und jeden Kratzer und sämtliche Muskeln taten ihm weh. Neben ihm stand eine brennende Laterne und mit ihrer Hilfe fand er seinen Trinkschlauch. Seine Gefährten lagen in alle Richtungen ausgestreckt wie die Gefallenen einer Schlacht auf dem blutigen Boden. Er nahm einen kleinen Schluck, um seinen Mund zu befeuchten. Erst dann merkte er, dass Royce fehlte.

Er hob die Laterne und betrachtete den Trümmerhaufen, der

einmal eine Treppe gewesen war. Der Ausgang war durch mehrere Tonnen Gestein versperrt.

»In diese Richtung bist du vermutlich nicht gegangen«, murmelte er.

Er drehte sich um. Vor ihm knickte der Gang nach links ab. An den Wänden waren schemenhaft schwach Bilder in den wie Glas polierten Stein geritzt. Sie erzählten eine Geschichte. Den Anfang machte eine merkwürdige Szene: Sie zeigte eine Gruppe von Männern, die zu einer großen Versammlung in einem Wald unterwegs war. Dort saß ein Herrscher auf einem Thron, einer Art Baumstumpf. Keiner der Männer hatte einen Kopf. Sämtliche Köpfe waren sorgfältig weggekratzt worden. Auf dem nächsten Bild kämpfte der König, der auf dem Baumthron gesessen hatte, im Zweikampf gegen einen der Männer – wieder waren beide ohne Köpfe.

Hadrian hob die Laterne, wischte mit den Händen den Staub weg und betrachtete die kämpfenden Männer genauer. Mit den Fingerspitzen fuhr er über die Waffen in ihren Händen, seltsam verdrehte Stangen mit gleich mehreren Klingen. Er hatte solche Waffen noch nie gesehen, und doch kannte er sie. Er wusste, wie schwer sie waren, wie sie in der Hand lagen und wie man die untere Klinge führen musste, um mit den oberen beiden Klingen auszuholen. Sein Vater hatte ihn gelehrt, wie man mit diesen Stangenwaffen kämpfte, für die er keinen Namen hatte.

Auf dem nächsten Bild hatte der König gesiegt und alle verbeugten sich vor ihm bis auf einen Mann. Er stand zusammen mit den Reisenden der ersten Szene ein wenig abseits und hielt den Leichnam des gefallenen Kämpfers in den Armen. Auch hier waren die Köpfe sorgfältig weggekratzt. Auf dem Boden vor der Wand lagen Steinsplitter und weißer Staub.

Am Ende des Gangs stand vor einer mächtigen, geschlossenen Steintür Royce.

»Abgesperrt?«, fragte Hadrian.

Royce nickte und bewegte die Hände tastend über die Tür.

»Wie lange bist du schon hier?«

Der Dieb zuckte mit den Schultern. »Ein paar Stunden.«

»Kein Schlüsselloch?«

»Von der anderen Seite abgeschlossen.«

»Von der anderen Seite? Das ist ja unheimlich. Seit wann sperren die Toten sich selbst in ihren Gräbern ein?«

»Da drinnen bewegt sich was«, sagte Royce. »Ich kann es hören.«

Ein Schauer überlief Hadrian und er überlegte fieberhaft, was sie wohl hinter der Tür erwartete. Wer wusste schon, was man den alten Königen zu ihrem Schutz ins Grab mitgegeben hatte: Geister, Zombiewächter oder aus Ton geformte Golems?

»Aber du kriegst die Tür nicht auf?«

»Bisher nicht, nein.«

»Hast du es mit Anklopfen versucht?«

Royce sah ihn entgeistert über die Schulter an.

»Schaden kann es ja nichts.«

Royce überlegte, dann zuckte er mit den Schultern, trat zurück und winkte Hadrian zur Tür. »Bitte sehr.«

Hadrian zog sein Kurzschwert und schlug mit dem Knauf dreimal gegen den Stein. Sie warteten. Nichts geschah. Hadrian wiederholte die Prozedur.

»Gut, einen Versuch war es ...«

Ein Riegel wurde knirschend zurückgeschoben. Es folgte Stille, dann ein Knacken. Ein zweiter Riegel wurde zurückgeschoben. Die Tür erbebte.

Royce und Hadrian wechselten einen nervösen Blick. Hadrian gab Royce die Laterne und zog sein Langschwert. Royce drückte gegen die Tür und sie schwang nach innen auf.

Dahinter war es dunkel. Royce hielt die Laterne hoch und Hadrian hob sein Schwert. Im Licht der Laterne sahen sie eine kleine, rechteckige Kammer mit einem Deckengewölbe. In der Mitte stand eine große, kopflose Statue. Die Wände waren mit Löchern übersät, in denen Bündel von Schriftrollen steckten.

Einige Rollen lagen auch in Stücke gerissen auf dem Boden verstreut. An der gegenüberliegenden Wand befand sich eine zweite steinerne Tür. Hadrian sah die gewaltigen Riegel, mit denen sie zugesperrt war. Auf dem Boden konnte er des Weiteren Tontöpfe, Kleider und Decken und die geschmolzenen Überreste heruntergebrannter Kerzen erkennen. Unweit von ihm stand der einzige Bewohner der Kammer im Begriff, sich wieder auf seine Decke zu setzen. Hadrian erkannte ihn sofort.

»Thranic?«, fragte er entgeistert.

Inquisitor Thranic bewegte sich langsam, als habe er Schmerzen. Er war furchtbar abgemagert und sein sowieso blasses Gesicht war ausgemergelt und gespenstisch weiß. Die schwarzen Haare, die er immer so sorgfältig zurückgekämmt hatte, hingen ihm wirr ins Gesicht und sein einst schmaler Schnurrbart und der kurze Spitzbart waren zu einem zottigen Vollbart gewachsen. Er trug noch seine früheren Kleider aus schwarzer und roter Seide, doch war von ihrer Pracht nichts mehr zu erkennen, so zerrissen und schmutzig waren sie.

Der Inquisitor musterte die Ankömmlinge mit zusammengekniffenen Augen und lächelte gezwungen, als er sie erkannte. »Wie ich es verabscheue, dass ausgerechnet ihr mich findet.« Er sah Royce an. »Bist du gekommen, um dich zu rächen, Elbe?«

Royce ging zu ihm, blickte auf ihn hinunter und sah sich in der Kammer um. »Wie könnte ich das überbieten? Bei lebendigem Leibe in einer Gruft eingesperrt. Schade nur, dass *mir* das nicht eingefallen ist.«

»Was ist passiert?«, fragte Hadrian.

Thranic hustete. Es klang schlimm, so als reiße seine Brust von innen auf. Er lehnte sich zurück und schnappte nach Luft. »Bulard konnte nicht mehr gehen und war uns nur noch lästig, also haben wir ihn in der Bibliothek zurückgelassen. Levy ... Levy wurde getötet. Bernie ist weggelaufen, desertiert.« Thranic setzte sich schwerfällig anders hin. Dabei sah Hadrian, dass um seinen linken Schenkel ein blutbefleckter Lappen gebunden war.

»Wie lange seid Ihr schon hier?«

»Monate.« Thranic blickte auf einen kleinen Haufen menschenähnlicher Knochen und machte eine Grimasse. »Ich habe alles getan, um zu überleben.«

»Bis Ihr verwundet wurdet«, ergänzte Hadrian.

Der Inquisitor nickte. »Ich habe sie nicht mehr erwischt.«

Royce starrte ihn die ganze Zeit nur an.

»Nur zu«, sagte Thranic zu ihm, »töte mich. Inzwischen ist es mir egal. Es ist vorbei und euch wird es auch nicht besser ergehen. Das Horn kriegt niemand. Deshalb seid ihr doch gekommen, ja? Um das Horn Novrons zu holen? Das Horn von Gylindora? Das befindet sich dort.« Er zeigte auf die gegenüberliegende Tür. »Hinter der Tür kommt zunächst ein Saal, das Gewölbe der Tage, und der führt zum Grab Novrons. Aber dorthin kommt ihr nicht. Das hat bisher niemand geschafft ... und wird auch in Zukunft niemand schaffen. Seht hier.« Er zeigte auf die Wand, in die zwei Buchstaben eingekratzt waren. »Seht ihr die Buchstaben EH? Bis dahin ist Edmund Hall vorgedrungen. Weil er klug war, hat er umgedreht und ist diesem furchtbaren Kerker entkommen. Ich bin geblieben, weil ich glaubte, ich könnte es irgendwie schaffen und irgendwie das Gewölbe der Tage durchqueren, aber das ist unmöglich. Wir haben es versucht. Levy war am langsamsten, von ihm ist nicht einmal eine Leiche übrig. Und Bernie wollte anschließend nicht mehr hierher zurückkehren.«

»Ihr habt ihn erstochen«, stellte Royce fest.

»Er hat den Gehorsam verweigert und wollte es nicht noch einmal versuchen. Ihr habt ihn gefunden?«

»Tot.«

Thranic zeigte weder Freude noch Reue, sondern nickte nur.

»Was hat es mit diesem Gewölbe der Tage auf sich?«, fragte Hadrian. »Warum kann man es nicht durchqueren?«

»Findet es selber heraus.«

Hadrian setzte sich in Bewegung, doch Thranic hielt ihn an.

»Lass das den Elben tun. Was willst du mit deinen Menschenaugen da drinnen sehen?«

Royce musterte den Inquisitor misstrauisch. »Wollt Ihr uns hereinlegen?«

»Mir gefällt das nicht«, sagte Hadrian.

Royce ging zu der Tür und betrachtete sie. »Sieht wie eine ganz normale Tür aus.«

»Das ist sie auch. Aber das, was auf der anderen Seite ist, ist keineswegs normal.«

Royce berührte die Tür und betrachtete eingehend ihre Kanten.

»So misstrauisch«, sagte Thranic. »Du wirst nicht gebissen, wenn du sie aufmachst, nur wenn du den Raum betrittst.«

Royce schob langsam die Riegel zurück.

»Vorsicht, Royce«, sagte Hadrian.

Royce drückte die Tür ganz langsam auf und spähte durch den Spalt. Er blickte nach links und rechts, dann schloss er sie wieder und schob die Riegel vor.

»Was ist da drin?«, fragte Hadrian.

»Er hat recht«, sagte Royce düster. »Durch den Saal kommt keiner.«

Thranic lächelte und nickte. Dann bekam er wieder einen Hustenanfall und krümmte sich vor Schmerzen.

»Was ist da drin?«, wiederholte Hadrian.

»Du wirst es nicht glauben.«

»Was?«

»So ein – Dingsda.«

»Ein was?«

»Du weißt schon, so ein Riesending.«

Hadrian sah ihn verwirrt an.

»Ein Gilarabrywn«, sagte Thranic.

19

Das Tor wird geschlossen

Renwick stand im vierten Stock des imperialen Palasts. Vor ihm saß inmitten eines Wusts von Pergamenten kritzelnd der Schreiber der Palastverwaltung. Gelegentlich murmelte er etwas in sich hinein oder kratzte sich mit seinen langen, dünnen, an den Spitzen schwarz verfärbten Fingern am Hals. Er war ein kleiner Mann mit einem Kaninchengesicht, runden Äuglein und einer großen Lücke zwischen den Vorderzähnen und verschwand fast hinter seinem gewaltigen Schreibtisch. Das Geräusch der über das Pergament kratzenden Feder erinnerte Renwick an eine an einem Stück Holz nagende Maus.

Palastbeamte eilten an ihm vorbei und verschwanden hinter einer der vielen Türen. Einige blickten in seine Richtung, aber nur kurz. Wenigstens gab es in der Verwaltung im vierten Stock keine Flüchtlinge. Jeder andere Winkel des Palasts war von ihnen besetzt. Sie saßen auf den Gängen und hatten die Knie angezogen, oder schliefen auf der Seite mit ihren Bündeln als Kopfkissen und um den Oberkörper geschlungenen Armen. Die Bündel enthielten vermutlich das wenige, was von ihrem Leben übrig war. Schmutzige, ängstliche Gesichter hoben sich, sobald jemand den Gang betrat. Vor allem Familien – Bauern mit zahlreichen Kindern, die alle gleich aussahen – hatten ihr Zuhause auf dem Land verlassen und waren in die Stadt geflohen.

Renwick schlug die Zehen aneinander und stellte fest, dass er sie endlich wieder spürte. Der Schreiber hob irritiert über das Geräusch den Kopf. Renwick lächelte, aber der Schreiber sah ihn nur böse an und wandte sich wieder seiner Arbeit zu. Renwicks Gesicht war immer noch heiß und brannte vom kalten Wind. Er war ohne Pause von Amberton Lee nach Aquesta geritten und hatte gleich bei Hauptmann Everton Meldung gemacht, dem Kommandanten des Südtors. Anschließend hatte er sich halb verhungert und frierend in die Küche begeben, wo der freundliche Ibis ihn mit einem Rest Suppe versorgt hatte. Im Schlafsaal hatte er anschließend feststellen müssen, dass sein Bett inzwischen von einer dreiköpfigen Familie aus Fallenried belegt war – einer Mutter und zwei Söhnen. Der Vater war im Jahr zuvor beim Versuch, eine Furt des im Frühjahr reißenden Galewyr zu überqueren, ertrunken.

Er hatte sich gerade in einer leeren Ecke des Gangs zum Schlafen hingelegt, da scheuchte ihn Bennington, ein Wächter, der im großen Saal Dienst tat, wieder auf. Renwick sollte sich unverzüglich in der Amtsstube des Kanzlers melden. Bennington hatte unheilverkündend geklungen und im nächsten Moment war Renwick auch noch eingefallen, dass er Amberton Lee ohne Befehl verlassen hatte. Beklommen machte er sich auf den Weg. Natürlich wussten die Imperatorin und ihre Beamten schon vom Vormarsch der Elben. Schließlich überwachte eine Armee von Kundschaftern jede Straße und jeden Pass. Er hatte vorschnell und dumm gehandelt.

Man würde ihn bestrafen. Ganz bestimmt würde man ihn als Pagen entlassen und er musste wieder den Stall ausmisten und Brennholz spalten. Der Traum, ein richtiger Knappe zu werden, war ausgeträumt. Mit siebzehn hatte er bereits den Höhepunkt seiner Laufbahn erreicht, als er eine Woche lang Hadrian gedient hatte – der falsche Knappe dem falschen Ritter. Jetzt war diese traurige Episode vorbei und er durfte sich keine Hoffnungen auf ein besseres Schicksal machen.

Bestimmt würde man ihn zusätzlich noch auspeitschen. Aber damit war es dann wohl auch genug. Unter Saldur und Ethelred wäre seine Strafe strenger ausgefallen. Kanzler Nimbus und die Sekretärin des Imperiums waren gute Menschen, weshalb er seinen Fehler ja auch so heftig bereute. Er begann an den Händen zu schwitzen bei der Vorstellung, dass …

Die Tür zur Amtsstube des Kanzlers ging auf und Freiherr von Nimbus steckte seinen Kopf heraus. »Hat denn noch niemand …« Sein Blick fiel auf Renwick. »Verdammt, da ist er ja! Warum hast du uns nicht Bescheid gegeben, dass er hier wartet?«

Der Schreiber zwinkerte unschuldig. »Ich … äh …«

»Egal. Komm rein, Renwick.«

Drinnen wartete zu Renwicks Entsetzen die Imperatorin Modina höchstpersönlich. Sie saß auf dem Fenstersims, hatte die Knie angezogen und den Rücken gekrümmt und ihr Gewand breitete sich um sie aus. Die offenen Haare fielen ihr auf die Schultern und sie wirkte seltsam menschlich – geradezu mädchenhaft. Neben ihr stand Hauptmann Everton kerzengerade wie eine Ulme mit dem Helm unter dem Arm. An dem Stahl seiner Rüstung hingen noch die Wassertropfen des geschmolzenen Schnees. Hinter ihm stand ein zweiter Mann. Er war hochgewachsen und schlank, trug statt einer Rüstung Leder und Wolle und hatte ungekämmte Haare und einen dicken, verfilzten Bart.

Freiherr von Nimbus nahm an seinem Schreibtisch Platz und machte eine Handbewegung in Renwicks Richtung. »Du bist wirklich schwer zu finden«, sagte er. »Beschreibe uns doch bitte ganz genau, was passiert ist.«

»Also wie ich Hauptmann Everton schon gesagt habe, hat Minte – einer der Jungs in meiner Begleitung – gesehen, wie ein Trupp Elben den Bernum überquert hat.«

»Ja, das sagte uns Hauptmann Everton, aber …«

»Erzähl uns alles«, sagte die Imperatorin. Sie hatte eine wunderschöne Stimme und Renwick konnte nicht fassen, dass sie tatsächlich zu ihm gesprochen hatte. Er war vollkommen durcheinander und seine Zunge wie gelähmt. Weder konnte er einen klaren Gedanken fassen noch sprechen. Er öffnete den Mund und einige Worte kamen heraus. »Ich ... äh ... alles ... ja ...«

»Fang am Anfang an, mit eurem Aufbruch von hier, und erzähl alles, was seitdem passiert ist«, sagte Modina.

»Uns interessiert, wie die Expedition vorangekommen ist«, ergänzte Nimbus.

»Oh ... ah ... gut, also wir sind nach Süden geritten, nach Rehagen«, begann Renwick. Er versuchte sich an möglichst viele Einzelheiten zu erinnern, was unter dem Blick der Imperatorin allerdings schwierig war. Irgendwie gelang es ihm dann doch, die Reise nach Amberton Lee zu schildern, den Abstieg der Expedition in den Schacht und wie er und die anderen Jungs die Tage im Schnee verbracht hatten. Er erzählte von Minte und was Minte gesehen hatte, außerdem von seinem langen, anstrengenden Ritt nach Norden und wie er keine Pause gemacht hatte, um noch vor der Vorhut der Elben einzutreffen. »Verzeiht, dass ich nicht auf meinem Posten geblieben bin. Ich habe keine Entschuldigung dafür, dass ich ihn verlassen habe, und nehme jede Strafe an, die Ihr mir dafür als angemessen auferlegt.«

»Strafe?«, fragte die Imperatorin belustigt und stand auf. »Du bekommst eine Belohnung. Die Nachricht, die du uns überbringst, ist das Hoffnungszeichen, auf das ich schon so lange warte.«

»So ist es, mein Junge«, fiel Nimbus ein. »Dass die Expedition am Ziel eingetroffen ist, ist für uns eine große Beruhigung.«

»Eine sehr große«, bekräftigte die Imperatorin. Sie ließ einen erleichterten Seufzer hören, als bekäme sie auf einmal wieder Luft. »Wenigstens wissen wir jetzt, dass sie angekommen sind.«

Sie ging auf ihn zu. Er stand wie angewurzelt da, unfähig, auch nur einen Muskel zu rühren. Dann nahm sie sein Gesicht in die Hände und küsste ihn zuerst auf die eine und dann auf die andere Wange. »Danke«, sagte sie leise und er meinte zu sehen, dass ihre Augen nass glänzten.

Er konnte nicht atmen und auch nicht wegsehen und ihm war, als müsste er sterben. Die Vorstellung, jetzt gleich hier, vor ihren Füßen, tot zusammenzubrechen, machte ihm allerdings nicht das Geringste aus.

»Der Junge fällt gleich um«, sagte Everton.

»Ich ... es ist nur ... ich habe noch nicht ...«

»Er konnte sich noch nicht ausruhen«, kam Nimbus ihm zu Hilfe.

Renwick schloss den Mund und nickte.

»Dann versorgt ihn mit allem, was er braucht«, sagte Modina. »Das hat er sich mehr als verdient, mein Held.«

Als Modina die Kanzlei verließ, fühlte sie sich besser als seit Tagen. *Die Expedition hat den Einstieg gefunden!* Nimbus hatte recht – noch bestand Hoffnung. Es war zwar nur ein Hoffnungsschimmer, aber so war das eben mit der Hoffnung. Modina hatte so lange ohne sie gelebt, dass sie das Gefühl gar nicht mehr kannte. Es war wie ein Rausch. Zum ersten Mal seit gefühlten hundert Jahren blickte sie ohne Angst in die Zukunft. Zugegeben, die Elben kamen. Sie hatten kein Winterquartier bezogen und würden die Stadt wohl innerhalb einer Woche angreifen – aber Modina wusste, wo sie angreifen würden und dass ihre Expedition am Ziel angekommen war. Es bestand Hoffnung.

An der Treppe angekommen, seufzte sie. Von oben bis unten drängten sich Menschen. Familien lagerten entlang der Stufen wie Schwemmholz, das ans Flussufer angetrieben wird, bis es zuletzt alles verstopft. Das konnte so nicht weitergehen.

»Wache!«, rief sie zu einem Mann im Hauptstock hinunter, der gerade mit einem anderen Mann stritt, der eine Ziege hielt. Offenbar sollte das Tier ebenfalls im Palast wohnen.

Die Wache hob den Kopf. »Eminenz?«

Als die Menge das hörte, wurde sie still und Köpfe hoben sich. Ehrfürchtiges Flüstern war zu hören und Finger zeigten auf die Imperatorin. Modina war sonst nicht im Palast unterwegs. Sie hatte zwar angeordnet, Flüchtlinge aufzunehmen und überall unterzubringen, wo es nur möglich war, aber sie selbst wohnte weiter zurückgezogen in ihren Gemächern und suchte nur einmal am Tag die Ämter im vierten Stock und den Thronsaal auf. Und selbst dazu benützte sie eine Hintertreppe. Dass sie sich auf den Gängen zeigte, war ungewöhnlich.

»Sorgt dafür, dass die Treppe frei bleibt«, befahl sie. Ihre Stimme tönte laut und deutlich durch das offene Treppenhaus. »Ich will nicht, dass jemand stolpert und sie hinunterfällt. Bringt diese braven Leute anderswo unter. Es gibt doch bestimmt geeignetere Quartiere als die Treppe.«

»Jawohl, Eminenz. Ich versuche es ja, aber die Leute haben Angst, sich im Palast zu verirren, deshalb bleiben sie lieber hier, wo sie das Eingangsportal sehen können.«

»Und was hat die Ziege hier zu suchen? Alles Vieh muss dem Quartiermeister übergeben und dem Minister für die Verteidigung der Stadt gemeldet werden. Wir dürfen nicht zulassen, dass die Familien ihre Schweine und Kühe im Palasthof halten.«

»Sehr wohl, Eminenz, nur dieser Bursche behauptet, die Ziege gehöre zur Familie.«

Der Mann umklammerte den Hals der Ziege und blickte ängstlich zu Modina auf. »Sie ist alles, was ich an Familie habe, Hoheit. Bitte nehmt sie mir nicht weg.«

»Natürlich nicht, aber dann müsst Ihr mit Eurer ... Familie ... eben im Stall wohnen. Bringt ihn dort unter.«

»Sehr wohl, Eminenz.«

»Und räumt die Treppe.«

»Thrace?«, tönte eine Stimme aus dem Meer von Gesichtern. Sie war so leise, dass sie fast im allgemeinen Gemurmel untergegangen wäre.

»Wer war das?«, fragte Modina scharf.

Totenstille kehrte ein.

Jemand hustete, ein anderer nieste, ein dritter scharrte mit den Füßen und die Ziege klapperte mit den Hufen, aber eine volle

Minute lang sagte niemand etwas. Dann hob sich eine Hand und bewegte sich zaghaft hin und her.

»Wer seid Ihr? Tretet vor«, befahl Modina.

Eine Frau schob sich durch das Gedränge der Eingangshalle unten und stieg über Decken und Bündel. Modina konnte ihr Gesicht nicht sehen, sondern nur ihren Kopf von oben. Eine Handvoll weiterer Menschen folgte ihr.

»Kommt herauf«, befahl Modina.

Die Frau hatte die Treppe erreicht und die auf den Stufen Sitzenden standen auf und machten ihr Platz. Sie war mager und hatte hellbraune Haare, die auf Höhe der Ohrläppchen gerade abgeschnitten waren, was ihr ein jungenhaftes Aussehen verlieh. Bekleidet war sie mit einem zerschlissenen Kittel aus grober Wolle. Der Kittel war fleckig, hing wie ein Sack an ihr und war an den Hüften mit einer Schnur zugebunden.

Sie kam Modina bekannt vor.

Es war ihr Gang, die Art, wie sie den Kopf gesenkt hielt, die Schultern hängen ließ und die Füße nachzog. Doch, sie kannte diese Frau.

»Lena?«, fragte sie leise.

Die Frau blieb stehen und hob den Kopf. Sie hatte dieselbe spitze Nase, übersät von einem Meer von Sommersprossen, und dieselben braunen Augen mit kaum sichtbaren Brauen. Mit einer Mischung aus Furcht und Hoffnung sah sie Modina an.

»Lena Bothwick?«, rief die Imperatorin lauter.

Lena nickte und wich einen Schritt zurück, als Modina auf sie zueilte.

»Lena!« Modina schlang die Arme um sie und drückte sie fest an sich. Lena begann zu zittern und die Tränen liefen ihr über die Wangen.

»Was ist?«

»Nichts«, sagte sie. »Ich … ich wusste nur nicht, ob du dich an uns erinnern würdest.«

Hinter ihr standen Russell und Tad. »Wo sind die Zwillinge?«

Lena runzelte die Stirn. »Sie sind im vergangenen Winter gestorben.«

»Das tut mir schrecklich leid.«

Lena nickte und sie umarmten sich wieder.

Russell war neben seine Frau getreten. Er war wie Lena mager und in ein zerschlissenes, fadenscheiniges Hemd gekleidet, das ihm bis zu den Knien reichte und um die Hüften von einer Schnur zusammengehalten wurde. Sein Gesicht war älter und faltiger geworden, seine Haare waren grauer, als Modina sie in Erinnerung hatte. Tad dagegen war groß und breitschultrig. Er war nicht mehr der Junge von damals, sondern ein Mann, allerdings genauso hager und ausgemergelt wie seine Eltern.

»Imperatorin bist du jetzt also!«, stellte Russell fest. »Und ganz die Tochter deines Vaters. Stur wie ein Maultier und stark wie ein Ochse! Wie dumm sind die Elben eigentlich, wenn sie auch nur daran denken, sich mit einer Wood aus Dahlgren anzulegen.«

»Willkommen bei mir zu Hause«, sagte Modina und umarmte ihn.

»Wir sind vor ein paar Monaten zusammen mit Dillon McDern zu den Wintertid-Spielen nach Aquesta gekommen«, berichtete Russell. »Wir haben Hadrian im Turnier kämpfen sehen.«

Modina hatte die drei in ihr Schlafzimmer mitgenommen. Sie saß mit Lena auf dem Bett, Russell stand vor ihr. Er konnte sowieso nicht sitzen, wenn er eine Geschichte erzählte. Tad stand am Fenster und bewunderte die Aussicht.

»Es war ein großer Tag«, fuhr Russell fort, aber in seiner Stimme schwang Bedauern. »Wir wollten dich besuchen, aber man hat uns natürlich am Tor abgewiesen. Wer lässt schon Leute wie uns zur Imperatorin vor? Also sind wir nach Alburn zurückgekehrt. Vince hat uns nach unserem Wegzug aus Dahlgren auf dem Gut von Baron Kimble untergebracht. Wir waren damals sehr dankbar dafür, aber wie sich herausstellte, war es doch keine so gute

Idee. Kimble hat den größten Teil der Ernte für sich beansprucht und uns auch noch Saatgut und Geräte berechnet. Dillons Söhne hat er für seine Armee rekrutiert, sie sind beide gefallen. Als er dann auch noch Tad haben wollte, hielt uns nichts mehr dort.

Dillon sagte eines Abends bei einem Glas Wein zu mir: ›Rus‹, sagte er, ›wenn ich noch einmal von vorne anfangen könnte, würde ich von hier abhauen.‹ Ich verstand den Wink und wir sagten einander Lebwohl, als gebe es kein Morgen. Wir packten noch in derselben Nacht und machten uns auf den Weg. Wir flohen nur deshalb, weil wir nicht wollten, dass Kimble Tad in seine Armee steckt. In Stockton Bridge hörten wir dann allerdings, dass die Elben in Alburn eingefallen waren. Sie haben dort alles niedergebrannt. Dillon, Vince und auch Baron Kimble sind vermutlich alle tot. Anschließend sind wir hierhergekommen, weil wir nicht wussten, wohin wir sonst sollten. Wir haben gehofft, dich irgendwann zu sehen, aber natürlich nicht ernsthaft damit gerechnet.«

Die Tür zum Schlafzimmer wurde aufgerissen und die beiden Mädchen und Ringelpelz stürmten herein. Als die drei die Bothwicks sahen, blieben sie erschrocken stehen. Modina breitete einladend die Arme aus und die Mädchen gingen schüchtern zu ihr, während der Waschbär sich auf Mercys Schulter in Sicherheit brachte.

»Das sind Mercy und Allie«, sagte Modina.

Lena sah die beiden mit einem neugierigen Lächeln an. Dann blieb ihr Blick an Allies spitzen Ohren hängen. »Ist sie …«

Modina fiel ihr ins Wort. »Sie sind mir beide ans Herz gewachsen wie Töchter. Allies Vater nimmt an einer wichtigen Expedition teil und ich habe ihm versprochen, dass ich bis zu seiner Rückkehr auf seine Tochter aufpasse. Mercy ist …« Sie zögerte kurz, denn sie hatte noch nie in Anwesenheit des Mädchens darüber gesprochen. »Sie hat keine Eltern mehr und kommt aus dem Norden. Sie musste vor einem der ersten Angriffe der Elben fliehen.«

»Ist Allie jetzt eigentlich …«, nahm Russell den Faden seiner Frau auf.

»Ja, sie stammt von Elben ab. Ihr Vater hat sie aus einem Sklavenschiff gerettet, das nach Calis unterwegs war.«

»Und dir macht das nichts aus?«, fragte Russell.

»Warum sollte es? Allie ist ein so liebes Mädchen. Wir haben uns sehr ins Herz geschlossen, nicht wahr?« Modina strich eine lose Haarsträhne hinter Allies spitzes Ohr.

Das Mädchen nickte und lächelte.

»Womöglich streite ich mich noch mit ihrem Vater um sie, wenn er zurückkommt.« Modina lächelte die Mädchen an. »Und wo seid ihr zwei Rabauken eigentlich gewesen?«

»Wir haben in der Küche mit Red gespielt.«

Modina hob die Augenbrauen. »Zusammen mit Ringelpelz?«

»Die beiden vertragen sich prima«, sagte Mercy. »Obwohl …«

»Was?«

Mercy zögerte und Allie sprang für sie ein. »Mercy will, dass Red Ringelpelz bei sich auf dem Rücken reiten lässt. Und das hat nicht geklappt. Red hat einen Stapel Töpfe umgeworfen und dann hat Ibis Feinlein uns hinausgejagt.«

Modina verdrehte die Augen. »Ihr seid mir eine Rasselbande.«

Lena begann zu weinen und schlang die Arme um Russell und Russell hielt sie fest.

»Was ist?« Modina trat zu ihr.

»Ach nichts«, antwortete Russell für seine Frau. »Es sind die Mädchen, du weißt schon … sie vermisst die Zwillinge. Tad hätten wir fast auch verloren, nicht wahr, mein Junge?«

Tad, der immer noch aus dem Fenster geblickt hatte, drehte sich um und nickte. Er hatte bisher noch nichts gesagt. Dabei war Thaddeus Bothwick in Modinas Erinnerung immer sehr lebhaft gewesen.

»Wir haben die schreckliche Zeit in Dahlgren überstanden«, schluchzte Lena. »Aber in Alburn habe ich meine beiden Mädchen verloren und jetzt … jetzt …«

»Hier wird euch nichts mehr passieren«, sagte Modina. »Dafür sorge ich.«

Russell sah sie an und nickte anerkennend. »Du bist wirklich die Tochter deines Vaters, verdammt noch mal. Theron wäre so stolz auf dich, Thrace. So stolz.«

Renwick wusste nicht, was er tun sollte. Er war jetzt schon drei Tage in Aquesta und fühlte sich unbehaglich. Eigentlich hatte er nach Amberton Lee zurückkehren wollen, aber die Imperatorin hatte es verboten. Der Weg dorthin sei jetzt durch die Elbenarmee abgeschnitten. Also hatte er versucht, wieder als Page zu arbeiten, aber niemand wollte seine Dienste in Anspruch nehmen, wieder aufgrund einer Anordnung der Imperatorin. Offenbar hatte er keinerlei Pflichten.

Er trug einen neuen Kittel, der weitaus schöner war als alle seine bisherigen Kleider. Er bekam ausgezeichnete Mahlzeiten und schlief in einem Stockbett im Schlafsaal der Ritter direkt unter Ritter Elgar und gegenüber von Ritter Gilbert von Lyle.

»Du hast bestimmt schon bald alle Hände voll zu tun, Junge«, sagte Elgar. Er saß zusammen mit Ritter Gilbert am Tisch und spielte Schach, und Gilbert war dabei, haushoch zu gewinnen. »Wenn nämlich die Elben kommen.«

»Dann schleppe ich Wassereimer zu den Soldaten am Tor«, sagte Renwick trübe.

»Wassereimer?«, fragte Elgar. »Dafür sind die Pagen zuständig.«

»Ich bin Page.«

»Ha! Schläfst du etwa im Bett eines Pagen? Trägst du den Kittel eines Pagen? Isst du das Essen eines Pagen? Mistest du Ställe aus? Du warst ein Page, aber jetzt hat die Imperatorin ein Auge auf dich geworfen.«

»Was heißt das?«

»Dass du in ihrer Gunst stehst und deshalb kein Wasser zu schleppen brauchst.«

»Aber was ...?«

»Kannst du mit einem Schwert umgehen, Junge?«, fragte Gilbert und schob einen Bauern vor, worauf Elgar sichtlich nervös auf seinem Platz hin und her rutschte.

»Ich glaube schon.«

»Du glaubst es nur?«

»Ritter Malness hat mir nie erlaubt ...«

»Malness? Der war ein Dummkopf«, brummte Elgar.

»Vermutlich ist er deshalb auch vom Pferd gefallen und hat sich das Genick gebrochen«, ergänzte Gilbert.

»Er hat getrunken«, sagte Renwick.

»Er war ein Dummkopf«, wiederholte Elgar.

»Egal«, sagte Gilbert. »Wenn der Kampf beginnt, brauchen wir jeden Mann, der ein Schwert halten kann. Du warst gestern vielleicht Page, aber ab morgen bist du Soldat. Und da du in der Gunst der Imperatorin stehst – also wenn du gut kämpfst, wirst du am Ende noch zum Ritter geschlagen.«

»Setz ihm keine Flausen in den Kopf«, sagte Elgar. »Er ist noch nicht mal Knappe.«

»Ich war der Knappe von Ritter Hadrian.«

»Hadrian ist kein Ritter.«

Ein Hornsignal ertönte und alle drei sprangen auf und rannten aus dem Schlafsaal und an den Scharen von Flüchtlingen vorbei zur Eingangshalle und von dort in den Hof. Die Tortürme waren mit Wachen besetzt.

»Was ist los?«, rief Elgar zu Benton hinauf.

Der Turmwächter blickte herunter. »Baron Breckton kehrt mit der Armee zurück. Die Imperatorin heißt ihn zu Hause willkommen.«

»Breckton«, murmelte Gilbert verdrossen. »Komm, Elgar, wir müssen noch zu Ende spielen.«

Die beiden kehrten um und gingen wieder nach drinnen, aber Renwick verließ den Palasthof und eilte durch die Stadt in Richtung Südtor. Als er dort eintraf, war das Fallgitter bereits hochgezogen und die Armee zog hinter der blau-gold-karierten Standarte Brecktons ein.

Trommeln dröhnten im Takt der marschierenden Soldaten. An der Spitze ritt der General. Seine Rüstung blitzte in der Sonne. Neben ihm ritt Baronesse Amilia, eingehüllt in einen dicken Pelzmantel, der über die Flanken und das Hinterteil ihres Pferdes fiel. Renwick erkannte noch weitere Gesichter: König Armand, Königin Adeline, Prinz Rudolf und seinen jüngeren Bruder Hector, daneben Leo, den Herzog von Rochelle und seine Gemahlin Genevieve, die letzten Überlebenden des Adels von Alburn. Ihre Ankunft bestätigte, was bisher ein Gerücht gewesen war: Die östlichen Provinzen waren verloren. Es folgte die Kavallerie, darunter die Ritter Murthas, Brent und Andiers und einige andere, die er von den Dienstplänen kannte. Dahinter marschierten in ordentlichen Reihen die Fußsoldaten. Auf sie folgte der Tross, Wagen mit Proviant und Menschen – weiteren Flüchtlingen.

Modina eilte zu Amilia, kaum dass diese vom Pferd gestiegen war, und umarmte sie. »Du hast es geschafft!« Sie drückte Amilia an sich. »Und deine Familie?«

»Fährt mit dem Wagen«, sagte Amilia.

»Bring sie in den großen Saal. Habt ihr Hunger?«

Amilia nickte lächelnd.

»Dann treffen wir uns dort und essen etwas. Ich muss dir auch einige Leute vorstellen. Nimbus!«

»Eminenz.« Der Kanzler eilte herbei und Amilia umarmte die Bohnenstange.

Die Soldaten füllten die Straße und Renwick konnte nichts mehr sehen. Er ging zur Stadtmauer und stieg die Treppe zur Brustwehr über dem Tor hinauf. Dort hatte an diesem Tag wieder Hauptmann Everton Dienst. Fasziniert beobachtete der Hauptmann den Einzug der Armee unter ihm.

»Eindrucksvoll, nicht wahr?«, sagte er, als Renwick neben ihm stand. »Ich schlafe heute Nacht jedenfalls besser, wenn ich weiß, dass Baron Breckton wieder in der Stadt ist. Er kam vermutlich gerade noch rechtzeitig.«

»Was heißt das?«

»Der Himmel gefällt mir nicht.«

Renwick blickte auf. Eine undurchdringliche Wolkendecke in kränklich trübem Braun und Gelb bedeckte den Himmel. Die Wolken brodelten wie ein von Hexen angerührtes Gebräu.

»Das sieht für mich sehr merkwürdig aus.«

»Es ist auch viel wärmer geworden«, sagte Renwick. Er hatte soeben festgestellt, dass er ohne Mantel ins Freie gelaufen war, aber trotzdem nicht fror. Wie zur Probe atmete er aus, konnte seinen Atem aber nicht sehen.

Er trat an den Rand der Brustwehr und blickte nach Südosten. In der Ferne waren die Wolken noch dunkler und hatten eine gespenstisch grüne Färbung. »Sie kommen näher.«

»Stoßt ins Horn«, befahl Everton der Torwache, als die letzten Soldaten und Wagen das Tor passiert hatten. »Schließt das Tor.«

20

Das Gewölbe der Tage

Sie eilte durch die Gänge und hörte das Klirren von Schwertern und die Schreie von Männern. Sie hatte ihre Pflicht getan, ihre Aufgabe erfüllt. Jetzt stieg sie zu den Gräbern hinunter. Sie betrat das Gewölbe der Tage. Der Imperator lag auf dem Boden, der letzte seiner Ritter starb soeben von der Hand der Gefolgsleute Venlins. Unermessliche Wut stieg in ihr auf, als sie jetzt sprach. Der Raum erzitterte unter dem Klang ihrer Worte und die Männer, die den Imperator hatten ermorden wollen, zehn Teshlor-Ritter, brüllten vor Schmerzen, während ihre Leiber zerrissen.

Sie fiel auf die Knie.

»Imperator!«, rief sie. »Ich bin hier!«

Nareion hielt schluchzend die Leichen seiner Frau Amethes und seiner Tochter Fanquila in den Armen.

»Wir müssen gehen«, drängte sie.

Der Imperator schüttelte den Kopf. »Das Horn?«

»Habe ich in die Grabkammer gelegt.«

»Mein Sohn?«

»Ist bei Jerish. Die beiden haben die Stadt verlassen.«

»Dann bringe ich das jetzt zu Ende.« Nareion zog sein Schwert. »Verzaubere es mit den Buchstaben.«

Sie wusste, was er vorhatte. Am liebsten hätte sie gesagt, er solle es nicht tun, ihm versichert, dass es noch eine andere Möglichkeit gebe.

Doch noch während sie den Kopf schüttelte, legte sie die Hand auf die Klinge und sprach die Worte. Die Klinge begann zu schimmern, Buchstaben erschienen und bewegten sich hin und her wie unsicher, wo sie sich niederlassen sollten.

»Jetzt geh, geh zu ihm. Ich sorge dafür, dass er das Grab nie betreten wird.« Der Imperator blickte auf seine tote Familie und das schimmernde Schwert. »Und auch niemand sonst.«

Sie nickte und stand auf. Mit einem letzten Blick zurück auf das traurige Bild des seine Angehörigen beweinenden Imperators verließ sie das Gewölbe der Tage. Sie hatte es nicht mehr eilig. Zeit spielte keine Rolle mehr, der Imperator war tot. Aber nicht Venlin hatte ihn getötet. Er hatte seine Chance versäumt. Die Schlacht würde er gewinnen, aber den Krieg verlieren.

»Er ist also tot.« Sie hörte die Stimme, die ihr so vertraut war. »Und du willst jetzt mich töten?«

»Ja«, antwortete sie.

Sie stand auf dem Korridor vor dem Thronsaal. Er war drinnen und seine Stimme tönte heraus.

»Und du glaubst, das kannst du? Wie töricht doch die Jugend ist. Nicht einmal der alte Yolric ist so dumm, mich herauszufordern. Und du – du bist das jüngste Ratsmitglied, ein bloßes Kind – du wagst es, dich mit deiner Unerfahrenheit und deinen geringen Kenntnissen in der Kunst der Magie gegen mich aufzulehnen? Ich bin die Kunst – meine Familie hat sie erfunden. Mein Bruder hat Cenzlyor unterrichtet. Der ganze Rat zehrt von den Fähigkeiten und Kenntnissen der Miralyith. Du hast viel kaputtgemacht. Ich hatte dich nicht im Verdacht. Jerish lag auf der Hand, aber du? Du wolltest Macht, immer nur Macht, ihr alle wolltet das. Du hast die Teshlor über alles gehasst. Vor allem aber habe ich geglaubt, ich könnte mich auf deine Unterstützung verlassen.«

»Das war vor Avempartha, bevor ich entdeckt habe, wer du bist – ein Mörder. Du wirst nicht triumphieren.«

»Ich triumphiere doch schon. Der Imperator ist tot, ich weiß es. Jetzt muss ich nur noch ein Problem lösen. Sag mir, wo ist Nevrik?«

»*Ich sterbe lieber, als dir das zu verraten.*«
»*Es gibt Schlimmeres als zu sterben.*«
»*Ich weiß. Deshalb wähle ich ja den Tod. Den Tod für mich, den Tod für dich ...*« *Sie blickte den Korridor hinunter, an dessen Ende die Sonne hereinströmte. Draußen marschierte immer noch die Parade an der jubelnden Menge vorbei.* »*Und den Tod für alle. Und dann wird Nevrik auf den Thron zurückkehren. Es ist endlich Zeit, die Toten zu begraben.*«
Sie blickte noch einmal in Richtung Sonne und dachte an Elinya. »*Maribor nehme uns beide*«, *sagte sie. Dann schloss sie die Augen und begann die Finger durch die Luft zu ziehen.*

»Er hat es getan.«
Schwitzend wachte Arista auf. Ihr Herz klopfte.
Sie lag in einer dunklen, von einer einzigen Laterne erhellten Kammer. Nur eine dünne Decke lag zwischen ihr und dem kalten Boden, eine zweite lag auf ihr und eine Tasche stützte ihren Kopf. Die Kammer war nicht viel größer als ihr altes Schlafzimmer im Turm. Sie war quadratisch und hatte ein Deckengewölbe, dessen Bögen über ihr sternförmig zusammenliefen. An zwei gegenüberliegenden Wänden befand sich jeweils eine Tür. Die eine führte auf den Gang, die andere war fest geschlossen und von ihrer Seite her verriegelt. In die Wände waren Nischen mit eisernen Gittertüren eingelassen, die mit sorgfältig aufgeschichteten Stapeln von Schriftrollen aus vergilbtem Pergament angefüllt waren. Viele der kleinen Gitter standen offen. Einige Rollen waren auf den Boden gefallen, andere zerrissen. In der Mitte des Raums stand eine Statue. Sie glich den Statuen, die Arista aus Kirchen und Kapellen kannte. Sie stellte Novron dar, nur dass dieser Statue der Kopf fehlte. Seine Überreste lagen in tausend Scherben zersprungen auf dem Boden.
Als erstes Gesicht sah sie das von Hadrian, denn er saß neben ihr. »Endlich wacht Ihr auf«, sagte er. »Ich habe mir schon Sorgen gemacht.«

Myron saß links von ihr inmitten eines Bergs von Schriftrollen. Die Laterne stand neben ihm. Er hob Kopf und Hand und lächelte.

»Alles in Ordnung?« Hadrian klang besorgt.

»Nur müde.« Sie fuhr sich mit der Hand über die Augen und seufzte. »Wie lange habe ich geschlafen?«

»Fünf Stunden«, sagte Royce. Sie hörte nur seine Stimme. Er musste irgendwo außerhalb des Lichtkegels sitzen.

»Fünf? Wirklich? Ich habe das Gefühl, ich könnte noch einmal zehn schlafen.« Sie gähnte.

Ihr Blick fiel auf einen unsympathisch aussehenden, bleichen und faltigen Mann, der sie an eine Krähe in der Mauser erinnerte. Er saß vornübergebeugt da und beobachtete sie. Seine Augen glänzten wie schwarze Murmeln.

»Wer ist das?«

»Inquisitor Thranic«, erklärte Hadrian. »Der letzte Überlebende der Expedition vor uns. Ich würde Euch ja mit einander bekannt machen, aber wir verstehen uns nicht besonders gut. Er hat vergangenen Herbst mit einer Armbrust auf Royce geschossen und ihn fast getötet.«

»Und lebt trotzdem noch?«, fragte Arista.

»Seht mich nicht so an, ich hätte Royce nicht daran gehindert. Hunger?«

»Ich sage es in dieser Situation ja nur ungern, aber ich habe einen Mordshunger.«

»Wir dachten schon, du wärst tot«, sagte Mauvin. »Du hast dich nicht mehr bewegt und sogar eine Zeitlang überhaupt nicht mehr geatmet. Hadrian hat dich ein paarmal geschlagen, aber es hat nicht geholfen.«

»Du hast mich wieder geschlagen?« Sie rieb sich die Wange, die tatsächlich brannte.

Er sah sie schuldbewusst an. »Ich hatte Angst. Und letztes Mal hat es funktioniert.«

Sie sah den Verband an Mauvins Arm. »Du bist verwundet?«

»Die Wunde ist mir vor allem peinlich. Aber das kommt davon, wenn man als Pickering neben Hadrian kämpft. Sie tut aber nicht besonders weh, ehrlich.«

»Hm, lass sehen.« Sie hörte Hadrian in irgendwelchen Sachen wühlen. »Hättet Ihr gerne Pökelfleisch ... oder vielleicht ... also ... Pökelfleisch?« Er lächelte und gab ihr ein Essenspäckchen. Sie riss es mit zitternden Fingern auf.

»Und Euch fehlt wirklich nichts?«, fragte er und sie war überrascht, wie besorgt er klang.

»Ich fühle mich nur schwach – als hätte ich Fieber gehabt. Kennst du das?« Hadrian antwortete nicht darauf, sondern sah sie nur an, als könnte sie jeden Moment tot umfallen. »Mir fehlt wirklich nichts.«

Sie nahm einen Bissen Fleisch. Das stark gesalzene und knochentrockene Schweinefleisch schmeckte köstlich und sie schlang es fast ohne zu kauen hinunter.

»Alric?«, fragte sie.

»Liegt im Gang«, sagte Hadrian.

»Ihr habt ihn also noch nicht begraben?«

»Nein, noch nicht.«

»Gut, denn ich würde ihn gerne nach Melengar zurückbringen und in der Gruft seiner Väter beisetzen.«

Die anderen schwiegen auffällig und wandten die Blicke ab und sie sah Thranic hämisch grinsen. Beim Anblick seines Gesichts, das im Licht der Laterne wie eine boshafte Fratze aussah, überlief sie ein kalter Schauer.

»Was ist?«, fragte sie.

»Sieht nicht so aus, als könnten wir nach Melengar zurückkehren«, sagte Hadrian.

»Ist das Horn nicht hier?«

»Man scheint durch diese Tür zu ihm zu kommen, aber wir ...«

»Hinter dieser Tür wartet der Tod«, sagte Thranic. Er sprach zum ersten Mal und seine Stimme war nur ein heiseres Krächzen. »Der Tod für alle Kinder Maribors. Der Wächter des letzten

Imperators bewacht das Gewölbe der Tage und lässt niemanden an sich vorbei.«

»Wächter?«, fragte sie.

»Ein Gilarabrywn«, erklärte Hadrian. »Ein ziemlich großer.«

»Natürlich ist er groß, wenn er ein Gilarabrywn ist.«

Hadrian lächelte. »Moment, der hier ist richtig groß.«

»Liegt irgendwo ein Schwert herum? Es gibt doch immer ein Schwert, mit dem man ihn töten kann, stimmt's?«

Hadrian seufzte. »Royce meint, es gebe eine zweite Tür auf der anderen Seite. Vielleicht liegt dort ein Schwert. Wir wissen es nicht. Außerdem ist keineswegs gesagt, dass das Schwert sich überhaupt hier unten befindet.«

»Wir müssen nachsehen. Wir müssen ...«

Das Schwert.

»Was ist?«, fragte Hadrian.

»Ist der Gilarabrywn größer als der von Avempartha?«

»Viel größer.«

»Natürlich«, sagte sie und dachte an ihren Traum. »Und das Schwert liegt tatsächlich auf der anderen Seite des Raums.«

»Woher wisst Ihr das?«

»Ich habe es gesehen ... oder zumindest Esrahaddon hat es gesehen. Imperator Nareion hat den Gilarabrywn selbst erschaffen. Esrahaddon hat seinen Namen auf die Klinge des königlichen Schwerts gezaubert und Nareion hat das Tier dann gerufen, und zwar mit seinem eigenen Blut. Er hat sich geopfert, um den Gilarabrywn noch stärker zu machen, und ihn beauftragt, die Grablege zu bewachen, in der Esrahaddon das Horn versteckt hat.«

Der Inquisitor betrachtete Arista neugierig. »Der Patriarch wusste nichts von dem Gilarabrywn und wir erfuhren davon auch erst, als wir die Tür öffneten. Keine List, kein Zauber, keine Armee und kein Wunschdenken kann einem Zutritt zu dem Raum dahinter verschaffen. Die Suche nach dem Horn endet hier.«

»Und den Rückweg nach draußen hat ja auch jemand versperrt«, erinnerte Gaunt Arista mit einem vielsagenden Blick.

Er lehnte sich zurück. Den pelzgefütterten Rock, der zerrissen und schmutzig war, hatte er bis zum Kinn hochgezogen. Den turbanähnlichen Hut, der bis zur Unkenntlichkeit zerknittert und eingerissen war, hatte er sich über die Ohren gestülpt. Das lange, bis fast zum Boden hinunterhängende Stoffende war verschwunden. Erst jetzt sah Arista, dass Mauvins Arm mit demselben schwarzen Stoff verbunden war. »Wir sitzen also hier in der Falle, bis wir an Durst oder Hunger sterben. Der Kerl hier konnte sich wenigstens von Goblins ernähren. Was sollen wir tun? Übereinander herfallen?«

»An Euch ist wirklich ein großer Optimist verlorengegangen«, sagte Mauvin. »Macht uns nicht zu viel Hoffnung, sonst sind wir am Ende enttäuscht.«

»Wir müssen uns etwas überlegen«, sagte Arista.

»Das werden wir auch«, versicherte Hadrian. »Royce und ich, wir geben nicht so leicht auf, wie Ihr wisst. Aber bevor wir etwas unternehmen, solltet Ihr Euch noch weiter ausruhen. Vielleicht brauchen wir Euch. Was habt Ihr übrigens vorhin mit ›Er hat es getan‹ gemeint?«

»Was?«

»Beim Aufwachen habt Ihr gesagt: ›Er hat es getan.‹ Es klang wichtig. Habt Ihr wieder geträumt?«

»Ach das, ja«, sagte sie verwirrt und versuchte sich zu erinnern. Die Erinnerung an den Traum verflüchtigte sich bereits. »Damit habe ich Esrahaddon gemeint, er hat es getan.«

»Was getan?«

»Das alles.« Sie bewegte die Hand im Kreis. »Er hat die Stadt zerstört, genauso, wie sie es gesagt haben. Erinnerst du dich, was ich an der Treppe getan habe? Er war natürlich viel mächtiger. Er hat die ganze Stadt zerstört und unter der Erde begraben.«

»Also war es kein Witz, als er sagte, mit den Händen sei er besser gewesen«, warf Royce ein.

»Und die Einwohner?«, fragte Mauvin.

»Die haben den Gründungstag gefeiert. Die Stadt war voller

Menschen, Würdenträger, Ritter und Cenzaren und ... ja, er hat sie alle getötet.«

»Natürlich hat er das!«, rief Thranic, so laut er noch konnte. »Dachtet Ihr, die Kirche hätte gelogen? Esrahaddon hat das Imperium zerstört!«

»Nein«, erwiderte Arista. »Er wollte es retten. Patriarch Venlin hat den Imperator verraten. Er steckte hinter allem. Irgendwie konnte er die Teshlor und die Cenzaren überzeugen, auf seiner Seite mitzumachen. Er wollte den Imperator stürzen und töten – seine ganze Familie auslöschen. Ich glaube, letztlich wollte er der neue Herrscher werden. Aber Esrahaddon hat ihn gestoppt. Er schaffte den Sohn des Imperators, Nevrik, aus der Stadt, anschließend zerstörte er sie. Ich glaube, er wollte alle töten, die mit dem Aufstand zu tun hatten, also alle Feinde Nevriks buchstäblich auf einen Schlag beseitigen. Er ging davon aus, dass er dabei ebenfalls sterben würde.«

»Aber er hat überlebt«, sagte Hadrian.

»Wie Venlin auch«, ergänzte Arista. »Ich weiß nur nicht, wie. Vielleicht hat Yolric, oder nein – Venlin etwas getan, einen Zauber gesprochen.«

»Der Patriarch war ein Zauberer?«, fragte Hadrian.

Arista nickte. »Meines Wissens sogar ein sehr mächtiger. Mächtiger als Esrahaddon.«

»Das ist Gotteslästerung!«, rief Thranic anklagend. Er bekam einen Hustenanfall und schwieg erschöpft.

»Venlin war so mächtig, dass Esrahaddon nicht auch nur einmal daran dachte, gegen ihn zu kämpfen. Er wusste, dass er verlieren würde, obwohl er doch in der Lage war, die ganze Stadt und sämtliche Einwohner zu vernichten.«

Arista machte eine Pause und blickte in die Richtung, aus der sie gekommen waren. »Die gesamte Einwohnerschaft war auf den Beinen und säumte die Straßen. Ich glaube, es gab einen großen Umzug. Alle sangen und tanzten, aßen Süßigkeiten, tranken Zitterling und genossen das Frühlingswetter – und dann war mit einem Schlag alles aus. Ich spüre jetzt noch die Saiten, in die Esrahaddon griff. Tiefe Saiten wie die, in die ich auf dem Schiff gegriffen habe, kurz bevor du mich geschlagen hast. Ich habe sie nur kurz berührt, aber Esrahaddon hat sie laut gespielt. Es hat ihm das Herz gebrochen. Denn eine Frau, die er liebte, lebte in der Stadt, eine Frau, die er eigentlich heiraten wollte. Er hatte keine Zeit, sie aus der Stadt zu bringen.«

Es geht um etwas Größeres als das, was Ihr verloren habt, etwas Größeres als den Tod von hundert Königen und tausend Vätern. Glaubt Ihr, ich habe das alles gern getan? Ihr vergesst – auch ich habe mein Leben verloren. Auch ich hatte Eltern, Freunde und ...

Arista wusste endlich, was damals bei ihrer letzten Begegnung im Amtszimmer des Bürgermeisters von Rehagen nicht gesagt worden war. Sie dachte daran, wie sie Esrahaddon abgewiesen hatte, und fasste unwillkürlich mit der Hand nach dem Stoff ihres Umhangs. Sie hatte ja keine Ahnung gehabt.

Du musst verstehen, dass einem als Zauberer persönliche Rache und Gewinnstreben verwehrt sind. Wir dürfen nicht nach Anerkennung, Ruhm und Glück streben. Ein Zauberer muss danach trachten, dass alles besser wird – und dafür Opfer bringen.

Sie starrte zu Boden. Erinnerungen an den Traum und an die Vergangenheit stiegen in ihr auf und Trauer erfüllte sie. Hadrian begann eine einfache Melodie zu summen, ein altes Lied, und dann sang er leise die dazugehörigen Worte:

Das Fest ist aus, zerstört die Pracht,
Erstickt der Frühling unter Staub und Nacht,
Und Dunkelheit deckt zu die Qual,
Denn tot sind alle, Mauerfall.

In Trümmern liegt der Lee, der Zeiten Raub,
Zu sehen vergessener Erinnerungen Staub.
Einst Mittelpunkt, doch dann, mit einem Mal,
Auf alle Ewigkeit verloren, Mauerfall.

»Ich bin in dem Glauben aufgewachsen, das sei alles irgendein Quatsch, den Kinder sich ausgedacht haben. Wir haben uns in Reihen aufgestellt, einander an den Händen gehalten und das Lied gesungen, und dann musste einer die anderen zum Hinfallen oder Ausscheren aus der Reihe bringen. Dann konnte er ihren Platz einnehmen. Wir hatten keine Ahnung, was der Text eigentlich bedeutete.«

»Lügen! Nichts als Lügen!«, kreischte Thranic und richtete sich mühsam auf die Knie auf. Er zitterte, aber Arista hätte nicht sagen können, ob vor Schwäche oder Wut – oder beidem.

»Da bin ich aber anderer Meinung«, sagte Myron von hinter seinen Schriftrollen.

»Diese Schriften darfst du gar nicht lesen«, schimpfte der Inquisitor. »Die Kirche hat es verboten!«

»Aber warum denn?«, erwiderte Myron.

»Du verstößt gegen das Verbot schon dann, wenn du sie berührst!«

»Zum Glück bin ich kein Mitglied der Nyphronkirche. Die Mönche des Maribor kennen kein solches Bücherverbot.«

»Also habt Ihr die Schriftrollen zerrissen, die auf dem Boden liegen«, sagte Hadrian vorwurfsvoll.

»Sie sind böse.«

»Was stand denn drin? Was war so schrecklich? Ihr habt auch die Bibliothek verbrannt. Was habt Ihr zu verbergen?« Hadrian überlegte kurz, dann zeigte er auf die Statue. »Und die Köpfe? Die habt Ihr auch auf dem Gewissen. Nicht nur hier, sondern überall in der Stadt. Warum?«

Thranic schwieg und Hadrian wandte sich an Myron. »Was hast du herausgefunden?«

»Vieles. Am wichtigsten ist, dass die Elben nie vom Imperium versklavt wurden.«

»Wie bitte?«, fragte Royce.

»Nach dem, was ich in den letzten Stunden hier gelesen habe, war das nicht der Fall. Alles deutet darauf hin, dass die Elben gleichberechtigte Staatsbürger waren, ja sogar besonders geachtet wurden.«

»Hör sofort auf!«, schrie Thranic. »Novron wird uns für deine lästerlichen Worte alle richten!«

»Also Vorsicht, Myron«, sagte Mauvin. »Nicht dass sich unsere Lage noch weiter verschlechtert.«

»Ihr Frevler und Narren! Genau deshalb war es falsch, Leuten, die nicht zur Kirche gehörten, zu erlauben, die alte Sprache zu lernen. Deshalb hat der Patriarch Edmund Hall eingesperrt. Weil er nämlich wusste, was passieren würde. Deshalb musste der Erbe sterben – weil ihr eines Tages hier herunter kommen würdet. Ich konnte das Horn nicht holen, aber meinem Glauben kann ich trotzdem dienen!«

Thranic streckte mit einer für sein gebrechliches Aussehen vollkommen unerwarteten Schnelligkeit den Arm aus und packte die Laterne. Nicht einmal Royce reagierte schnell genug. Er warf die Laterne auf Myron. Das Glas zersprang mit einem Knall und das Öl lief über die Pergamente, über den Boden und über Myron. Blaue Flammenzungen leckten an der glänzenden Öllache und loderten hell auf. Im nächsten Moment brannten die Schriftrollen lichterloh und die Flammen erfassten auch Myrons Beine, Brust und Gesicht.

Schlagartig erloschen sie wieder.

Mit einem hörbaren Knacken wurde es stockdunkel.

»Das war aber nicht nett«, sagte Arista. Ihr Umhang begann zu leuchten und tauchte die Kammer in ein kaltes, bläuliches Licht. Wütend sah sie Thranic an. Das pulsierende Licht gab ihr ein bedrohliches Aussehen. »Seid Ihr verletzt, Myron?«

Der Mönch schüttelte den Kopf und wischte sich das Öl aus dem Gesicht. »Mir war nur ziemlich warm«, sagte er. »Und ich glaube, meine Augenbrauen sind weg.«

»Du Schwein!«, rief Mauvin in Thranics Richtung. Er stand auf und griff nach seinem Schwert. »Fast hättest du Myron getötet! Uns alle!«

Selbst Gaunt stand, aber Thranic nahm davon keinerlei Notiz. Der Inquisitor rührte sich nicht. Er war zurückgesunken und lehnte in einer seltsam verdrehten Haltung an der Wand. Seine Augen standen offen und starrten zur Decke, aber er atmete nicht.

»Was hat er?«, fragte Gaunt.

Mauvin berührte ihn. »Er ist tot.«

Alle sahen Arista an.

»Ich habe nur das Feuer gelöscht«, sagte sie.

Die Blicke wanderten weiter zu Royce.

Er saß an einem anderen Platz als vor dem Feuer. Arista betrachtete Thranics Leiche. Blut tropfte aus einer dünnen roten Linie an seinem Hals.

Mauvin ließ sein Schwert los und setzte sich wieder. »Und Euch ist bestimmt nichts passiert, Myron?«

»Mir geht es gut, danke.« Myron stand auf, ging zum Inquisitor und kniete sich neben ihn. Er schloss Thranic die Augen, nahm seine Hand, beugte sich über ihn und begann leise zu singen.

Ich befehle dich Maribor an,
Seinen Händen übergebe ich dich.
Möge er dir Frieden und Ruhe geben,
Möge der Gott der Menschen über deinen Weg wachen.

»Warum tut Ihr das?«, fragte Gaunt. »Er wollte Euch umbringen, Euch bei lebendigem Leibe verbrennen. Seid Ihr so naiv, dass Ihr das nicht gemerkt habt?«

Myron antwortete nicht, sondern kniete weiter mit gesenktem Kopf und geschlossenen Augen neben Thranic. Stille kehrte ein. Dann faltete er Thranic die Hände auf der Brust und stand auf. Vor Gaunt blieb er stehen. »Wertvoller als Gold und kostbarer als das Leben ist das Erbarmen mit dem, der kein Erbarmen kannte‹ – Girard Hily, *Sprichwörter der Seele.*«

Myron holte eine weitere Laterne aus Mauvins Bündel. »Die

Laternen gehen uns langsam aus«, sagte er. Er öffnete sie und griff nach dem Anzünder.

»Lass lieber mich das machen«, sagte Hadrian. »Beim kleinsten Funken gehst du statt der Laterne in Flammen auf.«

Myron gab ihm die Laterne und wandte sich an die anderen. »Hilft mir jemand, ihn zu begraben?«

Gaunt wandte sich mit einem Schnauben ab, das wie ein Lachen klang.

»Ich helfe Euch«, sagte Magnus, der am anderen Ende der Kammer saß. »Wir können die Steine aus dem eingestürzten Gang verwenden.«

Hadrian erhob sich wortlos und hob Thranics Leiche auf, die wie eine dicke Decke in der Mitte zusammenklappte. Thranics Arme hingen weiß und schlaff seitlich hinunter. Die Leiche hinterließ eine Spur dunkler Tropfen auf den staubigen Fliesen. Arista betrachtete die Ecke, in der Thranic gelegen hatte. Sie war mit allerlei Müll gefüllt, darunter Töpfe, Becher, zerrissene Kleider und schmutzige Decken – Arista musste an die Höhle einer Maus denken. *Wie lange war Thranic hier? Wie lange hat er allein in diesem Raum gelegen und auf den Tod gewartet? Wie lange werden wir warten?*

Sie stand auf, kehrte Thranics Sachen und der Blutlache den Rücken zu, ging zu der verriegelten Tür und berührte den Stein und die eisernen Stangen der Riegel. Der Stein war kalt. Sie drückte die Handfläche dagegen und legte den Kopf darauf. Es war nichts zu hören. Sie rief sich ins Gedächtnis, dass es sich nicht um ein Lebewesen aus Fleisch und Blut handelte, das sich bewegte. Doch spürte sie es, spürte die Kraft, die es ausstrahlte und die gegen sie drückte wie der Gegenpol eines Magneten. Die Begegnung mit den Oberdaza hatte ihr Gespür für Magie geschärft. Das Geheimnis des neuen Geruchs, der sie vor dem Palast so verwirrt hatte, hatte sich gelüftet. Was sich hinter der Tür befand, hatte mit Magie zu tun, aber nicht mit Magie von der vagen, unbestimmten Sorte der Oberdaza. Wenn sie an die Hexendoktoren der Ghazel dachte, sah sie in Gedanken wirbelnde, unregelmäßig pulsierende Schatten. Das hier war dagegen etwas ... Größeres. Sie spürte eine geballte, konzentrierte, überwältigende Kraft, die noch die Spuren der Magie trug, die sie geschaffen hatte. Doch sie nahm die Kraft auch mit ihren Gefühlen wahr, denn sie bestand nicht nur aus Magie. Eine unterschwellige Traurigkeit verlieh der Magie ihre besondere Stärke. Namenloser Kummer und die Kraft des Selbstopfers waren durch einen Hoffnungsschimmer miteinander verbunden. Das machte ihr einerseits Angst, zugleich fand sie es wunderschön.

Sie hörte, wie draußen im Gang klackend Steine aufeinandergeschichtet wurden. Hadrian kehrte zurück und wischte sich die Hände an den Kleidern ab, als müsste er sie von einer ansteckenden Krankheit säubern. Dann setzte er sich abseits von den anderen zu Royce.

Sie ging zu den beiden und setzte sich mit untergeschlagenen Beinen vor sie. Ihren Umhang breitete sie um sich aus.

»Schon Ideen?«, fragte sie mit einem Nicken zu der abgesperrten Tür.

Royce und Hadrian wechselten einen Blick.

»Ein paar«, sagte Royce.

Aristas Miene hellte sich auf. »Ich wusste, dass ich mich auf euch verlassen kann. Ihr habt für Alric Wunder vollbracht und auch uns immer geholfen.«

Hadrian machte eine Grimasse. »Erhofft nicht zu viel.«

»Ihr habt den Schatz aus dem Kronturm gestohlen. Ihr seid in Avempartha eingedrungen, in das Gutaria-Gefängnis und in Drumindor – dort sogar zwei Mal. Kann das hier noch schwerer sein?«

»Ihr kennt nur die Fälle, in denen wir Erfolg gehabt haben«, sagte Royce.

»Gab es auch Misserfolge?«

Die beiden sahen sich an und lächelten schmerzlich berührt. Dann nickten sie.

»Aber ihr habt sie überlebt. Ich hätte gedacht, bei einem Misserfolg ...«

»Ein Misserfolg führt nicht immer zum Tod. Nehmt den Auftrag, DeWitts Schwert aus Schloss Essendon zu stehlen. In diesem Fall kann man kaum von einem Erfolg sprechen.«

»Aber es gab ja gar kein Schwert. Es war eine Falle. Und am Ende hat sich alles zum Guten gewendet. Das würde ich nicht als Misserfolg betrachten.«

»Aber Alburn war einer«, sagte Royce und Hadrian nickte heftig.

»Alburn?«

»Wir saßen über ein Jahr in König Armands Kerker«, erklärte Hadrian. »Wann war das gleich, vor sechs Jahren? Sieben? Gleich nach diesem schlimmen Winter. Ihr erinnert Euch vielleicht an die schreckliche Kälte. Zum ersten Mal seit Menschengedenken fror der Galewyr zu.«

»Ich erinnere mich. Mein Vater wollte ein großes Fest zu meinem zwanzigsten Geburtstag veranstalten, aber es konnte niemand kommen.«

»Wir waren den ganzen Winter über in Medford«, sagte Royce. »Dort hatten wir es zwar bequem und eigentlich richtig schön, aber wir sind verweichlicht und außer Übung gekommen. Und dann haben wir geschlampt.«

»Ohne Leo und Genni würden wir immer noch in diesem Kerker sitzen«, sagte Hadrian.

»Leo und Genni?«, fragte Arista. »Nicht der Herzog und die Herzogin von Rochelle?«

»Doch.«

»Sie sind Freunde von euch?«

»Jetzt ja.« Royce nickte.

»Wir haben den Auftrag über Albert bekommen und Albert hat ihn von einem weiteren Mittelsmann. Eine typische doppelt anonyme Operation, bei der wir die Kunden nicht kennen und die Kunden uns nicht. Dann stellte sich heraus, dass unsere Auftraggeber der Herzog und die Herzogin waren. Albert hat den beiden entgegen der Regeln gesagt, wer wir sind, und sie haben Armand überredet, uns freizulassen. Wie genau, ist mir bis heute nicht ganz klar.«

»Sie hatten Angst, wir könnten reden«, sagte Royce.

Hadrian sah ihn böse an und verdrehte die Augen. »Über was denn? Wir wussten damals doch noch gar nicht, wer unsere Auftraggeber waren.«

Royce zuckte mit den Schultern und Hadrian wandte sich wieder an Arista.

»Jedenfalls hatten wir insofern Glück, als Armand sich noch nicht die Mühe gemacht hatte, uns hinzurichten. Aber es geht nicht immer gut aus. Auch der Kronturm war eine Katastrophe.«

»Es war dumm von dir, zurückzukommen«, sagte Royce.

»Was ist passiert?«, fragte Arista.

»Zwei Leibwächter des Patriarchen haben Royce erwischt, als wir den Schatz zurückbrachten.«

»Solche wie bei der Besprechung?«

»Genau – vielleicht sogar dieselben.«

»Hadrian hätte fliehen können«, erklärte Royce. »Er war unbemerkt nach draußen gekommen, aber dann kehrt der Idiot wegen mir zurück. Bei der Gelegenheit habe ich ihn zum ersten Mal kämpfen sehen und ich muss sagen, ich war beeindruckt – die beiden Leibwächter waren nämlich auch nicht schlecht.«

»Sie waren sogar sehr gut«, fügte Hadrian hinzu. »Sie hätten uns fast getötet. Royce war übel zugerichtet und hatte eine Wunde an der Schulter, ich hatte eine am Schenkel und einen Schnitt quer über die Brust – die Narbe ist immer noch zu sehen.«

»Tatsächlich?«, fragte Arista entgeistert. Sie konnte sich nicht vorstellen, dass jemand Hadrian im Kampf das Wasser reichen konnte.

»Uns gelang im letzten Moment die Flucht, aber inzwischen war schon überall Alarm ausgelöst worden. Wir versteckten uns im Karren eines Kesselflickers, der nach Süden unterwegs war.

Das ganze Land suchte uns und wir bluteten heftig. So kamen wir nach Medford, wo wir noch nie gewesen waren. Es war mitten in der Nacht und regnete in Strömen, als wir halbtot aus dem Karren krochen. Wir stolperten eine Straße in der Unterstadt entlang, auf der Suche nach Hilfe und einem Versteck. Da traf die Nachricht von den Dieben im Kronturm in der Stadt ein und Soldaten fanden den Karren. Man wusste also, dass wir in Medford waren. Euer Vater hat die Stadtwache ausgeschickt, um uns zu suchen. Wir kannten niemanden und überall waren Soldaten. In unserer Verzweiflung klopften wir willkürlich an Türen, in der Hoffnung, jemand würde uns einlassen. In dieser Nacht haben wir Gwen DeLancy kennengelernt.«

»Ich verstehe immer noch nicht, warum du zurückgekommen bist«, sagte Royce. »Wir kannten uns doch noch gar nicht richtig und waren eher Feinde. Du wusstest, dass ich dich nicht leiden konnte.«

»Aus demselben Grund, aus dem ich den Auftrag von DeWitt angenommen habe«, erklärte Hadrian. »Oder Gaunt gesucht habe.« Er blickte zu Gaunt hinüber und schüttelte den Kopf. »Mein Traum war immer, das Richtige zu tun, ein Königreich zu retten, die Hand der Königstochter zu gewinnen und der Held des Reiches zu sein. Und dann wollte ich nach Hause nach Hintindar zurückkehren und mein Vater würde stolz auf mich sein und Graf Baldwin würde mich bitten, an seinem Tisch zu speisen. Aber …«

»Aber was?«, fragte Arista.

»Es war nur ein Jungentraum«, sagte Hadrian traurig. »In Calis war ich ein Held. Ich habe in Arenen gekämpft, in denen Hunderte Leute mich anfeuerten. Sie haben meinen Namen – oder wenigstens den Namen, den sie mir gegeben haben – im Sprechchor gerufen, aber ich habe mich trotzdem nie wie ein Held gefühlt, sondern schmutzig und schlecht. Seitdem bin ich vermutlich nur damit beschäftigt, das Blut von mir abzuwaschen und mich vom Schmutz zu säubern. Und ich wollte nicht mehr ständig weglaufen. Das war damals im Kronturm ausschlaggebend. Ich war vor meinem Vater weggelaufen, aus Avryn und sogar aus Calis. Ich wollte nicht mehr weglaufen – und tue es doch immer noch.«

Sie schwiegen eine Weile. Dann fragte Arista: »Was tun wir also?«

»Wir schicken Gaunt rein«, sagte Royce.

»Was?« Sie blickte zu Degan hinüber, der sich auf seine Decke gelegt und die Beine angezogen hatte.

»Ihr habt doch selbst gesagt, wir bräuchten ihn hier.« Hadrian sah sie an. »Aber warum? Bisher war er uns nur lästig. Alle anderen hatten irgendein Ziel, nur er nicht. Ihr sagtet aber, er sei für den Erfolg der Expedition absolut notwendig. Warum?«

»Weil er der Erbe ist.«

»Schon, aber was hilft uns das?«

»Ich denke, weil er dieses komische Horn benützen muss.«

»Natürlich, aber das erklärt noch nicht, warum wir ihn *hier* brauchen«, warf Royce ein. »Wir hätten ihm das Horn ja auch bringen können. Warum musste er mit uns mitkommen?«

»Wir glauben, dass er als Erbe durch den Raum hinter dieser Tür gehen kann«, erklärte Hadrian.

»Und wenn ihr euch irrt?«, fragte Arista. »Er muss auch noch das Horn blasen. Wenn er stirbt ...«

»Er kann das Horn aber nur blasen, wenn er es hat«, gab Royce zu bedenken.

»Das wäre dann Eure Aufgabe«, sagte Hadrian. »Ihr müsst ihn schützen, nur für den Fall. Könnt Ihr das?«

»Vielleicht«, sagte sie ohne Überzeugung. »Ich kann immer nur ausprobieren. Was für Ideen habt ihr noch?«

»Nur noch eine«, sagte Royce. »Jemand geht da rein und lenkt den Gilarabrywn ab, während die anderen rasch durch den Raum laufen und hoffen, dass wenigstens einer es bis zur anderen Seite schafft. Und das Monster dann hoffentlich stoppen kann, indem er das Horn bläst.«

»Im Ernst?«

Die beiden nickten.

Arista blickte über die Schulter. »Na gut, dann überbringe ich ihm die schlechte Nachricht.«

»Auf keinen Fall!«, rief Degan Gaunt und stand auf. Der Hut saß schief auf seinem Kopf und war auf der einen Seite vom Liegen plattgedrückt.

Als Myron und Magnus zurückgekehrt waren, hatte Arista alle in einem Kreis um die Laterne versammelt. Während die anderen ein paar Bissen von ihren letzten Vorräten aßen, erklärte sie den Plan.

»Ihr müsst«, sagte sie.

»Aber selbst wenn ich es tue und es mir gelingt, was bringt es? Wir sitzen dann immer noch hier fest!«

»Das wissen wir nicht. Niemand hat den Raum hinter dieser Tür je durchquert. Vielleicht gibt es auf der anderen Seite ja einen zweiten Ausgang oder das Horn verleiht uns eine solche Kraft, das wir mit ihm fliehen können. Wir wissen es nicht, aber diese Ungewissheit ist immerhin besser als der sichere Tod.«

»Aber das ist dumm! Nur dumm!«

»Seht es doch so«, sagte Hadrian. »Wenn es schiefgeht und das Ungeheuer Euch frisst, ist alles blitzschnell vorbei.« Er schnippte mit den Fingern. »Wenn Ihr hier bleibt, werdet Ihr über Tage ganz langsam verhungern.«

»Oder ersticken«, ergänzte Royce. Die anderen sahen ihn erschrocken an und er verdrehte die Augen. »Die Luft ist schon ziemlich abgestanden. Sie reicht nicht mehr ewig.«

»Wenn Ihr also schon sterben müsst, warum nicht bei einer edlen Tat?«, fragte Hadrian.

Gaunt schüttelte nur kläglich den Kopf.

»Typisch«, rief Mauvin empört und hielt mit schmerzverzerrtem Gesicht seinen verwundeten Arm. »Ihr habt es auf den Punkt gebracht, Hadrian. Gaunt hat eben keine edle Gesinnung.

Er weiß nicht mal, was das Wort bedeutet. Wollt Ihr wissen, was der Hauptunterschied zwischen Euch und Alric war, Gaunt? Ihr macht Euch immer nur über vornehme Gesinnung, blaues Blut und Inkompetenz lustig. Vielleicht fließt ja das Blut des Imperators in Euch, aber dann ist es jedenfalls so stark verdünnt, dass man davon nichts mehr bemerkt. Ihr habt doch keine Ahnung mehr, was die Bedeutung Eures Geschlechts einst ausmachte – es geht Euch nur noch um die Verwirklichung niederer Triebe und Wünsche. Höhere Ziele oder Ehre spielen schon lange keine Rolle mehr.

Alric war vielleicht nicht der beste König, aber er hat immer mutig und ehrenhaft gehandelt. Für Euch dagegen muss die Vorstellung, durch diese Tür zu gehen und dem Tod ins Auge zu blicken, furchtbar sein. Denn es ist doch schrecklich, ein Leben hinzugeben, das man gar nie richtig gelebt hat. Man fühlt sich betrogen, als hätte man eine Münze verloren, bevor man sie ausgeben konnte. Auf was könntet Ihr stolz sein, was könnte Euch Halt geben? Nichts! Alric hätte durch diese Tür gehen können, nicht weil er König war und nicht einmal weil er aus einer vornehmen Familie stammte, sondern weil er der war, der er war. Er war nicht vollkommen, er hat Fehler gemacht, aber nie absichtlich, nie mit dem Vorsatz, andere zu verletzen. Er lebte, so gut er es verstand. Er hat immer getan, was er für richtig hielt. Könnt Ihr das von Euch behaupten?«

Gaunt schwieg.

»Wir können Euch nicht zwingen«, sagte Arista. »Aber wenn Ihr es nicht tut, hat Hadrian recht – dann werden wir alle sterben, weil wir nicht mehr zurück können und ohne Euch auch nicht vorwärts.«

»Kann ich wenigstens zu Ende essen, bevor ich mich entscheide?«

»Natürlich.«

Arista fuhr sich mit den Händen durch die Haare und holte tief Luft. Sie war immer noch so furchtbar müde und erschöpft, und alles fiel ihr schwer. Es würde schwierig sein, Gaunt zu überreden, aber was noch schlimmer war: Sie hatte keine Ahnung, was sie tun sollten, wenn er es versuchte und scheiterte.

Gaunt hob einen Bissen an den Mund, doch dann hielt er inne und runzelte die Stirn. »Der Appetit ist mir vergangen.« Resigniert hob er den Blick zur Decke. Seine Lippen zitterten und er schnaufte schwer. »Ich wusste, dass es so kommen würde.« Er hob abwesend und wie suchend die Hand an den Hals. »Seit ich ihn nicht mehr trage, seit er mir weggenommen wurde, ist alles anders.«

»Wer wurde weggenommen?«, fragte Arista.

»Der Glücksbringer, den meine Mutter mir gegeben hat, als ich noch klein war, ein schönes Silbermedaillon. Er wehrte alles Böse ab und brachte mir nur Glück. Es war herrlich. Solange ich ihn hatte, gelang mir einfach alles. Meine Schwester sagte immer, ich sei gegen alles gefeit, und das stimmte auch, aber er hat ihn mir weggenommen.«

»Wer – Guy?«, fragte Arista.

»Nein, ein anderer Mann. Er nannte sich Baron Marius. Ich wusste, dass ab da alles anders sein würde. Nie brauchte ich mir Sorgen zu machen – und jetzt bricht alles über mich herein.« Er blickte zu der Tür, die zum Gewölbe der Tage führte. »Wenn ich da reingehe, werde ich sterben, das weiß ich.«

Hadrian griff in sein Hemd, zog sich ein Kettchen über den Kopf und hielt es hoch. Gaunt starrte es mit großen Augen an. »Das Medaillon, das Ihr getragen habt, hat Esrahaddon gemacht, genauso wie er das hier gemacht hat. So wie Ihr Eures von Eurer Mutter bekommen habt, habe ich es von meinem Vater. Es handelt sich bestimmt um das gleiche Medaillon. Wenn Ihr einwilligt, durch diese Tür und den Raum dahinter zu gehen, überlasse ich es Euch.«

»Lasst mich sehen!«

Hadrian gab ihm das Kettchen. Gaunt kniete sich neben die Laterne und studierte es. »Es ist das gleiche.«

»Und?«, fragte Hadrian.

»Also gut, mit dem Talisman mache ich es … aber danach kann ich ihn behalten, ja? Er gehört jetzt für immer mir? Sonst mache ich es nicht.«

»Ihr dürft ihn behalten, aber unter einer weiteren Bedingung. Modina bleibt Imperatorin.«

Gaunt sah ihn finster an.

»Zerreißt den Vertrag, den Ihr mit ihr gemacht habt. Wenn Ihr zustimmt, dass sie Imperatorin bleibt, könnt Ihr das Medaillon behalten.«

Gaunt befühlte den Anhänger mit den Fingern, rieb daran und ließ den Blick nachdenklich hin und her wandern. Schließlich blickte er wieder zu der Tür zum Gewölbe und seufzte. »Also gut«, sagte er und zog sich lächelnd die Kette über den Kopf.

»Der Vertrag?«

Gaunt machte erneut ein finsteres Gesicht, zog das Pergament aus seinen Kleidern und gab es Hadrian, der es zerriss und die Fetzen auf die Überreste der Schriftrollen auf dem Boden fallen ließ.

»Seid Ihr bereit?«, fragte er Arista.

»Ich bin immer noch müde, aber jetzt kann ich nicht schlafen.«

Hadrian stand auf und ging zur Tür. »Du kannst anfangen zu beten, Myron.«

Der Mönch nickte.

»Degan?«, rief Arista. »Degan?«

Gaunt blickte verärgert von dem Anhänger auf.

»Wenn Ihr in der Grabkammer auf der anderen Seite seid, sucht das Horn. Ich weiß nicht, wo es liegt, ich weiß nicht einmal, wie es aussieht. Aber es muss dort sein.«

»Wenn Ihr es nicht findet«, fügte Hadrian hinzu, »sucht nach einem Schwert mit einer Aufschrift auf der Klinge. Damit könnt Ihr den Gilarabrywn töten. Ihr braucht nur zuzustechen, egal wo. Stoßt ihm einfach die Klinge in den Leib, bis das Wort verschwindet.«

»Wenn etwas schiefgeht, lauft zurück, dann versuche ich, Euch zu schützen«, sagte Arista.

Hadrian reichte Gaunt die Laterne. »Viel Glück.«

Das Medaillon in der einen und die Laterne in der anderen Hand, stand Gaunt vor ihnen. Sein langer Mantel lag zerknittert auf dem Boden, sein Hut war eingedrückt, sein Gesicht leichenblass. Hadrian und Royce schoben die Riegel zurück. Das Eisen quietschte unangenehm laut. Dann war die Tür offen. Hadrian hob den Fuß und trat dagegen. Knarrend schwang sie auf und der lange Nachhall gab ihnen eine Ahnung von der Größe des dahinterliegenden Saals.

Gaunt machte einen Schritt, hob die Laterne und spähte hinein. »Ich sehe nichts.«

»Er steht dort«, flüsterte Royce, der ihm gefolgt war. »Genau in der Mitte des Saals. Er sieht aus, als schlafe er.«

»Los, Degan«, sagte Arista. »Vielleicht könnt Ihr Euch an ihm vorbeischleichen.«

»Gute Idee, schleichen«, sagte Gaunt und machte wieder einen Schritt. Arista und Royce standen hinter ihm in der Tür, Hadrian blickte den beiden über die Schultern.

»Schnauft nicht so laut«, zischte Royce. »Atmet wenigstens durch den Mund.«

»Ja«, sagte Gaunt und ging erneut einen Schritt. »Bewegt er sich?«

»Nein«, sagte Royce.

Gaunt machte drei Schritte. Sein Arm begann zu zittern und die Laterne in seiner Hand auch.

»Warum schreit er nicht gleich: ›Bitte friss mich!‹«, stöhnte Royce ungeduldig.

Arista sah der schwankenden Laterne nach. In ihrem Schein waren weder Wände noch Decke zu sehen, nur eine Seitenansicht von Gaunt, der in ein schwarzes Loch zu gehen schien.

»Wie groß ist der Saal eigentlich?«, fragte sie.

»Riesig«, antwortete Royce.

Sie versuchte sich an ihren Traum zu erinnern. Der Imperator hatte auf dem Bodens eines Saals mit bemalten Wänden und einer Reihe von Statuen gelegen – Statuen aller vergangenen Imperatoren – einer Gedächtnishalle.

»Bis jetzt ist er gut vorangekommen«, bemerkte Hadrian.

»Er hat die Hälfte der Strecke bis zum Gilarabrywn zurückgelegt«, sagte Royce. »Er geht wirklich sehr langsam.«

»Ich glaube, ich sehe den Gilarabrywn«, sagte Arista. Im Schein von Gaunts Laterne war endlich etwas aufgetaucht, ein riesiger Schatten. »Ist er das? Ist das ... mein Gott, ist das nur der Fuß?«

»Ich sagte doch, er sei riesig.«

Gaunt machte wieder einen kleinen Schritt und im Schein der Laterne wurde ein gigantisches Wesen sichtbar. Eine mit Klauen besetzte Tatze lag keine zehn Fuß von Gaunt entfernt, der Schwanz verlor sich im Dunkel dahinter. Die beiden gewaltigen ledrigen Schwingen waren seitlich zusammengefaltet wie große Zelte aus Leder, das über mit Klauen bewehrte Stangen gespannt war. Der riesige Kopf mit der langen Schnauze, den aufgestellten Ohren und den spitzen Zähnen lag zwischen den vorderen Tatzen, was den Riesen so unschuldig aussehen ließ wie einen schlafenden Hund – nur dass er nicht schlief. Zwei Augen, beide größer als Wagenräder, blickten Gaunt starr entgegen.

Das Monster hob den Kopf und Gaunt blieb augenblicklich stehen. Sein schneller, keuchender Atem war deutlich zu hören.

»Lauft nicht weg«, rief Arista und betrat den Saal. »Sagt ihm, wer Ihr seid. Sagt ihm, dass Ihr der Erbe seid. Befehlt ihm, Euch durchzulassen.«

Der Gilarabrywn stand auf und entfaltete seine mächtigen Flügel. Es klang wie fernes Donnergrollen und Arista spürte einen Windstoß im Gesicht.

»Sagt es ihm, Gaunt!«

»Ich ... ich ... ich bin ... ich bin Degan G-G-Gaunt, der Erbe Novrons, und ich ...«

»Verdammt!« Royce stürzte in den Saal.

Dann sah Arista es auch. Das Tier hatte den Kopf gehoben und das Maul aufgerissen. Sie schloss die Augen und tastete sich mit ihren Sinnen vor. Da war es – das Ungeheuer. In Gedanken konnte sie sehen, wie groß es war, und sie spürte seine überwältigende Kraft. Es bestand aus reiner Magie. Sie spürte seine inneren Schwingungen, wie es vibrierte und dann ganz deutlich, dass es Degan gleich töten würde.

»Lauft!«, rief Hadrian.

Im selben Augenblick erfasste sie Panik. Dieses Monster war kein Körper, auf den sie einwirken konnte. Es war wie Rauch. Arista bekam es nicht zu fassen, konnte es nicht wegstoßen, verbrennen oder verletzen. Es bestand nur aus Magie und ihm mit Magie beikommen zu wollen war genauso folgenlos wie in den Wind zu blasen oder in einen See zu spucken.

Sie öffnete die Augen. »Ich kann es nicht aufhalten!«

Das Monster machte einen Buckel. Gleich würde es angreifen.

Da explodierte Aristas Umhang förmlich. Gleißendes Licht erfüllte den Saal und leuchtete jeden Winkel des riesigen Gewölbes aus. Alles funkelte golden und silbern, sodass einem schwindlig wurde und man geblendet war. Selbst Arista konnte nicht hinsehen, aber sie hörte das Monster ächzen und spürte, wie es zurückwich. Das Licht erlosch so schnell, wie es gekommen war, und sie konnte immer noch nichts sehen.

Sie hörte Schritte, die auf sie zu und an ihr vorbei rannten. Jemand packte sie und zog sie durch die Tür. Immer noch geblendet und heftig zwinkernd, konnte sie nur schemenhaft erkennen, wie Hadrian die Riegel wieder vorschob und die Bestie ausschloss. Von hinter der Tür ertönte ein Gebrüll, dass die Wände erzitterten. Dann kehrte Stille ein.

Royce und Gaunt lagen keuchend auf dem Boden. Hadrian war neben der Tür zu Boden gesunken und Arista rutschte an der Wand hinunter auf die Knie. Tränen standen ihr in den Augen.

Es war vorbei. Thranic hatte recht gehabt. Niemand kam durch den Saal … niemand.

21

Das Opfer

Hadrian hob die Laterne hoch und betrachtete den eingestürzten Gang. Eine undurchdringliche Wand aus Felsbrocken und Steinen versperrte den Durchgang, von der Treppe war nichts mehr zu sehen. Er sah Magnus an, der neben ihm stand. »Und?«

Der Zwerg schüttelte resigniert den Kopf. »Wenn ich einen Monat Zeit hätte oder besser noch zwei, könnte ich einen Tunnel durchgraben.«

»Wir haben noch Essen für sechs oder sieben Tage und Wasser für vielleicht drei«, erwiderte Hadrian. »Und wer weiß, wie lange die Luft reicht. Außerdem werden Wyatt und Elden vermutlich nicht viel länger als fünf Tage warten, bevor sie nach Hause aufbrechen.«

»Und vergiss nicht die Ghazel«, fügte Magnus hinzu. »Wie viele haben sich wohl inzwischen da draußen versammelt? Fünfhundert? Tausend? Zweitausend? Wie viele Oberdaza haben sie geholt, um mit der Prinzessin fertig zu werden? Sie werden den verschütteten Ausgang bestimmt noch eine Weile beobachten.«

Hadrian seufzte. »Sieht nicht gut aus, was?«

»Nein«, bestätigte Magnus traurig. »Leider.«

Bei ihrer Rückkehr in die Kammer saß Arista für sich in der Ecke. Sie hatte seit Gaunts Versuch, das Gewölbe der Tage zu durchqueren, viel geschlafen. Ob sie wohl in ihren Träumen nach

Lösungen suchte? Mauvin lag auf dem nackten Steinboden, er hatte sich nicht einmal eine Decke untergeschoben. Blicklos starrte er zur Decke hinauf. Gaunt lag zusammengerollt in einer anderen Ecke, hatte die Augen geschlossen und hielt den Talisman in beiden Händen.

Royce und Myron dagegen saßen neben einer brennenden Laterne und unterhielten sich – für Hadrian ein ganz unwirklicher Anblick. Myron saß im Schneidersitz auf dem Boden, erzählte aufgeregt und durchsuchte dabei die Pergamente, die er um sich aufgestapelt hatte. Das Öl hatte er sorgfältig abgewischt. Royce lehnte entspannt an der Wand, hatte die Füße auf Gaunts Bündel gelegt und die Stiefel ausgezogen und bewegte die Zehen hin und her. Sie hätten genauso gut im Dunkelzimmer der DORNIGEN ROSE oder in einer anderen gemütlichen Kneipe sitzen können.

»Die Ghazel eroberten Calis«, sagte Myron gerade. »Sie fielen mit Schiffen von Osten her ein. Die Menschen sprachen von der Brut des Uberlin, die Zwerge dagegen nannten sie die Ba Ran Ghazel – Goblins der See. Sie überrannten Calis und trieben die Stämme der Menschen nach Westen, nach Avryn, während die Zwerge in den Untergrund zurückkehrten. Die Elben warnten die Menschen davor, den Bernum zu überqueren, und als sie es doch taten, erklärten sie ihnen den Krieg.«

Myron brach ab, als Hadrian und Magnus näher kamen, und sowohl er wie Royce blickten erwartungsvoll auf. »Kein Glück gehabt?«, fragte Royce, als er Hadrians Gesicht sah, das ihm offenbar genug sagte.

»Nein.« Hadrian seufzte. Ihm war, als drücke eine schwere Last ihn nieder, als müsste er in ihrem steinernen Gefängnis ersticken. Müde legte er sich hin und starrte wie Mauvin an die Decke. »Es gibt keinen Weg nach draußen.«

Magnus nickte. »Der Gang wurde aus massivem Stein erbaut und die Prinzessin hat gründliche Arbeit geleistet. Er ist auf einer Länge von mehreren hundert Fuß eingestürzt. Vermutlich ist die ganze Treppe und ein guter Teil des Gangs dahinter zerstört. Mit einer Mannschaft von zwanzig Zwergen und einem Monat Zeit könnte ich die Trümmer vielleicht beiseite räumen, die Wände verstärken und abstützen und eine neue Treppe bauen, aber so reicht die Zeit, die uns bleibt, nicht einmal für ein ein Fuß breites Loch.«

Der Zwerg setzte sich zwischen die Schriftrollen, hob eine davon auf und betrachtete sie.

»Könnt Ihr die alte Sprache lesen?«, fragte Myron.

»Woher denn?«, erwiderte Magnus. »Zwerge können nicht einmal ihre eigene Sprache lesen. Erzählt die Geschichte doch noch zu Ende. Wie die Zwerge die Menschen gerettet haben.«

»Ach so – na gut, meinetwegen.«

»Sie hat mir gut gefallen.«

»Also, ich sagte gerade, dass die Menschen bei der Ankunft der Goblins nach Westen flohen. Sie hatten keine andere Wahl. Bei den Flüchtlingen, die den Fluss überquerten, handelte es sich vor allem um Frauen und Kinder. Nach dem, was ich gelesen habe, wussten die Elben das und einige sprachen sich dafür aus, den Menschen das Bleiben zu erlauben. Doch war das nicht so einfach.

Die Elben hatten bereits einige Abkommen mit den Menschen geschlossen, die verhängnisvolle Folgen gehabt hatten. Das Problem war, dass die Menschen nur ein paar Jahrzehnte lebten. Ein mit einem bestimmten Anführer geschlossener Vertrag war in ein paar hundert Jahren vergessen. Dazu kam ihre Fortpflanzungsrate. Die Elben hatten im Verlauf ihres Jahrhunderte, manchmal sogar Jahrtausende langen Lebens jeweils nur ein Kind. Die Menschen dagegen vermehrten sich wie die Karnickel. Der Elbenkönig, damals ein Häuptling der Miralyith, befürchtete deshalb, die Menschen könnten die Welt überschwemmen wie die Ameisen. Deshalb wurde beschlossen, die Menschen bis auf die letzte Frau und das letzte Kind auszulöschen, solange man die Flut noch aufhalten konnte. Die Ghazel griffen damals die Ostküste von

Avryn und die Südküste von Erivan an und eroberten die Goblinsee, wie wir sie nennen.«

»Woher weißt du das alles?«, fragte Hadrian.

Myron hielt ein in rotes Leder gebundenes Buch hoch. »Das ist das Buch *Völkerwanderung* von Prinzessin Farilane, übrigens der Tochter von Imperator Nyrian, der von 1912 bis 1989 nach imperialer Zeitrechnung regierte. Es hat ausgezeichnete Schaubilder und Karten, die zeigen, wie die verschiedenen Stämme der Menschen von Calis nach Avryn einwanderten. Ursprünglich gab es drei Hauptstämme. Bulard zufolge gehen auf diese drei Gruppen, die sich sowohl in ihren Traditionen wie in ihrer Sprache voneinander unterscheiden und nur durch das Imperium eine Zeitlang zusammengefasst wurden, die ethnischen Besonderheiten der drei Königreiche zurück, die nach dem Untergang des Imperiums entstanden.«

»Aber über das Horn steht in deinen Schriften nichts?«

Myron schüttelte den Kopf. »Ich bin allerdings noch nicht mit Lesen fertig.«

»Du hast verschiedene Sprachen erwähnt«, sagte Royce. »Die Namen im Zunftsaal der Teshlor-Ritter, also Techylor und … äh, wie lautete der andere Name noch gleich?«

»Cenzlyor?«

»Ja, genau. Mir hat mal ein Mann, ein sehr kluger Mann, gesagt, diese Namen und andere wie Avryn und Galewyr kämen ursprünglich von den Elben.«

Myron nickte. »Das stimmt. *Techylor* ist Elbisch und bedeutet *schnell von der Hand*. *Cenzlyor* bedeutet *schnell von Gedanken*.«

»Könnte es sein, dass Techylor und Cenzlyor in Wirklichkeit Elben waren?«, fragte Royce.

»Hm.« Der Mönch überlegte. »Ich weiß es nicht. Bevor wir hierher kamen, wusste ich nicht einmal, dass es sich um bestimmte Personen handelte.« Er sah Magnus an. »Gibt es wirklich keine Möglichkeit, sich nach draußen zu graben? Ich würde so gern noch einmal zur Bibliothek zurückkehren. Wenn Bulard diese Bücher gefunden hat, haben vielleicht auch noch andere Bücher das Feuer überlebt.«

»Deshalb wollt Ihr raus?«, rief Gaunt. Er warf seine Decke zurück und setzte sich auf. »Wir werden hier sterben, das wisst Ihr doch, ja? Oder habt Ihr das mit Eurem kleinen Bücherhirn noch gar nicht bemerkt? Wir liegen hier bald nur noch als Leichen herum und Ihr könnt trotzdem nur an Bücher denken? Ihr seid verrückt!«

»So abwegig es klingt«, sagte Mauvin, »ich muss dem allerdurchlauchtigsten Erben in diesem Fall zustimmen. Wie könnt Ihr in einer solchen Situation seelenruhig dasitzen und etwas von alter Geschichte faseln?«

»In was für einer Situation?«

Jetzt sah ihn auch Arista verständnislos an. »Wir werden hier sterben, Myron, das ist Euch doch klar, oder?«

Der Mönch überlegte kurz, dann zuckte er mit den Schultern. »Vielleicht.«

»Es macht Euch keine Angst?«

Myron sah sich um. »Warum? Sollte es das?«

»Warum?« Gaunt lachte. »Der spinnt doch!«

»Ich meine nur – inwiefern unterscheidet sich dieser Tag von einem anderen?« Seine Gefährten sahen ihn ungläubig an und er seufzte. »Der Tag, an dem die Imperialisten kamen und die Abtei niederbrannten, war ein herrlicher Herbsttag. Der Himmel war blau und es war überraschend warm. Dagegen war es eine schrecklich kalte und nasse Nacht, als ich den König von Melengar, Royce und Hadrian kennenlernte, die mir den Blick für unbeschreibliche Wunder öffneten. Als ich im Schnee nach Süden ritt, um die schreckliche Nachricht von Frau DeLancys Entführung zu überbringen, ahnte ich nicht, dass dieser Ritt mir das Leben rettete, weil die Elben im Land einfielen. Ihr seht also, dass man nicht sagen kann, was Maribor mit uns vorhat. An einem schönen Tag kann das Unglück zuschlagen, an einem anderen Tag, an dessen Beginn man in einem alten Grab eingesperrt ist, wendet sich vielleicht noch alles zum Guten. Wenn man an schönen Tagen nicht verzweifelt, warum sollte man es an Tagen tun, die schlecht anfangen?«

»Aber die Wahrscheinlichkeit, dass wir sterben werden, ist diesmal ziemlich hoch, Myron«, sagte Magnus.

Der Mönch nickte. »Stimmt, vielleicht sterben wir hier. Aber sterben müssen wir sowieso eines Tages, das wird wohl niemand bestreiten. Und wenn man an die vielen Arten denkt, wie man sterben kann, ist die hier auch nicht schlechter als andere. Ich meine, inmitten von Freunden zu sterben, in einer zumindest trockenen Kammer, in der es viel zu lesen gibt ... das klingt doch nicht so schrecklich. Und was bringt es, Angst zu haben, was nützen einem Reue und Jammern im Angesicht des Todes? Mein früherer Abt pflegte zu sagen: ›Das Leben ist nur dann kostbar, wenn man sich das wünscht.‹ Für mich ist das Ende wie der letzte Bissen einer köstlichen Mahlzeit – genießt man ihn oder verdirbt einem das Wissen, dass nichts mehr nachkommt, den Appetit?«

Myron sah sich um, aber niemand antwortete ihm. »Wenn Maribor will, dass ich sterbe, warum soll ich mich dagegen auflehnen? Schließlich habe ich mein Leben doch auch von ihm bekommen. Jeder Tag ist ein Geschenk, bis er entscheidet, dass es genug ist, und es wäre eine Verschwendung, dieses Geschenk nicht zu genießen. Außerdem weiß ich aus persönlicher Erfahrung, dass der letzte Bissen oft am besten schmeckt.«

Arista nickte nachdenklich. »Das habt Ihr sehr schön gesagt. Ich konnte mit der Religion nie viel anfangen, aber vielleicht, wenn ich Euch als Lehrer gehabt hätte statt Saldur ...«

»Ich hätte nicht mitkommen sollen«, jammerte Gaunt. »Warum habe ich mich bloß überreden lassen? Das ist doch alles nicht zu fassen. Kriegt noch jemand außer mir keine Luft mehr?« Er legte sich wieder hin, zog sich die Decke über den Kopf und stöhnte leise.

Es folgte Stille. Myron stand auf und sah sich nach weiteren ungeöffneten Schriftrollen um, die noch in den Löchern steckten.

»Wer war der Mann, der dir das mit den elbischen Namen gesagt hat?«, fragte Magnus und sah Royce an.

»Wie bitte?«

»Du hast vorhin gesagt, ein Mann hätte dir elbische Wörter beigebracht. Wer war das?«

»Ach so.« Royce wackelte mit den Zehen. »Den habe ich im Gefängnis kennengelernt. Er war vielleicht der erste richtige Freund, den ich hatte.«

Hadrian hob den Kopf. Royce hatte bisher nie über seine Zeit in Manzant gesprochen, und weil Hadrian mit einer Ausnahme alle kannte, die Royce je Freund genannt hatte, hatte er eine Vermutung. »Hat er dir Alverstone geschenkt?«

Royce nickte.

»Und wer war das?«, fragte der Zwerg. »Wie kam er zu dem Dolch? War er ein Wärter?«

»Nein, ein Häftling wie ich.«

»Wie hat er den Dolch ins Gefängnis geschmuggelt?«

»Das habe ich ihn auch gefragt«, sagte Royce. »Er meinte, er hätte ihn gar nicht ins Gefängnis geschmuggelt.«

»Was? Hat er ihn gefunden? Im Salzbergwerk ausgegraben? Er hat da unten einen solchen Schatz entdeckt?«

»Vielleicht, aber er selbst hat etwas anderes gesagt und er wirkte auf mich nicht wie ein Lügner. Er sagte, er hätte ihn selbst gemacht, und zwar für mich. Er meinte, ich würde ihn brauchen.« Royce blickte nachdenklich ins Leere. »Als ich ins Gefängnis kam, schwor ich mir, nie wieder jemandem zu trauen. Dann lernte ich ihn kennen. Ohne ihn hätte ich den ersten Monat im Gefängnis nicht überstanden. Er hielt mich am Leben. Zwar hatte er dafür nicht den geringsten Grund, aber er hat es trotzdem getan. Er hat mir alles mögliche beigebracht – wie man im Bergwerk überlebt, wo man graben muss und wo nicht, wann man schlafen kann und wann man sich nur schlafend stellen sollte. Außerdem hat er mich in Rechnen, Lesen und Geschichte unterrichtet und mir auch einige elbische Wörter beigebracht. Er wollte dafür nie eine Gegenleistung.

Eines Tages brachte man mich zu Ambrose Moor. Dort lernte ich einen alten Mann namens Arcadius kennen, der sich einen Zauberer nannte. Er bot an, mich freizukaufen, und ich sollte dafür einen Auftrag für ihn übernehmen – den Einbruch in den Kronturm, wie sich herausstellte.« Royce sah Hadrian an. »Ich erklärte mich einverstanden, unter der Bedingung, dass er auch meinen Freund freikaufte. Er lehnte ab. Also tat ich so, als stimmte ich zu, nur um aus dem Gefängnis zu kommen. Meinem Freund sagte ich, dass ich dem Alten nach meiner Freilassung die Kehle durchschneiden, sein Geld stehlen und dann zurückkehren und ihn freikaufen würde.«

»Aber du hast es nicht getan?«, fragte Hadrian.

»Er hat es mir ausgeredet. Ich musste ihm versprechen, weder Arcadius noch Ambrose Moor zu töten – es war der einzige Wunsch, den er je an mich hatte. Dann schenkte er mir Alverstone und verabschiedete sich von mir.«

»Und du bist nie zurückgekehrt?«

»Doch. Nach einem Jahr hatte ich genug Geld und wollte ihn freikaufen, aber Ambrose sagte, er sei inzwischen gestorben. Die Leiche wurde ins Meer geworfen, wie bei Häftlingen üblich.« Royce spreizte die Finger. »Ich konnte mich nie bei ihm bedanken.«

Die Stunden vergingen. Hadrian legte sich wie die anderen hin und döste immer wieder ein. Er träumte, dass er an der Seite seines Vaters gegen schattenhafte Gestalten kämpfte, die den Imperator töten wollten – der Imperator sah Alric ein wenig ähnlich. In einem anderen Traum saß er mit Gwen und Albert in der ausgebrannten Gaststube der DORNIGEN ROSE und wartete auf Royce, aber Royce kam erst spät – sehr spät. Gwen hatte Angst, etwas Schreckliches könnte passiert sein, und er versicherte ihr, Royce könne gut auf sich aufpassen. »Absolut nichts kann Royce von dir trennen«, sagte er, »nicht einmal der Tod.«

Er wachte müde und zerschlagen auf, als hätte er überhaupt nicht geschlafen. Seine Muskeln waren vom kalten Boden steif und schmerzten. Die Luft war dünn geworden, oder wenigstens kam es Hadrian so vor. Er hatte zwar keine Mühe zu atmen, aber er hatte dabei das Gefühl, als liege eine Decke auf seinem Gesicht.

Was ist Wirklichkeit und was nur Einbildung? Wird die Flamme der Laterne schon kleiner?

Die anderen schliefen alle, Gaunt in seiner Ecke, Magnus an die Wand gelehnt – sogar Myron schlief inmitten seiner Schriftrollen. Die Prinzessin lag in der Mitte des Raums auf der Seite und hatte die Beine angezogen. Auch sie schlief. Den Kopf hatte sie auf die Hände gelegt. Der Schein der Laterne fiel auf ihr Gesicht mit den geschlossenen Augen. Sie war nicht mehr so jung, wie sie einmal gewesen war, und sah nicht mehr wie ein Mädchen aus. Ihr Gesicht war schmaler, die Wangen weniger rund und an Mund und Augen waren feine Fältchen zu erkennen. Die Haut war rußverschmiert, die Lippen waren aufgesprungen und sie hatte dunkle Ringe unter den Augen. Die Haare standen ihr wirr um den Kopf. Sie waren verfilzt, weil sie keine Haarbürste hatte. Sie war schön, dachte er, aber nicht trotz all dieser Dinge, sondern wegen ihnen. Wenn er sie ansah, fühlte er sich schrecklich schuldig. Sie hatte an ihn geglaubt, auf ihn gezählt, aber er hatte versagt. Genauso wie er bei Thrace und auch bei ihrem Vater versagt hatte. Er hatte Theron versprochen, auf seine Tochter aufzupassen und dafür zu sorgen, dass ihr nichts passierte. Sogar gegenüber seinem eigenen Vater hatte er versagt, der ihm diese letzte Chance hinterlassen hatte, seinem Leben einen Sinn zu geben.

Er seufzte und merkte erst jetzt, dass Royce nicht bei den Schlafenden lag. Der Dieb war auch nicht in der Kammer. Hadrian stand auf und trat auf den Gang hinaus. Dort saß Royce einige Fuß von dem Steinhaufen über Thranics Leiche entfernt im Dunkeln. Hadrian konnte ihn kaum erkennen, weil der Schein der Laterne den Gang kaum beleuchtete.

Er ließ sich mit dem Rücken gegen die Wand fallen und rutschte daran hinunter, bis er neben seinem Freund saß.

»Ich habe jetzt die Lösung«, sagte Royce.

»Was, für unsere weitere Karriere? Hoffentlich nicht als Höhlenforscher.«

Royce sah ihn an und grinste. Hadrian sah von ihm in dem spärlichen Licht nur seinen Nasenrücken und ein Stück der linken Wange.

»Nein. Mir ist klar geworden, dass *du* der Schlüssel bist – du darfst nicht sterben.«

»Klingt bisher gar nicht schlecht. Ich habe zwar keine Ahnung, wovon du sprichst, aber der Anfang ist vielversprechend.«

»Überleg doch. Das hier kann nicht das Ende sein, weil du nicht sterben darfst. Darum geht es im Wesentlichen.«

»Willst du mir irgendwann noch erklären, was du damit meinst?«

»Weißt du noch, was Gwen immer sagte? Dass ich dir das Leben retten müsste? Darauf hat sie immer beharrt. Nur dass ich es bisher nicht getan habe. Seit sie uns auf die Suche nach Merrick geschickt hat, habe ich dir kein einziges Mal das Leben gerettet. Also hatte sie entweder unrecht oder wir kapieren etwas nicht. Und wie du weißt, hatte Gwen nie unrecht. Also haben wir etwas nicht verstanden, und ich weiß jetzt auch, was. Ich werde dir nämlich hier das Leben retten.«

»Besten Dank, nur wie willst du das bitteschön anstellen?«

»Mit unserem neuen Plan – in dem ich als Ablenkung diene.«

»Wie bitte?« Hadrian war, als hätte Royce ihm eine Ohrfeige verpasst.

»Ich lenke die Bestie ab, wie Millie es in Dahlgren getan hat, und du rennst los, holst das Schwert und tötest sie. Keine Ahnung, warum mir das erst jetzt einfällt. Alles passt zusammen.«

»Du weißt aber schon noch, was mit Millie passiert ist?«

»Ja«, sagte Royce nur und es klang wie ein Urteil. »Aber versteh doch, es ist meine Aufgabe. Ich habe sogar überlegt, ob Gwen dafür gestorben ist. Vielleicht wusste sie ja alles. Vielleicht wusste sie, dass wir keine gemeinsame Zukunft haben, weil ich mich hier opfern muss. Vielleicht stand sie deshalb damals in der Nacht auf der Brücke und ging für mich in den Tod – oder eigentlich für dich und alle anderen, aber eben auch, um mir die Kraft zu geben, für dich zu sterben.«

»Das sind viele Wenn und Vielleicht, Royce.«

»Mag sein.«

Es war für einen Moment still.

»Aber es muss so sein«, fuhr Royce fort. »Wir wissen, dass Gwen den Blick hatte, dass sie in die Zukunft sehen konnte. Wir wissen, dass sie ihre Pläne danach ausgerichtet hat und dass sie gesagt hat, ich würde dir das Leben retten. Sie wusste, dass du ohne mich sterben würdest und dass dein Tod schreckliche Folgen hätte. Wenn ich dir also das Leben rette, kriegen wir das Horn womöglich doch noch.«

»Und wenn die Zukunft sich inzwischen geändert hat? Wenn wir etwas getan haben, das die Zukunft verändert?«

»Ich glaube nicht, dass das geht, also dass man die Zukunft ändern kann. Wenn das möglich wäre, hätte Gwen es gesehen.«

»Ich weiß nicht.« Es fiel Hadrian schwer, nüchtern die Vorteile von Royces Selbstmord zu erörtern.

»Also gut, dann drücke ich es anders aus«, sagte Royce. »Siehst du eine andere Möglichkeit, hier herauszukommen?«

Hadrian war auf einmal übel und das Atmen bereitete ihm Schwierigkeiten.

»Du willst das Monster also ablenken und beschäftigen, während ich das Schwert hole?«

»Richtig. Du holst das Schwert und tötest es. Ich kann dir vermutlich mindestens zwei Minuten verschaffen, hoffentlich sogar fünf. Mehr wäre wohl Wunschdenken. Wenn ich dem

Monster fünf Minuten lang ausgewichen bin, bin ich wahrscheinlich müde und das Monster wird so ungeduldig, dass es Feuer einsetzt. Dem kann ich dann nicht mehr ausweichen. Aber zwei Minuten müssten locker ausreichen, um durch den Saal zu laufen und das Schwert zu holen.«

»Und wenn die Grabkammer abgesperrt ist?«

»Ist sie nicht. Ich habe sie gesehen, als ich Gaunt holte. Sie steht offen. Hadrian, du weißt, dass ich recht habe. Außerdem denke ich nicht nur an dich. Hier sind noch fünf weitere Menschen, die sterben werden, wenn ich das nicht tue – zugegeben, ihr Leben bedeutet mir nicht so viel, aber dafür dir, wie ich weiß.«

»Du willst das wirklich tun?«

»Ich will es für Gwen tun. Wofür soll ich denn sonst noch leben, Hadrian? Ich kann nur noch ihren letzten Wunsch erfüllen, mehr nicht. Danach ...«

Hadrian schloss die Augen und schlug den Kopf mit einem dumpfen Laut an die Wand hinter sich. Er spürte ein Pochen hinter den Augen, das sich im ganzen Kopf ausbreitete.

»Du weißt, dass ich recht habe«, sagte Royce.

»Was erwartest du von mir? Soll ich mich freuen und mich dafür bedanken, dass du uns retten willst?«

»Ich will gar nichts, nur dass du lebst – du und die anderen, sogar Magnus und Gaunt. Das kann ich für dich tun und es ist das Einzige, das ich noch für Gwen tun kann. Wenn ich dich retten kann und du dieses blöde Horn holst und das Horn die anderen rettet, dann hat Gwens Tod eine Bedeutung und meiner vielleicht auch. Das wäre mehr, als wir hoffen konnten. Eine Hure und ein Dieb und Tunichtgut retten die Welt – kein übler Grabspruch. Du begreifst doch, dass ich recht habe, ja?«

Hadrian lehnte den Kopf an die Wand und starrte in die Dunkelheit. »Musst du immer recht haben?«

»Wir waren wirklich ein gutes Gespann«, sagte Royce. »Es war gar nicht so dumm von Arcadius, uns zusammenzubringen.«

»Wenn du es sagst.«

»Vorsicht, ich rette dir durch meinen Tod das Leben, sei also gefälligst nett zu mir.«

»Danke übrigens.«

»Tja, du wirst froh sein, wenn du mich los bist. Dann kannst du nach Hintindar in die Schmiede zurückkehren und dort in aller Ruhe leben. Sei so gut und heirate ein hübsches Bauernmädchen und bring deinem Sohn bei, wie man die Ritter des Imperiums verprügelt.«

»Mach ich. Mit etwas Glück lernt er ja einen zynischen Einbrecher kennen, der ihn ständig mit Worten foltert.«

»Mit etwas Glück.«

Hadrian nickte.

Schweigend saßen sie nebeneinander. Hadrian konnte Gaunt in der Kammer schnarchen hören.

»Wir sollten uns nicht allzu lange Zeit lassen«, sagte Royce schließlich. »Nur für den Fall, dass die Luft knapp wird. Außerdem braucht ihr für die Flucht noch genügend Wasser und Essen.«

»Stimmt wohl.«

»Und noch was. Wenn ich tot bin und das Monster auch – also wenn dann überhaupt noch etwas von mir übrig ist, wäre es ganz nett, wenn du mich im Grab Novrons zur Ruhe betten würdest. Eine bessere Bleibe könnte ich mir nicht wünschen. Und Myron soll was Nettes über Gwen und mich sagen, vielleicht in Reimen.«

»Was?«, rief Arista. »Nein.«

Sie stand an der Wand und hatte sich eine Decke um die Schultern gezogen. Ihre Finger hoben sich weiß von der dunklen Wolle ab. Ihr Kopf schwang langsam und gleichmäßig hin und her wie das Pendel einer Uhr.

Magnus und Mauvin standen rechts und links von ihr. Sie hörten stumm zu, während Royce ihnen seinen Plan erläuterte. Hadrian sah in ihren Augen Betroffenheit, aber auch Schicksalsergebenheit. Gaunt war aufgestanden. Er wirkte hoffnungsvoll und sein Blick hatte sich zum ersten Mal seit ihrer Ankunft in der Kammer wieder belebt.

»Es geht nur so«, versicherte Royce und setzte sich auf sein Bündel, neben dem seine Stiefel standen. »Und es wird funktionieren, ich weiß es.«

»Aber du wirst dabei sterben!«, rief Arista. »Du wirst sterben und ich werde dich nicht retten können.«

Royce zog seine Stiefel an. »Natürlich werde ich sterben und ich will gar nicht, dass Ihr mich rettet.« Nach einer Pause fügte er hinzu: »Dann ist endlich alles vorbei.«

»Nein, ihr werdet bestimmt beide sterben.« Arista sah Hadrian mit demselben entsetzten Gesicht an. »Tut das nicht, bitte.«

Hadrian wich ihrem Blick aus, schnallte seinen Gürtel ab und legte die Schwerter auf den Boden. Ohne sie konnte er schneller laufen. »Auf welcher Seite willst du gehen, Royce?«

»Ich glaube rechts«, sagte Royce und schlüpfte aus seinem Mantel. »Dann stehe ich auf der linken Seite des Monsters, vielleicht ist es ja Rechtshänder. Ich werde es so lange wie möglich beschäftigen, aber wir müssen natürlich abwarten, wie schnell es reagiert. Ich werde mich in die rechte Ecke schleichen und so weit wie möglich unbemerkt vorrücken, also warte, bis ich rufe. Mit etwas Glück hast du dann freie Bahn und kannst losrennen.«

»Ihr wollt schon jetzt gleich aufbrechen?« Der Kopf der Prinzessin begann schneller zu pendeln.

Hadrian stützte sich an der Wand ab und dehnte die Beine, dann lief er ein paar Schritte auf der Stelle. »Es hat keinen Sinn, noch zu warten.«

»Bitte«, sagte Arista flehend und kaum hörbar. Sie ging einen Schritt auf Hadrian zu, streckte die Hände aus und blieb stehen.

Royce ging zu Magnus, der einen Schritt zurückwich. Der Dieb fasste in seinen Mantel, den er noch in der Hand hielt, zog Alverstone mitsamt der Scheide heraus und hielt ihn dem Zwerg hin. »Ich dachte, du könntest für mich darauf aufpassen.«

»Im Ernst?«, fragte der Zwerg.

Royce nickte.

Magnus streckte ganz langsam die Hände aus, berührte den Dolch ehrfürchtig und wiegte ihn wie ein Neugeborenes.

»Du willst da wirklich rein?« Er nickte in Richtung Tür.

»Es ist die letzte Möglichkeit.«

»Ich ... ich könnte reingehen«, sagte Magnus, ohne den Blick von dem Dolch abzuwenden. »Ich könnte die Laterne nehmen ...«

»Mit deinen kurzen Beinen?« Royce lachte. »Das wäre der sichere Tod für Hadrian.«

Magnus blickte auf. Seine Augenbrauen waren gerunzelt, seine Lippen bewegten sich, als kaue er auf etwas. »Warum gibst du ausgerechnet mir ...« Er brach ab.

»Sagen wir einfach, einige Ereignisse der Vergangenheit haben mich zu der Einsicht gebracht, dass ich einige Dinge getan habe, die ich nicht hätte tun sollen. Schlimme Dinge, schlimmere vermutlich als das, was du getan hast. Dich zu hassen scheint im Moment ... dumm.« Royce lächelte.

Magnus nickte. »Ich ... werde den Dolch für dich aufbewahren und gut darauf aufpassen, aber nur, bis du ihn wieder brauchst.«

Royce nickte, ging zur Tür und schob die Riegel zurück. »Sollen wir?«

»Wir sehen uns dann auf der anderen Seite, Junge.«

Hadrian schlang die Arme um Royce und spürte zu seiner Überraschung, dass Royce die Umarmung erwiderte. Mit einem letzten Lächeln drückte Royce die Tür auf und verschwand in der Dunkelheit des Gewölbes der Tage.

Hadrian wartete an der Tür. Er konnte nichts sehen und hörte auch kein Geräusch, aber das hatte er auch nicht erwartet.

»Brauchst du die Laterne?«, flüsterte Myron.

»Nein«, erwiderte Hadrian. »Ich kann ohne sie schneller rennen. Aber vielleicht kann die Prinzessin hier stehen und mit ihrem Gewand leuchten, wenn ich loslaufe.« Er sagte es, ohne sich umzudrehen und ohne Arista anzusehen.

»Ja … natürlich«, hörte er sie sagen. Ihre Stimme klang gepresst, als bereite ihr das Sprechen Mühe.

Sie warteten, starrten in die Dunkelheit und lauschten angespannt. Hadrian versuchte das Dunkel mit den Augen zu durchdringen und zu erraten, wo das Monster sich befand und wo Royce.

»Hadrian, ich …«, flüsterte Arista und er spürte ganz leicht eine Hand im Kreuz.

»Komm her, Monster!«, donnerte Royces Stimme durch die Dunkelheit und schallte als Echo von den fernen Wänden zurück. »Fang mich, bevor ich das Schwert mit deinem Namen finde und es dir in dein faules Herz stoße, wenn du überhaupt eins hast!«

Beim Klang seiner Stimme begann Aristas Umhang weiß zu leuchten. Er leuchtete nicht annähernd so hell wie zuvor, aber es reichte, um die hintere Wand des Saals, die offene Tür der Grabkammer und das Ungetüm in der Mitte des Saals zu erkennen.

Der Gilarabrywn sah Royce in die Augen. Auf das Schlimmste gefasst, überlegte er fieberhaft, ob das Monster ihn mit dem Maul oder den Krallen seiner Tatzen angreifen würde.

Wie schnell es wohl ist? Wie schnell kann es bei mir sein? Royce war noch so weit von ihm entfernt, dass es mindestens zehn Schritte machen musste, um bei ihm zu sein. Ob es sich seiner Größe entsprechend nur schwerfällig bewegen konnte? Er rief sich in Erinnerung, dass es sich nicht um ein wirkliches Tier handelte, sondern um ein magisches Geschöpf, für das womöglich nicht dieselben Gesetze galten. Vielleicht war es ja so schnell wie eine Eidechse und so beweglich wie eine Schlange. Auf den Fußballen balancierend blieb er stehen und wartete darauf, dass es angriff.

»Na los«, rief er. »Jetzt stehe ich vor dir. Du willst mich doch schnappen.«

Das Tier machte einen langsamen Schritt auf ihn zu und dann noch einen.

»Lauf!«, rief Royce.

Hadrian rannte los. Er hatte erst fünf Schritte gemacht, da fuhr das Monster blitzschnell zu ihm herum. Er bremste ab und fiel auf die Knie. Das Monster durchbohrte ihn mit seinem Blick.

»Komm zurück!«, schrie Arista.

Royce rannte ebenfalls los. »Ich bin hier, du dummes Ding!«, rief er und fuchtelte mit den Händen über seinem Kopf.

Doch der Gilarabrywn beachtete ihn nicht, sondern griff Hadrian an, der hastig zu Arista floh. Ihr Gewand leuchtete heller.

»Gilarabrywn!«, rief Royce. Die Bestie blieb stehen. »Hierher, du dummes Ding! Was? Magst du mich nicht? Bin ich dir zu mager?« Das Monster sah ihn an, doch ohne sich von der Tür zu entfernen.

»Bei Mar!«, rief Royce ungeduldig.

»*Minith Dar*«, sagte der Gilarabrywn. Seine Stimme rumpelte durch den Saal wie Donner.

»Er spricht«, sagte Royce entgeistert.

»Stimmt, diese Wesen sprechen die alte Sprache.« Das war Aristas Stimme.

»Was hat er gesagt?«

»Ich bin nicht sicher, ich beherrsche die Sprache nicht so gut. Ich glaube, er sagte so etwas wie ›Verstehen fehlt‹, aber ich kann mich auch irren.«

»Ich habe ihn verstanden«, tönte Myrons Stimme durch die Dunkelheit. »Er hat gesagt: ›Ich verstehe dich nicht‹.«

»Was versteht er denn nicht?«

Es folgte eine kurze Pause.

»Royce hört dich nicht, wenn du nur mit den Schultern zuckst, Myron«, sagte Hadrian.

»Keine Ahnung«, sagte der Mönch.

»Frag ihn«, schlug Arista vor.

Wieder folgte eine Pause, dann war erneut Myron zu hören. »*Binith mon erie, minith dar?*«

Doch das Monster beachtete ihn nicht, sondern starrte weiter Royce an.

»Vielleicht hat er dich nicht gehört.«

Myron wiederholte die Worte lauter, doch der Gilarabrywn beachtete ihn immer noch nicht.

»Bei Mar«, sagte Royce.

»*Minith Dar*«, sagte der Gilarabrywn.

»Ach so!«, rief Myron. »*Bimar! Bimar* heißt in der alten Sprache hungrig.«

»Stimmt«, bestätigte Arista. »Aber er scheint nur Royce zu hören.«

»Er ist elbischer Abstammung«, meinte Hadrian. »Vielleicht ...«

»Natürlich!«, rief die Prinzessin. »Genau wie damals in Avempartha! Sprich in der alten Sprache mit ihm, Royce, stell ihm eine Frage. Sag: ›*Ere en kir abeniteeh?*‹«

»*Ere en kir abeniteeh?*«, fragte Royce.

»*Mon bir istanirth por bon de havin er main*«, antwortete der Gilarabrywn.

»Was habe ich gefragt und was hat er geantwortet?«

»Du hast ihn nach seinem Namen gefragt und er ...« Arista zögerte.

Myron sprang ihr bei. »Er hat gesagt: ›Mein Name steht auf dem Schwert, das ich geschaffen habe.‹«

»Du kannst mit ihm sprechen, Royce!«, rief Arista aufgeregt.

»Prima, aber warum frisst er mich nicht?«

»Gute Frage«, sagte Arista. »Aber frag ihn das lieber nicht. Sonst kommt er noch auf dumme Gedanken.«

Royce trat einen Schritt vor. Der Gilarabrywn rührte sich nicht. Royce machte noch einen Schritt und noch einen, jederzeit darauf gefasst, sich wegducken zu müssen. Er wusste, dass das Monster schlau war und ihn dazu bringen wollte, in seiner Wachsamkeit nachzulassen. Wieder ein Schritt und noch einer. Und dann war er bis auf Reichweite an den Gilarabrywn herangekommen. Trotzdem bewegte der Koloss sich nicht.

»Vorsicht, Royce«, sagte Hadrian.

Noch ein Schritt, dann noch einer. Der Schwanz des Gilarabrywn war nur noch wenige Zoll von ihm entfernt.

»Was er wohl sagt, wenn ich ihn am Schwanz ziehe?« Royce streckte die Hand aus und berührte den Schwanz. Immer noch bewegte der Gilarabrywn sich nicht. »Was hat er denn? Myron, wie sage ich ihm, dass er Platz machen soll?«

»*Vanith donel.*«

»*Vanith donel!*«, befahl Royce dem Koloss mit fester Stimme.

Der Gilarabrywn wich zurück.

»Interessant«, sagte Royce und ging ihm nach. »*Vanith donel!*«

Wieder machte der Gilarabrywn einen Schritt zurück.

»Komm mal wieder in den Saal«, rief Royce über die Schulter.

Doch sobald Hadrian aus der Tür trat, wollte sich der Gilarabrywn wieder auf ihn stürzen. Hastig zog Hadrian sich zurück.

»Wie sagt man *Halt?*«

»*Ibith!*«

Royce befahl dem Koloss, stehenzubleiben, und er erstarrte.

»Wie sagt man *Tu uns nichts*, Myron?«

Myron übersetzte und Royce wiederholte die Worte.

»Und wie sagt man, dass er uns erlauben soll, den Saal zu durchqueren?«

»*Melentanaria, en venau brenith dar vensinti.*«

»Wirklich?« Royce klang erstaunt.

»Ja, warum?«

»Weil ich das kenne.« Esrahaddon hatte ihm in Avempartha die Worte *Melentanaria, en venau* beigebracht. Wieder wiederholte Royce, was Myron gesagt hatte, und Hadrian trat zum dritten Mal aus der Kammer in das Gewölbe der Tage. Diesmal rührte der Gilarabrywn sich nicht.

»*Vanith donel!*«, rief Royce und der Gilarabrywn wich wieder zurück und ließ sie durch.

»Ich fasse es nicht«, sagte Arista und kam zusammen mit Hadrian näher. »Er gehorcht dir.«

»Ich wünschte, ich hätte das schon damals in Avempartha gewusst«, sagte Royce. »Es wäre eine große Hilfe gewesen.«

Royce trieb den Gilarabrywn weiter in Richtung der hinteren Wand zurück und der Koloss gehorchte dem Zwerg vor ihm willig. Zwar blickte er finster auf ihn hinunter, doch blieb er friedlich.

»*Alminule* bedeutet ›anhalten‹«, sagte Myron.

»*Alminule*«, sagte Royce und trat einen Schritt zurück. Der Gilarabrywn blieb stehen. »Jetzt könnt ihr kommen. Aber verteilt euch ein wenig – nur für den Fall.«

Sie eilten nacheinander durch den Saal. Arista wartete neben Royce und leuchtete ihnen, bis auch Gaunt als Letzter den Saal durchquert hatte.

22

Novron der Große

Die steinerne Tür auf der anderen Seite des Saals stand offen. Hadrian nahm die Laterne von Myron und trat als Erster hindurch. Der Raum dahinter hatte eine hohe, von Säulen gestützte Decke. Die Luft war muffig und abgestanden. An den Wänden standen bemalte Töpfe, Urnen, Kisten und Schalen, außerdem lebensgroße Statuen, Kohlenpfannen und Skulpturen verschiedener Tiere, von denen Hadrian einige kannte, andere aber noch nie gesehen hatte. An den Wänden zogen sich Kolonnaden mit Nischen entlang, in denen steinerne Sarkophage standen. Über den bogenförmigen Öffnungen der Nischen waren Worte eingemeißelt, darüber waren Bilder von Menschen gemalt.

Der Schein der Laterne fiel auf den Boden in der Mitte des Raums und Hadrian hörte, wie Arista erschrocken die Luft anhielt. Dort lagen drei Skelette – zwei Erwachsene und ein Kind – und daneben zwei Kronen und ein Schwert.

»Nareion«, flüsterte Arista, »und seine Frau und seine Tochter. Offenbar hat er sich mit ihnen hierher zurückgezogen, nachdem Esrahaddon gegangen war, um mit Venlin abzurechnen.«

Hadrian fuhr mit dem Daumen über die Klinge des Schwerts. Ein eleganter Schriftzug kam zum Vorschein. »Das ist das Schwert, ja?«

Arista nickte.

»Wo steht der Sarg Novrons?«, fragte Mauvin.

»Er hat vermutlich den größten«, überlegte Gaunt. »Das ist der ganz hinten.«

Arista zuckte mit den Schultern.

Myron hatte den Kopf in den Nacken gelegt und las die Inschriften an den Wänden über den Nischen. Beim Lesen bewegte er die Lippen.

»Könnt Ihr uns den Sarg zeigen?«, fragte Gaunt.

Myron schüttelte den Kopf. Dann zeigte er auf eine Inschrift an der Decke. »Da droben steht, dass das hier die Grablege aller Imperatoren ist.«

»Das wissen wir, aber wo liegt Novron?«

»Die Grablege aller Imperatoren. Allerdings …« Myron ließ den Blick über die Särge wandern und zählte sie mit dem Zeigefinger. »Hier stehen nur zwölf Särge. Das Reich bestand aber zweitausendeinhundertvierundzwanzig Jahre. Es müsste mehrere hundert Särge geben.«

Hadrian ging durch den Raum und betrachtete die Sarkophage näher. Sie waren aus Kalkstein gehauen und mit jeweils verschiedenen Bildern verziert. Auf einigen waren Jagd- und Kampfszenen abgebildet, auf einem anderen ein schöner See inmitten von Wäldern und Bergen. Wieder ein anderer zeigte eine Stadt, in der Häuser gebaut wurden. Einige Nischen waren leer.

»Vielleicht hat man sie woanders hingeschafft«, überlegte Hadrian.

»Vielleicht. Aber selbst dann gibt es hier nur zwanzig Nischen. Warum so wenige?«

»Die restlichen Särge liegen wahrscheinlich hinter dieser Tür«, sagte Magnus. Er stand am hinteren Ende der Krypta und wirkte vor den gewaltigen Säulen und Statuen noch kleiner als sonst. »Hier ist eine Inschrift.«

Die anderen eilten ans hintere Ende der Grabkammer. Dort war in eine schmucklose Wand eine Tür eingelassen. Über der Tür verlief eine einzeilige Inschrift.

»Was steht da, Myron?«, fragte Royce.

»HIER RUHT NOVRON DER GROSSE, DER ERSTE IMPERATOR VON ELAN UND RETTER DER WELT DER MENSCHEN.«

»Na bitte«, sagte Magnus. »Das Grab des ersten Imperators.«

Royce trat an die Tür. Sie bestand aus massivem Stein. Verschiedene steinerne Zapfen verschlossen sie und in einer in die Mauer eingelassenen Vertiefung hing ein Hebel. Royce packte ihn und drehte die Zapfen knirschend aus ihren Löchern.

Dann drückte er leicht. Die Tür zum Grab Novrons schwang auf.

Hadrian hielt die Laterne in die Höhe und die anderen versammelten sich hinter Royce, der als Erster eintrat. Hadrian folgte als Nächster zusammen mit Arista, deren Umhang das Licht der Laterne verstärkte. Als Erstes sah Hadrian rechts und links der Tür zwei gewaltige Elefantenstoßzähne. Sie standen so, dass sie sich mit den Enden bogenförmig zueinander neigten. In den Ecken der Gruft standen Säulen aus schwarzem Marmor, dazwischen waren unermessliche Schätze angehäuft.

Sie sahen Stühle, Tische, Truhen und Schränke aus Gold. Auf der einen Seite stand ein ausschließlich aus Gold gefertigter Streitwagen, auf der anderen ein mit erlesenen Schnitzereien verziertes Boot. An einer Wand lehnten Speere, an einer anderen Schilde. Mit Edelsteinen geschmückte Statuen von Menschen und Tieren aus Gold und Silber waren wie stumme Wächter überall verteilt. In der Mitte der Kammer lag auf einem hohen Podest ein riesiger Sarkophag aus Alabaster. In seine Seiten waren Bilder ähnlich denen an den Wänden eingemeißelt. Abgebildet waren eine Ratsversammlung und verschiedene Schlachten und Kämpfe. Die Szene, in der Maribor dem Imperator die Krone aufsetzt, war dagegen nicht dabei, was Hadrian merkwürdig vorkam, denn sie war als zentrales Bild in jeder Kirche anzutreffen.

»Ah«, murmelte Mauvin ehrfürchtig. »Wir haben das Grab Novrons gefunden.« Er berührte den Streitwagen und lächelte.

»Ob das wohl seiner war? Ob er damit in die Schlacht gefahren ist?«

»Eher nicht«, erwiderte Hadrian. »So viel Gold können Pferde gar nicht ziehen.«

Arista ging durch die Kammer und sah sich suchend um.

»Wie soll das Horn denn aussehen?«, fragte Royce.

»Ich weiß es nicht genau«, sagte sie. »Aber ich glaube, es befindet sich im Sarg. Oder eigentlich weiß ich es. Esrahaddon hat es für Nevrik hineingelegt. Wir müssen den Sarg öffnen.«

Magnus klemmte seinen Meißel unter den steinernen Deckel und Hadrian, Gaunt und Mauvin verteilten sich um den Sarkophag. Myron leuchtete ihm mit der Laterne, der Zwerg schlug mit dem Hammer auf den Meißel und die Männer wuchteten den Deckel zur Seite.

Darunter kam ein Sarg aus massivem Gold zum Vorschein. Er war wie ein Körper geformt und zeigte Gesicht, Hände und Kleider eines nicht allzu großen, schlanken Mannes mit schrägstehenden Augen und vorspringenden Wangenknochen. Der Mann trug einen reich verzierten Helm.

»Moment«, sagte Gaunt, »was ... was sehen wir da eigentlich?«

»Das ist nur eine Hülle«, sagte Mauvin, »nur Schmuck. Wir müssen noch einen Deckel öffnen.«

Magnus fand mit seinen geschickten Fingern verschiedene Verschlüsse und öffnete sie. Gemeinsam hoben sie den Deckel ab und blickten hinein. Vor ihnen lagen die Überreste Novrons des Großen.

Hadrian hatte mit einem Häuflein spröder Knochen gerechnet, die womöglich schon zu Staub zerfallen waren. Stattdessen lag da eine Leiche mit Haut, Haaren und Kleidern. Der Stoff war grau und so mürbe, dass er unter ihrem Atem zerfiel. Die Haut war noch intakt, aber ausgetrocknet und dunkelbraun wie Räucherfleisch. Von den Augen waren nur die Höhlen übrig, doch der Körper war bemerkenswert gut erhalten.

»Wie ist das möglich?«, fragte Gaunt.

»Wirklich ein Wunder«, sagte Myron.

»So ist es«, stimmte Magnus ihm zu.

»Das geht doch gar nicht«, erklärte Mauvin.

Hadrian betrachtete das Gesicht fasziniert. Es hatte wie das Gesicht des Deckels ausgeprägte, feine Züge, schrägstehende Augen und unmissverständlich spitze Ohren. An den langen, schmalen Fingern der vornehmen Hände steckten noch drei Ringe, einer aus Gold, einer aus Silber und einer aus einem schwarzen Stein. Die Hände waren über einem metallenen Kasten gefaltet, in den die Worte

FÜR NEVRIK
VON ESRAHADDON

eingeritzt waren.

»Vorsicht«, sagte Royce, der ebenfalls die Hände betrachtet hatte.

»Ich spüre etwas«, sagte Arista. »Magie.«

»Es wäre nicht verwunderlich, wenn sich das Horn in dem Kasten befindet«, sagte Hadrian.

»Aber nicht das Horn ist verzaubert, sondern der Kasten.«

»Wahrscheinlich tötet er jeden, der ihn anfasst, außer dem Erben«, vermutete Magnus.

Sie sahen Gaunt an.

»Kann ich ihn vielleicht zuerst mit einem Stock oder so was berühren?«, fragte Gaunt.

»Esrahaddon hätte nichts getan, das Euch gefährden würde«, erwiderte Arista. »Los, nehmt den Kasten. Er hat ihn mehr oder weniger für Euch hierher gelegt.«

Gaunt griff nach dem Anhänger an seinem Hals und rieb daran, dann streckte er die Hand aus, nahm den Kasten und zog ihn aus Novrons Händen.

Aus Wandleuchtern schossen blaue Flammen und ein kalter Windstoß fegte durch die Gruft. Gaunt ließ den Kasten fallen.

»Seid mir willkommen, Nevrik, alter Freund«, sagte eine Stimme. Sie fuhren herum. Vor ihnen stand das Bild Esrahaddons. Er trug denselben Umhang wie Arista, nur ganz in Weiß, und sah genauso aus wie damals in Rehagen, als Hadrian ihn zuletzt gesehen hatte.

»Wenn Ihr diese Worte vernehmt, habt Ihr hinter Euch gelassen die Nacht des Schreckens und seid jetzt Imperator. Zu gerne wüsst ich, ob Jerish Euch noch zur Seite stand. Doch falls in sterblichen Gefilden Träume gelten, entbiet ich ihm, was ich im Leben nie ihm hab gegeben – Dank, Bewunderung und meine Liebe.

Das Blut Unschuldiger klebt an meinen Händen und lastet schwer auf meiner Seele. Wer könnt ein solch Verbrechen auch verzeihen? Durch meine Schuld zerbarst der Stein, zerriss das Fleisch. Ich war's, der unsere geliebte Heimatstadt in Schutt und Asche legte. Obwohl es töricht scheint, davon zu sprechen jetzt, solange noch der Funke glimmt. Denn wenn der Morgen dämmert, soll kein Cenzar mehr und auch kein Teshlor atmen und sollen ihre Herzen nicht mehr schlagen. Das Unheil, das von ihnen kam, nehm ich mit mir. Die Drohung wend ich ab, vertreib die Nacht, auf dass im Sonnenlichte einer besseren Zeit Ihr wandeln mögt.

Festen Glaubens steh ich hier, in diesen heiligen Hallen der letzten Ruh, die niemand stört auf deines Vaters Geheiß, gewiss, dass Mawyndulë noch lebt. Das Flüstern der hier Ruhenden schwillt an zu lauter Klage und es erscheint vor meinem Aug der Mord, der seit zweitausend Jahren ungesühnt. Faul ist der Geist, der umgeht hier, zu fassen nicht das Maß, in dem er ist verdorben. Ach, nur die Hälfte wussten wir! Obwohl gebannt durch Horn und auch den Gott, glaub fest ich, dass der Böse trachtet danach, das Recht zu überdauern. Einen Spalt hat er gefunden und drückt ihn auf und will hindurch, denn nichts mehr hindert ihn, sollt er nach drei mal tausend Jahren noch leben. Doch will ich seinen Plan vereiteln. Obwohl bei weitem überlegen mir in der Kunst, wird meine Kunst sein Leben enden. Den Teufel zu töten, muss ich selbst zum Teufel werden. Mörder von Tausenden wird man auf ewig mich schimpfen, doch nehm ich's hin als Preis dafür, die Flamme zu löschen, die den Weltenbrand entfesseln soll.

Das Horn sei Euer. Gebt darauf acht. Vererbt es Euren Kindern, doch tut ihnen kund, dass es am Tage der Entscheidung in Avempartha vorzuzeigen sei. Jerish soll für Euch kämpfen – die geheime Kunst der Instarya ist der Faden, an dem alle Hoffnung hängt.

So lebt denn wohl, Sohn des Imperators, mein Imperator, mein Schüler und Freund. Wisset, dass ich jetzt Mawyndulë gegenübertreten will, den Ehrentod zu sterben, auf dass Ihr leben mögt. Macht, dass ich stolz auf Euch bin – seid ein guter Herrscher.«

Esrahaddons Bild verschwand so plötzlich, wie es aufgetaucht war, und das Feuer in den Wandleuchtern erlosch. Wieder kehrte Dunkelheit ein, erleuchtet nur vom schwachen Schein der Laterne.

»Haben das alle verstanden? Ich wollte, ich hätte etwas zum Aufschreiben dabei«, sagte Hadrian. Sein Blick fiel auf Myron und er lächelte. »Gut, dafür haben wir Myron.«

Royce kniete sich hin und untersuchte den Kasten. Er hatte kein Schloss. Behutsam hob er den Deckel an. In dem Kasten lag das Horn eines Widders, ganz schlicht und ohne jedes Beiwerk aus Gold, Silber, Edelsteinen oder Samt. Der einzige Schmuck waren zahlreiche Einritzungen, Buchstaben, die Royce nicht lesen konnte, aber erkannte.

»Sieht nicht besonders aufregend aus«, bemerkte Magnus.

Royce legte das Horn in den Kasten zurück.

»Was hat das alles zu bedeuten?«, fragte Mauvin. Mit einem traurigen Blick setzte er sich auf einen goldenen Stuhl inmitten der Schätze und sah die anderen fragend an.

»Novron war ein Elbe«, sagte Royce. »Ein reinblütiger Elbe.«

»Der erste Imperator und Retter der Menschheit war selbst gar kein Mensch?«, brummte Magnus.

»Wie ist das möglich?«, fragte Mauvin. »Novron ist doch gegen die Elben in den Krieg gezogen. Er hat die Elben besiegt!«

»Der Legende zufolge hat Novron sich in Persephone verliebt. Vielleicht hat er es aus Liebe zu ihr getan.« Myron spazierte durch den Raum und betrachtete die einzelnen Gegenstände.

»Dann waren Techylor und Cenzlyor auch Elben?«, fragte Hadrian. »Vielleicht waren sie sogar Novrons Brüder.«

»Das würde die geringe Anzahl von Sarkophagen erklären«, bemerkte Myron. »Die Generationsabstände der Elben sind länger. Ach ja, und die alte Sprache ist gar nicht alt, es ist Elbisch, die Muttersprache des ersten Imperators. Stellt euch vor! Die Sprache der Kirche ist dem Elbischen nicht nur ähnlich, sondern damit identisch.«

»Deshalb hat Thranic den Statuen die Köpfe abgeschlagen«, sagte Royce. »Sie waren lebensgetreue Darstellungen der Imperatoren und vielleicht auch von Cenzlyor und Techylor.«

»Aber wie konnte es dazu kommen?«, fragte Mauvin. »Wie konnte ein Elbe Imperator werden? Das muss ein Missverständnis sein! Novron ist doch der Sohn Maribors, ausgeschickt, um uns vor den Elben zu retten. Die Elben sind doch …«

»Ja?«, fragte Royce.

»Ach, ich weiß auch nicht.« Mauvin schüttelte den Kopf. »Aber eigentlich sollte es ganz anders sein.«

»Die Kirche wollte nicht, dass das bekannt wird«, sagte Royce. »Deshalb hat sie Edmund Hall eingesperrt. Sie wusste Bescheid. Saldur wusste es, Ethelred wusste es, Braga wusste …«

»Braga!«, rief Arista. »Das hat er also gemeint! Er sagte vor seinem Tod, Alric und ich seien keine Menschen, sondern Abschaum, von dem die anderen sich regieren lassen würden. Er hielt uns für Elben! Oder glaubte, dass wir zumindest Elbenblut in uns hätten. Wenn die Essendons Nachfahren Novrons wären, hätten wir das tatsächlich. Das ist also das Geheimnis und deshalb machte die Kirche Jagd auf den Erben. Sie wollte Novrons Nachkommenschaft ausrotten, damit die Elben nicht über die

Menschen herrschen. Auch Venlin wollte das. Damit hat er die Teshlor-Ritter und den Rat der Cenzaren überredet, sich gegen den Imperator zu verbünden – zum Wohl der Menschheit und um die Menschen von der Elbenherrschaft zu befreien.«

»Instarya«, murmelte Myron. Er stand in einer Ecke und betrachtete einen abgenutzten, verschrammten Schild, der dort deutlich sichtbar an der Wand hing.

»Was sagst du?«, fragte Hadrian.

»Seiner Bemalung nach gehörte dieser Schild dem Elbenstamm der Instarya, der Krieger«, erklärte Myron. »Novron kam von den Instarya.«

»Warum hat er gegen seine eigenen Leute gekämpft?«, fragte Arista.

»Das spielt doch jetzt keine Rolle«, mischte Gaunt sich ein. »Wir sitzen hier in der Falle, es sei denn, einer von Euch hätte eine Tür gesehen, die mir entgangen ist. Schatzkammer und Gruft sind eine Sackgasse. Wir können es höchstens noch mit diesem Horn versuchen.« Er blickte auf das Instrument.

»Nein, wartet!«, rief Arista, aber zu spät.

Gaunt hatte das Horn bereits an die Lippen gehoben und blies hinein. Die anderen zuckten zusammen.

Nichts geschah.

Das Instrument gab nicht einmal einen Ton von sich. Nur Gaunt lief rot an und blies die Backen auf, als spiele er die Pantomime eines Trompeters. Enttäuscht betrachtete er das Horn und hielt das Auge an das Mundstück und spähte hinein. Dann steckte er den kleinen Finger hinein, wackelte damit hin und her und versuchte es erneut. Nichts. Er versuchte es noch ein paarmal, dann ließ er das Horn verärgert fallen. Wortlos marschierte er zu dem Streitwagen, setzte sich auf den Boden und lehnte sich mit dem Rücken gegen die goldenen Speichen eines Rads.

Arista hob das Horn auf und wendete es in den Händen hin und her. Es handelte sich tatsächlich nur um ein Horn, das gut einen Fuß lang und schön gleichmäßig gekrümmt war. An der Spitze war es dunkel, annähernd schwarz, zum trichterförmigen Ende hellte es sich auf, bis es fast weiß war. Um das Horn herum liefen einige Bänder von eingeritzten Zeichen. Ansonsten war nichts Besonderes daran. Es sah nur alt aus.

»Myron?«, rief Arista und der Mönch blickte von den Schätzen auf. »Könnt Ihr das lesen?«

Myron hielt das Horn ins Licht der Laterne und studierte die Buchstaben. »Das ist alte Sprache – oder eigentlich Elbisch, wie wir gesagt haben.« Er kniff die Augen zusammen und verzog Mund und Nase, während er das Horn drehte und las. »Aha!«

»Was?«

»Hier steht: ›*Spiele mich, o Sohn des Ferrol, nachdem du es mit deinem Herrn geklärt, mit meiner Stimme forderst du den Gegner heraus, nicht mit dem Schwert.*‹«

»Was soll das heißen?«, fragte Mauvin.

Myron zuckte mit den Schultern.

»Ist das alles?«, fragte Arista.

»Nein, hier steht noch mehr. Ich lese es vor.

Geschenk bin ich, von Ferrols eigner Hand
Geschaffen, um das Chaos zu bezwingen.
Nichts anderes als meines Tons Gewalt
Soll König und Tyrannen niederringen.

Verflucht die Hand, die lautlos mordet,
Für immer für ihre Brüder verloren.
Es sei Verdammnis in ewiger Nacht
Als Buße und Strafe für sie auserkoren.

Der Atem auf meinen Lippen kündet,
Im ganzen Land wird's vernommen,
Dass Ihr beansprucht den Königsthron
Und alle ohne Angst mögen kommen.

Nur einmal alle Jahrtausend drei
Ruf ich, wenn mir nicht zuvorkommt der Tod,
In Frieden vollzieh sich der Wechsel sodann,
Auf dass nicht Krieg bring Kummer und Not.

Bei meinem Klang die Sonne sinkt.
Und wenn sie wieder sich erhebt
Der Kampf beginnt und dauert, bis
Von zweien nur noch einer lebt.

Ein Band verknüpft die beiden Gegner:
Geschützt sind sie durch Ferrols Hand
Vor allem, außer dem einen Schwert,
Geführt von des Gegners eigner Hand.

Und kämpft ein Ritter für seinen Herrn
Hält Ferrol die Hand über beide,
Denn niemand, außer des anderen Schwert,
Soll ihnen was tun zuleide.

Für einen ist der Kampf das Ende,
Den anderen werden alle preisen.
Denn wenn der Kampf zu Ende ist,
Soll der Sieger König heißen.«

»Das Horn ist gar keine Waffe«, sagte Hadrian, »sondern nur ein Instrument. Man meldet damit zeremoniell seinen Anspruch auf die Herrschaft an, wie wenn man einen Fehdehandschuh auf den Boden wirft oder dem anderen ins Gesicht schlägt. Myron, du hast doch mal gesagt, die Elben hätten sich in der alten Zeit ständig untereinander bekriegt. Offenbar wurde dieses Problem mit Hilfe des Horns gelöst. Die Elben haben damit entschieden, wer über sie herrscht. Auf dem Horn stand doch, dass eine solche Herausforderung nur einmal alle – was hast du gleich gesagt? – alle tausend und drei Jahre stattfinden darf?«

»Ich glaube, es war einmal alle dreitausend Jahre gemeint.«

»Gut, dann hat Novron damit den Elbenkönig zum Kampf herausgefordert und gewonnen. Er hat den Krieg beendet und sich zum König der Elben und Menschen gemacht.«

»Aber inwiefern hilft uns das jetzt?«, fragte Gaunt. »Warum sind wir überhaupt hergekommen? Wie sollen wir damit die Elbenarmee aufhalten können?«

»Gaunt hat, indem er das Horn geblasen hat, soeben seinen Anspruch auf Herrschaft über die Elben angemeldet«, sagte Arista. »Auf dem Horn stand doch, dass ›alle ohne Angst mögen kommen‹. Ich vermute also, dass die Elben jetzt mit Kämpfen aufhören und den Ausgang des Zweikampfs zwischen Gaunt und ihrem König abwarten müssen.«

»Wie bitte?« Gaunt blickte besorgt auf.

»Aber Gaunt hat das Horn ja gar nicht geblasen«, sagte Hadrian. »Es scheint irgendwie kaputt zu sein.«

»Das Horn kann uns also nicht von hier wegbringen?«, fragte Gaunt.

»Nein«, sagte Arista traurig. »Leider nicht.«

»Dann wollen wir doch mal sehen, was ein Zwerg ausrichten kann«, sagte Magnus. Er holte seinen Hammer heraus, klopfte an verschiedenen Stellen an die Wände, legte lauschend das Ohr daran und leckte sogar verschiedentlich am Stein. Er arbeitete sich in der Grabkammer Novrons von Wand zu Wand und ging dann in die größere Krypta der Könige. Die anderen spazierten ziellos herum und betrachteten die Schätze, während Hadrian ihre Vorräte überprüfte.

»Hier liegen vermutlich einige Tausend Kilo Gold herum«, sagte Gaunt. Er hob eine Vase auf und starrte sie unglücklich an, als mache sie sich durch ihre bloße Existenz über ihn lustig. »Aber was nützt es uns?«

»Ich würde das alles gegen ein schönes Stück von Ellas Apfelkuchen eintauschen«, sagte Mauvin. »Ich würde sogar ihren Eintopf essen, obwohl der mir eigentlich nie geschmeckt hat.«

»Den Eintopf kenne ich nicht, aber an den Apfelkuchen erinnere ich mich auch«, sagte Myron, der an der Wand hockte und immer noch das Horn betrachtete. »Er war köstlich.«

Sie schwiegen eine Weile und hörten dem Klopfen von Magnus' Hammer im Nachbarraum zu. Das leise Klirren ging Arista auf die Nerven.

»Als ich im Palast gearbeitet habe, habe ich mich als Ella ausgegeben«, sagte sie. »Aber ich habe nur Böden geschrubbt, nicht gekocht. Ihr Apfelkuchen war wirklich hervorragend. Konnte sie ...«

Mauvin schüttelte den Kopf. »Sie wurde auf der Flucht getötet.«

»Ach.« Arista nickte.

»Was ist das Eurer Meinung nach?« Gaunt hielt eine Statuette hoch, die aussah wie eine Kreuzung aus Stier und Rabe.

Arista zuckte mit den Schultern. »Sieht hübsch aus.«

»Wie lange reichen die Vorräte noch?«, fragte Mauvin. Hadrian hatte sich auf das Rad des Streitwagens gesetzt.

»Drei Tage«, antwortete er, »wenn wir sparen.«

Das Hämmern verstummte und Magnus kehrte zurück. Sein langes Gesicht sagte alles. Er setzte sich auf einen Haufen Goldmünzen, die lustig klirrten. »Man kann sein Leben an schlimmeren Orten enden, denke ich.«

»Alric«, sagte Arista plötzlich. »Wir sollten ihn jetzt beerdigen.«

»Hier ist kein schlechter Platz dafür«, sagte Myron. »In der Gruft eines Königs.«

Sie nickte, als tröste sie das.

»Ich hole ihn zusammen mit Royce«, erbot sich Hadrian.

»Ich denke, ich sollte auch mitkommen«, sagte Mauvin und folgte ihnen nach draußen.

Sie kehrten mit Alrics Leiche zurück und legten sie auf einen goldenen Tisch. Arista breitete eine Decke darüber und sie versammelten sich im Kreis um den Tisch.

»Maribor, ewiger Vater«, begann Myron, »wir sind hier versammelt, um von unserem Bruder Alric Essendon Abschied zu nehmen. Wir bitten dich, gedenke seiner und hilf ihm über den Fluss ins Land der Morgendämmerung.« Er sah Arista an, in deren Augen Tränen glänzten.

»Alric war mein Bru …« Sie verstummte, von Tränen überwältigt. Hadrian legte ihr den Arm um die Schultern.

»Alric war mein bester Freund«, machte Mauvin weiter. »Mein dritter Bruder, wie ich immer gesagt habe. Er war mein Konkurrent bei den Frauen, mein Komplize bei Abenteuern, mein Prinz und mein König. Er wurde vor seiner Zeit zum König gekrönt, aber damals wussten wir nicht, wie schnell er von uns gehen würde. Er regierte in einer Zeit des Schreckens, aber er machte seine Sache gut. Er war bis zum Ende mutig und tapfer, wie es einem König zur Ehre gereicht.« Mauvin machte eine Pause, blickte auf die Gestalt unter der Decke und legte Alric die Hand auf die Brust. »Jetzt brauchst du die Krone nicht mehr zu tragen, Alric. Du bist sie endlich los.« Er wischte sich die Tränen aus dem Gesicht.

»Will noch jemand …« Myron sah sich um. Gaunt trat vor. Die anderen sahen ihn neugierig an.

»Ich wollte nur sagen …« Er machte eine kurze Pause. »Ich habe mich in Euch geirrt.« Er zögerte, als wollte er fortfahren, doch dann trat er mit einem verlegenen Blick auf die anderen wieder zurück. »Das war alles.«

Myron wandte sich noch einmal Arista zu.

Arista nickte. »Es geht ihm gut«, sagte sie nur. »Ich weiß es.«

»Und damit nehmen wir Abschied von unserem König, Bruder und guten Freund, Herr«, fuhr Myron mit gesenktem Kopf fort. »Möge seiner Seele das Licht eines neuen Tages scheinen.«

Er stimmte den Abschiedssegen an und alle, sogar Magnus, fielen ein.

Ich befehle dich Maribor an,
Seinen Händen übergebe ich dich.
Möge er dir Frieden und Ruhe geben,
Möge der Gott der Menschen über deinen Weg wachen.

Mauvin ging nach nebenan in die Krypta und kehrte mit einer verstaubten Krone zurück, die er Alric auf die Brust legte. »Der Preis, den man für Träume zahlt, ist manchmal, dass man sie verwirklicht.«

Da hielt Arista es nicht länger aus. Ihr war, als müsste sie ersticken, und sie ging in die Krypta hinüber. Sie betrat eine Nische und schlüpfte hinter einen Sarkophag. Dort setzte sie sich mit angezogenen Knien auf den Boden und lehnte sich mit dem Rücken an die Wand. Dann ließ sie ihren Tränen freien Lauf. Sie schluchzte so heftig, dass sie mit dem Rücken immer wieder gegen die Wand schlug. Die Tränen strömten ihr über das Gesicht und tropften auf ihren Umhang, der immer schwächer leuchtete und zuletzt ganz ausging.

Sie hätte so gern geglaubt, dass Gaunt die Elben mit dem Horn angehalten hatte, dass die Elben ihn gehört hatten und sie jetzt hier herausholten, aber sie konnte es nicht. Sie redete sich nur etwas ein, weil es keine Hoffnung mehr gab, nur noch Verzweiflung. Eingehüllt in Dunkelheit, legte sie den Kopf auf die Arme und weinte, bis sie einschlief.

23

Der Himmel in Aufruhr

Donnergrollen ließ die Wände und den Boden unter ihren Füßen erzittern, während der Schmied die letzte Niete in den Helm schlug. Das von tiefen Falten durchzogene Gesicht des Alten verschwand zum Teil hinter einem grauen Stoppelbart, doch hatte er keine Zeit, ihn abzurasieren. »Bitte sehr, mein Junge, ein Helm, wie du keinen besseren findest. Er wird dir gute Dienste leisten und deinen Kopf schützen. Wir haben Krieg, mein Junge, aber keine Sorge – was du da hörst, ist nur Donner.«

»Es ist *ihr* Donner«, antwortete Renwick.

Der Schmied sah ihn neugierig an. Einen Moment lang schien Angst in seinen Augen auf, dann wandte er sich wieder seiner Arbeit zu.

»Du bist doch der Junge, der uns gewarnt hat. Der der Elbenarmee vorausgeritten ist. Du hast sie gesehen, stimmt's?«

Renwick schüttelte den Kopf. »Ich nicht, aber mein Freund, ja.«

»Hat er gesagt, wie die Teufel aussehen? Es heißt, dass jeder, der einen Elben sieht, augenblicklich versteinert.«

»Nein, aber ihrer Musik sollte man nicht zuhören.«

»Du bist doch jetzt Brecktons Knappe? Adjutant des Oberbefehlshabers?«

Renwick zuckte mit den Schultern. »Ich weiß nicht mal, was ein Adjutant ist.«

Der alte Schmied kicherte und wischte sich mit einem schmutzigen Lappen den Schweiß vom Gesicht. Über ihnen krachte ein besonders lauter Donnerschlag, der Renwick durch Mark und Bein ging.

»Adjutant«, wiederholte der Schmied und Renwick zuckte wieder mit den Schultern. »Du bist Diener, Botenjunge und Knappe in einer Person und wirst deshalb mehr geachtet als ein bloßer Diener.«

»Und was tue ich als Adjutant?«

»Das, was Breckton sagt, mein Junge – was er sagt.«

Renwick setzte den Helm auf. Er schloss sich fest um die Stirn und war weich gepolstert. Der frischgebackene Adjutant schlug sich mit der Faust auf den Kopf. Der Helm fing den Schlag ab und er spürte fast nichts.

»Ein guter Helm.«

»Er wird dir gute Dienste leisten. Geh jetzt wieder zu Breckton. Ich habe zu tun und du vermutlich auch.«

Die Straßen draußen waren nass, denn wärmere Luft hatte einen Teil des Schnees geschmolzen. Von den Eiszapfen tropfte es, was wie Regen klang, und über Renwick brodelten die Wolken und krachte der Donner.

Er sprang über eine große Pfütze, doch ohne an das Gewicht seiner Rüstung zu denken. Schließlich hatte er noch nie eine getragen. Sie bestand zwar nur aus Brustpanzer und Helm, aber zusammen mit dem Schild und dem Schwert war sie doch schwer genug, um ihn spürbar zu behindern. Er sprang zu kurz, landete spritzend in der Pfütze und tauchte mit einem Fuß in das eiskalte Wasser ein. Er kam sich dumm vor, weil er den Schild so hielt, als rechnete er jeden Moment mit einem gegnerischen Angriff. Die anderen Soldaten trugen ihre Schilde auf dem Rücken. Renwick blieb stehen, betrachtete die am Schild befestigten Riemen und überlegte, wie er ihn auf den Rücken schnallen konnte. Da zuckte ein Blitz über den Himmel, gefolgt von einem schrecklichen Krachen. Passanten suchten mit angstvoll zum

Himmel gerichteten Blicken in Einfahrten Deckung. Auch Renwick bekam einen Schreck und legte den restlichen Weg zum Platz des Imperiums im Laufschritt zurück.

Auf dem Platz herrschte Gedränge. Soldaten und Ritter saßen dort, wo das Pflaster trocken war, auf dem Boden oder standen in Pfützen. Renwick schob sich zwischen ihnen hindurch, darauf bedacht, möglichst niemanden mit seinem Schild oder Schwert anzurempeln. Er fühlte sich den Blicken der anderen ausgesetzt. Männer mit Zahnlücken und vernarbten Gesichtern sahen ihn böse an, wenn er an ihnen vorbeischlüpfte. Er wurde rot vor Verlegenheit und sein Gesicht brannte. Bestimmt sah er vollkommen lächerlich aus. Er wusste, dass er keiner von ihnen war, und die anderen wussten es auch.

»Renwick! Hierher, Junge!«, hörte er eine vertraute Stimme rufen. Ritter Elgar winkte ihm von der Mitte des Platzes. Er war noch nie so froh gewesen, ihn zu sehen.

»Macht Platz!«, polterte der Ritter und stieß Ritter Gilbert und Ritter Murthas an, bis sie zur Seite auswichen. Renwick setzte sich rasch neben ihn. Am liebsten wäre er im Erdboden versunken.

»Pass auf, Junge.« Elgar nahm ihm den Schild ab. »Trag ihn so.« Er zog ihm den Arm unsanft in die Länge und streifte ihm den langen Gurt über die Schulter. »So trägt er sich viel leichter.«

»Danke«, sagte Renwick und vergewisserte sich, dass sein Schwert hinter ihm auf dem Boden lag und niemanden behinderte. Plötzlich schlug ihm Elgar mit der Faust wie mit einem Hammer gegen die Brust. Renwick taumelte und hob erschrocken den Kopf.

»Guter Panzer!« Der Ritter grinste und nickte.

Im nächsten Augenblick zog Murthas seinen Dolch und schlug Renwick den Knauf mit aller Macht auf den Kopf. Es klirrte laut und Renwick schwankte wieder, war aber unverletzt. »Ausgezeichnet.«

»Aufhören!«, rief Renwick und sah die beiden Ritter ängstlich an.

Die Ritter lachten.

»Ein alter Brauch, Junge«, erklärte Elgar. »Es bringt Glück, wenn Freunde eine neue Rüstung vor dem ersten Kampf testen. Bedank dich bei Novron, dass wir sitzen, da konnten wir nicht so fest zuschlagen!«

»Wohl wahr!«, stimmte Ritter Gilbert zu. »Als ich meinen ersten Helm bekam, schlug Ritter Biffard so heftig darauf, dass ich das Bewusstsein verlor. Dafür wachte ich dann in der Obhut von Baronesse Bethany auf, ich kann also bestätigen, dass die Prüfung einer neuen Rüstung Glück bringt!«

Die Ritter lachten wieder.

»Wer ist der Junge?«, fragte der Mann, der Renwick gegenüber saß. Seine blonden Haare fielen ihm bis fast auf die Schultern, seine blauen Augen leuchteten wie Saphire. Er trug einen mit goldenen Efeuranken und Rosen eingelegten prunkvollen Harnisch. Über die Schultern hing ihm ein Mantel aus purpurrotem Samt, der von einer Brosche aus massivem Gold gehalten wurde.

»Das ist Renwick, Hoheit«, antwortete Murthas. »Ich weiß nicht, ob er noch einen anderen Namen hat. Er diente bis vor kurzem im Palast als Page. Jetzt ist er Adjutant von Baron Breckton.«

»Aha!«, rief der Mann. »Der tapfere Bote!«

»So ist es, Hoheit, ebender.«

»Du hast uns einen großen Dienst erwiesen, Renwick. Es wird mir ein Vergnügen sein, an deiner Seite zu kämpfen.«

»Äh ... danke ... äh ...«

»Du hast keine Ahnung, wer ich bin, stimmt's?« Der Mann lachte und die Ritter fielen ein.

»Das ist Prinz Rudolf von Alburn, der Sohn von König Armand«, erklärte Murthas.

»Oh!«, rief Renwick. »Es ist mir eine Ehre, Hoheit.«

»Das sollte es auch sein«, bekräftigte Murthas. »Es gibt heutzutage nur noch wenige Prinzen, die an der Seite ihrer Ritter kämpfen, und noch viel weniger, die sich vor der Schlacht zu ihnen setzen.«

»Ha!«, lachte Rudolf. »Schmeichelt mir nicht, Murthas. Ich sitze nur hier, weil mich das ständige Geplapper der Frauen und Kinder wahnsinnig macht. Der Palast ist mir im Moment zu eng. Die Flüchtlinge drängen sich sogar auf den Gängen. Man kann nicht einmal mehr in Ruhe pinkeln, ohne dass ein Kind oder eine Frau vorbeikommt. Und von geistigen Getränken halten sie auch nichts!«

Der Prinz griff nach einer mit einer bernsteinfarbenen Flüssigkeit gefüllten Glaskaraffe und schwenkte den Inhalt munter ein paarmal im Kreis herum. Er nahm einen Schluck, schmatzte genießerisch mit den Lippen und reichte die Karaffe an Ritter Elgar weiter, der rechts von ihm saß. »Aus dem Geheimversteck der Imperatorin«, sagte er in einem übertriebenen Flüstern. »Aber wie ich höre, trinkt sie nicht und hat bestimmt nichts dagegen, wenn ihre Ritter sich an einem solchen Tag ein wenig aufwärmen.«

Elgar nahm einen Mundvoll und gab die Karaffe Renwick, der sie hielt, ohne davon zu trinken.

»Ha, ha!«, sagte Elgar und sah ihn an. »Der Junge hat Angst, sich vor seinem ersten Kampf zu betrinken! Trink ruhig, Junge, ich garantiere dir, es wird dich nicht behindern. Du könntest zwei solche Flaschen leertrinken. Das Feuer in deinem Bauch würde den Alkohol verdampfen, bevor er dir zu Kopf steigt.«

Renwick neigte die Flasche, schluckte und spürte, wie der Alkohol seinen Hals hinunterbrannte.

»So ist es brav!«, rief Elgar beifällig. »Heute machen wir noch ganz gewiss einen Mann aus dir!«

Er wollte die Flasche gerade an Murthas weitergeben, da zogen über ihnen riesige schwarze Wolken auf und der Himmel verdunkelte sich, so dass man den Eindruck hatte, als sei mitten am Tag auf einmal die Dämmerung eingebrochen. Das letzte spärliche Licht verbreitete einen gespenstisch grünlichen Schein. Die ganze Zeit über blitzte und donnerte es weiter. Und doch fühlte Renwick sich sicher, während er Schulter an Schulter mit den anderen Männern saß, ihren Schweiß roch und ihrem unbekümmerten Lachen, ihrem Rülpsen und Fluchen und ihren schmutzigen Witzen zuhörte. Der Alkohol wärmte und entspannte ihn. Er legte die Hand auf den Griff seines neuen Schwerts und drückte ihn. Sie konnten die bevorstehende Schlacht gewinnen, dachte er, er hatte sogar definitiv das Gefühl, dass sie sie gewinnen würden. Und dann gehörte er zu den Siegern.

»Flasche weg!«, rief der Prinz und Ritter Gilbert schob sie hastig und mit einem etwas dämlichen Grinsen unter seinen Schild. Baron Breckton war eingetroffen und kam auf sie zumarschiert.

»Da bist du ja!«, rief er, als er Renwick entdeckte. »Wie ich sehe, hast du Harnisch und Schwert bekommen, gut.« Er hob die Hände und auf dem Platz kehrte Stille ein. »Männer! Ich habe euch im Namen der Imperatorin hier zusammengerufen. Beugt das Knie!«

Füße und Schwerter scharrten geräuschvoll über den Boden. Dann sah Renwick, wie die schlanke, ganz in Weiß gekleidete Gestalt von Imperatorin Modina zwischen die Männer trat wie eine Schneeflocke, die auf einen Haufen aus Morast und Asche niedersinkt. Sie stieg auf ein Podest, das man in die Mitte des Platzes gestellt hatte, und blickte sich lächelnd um. Einige Männer verbeugten sich, Renwick allerdings nicht. Er konnte den Blick nicht von ihr abwenden. Sie war das schönste Wesen, das er je gesehen hatte, und er spürte immer noch den Kuss, den sie auf seine Wange gedrückt hatte. Davor hatte er sie nur einmal gesehen, an jenem Tag, als sie vom Balkon aus ihre Ansprache an die Bürger gehalten hatte. Damals hatte er sie wie alle anderen ehrfürchtig angestaunt – so sehr hatte ihn ihre Erscheinung beeindruckt. Jetzt dagegen sah er sie wie in der Amtsstube im vierten Stock als Frau, als den Inbegriff der Unschuld in einem makellos weißen Gewand, das sie einhüllte, als sei sie in Licht gebadet. Sie trug keinen Mantel oder Umhang. Ihre offenen Haare leuchteten golden und fielen ihr bis auf die Schultern. Sie sah so jung aus, nicht viel älter als er, doch wirkte ihr Blick älter, gealtert durch Jahre des Schmerzes und mühsam erworbener Weisheit.

»Die Elben kommen«, begann sie leise und ihre Stimme war im Wind kaum zu hören. »Den Berichten zufolge nähert sich uns auf der Straße von Süden eine Armee. Einschätzungen zu ihrer Größe und Beschaffenheit gibt es noch nicht.« Sie blickte zum Himmel auf und holte Luft. »Wir sind die letzte Bastion der Menschheit. Ihr seid die letzte Armee, die letzten Krieger, die letzten Verteidiger der Menschen. Wenn sie diese Stadt erobern ...« Sie zögerte und einige, die die Köpfe respektvoll gesenkt hatten, blickten auf.

Sie ließ den Blick über die Menge wandern, als wollte sie sich jedes Gesicht einzeln einprägen.

»Keiner von euch kennt mich«, fuhr sie fort. Ihre Stimme klang jetzt anders, nicht mehr so offiziell. »Einige haben mich auf einem Balkon gesehen oder sind mir auf einem Gang begegnet. Einige haben Geschichten über mich gehört – dass ich eine Göttin sei und die Tochter Novrons, Eure Retterin. Aber ihr kennt mich nicht.« Sie breitete die Arme aus und drehte sich langsam um sich selbst. »Ich bin Thrace Wood aus dem Dorf Dahlgren, die Tochter von Theron und Addie Wood. Ich war nur ein armes Bauernmädchen aus einer Familie von Bauern. Mein Bruder Thaddeus – Thad – sollte Böttcher werden. Doch dann machte ich mich eines Abends auf die Suche nach meinem Vater und ließ die Haustür offenstehen. Das Licht ...« Sie brach ab. Renwicks Hals war wie zugeschnürt. »Das Licht, das durch den Türspalt fiel, zog ein Elbenmonster an. Es zerstörte mein Zuhause und tötete meine Familie. Es tötete den Jungen, den ich heiraten wollte, und es tötete meine Freundinnen und deren Eltern und sogar das Vieh. Dann tötete es auch noch meinen Vater – und ich hatte keinen Grund mehr, zu leben. Mich dagegen tötete es nicht. Ich überlebte, obwohl ich das gar nicht wollte. Meine Familie und mein Leben waren vernichtet.«

Modina blickte über die Menge und Renwick sah, wie sie die Zähne zusammenbiss und sich straffte.

»Doch dann habe ich eine neue Familie gefunden und ein neues Leben.« Sie streckte die Hände aus. Tränen glänzten in ihren Augen und ihre Stimme wurde stärker und lauter. »Ihr seid jetzt meine Familie, meine Väter, meine Brüder und meine Söhne, und ich werde die Tür nie wieder offenstehen lassen. Ich werde das Monster nicht hereinlassen. Nie wieder soll es siegen! Es hat mir, euch, uns allen zu viel genommen. Es hat Dunmore zerstört, Ghent, Melengar, Trent und Alburn. Viele von euch haben ihre Heimat verloren, ihr Land und ihre Familien. Jetzt kommt es hierher, aber weiter wird es nicht kommen! Wir werden es hier aufhalten, hier gegen es kämpfen! Entschlossen und ohne mit der Wimper zu zucken werden wir dem Feind entgegenblicken. Wir werden hier ausharren und es töten!«

Der Ritter brachen in Applaus aus, die Soldaten sprangen auf und schlugen mit ihren Schwertern an die Schilde.

»Der Feind steht vor der Stadt, Baron Breckton«, rief die Imperatorin über dem Lärm hinweg. »Blast Alarm!«

Breckton hob die Hand und auf den Dächern der Geschäfte standen Männer auf und stießen in lange Messinghörner. Fanfaren schmetterten. Überall in der Stadt nahmen weitere Hörner den Ruf auf. Dann hörte Renwick die Kirchenglocken läuten. Die Menschen auf den Straßen begaben sich zu den Schutzbunkern.

»Auf die Stadtmauern!«, befahl Breckton und alle standen auf.

Wieder blitzte es. Diesmal sah Renwick, wie der gezackte Finger in den Getreidespeicher in der Coswall-Allee einschlug. Im nächsten Augenblick schlugen Flammen aus dem Dach.

»Alle in den Kerker!«, rief Amilia. Sie stand auf einem Wagen in der Mitte des Palasthofs, während über ihnen Blitze zuckten und Turmdächer in Flammen aufgingen.

Erst wenige Minuten zuvor hatte unweit hinter ihr ein Blitz

in die Stadt eingeschlagen. Sie spürte ein seltsames Kribbeln auf der Haut und ihre Haare stellten sich auf wie von Dutzenden unsichtbarer Finger angehoben. Sie hatte einen metallischen Geschmack im Mund. Dann wurde es auf einmal gleißend hell, gefolgt von einem ohrenbetäubenden Krachen. Etwas explodierte und warf sie fast vom Wagen. Zitternd wie ein Vogel auf einem Felsen inmitten eines brodelnden Flusses behauptete sie sich auf dem Wagen und rief den aus dem Palast strömenden Menschen ihre Anweisungen zu. Sie wies ihnen den Weg zum Nordturm und dem Eingang des alten Kerkers. Auf allen Gesichtern lag derselbe Ausdruck – Verwirrung und blankes Entsetzen. Arme und Reiche, Bauern und Adlige drängten ins Freie, blickten zum Himmel auf, zuckten bei jedem Blitz zusammen und schrien bei jedem Donnerschlag auf.

»In den Turm! Nach links! Nicht drängeln!« Sie streckte hilflos die Arme aus, als könnte sie die Menge dadurch in die gewünschte Richtung dirigieren.

Der Angriff hatte alle überrascht. Sie hatten mit Hörnern gerechnet und mit Trommeln und dass eine Armee auf der Straße von Süden auftauchen würde. Dann hätten sie noch ausreichend Zeit gehabt, die Bevölkerung in die unterirdischen Keller zu bringen. Doch mit diesem Unwetter hatten sie nicht gerechnet.

Wenigstens waren Amilias Angehörige bereits im Kerker. Sie hatten Modina verabschiedet, die zu den Soldaten sprechen wollte, und anschließend noch im Hof gestanden, als der Sturm begann und die Alarmglocken läuteten. Doch jetzt sorgte Amilia sich um Modina und Breckton. Die Imperatorin würde gleich wieder zurückkehren, aber Breckton würde kämpfen. Ihr war weh ums Herz, seit er sie verlassen hatte, und sie fürchtete um sein Leben. Auch wenn sie zusammen waren und sogar damals, als er bei ihrem Vater um ihre Hand angehalten hatte, lag immer ein Schatten über ihnen, und sie verspürte eine unbestimmte Angst. Sie musste an die vielen Gefahren denken, denen er ausgesetzt war – Gefahren, die sie nicht teilen durfte. Männer wie er waren vom Schicksal zu Helden auserkoren, und Helden starben nicht nach einem langen, glücklichen Leben friedlich im Bett, während sie die Hand ihrer Frau hielten.

Wieder ein gleißender Blitz.

Geblendet zuckte sie zusammen. Die silberne Kette an ihrem Hals, ein Verlobungsgeschenk Brecktons, vibrierte wie ein lebendiges Wesen und das Dach des Südturms explodierte. Zerbrochene Schieferplatten regneten in den Hof herunter und der Turm verwandelte sich in eine lodernde Fackel. Die Menschen auf dem Hof liefen schreiend durcheinander oder fielen auf die Knie, hielten die Hände schützend über den Kopf und blickten entsetzt zum Himmel auf. Vor Amilias Augen ging ein Junge im Gedränge der Menge zu Boden. Eine Frau, die von einer Dachplatte ins Gesicht getroffen worden war, folgte ihm blutüberströmt.

Überall in der Stadt schlugen Blitze ein, als hätten die Götter selbst den Einwohnern den Krieg erklärt. Rauch stieg auf und Flammen züngelten hinter den Menschen her, die entsetzt zu den Schutzkellern flohen.

»Amilia, es geht nichts mehr!«, rief Nimbus. Er kam zusammen mit zwei Soldaten aus dem Turm und schob sich gegen den Strom der Menge auf sie zu. »Der Kerker ist voll!«

»Wie kann das sein? Seid Ihr sicher?«

»Ja, wir haben nicht mit so vielen Flüchtlingen gerechnet. Die Zellen und Gänge sind alle überfüllt. Die restlichen Menschen müssen in den Palast zurückkehren.«

»Du meine Güte«, rief Amilia und begann mit den Armen über ihrem Kopf zu fuchteln. »Hört alle zu! Bleibt stehen und hört mir zu. Ihr müsst in den Palast zurückkehren!«

Doch niemand reagierte. Vielleicht hörten die Menschen Amilia nicht oder sie konnten nicht stehenbleiben, weil sie von den Nachfolgenden unaufhaltsam weitergeschoben wurden. Wieder krachte ein Donnerschlag und die Panik wurde noch größer. Eine Masse von dichtgedrängten Leibern brandete gegen den

Turm und die Stallungen. Amilia sah, wie Frauen und alte Männer gegen die Mauern gedrückt wurden.

»Halt!«, rief sie, »halt!« Aber die Menge war taub. Wie eine Herde besinnungsloser Schafe schob sie sich weiter. Ein Mann wollte über die Frau vor ihm klettern, um schneller voranzukommen. Doch er wurde abgeworfen und kam nicht wieder hoch.

Leiber pressten sich an die Seiten des Wagens, auf dem Amilia stand, und brachten ihn zum Schwanken. Amilia drohte das Gleichgewicht zu verlieren und hielt sich ängstlich fest. Eine Hand packte sie am Handgelenk. »Helft mir!«, schrie eine ältere Frau mit einem blutig zerkratzten Gesicht.

Eine Trompete schmetterte eine Fanfare und ein Trommelwirbel ertönte. Amilia drehte sich zum Tor des Palasthofs um. Dort traf in diesem Moment Modina ein. Hoch aufgerichtet saß sie mit ihrem weißen Kleid wie eine überirdische Erscheinung auf ihrem Schimmel, Haare und Kleid flatterten im Wind. Arme streckten sich ihr aus der Menge entgegen, Finger zeigten auf sie und Rufe ertönten. »Die Imperatorin! Die Imperatorin!«

»Im Kerker ist kein Platz mehr«, rief Amilia ihr zu. Modina nickte ruhig und ritt durch die Menge, die sich vor ihr teilte.

Sie hob die Hand. »An alle, die mich hören: Habt keine Angst, verzweifelt nicht«, rief sie. »Kehrt in den Palast zurück und wartet im großen Saal auf mich.«

Zu Amilias Erstaunen hatten die Worte eine geradezu magische Wirkung. Sie spürte förmlich, wie sich Erleichterung auf dem Hof ausbreitete. Die Flut änderte die Richtung und alle strömten zum Palast zurück, doch diesmal langsamer. Einige blieben sogar stehen, um anderen zu helfen.

»Geh auch nach drinnen«, sagte Modina zu Amilia. Soldaten halfen ihr beim Absteigen und Amilia kletterte von dem Wagen herunter.

»Was macht Breckton? Ist er …«

»Er tut seine Arbeit«, sagte Modina und gab die Zügel einem Stallburschen. »Wie wir auch.«

»Was sollen wir denn tun?«

»Zuerst einmal müssen wir alle nach drinnen bringen und möglichst beruhigen. Dann sehen wir weiter.«

»Wie macht Ihr das bloß?« Amilia schlug sich in ihrer Ratlosigkeit mit den Händen an die Seiten.

»Was?«

»Wie könnt Ihr so ruhig und gelassen bleiben, wenn die ganze Welt untergeht?«

Modina grinste. »Ich habe die Welt schon einmal untergehen sehen. Beim zweiten Mal ist alles weniger aufregend.«

»Glaubt Ihr wirklich, sie geht unter?«, fragte Nimbus. Sie gingen – für Amilias Geschmack viel zu langsam – zum Palasteingang, in dem gerade die letzten Menschen verschwanden.

»Für uns wahrscheinlich schon«, antwortete Amilia. »Seht Euch den Himmel an! Habt Ihr schon einmal ein solches Wolkengebrodel gesehen? Wenn unsere Feinde das Wetter lenken, Blitze schleudern und Flüsse zufrieren lassen, wie können wir dann noch hoffen, zu überleben?«

»Hoffen kann man immer«, erwiderte Nimbus. »Ich gebe die Hoffnung nie auf und habe schon erlebt, dass sie Wunder bewirkt.«

Das Gewitter, das über die Stadt hereingebrochen war, endete abrupt. Sogar der Wind erstarb, als halte er den Atem an. Renwick stand auf der Brustwehr des Südtors zwischen Hauptmann Everton und Baron Breckton, in der Mitte einer Reihe von Männern, deren Harnische in den Sonnenstrahlen aufblitzten, die durch die Wolken fielen. Tapfer und mit grimmig entschlossenen Gesichtern standen sie mit ihren Schilden und Schwertern da und warteten.

»Sieh sie dir an, Junge«, sagte Baron Breckton mit einem Nicken auf die Männer neben ihnen. »Sie sind alle wegen dir hier. Weil du uns gewarnt hast, sind sie bereit.« Er legte Renwick die Hand auf die Schulter. »Egal, was du heute noch tust, vergiss das nicht – du hast schon etwas Großes geleistet und deshalb haben wir eine Chance.«

Renwick blickte zwischen den Zinnen auf die Berge und Wiesen hinaus. In der linken Hand hielt er ein Stück Wachs, das er beim Frühstück, das schon einen Monat zurückzuliegen schien, von einer Kerze abgezupft hatte. Seine Finger spielten damit und kneteten und formten es. Den Alkohol schmeckte er noch auf der Zunge und roch ihn, aber die Wärme war verschwunden.

Vor der Stadt taute es. Dunkelbraun wand sich die Straße durch die noch weißen Hügel. In der Stille hörte man Wasser plätschern. Rinnsale liefen an den Felsen hinunter und versickerten in der Erde. Das Wasser sammelte sich friedlich gluckernd in Senken. Die Äste der Bäume waren mit dicken Knospen besetzt. Der Frühling stand mit wärmeren Tagen, Gras, Blumen und Regen bevor. In einem Monat würden die ersten Kaufmannszüge in der Stadt eintreffen und mit ihnen neue Gesichter und Nachrichten von der Welt draußen. Ein paar Wochen später würden auf den Plätzen der Stadt Straßenverkäufer ihre Stände öffnen und die Bauern würden mit der Feldarbeit beginnen. Der Wind würde den erdig scharfen Geruch von Mist durch die Straßen wehen. Die jungen Frauen würden ihre schweren Mäntel ablegen und wieder in bunten Kleidern durch die Straßen spazieren. Man würde von den bevorstehenden Jahrmärkten sprechen, den neuen Moden und dem Bedarf an zusätzlichen Arbeitskräften, um die Hinterlassenschaft des Winters wegzuräumen. Renwick stellte zu seiner Überraschung fest, dass er bis jetzt gar nicht gewusst hatte, wie sehr er den Frühling liebte.

An einem solchen Tag wollte er nicht sterben, nicht mit dieser Verheißung. Er betrachtete wieder die Männer neben sich.

Ob wir alle dasselbe denken?

Er fühlte sich in ihrer Mitte geborgen. Es war tröstlich, zu wissen, dass er nicht allein war. Wenn sie unterlagen, würden die Bauern ihre Felder nicht bestellen, würden die Mädchen nicht auf den Straßen singen und würde es keine Jahrmärkte mehr geben. Der Frühling würde kommen, aber nur für die Blumen und Bäume. Alles andere, die zahlreichen Dinge, die ihm so viel bedeuteten, würde nicht mehr da sein.

Er dachte an Elbrecht, Brand, Minte und Kine in ihrem Schneehaus unter der Stechpalme.

Ob sie sich fragen, was aus mir geworden ist? Was werden sie tun, wenn es Aquesta nicht mehr gibt? Und mich auch nicht mehr? Ob sie mich in Erinnerung behalten?

Eine Bewegung im Süden riss ihn aus seinen Gedanken und er blickte die Straße entlang. Eine Kolonne von Reitern näherte sich langsam wie ein Festzug – nein, ein Trauerzug. Die Reiter waren zwischen den schwarzen Baumstämmen und grauen Felsen immer nur kurz zu sehen. Sie trugen Blau und Gold, saßen auf Schimmeln und wurden von Musik begleitet.

»Steckt das Wachs in die Ohren!«, rief Breckton.

Der Befehl wurde von Mann zu Mann weitergegeben und alle einschließlich Renwick steckten sich das weiche Wachs in die Ohren. Breckton sah Renwick an, nickte und lächelte. Sie teilten ein Geheimnis.

Renwick erwiderte das Lächeln.

Die Elben tauchten aus dem Wald auf und verteilten sich auf dem freien Gelände vor der südlichen Stadtmauer. Minte hatte recht gehabt, sie boten einen atemberaubenden Anblick. Die Reiter hatten goldene Helme auf, die wie der Kopf eines Wolfs geformt waren, und waren mit goldenen Speeren bewaffnet. Die ersten Reiter hielten silberne Fahnen, die in der Luft flatterten. Dazu trugen sie eine seltsame Rüstung – Hemden aus Metallblättern, die leicht und beweglich aussahen, und Beinschienen, die aus weicher Atlasseide gefertigt schienen. Und alles leuchtete in der Sonne, die über ihnen am Himmel stand.

Sie saßen auf Tieren, die Renwick in Ermangelung eines besseren Wortes Pferde nannte, die aber ganz anders aussahen. Die edlen Geschöpfe gingen nicht, sondern tanzten förmlich. Sie bewegten sich im Gleichschritt und mit einer faszinierenden Anmut. Zaumzeug und Schabracken waren aus Gold und Seide gefertigt und glänzten, als bestünden sie aus Wasser und Eis. Die Reiter formierten sich zu Reihen und blieben stehen und nur noch die Fahnen bewegten sich. Renwick hätte gern gewusst, ob sie den Wind eigens zu diesem Zweck gerufen hatten.

Er zählte hundert Reiter, nicht mehr. Hundert Reiter in leichter Rüstung konnte man besiegen.

Vielleicht haben sie in den bisherigen Schlachten nur gewonnen, weil sie ihre Gegner in den Schlaf versetzt haben.

Bei diesem Gedanken begann sein Herz zu klopfen, doch dann, während er noch versuchte, ihre Gesichter genauer zu erkennen, bewegte sich auf der Straße wieder etwas. Eine zweite Kolonne näherte sich, diesmal Fußsoldaten in schwerer Rüstung und mit großen, gekrümmten Schilden, die wie Spiegel glänzten, und langen Speeren mit seltsam hakenförmigen Spitzen. Ihre Helme sahen aus wie die Köpfe von Bären. Die Soldaten marschierten in perfektem Einklang der Bewegungen und vollführten so präzise wie ein Schwarm Fische oder Vögel einen Schwenk. Sie gingen mit einer solchen Anmut, wie Renwick es bei Männern noch nie gesehen hatte. Auch sie formierten sich zu langen Reihen und standen vollkommen still, ohne dass auch nur einer gehustet oder seinen Helm zurechtgerückt hätte. Drei Mann tief standen sie parallel zur Stadtmauer. Und hinter ihnen tauchten wieder neue Soldaten auf. Sie trugen leichtere Rüstungen wie die Reiter und Bögen, deren Enden sich kräuselten wie Efeuranken und deren Sehnen blau schimmerten, sobald die Sonne darauf fiel. Ihre Helme waren wie Falkenköpfe geformt.

Weitere Abteilungen kamen in Sicht und Renwick spürte trotz des Wachses in den Ohren den Marschschritt als Vibrieren in der Brust. Große Tiere näherten sich, wie er sie noch nie gesehen hatte, Tiere mit gehörnten Köpfen und doppelt so groß wie Stiere oder Ochsen. Sie zogen Kriegsmaschinen, die zwei oder drei Stockwerke hoch waren und aus weißen, silbernen und grünen Stangen und Hebelarmen bestanden. Zehn solcher Maschinen tauchten aus dem kahlen Gestrüpp der Bäume auf und nahmen hinter den Soldaten Aufstellung.

Zuletzt, als alle Soldaten versammelt waren, standen mindestens zweitausend Elben vor der Stadtmauer. Dann tauchten weitere Reiter auf, nur zwanzig, die aber für Renwick trotzdem einen furchterregenden Anblick boten. Sie saßen auf Rappen und trugen keine Rüstung, sondern nur ein schimmerndes Gewand, das immer wieder die Farbe zu wechseln schien. Ihre Gesichter waren hinter Spinnenmasken verborgen. Dahinter kamen noch einmal zwanzig Reiter mit goldenen Brustpanzern und langen Mänteln in leuchtendem Purpurrot. Ihre Helme sahen aus wie Löwenköpfe.

Die Krieger auf den schwarzen Pferden hoben genau gleichzeitig die Arme und vollführten damit komplizierte Bewegungen, die aussahen wie ein Tanz von Armen und Händen. Fasziniert sah Renwick den fließenden Bewegungen zu. Der Tanz endete abrupt mit einem Händeklatschen der zwanzig Reiter. Ein Donnerschlag ertönte, den Renwick sogar durch das Wachs hörte.

Der Boden erbebte und die Mauer schwankte. Renwick sah, wie die Männer neben ihm taumelten. Risse liefen durch den Stein, Spalte taten sich auf und Teile der Steine splitterten ab und fielen in die Tiefe. Die Bäume des Waldes draußen schüttelten sich wie Lebewesen und die Erde riss auseinander. Hügel hoben und senkten sich und brachen auseinander. Löcher öffneten sich, Schluchten klafften in der Erde und gezackte Risse liefen durch den Boden auf die Stadt zu.

Wieder ging ein Ruck durch die Mauer und Renwick spürte, wie der Stein barst. Die Erschütterung war so heftig, dass seine Zähne aneinanderschlugen. Weitere Beben folgten und dann stürzte die Mauer zwischen dem vierten und fünften Turm ein. Schreiend stürzten Soldaten zusammen mit tonnenschweren Steinblöcken inmitten einer Staubwolke in die Tiefe. Der

Turm links des Südtors wurde aus seinem Fundament gerissen, schwankte und fiel um. Die Steine regneten auf ein Dutzend Männer. Das durch die Mauer laufende Beben setzte sich wie eine Welle durch die Stadt fort. Gebäude stürzten ein, Straßen rissen auseinander und Bäume fielen um. Der Platz des Imperiums teilte sich in zwei Hälften, das Podest, auf dem eben noch die Imperatorin gestanden hatte, verschwand in einer gezackten Spalte. Der Turm der weiter entfernten imperialen Kathedrale bekam Risse und stürzte ebenfalls ein.

Das Erdbeben ließ nach, aber die Elben rührten sich nicht und rückten nicht vor.

»Wir brauchen sofort Verstärkung bei der eingestürzten Mauer!«, rief Baron Breckton. Er griff nach seinem Signalhorn. »Schwenkt die rote Fahne!« Seine Stimme klang gedämpft, als hörte Renwick sie unter Wasser.

Er drehte sich um. Hauptmann Everton lag tot am Boden, ein Steinblock hatte ihn erschlagen. Mechanisch hob er die Fahne auf, die ebenfalls auf dem Boden lag, und schwenkte sie über seinem Kopf. Breckton stieß in sein Horn, bis eine andere Fahne antwortete.

Der Staub legte sich gerade, da ertönte ein Schrei, den Renwick trotz des Wachses in seinen Ohren hörte. Der Schrei kam von über ihm. Er spürte einen Luftzug und sah einen gewaltigen Schatten über den Boden ziehen. Er hob den Kopf. Am Himmel bot sich ihm ein furchterregender Anblick. Ein riesiges Schlangentier mit einem langen Schwanz und ledrigen Schwingen flog über ihn hinweg. Kaum hatte es die Stadtmauer hinter sich gelassen, ging es nach unten und riss mit seinen Krallen Dächer und Wände auseinander. Dann stieg es wie eine Rauchschwalbe steil auf, stand einen Augenblick in der Luft und schoss einen Flammenstrahl auf die Häuser und Läden unter ihm. Das Monster war nicht allein. Vor Renwicks Augen tauchten Dutzende der geflügelten Schlangen aus den brodelnden Wolken auf und fielen über die Stadt her. Wie ein Schwarm Fledermäuse gingen sie immer wieder im Sturzflug nach unten und zerrissen die Häuser und zündeten sie an. Innerhalb weniger Minuten stand die ganze Stadt in Flammen.

Renwick spürte, wie ihm die Tränen über die Wangen liefen. Der Rauch stieg ihm in die Nase und er hörte durch das Wachs die Schreie der anderen. Breckton packte ihn unsanft, stieß ihn zurück und schrie etwas, doch zu spät. Er verlor das Gleichgewicht, stürzte von der Brustwehr in die Tiefe und krachte durch das Strohdach des Stalls der Torwache. Mit dem Rücken schlug er auf dem weichen, von warmem Mist bedeckten Boden auf. Alle Luft wurde aus ihm hinausgedrückt und er konnte sich nicht mehr rühren und nicht mehr atmen. Das Wachs war ihm aus den Ohren gefallen und eine Flut von Geräuschen drang auf ihn ein. Am lautesten waren das Klappern von Hufen und das Wiehern der Pferde. Dazu kamen aus größerer Entfernung Schreie, das Bersten von Holz, das Knacken von Feuer und das ohrenbetäubende Kreischen der fliegenden Monster.

Renwick rang nach Luft und machte einige flache, keuchende Atemzüge. Auf einmal konnte er Arme und Beine wieder bewegen und rollte vorsichtig auf die Seite. Es tat weh. Sein Kopf dröhnte, sein Hals schmerzte und sein Rücken war wund. Er hatte sich gerade hingekniet, da teilte sich das Dach des Stalls unvermutet und drei Pferde wurden aus ihren Boxen gehoben und von zwei gewaltigen Klauen in die Luft gerissen.

In Panik rannte er los. Überall brannte es. Er blickte zum Tor und suchte nach Baron Breckton und den anderen Posten, aber alles war verschwunden, das ganze Südtor war nicht mehr da. Nur noch Trümmer und zerfetzte Balken waren davon übrig. Unter den Trümmern sah er Hände und Füße.

Auch die gewaltige steinerne Mauer, die die Stadt umgeben hatte, war weg. Renwick konnte von der Straße aus zu den Elbenkriegern hinaussehen und kam sich nackt vor. Die vordere Reihe der Bogenschützen mit den Falkenhelmen hob die Bögen und ein Pfeilhagel verdunkelte den Himmel.

Seine Hände, die ihm nicht zu gehören schienen, fassten mechanisch nach hinten und zogen den Schild von seinem Rücken. Er schob den Arm durch die Gurte und hob ihn über den Kopf. Mit einem Geräusch wie Hagel prasselten die Pfeile auf den Boden, prallten vom Straßenpflaster ab und bohrten sich in das Holz der Häuser. Drei trafen auf seinen Schild und blieben dort stecken, einer bohrte sich in seinen Handrücken. Renwick sah ihn, bevor er die Schmerzen spürte. Das Blut spritzte ihm ins Gesicht. Er starrte den aus seinem Handteller ragenden Schaft an, als gehöre die Hand einem Fremden.

Ein Schatten fiel über ihn. »Du lebst!«, rief Ritter Elgar. »So ist es brav! Aber steh auf. Jetzt ist keine Zeit zum Ausruhen.«

»Meine Hand!«, schrie Renwick.

Ritter Elgar sah unter den Schild und grinste. Wortlos brach er die Spitze des Pfeils ab und zog den Schaft heraus. Renwicks Beine gaben vor Schmerzen unter ihm nach. Er holte zitternd Luft und fiel auf die Knie.

»Aufstehen, Junge!«, rief Elgar. »Das ist doch nur ein Kratzer.«

Renwick nickte, so absurd es ihm auch vorkam, denn Elgar hatte recht. Seltsamerweise tat es auch gar nicht mehr weh. Er drückte sich mit seinem Schild, an dem noch drei gefiederte Pfeile hingen, vom Boden ab und stand auf.

Elgars Schild war mit zwei ähnlichen Pfeilen geschmückt. Ein dritter Pfeil steckte in der Schulter des Ritters, wie Renwick mit einer Grimasse bemerkte.

»Ha, ha, das ist nur ein Bienenstich.« Der Ritter lachte. An der rechten Wange hatte er einen tiefen Schnitt, der blutete. »Murthas, Rudolf und Gilbert sind tot und die Mauer ist weg. Hier können wir nichts mehr ausrichten. Wir müssen so schnell wie möglich zum Palast. Uns bleibt nur noch eine letzte Aufgabe.«

»Und Breckton?«

»Lebt.«

»Wo ist er? Ich muss …«

»Er hat befohlen, die Imperatorin zu verteidigen.« Grinsend hob Elgar sein Schwert. »Zieh mir doch bitte den Pfeil aus der Schulter.«

Alle im großen Saal blickten nach oben und verfolgten, wie der Riss an der Decke entlangwuchs. Er begann im Osten und wanderte in einer gezackten Linie rasch nach Westen. Gips fiel herunter, zuerst in Flocken, dann in größeren Brocken, vor denen die Menschen erschrocken zur Seite auswichen. Die Brocken zersprangen auf dem Marmorboden und weiße Kreidestückchen flogen in alle Richtungen. Der türkisblaue Himmel war dabei, einzustürzen.

Modina schenkte der Decke keine Beachtung. Sie ging langsam zwischen den Menschen hindurch, blickte in jedes Gesicht, erwiderte Blicke und lächelte beruhigend. Vor allem Frauen und Kinder hatten sich hier versammelt. Einige Bauernfamilien, wie die Bothwicks, saßen in kleinen Gruppen aneinandergedrängt auf dem Boden. Sie wiegten sich hin und her, beteten, flüsterten miteinander und weinten. Wer keinen Platz mehr im Kerker gefunden hatte, lagerte hier, wo noch wenige Monate zuvor die Ritter und ihre Damen Wintertid gefeiert hatten. Tische, auf denen einst Wildbret und Ente für Könige serviert worden waren, dienten jetzt Schustern, Hebammen und Taglöhnern als Schutz vor dem herunterfallenden Putz. Sogar der Mann mit der Ziege hatte Platz unter einem Eichentisch gefunden. Als die Erde zu beben begann, gesellten sich noch die Palastwachen, Bediensteten und Küchenangestellten dazu.

Ritter und Soldaten kamen in zerrissenen Kleidern und blutüberströmt oder vom Feuer rußgeschwärzt von draußen herein und berichteten von eingestürzten Häusern und fliehenden Menschen. Herzog Leo von Rochelle wurde von Vicomte Albert Winslow und einem gewissen Brice Barker auf einer Bahre hereingetragen. Die beiden stellten ihn vor die Herzogin, die die Hand ihres Gemahls nahm, ihn auf die kahle Stirn küsste und sagte: »Du hast deinen Spaß gehabt, jetzt bleibst du bei mir. Hast du gehört? Es ist noch nicht vorbei. Noch nicht.«

Brice drängte sich durch den Saal zu seiner Familie, die neben der Statue Novrons saß. Mit Tränen in den Augen setzte er sich zu ihr. Seine Frau hob den Kopf und sah sich suchend um. Ihr Blick traf den von Modina, aber sie suchte jemand anders.

Belinda, Lenare und Denek Pickering saßen mit Alenda und ihrer Zofe Emily und mit Julian, dem Kämmerer von Melengar, zusammen. Unweit von ihnen saßen unter dem Wandteppich mit den von einer Seereise heimkehrenden Schiffen Cosmos DeLur und sein Vater Cornelius. Die beiden dicken Männer trugen kostbare Gewänder und mit Edelsteinen besetzte Ringe. Sie waren von einer Gruppe hagerer Männer umringt wie von Hunden, die sich während eines Gewitters ängstlich zu Füßen ihres Herrn versammeln.

Modina kam an einer Gruppe von Frauen in tief ausgeschnittenen Kleidern vorbei. Durch die dicken Schminkschichten auf ihren Wangen zogen sich dunkel die Spuren von Tränen. Eine blickte neugierig auf und stieß ihre Nachbarin an, die jedoch nur verdrossen den Kopf schüttelte. Modina war schon an ihnen vorbeigegangen, da erinnerte sie sich an Clarisse und Maggie vom Salon Clarisse in Colnora.

Sie kehrte zu Allie und Mercy zurück. Amilia, Nimbus, Ibis, Cora, Gerald und Anna hatten sich schützend um die beiden Mädchen gesetzt. Ringelpelz hatte sich auf Mercys Schulter geflüchtet, der Elchhund Red hockte neben Ibis, der den Arm um ihn gelegt hatte.

»Werden sie mich auch töten?«, fragte Allie.

»Keine Ahnung«, sagte Anna.

»Aber ich will nicht allein übrig bleiben«, sagte das Mädchen und vergrub den Kopf in Annas Schoß. Ritter Elgar und Renwick traten ein. Beide bluteten. Als Amilia sie sah, stand sie auf und blickte suchend an ihnen vorbei zur Tür.

»Und Baron Breckton?«, fragte sie die beiden, als sie näherkamen. »Ist er ...«

»Als ich ihn zuletzt sah, hat er gelebt, Baronesse«, antwortete Elgar. Er wandte sich an Modina. »Die Mauer ist eingestürzt und die Verteidigung zusammengebrochen, Eminenz. Ein heftiger Sturm hat die Kavallerie zerstreut, die Breckton im Norden versteckt hatte. Ich habe gesehen, wie der Wind einen zwei Tonnen schweren Stein durch die Luft wirbelte wie eine Feder. Dann kamen die Elben. Sie liefen wie Rehe und schlugen zu wie Schlangen, so schnell, dass das Auge ihren Schwertern nicht folgen konnte. Der Kampf dauerte nur wenige Minuten. Sie töteten sogar die Pferde. Auf sie folgten die fliegenden Monster und die Pfeile. Die meisten unserer Soldaten sind tot. Die Überlebenden sind zerstreut, verwundet, vom Rauch geblendet oder in den Flammen eingesperrt. Die Stadt haben die Elben bereits erobert. Als Nächstes werden sie hierher kommen.«

Modina schwieg. Sie hätte sich gern gesetzt, sich auf einen Stuhl fallen lassen, aber sie blieb stehen. Sie musste stehen. Alle beobachteten sie, vergewisserten sich, dass sie noch bei ihnen war und keine Angst hatte.

Aber sie hatte Angst.

Nicht um sich – an ihr eigenes Wohl verschwendete sie keinen Gedanken. Sie konnte sich nicht erinnern, wann sie sich das letzte Mal um ihre Sicherheit gesorgt hatte. Ihre Sorge galt den anderen. Die Situation war ihr allzu vertraut. Sie hatte schon einmal eine Familie schützen müssen und nicht gewusst, wie. Etwas drückte schwer auf ihre Brust und sie hatte Mühe, zu atmen.

Draußen krachte ein Donnerschlag, gefolgt von lauten Schreien. Zu Tode erschrocken eilten einige zu den Fenstern und blickten hinaus. Da begann auf der anderen Seite des Saals, neben dem Kamin, in dem ein Feuer glomm, eine ältere Frau mit grauen Haaren und einem zerrissenen Kleid leise ein Wiegenlied zu singen. Modina erkannte die Melodie sofort, obwohl sie sie seit Jahren nicht gehört hatte. Vor allem bei armen Leuten war das Lied, die Klage einer Mutter, sehr beliebt und wurde oft den Kindern vorgesungen. Modina erinnerte sich an jedes Wort und fiel zusammen mit hundert anderen Stimmen leise in den Gesang ein. Wie ein Gebet zog das Lied durch den Saal.

Wenn Nacht und Kälte brechen herein,
Steigen sie kalt wie der Tod herauf,
Schlagen Tür und Fenster ein
Und brandschatzen und morden zuhauf.

Schatten hämmern an die Tür
Und sie schlagen die Trommeln der Angst.
Dass Maribor dich in der Not erhör,
Bete, so laut du kannst.

Wellen brechen sich am Bug
Des alten Schiffs auf dem Meer,
Der Sturm zerfetzt die Segel,
Es gibt nur wenig Hoffnung mehr.

Schatten hämmern an die Tür
Und sie schlagen die Trommeln der Angst.
Dass Maribor dich in der Not erhör,
Bete, so laut du kannst.

Im dunklen Walde eilst du hin,
Wie töricht du dich doch verhältst,
Denn Schritte folgen dir und holen auf,
Du rennst solange, bis du fällst.

Schatten hämmern an die Tür
Und sie schlagen die Trommeln der Angst.
Dass Maribor dich in der Not erhör,
Bete, so laut du kannst.

Als der Mensch am Abgrund stand,
Reicht' Novron ihm die Hand.
Ausgesandt von Gott, war er
Die Rettung für das ganze Land.

Schatten hämmern an das Tor,
Ach sind die Trommeln laut!
Habe keine Angst, denn Maribor,
Steht bei dem, der ihm traut.

Wieder erschütterte ein Beben den Saal. Der Marmorboden zerbrach wie dünner Zwieback und das eine Ende hob sich steil an und das andere sackte in die Tiefe. Alle schrien durcheinander. Die Zofe Emily rutschte in den sich öffnenden Spalt und konnte im letzten Moment von Lenare Pickering und Alenda Lanaklin an den Handgelenken festgehalten werden. Wieder erzitterte der Saal und alle drei rutschten auf den Rand der Spalte zu. Tad und Russell Bothwick sprangen auf, packten sie an den Fußknöcheln und zogen sich an eine höhere Stelle.

»Haltet euch aneinander fest, um Novrons willen!«, rief die Herzogin von Rochelle. Ein kalter Wind fuhr durch den Saal, Modina spürte ihn an der Wange. Ein klaffender Abgrund hatte sich zwischen dem Saal und der Wand mit den Fenstern geöffnet und die Wand schwankte wie eine Betrunkene.

»Zurück!«, befahl Modina mit erhobenen Armen.

Panik und Geschrei brachen aus. Dann stürzte die Wand ein und einige der Schreie verstummten abrupt. Steine und Putz prasselten nieder und zersprangen auf dem Boden. Modina musste entsetzt mit ansehen, wie vor ihren Augen rund dreißig Menschen unter den Trümmern begraben wurden.

Die Nächststehenden zogen die Verwundeten aus dem Schutt. Modina sah eine Hand, ging darauf zu und begann fieberhaft, Steine wegzuräumen. Sie erkannte den Mann an seinen von der Tinte fleckigen Fingern. Vorsichtig drückte sie den leblosen Kopf des Schreibers an die Brust und dachte traurig, dass sie ihn nur an seiner Hand, nicht am Gesicht erkannt hatte. Er atmete nicht mehr und aus Nase und Augen lief ihm das Blut.

»Eminenz?« Das war Nimbus.

»Modina?« Amilias Stimme zitterte.

Modina hob den Kopf. Im Saal war Stille eingekehrt und alle sahen sie angstvoll und flehend an. Ganz langsam, als sei sie von einem Vogelschwarm umgeben, stand sie auf. Panik drohte sie zu überwältigen. Sie hörte den erregten Atem der anderen, das Weinen von Kindern und Müttern und das Murmeln der sich vor und zurück wiegenden Männer.

Sie holte tief Luft und wischte das Blut des Schreibers an ihrem Gewand ab, wo es einen roten Abdruck hinterließ. Durch die abgerissene Wand blickte sie ins Freie. Hocherhobenen Hauptes und mit gestrafften Schultern ging sie darauf zu. Nimbus und Amilia hatten ihr einst diese Haltung beigebracht. Sie ging durch ein Meer von Blicken wie durch einen mit trübem Wasser gefüllten Teich. Nur ihr Anblick hielt die Panik der Menge noch zurück. Sie war der letzte noch stehende Pfeiler, der den Himmel stützte, die letzte Hoffnung an einem Ort, an dem es sonst keine Hoffnung mehr gab.

Am Ende des Palasthofs angekommen, blieb sie stehen. Die Hälfte des großen Saals war verschwunden, der Hof war vollkommen zerstört. Die Trümmer der Türme und des Eingangsportals lagen auf dem Boden zerstreut wie Bauklötze. Bäckerei und Kapelle waren eingestürzt, ebenso eine Wand des Getreidespeichers. Ein Berg von Gerste hatte sich in den Schmutz ergossen. Dagegen war der Brennholzstapel vor der Küche seltsamerweise nicht umgekippt.

Da auch die umlaufende Mauer des Hofs nicht mehr stand, konnte sie die Stadt sehen. Aus allen Vierteln stiegen Feuersäulen auf. Gespenstisch schwarze Wolken aus Rauch und Asche hingen über den verwüsteten Häusern, der Boden war mit Toten und Sterbenden übersät. Auf den Straßen lagen die Leichen von Soldaten, Rittern, Kaufleuten und Arbeitern. Überall waren Lücken in die vertraute Stadtansicht gerissen, Silhouetten, die sie einst durch ihr Fenster gesehen hatte, waren verschwunden. Manche Häuser neigten sich zur Seite oder hatten keine Dächer oder Wände mehr. Am dunklen Himmel kreisten vertraute Gestalten. Sie wendeten, beschrieben Bögen, drehten ein wie Falken und kamen auf Modina zu. Über dem Hof ertönte ein gellendes Kreischen, dann landete ein riesiger geflügelter Gilarabrywn an der Stelle des einstigen Gemüsegartens.

Modina blickte hinter sich, in den Saal.

»Glaubt ihr an mich?«, fragte sie. »Glaubt ihr, dass ich euch retten kann?«

Die Menschen schwiegen, doch einige nickten, darunter auch Amilia und Nimbus.

»Ich bin die Tochter des letzten Imperators«, rief Modina laut und ihre Stimme war weithin vernehmbar. »Ich bin die Tochter Novrons und die Tochter Maribors. Ich bin die Imperatorin Modina Novronia! Dies ist meine Stadt, mein Land und ihr seid mein Volk. Ich werde euch nicht den Elben überlassen!«

Als der Gilarabrywn ihre Stimme hörte, wandte er sich ihr zu und starrte sie an.

Doch Modina blickte weiter auf die Menschen im Saal. Russell Bothwick hatte die Arme um Lena und Tad gelegt, Nimbus hielt Amilia. Amilia erwiderte Modinas Blick und begann zu weinen.

24

Das Geschenk

Hier ist es so still wie in einem Grab, dachte Hadrian. Er saß im Dunkeln, denn die letzte Laterne war vor einiger Zeit ausgegangen. Auch die Gespräche waren verstummt. Royce hatte Myron noch einige Fragen zum Elbischen gestellt, dann verfiel er ebenfalls in Schweigen.

Hadrian saß in der Gruft Novrons, an dem Ort, an dem man den Retter der Menschheit zur letzten Ruhe gebettet hatte. Man hatte lange geglaubt, das Grab existiere nur in der Legende, doch jetzt saß er hier, als einer der Ersten seit tausend Jahren. Er konnte es immer noch nicht fassen.

Er lehnte mit dem Rücken an der Wand und hatte den rechten Arm auf eine Vase gelegt, die wahrscheinlich zehntausend Goldtaler wert war. Seine Füße lagen auf der Statue eines Widders aus massivem Gold. Wenigstens würde er als steinreicher Mann sterben.

Sieh an, was aus dir geworden ist. Tief und kräftig tönte die Stimme seines Vaters durch seinen Kopf, so wie er sie in seiner Erinnerung als kleiner Junge gehört hatte. Er sah seinen Vater vor sich stehen, schweißbedeckt und mit seiner Lederschürze und in den Händen die Zange.

Alles, was ich dir beigebracht habe, hast du für Geld und Ruhm verschwendet. Was hast du jetzt davon? Zu deinen Füßen liegen mehr Reichtümer, als je ein König besessen hat, und im Osten kennt man immer noch deinen Namen, aber was ist dein Leben wert, jetzt, da es zu Ende geht? Hast du ein solches Leben gewollt, als du Hintindar verlassen hast? Ist das die Erfüllung deiner Wünsche?

Hadrian nahm die Hand von der Vase und zog die Füße von dem goldenen Widder zurück.

Du hast gesagt, du wolltest ein großer Held sein. Dann zeig mir doch, was du geleistet hast. Nenne mir eine Sache, die dein Leben wert gewesen wäre. Etwas, das du geleistet, gewonnen, verdient oder gelernt hast. Gibt es so etwas? Hast du etwas vorzuweisen?

Hadrian drehte den Kopf und blickte in die benachbarte Grablege. Von dort kam ein schwacher blauer Schein.

Eine Zeitlang starrte er ihn an, er hätte nicht sagen können, wie lange. Der Schein wurde heller und wieder dunkler – vermutlich im Rhythmus von Aristas Atemzügen. Er hatte keine Ahnung, wie das ging, ob sie es machte oder der Umhang.

Was hast du vorzuweisen?, fragte er sich.

Er stand auf, streckte die Hände aus und tastete sich an der Wand entlang zum Durchgang zur Krypta. Dort saß nur sie. Sie saß in einer der Nischen hinter einem Sarkophag, dem Sarkophag, in dessen Seiten die Landschaftsszenen eingemeißelt waren. Die Arme hatte sie um die Beine geschlungen, den Kopf auf die Knie gelegt.

Er setzte sich neben sie. Der Schein ihres Umhangs wurde ein wenig heller und sie hob den Kopf. Ihre Wangen waren tränennass. Überrascht sah sie ihn an und wischte sich die Augen.

»Hallo«, sagte sie.

»Hallo«, antwortete er. »Geträumt?«

Arista antwortete nicht gleich. Dann schüttelte sie traurig den Kopf. »Nein, kein Traum. Was das wohl bedeutet?«

»Wahrscheinlich, dass wir am Ende sind.«

Arista nickte. »Wahrscheinlich.«

»Die anderen sind drüben in der Gruft. Warum sitzt Ihr hier?«

»Keine Ahnung. Wahrscheinlich wollte ich einfach allein sein.

Ich habe mein Leben an mir vorbeiziehen lassen – die vielen Dinge, die ich bereue. Dinge, die ich hätte tun sollen, und Dinge, die ich getan habe, aber lieber nicht hätte tun sollen, du weißt schon, solche lustigen Sachen. Und so was macht man am besten allein. Und du? An was hast du gedacht?«

»An dasselbe.«

»Ach ja? Und das wäre?«

»Hm.« Er räusperte sich. »Komisch, dass Ihr fragt. Es gibt viele Dinge, die ich lieber nicht getan hätte, aber ... eigentlich nur eine Sache, die ich gern getan hätte, aber nicht getan habe.«

Arista hob die Augenbrauen. »Ja? Dann musst du ein glücklicher Mensch sein – fast so wie Myron.«

»Hm, vielleicht«, sagte er unbehaglich.

»Was hast du denn nicht getan?«

»Also, das ist so. Eigentlich ... eigentlich beneide ich Royce. Ich hätte nie gedacht, dass ich das einmal sagen würde, aber es stimmt. Royce hat das Leben geführt, vor dem Mütter ihre Kinder warnen, wenn sie ungezogen sind. Als hätten die Götter es vom Tag seiner Geburt an auf ihn abgesehen gehabt. Kein Wunder, dass er so geworden ist, wie er ist. Als ich ihn kennenlernte, machte er einem ziemlich Angst.«

»Jetzt nicht mehr?«

»Äh, also nicht so wie damals. Damals hatte man das Gefühl, dass man ihm keine Sekunde den Rücken zukehren durfte. Aber Arcadius hat etwas in ihm gesehen, das kein anderer sah. Wahrscheinlich, weil er Zauberer war und Zauberer in die Seele der Menschen blicken können. Und dort Dinge sehen, die andere Menschen nicht sehen.«

Hadrian spürte die Kälte des Steins, auf dem er saß, durch die dicke Schmutzschicht hindurch. Er kreuzte unbehaglich die Beine und beugte sich ein wenig vor.

»Es dauerte lange, bis Royce jemandem vertraute. Ich weiß ehrlich gesagt gar nicht, ob er mir ganz vertraut, aber Gwen hat er vertraut. Sie hat ihn verändert. Sie hat das Unmögliche geschafft und ihn glücklich gemacht. Dass Royce lächeln könnte, also freundlich lächeln, kommt mir immer noch vor wie ... keine Ahnung ... Schnee im Sommer oder Schafe, die sich zu Wölfen legen. So was kommt nicht davon, dass man ein Mädchen einfach nur mag. Die Beziehung zu Gwen war etwas Besonderes, sie ging viel tiefer. Sie bestand nur kurz, aber wenigstens weiß Royce jetzt, wie sich so etwas anfühlt. Versteht Ihr, was ich meine?«

Arista nickte. »Ja.«

»Und ich bereue, dass ich dieses Gefühl nie kennengelernt habe.«

»Das kannst du nicht bereuen.« Sie hätte fast gelacht. »Wie kannst du bereuen, dass du nie wahrhaftig geliebt hast? Genauso gut könnte man bereuen, dass man nicht als Genie geboren worden ist. Man hat das nicht in der Hand. Entweder es passiert oder es passiert nicht. Es ist ein Geschenk, ein Geschenk, das die meisten nie bekommen. Im Grunde handelt es sich mehr um ein Wunder. Zuerst musst du jemanden finden und dann musst du die betreffende Person kennenlernen, um beurteilen zu können, was sie dir bedeutet, was allein schon unheimlich schwer ist. Dann ...« Sie machte eine Pause und ihr Blick wurde abwesend. »Dann muss diese Person dasselbe dir gegenüber empfinden. Es ist wie die Suche nach einer ganz bestimmten Schneeflocke, und selbst wenn man sie findet, reicht das noch nicht. Es braucht zwei solcher Schneeflocken. Wie wahrscheinlich ist das? Ich glaube, Hilfred hat gefunden, was er suchte. Er hat mich geliebt.«

»Habt Ihr ihn auch geliebt?«

»Ja, aber nicht so, wie er wollte. Nicht, wie er mich geliebt hat. Ich wünschte, ich hätte ihn so lieben können. Es hätte sich so gehört. Mit Emery war es genauso. Ich habe deswegen sogar ein schlechtes Gewissen. Vielleicht hätte ich Emery mit der Zeit lieben gelernt, aber ich kannte ihn ja kaum.«

»Und Hilfred?«

»Ich weiß nicht. Er war für mich wahrscheinlich mehr ein Bruder. Ich wollte ihn glücklich machen, so wie ich Alric glücklich machen wollte. Aber das meine ich doch. Die meisten Menschen erleben gar keine wahre Liebe, und wenn sie es tun, dann ist es einseitig. Das ist vielleicht noch schlimmer, als überhaupt nie zu lieben. Zu wissen, dass die eigene Liebe keine Erfüllung finden kann, ist eine Art Folter. Du siehst also, weil man es nicht in der Hand hat, dass man liebt, kann man auch nicht bereuen, dass man die wahre Liebe nicht gefunden hat.«

»Aber das ist es ja gerade, ich habe sie gefunden, ihr aber meine Gefühle nie offenbart.«

»Ach so – das ist wirklich schrecklich«, rief Arista. Sie brach ab und schlug sich die Hand vor den Mund. »Entschuldige, wie schrecklich taktlos von mir. Kein Wunder, dass ich eine so schlechte Botschafterin war. Ich habe wirklich nicht das geringste Fingerspitzengefühl. Da sprichst du ... oh!« Sie sah ihn an, als sei ihr plötzlich etwas klar geworden. »Ich weiß, wer sie ist.«

Hadrian wurde es heiß und seine Haut begann unter dem Hemd unangenehm zu kribbeln.

»Sie ist wirklich hübsch.«

»Äh ...« Hadrian starrte sie verwirrt an.

»Sie heißt gar nicht Esmeralda, stimmt's? Ich habe gehört, wie jemand sie so nannte.«

»Esmeralda? Ihr meint, ich spreche von ...«

»Etwa nicht?« Arista klang verlegen. Verunsichert fügte sie hinzu: »Ich habe gesehen, wie sie dich zum Abschied geküsst hat.«

Hadrian lachte. »Sie heißt eigentlich Falina und ist ein nettes Mädchen, aber nein, ich spreche nicht von ihr. Die Frau, die ich meine, ist ganz anders.«

»So«, sagte die Prinzessin leise. »Aber warum hast du ihr nie gesagt, was du empfindest?«

»Ich habe eine Liste der Gründe verfasst.« Er strich wie suchend mit den Händen über sein Hemd. Es war lustig gemeint, aber er kam sich nur dumm vor.

Sie lächelte. Er mochte es, wenn sie lächelte.

»Nein, im Ernst – warum nicht?«

»Das war kein Witz, ich habe tatsächlich eine solche Liste, nur habe ich sie nicht aufgeschrieben. Sie wird immer länger. Es stehen schon so viele Gründe drauf.«

»Nenn mir ein paar davon.«

»Also der Hauptgrund ist, sie ist adlig.«

»Ah, verstehe«, sagte Arista ernst. »Aber unmöglich wäre es nicht. Es hängt natürlich von der Frau ab, aber es ist schon vorgekommen, dass adlige Frauen Männer aus dem Volk heiraten. Es wäre nicht das erste Mal.«

»Reiche Kaufleute vielleicht, aber wie viele Frauen aus Eurer Bekanntschaft sind mit einem gewöhnlichen Dieb durchgebrannt?«

»Du bist kein gewöhnlicher Dieb«, erwiderte sie streng. »Aber ich verstehe, was du meinst. Du hast insofern recht, als es nicht viele adlige Frauen gibt, die mehr sehen würden als die niedrige Herkunft und den anrüchigen Beruf. Aber Lenare Lanaklin zum Beispiel – es ist nicht sie, oder?« Sie sah ihn alarmiert an.

»Nein, nicht Lenare.«

»Gut.« Sie seufzte und tat so, als müsste sie sich den Schweiß von der Stirn wischen. »Versteh mich nicht falsch, ich liebe Lenare wie eine Schwester, aber sie ist nicht die richtige Frau für dich.«

»Ich weiß.«

»Aber einige Frauen, auch adlige, fühlen sich trotzdem von Banditen angezogen. Sie hören gern Abenteuergeschichten und lassen sich mitreißen – ich habe das schon erlebt.«

»Aber unterliegen diese Frauen nicht auch gewissen Zwängen? Selbst wenn sie wollten, müssten sie doch ihren Verpflichtungen gerecht werden. Da geht es um Titel und Landbesitz.«

»Noch ein gutes Argument.«

»Hat *Euch* das abgehalten, zu heiraten?«

»Mich? Bei Maribor, nein.« Arista lächelte bitter. »Alric wollte mich aus genau diesem Grund mit einer ganzen Reihe wichtiger Verbündeter verheiraten. Wenn mein Vater nicht ermordet worden wäre, wäre ich jetzt bestimmt mit Prinz Rudolf von Alburn verheiratet.« Sie schüttelte sich theatralisch. »Zum Glück hatte Alric mehr Verständnis. Als Kind hätte ich das gar nicht von ihm erwartet, aber er hat mich tatsächlich nie zu etwas gezwungen. Ich kenne nicht viele andere Männer, die sich so verhalten hätten.«

»Warum habt Ihr es dann nicht getan?«

»Geheiratet, meinst du?« Sie lachte ein wenig unbehaglich. »Du wirst es vielleicht nicht glauben, Hadrian – ich bin ja so wahnsinnig schön und so weiter –, aber Emery war der erste Mann, der sich für mich interessierte. Zumindest war er der Erste, der sich wirklich mit mir unterhalten hat. Ich bin anders als Lenare oder Alenda. Männer fühlen sich nicht zu mir hingezogen, und das mit der Hexe schreckt sie zusätzlich ab. Nein, Emery war der Erste, und ich bin davon überzeugt, wenn er mich erst näher kennengelernt hätte, hätte er seine Meinung über mich geändert. Er hat nicht lange genug gelebt, um zu merken, dass es nur eine Schwärmerei war. Mit Hilfred war es dasselbe.« Sie wandte den Blick ab und wirkte auf einmal sehr traurig. »Wahrscheinlich muss ich dankbar dafür sein, dass sich so wenige für mich interessieren, sonst würde noch mehr Blut an meinen Händen kleben.«

»Das verstehe ich nicht.«

»Nur Emery und Hilfred haben je Gefühle für mich gezeigt.« Arista zögerte einen Moment. »Und beide waren sie keine Woche später tot.«

»Das war nicht Eure Schuld.«

»Aber ich hatte die Idee zu dem Aufstand, der Emery das Leben gekostet hat, und mein Plan, Gaunt zu retten, hat Hilfred getötet. Immer waren es meine Pläne.«

»Ohne Euch wäre Emery schon früher gestorben.«

»Und Hilfred?«

»Hilfred hat sich frei entschieden wie Ihr auch. Er kannte das Risiko. Es war nicht Eure Schuld.«

»Trotzdem habe ich das Gefühl, verflucht zu sein – als sei es mir nicht bestimmt, mein Glück in der Liebe zu finden.«

Hadrian schwieg und wartete ab, ob Arista noch etwas sagen wollte. Eine Weile saßen sie schweigend nebeneinander. Arista schloss die Augen, er holte tief Luft. Es war schwieriger, als er gedacht hatte.

»Der eigentliche Grund, warum ich es ihr nie gesagt habe«, fuhr er schließlich fort und seine Stimme klang ihm selbst merkwürdig fremd, »ist, dass ich ehrlich gesagt Angst habe.«

Arista legte den Kopf schräg und sah ihn aus den Augenwinkeln an. »Du hast Angst? Wirklich?«

»Ich habe wahrscheinlich gefürchtet, sie würde mich auslachen. Oder schlimmer noch, so wütend werden, dass sie mich nicht mehr leiden kann. Und das wäre das Schlimmste für mich – dass sie mich verabscheut. Ich weiß nicht, ob ich damit leben könnte. Ich liebe sie doch so sehr und würde mich lieber vierteilen lassen, als ihren Zorn auf mich ziehen.«

Er sah, wie Aristas Schultern nach unten sackten, sie den Blick abwandte und die Lippen zusammenpresste. »Diese Frau kann sich wirklich glücklich schätzen. Schade, dass sie jetzt nicht hier ist. Da wir nichts mehr zu verlieren haben, hättest du vielleicht den Mut, dich ihr zu offenbaren. Und wenn sie dich dann hasst, bräuchtest du den Schmerz wenigstens nicht lange zu ertragen.«

Hadrian lächelte und nickte.

Arista holte tief Luft und setzte sich auf. »Kenne ich sie eigentlich?« Sie duckte sich, als fürchtete sie, geschlagen zu werden.

Hadrian seufzte schwer.

»Was ist? Also kenne ich sie, ja? Wenn nicht, hättest du mir ihren Namen schon gesagt. Na los, jetzt brauchst du es doch nicht mehr geheim zu halten.«

»Stimmt. Der Gedanke kam mir ja auch nur, weil ...« Hadrian

machte eine Pause und sah Arista an. Ihre Augen waren wie Teiche, in die er gleich springen wollte, ohne zu wissen, wie kalt das Wasser war. Er machte sich auf einen Schock gefasst. »Das, was ich in meinem Leben am meisten bereue, kann ich immer noch ändern, bevor es zu spät ist.«

Arista sah ihn mit zusammengekniffenen Augen an und legte den Kopf ein wenig schräg wie ein Hund, der ein seltsames Geräusch gehört hat. »Aber wie willst du ...« Sie brach ab.

Ihr Mund schloss sich und sie starrte ihn stumm und vollkommen bewegungslos an. Hadrian hätte nicht sagen können, ob sie überhaupt noch atmete.

Dann begann ihre Unterlippe zu zittern. Von der Lippe ausgehend, erfasste das Zittern Hals und Schultern, bis sie am ganzen Körper bebte und sogar ihre Haare in Bewegung gerieten. Ohne Vorwarnung liefen ihr Tränen über die Wangen. Und immer noch sagte sie nichts und bewegte sich nicht, doch ihr Gewand wechselte die Farbe von Blau zu einem leuchtenden Purpurrot und hüllte sie beide mit seinem Schein ein.

Was bedeutet das?

»Arista?«, flüsterte er alarmiert. Er konnte den Blick auf ihrem Gesicht nicht lesen.

Was zeigt er? Angst? Entsetzen? Reue?

Er musste es unbedingt wissen. Er hatte sich soeben von einem Felsen in einen Abgrund gestürzt, dessen Boden er nicht sehen konnte.

»Seid Ihr verstimmt?«, fragte er. »Seid bitte nicht böse auf mich. Ihr dürft mich nicht hassen. Ich will nicht in dem Bewusstsein sterben, dass Ihr mich hasst. Genau deshalb habe ich doch bisher nichts gesagt. Ich hatte Angst ...«

Arista legte die Finger an seine Lippen und drückte sie sanft zu.

»Pst!«, brachte sie heraus, während sie weiter weinte und ihn unverwandt ansah.

Dann nahm sie sein Gesicht zärtlich in die Hände. »Ich hasse dich doch nicht«, flüsterte sie. »Ich bin nur ... ich ...« Sie biss sich auf die Lippen.

»Was?« Hadrian sah sie verzweifelt mit großen Augen an und suchte nach irgendwelchen Hinweisen. Arista spannte ihn absichtlich auf die Folter, er wusste es.

»Das klingt jetzt wirklich dumm«, sagte sie und schüttelte langsam den Kopf.

»Ist mir egal, sagt es einfach. Egal, was es ist, sagt es!«

»Ich ...« Sie lachte ein wenig. »Ich glaube, ich war in meinem ganzen Leben noch nie so glücklich wie in diesem Moment.«

Jetzt war es an ihm, sie anzustarren. Er öffnete den Mund, aber kein Ton kam heraus. Er tauchte in ihren Blick ein und stellte fest, dass er wieder atmen konnte.

»Wenn du wüsstest, dass ich ... wie sehr ich gehofft habe ...« Sie neigte den Kopf nach vorn, so dass ihr Gesicht hinter den Haaren verschwand. »Ich habe immer gedacht, ich wäre für dich nur ein ... ein Auftrag.« Sie hob den Kopf und zog die Nase hoch. »Und so, wie du mit Royce über Adlige gesprochen hast ...«

Hadrian stellte fest, dass sein Herz wieder schlug, sogar ziemlich heftig. Trotz der kalten Krypta war sein Hemd schweißgetränkt und seine Hände zitterten.

»Wir werden hier sterben«, sagte Arista und begann plötzlich zu lachen. »Aber das ist mir auf einmal egal. Ich hätte nie gedacht, dass ich so glücklich sein kann.«

Jetzt musste auch er lachen. Erleichterung und Freude mischten sich in ihm und versetzten ihn in einen Rausch, wie nicht noch so viel Alkohol ihn zustande brachte. Er fühlte sich betrunken, schwindlig und lebendiger denn je.

»Ich fühle mich so ... so ...« Arista lachte und brach verlegen ab.

»Wie?« Er hob die Hand und wischte ihr die Tränen von den Wangen.

»Als sei ich gar nicht mehr in einer Krypta begraben. Als sei ich ... ja, nach Hause gekommen.«

»Zum ersten Mal«, fügte er hinzu.

Sie nickte und die Tränen begannen wieder zu fließen.

Er streckte die Hände aus. Sie sank an seine Brust und er schloss die Arme um sie. Wie klein sie sich anfühlte. Sie wirkte immer so energisch und kraftvoll, dass er nie gedacht hätte, sie könnte sich so zart anfühlen, so zerbrechlich. Jetzt konnte er sterben. Er lehnte sich mit dem Kopf an die Wand, holte tief Luft und genoss in vollen Zügen, wie Aristas Kopf sich an seiner Brust hob und senkte.

Dann hörten sie, wie Steine auseinanderbrachen.

Da niemand etwas sehen konnte, versammelten sie sich um Aristas leuchtenden Umhang. Arista war mit Hadrian aus der Nische gekommen. Der purpurrote Schein verfärbte sich weiß und ließ die Gesichter gespenstisch bleich aufleuchten. Wieder ertönte ein ohrenbetäubendes Poltern und Rumpeln.

»Was geht da vor?«, fragte Hadrian. Der Lärm kam vom Gewölbe der Tage und wurde von den steinernen Wänden zurückgeworfen.

»Keine Ahnung«, sagte Mauvin. »Vielleicht graben die Ghazel einen Tunnel zu uns.« Er musterte Arista mit zusammengekniffenen Augen. »Alles in Ordnung?«

»Mit mir?« Arista lächelte. »Mir geht es großartig.«

Mauvin sah sie verwirrt an und zuckte mit den Schultern. »Sollen wir eine Sperre errichten?«

»Was hätte das für einen Zweck?«, erwiderte Hadrian. »Wenn sie sich durch die Trümmer graben können, halten ein paar goldene Stühle sie auch nicht auf.«

»Was tun wir also?«, fragte Gaunt.

Hadrian sah sich um und zählte die Gesichter ab. »Wo ist Royce?«

Um Aristas leuchtenden Umhang standen Myron, Magnus, Gaunt, Mauvin, Arista und er selbst. Royce war nirgends zu sehen. Hadrian wandte sich dem Lärm zu und setzte sich in Bewegung. Die anderen folgten ihm. An der Tür zum Gewölbe der Tage angekommen, blieb er stehen. Dann trat er zusammen mit Arista vorsichtig hindurch.

»Wo ist es?«, fragte Hadrian, an niemanden gerichtet.

»Wo ist was?«, fragte Mauvin.

»Das Monster ist verschwunden.«

»Tatsächlich?«, sagte Gaunt ängstlich. »Es hat ihn gefressen!«

»Glaube ich nicht«, erwiderte Hadrian. Er fasste Arista an der Hand und durchquerte gefolgt von den anderen den Saal. Staub hing in der Luft. Vor der Tür am anderen Ende war er so dick wie Nebel. Das Knirschen und Poltern wurde lauter.

An der anderen Seite angekommen, stellten sie fest, dass die Tür zu der Kammer mit den Schriftrollen fehlte und außerdem auch ein Großteil der Wand zwischen Saal und Kammer. Die Kammer selbst war zerstört. Auch die hintere Wand war eingestürzt und der Boden mit Trümmern übersät. Dahinter, an der Stelle, an der einst ein Gang zu der zerstörten Treppe geführt hatte, klaffte ein riesiger Tunnel, aus dem das Getöse und die Staubwolken kamen.

Royce saß mit dem Rücken an die Wand gelehnt auf seinem Bündel, die Füße vor sich ausgestreckt.

»Ich habe mich schon gefragt, wo ihr bleibt«, begrüßte er sie.

Hadrian sah ihn kurz an und begann dann in Richtung des Tunnels zu gehen.

»Lieber nicht«, sagte Royce warnend. »Dieses Ungetüm passt nicht auf, wo es die Steine hinwirft.«

»Beim Bart Maribors!«, rief Hadrian und begann zu lachen.

»Bei Drome!«, brummte Magnus.

»Wir dachten, die Ghazel wären auf dem Weg zu uns«, erklärte Mauvin. Er wedelte mit der Hand vor seinem Gesicht hin und her, um den Staub zu vertreiben.

»Sie kommen bestimmt noch«, sagte Royce.

»Natürlich!«, rief Mauvin. »In der Grabkammer gibt es Waffen und Schilde. Wir sollten …«

»Darum würde ich mir keine Sorgen machen«, erklärte Royce. »Ich habe Gili aufgetragen, sich auch um die Ghazel zu kümmern.«

Hadrian begann zu lachen und auch Royce lächelte.

»Die werden mächtig überrascht sein, wenn sie sehen, wer da rauskommt.« Der Dieb kicherte.

»Und wir kommen auch raus?« Arista sah ihn verblüfft an.

»Es wäre jedenfalls durchaus möglich.« Royce nickte. »Ich habe eine Weile gebraucht, bis ich die richtigen Wörter zusammenhatte, aber als der gute alte Gili erst kapiert hatte, was ich wollte, machte er sich mit Feuereifer an die Sache.«

»Gili?«, fragte Hadrian lachend.

»Ein Haustier braucht doch einen Namen. Später will ich ihm noch das Apportieren und die Rückenrolle beibringen, aber vorerst reichen die Kommandos *Grab!* und *Fass!*«

Wieder erschütterte lautes Rumpeln die Kammer. Schmutz fiel von den Wänden und alle zuckten zusammen. Eine dicke Staubwolke quoll aus dem Tunnel.

»Geht einem durch Mark und Bein, wenn er erst mal richtig in Fahrt ist«, sagte Royce. »Wartet hier. Ich sehe nach, wie er vorankommt.«

Er stand auf, wickelte sich seinen Schal um das Gesicht und ging in die schwarze Wolke hinein. Der Boden bebte weiter und das Getöse war so laut, als führten im Nachbarzimmer die Götter Krieg.

»Wie passt der Gilarabrywn überhaupt durch den Gang?«, fragte Myron.

»Ich glaube eher, er macht sich einen neuen«, erwiderte Magnus.

Royce kehrte zurück. »Nehmt eure Sachen«, sagte er. »Gili kommt so gut voran, dass es nicht mehr lange dauern wird.«

Sie nahmen ihre Bündel auf und kehrten in die Grabkammer zurück. Dort steckte Arista noch das Horn ein. Sie schlossen den Sarg Novrons und Gaunt, Mauvin und Magnus sammelten noch einige kleinere Gegenstände als »Andenken« ein, wie sie meinten. Royce dagegen nahm zu Hadrians Überraschung nichts mit, nicht einmal eine Handvoll Goldmünzen. Er wartete nur, bis die anderen fertig waren. Sie entboten Alric einen letzten Abschiedsgruß und kehrten zum Tunnel zurück.

Hadrian verließ die Grabkammer als Letzter. Im Gehen fiel sein Blick im letzten Schein von Aristas Umhang noch auf einen kleinen Gegenstand auf dem Boden. Er hob ihn auf und steckte ihn in sein Bündel. Dann ging er den anderen nach.

Royce ging voraus. Der Staub hatte sich inzwischen gelegt. Aus dem Gang war eine breite Passage geworden, wie sie etwa ein Riesenkaninchen gegraben hätte. Sie war rund, mit einem Durchmesser von mindestens fünfzig Fuß. Die Wände bestanden aus massivem Stein, der durch sein Gewicht zusammengedrückt wurde. Die Passage verlief zunächst einige Fuß weit eben, dann stieg sie an. Von dem Gilarabrywn war nichts zu sehen, aber sie hörten vor sich das vertraute Trommeln.

»Die Ghazel, wie schön«, meinte Hadrian enttäuscht. »Sie haben gewartet.«

Der Tunnel endete an dem breiten Korridor mit den Rüstungen und Reliefs, durch den sie schon auf dem Hinweg gekommen waren. Der Korridor war so groß, dass auch der Gilarabrywn hindurchgepasst hätte, doch war von ihm keine Spur zu sehen.

»Wo ist dein Haustier, Royce?«

Royce zuckte mit den Schultern. »Vielleicht hätte ich ihn an die Leine nehmen sollen.«

»Was hast du ihm denn aufgetragen?«, fragte Mauvin.

»Das ist es ja ... ich weiß es nicht genau. Hoffentlich, dass er alle Steine auf dem Weg nach draußen bis zum Platz vor dem Palast wegräumen soll. Aber wer weiß, was ich wirklich gesagt habe. Vielleicht hat er ja etwas ganz anderes verstanden, zum Beispiel, dass er alle Schweine auf dem Weg zum Schatz wegträumen soll.«

Magnus und Mauvin kicherten und sogar Hadrian lächelte.

»Das war kein Witz«, sagte Myron. »Genau das hat Royce gesagt, als er mir den Satz zum ersten Mal nachgesprochen hat. Und natürlich ist auch gar nicht sicher, dass ich mich richtig ausgedrückt habe.«

Durch den leeren Korridor drang Kläffen und Geschrei. Hadrian und Mauvin zogen ihre Schwerter und blieben stehen, doch es war nichts mehr zu hören.

Achselzuckend führte Royce sie weiter, wobei er immer ein paar Dutzend Schritte vorausging. Dabei blickte er ständig nach rechts und links. Wenn er die Ohren lauschend aufgestellt hatte, erinnerte er Hadrian mit seinen nervösen Bewegungen immer an ein Eichhörnchen.

Sie kamen an der prächtigen Tür zum Thronsaal vorbei, die nach wie vor geschlossen war. Royce blieb stehen, hob die Hand und neigte lauschend den Kopf. Dann hörten die anderen es auch – vor ihnen waren gedämpft Signalhörner, Trommeln und Geschrei zu hören.

»Blut«, bemerkte Royce und streckte den Arm aus.

Arista trat näher und im Schein ihres Umhangs sahen sie hässliche Spritzer und Flecken, die sich über die Wand vor ihnen zogen wie ein Gemälde, von dem noch die Farbe hinunterlief. Auf dem Boden verstreut lagen ein Dutzend Pfeile.

Sie gingen bis zum Ende des Korridors weiter, von dem ein weiterer Tunnel vom Durchmesser des Gilarabrywn nach oben führte. Durch ihn wehte frische, salzige Luft. Sie begannen ihn hinaufzusteigen. Oben angekommen, steckte Royce als Erster den Kopf nach draußen, dann winkte er den anderen nachzukommen. Sie standen auf dem Platz zwischen dem Cenzarium und dem, was Arista von der Teshlor-Halle übriggelassen hatte. In der Mitte, dort, wo ehemals der Brunnen gewesen war, lag in einer Blutlache der Gilarabrywn. Sein Schwanz zuckte träge hin und her und klatschte mit einem feuchten Schmatzen auf den Boden. Der übrige Platz war weit über den Schein von Aristas Umhang hinaus mit den Leichen der Ghazel übersät, die sich wie dunkle Schneewehen auftürmten. Dazwischen lagen Schwerter, Bögen und Helme, außerdem Arme, klauenbesetzte Hände und Köpfe, ein furchtbar makabrer Anblick.

»Das sind ja Hunderte Leichen«, flüsterte Mauvin.

»Und nur die, die der Gilarabrywn nicht gefressen hat«, fügte Magnus hinzu.

»Sind wir hier sicher?«, fragte Hadrian Royce, ohne den Gilarabrywn aus den Augen zu lassen.

»Müssten wir eigentlich sein.«

»Müssten?«

Royce lächelte finster.

»Wenn nicht, wären wir jetzt tot«, bemerkte Arista.

»Da hörst du es«, sagte Royce.

Sie überquerten den Platz und ihre Schuhe machten in den mit Blut gefüllten Pfützen schmatzende Geräusche. Langsam umkreisten sie den Gilarabrywn, der sich – von dem matt hin und her schlagenden Schwanz abgesehen – nicht rührte.

»Ich glaube, er hat alle erwischt«, sagte Hadrian. »Die Ghazel nehmen ihre Toten immer mit, wenn sie noch können.«

»Am liebsten würde ich ihm ein Stück Zucker zur Belohnung geben«, meinte Royce und betrachtete den Gilarabrywn mitfühlend. »Er war so tapfer und brav.«

Sie erreichten das Meer schneller, als Hadrian erwartet hatte. Da sie den Ghazel nicht mehr ausweichen mussten, folgten sie einem direkteren Weg, und außerdem kommt einem der Rückweg immer kürzer vor. Keiner blieb mehr stehen, um die Stadt zu bewundern, keiner hatte den Wunsch, Nebenstraßen zu erkunden. Außerdem lastete die Angst vor dem Unbekannten nicht mehr auf ihnen. Und das Gefühl, dass sie keine Zeit verlieren durften, trieb sie unablässig voran.

Trotz einer längeren sprachlichen Unterweisung durch Myron konnte Royce Gili nicht dazu überreden, die Stadt zu verlassen. Gili weigerte sich, an den Löwen vorbeizugehen, und Royce musste sein neues Haustier wohl oder übel zurücklassen. Er schickte ihn zu seinen alten Pflichten im Gewölbe der Tage zurück, doch ohne einen Grund dafür zu nennen.

»Seht euch das an!«, rief Hadrian, als die *Herold* in Sicht kam. Das Schiff lag in der geschützten Bucht, in der sie es zurückgelassen hatten, allerdings in einem ganz anderen Zustand. Es hatte einen neuen Mast und an einer ebenfalls neuen Rah hing zusammengefaltet ein schönes Segel. Oberhalb der grün leuchtenden Wasserlinie sah man neue, frisch abgedichtete Planken und auch die Aufbauten waren mit neuen Brettern repariert worden. »Da haben Wyatt und Elden ja ganze Arbeit geleistet.«

»Wirklich erstaunlich«, sagte Magnus sichtlich beeindruckt. »Obwohl sie nur zu zweit waren!«

»Mit Elden waren sie mehr dreieinhalb«, verbesserte Hadrian.

»Und seht dort«, rief der Zwerg und lief zum Ufer. Auf schwimmenden Fässern waren mit Tauen einige Planken befestigt. »Sogar einen Steg haben sie gebaut. Ausgezeichnete Arbeit, zumal in der kurzen Zeit.«

Magnus ging als Erster an Bord, gefolgt von Mauvin und abschließend Hadrian und Arista. Royce war auf den Steinen am Ufer stehen geblieben und betrachtete das schwankende Schiff missmutig.

»Wyatt, Elden?«, rief Hadrian.

Das Schiff war bestens hergerichtet. Mast, Reling und Aufbauten waren frisch geweißt, das Deck sauber geschrubbt.

»Wo haben sie die Farbe her?«, fragte Arista.

Hadrian hob den Kopf. »Mich beeindruckt vor allem der Mast. Auch wenn Elden ein Riese ist, weiß ich nicht, wie sie ihn aufgestellt haben.«

Da sie die beiden nicht auf Deck vorfanden, gingen sie zur Kajüte. Vielleicht schliefen sie ja, in dieser unterirdischen Welt spielten die Tageszeiten sowieso keine Rolle. Magnus trat als Erster durch die Tür. Er blieb abrupt stehen und machte ein merkwürdiges Geräusch, eine Art Aufstoßen.

»Magnus?«, fragte Mauvin.

Der Zwerg antwortete nicht, sondern sackte zusammen. Ein halbes Dutzend Goblins stürzten aus der Kajüte und kreischten und fuchtelten mit den Armen wie Krabben. Mauvin wich zurück, zog sein Schwert und schlug gleich einem angreifenden Ghazel den Kopf ab. Hadrian stieß Arista hinter sich und trat neben Mauvin.

Fünf Ghazel kamen nebeneinander über das Deck auf sie zu. In den Händen hielten sie Krummsäbel und kleine Rundschilde, die mit fingergemalten Dreieckssymbolen und Troddeln aus Knöchelchen und den Federn von Meeresvögeln verziert waren. Fauchend näherten sie sich. Vier weitere Ghazel tauchten hinter der Kajüte auf. Drei hielten Bögen in den Händen, einer, der deutlich kleiner war als die anderen, trug ein Gewand, das mit Dutzenden bunter Federn geschmückt war. Er tanzte und summte. Einer fehlte. Hadrian war sich sicher, dass er einen weiteren Ghazel aus der Kabine hatte kommen sehen, der weder Krieger war noch Oberdaza.

»Gaunt, Myron und Arista, verlasst das Schiff«, befahl er. Dann traten er und Mauvin auseinander, um den Ghazel den Weg zu versperren. Mauvin schlug mit seinem Schwert durch die Luft, um sich aufzuwärmen, aber Hadrian merkte, was für eine Mühe er damit hatte. Mauvin konnte seinen verwundeten Arm nicht schnell genug bewegen.

Myron verließ das Schiff, Arista und Gaunt weigerten sich.

»Nein«, sagte Gaunt. »Gib mir dein großes Schwert.«

»Wisst Ihr, wie man damit umgeht?«

»Ha! Ich war Anführer der nationalistischen Armee, schon vergessen?«

Hadrian machte einen Schritt nach vorn, täuschte den Angriff aber nur vor, wich zur Seite aus und drehte sich einmal im Kreis. Ein Goblin fiel darauf herein, griff an und stand genau richtig, als Hadrian seine Drehung mit beiden Schwertern vollendete. Er starb, von zwei Klingen durchbohrt. Hadrian zog die Schwerter mit einer dramatischen Bewegung wieder heraus und brüllte die anderen Goblins an, die daraufhin kurz zögerten. Hadrian nutzte die Pause dazu, mit dem Fuß auf den Säbel des toten Goblins zu treten und ihn nach hinten zu Gaunt zu schieben. Dann brüllte er noch einmal und tat dasselbe mit dem Schild.

»*Galenti!*«, hörte er einen Ghazel sagen. Die anderen Ghazel begannen aufgeregt zu schnattern.

»*Ja!*«, sagte Hadrian auf Tenkin zu ihnen. »*Verschwindet von meinem Schiff, sonst töte ich euch alle!*«

Arista und Mauvin sahen ihn überrascht an. Einen Augenblick lang bewegte sich auf beiden Seiten niemand, nur Gaunt hob Schild und Schwert auf.

»*Man kennt dich, aber wir gehen nicht. Ihr habt unser Schiff ausgeliehen, aber jetzt gehört es wieder uns. Geht. Lasst uns nicht mehr kämpfen. Ich bin Drash von Klune und habe auch in der Arena gekämpft. Wir haben alle gekämpft.*« Der Häuptling zeigte auf die Toten auf dem Boden. »*Sie nicht, sie sind junge Fische, keine Haie.*« Er zeigte auf Gaunt, Myron und Arista. »*Auch junge Fische und junge Frau. Wie die, die wir hier getroffen haben – auch jung – gutes Essen. Du solltest nicht gegen uns kämpfen. Geh.*«

Hadrian schlug seine Schwerter klirrend aneinander, hielt sie mit gekreuzten Klingen hoch und starrte den Goblin-Häuptling finster an. Die Goblins traten einen Schritt zurück.

»Du hast mich in der Arena gesehen«, sagte Hadrian. »Du kennst diese Schwerter. Ich komme aus einer alten Stadt, in der keine Ghazeltrommeln mehr schlagen und keine Hörner blasen – alle sind tot. Das habe ich getan.« Er zeigte hinter sich. »*Wir haben es getan. Verlasst jetzt mein Schiff.*«

Der Häuptling zögerte und Hadrian bemerkte die Falle zu spät. Der Blick des Häuptlings richtete sich auf etwas hinter ihm und in diesem Moment erkannte Hadrian seinen Fehler. Er hatte dem noch fehlenden Ghazel, dem Vollstrecker, die Zeit gelassen, sich in Position zu bringen. Jetzt stand der Mörder hinter ihm. *Nein*, dachte Hadrian, nicht hinter *ihm*. Der Vollstrecker hatte es nicht auf den gegnerischen Häuptling abgesehen, sondern auf den Oberdaza, den Hexendoktor – in ihrem Fall Arista!

Er hörte Arista schreien.

Blitzschnell fuhr er herum, obwohl er wusste, dass er zu spät kam. Bestimmt steckte die vergiftete Klinge schon in ihrem Rücken. Da Arista den Angriff nicht hatte voraussehen können, war sie ihm wie seinerzeit Esrahaddon hilflos ausgeliefert. Und sobald Hadrian sich abgewandt hatte, griff der Häuptling an. Ein perfekter Plan, dachte Hadrian.

Alle drei Schützen legten auf ihn an und schossen im selben Moment, in dem sie Arista schreien hörten. Die Pfeile trafen Hadrian in den Rücken und er spürte sie und hörte sie einschlagen. Zwei davon trafen ihn zwischen die Schultern, ein dritter in die Nierengegend. Doch spürte er keine Schmerzen. Er drehte sich um und sah die Pfeile mit plattgedrückten Spitzen auf dem Boden liegen.

Der Häuptling starrte ihn erschrocken an und einen Moment lang war Hadrian ebenfalls verwirrt, doch als er sich dann bewegte, spürte er das Gewicht auf seinem Rücken. Dort hing Jerishs Schild, der so leicht war, dass er ihn ganz vergessen hatte. Die Pfeile waren an dem dünnen Metall abgeprallt wie an einem Stein.

Die Ghazel hatten Arista getötet und Wyatt und Elden auch. Das Blut dröhnte Hadrian in den Ohren und seine Schwerter bewegten sich wie von selbst. In kürzester Zeit starben drei Ghazel, darunter der Häuptling. Irgendwo neben ihm kämpfte Mauvin, aber Hadrian nahm es kaum wahr. Ohne jegliche Vorsicht stürzte er nach vorn, schlug wie ein Berserker um sich und teilte tödliche Schwerthiebe aus. Eine zweite Salve von Pfeilen flog auf ihn zu. Ohne den schützenden Schild und die Zeit, sich umzudrehen, war sein Schicksal besiegelt. Er machte sich darauf gefasst, dass die Pfeile gleich seine Brust und Kehle durchbohren würden, doch kamen sie nicht bei ihm an. Stattdessen gingen sie, kaum hatten sie die Bogensehne verlassen, in Flammen auf und verbrannten zu Asche.

Hadrian schlug auf die Schützen ein.

Nur noch der Oberdaza war übrig.

Sobald Hadrian sich ihm nähern wollte, schlug zwischen ihnen eine Flammenwand aus dem Boden. Doch dann begann der singende und tanzende Hexendoktor auf einmal in Panik zu schreien, denn die Flammen wandten sich gegen ihn und griffen ihn an wie Hunde, die von ihrem Herrn zu oft geschlagen worden sind. Der Oberdaza ging in einer Flammensäule auf. Übrig blieb nur ein schwarzer Aschefleck auf dem Deck und ein übler Gestank.

Arista?

Hadrian sah sich suchend um und sah sie unverletzt in ihrem leuchtenden Umhang auf dem Deck stehen. Der Vollstrecker lag tot und mit einem Tau um den Hals auf den Planken. Royce stand neben Arista. Mauvin und auch Gaunt senkten abwartend ihre Schwerter, von denen Blut tropfte. Auch Gaunts Gesicht war mit Blut verschmiert und er hatte einen dunklen Fleck auf der Brust. Seine Arme und Hände waren mit Blut besudelt.

»Alles in Ordnung?«, fragte Hadrian.

Gaunt nickte. »Die kämpfen sogar noch mit einem Arm.« Er klang überrascht und ein wenig verwirrt.

»Magnus!«, rief Arista und rannte los.

Der Zwerg lag mit dem Gesicht nach unten in einer schwarzen Blutlache.

Behutsam drehten sie ihn auf den Rücken. Aus der Wunde in seinem Bauch floss dunkles Blut. Er war noch bei Bewusstsein und sein Blick wanderte unstet von einem Gesicht zum anderen.

Mit zitternden Händen machte er sich an seinem Gürtel zu schaffen und zog Alverstone heraus. Der Dolch fiel auf die Planken. »Gebt den … Royce … wunder … bare … Waffe.«

Seine Augen fielen zu.

»Nein!«, rief Arista. Sie kniete sich neben ihn, legte ihm die Hand auf die Brust und begann zu summen.

»Was machst du da, Arista?«, fragte Hadrian.

»Ich hole ihn zurück.«

»Nein, das kannst du nicht! Das letzte Mal …«

Sie fasste ihn an der Hand. »Halte dich einfach an mir fest und lass nicht los.«

»Nein!«, rief er. »Arista!« Aber es war zu spät. Er spürte, dass er sie nicht mehr erreichte. »Arista!«

Sie kniete mit geschlossenen Augen und atmete rasch. Dazu summte sie leise, es klang fast wie das Schnurren einer Katzenmutter. Hadrian umschloss ihre kleine Hand mit beiden Händen, darauf bedacht, sie nicht zu fest zu drücken, aber doch so fest zu halten, dass sie ihm nicht entgleiten konnte. Er hatte keine Ahnung, zu was das gut sein sollte, aber weil sie ihm aufgetragen hatte, ihn nicht loszulassen, wollte er das auch bis zum letzten Atemzug tun.

»In der Umgebung versteckt sich niemand«, hörte er Royce sagen. »An der Küste liegt ein Ghazel-Schiff, aber etwa eine Meile entfernt, und auf dem Schiff regt sich nichts. Ist Magnus tot?«

»Ich glaube ja«, antwortete Mauvin. »Aber Arista versucht gerade, ihn zu retten.«

»Nicht schon wieder«, murmelte Royce. »Ist sie dabei das letzte Mal nicht fast ums Leben …«

»Still, ja?«, schimpfte Hadrian. »Haltet einfach beide den Mund!«

Er starrte Arista an. Ihr Kopf sank immer tiefer, als schlafe sie ein.

Was bedeutet das? Verliert sie? Entgleitet sie mir? Stirbt sie?

Angst überkam ihn. Sein Magen war ein einziger Knoten und seine Muskeln waren zum Zerreißen gespannt.

Aristas Schultern sackten nach unten und ihr Oberkörper fiel zur Seite. Er hielt sie mit seiner freien Hand fest, zog sie an sich und drückte ihren schlaffen Kopf an seine Brust.

Sie summt noch – ist das ein gutes Zeichen?

Er glaubte ja. Er umfasste sie mit der linken Hand, während er zugleich mit der rechten weiter ihre Hand festhielt. Er begann an den Händen zu schwitzen.

Arista bewegte den Kopf, als träume sie. Schließlich hörte sie auf zu summen und murmelte etwas.

»Was?«, fragte er. »Ich habe dich nicht verstanden. Was hast du gesagt?«

Sie murmelte wieder etwas, aber zu leise und undeutlich.

Dann zuckte sie wieder mit dem Kopf und sah so aus, als würde sie etwas rufen. Darauf sank sie an ihn und er hielt sie fest.

»Arista?«, fragte er.

Sie hörte auf zu atmen.

»Arista!«

Er schüttelte sie. »Arista!«

Ihr Kopf rollte von einer Seite zur anderen und ihre Haare schwangen hin und her.

»Arista, komm zurück! Komm zu mir zurück! Verdammt! Komm zurück!«

Nichts.

Schlaff und willenlos wie eine Puppe lehnte sie an ihm.

Er drückte sie an sich. »Bitte«, flüsterte er. »Bitte komm zu mir zurück. Ich will dich nicht verlieren – nicht jetzt.«

Er hob ihren Kopf an. Sie schien zu schlafen, so wie er sie schon Dutzende Male hatte schlafen sehen. Wenn sie schlief, strahlte ihr Gesicht eine Schönheit aus, für die er keine Erklärung hatte, eine Ruhe und Zartheit – nur dass sie jetzt nicht schlief. Ihre Brust hob sich nicht mehr und er spürte ihren Atem nicht mehr im Gesicht. Er drückte die Lippen auf ihre Lippen und küsste sie, aber ihre Lippen bewegten sich nicht. Sie blieben schlaff und leblos und als er sich zurückzog, hing sie unverändert in seinen Armen. Er hatte gehofft, dass er sie vielleicht mit seiner inneren Kraft wecken konnte, wie im Märchen. Dass der Kuss – ihr erster – sie irgendwie zurückrief, weckte. Doch nichts geschah. Es war ihr erster Kuss – vielleicht auch ihr letzter – und sie hatte ihn nicht gespürt.

»Bitte«, murmelte er und Tränen liefen ihm über die Wangen. »Bei Maribor, tu mir das nicht an.«

Sein Hals war wie zugeschnürt und er bekam kaum noch Luft. Ihm war, als hätte ihm ein Schwert den Bauch aufgeschlitzt und als müsste er sterben. Er hielt sie fest, drückte ihren Leib an sich und spürte ihre Wange an seinem Gesicht, als könnte er sie dadurch …

Ihre Hand zuckte.

Hadrian hielt die Luft an.

Er spürte, wie sie ihn drückte.

Er drückte sie ebenfalls, stärker als beabsichtigt.

Sie versteifte sich und warf den Kopf in den Nacken. Dann riss sie Augen und Mund auf und holte Luft. Tief und geräuschvoll atmete sie ein, als wäre sie gerade längere Zeit unter Wasser getaucht.

Sie konnte nicht sprechen, sondern atmete unter Einsatz ihres ganzen Körpers nur ein ums andere Mal ein. Dann wandte sie ihm langsam das Gesicht zu. »Du weinst ja«, sagte sie erschrocken und hob die Hand und wischte ihm die Tränen ab.

»Wirklich?« Er machte die Augen rasch ein paarmal auf und zu. »Muss an der Seeluft liegen.«

»Alles in Ordnung?«

Hadrian lachte. »Das fragst du mich? Wie geht es dir?«

»Gut, ich bin nur müde – wie immer.« Sie grinste. »Aber ansonsten gut.«

»Er lebt!«, rief Mauvin entgeistert.

Sie drehten sich beide gleichzeitig um und sahen gerade noch, wie Magnus benommen aufstand. Als er Arista sah, begann er sofort zu weinen.

Mauvin schüttelte ungläubig den Kopf. »Seine Wunde ist verheilt.«

»Ich sagte doch, dass ich es schaffen würde«, flüsterte Arista.

Als Arista aufwachte, schwankte das Schiff leise knarrend. Sie waren in See gestochen. Arista war ausgelaugt und ihr Körper fühlte sich tonnenschwer an. Als sie Arme und Hände hob, zitterten sie. Links neben dem Bett stand ihr Bündel. Sie langte hinein und suchte nach etwas zu essen. Sie fand noch eine Mahlzeit und dankte Ibis Feinlein stumm, als sei er der Gott des Essens. Wie schon so oft zuvor, aß sie gierig Pökelfleisch, Zwieback und eingelegtes Gemüse. Dann nahm sie drei Schlucke Wasser und lehnte sich einen Augenblick an die Wand. Sogar Essen strengte sie an.

Im Dunkeln lauschte sie auf die Geräusche des Schiffs. Es knarrte und ächzte in regelmäßigem Wechsel, während es sich hob und senkte. Sie überließ sich ganz dem Auf und Ab, während das Essen sie wie durch Zauberei mit neuer Kraft belebte.

Sie dachte an Alric und sah im Dunkeln sein Gesicht, jung und zugleich seltsam alt und mit diesem albernen Bart, der ihm nie gestanden hatte – dem Königsbart, der ihn älter aussehen lassen sollte. Und sie dachte an ihren Vater und die Haarbürsten, die er ihr von seinen Reisen mitgebracht hatte – so hatte er ihr seine Liebe gezeigt. Der Schwanenspiegel ihrer Mutter fiel ihr ein, der beim Einsturz des Turms verlorengegangen war. Alles war jetzt verloren, Medford sowieso und vielleicht auch Melengar. Sie hatte die Stimme ihrer Mutter noch im Ohr und hörte noch, wie sie aus dem Licht zu ihr gesprochen hatte.

Was ist das für ein Ort?

Sie hatte sich ihm jetzt schon zwei Mal genähert. Bei Magnus war es leichter gewesen. Sie war nicht ihren Angehörigen begegnet, sondern nur seinen. Sie hatten in der Zwergensprache mit ihm gesprochen. Die Worte hatte Arista nicht verstanden, aber der Ton war klar – aus ihren Stimmen sprachen Zuneigung, Verzeihung und Liebe.

Was ist das für ein Ort? Wie sieht es dort aus?

Sie spürte Geborgenheit und Frieden und wusste, dass man sich dort gut ausruhen konnte. Und sie musste sich ausruhen, allerdings nicht dort, noch nicht. Sie sammelte die restlichen Walnüsse ihrer Mahlzeit ein und stieg zum Deck hinauf. Vor ihr lag im grünen Schein des Meeres das Schiff in seiner ganzen Länge. Royce hing mit einem kränklich grünen Gesicht droben in der Takelage. Hadrian stand am Heck, umfasste das Steuerrad mit beiden Händen und konzentrierte sich mit zusammengebissenen Zähnen auf die sich hebenden und senkenden Wellen. Myron und Gaunt waren am Bug damit beschäftigt, ein loses Tau des Focksegels festzuzurren. Gaunt zog daran, Myron band es fest. Magnus saß mittschiffs und rollte ein Tau auf. Er sah aus wie ein bärtiges Kind, das sich selbst überlassen auf dem Boden spielt.

»Dornröschen ist erwacht!«, rief Mauvin von der Rah über ihr herunter. Sie blickte lächelnd auf und er winkte ihr zu.

»Aufgepasst«, schimpfte Royce. »Geh zum Ende der Rah!«

Arista spazierte über das Deck. Bei dem Zwerg blieb sie stehen. Sie steckte sich eine Walnuss in den Mund. »Geht's wieder gut?«

Der Zwerg nickte, ohne sie anzusehen.

»Freut mich.« Sie setzte sich neben ihn. Vom Meer kam ein warmer Wind und wehte ihr die Haare aus dem Gesicht. Ihr Blick fiel auf Hadrian, der einen kurzen Moment vom Steuer aufblickte und winkte und ihr zulächelte. Sie winkte zurück, doch er hatte sich schon wieder seiner Aufgabe zugewendet.

Sie sah sich auf dem Deck um. Anschließend legte sie den Kopf in den Nacken und blickte zur Takelage auf. Das Meer beleuchtete alles von unten und verlieh dem Schiff ein geisterhaftes Aussehen.

»Wo sind Wyatt und Elden?«, fragte sie Magnus.

»Tot«, antwortete der Zwerg kurz angebunden.

»Oh«, sagte sie nur, verwirrt über die unverblümte Antwort. Auf die Hände gestützt, lehnte sie sich zurück, dachte an die beiden Seeleute und vergaß dabei, die Walnuss zu kauen. Sie hatte beide gemocht. Zwar hatten sie nicht viel miteinander gesprochen, aber mit Elden hatte wohl niemand außer Myron viel gesprochen. Sie schob die Hand in die Tasche, zog das kleine Figürchen heraus, das Elden für sie geschnitzt hatte, und rieb mit dem Daumen daran.

»Arme Allie«, sagte sie und schüttelte traurig den Kopf. Dann kam ihr ein Gedanke. »Seid Ihr sicher, dass sie tot sind? Oder haben die Goblins sie nur gefangen genommen? Hat jemand gesehen …«

»Wir haben sie gefunden«, knurrte Magnus. »Sie waren teilweise gefressen. Wyatts Arme und Beine waren verschwunden, seine Brust aufgerissen – wie bei einem Truthahn, der gefüllt werden soll. Von Eldens Gesicht war nur noch die Hälfte da, die Haut hing seitlich herunter und die Abdrücke von Zähnen waren …«

»Das reicht!« Arista hatte beide Hände vor das Gesicht gehoben. »Ich habe schon verstanden! Ihr braucht das nicht so anschaulich zu schildern!«

»Ihr habt gefragt«, erwiderte Magnus scharf.

Sie starrte ihn an.

Er ignorierte sie.

Dann schnaubte er, stand auf und wollte gehen.

»Magnus«, rief sie und er blieb stehen. »Was habt Ihr?«

»Was meint Ihr?«, fragte er, ohne sich umzudrehen. Er blickte über die Reling und betrachtete die leuchtenden Wellen.

»Ihr klingt, als wärt Ihr wütend auf mich.«

Er brummte etwas in der Zwergensprache und weigerte sich immer noch, sie anzusehen.

Das Focksegel schlug im Wind hin und her. Myron und Gaunt hatten ihre Arbeit unterbrochen und blickten zu ihnen herüber. Royce brüllte Mauvin etwas zu, das mit Großstagen und Rahen zu tun hatte.

»Magnus?«, fragte sie.

»Warum habt Ihr das getan?«, platzte es aus dem Zwerg heraus.

»Was getan?«

Er drehte sich endlich um und sah sie an. Sein Blick war hart und anklagend. »Warum habt Ihr mir das Leben gerettet?«

Sie wusste nicht, was sie darauf sagen sollte.

»Was geht es Euch an, ob ich lebe oder tot bin!«, schimpfte er und seine Augen schossen Blitze. »Was für einen Unterschied macht es – Ihr seid eine Prinzessin und ich bin nur ein Zwerg! Ihr habt mich zu dieser Fahrt gezwungen. Ich wollte nicht mitkommen. Ihr habt mir den halben Bart abgeschnitten. Wisst Ihr, was der Bart für einen Zwerg bedeutet? Natürlich nicht, ich sehe es an Euren Augen. Ihr habt von Zwergen keine Ahnung!« Trotzig reckte er das Kinn mit den Bartstoppeln. »Ihr habt von mir bekommen, was Ihr wolltet – nämlich das blöde Horn! Und den Rückweg findet Ihr selber. Ihr braucht mich nicht mehr. Also warum? Warum habt Ihr das getan? Warum … warum …« Er biss die Zähne zusammen, kniff die Augen zu und wandte sich ab.

Arista hatte sich erschrocken aufgerichtet.

»Warum riskiert Ihr Euer Leben, um meines zu retten?« Magnus' Stimme war nur mehr ein Flüstern. »Hadrian sagte doch, Ihr wärt dabei fast gestorben – Ihr habt schon nicht mehr geatmet, wie damals bei Alric. Hadrian meinte, diesmal hätte er fest geglaubt, Ihr wärt tot. Dabei war Alric doch Euer Bruder!« Magnus war wieder lauter geworden. »Ich dagegen … ich habe Euren Vater ermordet! Habt Ihr das schon vergessen? Ich habe Euch in den Turm gesperrt. Ich habe Euch und Royce im Kerker unter dem Palast eingesperrt, damit Ihr verhungert. Habt Ihr das alles vergessen? Jetzt ist Alric tot. Eure Familie ist ausgelöscht, das Königreich zerstört, Ihr habt nichts mehr. Und Royce …«

Er zog den blitzenden Dolch. »Warum hat er mir diesen Dolch gegeben? Ich wollte ihn mir ansehen, stimmt! Ich wäre bereit gewesen, ihm als Sklave zu dienen, wenn ich den Dolch dafür eine Woche lang hätte betrachten dürfen. Und dann gibt er ihn mir einfach so. Und bisher wollte er ihn nicht zurück, hat er ihn mit keinem Wort mehr erwähnt. Dieser Dolch … also, das ist das Schönste, was ich je gesehen habe, wertvoller als ein ganzer Berg Gold, wertvoller als alles in diesem Grab. Und Royce überlässt ihn mir einfach so. Nach dem, was ich getan habe … hätte er mich damit töten müssen! Das müsste er eigentlich immer noch. Und Ihr auch. Ihr hättet doch beide triumphieren müssen, als ich ...« Er legte die Hand auf den Bauch und biss auf seine Unterlippe, so dass die Überreste seines Barts sich aufstellten. »Also warum habt Ihr das getan? Warum?«

Er starrte sie mit einem verzweifelten Blick an, einem gequälten Blick, also würde sie ihn foltern.

»Ich wollte nicht, dass Ihr sterbt«, sagte sie nur. »An mehr habe ich nicht gedacht. Ihr lagt im Sterben und ich konnte Euch retten, also habe ich es getan.«

»Aber Ihr hättet selbst dabei sterben können, nicht wahr?«

Sie zuckte mit den Schultern.

Magnus sah sie weiter aufgebracht an, als wollte er sich auf sie stürzen oder in Tränen ausbrechen.

»Was ist daran für Euch so schwierig? Freut Ihr Euch nicht, dass Ihr lebt?«

»Nein!«, rief er.

Über seine Schulter sah sie, dass Myron und Gaunt immer noch zu ihnen herüberstarrten. Ihre Gesichter zeigten ihre Betroffenheit.

»Ihr hättet mich sterben lassen sollen, das ist es. Alles wäre gut gewesen, wenn Ihr das nur getan hättet.«

»Aber warum?«, fragte sie. »Warum wäre das besser gewesen?«

»Weil ich es nicht verdiene, zu leben, deshalb. So ist es eben und jetzt ...« Seine Miene verdüsterte sich und er blickte wieder auf das Meer hinaus.

»Was? Was ist jetzt?«

»Das ist es ja, ich weiß es nicht. Ich weiß nicht, was ich tun soll. Ich habe Euch so lange gehasst.«

»Mich?«, fragte Arista erschrocken. »Was habe ich denn getan ...«

»Euch alle – alle Menschen. Als das Wasser in die Höhlen eindrang, haben wir euch um Hilfe gebeten – wir wollten kein Almosen, sondern ein faires Geschäft, Arbeit gegen Bezahlung.

Ihr wart einverstanden und der Preis war angemessen. Dann habt ihr uns in das Ghetto Barak in Trent getrieben. Wir haben im Bergwerk Dithmar gearbeitet und ihr habt uns dafür bezahlt, aber dann kamen die Steuern. Steuern dafür, dass wir in euren schmutzigen Baracken wohnen durften, Steuern auf alles, was wir kauften und verkauften, Steuern auf die Ernte und darauf, dass wir nicht der Nyphronkirche angehörten – Steuern dafür, dass wir Zwerge waren. Die Steuern waren so hoch, dass einige von uns sich von Drome abwandten und euren Gott anbeteten, aber ihr habt uns trotzdem nicht als gleichberechtigt anerkannt. Wir durften keine Waffen tragen und nicht auf Pferden reiten. Wir mussten Tag und Nacht schuften und verdienten trotzdem nicht genug für unseren Lebensunterhalt. Wir mussten bei euch Schulden machen und ihr habt uns versklavt. Mit Peitschen haben die Menschen uns zur Arbeit getrieben, und wer fliehen wollte, wurde getötet. Man beschimpfte uns als Diebe, nur weil wir frei sein wollten.« Er schüttelte niedergeschlagen den Kopf. »Meine ganze Familie – der Stamm Derin – war versklavt.« Er spuckte die Worte förmlich aus. »Die Elben haben uns besser behandelt. Und nicht nur meine Familie musste leiden, sondern alle Zwerge.«

Magnus zeigte mit dem Daumen auf Myron. »Er weiß das. Er hat euch erzählt, wie die Zwerge euch vor Jahrhunderten in eurer Not geholfen haben. Und wie habt ihr es uns vergolten? Sagt mir doch, Prinzessin, kann ein Zwerg Staatsbürger von Melengar werden?« Er wartete Aristas Antwort nicht ab. »Zwerge haben nirgends bürgerliche Rechte. Und ohne die kann man kein Gewerbe ausüben. Man kann keiner Zunft beitreten und kein Geschäft eröffnen. Man kann überhaupt nicht legal arbeiten. Und sogar in Melengar müssen wir in den finstersten Vierteln wohnen, in elenden Baracken in schmutzigen Gassen, in denen die Jauche über den Weg fließt und man an warmen Tagen keine Luft kriegt. Das habt ihr uns angetan, den Zwergen. Mein Urgroßvater war am Bau von Drumindor beteiligt!« Er straffte unwillkürlich die Schultern, als er den Namen der alten Zwergenfestung aussprach. »Dann haben Menschen sie entweiht.«

»Jetzt nicht mehr«, erinnerte Arista ihn.

»Gut, ihr habt das verdient.«

Er legte die Hände auf die Reling und starrte ins Wasser hinunter.

Myron überließ Gaunt die Arbeit mit dem Tau und kam näher, um zuzuhören.

»Ich bin der Letzte vom Stamm Derin, der Einzige, der mit dem Leben davongekommen ist, ein Flüchtling und Geächteter, weil ich frei sein wollte. Man hat mich jahrelang verfolgt und ich habe gelernt, unterzutauchen. Aber das wisst ihr ja, nicht wahr?

Euer Volk hat meine Angehörigen entehrt und getötet. Die Menschen tun immer nur das, was Profit bringt – und ihr nennt uns habgierig! Ich kenne eure Geschichten von bösen Zwergen, die Menschen entführen, töten oder einsperren – aber die habt ihr nur erfunden. Warum sollte ein Zwerg eine Prinzessin oder sonst jemanden entführen? Wir mussten nur als Entschuldigung für eure Sünden herhalten.

Alle paar Jahre kamen Ritter in die Ghettos und brannten sie nieder. Die sogenannten Verteidiger von Recht und Ordnung kamen mitten in der Nacht und setzten unsere Hütten in Brand – und das immer im Winter.«

Er drehte sich zu Arista um. »Ihr dagegen …« Er seufzte und der Hass in seinen Augen erlosch und wich der Verwirrung und Erschöpfung. »Ihr riskiert Euer Leben, um meines zu retten. Das verstehe ich nicht.«

Müde setzte er sich. »Ich hasse Euch schon so lange und jetzt tut Ihr so was.« Er stützte das Gesicht in die Hände und wiegte sich vor und zurück.

Myron trat von hinten zu ihm und legte ihm die Hand auf den Rücken. »Vielleicht ist Magnus ja doch tot.«

Der Zwerg blickte finster auf.

»Vielleicht solltet Ihr ihn sterben lassen«, fügte der Mönch hinzu. »Und den Hass und die Angst gleich mit. Jetzt ist die Gelegenheit für einen neuen Anfang. Die Prinzessin hat Euch ein neues Leben geschenkt. Ihr könnt wählen, wie Ihr ab jetzt leben wollt.«

Die Ablehnung wich aus dem Blick des Zwerges.

»Natürlich macht einem das Angst«, fuhr Myron fort, »der Gedanke an ein anderes Leben. Ich hatte auch Angst. Aber Ihr könnt das schaffen.«

»Myron hat recht«, sagte Arista. »Es könnte ein neuer Anfang sein.«

»Kommt drauf an«, sagte Magnus. »Wir werden es gleich wissen.«

Er stand auf.

»Royce!«, rief er. »Komm doch einen Moment.«

Der Dieb blickte unwillig zu ihnen herunter, nahm aber ein Tau, rutschte daran abwärts und landete gewandt auf Deck.

»Was ist? Ich kann Mauvin da oben nicht allein lassen und fühle mich auch selbst nicht besonders gut.«

Magnus hielt ihm Alversten hin. »Nimm den wieder.«

Royce kniff die Augen zusammen. »Ich dachte, du wolltest ihn haben.«

»Nimm ihn. Du brauchst ihn vielleicht noch – früher, als du denkst.«

Royce nahm den Dolch misstrauisch. »Was geht hier vor?«

Magnus warf Arista, Myron und zuletzt auch Gaunt, der das Focksegel endlich festgezurrt und sich zu ihnen gesellt hatte, einen Blick zu.

»Vor unserer Abreise aus Aquesta habe ich mit dem Patriarchen eine Abmachung getroffen.«

»Über was?«, fragte Royce.

»Ich sollte Gaunt töten, sobald wir das Horn gefunden hatten und noch bevor wir die Höhlen verließen. Mein Auftrag war, ihn zu töten und das Horn Seiner Gnaden zu bringen.«

»Du wolltest uns schon wieder verraten?«, fragte Royce.

»Ja.«

»Und mich töten?«, fragte Gaunt.

Royce starrte Magnus an und dann den Dolch in seiner Hand. Myron und Arista warteten gespannt.

»Warum erzählst du mir das?«

Der Zwerg zögerte kurz. »Weil … der alte Magnus gestorben ist, bevor er das Attentat ausführen konnte.«

Royce blickte ihn weiter unverwandt an, schürzte die Lippen und wendete Alversten in seinen Händen hin und her. Er warf Arista und Myron einen Blick zu, dann nickte er. »Ich habe den intriganten Wicht sowieso nie leiden können.« Er hielt Magnus den Dolch hin. »Da, ich glaube nicht, dass ich ihn noch brauche.«

Magnus starrte lange Zeit nur auf den Dolch. Das Atmen schien ihm schwerzufallen. Dann stand er auf. »Nein.« Er schüttelte den Kopf. »Als du Magnus den Dolch gegeben hast, hielt er ihn für das wertvollste Geschenk, das es überhaupt geben konnte. Aber er hat sich geirrt.«

Royce nickte und steckte Alversten in die Falten seines Umhangs. Dann ergriff er das Tau und begann es hinaufzuklettern.

Magnus blieb unschlüssig stehen.

»Alles in Ordnung?«, fragte Myron.

»Ich weiß nicht.« Er blickte auf das Deck. »Wenn Magnus tot ist, wer bin ich dann?«

»Wer immer Ihr sein wollt«, sagte der Mönch. »Ist das nicht ein wunderbares Geschenk?«

»Wie weit haben wir noch?«, fragte Arista und setzte sich neben Hadrian auf die Bank am Steuerrad. Hadrian hatte immer noch seine liebe Mühe, das Schiff im Wind zu halten.

»Sicher weiß ich es nicht, aber nach der letzten Überfahrt zu schließen, müssten wir innerhalb der nächsten Stunde ankommen, es sei denn, Royce und ich haben den Kurs völlig falsch berechnet oder ich bringe das Schiff zum Kentern. Fahren wir zu sehr in diese Richtung, fallen die Segel ein und wir verlieren an Fahrt. Dann lässt sich das Schiff nicht mehr steuern. Fahren wir zu sehr in die andere Richtung, wirft der Wind uns um. Bei Wyatt hat das alles so leicht ausgesehen.«

»Stimmt es, was Magnus gesagt hat? Habt ihr die beiden wirklich gefunden?«

Hadrian nickte traurig. »Er war ein tapferer Mann – beide waren sie das. Ich muss immer wieder an Allie denken. Die beiden waren ihre einzige Familie. Was wird jetzt aus ihr?«

Arista nickte. So viele waren gestorben, dass sie manchmal das Gefühl hatte, förmlich in Trauer zu ertrinken. Über ihr knatterte das Segel wie ein Leintuch, wenn ein Dienstmädchen das Bett macht. Die Ringe an den Stangen klapperten und die Wellen schlugen krachend gegen den Rumpf.

Sie betrachtete Hadrian, der aufrecht und mit erhobenem Kinn am Steuer stand, den Blick unverwandt auf das Wasser gerichtet. Der Wind blies ihm die Haare aus dem Gesicht. Es sah abgekämpft aus, aber nicht verbittert oder gebrochen. Er hatte die Ärmel bis zu den Ellbogen aufgekrempelt und an seinen Unterarmen traten die Muskeln hervor. An den Armen waren verschiedene Narben zu sehen. Zwei davon wirkten neu – sie waren gerötet und geschwollen. Seine Hände waren breit und groß und die Haut so braun, dass sich die Fingernägel hell davon abhoben. Hadrian war ein gutaussehender Mann, was ihr bisher noch nie so recht aufgefallen war. Denn nicht sein Aussehen hatte sie angezogen, sondern sein herzliches, einfühlsames Wesen, sein Humor und die Geborgenheit, die er einem vermittelte, wenn man in einer dunklen, kalten Nacht neben ihm saß. Doch jetzt gestand sie sich ein, dass er in seinen Kleidern aus grobem Stoff und rohem Leder tatsächlich sehr gut aussah. Wie viele andere Frauen das wohl auch bemerkt hatten und wie viele Frauen er gekannt hatte? Sie blickte über das Meer hinter ihnen. Die Krypta der Imperatoren schien schon unendlich weit entfernt.

»Wir konnten uns seit unserer Flucht noch gar nicht richtig unterhalten.« Arista betrachtete die Wellen, die sich am Bug brachen. »Ich meine ... was du da in der Gruft gesagt hast ... vielleicht war das ja nur für da unten gemeint. Wir dachten beide, wir müssten sterben, und da hat man manchmal ...«

»Ich habe jedes Wort ernst gemeint«, erwiderte er fest. »Und du, bereust du, was du gesagt hast?«

Sie schüttelte lächelnd den Kopf. »Als ich aufgewacht bin, dachte ich, alles sei vielleicht nur ein schöner Traum gewesen. Ich habe mich nie für eine Frau gehalten, die von Männern begehrt wird. Ich bin aufdringlich, bestimme gern, mische mich ein, wo ich mich zurückhalten sollte, und habe zu viele Meinungen über zu viele Dinge – Themen, für die Frauen sich nicht interessieren sollen. Ich habe auch nie danach gestrebt, möglichst attraktiv auszusehen. Ich bin nie auf Bälle gegangen oder habe mir die Haare hochgesteckt oder ausgeschnittene Kleider getragen. Von Flirten verstehe ich nichts.« Mit einem Seufzer strich sie sich über die verfilzten Haare. »Bisher war mir mein Aussehen egal, aber jetzt ... jetzt möchte ich zum ersten Mal schön sein ... für dich.«

»Ich finde dich schön.«

»Es ist dunkel.«

»Ach, Moment.« Hadrian griff nach seinem Bündel. »Schließ die Augen.«

»Warum?«

»Tu es einfach und strecke die Hände aus.«

Arista tat wie geheißen und kam sich ein wenig albern vor. Sie hörte, wie er noch eine Weile suchte. Dann wurde alles still. Kurz darauf spürte sie etwas in den Händen. Sie schloss die Finger darum und wusste schon, was es war, bevor sie die Augen öffnete. Sie begann zu weinen.

»Was ist?«, fragte Hadrian erschrocken.

»Nichts.« Sie wischte die Tränen weg und kam sich dumm vor. Das musste endlich aufhören. Sonst dachte er noch, sie heulte die ganze Zeit.

»Warum weinst du dann?«

»Ach nichts. Weil ich glücklich bin.«

»Wirklich?« Hadrian klang skeptisch.

Sie nickte lächelnd, während ihr die Tränen weiter über die Wangen liefen.

»Deswegen brauchst du doch nicht zu weinen. Alles andere in diesem Palast war aus Gold und Edelsteinen. Ich weiß nicht mal, ob das echtes Silber ist. Am Anfang habe ich sogar überlegt, ob ich dir das Ding überhaupt schenken soll, aber nach dem, was du gesagt hast …«

»Es ist das schönste Geschenk, das du mir machen konntest.«

Hadrian zuckte mit den Schultern. »Es ist ja nur eine Haarbürste.«

»Stimmt«, sagte Arista. »Eben deswegen.«

25

Die Ankunft

Modina sah dem Gilarabrywn entgegen und wartete darauf, dass er sie und die anderen angriff und tötete. Doch das Monster tat nichts dergleichen. Es starrte sie nur einen Augenblick lang an, dann breitete es die Flügel aus, erhob sich in die Lüfte und flog weg.

Alle warteten und blickten durch die fehlende Wand nach draußen.

»Pferde«, sagte jemand und im nächsten Moment hörte auch Modina Hufgeklapper.

Zwölf Elben auf Schimmeln ritten vor sie. Sie trugen Löwenhelme und purpurrote Umhänge, die lang über die Rücken ihrer Pferde fielen. Genau gleichzeitig nahmen sie die Helme ab. Darunter kamen lange weiße Haare zum Vorschein, spitze Ohren und schrägstehende Augen, die grün leuchteten wie von einem magischen inneren Feuer erhellt.

Der Reiter an ihrer Spitze ließ den Blick über die Ruinen des Palasts wandern. Schon wie er den Kopf drehte, zeugte von einer geradezu überirdischen Anmut und es war leicht zu verstehen, dass man die Elben einst für Götter gehalten hatte. Sein Blick hielt bei Modina an und Amilia fragte sich, wie Modina es überhaupt fertigbrachte, diesen Blick stehend zu erwidern.

Dann begann er zu sprechen. »*Er un don Irawondona fey Asend-*

wayr. Susyen vie eyurian Novron fey Instayria?« Seine Stimme war melodisch wie tönendes Glas.

Modina erwiderte seinen Blick unverwandt.

Nimbus stand auf, trat neben sie und antwortete: »*Er un don Modina vie eyurian Novron fey Instayria.*«

Der Elbe starrte Modina lange an, dann stieg er vom Pferd. Seine Bewegungen waren so fließend wie im Wind wehende Seide. Amilia hatte das Gefühl, dass in seinem Blick Verachtung lag, aber natürlich verstand sie nichts von Elben.

»Was hat er eben gesagt?«, fragte Modina.

»Er hat sich als Fürst Irawondona vom Stamm der Asendwayr vorgestellt. Dann meinte er, der Gilarabrywn hätte Euch sagen gehört, Ihr wärt die Tochter Novrons, und er wollte fragen, ob das stimme. Ich bejahte.«

»*Vie eyurian Novron un Persephone, cy mor guyernian fi hyliclor Gylindora dur Avempartha sen youri? Uli Vermar fie veriden ves uyeria! Ves Ferrol boryeten.*«

»Er fragt, warum Ihr, wenn Ihr die Tochter Novrons und Persephones seid, zur Bekräftigung Eures Anspruchs nicht in Avempartha das Horn präsentiert habt. Das *Uli Vermar* sei vor einiger Zeit zu Ende gegangen, und weil Ihr das Horn nicht vorgezeigt hättet, hättet Ihr Euch gegenüber Ferrol schuldig gemacht.«

»*Vie hillin jes lineia hes filhari fi ish tylor baliyan. Sein lori es runyor ahit eston.*«

»Er sagt, Euer Verstoß entbinde die Elben von allen Verträgen, Übereinkommen und Anforderungen, Euren Befehlen zu gehorchen.«

»Sagt ihm, dass ich das Horn gerade holen lasse.«

Nimbus sagte etwas in der melodischen Sprache der Elben und der Elbenfürst antwortete ihm.

»Er besteht darauf, dass Ihr es sofort vorzeigt.«

Nimbus antwortete darauf und der Elbe wandte sich um und besprach sich mit einem anderen Reiter.

»Ich habe erklärt, dass das Horn sich in der alten Stadt Percepliquis befinde und bald hierher gebracht werde. Ich habe damit hoffentlich meine Befugnisse nicht ...«

Modina nahm sein Gesicht in die Hände und küsste ihn auf den Mund. »Ich liebe Euch, Nimbus.«

Der Kanzler trat verdattert zurück und überprüfte den Sitz seiner Perücke.

»Er kehrt zurück«, sagte Amilia.

Wieder übernahm Nimbus die Verhandlungen. Es schien zu einem kleinen Streit zu kommen, und bei einer Gelegenheit blickte der Elbenfürst über Nimbus' Schulter auf die Mädchen, die auf dem Boden saßen, und nickte. Am Schluss schienen die beiden sich einig geworden zu sein. Der Elbe stieg wieder auf sein Pferd und verließ zusammen mit den anderen den Hof.

»Und?«, fragte Modina.

»Sie wollen nicht warten, sondern nach Percepliquis reiten, dem Horn entgegen. Wenn sich bewahrheitet, was Ihr gesagt habt, soll dort über den Anspruch auf den Thron entschieden werden. Wenn nicht, beansprucht Irawondona die Herrschaft für sich, weil Ihr Eure Pflicht nicht erfüllt habt. Was vermutlich bedeutet, dass die Elben den Feldzug fortsetzen, mit dem sie die Welt von den Menschen befreien wollen. Aber auf jeden Fall sollt Ihr mit ihnen mitkommen.«

»Wann?«

»Ich denke, Ihr habt gerade noch Zeit, ein paar Kleider zum Wechseln einzupacken. Ich wollte Euch eine kleine Eskorte mitgeben, aber das haben sie abgelehnt. Immerhin konnte ich erreichen, dass die Mädchen mitkommen dürfen. Allie hat es verdient, bei ihrem Vater zu sein, wenn er zurückkehrt, und Mercy wird Allie trösten, wenn das nicht der Fall sein sollte. Ich habe dem Elben gesagt, die beiden seien Eure Töchter.«

»Danke, Nimbus, womöglich habt Ihr heute unser aller Leben gerettet.«

»Vielleicht habe ich nur das Ende hinausgezögert.«

»Nicht wenn Arista das Horn beschaffen konnte. Und jeder Tag, der uns geschenkt wird, verlängert die Hoffnung.«

Minte kroch aus dem Schneehaus, setzte die Kapuze auf und gähnte. Die anderen hatten ihn mit Fußtritten geweckt, denn er war an der Reihe, nach den Pferden zu sehen. Unter ihnen hatte immer die Regel gegolten, dass nur der zu essen bekam, der auch arbeitete. Es war eine einfache Regel, an der sich nicht viel herumdeuten ließ, aber an einem Wintermorgen in aller Hergottsfrühe konnte man, eingewickelt in Decken und noch halb schlafend, bei der Vorstellung, in Wind und Schnee hinaus zu müssen, leicht die einfachsten Regeln vergessen. Doch hatte er schließlich eingelenkt. Die anderen hätten sonst nur noch stärker zugetreten.

Er richtete sich auf und streckte sich, wie er es jeden Morgen tat, und dachte daran, wie alt er schon wurde. Es war noch früh. Die Sonne ging eben erst über den Bäumen auf und die Schneekristalle funkelten im goldenen Licht ihrer schräg einfallenden Strahlen. Es wurde langsam wärmer, doch die nächtliche Kälte hing noch zwischen den Bäumen. Und sie war besonders unangenehm, weil sie so feucht war, dachte Minte. Bei extremer Kälte waren Luft und Schnee wenigstens trocken.

Minte ging zu den Pferden, die bereits warteten. Er kannte sie alle bei Namen und sie kannten ihn. Jetzt wendeten sie die Köpfe und drehten die Ohren in seine Richtung. Sie hatten Glück gehabt. Die bittere Kälte hatte abrupt geendet und kein Pferd war ihr zum Opfer gefallen. Selbst das, das nach Mintes Überzeugung zu atmen aufgehört hatte, hatte überlebt.

»Guten Morgen, meine Herrschaften«, begrüßte er sie wie an jedem Tag und nickte mit dem Kopf. »Wie geht es uns heute an diesem scheußlichen Tag? Wie bitte, Simpel? Du bist anderer Meinung? Du meinst, es sei ein schöner Tag? Viel wärmer als gestern Morgen? Hm, ich weiß nicht, ob ich dir zustimmen kann, mein Lieber. Wie bitte, Maus? Du stimmst Simpel zu? Also ich weiß nicht. Heute ist alles so still ... viel zu still.«

So war es tatsächlich. Minte blieb mit den Füßen im Schneematsch stehen und lauschte. Weder der Wind war zu hören noch sonst ein Geräusch. Es herrschte eine seltsame Ruhe, als hätte alles Leben geendet.

Vielleicht stimmt das ja.

Denn wer wusste schon, was droben im Norden oder drunten im Süden passiert war.

Was ist, wenn alle tot sind? Wenn nur wir vier übrig sind?

Auf einem Baum in der Nähe schrie eine Krähe. Der heisere Laut ließ die Stille nur noch trostloser erscheinen. Alles wirkte leer und verloren. Minte vergewisserte sich, dass das Seil, mit dem die Pferde festgebunden waren, sich nicht gelockert hatte. Dann öffnete er die Futtersäcke. Sonst drängten die Pferde sich bei dieser Gelegenheit um ihn und wollten ihre Schnauzen hineinstecken, aber an diesem Morgen lenkte sie etwas ab. Sie hoben unruhig die Köpfe und blickten mit ihren großen Augen nach links und ihre Ohren zuckten.

»Kommt da jemand?«, fragte Minte leise Prinzessin. Die Stute nickte zu seinem Schrecken heftig, doch schon im nächsten Moment schüttelte sie sich.

Kurz darauf hörte er Hufe. Er rannte zum Schneehaus und weckte die anderen.

»Wer kommt da?«, flüsterte Brand.

»Woher soll ich das wissen?«, erwiderte Minte und kroch vollends zu ihnen hinein.

»Bestimmt nicht Hadrian und die anderen«, überlegte Elbrecht. »Sie haben ihre Pferde ja bei uns gelassen.«

»Vielleicht Renwick?«, schlug Kine hoffnungsvoll vor. Die anderen sahen ihn zustimmend an und nickten.

»Einer muss nachsehen«, bestimmte Elbrecht. Er kniete sich hin und zog seinen Mantel an.

»Nicht ich«, protestierte Minte. »Das kann Brand machen. Er ist doch so unerschrocken.«

»Ruhe«, sagte Elbrecht barsch. »Ich gehe.«

Er schob die Plane ein wenig zur Seite und spähte hinaus.

»Siehst du jemanden?«, fragte Kine.

»Nein.«

»Vielleicht …«

»Pst!« Elbrecht hob die Hand. »Hört ihr das?«

Durch die Stille des Wintermorgens drangen leise Stimmen.

»*Sie sind hier hinuntergegangen*«, sagte eine Stimme.

»*Oh, das sieht aber beschwerlich aus. Sind Euer Gnaden sicher?*«

»*Absolut.*«

»Die klingen nicht wie Elben«, flüsterte Kine.

»Als ob du wüsstest, wie Elben klingen«, sagte Minte.

»Es klingt auch nicht nach Renwick«, fügte Brand hinzu.

»Könnt ihr vielleicht mal still sein?«, fauchte Elbrecht und gab Kine eine Ohrfeige.

»*Der Trichter ist so tief, dass man den Grund nicht sehen kann.*« Das war die zweite Stimme.

»*Er ist wirklich sehr tief.*«

»*Aber nirgends sind Spuren zu sehen.*«

»*Sie sind noch im Berg, drunten in den Höhlen, und holen Geheimnisse ans Licht und kramen alte Erinnerungen hervor. Aber sie kommen. Sie sind schon ziemlich nah und sie haben das Horn.*«

»*Woher wisst Ihr das?*«

»*Nennt es … die Intuition eines alten Mannes.*«

»*Dass sie das Horn haben, ist gut, nicht wahr?*«

»*Ja, das ist sehr gut.*«

Der Schnee knirschte und das Knirschen wurde lauter.

»Sie kommen in unsere Richtung«, sagte Elbrecht.

»Kannst du sie schon sehen?«, fragte Kine.

»Sie sind zu viert. Einer sieht aus wie ein Priester in einer schwarzen Kutte, zwei sind Soldaten und dann ist da noch ein alter Mann in bunten Gewändern und mit langen, weißen Haaren. Die Soldaten sehen auch ziemlich seltsam aus.«

»Was tun sie hier?«, fragte Brand.

»*Da sind ihre Pferde*«, sagte draußen eine Stimme. Die Fremden waren viel näher gekommen und die Jungs hörten das schmatzende Geräusch ihrer Schritte im Schneematsch. »*Ihr könnt rauskommen, Kinder.*«

Die Jungs sahen sich aufgeregt an.

»*Renwick, Elbrecht, Brand, Kine und Minte, kommt, wir frühstücken jetzt.*«

Elbrecht verließ das Schneehaus als Erster. Vorsichtig schob er die Plane zur Seite und kroch hindurch. Die anderen folgten ihm hintereinander und kniffen in der hellen Sonne geblendet die Augen zusammen. Es war genau so, wie Elbrecht gesagt hatte. Auf der kleinen Lichtung vor ihnen standen vier Männer, die überhaupt nicht hierher passten. Der Mann mit den langen, weißen Haaren trug Gewänder in Purpur, Rot und Gold und stützte sich auf einen Stock. Rechts und links von ihm standen die Soldaten mit goldenen Brustpanzern, Helmen und Ärmeln. Dazu trugen sie bunte Hosen in Rot und Purpur und Gelb. In den Händen hielten sie jeder einen Speer und ein Schwert. Nur der Priester war einigermaßen normal gekleidet. Er trug das traditionelle, freudlos schwarze Gewand des Nyphronpriesters und hatte das Gewicht auf ein Bein verlagert.

»Wer seid Ihr?«, fragte Elbrecht.

»Das ist Seine Gnaden der Patriarch der Nyphronkirche«, sagte der Priester.

»Ach so«, sagte Elbrecht und nickte. Er klang zwar so, als wüsste er, wer das war, aber Minte kannte ihn. Elbrecht versuchte immer welterfahrener zu klingen, als er in Wirklichkeit war.

»Die Soldaten sind seine Leibwächter und ich bin Monsignore Merton von Ghent.«

»Uns kennt Ihr ja offenbar schon«, sagte Elbrecht. »Was macht Ihr hier?«

»Wir warten«, sagte der Patriarch. »Genau wie ihr – wir warten darauf, dass sie aus diesem Loch steigen und den Lauf der Welt für immer ändern. Ihr habt doch bestimmt nichts dagegen, dass wir das aus nächster Nähe miterleben wollen.«

Der Alte sah seine Leibwächter an und sie entfernten sich.

»Wie geht es Renwick?«, fragte Minte. »Hat er es nach Aquesta geschafft?«

»Tut mir leid«, antwortete Monsignore Merton freundlich. »Wir sind mit dem Schiff um das Horn nach Vernes gefahren und dann mit der Kutsche weiter. Deshalb sind wir schon vor einiger Zeit aufgebrochen, es ist durchaus möglich, dass Renwick nach unserer Abreise eingetroffen ist. War er ein Freund von euch?«

Minte nickte.

»Er wollte in Aquesta melden, dass die Elben von Südosten angreifen«, ergänzte Brand. »Sie kamen hier ganz in der Nähe vorbei.«

Der Priester nickte. »Tut mir leid, dass ich euch nicht mehr sagen kann.«

»Eine schöne Stelle habt ihr euch hier ausgesucht«, sagte der Alte mit den weißen Haaren und sah sich um. »Und ihr habt euer Lager unter einer Stechpalme aufgeschlagen. An einem Tag wie heute, wenn alles nur schwarzweiß ist, tut ein solcher grüner Farbfleck dem Auge besonders gut. Der Winter war lang und kalt, aber jetzt ist er bald vorbei. Und dann wird eine neue Welt erblühen.«

Minte hörte in der Ferne Musik und hob sofort die Hände an die Ohren.

»Sind das …?«, fragte Elbrecht erschrocken und hielt sich ebenfalls die Ohren zu, als Minte nickte.

»Keine Angst, Kinder«, sagte der Patriarch. »Diese Melodie ist nicht verzaubert. Es ist die Hymne der Elben, die ›Ibyn Ryn‹.«

»Aber es sind die Elben!«, rief Elbrecht. »Sie kommen!«

»Ja.« Der Patriarch blickte hangaufwärts und dann wieder zur Senke hinunter. »Das Rennen hat begonnen.«

26

Die Rückkehr

»Mir gefällt diese Höhle«, sagte Arista, als sie ihre Decken auf demselben flachen Felsen wie auf dem Hinweg ausbreiteten. Über ihnen blinkten und funkelten die Glühwürmchen und Arista merkte dabei zum ersten Mal, wie sehr sie den Himmel vermisste.

Magnus sammelte wieder Steine. »Das hier ist nichts im Vergleich zu den Wundern, die ich schon unter der Erde gesehen habe. Mein Großvater hat mich einmal in die Dithmar-Berge in Trent mitgenommen, an einen Ort, den nur er kannte. Er sagte, ich müsste wissen, woher ich käme. Er führte mich durch eine tiefe Spalte zu einem unterirdischen Fluss. Wir waren wochenlang unter der Erde. Bei unserer Rückkehr waren meine Eltern wütend. Sie wollten nicht, dass er mir Flausen in den Kopf setzte. Sie selbst hatten schon aufgegeben, aber mein Großvater – er kannte sich aus.«

Magnus stieß zwei Steine aneinander und ein Funke sprühte. »Er zeigte mir die erstaunlichsten Dinge. Höhlen, die hundert Mal so groß waren wie diese und aus funkelnden Kristallen bestanden, so dass ein einzelner Leuchtstein ausreichte, sie taghell zu erleuchten. Steinerne Kathedralen mit Säulen und Zapfen und Wasserfälle, die in solche Tiefen stürzten, dass man das Brausen nicht mehr hörte. Alles in dieser unterirdischen Welt war so riesig und gewaltig, dass wir uns unendlich klein vorkamen. Es fällt einem manchmal schwer, an Drome zu glauben, wenn man sieht, was aus seinem Volk geworden ist, aber an Orten wie hier und ganz gewiss in den riesigen Sälen, die mein Großvater mir gezeigt hat, ist es, als blicke man ihm ins Angesicht.«

Arista breitete ihre Decke neben Hadrian aus.

»Was hast du mit den Steinen eigentlich vor, Magnus?«, fragte Hadrian.

»Ein wenig Licht machen. Es gibt hier viele dafür geeignete Steine. Mein Großvater hat mir gezeigt, wie man sie zum Brennen oder genauer Glimmen bringt.«

»Ich kann dir helfen.« Arista machte eine Handbewegung und drei Steine fingen Feuer und brannten wie das schönste Lagerfeuer.

Der Zwerg runzelte unwillig die Stirn. »Nein, bitte nicht. Ich kann das selber.«

Arista klatschte in die Hände und das Feuer verschwand. »Ich wollte nur helfen.«

»Ja, gut, aber das war kein natürliches Feuer.«

»Aber Steine zum Glimmen zu bringen, indem man sie aneinanderschlägt, ist natürlich?«, fragte Hadrian.

»Für einen Zwerg schon.«

Magnus erhitzte seine Steine und die anderen versammelten sich zum Essen um das Feuer. Sie verzehrten den letzten Proviant. Am folgenden Tag würden sie hoffentlich wieder zur Oberfläche hinaufsteigen, sonst müssten sie die letzte Etappe der Expedition hungrig zurücklegen.

»Aha!«, rief Myron. Er hatte, sobald das Licht zum Lesen ausreichte, erfreut seine Bücher auf dem Felsen ausgebreitet.

»Hast du wieder etwas zur richtigen Aussprache von Namen herausgefunden?«, fragte Hadrian. »Heißt Degan Gaunt in Wirklichkeit Gwyant?«

»Wie bitte? Nein, aber ich bin Mawyndulë begegnet, von dem Antun Bulard und Esrahaddon gesprochen haben.«

»Du bist ihm begegnet?«

»Ja, in diesem Buch. Er interessierte mich, weil Bulard ihn in seiner letzten Notiz erwähnt. Ich habe daraus geschlossen, dass Bulard kurz vor seinem Tod etwas über ihn gelesen haben muss. Und Bulard hatte in der Bibliothek nur diese Bücher zur Verfügung, also musste Mawyndulë in einem von ihnen auftauchen. Natürlich im letzten, das ich gelesen habe, das war ja klar. In der *Völkerwanderung* von Prinzessin Farilane. Es handelt sich um einen ziemlich parteiischen Bericht darüber, wie der Stamm der Instarya die Herrschaft über das Elbenreich übernommen hat. Doch ist in diesem Zusammenhang auch von Nyphron, dem Horn und Mawyndulë die Rede.«

»Was schreibt die Prinzessin?«, fragte Arista.

»Dass die verschiedenen Stämme der Elben ständig blutige Kriege gegeneinander geführt hätten, bis sie das Horn bekamen.«

»Ich meinte, über Mawyndulë?«

»Ach so.« Myron schwieg verlegen. »Das weiß ich nicht. Ich habe es noch nicht gelesen, ich habe nur seinen Namen gesehen.«

»Dann sind wir jetzt alle ganz still und lassen Euch lesen.«

Sie schwiegen und sahen den Mönch an, der in Windeseile die Seiten überflog. Arista befürchtete ein wenig, die vielen Blicke könnten ihn stören, aber an der Art, wie er die dicht beschriebenen Seiten umblätterte, merkte sie, dass er sich offenbar durch nichts ablenken ließ, sobald er ein Buch vor sich hatte.

»So«, sagte er schließlich.

»Ja?«, fragte Arista.

»Ich weiß jetzt, warum das Horn bei Degan keinen Ton von sich gegeben hat.«

»Warum?«, fragte Hadrian.

Myron hob den Kopf. »Du hattest recht. Man fordert mit dem Horn einen Konkurrenten heraus, wie du in der Grabkammer gesagt hast.«

»Und?«

»Degan ist schon König. Er kann sich nicht selbst herausfordern, also blieb das Horn stumm.«

»Und was hat das alles mit Mawyndulë zu tun?«, fragte Arista. Myron zuckte mit den Schultern. »Ich bin noch nicht fertig.« Er wandte sich erneut dem Buch zu.

»Morgen sind wir wieder draußen, ja?«, fragte Arista. Hadrian nickte. »Wie lange waren wir dann hier unten?«

Hadrian zuckte mit den Schultern und sah Royce an.

Der Dieb kehrte gerade von seiner Erkundung der Umgebung zurück, setzte sich zu den anderen an die glühenden Steine und suchte in seinem Bündel nach seinem Proviant. »Mindestens eine Woche.«

»Was wir wohl droben vorfinden?«, überlegte Arista. Die Frage war genauso an sie selbst gerichtet wie an die anderen. »Was tun wir, wenn wir zu spät kommen?«

»Mit *Uli Vermar* ist die Regierungszeit eines Königs gemeint«, sagte Myron. »Sie dauert gewöhnlich dreitausend Jahre – offenbar die durchschnittliche Lebenszeit eines Elben.«

»Wirklich?« Mauvin sah Royce an. »Wie alt bist du?«

»Noch nicht so alt.«

»Erinnert ihr euch an die Imperatoren in der Gruft?«, fragte Arista. »Wenn Elbenblut mit Menschenblut gemischt wird, verringert das die Lebenszeit.«

»Schon, aber der Betreffende lebt immer noch länger als wir, vielleicht mit Ausnahme von Gaunt.«

»Warum das?« Gaunt, der verdrossen die letzten Krümel seiner Mahlzeit eingesammelt hatte, blickte auf.

»Weil Ihr auch ein Elbe seid.«

Gaunt machte eine Grimasse. »Ich soll ein Elbe sein?«

»Ihr seid doch mit Novron verwandt, oder nicht?«

»Aber ... ich will gar kein Elbe sein.«

»Ihr gewöhnt Euch dran.« Royce grinste.

»Ah, hier steht etwas«, sagte Myron. »Mawyndulë gehörte zum Stamm der Miralyith, der in der Zeit vor Novron bei den Elben geherrscht hat.« Er machte eine Pause und blickte auf. »Anders als wir haben die Elben offenbar keinen Adel, der von Generation zu Generation fortbesteht. Der Stamm, der den König stellt, wird zur herrschenden Klasse, aber nur für eine Generation oder eben die Länge eines *Uli Vermar*. Dann wird mit Hilfe des Horns ein neuer König gekürt und wenn er den Thron besteigt, wird sein Stamm die neue Elite.«

»Aber es kann sich doch bestimmt nicht jedes Stammesmitglied als König bewerben«, sagte Gaunt. »Innerhalb der Stämme gibt es vermutlich trotzdem eine Art erblichen Adel. Das ist doch immer so.«

»Ich muss Gaunt ausnahmsweise einmal recht geben«, meinte Royce. »Es besteht vielleicht nach außen der Anschein, dass eine bestimmte Klasse die Macht abgibt, aber in Wirklichkeit ist das nicht der Fall.«

»Theoretisch kann offenbar jeder einen Anspruch auf den Thron erheben«, erklärte Myron. »Aber es stimmt, der Anwärter ist traditionell der Anführer eines Stammes. Doch wird er von den Stammesältesten gewählt.«

»Interessant«, sagte Mauvin. »Eine Gesellschaft ohne Adel, die ihre Anführer wählt. Also seht Ihr, Gaunt? Ihr seid wirklich ein Elbe.«

»Es bläst also jemand das Horn, kämpft, gewinnt und wird König«, fasste Arista zusammen. »Die betreffende Person regiert dann dreitausend Jahre lang, aber was ist, wenn sie es nicht tut? Wenn sie bei einem Unfall ums Leben kommt, geht die Krone an ihren nächsten Verwandten. Soviel verstehe ich. Aber was passiert, wenn der König keine Blutsverwandten hinterlässt?«

»Dann würde auch das *Uli Vermar* enden«, sagte Myron. »Und der Erste, der dann in das Horn stößt, wird neuer König. Anschließend präsentiert er das Horn für den Fall, dass ihn jemand damit herausfordern will. Genau das scheint ja auch passiert zu sein.« Myron klopfte auf eine Seite des Buches. »Als Nyphron nach der Schlacht von Avempartha in seine Heimat einfallen wollte ...«

»Moment«, fiel Mauvin ihm ins Wort. »Sind Nyphron und Novron dieselbe Person?«

»Ja«, sagten Myron, Arista und Hadrian gleichzeitig.

»Genauso wie Teshlor der verballhornte Name des Elbenkriegers Techylor ist, ist Novron die verballhornte Form von Nyphron. Also wie gesagt, Nyphron wollte gerade in seine Heimat einfallen, da endete das *Uli Vermar* und der Hohe Rat der Elben gab ihm das Horn, machte ihn zum König und beendete damit den Krieg.«

»Und das *Uli Vermar* endete genau zu diesem Zeitpunkt?« Royce schüttelte den Kopf. »Das klingt nach einem unwahrscheinlichen Zufall. Der Elbenkönig ist vermutlich keines natürlichen Todes gestorben.«

Myron blickte wieder in das Buch und las laut vor: »Und so kam es, dass in der Nacht des Tages der dritten Wende Mawyndulë vom Stamm der Miralyith geschickt wurde. Und vor dem Rat wurde Anklage gegen ihn erhoben wegen ...«« Myron brach ab, aber seine Augen wanderten hastig über die Seite.

»Wegen was?«, fragte Arista, aber Myron brachte sie mit dem Finger zum Schweigen.

Er hob die Hand und blätterte eine Seite um. Seine Augen wurden immer größer und er zog die Brauen hoch.

»Bei Mar!«, rief Magnus schließlich ungeduldig. »Hör auf zu lesen und beantworte die Frage.«

Myron blickte erschrocken auf. »Mawyndulë hat den Elbenkönig ermordet.«

»Und wenn der König Kinder hatte, wurden die vermutlich auch ermordet.«

»Nein«, erwiderte Myron zu Royces Überraschung. »Sein einziger Sohn überlebte.«

»Das verstehe ich nicht«, sagte Arista. »Wenn sein Sohn überlebte, warum wurde er dann nicht König? Warum endete das *Uli Vermar*?«

»Weil Mawyndulë sein Sohn war«, erklärte Myron.

Die anderen brauchten unterschiedlich lange, um zu verstehen, was das bedeutete. Nacheinander nickten sie im flackernden Schein der Steine.

»Mawyndulë konnte also nicht König werden, weil er einen Mord begangen hatte?«, fragte Hadrian.

»Einen Königsmord«, verbesserte Myron. »Was bei den Elben noch viel schwerer wiegt, weil er das Fundament ihrer Gesellschaft in Frage stellt und den Frieden gefährdet, den Ferrol mit dem Geschenk des Horns unter ihnen gestiftet hat. Mawyndulë wurde aus der Gemeinschaft der Elben ausgestoßen – verbannt und von Ferrol verflucht. Damit war ihm auch das Alysin versperrt, das Jenseits der Elben.«

»Warum hat er seinen Vater ermordet?«, fragte Arista.

»Das schreibt Prinzessin Farilane nicht. Vielleicht wusste man es nicht.«

»Novron hat also in das Horn gestoßen und wurde König und damit endete der Krieg.« Hadrian hatte zu Ende gegessen und packte sein Bündel zusammen.

»So war es jedenfalls gedacht«, sagte Myron. »Und nach ihm sollte niemand mehr das Horn blasen und ihn herausfordern. Wenn der König das Horn präsentiert, aber keiner innerhalb eines Tages hineinbläst, dann behält er die Krone.«

»Aber es hat ihn jemand herausgefordert?«

»Ja, Mawyndulë«, sagte Myron. »Jeder kann das, die einzige Voraussetzung ist, dass Elbenblut in ihm fließt. Selbst ein geächteter, von Ferrol verfluchter Elbe kann den König herausfordern. Und wenn er gewinnt …«

»Wenn er gewinnt, wird er König«, sprach Royce den Satz zu Ende.

»Ja.«

»Aber er hat verloren, nicht wahr?«, fragte Mauvin.

»Novron hat in einem langen Krieg Erfahrungen gesammelt«, überlegte Hadrian. »Und Myron sagte, Mawyndulë sei noch ein Kind gewesen.«

Der Mönch nickte. »Mawyndulë erlitt eine schnelle, demütigende Niederlage.«

»Aber das verstehe ich nicht«, sagte Arista. »Esrahaddon war doch überzeugt, dass er noch lebte.«

»Nyphron hat ihn nicht getötet. Normalerweise endet ein solcher Zweikampf mit dem Tod eines Kontrahenten, aber Nyphron ließ Mawyndulë am Leben. Vielleicht weil er noch so jung war oder weil er als Geächteter keine Bedrohung darstellte. Man weiß jedenfalls, dass Mawyndulë erneut verbannt wurde und Erivan nie wieder betreten durfte.«

»Und wie ist Novron gestorben?«, fragte Mauvin.

»Er wurde ermordet.«

»Von wem?«

»Das weiß man nicht.«

»Ich würde auf Mawyndulë wetten«, sagte Royce.

»Hm ...« Arista zupfte gedankenverloren an ihrer Lippe.

»Was ist?«, fragte Royce.

»Ich habe nur daran gedacht, was Esrahaddon sagte, als er im Sterben lag. Er warnte mich, dass das *Uli Vermar* enden würde und ich den Erben nach Percepliquis bringen müsste, um das Horn zu holen. Aber seine letzten Worte lauteten: ›Der Patriarch ... ist derselbe ...‹ Ich dachte immer, der Satz sei noch nicht fertig gewesen, aber vielleicht hat er ja schon alles gesagt, was er sagen wollte. Wie viele Patriarchen hat es denn gegeben, Myron?«

»Zweiundzwanzig, einschließlich Patriarch Nilnev.«

»Und wie alt ist der?«

»Ich erinnere mich nicht an ein Geburtsdatum, aber er ist jetzt seit sechzig Jahren Patriarch.«

»Wie hießen seine Vorgänger?«

»Vor Patriarch Nilnev kam Patriarch Evlinn. Und davor Patriarch Lenvin. Und davor ...«

Arista sah ihn mit großen Augen an. »Unglaublich ...«

»Was denn?«, fragte Royce.

Arista kniete sich hin. »Hat jemand was zum Schreiben?«

»Ich habe ein Stück Kreide.« Myron zog einen weißen Stummel aus einem Beutel.

»Nilnev, Evlin, Lenvin, Venlin ...« Arista schrieb die Namen auf den Felsen.

»Evlinn wird mit zwei ›n‹ geschrieben«, verbesserte Myron.

Arista hob lächelnd den Kopf. »Natürlich. Das muss ja so sein. Versteht ihr? Esrahaddon hatte recht. Der Patriarch hat immer nur seinen Namen und sein Aussehen geändert. Offenbar hat er sich im Rat der Cenzaren unter Imperator Nareion einen Platz verschafft, was für ihn als Meister der Magie ein Leichtes gewesen sein dürfte. Esrahaddon wusste, dass Venlin und Nilnev ein und dieselbe Person waren. Eigentlich waren alle Patriarchen vom ersten an dieselbe Person – Mawyndulë.«

»Das würde erklären, warum die Kirche den Erben so unbedingt finden wollte«, sagte Hadrian. »Wenn sie den Nachfahren Novrons getötet hätte, hätte das *Uli Vermar* vorzeitig geendet.«

»Was gut und schön gewesen wäre, wenn Mawyndulë das Horn gehabt hätte. Das war aber nicht der Fall und vermutlich hat nur das Gaunt das Leben gerettet, als die Kirche ihn in ihrer Gewalt hatte. Das erklärt auch, warum der Patriarch so viele Expeditionen nach Percepliquis geschickt hat. Er wusste allerdings nicht, dass man den Erben braucht, um das Horn zu holen. Esrahaddon hat entsprechende Vorkehrungen getroffen und mir ja auch gesagt, der Erbe müsse mitkommen. Ich weiß nicht, worin seine Vorkehrungen bestanden, aber ich vermute stark, wenn ein anderer als Gaunt den Kasten berührt hätte, wäre er getötet worden.«

»Und es erklärt, warum der Patriarch Magnus beauftragt hat, Gaunt zu töten«, fügte Hadrian hinzu. »Wenn der Erbe tot gewesen wäre, wäre Nilnev wie seinerzeit Novron beim ersten Hornstoß automatisch König geworden.«

»Wenn der Patriarch dagegen das Horn bläst und Gaunt noch lebt, erhebt er nicht Anspruch auf einen leeren Thron, sondern macht von seinem Recht Gebrauch, den Erben herauszufordern, stimmt's?« Arista sah Myron fragend an und Myron nickte. »Und wenn Gaunt ihn besiegt, wird er König und die Elben müssen ihm bedingungslos gehorchen. Wenn er ihnen also befiehlt, hinter den Nidwalden zurückzukehren und uns in Ruhe zu lassen, müssten sie das tun.«

»Theoretisch ja«, sagte Myron.

»Wir müssen den Patriarchen also nur glauben machen, Magnus hätte seinen Auftrag erfolgreich ausgeführt. Wir sagen ihm, Gaunt sei tot, und verstecken Gaunt, bis er das Horn geblasen hat. Dann lassen wir die Falle zuschnappen.«

»Aber dann kommt doch noch ein Zweikampf auf Leben und Tod«, protestierte Gaunt.

»Den werdet Ihr mit Leichtigkeit bestehen«, versicherte Arista. »Nilnev ist alt, selbst für einen Elben. Der leiseste Windhauch kann ihn umwerfen. Er wird nicht gegen Euch antreten, er fürchtet nichts mehr als einen Zweikampf. Deshalb wollte er Euch doch töten lassen.«

Gaunt schwieg, aber sein Blick wanderte unruhig hin und her.

»Was meint Ihr, Degan?«, fragte Arista. »Ihr wolltet Imperator werden. Wie klingt für Euch König der Elben?«

Keuchend zog Arista sich aus dem Schacht auf die nasse Erde. Das helle Licht des Morgens umfing sie und spielte über ihre Haut. Sie hatte die Sonne so sehr vermisst, dass sie mit ausgestreckten Armen liegen blieb und in ihrer Wärme badete. Auch die frische Luft einzuatmen war eine Wonne. Arista sog sie gierig ein wie eine Verdurstende.

Eine Zeitlang hatte sie geglaubt, sie würde den Aufstieg und die Rückkehr nach Amberton Lee nicht schaffen. Trotz des Seils um ihre Hüften hatte sie sich zitternd vor Angst und Erschöpfung an den Felsen geklammert. Doch Hadrian hatte ihr unablässig gut zugeredet. An einigen besonders schwierigen Stellen hatten er und Royce sie gezogen, aber sie war trotzdem nur sehr langsam vorangekommen. Mauvin war trotz seines verwundeten Arms schneller geklettert. Doch jetzt hatte sie es überstanden und war entsprechend stolz und ließ sich als Belohnung die Sonne ins Gesicht scheinen.

Magnus weckte sie aus ihrer Träumerei. »Er ist hier«, sagte er.

Sie richtete sich auf und sah in einiger Entfernung vier Männer raschen Schrittes näherkommen – den Patriarchen zwischen seinen beiden Leibwächtern und dahinter Monsignore Merton, dem Arista erst einmal in Ervanon begegnet war. Die vier wirkten merkwürdig fehl am Platz, wie sie da mit über den Schneematsch schleifenden Gewändern den steilen Hang hinunterstiegen.

Gefolgt von Hadrian, Mauvin, Magnus und Myron entfernte Arista sich von dem klaffenden Schacht und schob sich durch ein Gestrüpp von Forsythien, die kurz vor der Blüte standen. Hadrian fasste sie an der Hand und zog sie zu sich.

»Gebt mir schnell das Horn«, rief der Patriarch und streckte die Hand aus. Mit einem hastigen Blick über die Schulter in Richtung der Kuppe fügte er hinzu: »Die Elben sind eingetroffen.«

Arista setzte ihr Bündel ab und zog den Kasten heraus. »Gaunt starb, bevor er hineinblasen konnte.«

Der Patriarch nahm den Kasten mit einem triumphierenden Lächeln. Er holte das Horn heraus, hielt es hoch und starrte es fasziniert an.

»Endlich«, sagte er. Er setzte es an die Lippen und blies hinein. Ein langgezogener Ton hallte laut und unheilschwanger durch den Wald. Er klang nicht melodisch und schön, sondern wie ein hasserfüllter Schrei. Alle traten instinktiv ein paar Schritte zurück und Arista spürte auf einmal, wie sich die Zweige der Forsythien in ihren Rücken bohrten. Der Alte setzte das Horn lächelnd ab. »Das habt Ihr gut gemacht.«

Über der Kuppe tauchten galoppierende Pferde auf. Die Anmut und Eleganz der in Gold und Blau gekleideten Elbenfürsten mit ihren Löwenhelmen versetzte Arista in Staunen. Bei den Elben befand sich Modina in Begleitung von Mercy und Allie. Die beiden Mädchen sahen müde aus.

Ein Reiter stieg vom Pferd, nahm seinen Helm ab und näherte sich der Gruppe. Er zeigte auf das Horn und sagte etwas auf Elbisch. Arista bekam nicht jedes Wort mit, verstand aber immerhin, dass er sich als Irawondona von den Asendwayr vorstellte, der dem Elbenreich als eine Art Verweser vorstand, bis ein neuer König gefunden war. Er fragte, wer das Horn geblasen habe.

Der Patriarch, der vor ihm stand, hob die Arme. Dabei veränderte sich sein Gesicht. Es wurde länger und die Nase schmaler. Seine Augen standen auf einmal schräg, die Ohren liefen in spitzen Enden aus und seine Augen leuchteten grün. Unverändert blieben nur die weißen Haare mit dem violetten Schimmer. »*Vor Euch steht Mawyndulë von den Miralyith, der künftige König von Erivan, der Imperator von Elan und Herr der Welt.*« Er sprach langsam und deutlich, so dass sogar Arista jedes Wort verstand.

Mawyndulë reckte stolz den Kopf, streckte die Arme seitlich aus und drehte sich langsam um sich selbst, so dass alle ihn bewundern konnten. Alle einschließlich der Elben starrten ihn sprachlos an.

Es folgte ein rascher Wortwechsel zwischen Mawyndulë und dem Elbenfürsten. Irawondona zeigte dabei wiederholt auf Modina. Arista verstand nur Bruchstücke, doch sank ihr Mut, als sie Myron »o nein« murmeln hörte.

»Mawyndulë weiß über Gaunt Bescheid«, fügte der Mönch hinzu.

»Was?«, fragte Arista.

»Er hat Irawondona gerade gesagt, dass er das Horn geblasen habe, und der Elbenfürst antwortete, er habe damit den Erben herausgefordert. Doch Mawyndulë antwortete, nicht Modina sei der Erbe, sondern Degan Gaunt, der sich in der Senke hinter uns verstecke.«

Mawyndulë drehte sich zu ihnen um. »Ich weiß über Euren Plan Bescheid. Der Leibwächter hätte besser auf Esrahaddons Warnungen hören sollen. Oder habt Ihr vergessen, was er Euch bei Eurer letzten Begegnung gesagt hat?«

Arista sah Hadrian fragend an.

»Er hat viel gesagt.«

»Er meinte, dass er Euch nichts erzählen könne, weil seine Gespräche abgehört würden.«

»Ihr habt ihn belauscht?«, fragte Arista.

»Ich habe ihm bis zu seinem Tod aufmerksam zugehört, aber er hat selten etwas gesagt, das von Belang gewesen wäre. Ihn zu belauschen war einfach, weil ich ihn so gut kannte. Und während Eurer kleinen Reise in die Unterwelt habe ich den Zwerg belauscht. Bei ihm hat meine Kunst nicht so gut funktioniert, aber es hat gereicht.« Er sah Magnus an. »Mit dir rechne ich ab, wenn ich zum Herrscher gekrönt bin. Aber jetzt kannst du Royce ausrichten, dass er Gaunt heraufbringen soll. Ihm kann vorerst nichts passieren. Niemand kann ihm oder mir jetzt, da die Gnade Ferrols auf uns ruht, etwas antun. Wir sind vor allen anderen geschützt. Erst wenn wir gegeneinander antreten, sind wir wieder verwundbar, aber nur durch den jeweils anderen. Der letzte Nachkomme Novrons ist also bis zum Tagesanbruch morgen früh sicher. Es gibt Regeln für diese Zeremonie, an die wir uns halten müssen.«

Im Gebüsch raschelte es, denn von unten näherten sich zwei Gestalten. Gaunt trat heraus, gefolgt von Royce. Gaunt sah krank aus. Er war kreideweiß im Gesicht und schwitzte so sehr, dass die Stirnfransen ihm an der Stirn klebten.

Mawyndulë drehte sich zu Fürst Irawondona um und verkündete auf Elbisch: »*Das ist der Erbe Nyphrons.*« Er zeigte auf Gaunt.

Der Elbenfürst und ein alter Elbe mit einem Eulenhelm musterten Gaunt misstrauisch. Dann sprachen sie längere Zeit mit Mawyndulë. Anschließend kehrten die Elben zusammen mit Mawyndulë zur Kuppe zurück und ließen Arista und ihre Gefährten allein.

»Was passiert jetzt?«, fragte Hadrian.

»Der Zweikampf beginnt morgen früh bei Sonnenaufgang«, erklärte Myron.

Die Elben lagerten auf der Bergkuppe. Die anderen versammelten sich vor dem Schneehaus, das auf halber Höhe unter einer Stechpalme verborgen war. Hadrian machte Feuer und beauftragte die Jungs, Brennholz zu sammeln, was sie auch taten, allerdings nur am Fuß des Bergs. Da sie immer wieder ängstlich zur Kuppe hinaufblickten, kamen sie nur langsam voran.

Modina und die beiden Mädchen durften bei Arista und Hadrian bleiben. Modina setzte die Mädchen ans Feuer, dann raffte sie den Saum ihres langen, schwarzen Gewands und ging zu Arista.

»Was wurde da eben besprochen?«, fragte sie.

Arista ergriff ihre Hand. »Alles wird gut. Degan wird als letzter Nachkomme Novrons morgen gegen den Herausforderer kämpfen. Wenn er gewinnt, wird er Herrscher der Elben und sie müssen ihm gehorchen.«

Doch Modinas Stirn blieb gerunzelt und ihr Blick wanderte besorgt über die am Feuer sitzenden Männer. »Aber wenn nicht, ist alle Hoffnung verloren. Ihr habt ja keine Ahnung, zu was die Elben fähig sind. Aquesta wurde innerhalb weniger Minuten zerstört. Die Stadtmauer stürzte ein, die Häuser wurden niedergebrannt. Ich will mir gar nicht vorstellen, wie viele Menschen getötet wurden. Ich habe alles versucht, das Unheil abzuwehren, aber ... sie haben uns scheinbar mühelos überrannt. Wenn Degan also verliert ...«

»Er wird nicht verlieren«, sagte Hadrian. »Arista hat einen Plan.«

»Nicht ich hatte die Idee, sondern Esrahaddon«, wehrte Arista ab. »Ich glaube, er hat vom Moment seiner Flucht aus Gutaria an daran gearbeitet.«

»Was für einen Plan?«, fragte die Imperatorin.

Arista und Hadrian wechselten einen Blick, dann sagte Arista: »Das kann ich Euch nicht sagen.«

Modina hob die Augenbrauen.

»Der Patriarch ist Elbe und ein mächtiger Zauberer. Er hat

Degan herausgefordert. Offenbar kann er Gespräche wie dieses mithören.«

Modina nickte. »Dann schweigt lieber. Ich vertraue Euch. Ihr habt mich bisher nicht verraten.«

»Wie geht es den Mädchen?«, fragte Arista.

»Sie haben Angst. Allie fragt ständig nach ihrem Vater und Elden. Die beiden sind wahrscheinlich ...«

»Ja, sie wurden getötet. Wie mein Bruder auch.«

Modina nickte. »Das tut mir leid. Wenn ich etwas ...« Sie brach mit erstickter Stimme ab und wischte sich die Augen. »Bei Maribor, ich überlasse Gaunt auch ganz bestimmt den Thron und begnüge mich mein restliches Leben lang mit dem Dasein einer armen Bäuerin, wenn er dafür morgen gewinnt. Und ihr, die ihr aus Percepliquis zurückgekehrt seid, sollt wissen, dass wir alle für das, was ihr getan habt, und wegen der Opfer, die Alric, Wyatt und Elden gebracht haben, tief in eurer Schuld stehen. Wie immer die Entscheidung morgen ausfällt, ihr habt euch große Verdienste erworben.«

Hadrian, Royce und Mauvin nahmen Gaunt beiseite und gaben ihm einige letzte Ratschläge für den Kampf am folgenden Tag. Arista konzentrierte ihre Aufmerksamkeit auf die Bergkuppe, auf der unter fremdländischem Gesang bunte Zelte errichtet wurden. Die Spannung am Lagerfeuer war mit Händen zu greifen. Am meisten Angst schien abgesehen von Gaunt Monsignore Merton zu haben. Er saß auf einem umgedrehten Eimer und starrte trübe ins Feuer. Schon bald saß Myron neben ihm und die beiden unterhielten sich längere Zeit.

Myron wirkte als Einziger vollkommen unbesorgt. Nach dem Gespräch mit Merton setzte er sich zu den Jungs, fragte sie, wie sie das Schneehaus gebaut hatten, und stellte weitere Fragen zu den Pferden, die sie während der Abwesenheit der Erwachsenen versorgt hatten. Die Jungs erzählten ihm, wie vor lauter Kälte ihre Spucke gefroren war, und der Mönch hörte ihnen staunend zu. Er bereitete zusammen mit ihnen eine vorzügliche Mahlzeit zu und beschäftigte sie mit weiteren Aufgaben für die Nacht.

Die Sonne ging unter und um das Lagerfeuer versank alles in Dunkelheit. Das Feuer erinnerte Arista an jenes andere Feuer, an dem sie ein Jahr zuvor etwas weiter hangaufwärts, aber ganz in der Nähe gesessen hatte. So vieles war passiert und so viel hatte sich verändert seit jener Nacht, als Ätzer sie hierher gebracht hatte. Aus Amberton Lee war ein anderer Ort geworden. Mit Ätzer hatte sie sich in der Wildnis verloren gefühlt. Jetzt befand sie sich am Mittelpunkt der Welt.

In Trümmern liegt der Lee, der Zeiten Raub,
Zu sehen vergessener Erinnerungen Staub.
Einst Mittelpunkt, doch dann, mit einem Mal,
Auf alle Ewigkeit verloren, Mauerfall.

Auch sie selbst hatte sich verändert. Vielleicht galt das ja für sie alle.

Hadrian sah die Mädchen gähnen. »Warum legt Ihr Euch nicht zusammen mit den beiden im Schneehaus hin?«, fragte er Modina. Er wandte sich an die Jungs. »Ihr habt doch nichts dagegen?«

Die Jungs, die ganz in den Anblick der Imperatorin versunken waren, schüttelten die Köpfe.

»Wo wird Degan schlafen?«, fragte Modina und blickte über das Feuer zu Gaunt hinüber, der von den Mädchen angesteckt ebenfalls gähnte.

»Doch wohl mit uns am Feuer«, meinte Hadrian.

Doch da sagte die Imperatorin laut: »Ihr schlaft bei mir im Schneehaus, Degan.«

Degan verdrehte die Augen. »Besten Dank für das Angebot, wirklich, aber jetzt ist nicht der richtige Zeitpunkt für …«

»Ihr müsst morgen gut ausgeruht sein. Das Schicksal der Menschheit hängt von Eurem Sieg ab und im Schneehaus liegt man am bequemsten. Und Ihr werdet dort *schlafen*, verstanden?«

Gaunt machte ein resigniertes Gesicht und nickte.

Modina stand auf, umarmte Arista und küsste sie. »Ich danke Euch noch einmal.«

Sie ging um das Feuer und umarmte und küsste alle nacheinander. Dann wischte sie sich über die Augen und verschwand im Schneehaus.

»Glaubst du, unser Plan geht auf?«, fragte Arista. Hadrian grinste. »Tut mir leid, ich bin nur nervös. Schließlich war es meine Idee.«

»Eine wirklich geniale Idee. Habe ich dir schon gesagt, wie klug du bist?«

Arista sah ihn böse an. »Ich bin nicht so klug – die Liebe macht dich blind.«

»Ist das so schlimm?«

Ihre Miene besänftigte sich. »Nein.«

Hadrian lehnte gegen einen Baum und Arista legte sich in seine Arme. Er drückte sie an sich und ihr war in der Geborgenheit seiner Umarmung, als falle eine Last von ihr ab. Ihr Blick wanderte zu den Sternen. Am liebsten hätte sie ihnen zugerufen, an ihrem Platz stehen zu bleiben. Die Sonne sollte nicht aufgehen, der gegenwärtige Moment ewig fortdauern. Denn dann konnte sie bleiben, wo sie war, nämlich in Hadrians Armen, und vergessen, was ihnen bevorstand.

Mawyndulë trat in den Schein des Feuers und betrachtete sie mit einem freundlichen Lächeln. »Es gehört zu den größten Enttäuschungen eines langen Lebens, dass man den Triumph, wenn er endlich kommt, mit niemandem teilen kann«, sagte er. Seine Leibwächter, die ihm gefolgt waren, stellten einen Stuhl für ihn hin. Er setzte sich, ohne die Ablehnung zu beachten, die ihm entgegenschlug.

Arista schloss die Augen und tastete sich in Gedanken vor. Sie spürte seine magische Kraft und sah sie vor sich wie ein Licht in der Finsternis. Der Oberdaza hatte geflackert wie eine Fackel, Mawyndulë dagegen brannte wie die Sonne. Sie zog sich zurück und wandte sich stattdessen seinen Leibwächtern zu. Die beiden waren weder Menschen noch Elben, sondern Wesen aus reiner Magie wie der Gilarabrywn.

»Es ist unangenehm kalt, nicht wahr?«, sagte der alte Elbe. »Was habt Ihr doch für ein kümmerliches Feuer.«

Er klatschte in die Hände und die Flammen loderten auf. Die Jungs fuhren erschrocken zurück. Monsignore Merton sprang auf und wich mit aufgerissenen Augen ebenfalls zurück.

Der Alte hielt die Hände über die züngelnden Flammen und rieb sie aneinander. »Ah, so ist es besser. Meine alten Knochen vertragen nicht mehr so viel Kälte wie früher.«

»Die Kirche verbietet die Magie«, sagte Merton leise.

»Natürlich tut sie das. Ich will ja nicht, dass jeder dahergelaufene Bastard meine Kunst ausübt, das wäre eine Beleidigung. Würde es Euch denn gefallen, wenn ich Eure Kleider tragen würde? Wenn ich sie beschmutzen und mich öffentlich über sie lustig machen würde? Natürlich nicht, und genauso erlaube ich den Menschen nicht, in den Dreck zu ziehen, was mir gehört.«

»Wie kommt es, dass die Magie ... Euch gehört?«, fragte Royce.

»Durch Erbschaft. Meine Familie hat sie erfunden, deshalb gehört sie mir. Elende Diebe haben sie gestohlen, aber ich habe sie mir zurückgeholt. Der letzte Dieb war Esrahaddon. Er hat mit Hilfe meiner Kunst Percepliquis zerstört.« Der Blick des Alten wurde abwesend. »Er hat alle getötet – er wollte mich aufhalten, hat es aber nicht geschafft. Ich habe nicht nur überlebt, sondern konnte auch ihn am Leben halten. Denn ich musste doch wissen, wo der Erbe war. Ich hoffte, er würde mit der Zeit einlenken, und das hat er auch getan, allerdings ohne es zu wissen.« Der Alte lächelte und sah die anderen wieder an. »Hat außer mir noch jemand Hunger?«

Er sprach einige Worte, die Arista nicht verstand, und schnippte mit den Fingern und schon stand vor ihnen eine Tafel mit den erlesensten Speisen – Schinken, knusprig gebratenen Enten und Wachteln, Gemüse, kandierten Walnüssen und Beeren.

»Was ist denn, Merton?«, fragte er, ohne den Priester, der ihn entsetzt ansah, eines Blickes zu würdigen. »Seid Ihr schockiert? Natürlich, und mit gutem Grund, aber bitte esst. Es schmeckt köstlich und ich esse so ungern allein. Na los, esst alle.«

Er wartete nicht auf sie, sondern riss Stücke von dem Schinken ab. Weingläser erschienen auf dem Tisch und füllten sich von selbst mit einer tiefroten Flüssigkeit. Der Patriarch nahm eines und spülte den Schinken damit hinunter. Bevor er den leeren Kelch abstellen konnte, war er schon wieder gefüllt.

Außer ihm rührte niemand das Essen an.

»Wo ist mein würdiger Gegner denn?«, fragte Mawyndulë. »Doch wohl nicht abgehauen? Die Regeln sagen eindeutig, dass ich gewinne, wenn er nicht erscheint.«

»Er schläft«, sagte Hadrian.

»Aha, er ruht sich noch einmal gut aus. Sehr weise. Ich selbst kann vor solchen Begegnungen nie schlafen. Gaunt schlägt nach seinem Vorfahren. Novron hat in der Nacht davor auch geschlafen. Ich kannte ihn ja, euren geliebten Novron. Aber das wisst ihr natürlich schon. Aber jetzt sage ich euch noch etwas, das nicht in den Büchern steht: Er war ein Dummkopf. Alle diese Geschichten, er habe aus Liebe zu einem Bauernmädchen die Menschheit gerettet, sind absoluter Quatsch. Er war nicht anders als die anderen und strebte genauso wie alle nach Macht. Da sein Stamm klein und schwach war, hat er euch in seinen Schlachten als Fußvolk eingesetzt. Die Instarya kämpfen natürlich am besten, zugegeben. Es hat keinen Sinn, das zu bestreiten. Der Kampf ist *ihre* Kunst und Novron hat sie euren Rittern beigebracht. Trotzdem hätten die Menschen nicht gewonnen, wenn Cenzlyor sie nicht auch noch meine Kunst gelehrt hätte.

Novron war so eingebildet und von sich selbst überzeugt. In Avempartha hat er den weisen und nachsichtigen Eroberer gespielt und die Mächtigen waren mehr als bereit, das Knie vor ihm zu beugen. Sie waren wie verängstigte Kinder zu seinen Füßen – vor ihm, dem Sproß eines minderwertigen Stammes. Euer großartiger Gott war nur ein von Rache getriebenes, ungezogenes Kind.«

Der Alte biss in einen Entenschlegel und lehnte sich zurück. In der anderen Hand hielt er ein Weinglas. Er stützte sich auf die Armlehne seines Stuhls und blickte zu den Sternen auf. Nach der Ente steckte er eine frische Erdbeere in den Mund und geriet in Verzückung. »Die müsst ihr auch probieren. Sie schmecken köstlich. Das Problem mit wirklichen Erdbeeren ist, dass man sie nie auf dem Höhepunkt erwischt. Oder sie sind zu groß oder zu klein, zu sauer oder zu süß. Nein, ich muss mich wirklich loben, ich kriege ganz vorzügliche Erdbeeren hin.«

Er leckte sich die Finger ab und sah die anderen an. Niemand rührte sich.

»Also Ihr wart das selbst«, sagte Merton schließlich. »Der, von dem Ihr in der Kathedrale gesprochen habt, der alte Feind, der alles bestimmt.«

»Natürlich«, antwortete der Alte. »Ich sagte doch, wenn Ihr nur nachdenkt, findet Ihr es selbst heraus.« Er wählte eine Traube aus und biss hinein, verzog aber das Gesicht. »Na bitte, Trauben kann ich nicht annähernd so gut. Viel zu sauer.«

»Ihr seid wirklich böse.«

»Was versteht Ihr schon davon?« Mawyndulës Stimme war hart geworden. »Gar nichts.«

»Aber ich«, sagte Royce.

Mawyndulë sah den Dieb an und nickte. »Dann wisst Ihr auch, dass man nicht böse geboren, sondern dazu gemacht wird. Ich wurde zu dem gemacht, was ich bin. Der Rat ist dafür verantwortlich. Seine Mitglieder haben mich dazu gebracht, ihren Worten zu glauben. Sie haben mir den Dolch in die Hand gedrückt und mich mit Segenswünschen losgeschickt. Die Ältesten meines Stammes, die ich verehrte und achtete und auf deren Weisheit ich vertraute, sagten mir, was getan werden müsse. Ich glaubte ihnen, als sie sagten, das Schicksal unseres Volkes hinge von mir ab. Damals waren wir, was Ihr heute seid, eine Flamme, die im aufkommenden Wind flackerte. Nyphron hatte Avempartha eingenommen. Der Rat überzeugte mich davon, dass ich die letzte Hoffnung unseres Volkes sei. Sie sagten, mein Vater wolle in seiner Sturheit keinen Frieden schließen und werde uns alle in den Tod schicken. Solange er atme und König sei, seien wir zum Untergang verurteilt. Niemand wagte es, die Hand gegen ihn zu erheben, weil der Mörder in diesem Leben und auch noch im nächsten dafür büßen würde.«

Mawyndulë führte wieder eine Erdbeere zum Mund, doch dann zögerte er. Er wendete sie zwischen den Fingern hin und her.

»Zehn Priester des Ferrol schworen, ich würde von meiner Schuld freigesprochen. Sie überzeugten mich, dass ich in den Augen Ferrols als Retter und nicht als Mörder gelten würde, weil es doch um das Überleben der Elben überhaupt ging. Der Rat stimmte zu, mich zu unterstützen und mich nicht nach dem Gesetz zu verurteilen. Alle waren so aufrichtig bemüht und ich war so ... jung. Als mein Vater starb, sah ich ihn weinen, nicht um sich, sondern um mich, weil er wusste, was sie getan hatten und was mein Schicksal sein würde.«

»Warum seid Ihr hier?«, fragte Arista.

Mawyndulë sah sie an, als bemerke er erst jetzt, dass er nicht allein war. »Wie bitte?«

»Ich fragte, warum Ihr hier seid. Lassen die Elben Euch nicht in ihr Lager? Seid Ihr immer noch ein Geächteter?«

Mawyndulë blickte über die Schulter. »Wenn ich erst König bin, müssen sie sich mit mir abfinden und tun, was ich sage.«

Er strich mit den Fingern über die lange Armlehne seines Stuhls. Der Stuhl hatte eine ungewöhnliche Form, wirkte aber trotzdem seltsam vertraut. Erst als Mawyndulë sich bewegte, wurde Arista klar, dass sie ähnliche Stühle in Avempartha gesehen hatte. Demnach hatte der Patriarch seinen eigenen Stuhl mitgebracht – nicht aus Aquesta und auch nicht aus Ervanon, sondern von zu Hause.

Er sitzt immer nur auf diesem Stuhl.

Sie stellte sich Mawyndulë vor, wie er eingesperrt im Kronturm inmitten seiner Elbenmöbel ein abgeschiedenes Leben führte und sich nach Möglichkeit von allem absonderte.

Mawyndulë wandte sich an Magnus. »Ich an deiner Stelle hätte unsere Abmachung eingehalten, Zwerg. Dein Volk hätte dann Delgos wiederbekommen. Für diese Wüste habe ich sowieso keine Verwendung. Jetzt muss ich dich natürlich töten. Ihr anderen habt mir mit der Beschaffung des Horns dagegen einen großen Dienst erwiesen, ich bin deshalb versucht, euch am Leben zu lassen. Ich könnte euch zu Sklaven bei Hof machen. Ihr wärt eine wunderbare Kuriosität – die letzten Menschen! Zu schade, dass ihr so schnell sterbt, aber vermutlich könnte ich euch züchten. Die Prinzessin wirkt einigermaßen gesund. Ich könnte mir eine kleine Herde von euch zulegen. Ihr könntet immer bei Festen auftreten. Seht mich nicht so verstört an, das ist immer noch besser als der Tod.«

Mauvins Gesicht war versteinert und Arista bemerkte, dass er die Muskeln seines Schwertarms angespannt hatte. Sie sah ihn streng an und er erwiderte den Blick wütend, entspannte den Arm aber wieder.

»Warum wollt Ihr überhaupt ein neues Imperium schaffen?«, fragte Arista hastig. »Nur um es zu zerstören?«

»Ich habe Esrahaddons Zauber gebrochen und den Gilarabrywn aus Avempartha freigelassen, um meinen Brüdern zu zeigen, wie schwach die Menschen sind, und um sie zu ermutigen, loszumarschieren, sobald das *Uli Vermar* endet. Andere haben die Gelegenheit zu ihrem Vorteil genutzt. Immerhin konnte ich mir die stümperhaften Versuche Saldurs, Galiens und Ethelreds zunutze machen, die Ausrottung der Mischlinge zu bewerkstelligen. Zwar werde ich als König unumschränkt herrschen, aber alle zu töten, in denen auch nur ein Tropfen Elbenblut fließt, dürfte nach meiner Thronbesteigung unter meinen Leuten nicht populär sein. Andererseits kann ich nicht dulden, dass diese Missgeburten weiterleben. Ich habe damals die Idee in die Welt gesetzt, die Elben seien im alten Reich Sklaven gewesen. Das hat alles erleichtert – es ist so einfach, die zu hassen, denen man sich überlegen fühlt.«

»Wie sicher Ihr Euch seid«, sagte Mauvin. »Der Schutz Ferrols ist für Euch eine Art religiöser Segen, den Euer Gott Euch gegeben hat. Er schützt Euch angeblich vor allen Menschen, mit Ausnahme von Gaunt. Novron war allerdings vor einer Woche auch noch ein Gott. Dann hat sich herausgestellt, dass das nur eine Lüge war, ein Märchen, das erfunden wurde, um uns zu beherrschen. Wenn Ferrol nun auch nur ein Märchen ist? Er und Drome und Maribor? Dann könnte ich jetzt mein Schwert ziehen, Euch die Kehle durchschneiden und uns allen eine Menge Ärger ersparen.«

»Nicht, Mauvin«, sagte Arista.

Mawyndulë lachte leise. »Typisch Pickering, stimmt's? Na los, mein lieber Graf, schlagt zu.«

»Nein«, widersprach Arista entschieden.

Mauvin schien noch zu überlegen, aber er rührte sich nicht.

»Ihr tut gut daran, auf die Prinzessin zu hören.« Mawyndulë wandte sich an Arista. »Ach, bevor ich es vergesse, Ihr seid doch jetzt seine Königin, nicht wahr? König Alric ist tot, Ihr habt ihn drunten liegen lassen. Der Verwesung anheimgegeben. An Euch hatte er wirklich keine große Hilfe.«

»Mauvin, bitte, beruhige dich. Morgen ist er sowieso tot.«

»Das glaubt Ihr wirklich?« Mawyndulë schnippte mit den Fingern und ein gewaltiger Steinblock, der zu den Ruinen gehörte, explodierte in einer Staubwolke. Alle zuckten zusammen.

Der Alte lachte. »Ich bin nämlich ganz anderer Meinung. Ich finde, dass meine Chancen sogar sehr gut stehen. Schade nur, dass von Euch so wenige übrig sind.« Er ließ den Blick über die Anwesenden wandern. »Mehr haben nicht überlebt? Eine Königin, ein Graf, ein Dieb, der Teshlor und …« Er sah Myron an. »Wer seid Ihr eigentlich?«

»Myron«, antwortete der Mönch mit dem für ihn so typischen Lächeln. »Ich bin ein Mönch Maribors.«

»Ein Mönch Maribors, des Ketzergottes, aha. Wie könnt Ihr es wagen, jemanden anzubeten, der kein Elbe ist?« Mawyndulë grinste. »Habt Ihr nicht gehört, was Euer Gefährte eben gesagt hat? Maribor ist eine Legende, ein Märchen, das Euch glauben machen soll, das Leben sei gerecht oder es gebe Hoffnung. Die Menschen haben ihn aus Angst geschaffen und ehrgeizige Menschen haben diese Angst ausgenützt – ich weiß, wovon ich spreche. Ich habe eine ganze Kirche geschaffen – den Gott Novron aus dem Verräter Nyphron und eine auf Unwissenheit und Intoleranz gegründete Religion.«

Myron schienen seine Ausführungen nicht weiter zu kümmern. Er hörte Mawyndulë aufmerksam und nachdenklich zu, dann rezitierte er: »*Erebus, Vater allen Lebens und Schöpfer Elans, hat Meer und Himmel geschieden und vier Kinder hervorgebracht, die Götter der Welt: Ferrol, den Ältesten, weise und klug, Drome, den Unerschütterlichen, Listigen, Maribor, den tapferen Draufgänger, und die ernste, schöne Muriel.*«

»Hört mir auf mit den Texten aus Euren religiösen Schriften«, sagte Mawyndulë.

»Nicht aus unseren Schriften«, erwiderte Myron, »sondern aus Euren – erster Teil, achter Abschnitt des Buches Ferrol. Ich habe den Text im Grab Nyphrons gefunden. Ich entschuldige mich, wenn ich nicht alle Wörter richtig zitiert habe. Ich beherrsche das Elbische nicht fließend.«

Mawyndulës Grinsen verging. »Ach ja, jetzt erinnere ich mich an Euren Namen. Ihr seid Myron Lanaklin von der Winde-Abtei. Ihr habt als einziger Zeuge überlebt, während die anderen Mönche bei lebendigem Leibe verbrannt sind, stimmt's? Daran war Saldur schuld, er hat so gerne gezündelt – aber Ihr im Grunde nicht weniger. Ihr habt ihn dazu gezwungen, weil Ihr Euch geweigert habt, Euer Wissen preiszugeben. Wie könnt Ihr mit dieser Schuld leben?«

»Allem Anschein nach besser als Ihr mit Eurem Hass«, antwortete Myron.

»Das meint Ihr?« Mawyndulë beugte sich vor. »Ihr werdet bald ein Sklave sein, während ich zum Herrscher der Welt gekrönt werde.«

Myron zeigte sich von diesem Einschüchterungsversuch keineswegs beeindruckt. Stattdessen beugte er sich zu Aristas Erstaunen ebenfalls vor und fragte: »Aber für wie lange? Ihr seid selbst für einen Elben schon steinalt. Entsprechend kurzlebig wird Euer Sieg sein. Und wie viel hat Euch gekostet, was Euch so großartig erscheint? Welche Mühen musstet Ihr auf Euch nehmen, um so weit zu kommen? Ihr habt Euer langes Leben für eine Sache verschwendet, die Ihr nicht mehr lange genießen werdet. Wenn Ihr Euch nicht vom Hass hättet beherrschen lassen, hättet Ihr die vielen Jahre in Ruhe und Zufriedenheit verbringen können. Ihr hättet …«

»Ich genieße mein Leben schon jetzt!«, rief Mawyndulë.

»Ihr habt so vieles vergessen.« Myron seufzte, von offensichtlichem Mitleid ergriffen. »*Rache ist eine bittersüße Frucht, die einen faulen Nachgeschmack hinterlässt.*‹ – Patriarch Venlin, Ansprache an die Dolimiter, gehalten in Perdith im Jahr zweitausendeinhunderteinunddreißig.«

»Was seid Ihr doch für ein kluger Kopf«, spottete Mawyndulë.

»*›Klug sind die Kinder Ferrols, doch holt ihr dunkles Schicksal sie ein.‹* – Nyphron über die Instarya.«

»Still, Myron«, brummte Hadrian.

Auch Arista sah das zornige Flackern in Mawyndulës Augen, aber Myron schien es nicht zu bemerken. Zu ihrer Erleichterung stürzte Mawyndulë sich nicht auf den Mönch. Stattdessen stand er abrupt auf und ging. Seine beiden Leibwächter folgten ihm mit dem Stuhl. Die Tafel mit den Speisen verschwand und die Flammen des Feuers fielen in sich zusammen, bis nur noch die Glut übrig war.

»Bist du wahnsinnig?«, fragte Hadrian, an Myron gewandt.
»Tut mir leid«, sagte der Mönch.
»Mir nicht.« Grinsend schlug Mauvin ihm auf den Rücken. »Ihr seid mein neues Vorbild.«

27

Der Zweikampf

Trompeten kündigten das graue Licht der Morgendämmerung an.

Die Elben hatten die Bergkuppe über Nacht verwandelt. Dort, wo einst die traurigen Überreste alter Gemäuer und halb in der Erde begrabener Säulen gestanden hatten, erhoben sich jetzt sieben große Zelte, über denen Banner aus schimmernder Seide wehten. Auf dem von Schneematsch bedeckten Boden war durch eine niedrige Einzäunung aus Brombeerranken eine Arena abgesteckt, an deren Rand Fackeln mit blauen Flammen brannten. Auf die Trompetenfanfare folgten unheilverkündende Trommelschläge – der Herzschlag eines alten Volkes.

Gaunt fröstelte in der Kälte. Er sah noch schlechter aus als am Abend zuvor. Hadrian, Royce und Mauvin reichten ihm einen mit Kaffee gefüllten Becher, der wie ein Zaubertrank dampfte. Gaunt umklammerte ihn mit beiden Händen, zitterte aber so stark, dass der Kaffee trotzdem überzuschwappen drohte. Arista stand mit den Füßen im kalten Tau und wartete. Jede Faser ihres Körpers war gespannt. Auch die anderen warteten. Abgesehen von den geflüsterten Anweisungen, die Hadrian, Royce und Mauvin Gaunt in letzter Minute noch erteilten, sprach niemand. Wie versteinert standen sie da, gezwungen, sich etwas anzusehen, das sie eigentlich gar nicht ansehen wollten.

Modina wartete mit den beiden Mädchen, darauf gefasst, dass dies womöglich ihr letzter Sonnenaufgang war. Nur ein paar Fuß von ihr entfernt standen in einer geraden Reihe die Jungs zusammen mit Magnus und Myron. Sie blickten alle mit vor der Brust verschränkten Armen auf Gaunt.

Mawyndulë saß scheinbar entspannt und mit ausgestreckten und übereinandergeschlagenen Beinen auf seinem Stuhl. Die Augen hatte er geschlossen, als schlafe er. Die Elben gingen in kleinen Gruppen hin und her und unterhielten sich leise und ehrfürchtig. Offenbar war der bevorstehende Kampf für sie eine Art religiöses Ritual. Für Arista und ihre Begleiter dagegen war er nur schrecklich.

Hinter sich hörte Arista Monsignore Merton sagen: »Ich weiß, du hast natürlich deine Gründe.« Sie drehte sich um, in der Meinung, er habe zu ihr gesprochen, doch dann sah sie, dass sein Blick himmelwärts gerichtet war. »Aber versteh bitte, dass ich nur der dumme Narr bin, den du geschaffen hast. Ich will dich damit nicht kränken, Gott bewahre! Wer bin ich, um über deine Schöpfung zu richten? Trotzdem hoffe ich, dass dir unsere Gespräche gefallen haben. Wenigstens bin ich ganz amüsant, nicht wahr, Herr? Das willst du doch nicht verlieren. Du hattest mit uns immer deinen Spaß und es wäre doch jammerschade, wenn es uns nicht mehr geben würde. Hast du schon daran gedacht, wie sehr du uns vermissen würdest?« Er verstummte und schien zu lauschen. Dann nickte er.

»Was hat er gesagt?«, fragte Arista.

Merton sah sie erschrocken an. »Wie bitte? Das, was er immer sagt.«

Arista wartete, aber der Monsignore erklärte sich nicht weiter.

Die Trommeln wurden lauter und ihr Rhythmus schneller. Der Himmel wurde heller und die erst vor kurzem nach Norden zurückgekehrten Vögel begannen zu zwitschern. Der Ferrolpriester betrat den Kampfplatz mit einem Weihrauchfass, in dem Adlerholz-Weihrauch brannte, und die Gesichter der Menschen und

Elben wurden noch ernster. Der Priester begann leise auf Elbisch zu singen.

Gaunt legte die Hand auf seine Brust, rieb an seinem Hemd und murmelte etwas. Arista presste die Lippen aufeinander und Hadrian sagte leise und scharf etwas, worauf Gaunt die Hand wieder sinken ließ. Arista warf Mawyndulë einen verstohlenen Blick zu. Vermutlich war der Schaden schon angerichtet. Der alte Elbe starrte seinen Gegner mit zusammengekniffenen Augen an.

Dann stand er auf und ging auf Gaunt zu. Er blickte zum östlichen Horizont. »Gleich ist es soweit«, sagte er. »Ich wollte Euch nur viel Glück wünschen.«

Der einstige Patriarch streckte die Hand aus. Gaunt betrachtete sie unschlüssig, dann schickte er sich an, sie zu ergreifen. Doch da riss Mawyndulë ihm mit einer raschen Bewegung den Kragen auf. Darunter kam der Anhänger zum Vorschein. Mawyndulë wich erschrocken zurück, während Hadrian und Royce Gaunt rasch aus seiner Reichweite zogen. Mawyndulë schnaubte verächtlich und ließ den Blick flüchtig über Arista, Hadrian und zuletzt Myron wandern. Dann sah er sich nervös um.

»Gleich ist es soweit«, erinnerte Royce ihn. »Aber was wollt Ihr tun, wenn Ihr mit Eurer Magie nichts ausrichtet?«

Mawyndulë grinste und begann mit zusammengebissenen Zähnen zu lachen.

Dann rief er plötzlich: »*Muer wir ahran dulwyer!*« Die Elben drehten sich zu ihm um, die anderen sahen Myron an.

»Er beruft sich auf das Recht der Vergabe«, sagte Myron.

»Was bedeutet das?«, fragte Royce.

»Dass er jemand anders auffordern kann, an seiner Stelle zu kämpfen.«

»Das ist erlaubt?«, fragte Arista.

Myron nickte. »Erinnert Ihr Euch an die Inschrift auf dem Horn?

Und kämpft ein Ritter für seinen Herrn
Hält Ferrol die Hand über beide,
Denn niemand, außer des anderen Schwert,
Soll ihnen was tun zuleide.

Wenn der, der ihn vertritt, gewinnt, ist Mawyndulë ebenfalls König.«

»*Byrinith con duylar ben lar Irawondona!*«, rief Mawyndulë. Die Elben begannen unruhig zu murmeln und blickten auf ihren Fürsten.

»Mist«, sagte Hadrian, »er musste ausgerechnet diesen Hünen auswählen. Der kann bestimmt gut kämpfen.«

Fürst Irawondona trat in seiner schimmernden Rüstung vor und sagte etwas, das sie nicht hören konnten. Mawyndulë nickte als Antwort und der Fürst hob die Hände und rief: »*Duylar e finis dan iskabareth ben Mawyndulë!*«

»Er hat soeben angenommen«, erklärte Myron.

Gaunt, der schon die ganze Zeit den Kopf geschüttelt hatte, konnte nicht mehr an sich halten. »Gegen den trete ich nicht an. Ich soll doch gegen den Alten kämpfen, nicht gegen so einen Riesen.«

»Myron.« Arista drehte den Mönch zu sich um. »Kann Gaunt dasselbe tun? Auch einen Vertreter benennen?«

»Äh … ja, ich glaube schon. Das wäre ja nur logisch, weil das Ganze ja ein fairer Kampf zwischen zwei Gegnern sein soll.«

Arista sah, wie Fürst Irawondona seinen Umhang ablegte. Der Elbe war trotz der Entfernung eine eindrucksvolle Erscheinung. »Gegen den hat nur Hadrian eine Chance. Benennt ihn als Euren Vertreter. Myron, sagt Gaunt die Worte, die er sprechen muss.«

»Die standen nicht auf dem Horn.«

»Aber du hast sie doch gerade gehört«, erinnerte Royce ihn. »Wiederhole einfach, was Mawyndulë gesagt hat, aber beeil dich.«

»Ach ja, richtig. *Muer wir ahran dulwyer.*«

»Sprich ihm nach, Degan, los! Aber laut!«
»*Muer wir* ... äh ... *ahran* ... äh ...« Gaunt verstummte.
»*Duluyer*«, flüsterte Myron.
»*Duluyer!*«, rief Gaunt.
Die Elben sahen ihn an.
»Jetzt die nächste Zeile«, sagte Hadrian. »Ersetzt nur Irawondona durch meinen Namen.«
Myron sprach die Worte vor und Gaunt wiederholte sie. Die Elben schienen einen Moment lang verwirrt, bis Gaunt auf Hadrian zeigte. Myron sprach Hadrian die nächste Zeile vor und Arista wartete vor Angst zitternd darauf, dass er sie laut wiederholte und sich bereit erklärte, für Gaunt zu kämpfen.
»Degan«, sagte sie, »gebt Hadrian den Anhänger wieder.«
»Aber er sagte ...«
»Ich weiß, was er gesagt hat, und Ihr bekommt ihn nach dem Kampf bestimmt wieder, aber jetzt braucht er alle Hilfe, die er kriegen kann. Gebt ihm also den Anhänger!« Gaunt zog die Kette mit dem Anhänger über den Kopf und gab sie Arista.
»Jungs«, rief Hadrian, »bringt mir das Bündel neben meiner Decke und den Schild!«
Die vier Jungs rannten den Hang hinunter zu der Stelle, wo sie ihr Lager aufgeschlagen hatten.
»Du kannst ihn doch besiegen?«, fragte Arista, während sie ihm die Kette über den Kopf zog. Sie zitterte. »Du wirst ihn für mich besiegen, ja? Du darfst mich nicht verlassen wie Emery und Hilfred. Du weißt, dass ich das nicht aushalten würde. Du weißt das ... also musst du ihn besiegen.«
»Für dich tue ich alles.« Hadrian zog sie ungestüm an sich und küsste sie leidenschaftlich.
Die Jungs kehrten zurück und öffneten das Bündel. Darin lag schimmernd die Rüstung von Jerish Grelad. »Helft mir beim Anziehen«, sagte Hadrian und alle, einschließlich Gaunt und Myrons, beeilten sich, ihm zu helfen.
Ein Elbe näherte sich ihnen mit einer der seltsamen Hellebar-

den, die sie in Percepliquis auf Bildern gesehen hatten. Er hielt sie Hadrian hin.

»Weißt du, wie man damit umgeht?«, fragte Arista.

»Ich habe nie eine in der Hand gehalten.«

»Der da drüben offenbar schon«, sagte sie. Fürst Irawondona hatte seine Hellebarde mit beiden Händen gepackt und hob sie wie einen Kampfstab mit einer doppelten Klinge. Dann wirbelte er sie so schnell durch die Luft, dass man die Klingen pfeifen hörte.

»Da könntest du recht haben.«

Hadrian drehte sich zu ihr um. Ihre Blicke trafen sich im selben Moment, in dem die Sonne über den Bäumen aufging und ihre Gesichter beschien. Hadrian sah in seiner golden schimmernden Rüstung aus wie ein Gott der Vorzeit, der in die Welt der Menschen gekommen war.

Der Ferrolpriester rief etwas, und diesmal brauchte Myron nicht zu übersetzen.

Es ging los.

Arista hatte Mühe, noch Luft zu bekommen, und als sie Hadrian den Fackelring betreten sah, drohten ihre Beine unter ihr nachzugeben. Hadrian trat in die Mitte des Platzes, blieb breitbeinig stehen und wartete, die seltsame Waffe in den Händen.

Aristas Blick wanderte zu Mawyndulë, der nicht mehr lächelte, sondern besorgt zusah, wie Irawondona ebenfalls den Kampfplatz betrat. Die Fackeln flackerten, als er an ihnen vorbeischritt. Der Elbenfürst wirkte zuversichtlich und selbstsicher.

»Hadrian kämpft besser als alle anderen, Arista«, flüsterte Mauvin. »Besser als jeder Pickering, besser als Braga, besser als ...«

»Als ein Elbenfürst?«, fragte Arista scharf. »Der Elbe hat wahrscheinlich von Kindesbeinen an mit dieser Waffe gespielt. Das wären rund fünfzehnhundert Jahre!«

Die Trommeln rollten und die Trompeten schmetterten erneut, dass es ihr in den Ohren wehtat. Sie wollte schlucken, aber ihr Hals war wie zugeschnürt. Ihr Herz hämmerte und sie hob die Hände an die Brust, wie um es zu beruhigen.

Hadrian wartete ein wenig verlegen, als sei er unschlüssig, ob der Kampf bereits begonnen hatte. Irawondona ging an den Fackeln entlang und ließ seinen Speer mit einem Grinsen in Richtung Zuschauer über Schultern und Arm gleiten und um das Handgelenk wirbeln. Dann warf er ihn in die Luft, wo er mit einem Geräusch wie ein fliegender Vogelschwarm über seinem Kopf kreiste. Lachend fing er ihn wieder auf.

»Wie gut ist er?«, fragte Arista Mauvin. »Kannst du das an der Art ablesen, wie er sich bewegt?«

»Er ist gut.«

»Wie gut? Du hast gegen Hadrian gekämpft. Kann er ihn besiegen?«

»Er ist richtig gut.«

»Sag nicht immer dasselbe, sondern beantworte meine Frage.«

»Ich weiß es nicht, ja? Ich kann nur sagen, dass er sehr schnell ist, vermutlich schneller als Hadrian.«

»Und die Kunststückchen mit dem Speer? Was bedeuten die?«

»Gar nichts. Er will Hadrian nur einschüchtern.«

»Bei mir gelingt ihm das.«

Hadrian wartete immer noch bewegungslos.

Irawondona ließ den Speer erneut mit den Händen kreisen. »Ich muss Euch loben«, sagte er zu Hadrian. »Ihr versteht es zumindest, die *ule-da-var* zu halten.«

»Stimmt, aber Eure schönen Kunststückchen kann ich nicht«, erwiderte Hadrian. »Helfen sie Euch? Oder ermüdet Ihr nur unnötig Eure Muskeln?«

Irawondona eilte blitzschnell auf ihn zu und schlug auf ihn ein. Die obere Klinge fuhr dabei schräg nach unten, die untere schräg nach oben. Dem ersten Streich wich Hadrian aus, den zweiten parierte er mit einer Drehung im letzten Augenblick.

»Das war gut«, flüsterte Mauvin. »Ich wäre jetzt schon mausetot.«

»Gleich beim ersten Wechsel?«, fragte Arista.

»Ja. Anders als oft angenommen, dauern solche Zweikämpfe nicht lange, höchstens ein paar Minuten. Ich habe mich von den Füßen des Elben täuschen lassen – er kämpft wirklich hervorragend.«

Irawondona stach erneut zu und Hadrian schlug die Klinge beiseite. Immer wieder stach der Elbe zu und jedes Mal parierte Hadrian den Stoß.

»Sehr schön«, sagte Irawondona. »Aber jetzt wollen wir sehen, wie gut Ihr wirklich seid.«

Der Elbe schlug auf den Schaft von Hadrians Speer, so dass er summte und die Klinge vibrierte. Dann stach er wieder zu, diesmal so schnell, dass Arista ihm nicht mit den Augen folgen konnte. Hadrian parierte und stieß ihn zur Seite, aber dann schwang Irawondona herum.

»Kopf runter!«, schrie Mauvin. »O nein!«

Hadrian duckte sich und stieß seine untere Klinge in den Schnee. Irawondonas erster Streich fuhr über seinen Kopf hinweg, aber dann kam der zweite. Bevor er traf, zog Hadrian an seinem im Boden steckenden Stab und rutschte auf den Knien über den Schnee. Irawondonas Speer traf nur die Erde.

Beide hielten keuchend inne.

»Hey!«, rief Mauvin. »Das war phantastisch.«

»Ihr bewegt Euch nicht wie ein Mensch«, sagte Irawondona.

»Und Ihr kämpft für einen sprechenden *brideeth* überraschend gut.«

Augenblicklich erlosch das selbstzufriedene Grinsen auf Irawondonas Gesicht.

Arista sah Myron an.

»Das Wort kenne ich nicht«, sagte der Mönch.

»Hätte ich auch nicht erwartet«, sagte Royce. »Das habe nämlich ich ihm beigebracht.«

Irawondona griff erneut an. Blitzschnell wirbelte sein Speer durch die Luft, so dass die Klingen in der Sonne aufblitzten. Ihre

Bewegung war nur anhand der leuchtenden Spur zu verfolgen, die sie hinterließen. Wieder hörte Arista das Pfeifen der durch die Luft schneidenden Messer.

Hadrian sprang zurück und schien nicht zu wissen, wie er mit dem näher kommenden Wirbel aus Eisen umgehen sollte. Er wich ihm immer wieder aus, bis sich die Klingen seinem Kopf und den Beinen gleichzeitig näherten. Der Elbenfürst trieb ihn bis zur Umzäunung des Kampfplatzes zurück. Dort angekommen, stieß er mit der unteren Klinge nach Hadrians Brust. Hadrian tauschte durch eine gewandte Drehung die Plätze mit ihm, stieß ihm den Ellbogen in die Seite und ließ ihn zugleich über den Schaft seiner Lanze stolpern. Der Fürst machte einen Salto, landete auf den Füßen und sah Hadrian erschrocken an.

»Ihr kämpft wie ...« Er brach ab. Keuchend und mit gerunzelter Stirn musterte er Hadrian.

Jetzt griff Hadrian an.

Diesmal prallten die Speere aneinander. Ein Stakkato von Schlägen tönte über den Kampfplatz. Die Stangen kreuzten sich und glitten aneinander ab. Dazwischen meinte man das Summen von Bienen zu hören. Irawondona drängte Hadrian unaufhörlich zurück und sein durch die Luft wirbelnder Speer blitzte im goldenen Licht der Sonne auf. Hadrian stolperte und drohte das Gleichgewicht zu verlieren und der Elbenfürst grinste. Er verstärkte seine Angriffe noch, doch dann vollführte Hadrian eine unerwartete Drehung und schnitt mit seiner langen Klinge an Irawondonas Seite hinunter, vom Hals bis zum Bein.

Der Elbenfürst wich erschrocken zurück und betastete mit ängstlichem Gesicht seine Seite, während Hadrian seine Waffe betrachtete – beide fanden sie kein Blut. Verwirrt hielten sie einen Moment inne. Dann besann Irawondona sich und hob den Speer wieder. Diesmal machte er keine Kunststückchen mehr.

Sie umkreisten einander, doch vorsichtiger als bisher, täuschten Angriffe vor und wichen zurück und suchten nach einer

Schwachstelle des Gegners. Wieder griff Irawondona an, wieder schlugen die Klingen mit einem durch Mark und Bein gehenden Klirren aneinander und scharrten rasiermesserscharfe Klingen aneinander entlang. Arista wurde schon vom Zuhören schwach.

Hadrian stürzte und Irawondona stieß zu, diesmal so schnell, dass Hadrian blitzschnell über den Boden rollen musste. Irawondona folgte ihm, doch nicht schnell genug. Hadrian stand schon wieder und erwischte den Elben im Laufen. Der Elbe konnte nicht mehr ausweichen und Hadrian schlitzte ihm die Rückseite der nackten Wade auf.

»Ha, ha!«, lachte er. »Ihr seid nicht schnell genug! Jetzt werdet Ihr ...«

Doch aus der Wunde kam kein Blut.

Wieder starrten die beiden auf die saubere Klinge und das unversehrte Fleisch und auf Irawondonas Gesicht breitete sich ein Lächeln aus.

»Bei Maribor!«, rief Arista. »Nicht schon wieder, lieber Gott, nicht schon wieder.«

»An was liegt das?«, fragte Mauvin.

»Hadrian kann ihm nichts anhaben. Ich verstehe es selbst nicht. War es ein Fehler, ihn kämpfen zu lassen?«

Der Elbenfürst griff mit einem triumphierenden Grinsen erneut an, diesmal ganz offen. Hadrian wich ihm aus, erwiderte den Angriff und erwischte Irawondona am Hals. Die Waffe schnitt von unten quer über den Hals. Irawondonas Kopf schnellte nach oben, aber auch diesmal konnte die Klinge nicht eindringen.

Der Elbenfürst lachte. »Ich bin unsterblich«, rief er und begann ohne jede Rücksicht auf Hadrian einzuschlagen.

»Nein!«, schrie Arista. Verzweifelt und mit Tränen in den Augen wandte sie sich an die anderen. »Mein Gott, Royce, tu doch was. Rette ihn! Bitte, du musst ihn retten!«

Mit erbarmungslosen Schlägen trieb Irawondona Hadrian vor sich her. Der Elbenfürst gestattete ihm keine Verschnaufpause mehr. Nur noch mit Mühe konnte Hadrian ihm ausweichen oder seinen Speer zur Seite schlagen. Das Ende zeichnete sich ab.

Royce zog Alversten aus der Scheide. Bisher hatte der Dolch durch alles hindurchgeschnitten. Hadrian hatte mit ihm sogar den Gilarabrywn geblendet, obwohl dem Monster angeblich nur eine Waffe etwas anhaben konnte, auf der sein Name stand.

Irawondona hob den Speer über seinen Kopf und stieß mit aller Macht zu. Hadrian parierte die lange Klinge mit seiner Stange. Die Stange zerbrach und der Speer traf Hadrian an der Brust. Sein Panzer verhinderte, dass er eindrang, aber Royce hörte etwas knacken und Hadrian schrie auf. Immerhin hatte er Irawondona zum Stolpern gebracht. Der Elbenfürst ging zu Boden. Keuchend und mit schmerzverzerrtem Gesicht stand Hadrian da und spuckte Blut. »Es tut mir leid, Arista, wirklich.«

»Verabschiedet Euch schon mal von Eurem Ritter, Gaunt«, rief Mawyndulë. »Jetzt bin ich bald König, wie es sich gehört.«

Royce rannte auf ihn zu.

Mawyndulë blickte ihm zuerst belustigt und dann erschrocken entgegen. Sein Leibwächter trat vor ihn, um ihn zu schützen, doch Royce lief im letzten Moment um ihn herum, stürzte sich auf Mawyndulë und stieß mit dem Dolch zu. Der Stuhl kippte und die beiden fielen in den Schnee.

Sie sprangen genau gleichzeitig wieder auf.

Mawyndulë war unverletzt.

»Die Gnade Ferrols schützt mich, du Narr! Du kannst mir nichts tun, aber dafür ich dir!«

Er machte eine Handbewegung und Flammen schlugen aus dem Boden, zündelten an Royce hinauf und hüllten ihn ein.

»Royce!«, schrie Arista. Sie hob die Hände, um den Zauber unschädlich zu machen, doch noch bevor sie das tun konnte, trat der Dieb aus den Flammen.

Alle erstarrten.

Selbst Irawondona hielt mitten in der Bewegung inne.

Die Flammen erstarben und versanken im Boden. Sie hatten Royce nichts anhaben können.

»Das ist unmöglich«, sagte Mawyndulë.

Dann kam plötzlich Bewegung in ihn. »Irawondona!«, kreischte er. »Lasst den Ritter stehen! Tötet den hier! Tötet Royce Melborn!«

Der Elbenfürst blickte unschlüssig zu Hadrian zurück, der schweratmend auf die Knie gesunken war und dessen Arme und Beine mit Blut besudelt waren.

»Gaunt ist nicht der Erbe und Hadrian ist völlig unwichtig!«, schrie Mawyndulë. »Der hier ist es, Royce Melborn ist der Erbe Novrons! Tötet ihn, schnell!«

Royce sah ihn so entgeistert an wie alle anderen.

Irawondona wandte sich von Hadrian ab und ging auf Royce und Mawyndulë zu.

»Myron! Mauvin!«, rief Arista. »Bringt schnell Wasser und Verbandsmaterial!«

Sie eilte auf den Kampfplatz, legte die Arme um Hadrian und bettete ihn auf den Boden. »Royce?«, fragte Hadrian. »Royce soll der Erbe sein?«

Arista nickte, während sie seine Wunden mit Wasser säuberte und fest mit Binden aus Leinen umwickelte. »Ich hätte selbst darauf kommen müssen. Arcadius hat euch nicht zufällig zusammengebracht, er muss es gewusst haben. Er hat den Erben und den Leibwächter vereint. Esrahaddon muss es auch gewusst haben. Gaunt war nur ein Ablenkungsmanöver. Als ich Esrahaddon helfen sollte, den Erben zu finden, hat er nie von Degan Gaunt gesprochen, sondern immer nur von dem Erben! Nur wegen Royce konnten wir überhaupt zu dem Horn vordringen. Esrahaddon wusste, dass nur der wahre Erbe an dem Gilarabrywn vorbeikommt. Der Erbe und sein Leibwächter waren die ganze Zeit schon zusammen.«

»Aber warum hat Esrahaddon uns das nicht gesagt?«

»Aus Sicherheitsgründen. Deshalb hat er alle Aufmerksamkeit auf Gaunt gelenkt. Kann Royce Irawondona besiegen?«

Hadrian schüttelte den Kopf. »Ausgeschlossen.«

»Dann musst du es tun und gegen ihn gewinnen.«

»Aber ich kann ihm nichts anhaben.«

»Nur weil der wahre Erbe dich nicht beauftragt hat, an seiner Stelle zu kämpfen. Sobald Royce das tut, ist Irawondona nicht mehr gegen dich immun. Du musst noch einmal kämpfen und diesmal musst du siegen.«

Sie richtete sich auf. »Royce! Du darfst nicht selbst gegen den Elben kämpfen. Lass mir kurz Zeit und beauftrage dann Hadrian damit, für dich zu kämpfen.« Sie kniete sich wieder neben Hadrian und versorgte seine Wunden.

»Ich kann nicht mehr kämpfen, Arista.« Hadrian lag auf dem Rücken, seine Brust hob und senkte sich krampfhaft und das Blut lief über seine Wange und sammelte sich in einer Lache um ihn.

»Du kannst Irawondona schlagen«, sagte Myron und riss für weiteres Verbandsmaterial ein Tuch in Streifen.

»Nein, das ist vollkommen …«

»Du hast mich nicht verstanden«, fiel Myron ihm ins Wort. »Ich sage das nicht, weil ich an dich glaube, sondern weil es so ist. Du bist ein Teshlor-Ritter. Mit Techylor konnte sich keiner messen, außerdem war er Anführer der kriegerischen Instarya. Irawondona kommt vom Stamm der Jäger, er versteht nichts vom Kämpfen.«

»Er versteht eine ganze Menge davon, glaub mir.«

»Nicht annähernd so viel wie du.«

»Mag ja sein, aber du übersiehst, dass ich mich nicht bewegen kann. Ich habe mehrere Rippen gebrochen. Ich kann nicht einmal aufstehen.«

»Darum kümmere ich mich«, sagte Arista und begann zu summen.

Irawondona besprach sich auf Elbisch mit Mawyndulë, während Royce sich langsam vor den beiden zurückzog, zwischen den Zelten verschwand und den verschneiten Hang hinunterstieg.

»Tötet ihn!«, befahl Mawyndulë wieder. Seine Leibwächter richteten den Stuhl auf.

Royce blieb geduckt stehen und suchte mit den Füßen nach einem festen Halt im Schnee. Der Dolch Alversten lag schwer in seiner Hand. Er hatte gehört, was Arista gerufen hatte, und blickte zu Hadrian hinüber. Sein Freund lag übel zugerichtet auf dem Boden, aber Arista hatte sich bereits in Trance versenkt.

»Bleibt stehen, kleiner Prinz«, rief Irawondona spöttisch und kam näher. Zu Royces Überraschung sprach er Apelanesisch. »Jetzt führen wir beide ein Tänzchen auf.« Er ließ die Hellebarde kreisen und wirbeln, wie er es im Kampf gegen Hadrian getan hatte.

Royce blickte noch einmal zu Arista hinüber, dann warf er den Dolch weg.

Irawondona lächelte. »Ihr wollt es mir also besonders leicht machen.«

»Nicht unbedingt«, erwiderte Royce. »Ich will Euch nur nicht versehentlich wehtun.«

»Ich glaube, Ihr habt vom Kämpfen keine Ahnung, kleiner Prinz.«

»Im Gegenteil, ich glaube, Ihr seid ein wenig verwirrt.«

»Macht schon und tötet ihn!«, rief Mawyndulë.

Irawondona begann hangabwärts zu rennen und wollte sich auf Royce stürzen, doch Royce wich ihm aus.

»Schnell seid Ihr«, räumte Irawondona ein. »Aber Ihr stammt ja auch von einem Elben ab.«

Wieder ließ er seinen Speer kreisen, kam näher und griff an. Royce wich ihm aus und zog sich auf der Ostseite des Berges immer weiter nach unten zurück, bis er sich der Stelle näherte, an der Arista zwei Seret-Ritter getötet hatte.

»Bleibt stehen, kleiner Prinz, und ergebt Euch in Euer Schicksal. Wir haben die Herrschaft der Menschen gründlich satt. Natürlich würde ich am liebsten selbst herrschen, aber selbst ein Miralyith ist besser als ein Mischling. Es ist höchste Zeit, dass die Menschen für immer aus Elan verschwinden.«

»Und Ihr lebt dann glücklich miteinander bis ans Ende Eurer Tage?«

»Auf jeden Fall. Wir werden durch die Welt ziehen, wie wir es einst getan haben. Wir werden die Goblins vernichten und dann wird es nur noch die Zwerge und uns geben und zuletzt ... nur noch uns. Erivan wird wieder in Elan herrschen und Ferrol unter uns leben.«

»Glaubt Ihr wirklich, Mawyndulë wird sich an irgendwelche Abmachungen halten, die er mit euch geschlossen hat? Er hasst euch noch mehr als uns. Schließlich hat Euer Volk ihn verraten. Die Elben haben ihn dazu überredet, seinen eigenen Vater zu töten. Er will euer König werden, damit er sich an denen rächen kann, die ihm das schlimmste Leid zugefügt haben.«

»Ihr lügt.«

»Wirklich? Seit dreitausend Jahren trachtet er nach Rache. Wenn Ihr mich tötet, bringt Ihr einen Tyrannen auf den Thron, der als Erstes Euch töten wird.«

»Aber er ist ein Elbe. Lieber soll er herrschen als ein Mischling wie Ihr.«

»Er fühlt sich den Elben schon lange nicht mehr verbunden.«

»Trotzdem, wenn er mich tötet, wenn mein Tod und der Tod aller Stammesführer der Preis sind, dann ist das eben so. Dafür sind wir euch los – die Menschen.«

Er stieß zu und wieder wich Royce ihm aus. Doch diesmal machte er einen Fehler, was er zu spät erkannte. Irawondona hatte mit dem Ausweichmanöver gerechnet, schwang den Speer herum und erwischte Royce. Die eiserne Spitze drang überraschend leise in ihn ein. Royce blickte an sich hinunter und sah, wie Irawondona den Speer wieder herauszog. Die Spitze war blutig.

Er brach zusammen.

»Royce!«, hörte er Hadrian rufen. »Beauftrage mich, für dich zu kämpfen!«

Der Elbenfürst hob erneut den Speer. »Leb wohl, Sohn des Nyphron.«

Royce holte Luft. »*Byrinith con ... duylar ben ... Hadrian Blackwater*«, sagte er, so laut er konnte.

»*Duylar e finis dan iskabareth ben Royce Melborn!*«, antwortete Hadrian rasch, während Irawondona schon zustieß.

Die Spitze der langen Klinge traf auf Royces Brust auf, aber er spürte sie kaum. Ein Funke sprühte und die Klinge zerbarst mit einem lauten Knall. Metallsplitter hüpften hangabwärts.

Irawondona hielt entgeistert inne.

Royce hustete. »Mein Freund wird Euch töten«, murmelte er.

Irawondona blickte verwirrt auf ihn hinunter, aber Royce schenkte ihm keine Beachtung mehr. Bewegungslos starrte er zum blauen Himmel hinauf. »Du hattest doch recht, Gwen, du hattest recht.«

Der Elbenfürst blickte über die Schulter und sah, dass Hadrian, der mehrere Verbände trug, wieder auf dem von Fackeln gesäumten Kampfplatz stand. Mit einem elbisch klingenden Fluch spuckte er auf Royce aus, warf Mawyndulë einen finsteren Blick zu und kehrte auf den Platz zurück.

»Eure Waffe ist kaputt«, rief er mit geheucheltem Mitleid und zeigte auf die Hellebarde, die zerbrochen auf dem Boden lag.

»Nein, stimmt nicht.« Hadrian griff hinter sich und zog sein Langschwert aus der Scheide.

Irawondona zögerte kurz, dann warf er seinen Speer mit der abgebrochenen Spitze zur Seite und zog ebenfalls sein Schwert, dessen Klinge ähnlich schimmerte wie die von Mauvins Schwert. Die beiden begaben sich in die Mitte des Platzes.

Irawondona holte aus und griff als Erster an. Hadrian packte sein Schwert mit beiden Händen und parierte den Angriff wie mit einem Speer. Blitzschnell drehte er sich um sich selbst und schwang das Schwert in einem Bogen herum, aber der Elbe wich aus und konterte. Wieder wehrte Hadrian ihn mit beiden Händen ab. Funken flogen und sie trennten sich. Beide keuchten.

Irawondona täuschte einen Angriff vor. Hadrian bemerkte die List und griff selbst an. Doch dann sprang der Elbe hoch und drehte sich in der Luft. Er schien förmlich zu fliegen und Hadrians Schwert schlug ins Leere. Irawondona vollführte eine Drehung und als er wieder auf dem Boden landete, versetzte er Hadrian mit dem Knauf seines Schwertes einen so heftigen Schlag auf den Rücken, dass Hadrian erneut zu Boden ging.

Irawondona stürzte sich auf ihn, doch wieder retteten Hadrian seine Reflexe. Er rollte zur Seite und trat Irawondona gegen das Knie. Der Elbe taumelte nach hinten und Hadrian konnte aufspringen.

Arista, Mauvin, Magnus und Myron eilten zu Royce, der um Atem ringend auf dem Boden lag. Arista war zwar keine Ärztin, aber sie sah auch so, dass es schlimm um ihn stand. Der Boden um ihn war blutgetränkt. Auch seine Brust war blutig und hob und senkte sich wie unter Krämpfen. Von seinen Augen war nur noch das Weiße zu sehen.

»Du musst am Leben bleiben, Royce«, sagte Arista. »Hast du mich gehört? Du darfst nicht sterben!«

Royce murmelte etwas und holte mit einem schrecklichen Gurgeln mühsam Luft. »Ich habe ... ihn gerettet.«

»Nein, noch nicht. Es ist noch nicht vorbei! Hör mir zu, Royce.« Arista nahm seine Hände. »Du darfst nicht sterben, verstanden? Hast du gehört?«

Ein Krampf durchlief ihn und sein Kopf zuckte.

»Verdammt!« Arista legte ihm die Hände auf die Brust, schloss die Augen und begann zu summen. Doch sofort spürte sie Widerstand, eine Barriere, die wie eine Mauer zwischen ihnen stand. Die Hand Ferrols ließ keine Ritzen und Fugen offen. Sie war wie ein undurchdringlicher Abwehrschild.

Arista öffnete die Augen. »Ich kann ihm nicht helfen«, sagte sie zu den anderen. »Hadrian, mach schnell! Royce stirbt!«

Als Irawondona ihre Stimme hörte, lächelte er. »Dann muss ich nicht einmal mehr kämpfen, um zu siegen. Da ich schneller bin als Ihr, brauche ich Euch nur auszuweichen, bis er stirbt. Dann ist Mawyndulë automatisch König. Und dann werde ich Euch töten, seid versichert. Euch zuerst und dann Eure Frau und diese Imperatorin, und dann sämtliche Menschen in Elan, alle Männer, Frauen und Kinder.«

Hadrian nickte. »Das könntet Ihr tun. Und wenn Euer Sohn oder Enkel Euch einmal nach heute fragt, könnt Ihr ihm sagen, dass Ihr im alles entscheidenden Kampf nichts getan habt. Dass Ihr lieber vor mir hergerannt seid, bis alles zu Ende war, weil Ihr Angst hattet, in einem fairen Kampf von einem Menschen getötet zu werden – einem Kampf, wie ihn Euer Gott Ferrol festgesetzt hat. Dann werden Eure Nachfahren wissen, dass die Elben die Herrschaft durch Feigheit gewonnen haben und die Menschen ihnen eigentlich überlegen waren.«

Irawondona starrte ihn wütend an.

»Na los, gebt es ruhig zu. Ihr habt Angst vor mir.« Hadrian hob die Stimme. »Ihr habt Angst vor mir, obwohl ich nur ein Mensch bin und nicht einmal ein Fürst oder Ritter. Wisst Ihr, was ich bin? Ein Dieb. Wir sind beide Diebe, Royce und ich.« Hadrian zeigte hangabwärts. »Zwei ganz gewöhnliche Diebe. Und mein Vater war ein gemeiner Schmied. Er lebte in einem armseligen Dorf unweit von hier.« Hadrian ließ ein Lachen hören. »Ein Waise und der Sohn eines Schmieds – zwei Menschen und Diebe, die dem unbesiegbaren Elbenfürsten schreckliche Angst machen. Was könnte lächerlicher sein?«

»Ich habe vor keinem Menschen Angst.«

»Dann beweist es. Wartet nicht darauf, dass Royce stirbt. Seid nicht feige. Zeigt es mir.«

Irawondona rührte sich nicht.

»Ich habe es mir gedacht«, sagte Hadrian und wandte sich ab.

Kein Geräusch war zu hören, Hadrian hatte es im Voraus gewusst. Die Jahre mit Royce hatten es ihn gelehrt. Doch den Blicken der Zuschauer, die den Kampfplatz säumten, entnahm er, dass Irawondona sich bewegte.

Hadrian hatte den für zwei Hände gedachten Griff des Langschwerts bereits mit gespreizten Fingern so gepackt, wie sein Vater es ihn gelehrt hatte. Er ging ein wenig in die Knie und machte einen runden Rücken. Eben hatte er noch auf der Kuppe von Amberton Lee gestanden, im nächsten Moment war er hinter die Esse in Hintindar zurückgekehrt und hörte seinen Vater Anweisungen rufen.

Nicht hinsehen!, befahl Dangrab und verknotete die Augenbinde. *Vertrau auf deinen Instinkt. Du darfst nicht raten, was er tut, du musst es wissen. Und dann danach handeln!*

Hadrian schwang das lange Schwert von Jerish Grelad nach rechts. Die verschrammte Klinge fing einen kurzen Moment lang die Morgensonne ein und blitzte auf.

Es geht um mehr als nur kämpfen, Haddi, sagte Dangrab. *Es geht darum, wer du bist und wer du sein willst – und sein musst. Glaube an dich.*

Hadrian landete mit den Knien im Schnee und ein Schauer von Eiskristallen stieg auf. Er sah den Schatten jetzt, den Schatten Irawondonas, der von hinten auf ihn zustürzte. Gegen das Gewicht des Langschwerts zurückgelehnt, begann er sich mit dem Oberkörper zu drehen.

Es war ein blinder Angriff.

Du brauchst deinen Gegner nicht zu sehen, um ihn zu töten, hatte sein Vater erklärt. *Du musst nur wissen, wo er sein wird. Das ist entscheidend. Und wenn du das weißt, wozu brauchst du dann noch Augen? Was nützt es dir, zu sehen? Vertraue darauf, was ich dich gelehrt habe, und du wirst ihn treffen.*

Hadrian drehte sich weiter. Sein eines Knie hob sich und die

Schulter drehte die Hüfte mit. Er legte sein ganzes Gewicht in diese Drehung. Er sah nicht hin. Das brauchte er nicht. Er wusste genau, wo Irawondona jetzt war und wo er gleich sein würde.

Er spürte, wie Metall auf Metall traf, als Irawondona versuchte, den Hieb zu parieren. Doch der Elbe konnte das Schwert nicht zur Seite schlagen, zu groß war die Wucht des Zweihänders, das Gewicht dahinter. Stahl schrammte über Stahl, doch der Zweihänder vibrierte kaum, sondern fuhr weiter und schlug Irawondona das Schwert aus der Hand. Und immer noch war der Schlag nicht beendet. Hadrian spürte, wie die Klinge in die Seite des Elben schnitt. Irawondonas Körper leistete noch weniger Widerstand als sein Schwert und Hadrian führte den Hieb zu Ende, als übe er für sich allein hinten in der Schmiede. Der einzige Unterschied war das Blut, das jetzt hervorspritzte.

Die blauen Fackeln flammten grellweiß auf und erloschen mit einem lauten Knall.

»*Ir a wondon*«, sagte der Ferrolpriester. Er sah Hadrian an und fügte hinzu: »Der Kampf ist zu Ende.«

»Nein!«, schrie Mawyndulë und hob die Arme. Er sah aus, als wollte er etwas sagen, doch dann hustete er und Blut spritzte auf seine Gewänder. Die Leibwächter rechts und links von ihm wollten ihre Schwerter ziehen, doch dann waren sie mit einem lauten Knall verschwunden.

Mawyndulë brach zusammen und fiel mit dem Gesicht voraus auf die Erde. Hinter ihm stand Monsignore Merton. Er hielt Alversten in beiden Händen. Von dem Dolch tropfte Blut.

Die Elben rührten sich nicht, sondern standen nur stumm und mit ernsten Gesichtern und gesenkten Blicken da. Niemand sah Irawondona an und niemand schenkte Mawyndulë Beachtung. Stattdessen setzten sie sich langsam hangabwärts in Bewegung, in Richtung der Stelle, an der Royce lag.

»Hadrian!«, schrie Arista.

Hadrian schob sich zwischen den Elben hindurch und an

Modina, den Mädchen und den Jungs vorbei. Arista kniete auf dem Boden und hielt Royce mit beiden Armen. Die Erde war blutgetränkt, die Augen des Freundes geschlossen.

»Hilf ihm!«, sagte Hadrian zu ihr.

»Ich kann nicht, ich habe es versucht«, rief sie aufgeregt.

»Aber ich habe gesiegt«, sagte Hadrian und sah Myron an. »Damit hat Ferrol doch keine Macht mehr über ihn.«

Der Mönch nickte.

»Siehst du? Dann schnell, hol ihn zurück!«

»Ich habe es versucht!«, wiederholte sie. »Was glaubst du! Ich habe abgewartet, und sobald die Mauer weg war, bin ich ihm gefolgt. Aber ich erreiche ihn nicht. Er will nicht gerettet werden ... ich glaube, er will sterben.«

Hadrian spürte, wie die Kraft aus seinen Beinen wich. Er sank auf die Knie.

»Er sieht Gwen, Hadrian«, rief Arista und bettete Royces Kopf auf ihren Schoß. »Er sieht sie im Licht und kann mich nicht mehr hören. Er sieht nur sie und sagt immer wieder, er habe seinen Auftrag ausgeführt, er habe dich gerettet.«

Hadrian nickte. Tränen traten ihm in die Augen und er streckte die Hand aus und strich Royce die Haare aus dem Gesicht. »Verdammt, Royce, lass mich nicht allein. Na los, komm schon zurück. Ich habe es geschafft, ich habe den Bösewicht getötet, das Königreich gerettet und die Hand der Prinzessin gewonnen, aber jetzt verdirbst du alles. Das willst du doch nicht, oder? Bitte, wir brauchen dich noch.«

»Was passiert, wenn er stirbt?«, fragte Gaunt über ihm.

»Dann haben die Elben keinen König«, sagte Myron mit zitternder Stimme. »Dann wird der Elbe König, der als Nächster das Horn bläst, es sei denn, es fordert ihn noch jemand heraus und es kommt wieder zu einem Kampf. Aber jedenfalls wird dann ein Elbe König.«

»Hast du gehört, Royce? Es ist noch nicht vorbei. Du musst leben, sonst sterben wir alle. Dann hast du mich doch nicht gerettet. Na los, Junge.« Hadrian hob ihn hoch und wiegte ihn in den Armen. »Du darfst jetzt nicht gehen.«

Er sah ihn unverwandt an – doch sein Gesicht zeigte keine Regung.

»Es hält dich einfach nichts mehr hier, stimmt's?« Tränen liefen Hadrian über die Wangen. »Ich habe dich so lieb.« Er legte ihn wieder hin.

Stumm lauschten die Umstehenden auf Royces Atemzüge. Sie wurden bei jedem rasselnden Ein und Aus flacher, langsamer und leiser. Irgendwo zwitscherte ein Vogel. Ein Luftzug wehte über die Kuppe.

Die Stimme eines Kindes brach das Schweigen.

»Wer ist das?«

»Pst, Mercy«, sagte die Imperatorin. »Er heißt Royce und jetzt sei leise.«

Hadrian hob abrupt den Kopf. Vor ihm stand die Imperatorin mit einem Mädchen.

»Was ist?«, fragte Arista.

»Gwen«, sagte er.

»Wie?«

»Gwen hat mir gesagt, wie ich ihn retten kann.«

»Wirklich?«

»Ja. Ich sollte … Es war bei unserer letzten Begegnung, ihre letzte Bemerkung zu mir. Mir …mir war damals nicht klar …«

»Was?«, fragte Arista.

»Dass sie alles wusste.«

»Was wusste?«

»Sie wusste, was geschehen würde. Ich weiß noch, wie sie sagte, was ich tun müsste, um Royce zu retten, aber ich habe es nicht kapiert. Verdammt, wenn ich doch Myrons Gedächtnis hätte!«

Hadrian holte tief Luft, um sich zu beruhigen. »Ich saß mit ihr in der DORNIGEN ROSE. Royce war auch da … nein … nein, er war … in der Küche beschäftigt. Er war glücklich wegen … wegen der Hochzeit! Ja, wir haben über die Hochzeit gesprochen und darüber, dass Royce sich in den vergangenen Jahren verändert hat. Ich hatte ein schlechtes Gewissen, weil ich ihn wieder mitnahm, aber sie meinte, er müsse mit mir mitkommen, sonst würde ich sterben.« Hadrian blickte zum Kampfplatz zurück, auf dem noch die Leiche Irawondonas lag. »Sie hat von heute gesprochen. Sie hat diesen Tag vorausgesehen! Aber dann sagte sie noch etwas. Sie sagte ... was war es noch gleich?«

Krampfhaft versuchte er, sich an Gwens Stimme, an ihre Worte zu erinnern. *Er hat so viel Grausamkeit und Verrat erlebt und nie Mitgefühl und Erbarmen erfahren.* Das hatte sie gesagt, und noch etwas anderes, etwas, das er tun sollte. *Das musst du ihm geben, Hadrian, Mitgefühl und Erbarmen. Damit kannst du ihn retten, das weiß ich.* Und dann hatte sie so leise, dass er sie zunächst nicht verstanden hatte, hinzugefügt: *Und mit dem Mädchen.* Er hatte sie noch fragen wollen, was für ein Mädchen sie meinte, doch dann war Royce aus der Küche zurückgekehrt.

»Jetzt verstehe ich das!«, sagte er fassungslos. »Mein Gott! Ich sollte ihm das Mädchen zeigen! Dieses Mädchen!«

Er sprang auf und fasste das Mädchen, das neben Modina stand, an den Händen. Ängstlich wich es zurück.

»Hab keine Angst, Liebes«, sagte er freundlich. »Sag mir nur, wie du heißt.«

Das Mädchen sah Modina an, die nickte.

»Mercy.«

»Nein, ich meine mit vollem Namen.«

»Mercedes, aber so nennt mich niemand außer meiner Mutter – oder wenigstens hat sie mich so genannt.«

»Und wie heißt deine Mutter?«, fragte Hadrian. Die Hände, mit denen er sie hielt, begannen zu zittern.

»Meine Mutter ist tot.«

»Ja, Liebes, aber wie hat sie geheißen?«

Der Mädchen lächelte. »Gwendolyn DeLancy.«

»Hast du das gehört, Royce?«, rief Hadrian. »Das Mädchen heißt Mercedes.«

Mit erhobener Stimme fuhr er fort: »Und ein Junge hätte Elias oder Sterling geheißen, stimmt's? Aber für das Mädchen kam nur ein Name in Frage, *Mercedes*. Und zwar deshalb, weil Gwen den Namen schon vergeben hatte! Mercedes ist deine Tochter, Royce! Die Tochter von dir und Gwen! Wie alt bist du denn, Schatz? Fünf? Sechs?«

»Sechs«, sagte Mercy stolz.

»Sie ist sechs, Royce. Damals waren wir in Alburn eingesperrt, weißt du noch? Gwen hat das Baby zu Arcadius gebracht. Sie wollte dir nicht das Gefühl geben, dass sie dich damit erpresst, oder vielleicht sollte das Baby auch nicht in einem Bordell aufwachsen. Jedenfalls wusste sie, dass sie sterben würde, bevor sie dich deiner Tochter vorstellen konnte. Deshalb sollte ich das übernehmen. Royce, alter Junge, du hast eine Tochter!« Er legte Royce die Hand an die Wange. »Ein Teil von Gwen ist noch da! Hast du mich gehört?«

»Ist er mein Vater?«, fragte Mercy und trat näher. »Meine Mutter sagte, dass ich ihn eines Tages kennenlernen würde und dass er mich an einen schönen Ort bringt, wo ich dann eine Märchenprinzessin und Königin des Waldes bin.«

Royces Lider zuckten.

»Jetzt!«, rief Hadrian Arista zu, doch es war unnötig, denn sie hatte ihren Sprechgesang bereits angestimmt. Der Gesang wurde leiser, bis nur noch ein Summen zu hören war, dann verstummte er ganz. Arista begann heftig zu zucken. Hadrian streckte die Hände aus, legte eine auf Arista und die andere auf Royce und betete zu Maribor. Aristas Muskeln waren zum Zerreißen gespannt und ihr Kopf flog hin und her, als würde sie geschlagen. Dann begann sie plötzlich zu zittern und stoßweise zu atmen. Der Abstand zwischen den Atemzügen wurde immer länger und zuletzt hörte sie überhaupt auf zu atmen.

Auch die Zuschauer hielten die Luft an.

»Royce!«, schrie Hadrian. »Sie ist deine Tochter, und wenn du stirbst, ist sie eine Waise, genau wie du! Willst du sie allein lassen, wie deine Eltern dich allein gelassen haben? Royce!«

Ein Ruck ging durch die beiden Leiber und sie begannen stöhnend von neuem zu atmen. Arista lehnte ihren verschwitzten Kopf an Hadrian. Royce holte tief Luft, dann gingen seine Augenlider zuckend auf. Er sagte nichts, aber sein Blick wanderte zu dem Mädchen.

28

Der Kreis schließt sich

Das Hinterrad sank in ein Schlagloch ein und das Fuhrwerk schaukelte so heftig, dass Arista aufwachte. Sie schlug die Decke zurück und blickte mit zusammengekniffenen Augen zum Himmel auf. Die Sonne stand tief am Horizont, und weil sie fuhren, sah es aus, als marschiere der Wald auf dem Hügel rechts von ihnen in die entgegengesetzte Richtung. Hals und Rücken schmerzten, ihre Muskeln waren verspannt und sie war immer noch müde. Offenbar hatte sie trotz des holpernden Gefährts den ganzen Tag geschlafen. Sie hatte Hunger und ihr Magen knurrte. Ihre Zähne fühlten sich pelzig, geradezu sandig an und ihre linke Hand war gefühllos, weil sie darauf gelegen hatte. Sie lag auf einem Wagen, der von Magnus und Degan Gaunt gelenkt wurde. Hadrian hatte ihr an der Stelle, an der sie den inzwischen aufgebrauchten Proviant gelagert hatten, mit sämtlichen verfügbaren Decken ein einigermaßen weiches Lager bereitet.

Auch Modina und die beiden Mädchen fuhren mit. Allie und Mercy schliefen zwischen ihr und der Imperatorin. Modina hatte sich aufgesetzt und eine Decke um die Schultern gelegt und blickte auf die vorbeiziehende Landschaft. Die Kufen waren wieder durch Räder ersetzt worden und sie fuhren auf einer morastigen Straße mit tiefen Fahrrinnen, die sich wie ein schwarzes Band zwischen Schneefeldern und gelegentlich einem Dickicht aus struppigen Büschen hinzog. Beim Anblick der Büsche fielen ihr ihre Haare ein. Sie wischte sich mit der Decke über das Gesicht, holte die Haarbürste aus ihrem Bündel und machte sich stöhnend und seufzend daran, die vielen Knoten auszukämmen.

Auf Modinas fragenden Blick hin ließ Arista nur die Bürste los. Sie blieb in ihren verfilzten Haaren hängen.

Modina kroch zu ihr. »Dreht Euch um«, befahl sie lächelnd, nahm die Bürste und machte sich an Aristas Hinterkopf an die Arbeit. »Da ist ja ein ganz schönes Durcheinander.«

»Passt auf, dass Ihr Euch nicht darin verirrt«, sagte Arista. »Wisst Ihr, wo wir sind?«

»Nein, keine Ahnung. Ich bin nie viel gereist.«

»Das sieht jedenfalls nicht aus wie die Straße nach Aquesta.«

»Nein«, sagte Modina und bearbeitete einen besonders hartnäckigen Knoten. »Heute wären wir sowieso nicht mehr nach Aquesta gekommen und wir wollten weder Euch noch Royce, noch Hadrian eine so lange Reise zumuten. Ihr hattet schließlich alle einen anstrengenden Tag.«

»Aber die Menschen in …«

Modina legte ihr beruhigend die Hand auf die Schulter. »Keine Sorge, ich habe Merton mit Anweisungen für Nimbus und Amilia nach Aquesta geschickt, und Royce hat ihm die Elben mitgegeben – wenigstens die meisten. Einige wollten unbedingt hier bei ihrem neuen König bleiben. Von Aquesta steht ohnehin nichts mehr. Die Stadt wurde vollständig zerstört. Ich habe angeordnet, dass die letzten Vorräte unter den Überlebenden verteilt werden. Die Menschen werden nach Colnora, Rehagen, Kilnar und Vernes geschickt, möglichst zu gleichen Teilen, damit keine Stadt überfordert ist.«

Arista lachte und schüttelte den Kopf und hätte Modina fast die Bürste aus der Hand gerissen. »Seid Ihr wirklich noch die Thrace Wood, die ich von früher kenne?«

»Nein, wohl nicht mehr«, erwiderte Modina. »Thrace war ein wunderbarer Mensch – naiv, gutgläubig und lebenslustig. Ich dachte lange Zeit, von ihr sei gar nichts mehr übrig, aber inzwischen glaube ich, nein, ich weiß, dass ein Teil von ihr noch existiert. Trotzdem bin ich jetzt Modina.«

»Wer immer Ihr seid, Ihr seid eine ganz erstaunliche Person und habt es wahrhaftig verdient, als Imperatorin zu herrschen.«

Modina senkte die Stimme. »Ich will Euch ein Geheimnis anvertrauen. In Wirklichkeit gebührt dieses Verdienst nicht mir. Natürlich habe ich manchmal eine gute Idee – meist zu meiner eigenen Überraschung –, aber das eigentliche Genie hinter meinem Thron ist Nimbus. Amilia hat sich mit seiner Einstellung größte Verdienste um das Reich erworben. Der Mann ist ein Wunder – zurückhaltend und bescheiden, aber zugleich überaus begabt. Wenn er wollte, könnte er mich jederzeit ersetzen. Ich bin überzeugt, dass er den perfekten Staatsstreich inszenieren könnte, aber er strebt nicht nach Macht. Ich bin ja noch nicht lange in der Politik, aber sogar ich weiß inzwischen, wie selten so etwas ist – ein Mensch mit seinen Fähigkeiten, aber ohne jede Machtgelüste. Wisst Ihr, dass er immer noch höchst bescheiden wohnt? Oder wenigstens hat er das bis zur Zerstörung des Palasts getan. Obwohl er Kanzler des Imperiums war, hat er in einer kleinen Kammer gehaust. Er, Amilia und Breckton sind meine eigentlichen Schätze. Ich wüsste nicht, wie ich ohne sie überlebt hätte.«

»Vergesst nicht Hadrian«, erinnerte Arista sie.

»Hadrian? Nein, er ist nicht *mein* Schatz, genauso wenig wie Ihr.« Modina hörte auf zu kämmen und Arista spürte, wie die Imperatorin sie auf den Kopf küsste. »Was ich Euch beiden gegenüber empfinde, lässt sich nicht mit Worten beschreiben. Ihr habt ... Wunder bewirkt.«

Das Dorf lag an der Hauptstraße. Häuser aus Holz, Stein und Flechtfachwerk mit Grasdächern säumten den Streckenabschnitt von der kleinen Holzbrücke bis zum Fuß des Hügels, auf dem das Gutshaus stand, eine bunte Mischung aus Läden, Wohngebäuden und Schuppen, die bereits lange Schatten warfen. Dahinter, auf den dem Dorf nächstgelegenen Feldern, sah Hadrian Bauern bei der Feldarbeit. Drunten im Tal am Fluss war der Schnee fast vollständig geschmolzen und die Dörfler verteilten Mist von großen Karren. Sie hatten wollene Kapuzen aufgesetzt und ihre langen, gekrümmten Rechen hoben und senkten sich im letzten Licht des Tages. Von einigen Häusern und Läden des Dorfes stieg Rauch auf, nicht jedoch von der Schmiede.

Das hohle Klappern der Pferdehufe auf der Brücke kündigte ihre Ankunft an. Zwei Hunde hoben die Köpfe. Das Schild über der Werkstatt des Schuhmachers schwankte quietschend im Wind und etwas weiter entfernt schlug eine Stalltür immer wieder gegen den Rahmen. Aus unsichtbaren Pferchen drang klagend das Blöken von Lämmern.

Hadrian und Royce führten den Zug durch das Dorf an. Hinter ihnen ritten drei Elben – Royces neue Leibwächter. Jetzt, da Royce ihr König war und angesichts dessen, was Novron und Royces Vorgänger zugestoßen war, wichen sie nicht von seiner Seite.

Das Verhalten der Elben hatte sich überhaupt auf dramatische Weise geändert. Sobald Royce aufstand, fielen sie auf die Knie und die Herablassung und Verachtung in ihren Gesichtern wich tiefster Ehrfurcht. Wenn sie das nur spielten, waren sie bemerkenswerte Schauspieler, dachte Hadrian. Ob nun aufgrund einer magischen Wirkung des Horns oder weil Royce vor ihren Augen von den Toten auferstanden war, die Elbenfürsten hätten ihm nicht hingebungsvoller dienen können.

Royce wehrte sich nicht gegen seine neuen Beschützer. Er sprach sowieso nicht über das, was passiert war, und tat, als seien sie gar nicht da. Hadrian vermutete, dass er sie vorerst bei Laune halten wollte. Außerdem waren alle und ganz besonders Royce so müde, dass ihnen das Denken und erst recht das Streiten viel zu anstrengend gewesen wäre. Hadrian hatte nur ein Bedürfnis – vor Einbruch der Nacht ein Dach über dem Kopf zu finden. Er war deshalb dem kleinen Nebenfluss des Bernum nach Süden gefolgt, den er nur unter dem Namen »südlicher Bach« kannte, und der Fluss hatte sie nach Hintindar geführt, in das Dorf seiner Kindheit.

Vor einem Stall saß ein Mann und schärfte die Schneide eines Pflugmessers. Er hatte einen struppigen schwarzen Bart und ein schmutziges pockennarbiges Gesicht. Gekleidet war er in den knielangen Kittel mit Kapuze der Dörfler. Als die Reiter sich ihm näherten, hob er den Kopf und starrte sie erschrocken an. Dann entfuhr ihm ein Laut, der an ein Quietschen erinnerte. Er sprang auf, eilte zu einer an einen Pfahl montierten Glocke mitten auf der Straße und läutete sie fünf Mal. Anschließend rannte er auf der Hauptstraße in Richtung des Gutshauses.

»Seltsamer Vogel«, bemerkte Hadrian und hielt am Brunnen an. Die anderen blieben ebenfalls stehen.

»Ich glaube, du hast ihn erschreckt«, sagte Royce.

Hadrian drehte sich zu den Elben um, die in ihren funkelnden goldenen Rüstungen nebeneinander auf ihren mächtigen Schimmeln saßen. Der Elbe in der Mitte hielt eine zehn Fuß lange Stange, an der ein langes, blaugoldenes Banner flatterte. »Ja, das war bestimmt ich.«

Die beiden sahen dem wegrennenden Mann nach. Er war auf die Größe eines ausgestreckten Daumens geschrumpft, aber Hadrian hörte immer noch das Geräusch seiner nackten Füße auf der Erde.

»Kennst du ihn?«, fragte Royce.

Er schüttelte den Kopf.

»Wozu ist die Glocke da?«

»Man schlägt damit Alarm, zum Beispiel bei Feuer.«

»Ein Feuer hat er wohl eher nicht gesehen.«

»Machen wir hier halt?«, fragte Myron. Er und Mauvin ritten unmittelbar hinter den Elben und noch vor dem Fuhrwerk. »Die Damen wollen es wissen.«

»Können wir eigentlich. Ich wollte noch zum Gutshaus hinaufreiten und uns ankündigen, aber ... ich glaube, das wird schon erledigt.«

Hadrian stieg ab und ließ sein Pferd aus dem Brunnentrog trinken. Die anderen stiegen ebenfalls ab und Arista und Modina kletterten vom Wagen. Die Imperatorin war immer noch in eine Decke gehüllt. Die beiden Mädchen blieben auf dem Wagen und schliefen weiter.

Hadrian wollte gerade an die Tür der Bäckerei klopfen, da näherte sich ihnen auf einem Feldweg ein Zug von Dörflern. Sie hatten Rechen geschultert, und als sie die Ankömmlinge sahen, blieben sie stehen. Die meisten Gesichter kannte Hadrian, darunter den Amtsdiener Osgar, den Schneider Harbert, den Holzarbeiter Algar und den Fuhrmann Wilfred.

»Haddi!«, rief Armigil. Die alte Braumeisterin drängte sich zwischen den Männern hindurch und hinterließ mit ihren breiten Hüften eine beträchtliche Schneise. »Wie bist du … was tust du hier, mein Junge? Und wen hast du mitgebracht?«

»Ich …«, setzte Hadrian an, doch sie sprach schon weiter.

»Ich will gar nichts hören. Du musst von hier verschwinden. Und nimm deine Leute mit!«

»Ihr solltet wirklich an Eurem Benehmen arbeiten«, sagte Hadrian. »Bei meinem letzten Besuch habt Ihr mir eine runtergehauen und diesmal …«

»Du verstehst mich nicht, Junge. Die Lage hat sich geändert. Du musst von hier weg. Nach deinem letzten Besuch ging ein Donnerwetter auf den Grafen nieder.«

»Haddi?« Der Bäcker Dunstan und seine Frau näherten sich ihm und starrten ihn ungläubig an. Ihre Wollkleider waren abgetragen und mit Schlamm bespritzt und an ihren nackten Füßen und Beinen klebte eine ganze Kruste von Dreck.

»Wie geht's, Dun?«, fragte Hadrian. »Was machst du auf den Feldern?«

»Ich pflüge«, antwortete der Bäcker trübsinnig und starrte die Fremden an. »Oder versuche es zumindest. Es ist zwar schon wärmer geworden, aber der Boden ist noch zu hart.«

»Du pflügst? Aber du bist Bäcker.«

»Wir backen nachts.«

»Wann schlaft ihr dann?«

»Schluss mit dem Gerede und geh, los! Fort mit dir!«, rief Armigil und fuchtelte mit den Armen, als sei er eine Kuh in ihrem Gemüsegarten. »Kapier doch endlich, Haddi. Wenn die dich hier finden ...«

»Richtig!«, fiel Dunstan ein, als sei er plötzlich aus einem Traum erwacht. »Du musst verschwinden. Wenn Luret dich sieht ...«

»Luret? Der Gesandte? Er ist immer noch hier?«

»Er ist nie gegangen«, erklärte Osgar.

»Er hat Graf Baldwin wegen Untreue verklagt«, warf der Fuhrmann Wilfred ein.

»Siward starb im Kampf«, sagte Armigil traurig. »Den armen alten Baldwin hat Luret in seinem eigenen Kerker eingesperrt. Und deshalb musst du mit deinen Gefährten verschwinden!«

»Zu spät!«, sagte Royce und blickte die Straße zum Gutshaus entlang. »Da kommen Soldaten.«

»Was für welche?«, fragte Hadrian. »Soldaten des Imperiums?«

»Sieht so aus. Sie tragen Uniform.«

»Was ist los?«, fragte Arista und kam nach vorn. Sie lächelte Dunstan und Arbor freundlich an.

»Erma!«, rief Arbor ängstlich und verstummte gleich wieder. Arista sah sie einen Moment lang fragend an, dann lachte sie.

»O nein!«, rief Armigil. Ihr Blick war auf den Wagen gefallen, auf dem Allie und Mercy gerade aufgewacht waren und gähnten und sich streckten. Besorgt runzelte sie die Stirn. »Ihr habt auch Kinder dabei?«

»Können wir sie noch verstecken?«, fragte Arbor.

»Die Soldaten haben uns schon gesehen«, erwiderte Osgar.

Mauvin trat zu Royce und blickte ebenfalls den Gestalten entgegen, die den Hang herunterkamen. »Wie viele sind es?«

»Zwölf«, sagte Royce. »Mit Luret.«

»Zwölf?«, fragte Mauvin überrascht. »Im Ernst?«

Royce zuckte mit den Schultern. »Vielleicht hat der Bursche, der Alarm geschlagen hat, ja ausgerichtet, dass wir Frauen und Kinder dabeihaben.«

»Aber zwölf?«

»Elf, genaugenommen.«

Mauvin verdrehte die Augen, verschränkte die Arme vor der Brust und blickte den Soldaten voller Verachtung entgegen.

»Luret lässt euch also alle auf den Feldern arbeiten?«, fragte Hadrian. Er band sein Pferd fest.

»Bist du verrückt?«, rief Armigil. »Was unterhältst du dich hier in aller Seelenruhe? Die wollen dich verhaften – also, wenn du Glück hast! Sie werden dich in den Kerker werfen und verprügeln und vermutlich auch foltern. Anschließend lassen sie dich verhungern. Dieser Luret ist nicht ganz bei Trost.«

Minte und die anderen Jungs sammelten die Pferde ein und banden sie an dem Wagen fest. Dabei nickten sie den Dörflern immer wieder freundlich zu.

Schon bald hörten sie das Stampfen der Soldaten, die sich ihnen im Gleichschritt und in zwei Reihen hintereinander näherten, vorne fünf und hinten sechs Mann stark. Sie trugen Kettenhemden und Helme. Die vordere Reihe war mit Speeren bewaffnet, die hintere mit Armbrüsten. Dahinter ritt Luret auf einem Apfelschimmel. Das Pferd hatte einen schwarzen Kopf und ein weißumrandetes Auge. Der Gesandte selbst hatte sich seit ihrer letzten Begegnung kaum verändert. Er hatte noch dasselbe Falkengesicht und denselben brutalen Blick. Seine Kleidung war dagegen prächtiger. Er trug ein Wams aus einem dicken Brokatstoff, einen samtenen Umhang und elegante lange Handschuhe, auf deren Stulpen Rangabzeichen aufgestickt waren. An den Beinen trug er eine dunkle Strumpfhose, an den Füßen lederne Schuhe mit Messingschnallen, in denen sich die letzten Strahlen der untergehenden Sonne fingen.

»Sieh an, der Sohn des Hufschmieds!«, rief er, sobald er Hadrians Gesicht erkannte. »Wollt Ihr Euer Erbe antreten? Oder braucht Ihr lediglich ein neues Versteck? Und wer ist das übrige Gesindel?« Er grinste höhnisch und machte eine abfällige Handbewegung. »Bestimmt Geächtete, wie Ihr.« Er machte eine Pause und ließ den Blick über die Elben wandern. Dann wandte er sich wieder Hadrian zu. »Die wollt Ihr alle hier unterbringen? Ihr glaubt, Ihr könnt sie bei Euren alten Freunden verstecken?« Er zeigte auf Royce. »An den erinnere ich mich auch noch. Und an die.« Er sah Arista an. »Ich glaube nicht, dass die Dörfler Euch wieder so bereitwillig bei sich aufnehmen, nicht nach den Prügeln, die ich ihnen das letzte Mal verpasst habe.« Er sah Dunstan an, der den Blick auf seine Füße gesenkt hatte. »Sie haben ihre Lektion gelernt und wissen, was ihnen blüht, wenn sie Flüchtlinge bei sich aufnehmen. Jetzt ist es Zeit, dass auch Ihr eine Lektion lernt. Verhaftet alle! Und diese beiden legt in Ketten.« Er zeigte auf Hadrian und Royce.

Die Soldaten wollten vortreten, doch da hatte Hadrian schon seine Schwerter gezogen. Die anderen folgten seinem Beispiel. Gaunt trat links neben ihn, rechts stand Magnus mit seinem Hammer. Die Elben stellten sich schützend vor Royce, was dieser mit einem Seufzer quittierte. Sogar die Jungs zogen ihre Messer, mit Ausnahme von Kine und Minte, die keine hatten, dafür aber die Fäuste ballten.

Die Soldaten zögerten. Luret trommelte mit den Fingern auf sein Sattelhorn.

»Ich sagte, verhaftet sie!«

Der Soldat, der Royce am nächsten stand, hob den Speer, doch sofort schlug ein Elbe ihm die Spitze ab. Der Soldat wich mit dem Schaft in den Händen zurück.

Die anderen Soldaten harrten erstarrt auf ihren Plätzen aus.

Luret lief rot an. »Ihr widersetzt Euch Eurer Verhaftung! Ihr lehnt Euch gegen einen Gesandten des Imperiums und den offiziellen Verwalter dieses Anwesens auf. Ich befehle Euch hiermit, Euch sofort zu ergeben! Ergebt Euch oder ich lasse Euch aufgrund der mir von der Imperatorin höchstpersönlich verliehenen Befugnis auf der Stelle erschießen!«

Niemand rührte sich.

»Ich erinnere mich nicht, Euch irgendetwas verliehen zu haben, schon gar nicht die Befugnis, Mitglieder meines persönlichen Gefolges zu töten«, sagte Modina und trat vor.

Luret hob die Hand, um seine Augen gegen die untergehende Sonne abzuschirmen, und runzelte die Stirn.

»Wer ist das schon wieder?«

»Ihr erkennt mich nicht?«, fragte Modina ruhig. »Und doch beruft Ihr Euch bei der ersten besten Gelegenheit auf meinen Namen. Gestattet, dass ich mich vorstelle, vielleicht hilft das Eurem Gedächtnis auf. Ich bin die Bezwingerin des Gilarabrywn und die Hohepriesterin der Nyphronkirche, Ihre durchlauchtigste, königlich-imperiale Eminenz, die Imperatorin Modina Novronia.«

Sie warf die Decke ab.

Die Umstehenden rissen die Augen auf. Arbor wich zurück und stolperte und Dunstan musste sie halten. Hadrian meinte zu hören, wie Armigil murmelte: »Zum Teufel!«

Die Imperatorin stand in ihrem prächtigen Kleid da, über dem sie den langen, schwarzen, mit dem imperialen Wappen bestickten Samtmantel trug, den sie im Wagen noch rasch umgehängt hatte.

»Das ... nein, unmöglich!«, murmelte Luret. »Das ist eine List, ganz bestimmt! Ich lasse mich nicht hereinlegen. Seht Euch dieses Kind an. Eine Hochstaplerin und Schwindlerin! Legt sofort die Waffen nieder und ergebt Euch friedlich, dann lasse ich nur den Sohn des Schmieds und seinen Kumpan hinrichten. Wenn Ihr Euch mir aber widersetzt, müsst Ihr alle sterben!«

In diesem Moment begannen die sechs Soldaten mit den Armbrüsten zu schniefen. Ihre Augen tränten und sie zwinkerten heftig und zogen die Nase kraus. Nacheinander fingen sie an zu niesen und als Nächstes rissen die dicken Sehnen ihrer Waffen knallend und die eisernen Bolzen fielen auf den Boden, ohne Schaden anzurichten.

Hadrian sah Arista an und sie erwiderte seinen Blick mit einem spitzbübischen Grinsen.

»Bevor Ihr Euch noch mehr Schwierigkeiten einhandelt«, sagte Modina zu dem inzwischen verunsicherten Luret, »erlaubt, dass ich Euch meine restliche Begleitung vorstelle. Das ist Prinzessin oder jetzt vielmehr Königin Arista von Melengar, die Heldin von Rehagen und eine Zauberin mit außergewöhnlichen Fähigkeiten.«

»Ihr glaube, sie bevorzugt *Magierin*«, flüsterte Myron.

»Verzeihung, *Magierin*. Und das ist Royce Melborn, eben erst zum König des Reiches Erivan gekrönt. In seiner Begleitung befinden sich, wie Ihr vielleicht bemerkt habt, drei Elbenfürsten. Der kleine Herr neben mir ist Magnus von den Kindern Dromes, ein Meister über Stein und Erde. Neben ihm steht Degan Gaunt, der Anführer und Held der Nationalisten. Auf meiner anderen Seite seht Ihr den legendären Schwertkämpfer Graf Pickering von Galinin. Das hier ist der Markgraf von Glouston, der berühmte und gelehrte Mönch des Maribor. Und den Mann, der vor Euch steht, brauche ich Euch wohl nicht vorzustellen. Es ist Hadrian Blackwater, Teshlor-Ritter, Leibwächter des Erben Novrons und Held des Imperiums und des ganzen Reiches.

Sie alle sind in die Unterwelt hinabgestiegen und haben gegen Goblinheere gekämpft, ein tückisches Meer überquert und die untergegangene Stadt Percepliquis gefunden. Erst heute haben sie eine bislang unbesiegte Armee aufgehalten und den Mann besiegt, der vor langer Zeit unseren Retter Novron den Großen ermordet hat. Sie haben nicht nur das Imperium gerettet, sondern auch euch alle. Ihr verdankt ihnen euer Leben und schuldet ihnen Achtung und ewigen Dank.«

Modina machte eine Pause. Luret starrte sie mit aufgerissenen Augen an. »Na, Herr Gesandter und Verwalter, was sagt Ihr dazu?«

Luret drehte sich zu seinen Leuten um, die in diesem Augenblick die Waffen niederlegten. Er warf einen letzten Blick auf die

Dörfler, dann gab er seinem Pferd die Sporen. Er kehrte nicht auf der Straße zum Gutshaus zurück, sondern galoppierte querfeldein.

»Ich könnte ihn vom Pferd fallen lassen«, schlug Arista vor, aber Modina schüttelte den Kopf.

»Lasst ihn ziehen.« An die Soldaten gewandt, fügte sie hinzu: »Ihr könnt auch gehen.«

»Halt«, sagte Hadrian. »Graf Baldwin ist doch im Gutshaus eingesperrt, stimmt das?«

Die Soldaten nickten zögernd und sahen ihn ängstlich an.

»Lasst ihn sofort frei«, befahl Modina. »Meldet ihm, was ihr hier erlebt habt, und richtet ihm aus, dass ich ihn und seine Familie morgen besuchen werde. Oder sagt ihm gleich, dass er die Ehre haben wird, mich und meinen Hof zu beherbergen, bis ich eine dauerhafte Unterkunft für uns gefunden habe.«

Die Soldaten nickten und verbeugten sich. Dann gingen sie ein Dutzend Schritte rückwärts, bis sie schließlich nicht mehr an sich halten konnten, sich umdrehten und die Straße hinaufrannten.

»Die werden Euch nicht so schnell vergessen«, sagte Hadrian. Er wandte sich den Dörflern zu.

Sie standen vollkommen bewegungslos da und starrten Modina mit offenen Mündern an.

»Armigil, Ihr braut doch noch Bier, ja?«

»Was, Haddi?«, murmelte Armigil benommen, ohne den Blick von der Imperatorin abzuwenden.

»Bier, Ihr wisst schon ... Gerste, Hopfen ... ein Getränk. Wir könnten jetzt ein Fässchen davon gebrauchen.« Er bewegte die Hand vor Dunstans Gesicht hin und her. »Und ein warmes Plätzchen zum Ausruhen. Und vielleicht auch einen Happen zu essen?« Er schnippte mit den Fingern. »Hallo?«

»Ist das wirklich die Imperatorin?«, fragte Armigil.

»Richtig, sie kann also auch für alles bezahlen, wenn Euch das Sorgen macht.«

Das holte Armigil aus ihrer Trance. Empört sah sie ihn an und hob drohend den Finger. »Als ob du mich nicht besser kennen würdest, Dummkopf! Wie kannst du mir unterstellen, ich sei nicht gastfreundlich! Egal ob die Imperatorin oder eine Hure aus der Gosse uns besuchen, du weißt, dass in Hintindar beide gleichermaßen aufgenommen und mit Speis und Trank bewirtet werden – zumindest jetzt, wo der Teufel aus dem Gutshaus verschwunden ist.« Sie wandte sich an Dunstan und Arbor. »Was steht ihr hier noch herum und glotzt? Schiebt ein Brot in den Ofen. Osgar und Harbert, helft mir, ein Fass Bier herzuschaffen. Algar, frag deine Frau, ob sie noch etwas von dem süßen Gebäck hat und sag Klipper, er soll von dem gepökelten Schweinefleisch …«

»Nein!«, riefen Hadrian, Arista, Mauvin und Gaunt gleichzeitig. Die anderen sahen sie erschrocken an, doch dann begannen die vier zu lachen.

»Bitte alles, nur kein gepökeltes Schweinefleisch«, erklärte Hadrian.

»Wäre … wäre Lammfleisch recht?«, fragte Abelard besorgt. Der Schafscherer Abelard und seine Frau Gerty hatten jahrelang gegenüber von den Blackwaters gewohnt. Er war ein mageres, zahnloses und glatzköpfiges Männchen, das Hadrian an eine Schildkröte erinnerte, so wie er den Kopf aus seiner Kapuze steckte.

Alle nickten begeistert.

»Lammfleisch wäre wunderbar.«

Abelard lächelte und wandte sich zum Gehen.

»Und bring deine Fiedel mit und sag Danny, er soll seine Flöte holen«, rief Dunstan ihm nach. »Dieses Jahr kommt der Frühling wirklich schon sehr früh.«

Diesmal war Arista vorsichtig, sie hatte ihre Lektion beim letzten Mal gelernt. Sie beschränkte sich auf nur einen Becher von Armigils Bier. Und selbst davon wurde ihr ein wenig schwindlig. Sie saß neben Hadrian auf einem der Mehlsäcke, die auf den breiten Dielen der Bäckerei lagen. Der Boden war mit einer dünnen Mehlschicht bedeckt, die zur Freude der beiden Mädchen rutschig war. Allie und Mercy schlidderten darüber wie über einen zugefrorenen Teich, bis so viele Menschen eintrafen, dass dafür kein Platz mehr war. Arista hatte überlegt, ob sie Arbor ihre Hilfe anbieten sollte, aber in der engen Küche arbeitete bereits ein halbes Dutzend Frauen und nach der Aufregung der vergangenen Tage tat es ihr gut, einfach an Hadrian gelehnt dazusitzen und seinen Arm um ihre Schultern zu spüren. Die köstlichen Düfte des Brotes im Ofen und des Lammbratens stiegen ihr in die Nase und sie lauschte den plaudernden Stimmen um sie herum und genoss die warme, behagliche Stube in vollen Zügen. Ob Alric, als er auf das Licht zugegangen war, etwas Ähnliches vorgefunden hatte? Sie überlegte, ob es nach frischem Brot gerochen hatte, und meinte sich auf einmal ganz sicher daran zu erinnern.

»An was denkst du?«, fragte Hadrian.

»Hm? Ach, ich habe mir eben gewünscht, dass es Alric dort, wo er jetzt ist, auch so gut geht.«

»Bestimmt.«

Sie nickte und Hadrian hob den Becher. »Auf Alric«, sagte er.

»Auf Alric«, fiel Mauvin ein.

Alle Anwesenden hoben ihre Gläser, Becher und Tassen, auch die, die noch nie von Alric gehört hatten. Aristas Blick wanderte zu Allie, die zwischen Modina und Mercy saß und wie ein Vogel an einem Kanten Schwarzbrot knabberte.

»Und auf Wyatt und Elden«, sagte sie leise, so leise, dass nicht einmal Hadrian sie hörte, und trank ihren Becher vollends leer.

»Ich wollte mich noch entschuldigen, Dun«, sagte Hadrian zu seinem Freund, der gerade wieder Essen verteilte. »War es sehr schlimm, als wir damals gegangen sind?«

Dunstan sah sich nach seiner Frau um. »Es war vor allem für Arbor schlimm«, sagte er. »Ich glaube, ich habe schlimmer ausgesehen, als es mir ging. Sie musste fast sechs Wochen lang die meiste Arbeit tun, aber das ist vorbei. Ich bin es gewohnt, dass ich ab und zu verprügelt werde.« Er grinste und sah das aneinandergelehnte Paar neugierig an. Unterdessen war Royce eingetreten und Dunstan warf ihm einen beunruhigten Blick zu. »Seht euch besser vor. Der sieht nicht so aus, als hätte er für so was viel Verständnis.«

Er entfernte sich und Arista und Hadrian blickten einander ein wenig ratlos an.

Royce war an der Tür stehen geblieben und betrachtete die beiden Mädchen, die zu Modinas Füßen saßen. Die Imperatorin saß als eine von wenigen auf einem Stuhl. Nicht sie hatte es so gewollt, sondern das Bäckerehepaar hatte darauf bestanden. Er ging durch die Stube und setzte sich neben Hadrian.

»Wo sind deine Leibwächter?«, fragte Hadrian.

»Du klingst besorgt.«

»Ich hätte nur gern eine Vorwarnung, wenn du einen neuen Krieg anfängst.«

»Dein Vertrauen in meine diplomatischen Fähigkeiten rührt mich.«

»Was für diplomatische Fähigkeiten?«

Royce runzelte die Stirn. »Sie warten draußen. Ich habe ihnen gesagt, dass es hier drinnen zu eng ist.«

»Du hast dich mit ihnen unterhalten?«

»Sie sprechen Apelanesisch. Und ich spreche ein wenig Elbisch, wenn du dich erinnerst.«

Royce lehnte sich an ein Tischbein, ohne Mercy aus den Augen zu lassen. Sie kicherte gerade über etwas, das Allie ihr ins Ohr geflüstert hatte.

»Sprich doch mit ihr«, sagte Hadrian.

Royce zuckte die Schultern und auf seiner Stirn erschienen besorgte Falten.

»Was ist?«

»Nichts.« Royce stand auf. »Mir ist es hier drin nur zu warm.«

Er ging vorsichtig um die auf dem Boden Sitzenden herum und verschwand nach draußen. Hadrian sah Arista an.

»Na mach schon«, sagte sie.

»Ganz sicher?«

»Natürlich. Geh.«

Er lächelte, gab ihr einen Kuss und stand auf, um Royce zu folgen.

Arista blieb noch einen Moment sitzen und betrachtete die gutgelaunten, rosigen Gesichter der anderen, die sich unterhielten und lachten. Schalen mit dampfender Suppe kamen vom offenen Herd und wurden herumgereicht. Abelard, der auf einem umgedrehten Eimer saß, zupfte an den Saiten seiner Fiedel und rieb seinen Bogen mit Harz ein, während er auf Danny wartete, der neben ihm saß und eben noch einen Teller mit Lammfleisch aufaß. Die Stube wurde immer voller und es gab kaum noch Sitzplätze. Nur von Modina hielten alle Abstand. Die Imperatorin saß in der Ecke der Tür gegenüber und lächelte so strahlend, wie Arista sie noch nie hatte lächeln sehen. Nur die Mädchen wagten es, sich ihr bis auf Armlänge zu nähern, aber die anderen Gäste blickten immer wieder in ihre Richtung.

Arista stand auf. Arbor schob gerade einen runden Brotlaib in den Ofen. Dann lehnte sie sich an den Tresen und wischte sich mit dem Rücken ihrer mehlbedeckten Hand über die Stirn. »Das war das Letzte«, sagte sie lächelnd. »Ich habe mir Sorgen um Euch gemacht«, fügte sie hinzu. »Wir beide.«

»Wirklich?«

»O ja! Weil Ihr damals doch nachts geflohen seid. Und als dann die Soldaten kamen … da hatten wir Angst um Euch. Das Dorf war eine Woche lang in Aufruhr. Vier Mal haben Männer die Bäckerei durchsucht und das Mehl ausgeschüttet. Ich wusste nicht, warum sie Euch suchten – ich weiß es bis heute nicht.«

»Jetzt spielt es auch keine Rolle mehr«, sagte Arista. »Es ist alles vorbei und ab jetzt wird alles anders.«

Arbors Gesicht verriet ihr, dass sie aus diesen Worten nicht recht schlau wurde.

»Sagt, habt Ihr noch das Kleid, das ich Euch geschenkt habe?«

»Gewiss!« Arbor betrachtete Aristas Kleid. »Ihr wollt es jetzt natürlich zurück.« Sie stand auf, um es zu holen, aber Arista hielt sie an der Hand fest.

»Ich frage nicht deshalb.«

»Aber das macht doch nichts. Ich habe wirklich gut darauf aufgepasst und es auch kein einziges Mal getragen. Nur ein paarmal angesehen habe ich es mir.«

»Ich habe nur gerade überlegt, dass Ihr es anprobieren solltet, denn ich glaube, Ihr werdet es bald brauchen.«

»Nein, ein so schönes Kleid brauche ich nicht. Ich habe Euch ja schon damals gesagt, dass ich nie Gelegenheit haben werde, einen Ball oder ein ähnliches Fest zu besuchen.«

»Ich glaube schon«, erwiderte Arista. »Das heißt, wenn Ihr meine Einladung annehmt.«

»Eure Einladung?«

»Ich möchte Euch bitten, als Ehrengast zu meiner Hochzeit zu kommen.«

Arbor sah sie verwirrt an. »Aber Ihr seid doch schon mit Vince verheiratet, Erma.«

Diesmal war es an Arista, verwirrt zu sein. Dann lachte sie laut.

Hadrian holte Royce auf der Fußgängerbrücke ein. Es war Nacht, aber der Mond schien hell und er sah den Freund am Geländer lehnen und in das schwarze Wasser starren, das unter ihm hindurchfloss.

»Zu viele Leute?«, fragte Hadrian, aber Royce schwieg. Er blickte nicht einmal auf. »Was wirst du jetzt tun?«

»Keine Ahnung«, sagte Royce leise.

»Du weißt aber schon, dass du als Nachkomme Novrons nicht nur König von Erivan, sondern auch Imperator von Apeladorn bist. Hast du schon mit Modina gesprochen?«

»Sie hat gesagt, dass sie jederzeit zurücktreten würde.«

»Imperator Royce?«, sagte Hadrian.

»Klingt nicht besonders gut, was?«

Hadrian zuckte mit den Schultern und lehnte ebenfalls gegen das Geländer. »Man gewöhnt sich dran.«

Abgesehen von der Bäckerei war die Straße dunkel. Nur im Gutshaus brannte hinter einigen Fenstern Licht. Von der Brücke aus gesehen sahen sie aus wie Sterne, die über dem Hügel funkelten.

»Wie ich höre, wirst du Arista heiraten.«

»Wo hast du das gehört?«

»Myron meinte, er würde die Zeremonie vollziehen.«

»Ja, stimmt. Ich dachte, er macht das sicher gut, und wir wollten beide keine offizielle Feier der Nyphronkirche.«

»Ich finde das eine gute Idee.« Royce blickte wieder über das Geländer. »Warte nicht damit. Heirate sie gleich und freu dich deines Lebens.«

Ein Windstoß versetzte die kahlen Äste der nahen Bäume in Bewegung und fuhr pfeifend unter der Brücke hindurch. Hadrian zog den Kragen um seinen Hals zusammen und blickte über den Rand des Geländers zum schwarzen Wasser hinunter.

»Willst du den Mann aufspüren, der Gwen umgebracht hat?«, fragte er. »Du weißt schon, wer es war, stimmt's? Soll ich mitkommen?«

»Nein«, erwiderte Royce. »Er ist schon tot.«

»Wirklich? Und wie findest du das?«

Royce zuckte mit den Schultern.

»Ich wusste, dass es nicht Merrick war«, sagte er. Er riss ein Blatt ab und warf es über das Geländer. »Ich weiß noch, wie er mich ansah und mir versicherte, er sei es nicht gewesen, er hätte es gar nicht sein können. Er war selbst vollkommen ratlos. Das war mein erster Anhaltspunkt. Heute habe ich den letzten bekommen.«

»Der wäre?«

»Imperator Royce – diese Möglichkeit hat er gefürchtet wie sonst nichts. Royce Melborn auf dem Thron: War etwas Schrecklicheres denkbar? Deshalb hat er uns nie über uns aufgeklärt.

Er hat uns in der Hoffnung zusammengebracht, dass du mich verändern würdest, aber er konnte mir nicht helfen. Ich hatte zu viele Jahre damit verbracht, zu hassen. Das Leben bedeutete mir nichts mehr. Dann erfuhr er von Mercedes. Ich hatte meine Menschlichkeit verloren, aber sie war noch rein. Sie konnte er erziehen und zur perfekten Herrscherin formen.«

»Arcadius? Aber warum hätte er Gwen töten sollen?«

»Auch das ist meine Schuld. Ich sagte ihm, sie hätte zugestimmt, mich zu heiraten. Da wusste er, dass wir Mercedes zu uns holen würden, und dann wäre alle Arbeit, die er in sie investiert hatte, verloren gewesen. Er hat in seinen wildesten Träumen nicht damit gerechnet, dass ich Gwen je heiraten würde, und als er es dann erfuhr, musste er sie töten, bevor sie mir von meiner Tochter erzählen konnte.«

Royce blickte zu den Sternen auf und fuhr sich mit der Hand über das Gesicht. Als er weitersprach, zitterte seine Stimme. »Ich habe Arcadius erzählt, dass Gwen sich in der Winde-Abtei aufhielt. Er beauftragte Merrick, sie zu holen und nach Colnora zu bringen. Dort versteckte er sich dann vor unserem Treffen mit einer Armbrust.«

Royce wandte sich Hadrian zu. Seine Augen glänzten feucht. »Ich verstehe nur eins nicht: Er hat sie doch auch geliebt. Wie konnte er dann auf sie schießen? Zusehen, wie sie aufschrie und stürzte? Was für eine Angst muss er gehabt haben, dass er dazu imstande war? Bin ich wirklich ein solcher Albtraum?«

»Royce.« Hadrian legte ihm die Hand auf die Schulter. »Das bist du überhaupt nicht. Du hast dich verändert, ich kann es bezeugen. Arista und Myron haben auch davon gesprochen.«

Royce lachte. »Aber ich habe Merrick getötet. Ich habe ihm keine Chance gegeben. Und wenn Arista nicht gewesen wäre, wäre Modina in dem Feuer gestorben, das ich gelegt habe. Ich kann kein Vater sein, Hadrian. Ich kann kein Kind aufziehen ... ich bin böse.«

»Du hast Magnus am Leben gelassen. Selbst nachdem er dir

von seinem Vorhaben erzählt hat, dich erneut zu betrügen, hast du ihn gehen lassen – du hast ihm verziehen! Der alte Royce wusste nicht, was Vergebung ist. Du bist ein anderer geworden. Es ist, als lebe nach Gwens Tod ein Teil von ihr in dir weiter. Irgendwo in dir gibt es sie noch, ganz buchstäblich deine bessere Hälfte.«

Royce wischte sich über die Augen. »Ich habe sie so sehr geliebt und ich vermisse sie so sehr. Ich habe einfach das Gefühl, dass alles meine Schuld ist, dass ich für das Leben bestraft werde, das ich geführt habe.«

»Und Mercedes?«

»Ja?«

»Ist sie auch eine Strafe? Sie ist deine Tochter. Und ein Teil von Gwen, der weiterlebt. Sie hat übrigens Gwens Augen ... und ihr Lächeln. Die Götter geben ein so kostbares Geschenk nicht jemandem, der es nicht verdient.«

»Bist du jetzt mein Seelsorger?«

Hadrian sah ihn nur stumm an.

Royce blickte wieder auf das Wasser hinunter. »Sie kennt mich nicht einmal. Wenn sie mich nun nicht mag? Nur wenige Menschen mögen mich.«

»Vielleicht hat sie am Anfang Schwierigkeiten. Bei Maribor, ich habe das auch gehabt. Aber du hast so eine Art, anderen ans Herz zu wachsen.« Hadrian lächelte. »Wie eine Flechte. Oder Schimmel.«

Royce hob den Kopf und sah ihn böse an. »Vergiss, was ich gesagt habe. Und spar dir bitte den Seelsorger.« Nach einer Pause fuhr er fort: »Sie sieht wirklich wie Gwen aus, nicht wahr? Und ihr Lachen – hast du das gehört?«

»Sie sagte, ihre Mutter hätte einmal gesagt, ihr Vater würde eine Märchenprinzessin aus ihr machen. Sie würden gemeinsam an einem schönen Ort leben und sie würde Königin des Waldes sein.«

»Das hat sie gesagt?«

Hadrian nickte. »Wäre schade, wenn du sie enttäuschst. Und wenn Gwen das gesagt hat, muss es ja stimmen.«

Royce seufzte.

»Übernimmst du den Thron von Modina?«

»Imperator Royce? Ich glaube nicht. Aber den Elbenkönig kann ich nicht abgeben, oder?«

»Wie läuft es denn so?«

»So komisch es klingt, aber ich glaube, sie haben schreckliche Angst vor mir.«

»Das haben viele, Royce.«

Er lachte. »Ich komme mir vor wie ein Zirkusdompteur, der nur mit einem Stuhl und einer Peitsche Bären dressiert. Die Elben haben halb Apeladorn in Schutt und Asche gelegt, ohne einen einzigen Mann zu verlieren, und jetzt hören sie nur wegen mir und ihrer verrückten Religion damit auf. Sie hassen die Menschen abgrundtief, glauben aber fest daran, dass Ferrol mich zu ihrem Herrscher auserhesehen hat. Mir nicht zu gehorchen, hieße, ihrem Gott nicht zu gehorchen. Mich zu töten wäre unvorstellbar. Sie müssen sich also damit abfinden, dass ein Mensch sie regiert, dem sie zu Gehorsam verpflichtet sind und den sie nicht töten können. Kein Wunder, dass sie da Panik kriegen.«

»Nur dass du kein Mensch bist.«

»Nein – ich bin weder das eine noch das andere.«

»Vielleicht hilft ihnen das.«

»Vielleicht.«

»Aber du hast meine Frage von vorhin nicht beantwortet. Was wirst du tun?«

Royce zuckte mit den Schultern. »Ich weiß es noch nicht. Woher auch? Die Elben sind mir im Grund vollkommen fremd. Ich weiß nur, dass auf beiden Seiten Greueltaten begangen wurden. Und nachdem ich erlebt habe, wie Leute wie ich unter Saldur behandelt wurden, verstehe ich auch den Hass der Elben. Mein altes Ich erinnert sich noch sehr gut an dieses Gefühl, an die felsenfeste Überzeugung, dass man selbst im Recht ist.«

»Und dein neues Ich?«

Royce schüttelte den Kopf. »Ich habe Magnus verziehen, bei Maribor.«

»Warum?«

»Wahrscheinlich deshalb, weil ich müde war. Müde, zu töten – nein, nicht deshalb. In Wirklichkeit habe ich mich gefragt, was Gwen davon halten würde. Ich kann mir nicht vorstellen, dass sie zugestimmt hätte, Magnus zu töten, genauso wie sie dagegen wäre, dass ich die Elben für ihre Taten bestrafe. Sie war einfach so viel besser als ich, und jetzt, wo sie tot ist ...«

Hadrian drückte seine Schulter. »Glaub mir, sie ist stolz auf dich.« Er ließ seine Worte kurz einwirken, dann sagte er munter: »Warum hatten wir eigentlich nie König und Imperator auf der Liste, wenn wir über unsere beruflichen Perspektiven nachgedacht haben? Bei näherem Hinsehen ist das doch tausendmal besser als Winzer, Schauspieler oder Fischer.«

»Für dich ist immer alles so einfach«, sagte Royce und fuhr sich über die Augen.

»Für mich ist das Glas eben immer halb voll. Wie steht's bei dir?«

»Keine Ahnung. Ich muss das alles erst noch verarbeiten.«

Hadrian nickte. »Aber da wir schon von Gläsern sprechen ...« Er hob den Kopf. Aus der Bäckerei drangen die Klänge von Fiedel und Flöte. Er legte Royce den Arm um die Schultern und führte ihn von der Brücke herunter. »Wie wäre es mit einem schönen Bier von Armigil?«

»Du weißt, dass ich Bier nicht ausstehen kann.«

»Na, was Armigil da braut, ist eigentlich auch gar kein Bier. Sieh es mehr als ... Experiment.«

29

Aus heiterem Himmel

Überraschend viele Menschen hatten den Angriff auf Aquesta überlebt. Als sie aus ihren unterirdischen Bunkern kamen, fanden sie eine andere Welt vor. Die Elben waren verschwunden und mit ihnen die Stadt. Übrig waren nur die Leichen der Toten und die Trümmer der einst so mächtigen Mauern. In den folgenden Wochen wurde es warm. Der Schnee schmolz und die Menschen fingen an fortzuziehen. Viele gingen nach Süden oder Osten, nach Colnora, das den Krieg unbeschadet überstanden hatte. Andere zogen nach Norden. Sie fanden ein verwüstetes Land vor und gelobten sich, es wieder aufzubauen. Einige wenige blieben auch in Aquesta und machten sich daran, die Trümmer aufzuräumen.

Die Imperatorin ließ sich zu allseitigem Erstaunen im Gutshaus von Graf Baldwin nieder. Es dauerte ein paar Wochen, bis die Verwaltung des Reiches einigermaßen funktionierte, doch dann galoppierten wieder Kuriere in der Uniform des Imperiums über die Straßen und überbrachten die Anweisungen und Befehle der Imperatorin.

Die Einwohner von Aquesta waren enttäuscht, als die Imperatorin beschloss, nicht zurückzukehren. Stattdessen wollte sie in Amberton Lee eine neue Stadt erbauen, die nach der alten Hauptstadt des Imperiums Neu-Percepliquis heißen sollte. Zu diesem Zweck holte sie Kunsthandwerker, Ingenieure, Kartographen, Steinmetze, Holzschnitzer, Straßenleger und andere nach Amberton Lee. Da viele Handwerker arbeitslos waren und oft auch das Dach über dem Kopf verloren hatten, folgten sie dem Aufruf in Scharen. Unter ihnen war eine überraschend große Anzahl von Zwergen, so viele wie seit Jahrhunderten nicht mehr. Niemand wusste, woher sie kamen, aber sobald sie eintrafen, gingen sie mit Feuereifer an die Arbeit, und wer in dieser Zeit an Amberton Lee vorbeikam, hörte Hämmern bis tief in die Nacht.

Mit den durch die Lande ziehenden Menschen verbreiteten sich zahlreiche Gerüchte. So hätten nicht die Elben Aquesta zerstört, hieß es, sondern die Nationalisten. Sie hätten Lügen über die Elben erzählt, um das Land in Angst und Schrecken zu versetzen. Und Degan Gaunt hätte im Zweikampf gegen Hadrian gekämpft, den Ritter der Imperatorin, um das Schicksal des Imperiums zu entscheiden. Einem andern Gerücht zufolge war der von Thrace getötete Gilarabrywn von den Toten auferstanden, hatte das Land verwüstet und war nach Aquesta gekommen, mit dem Ziel, die Imperatorin zu töten. Um die Bevölkerung zu retten, hätte die Imperatorin ihn aus der Stadt gelockt und auf einem Berg eigenhändig abermals erschlagen. Angeblich lag er dort immer noch an einem geheimen Ort, bewacht von Priestern, die dafür sorgten, dass er nicht noch einmal aufwachte.

Ein besonders abstruses – und entsprechend beliebtes – Gerücht erzählte von einem ganz unglaublichen Abenteuer samt Monstern, Helden und Bösewichtern. Als die Elben in Apeladorn eingefallen wären, hätte sie nichts aufhalten können. Die Imperatorin hätte in ihrer Weisheit deshalb zehn Helden in die Unterwelt Elans geschickt, um das Schwert Rhelacan aus dem Grab Novrons zu holen – neben anderen den Teshlor-Ritter Hadrian, einen Zwergenprinzen, den die Helden in der Unterwelt kennengelernt hätten, einen frommen Mönch, den letzten noch lebenden Riesen und die gute Zauberin Arista, eine Zwillingsschwester der bösen Hexe von Melengar. Mutig hätten diese Helden sich durch Höhlen gekämpft, ein leuchtendes unterirdisches Meer überquert, gegen Horden von Goblins gekämpft und einen Gilarabrywn getötet. Drei von ihnen wären im Kampf gefallen, die anderen siegreich heimgekehrt. Hadrian hätte mit dem Schwert Rhelacan den Elbenkönig besiegt und das Imperium gerettet. Die Geschichte wurde mit immer neuen Details ausgeschmückt und weitere Gestalten wurden hinzugefügt, darunter ein Dieb, ein Seemann und ein Schwertkämpfer.

Wichtig war im Grunde nur, dass die Imperatorin lebte und wohlauf war und ihre geliebte Amilia bei sich hatte. Andere Nachrichten waren dagegen weniger willkommen, darunter Erlasse, die Zwerge und Mischlinge zu gleichberechtigten Bürgern des Imperiums machten. In Colnora und Vernes kam es daraufhin im Frühjahr zu Unruhen, die von Baron Breckton mit einem Kontingent imperialer Truppen niedergeschlagen wurden.

Im Norden hatte das Königreich Melengar so gut wie aufgehört zu existieren. Was die Truppen des Imperiums übrig gelassen hatten, hatten die Elben zerstört. Der junge König Alric, der nicht verheiratet gewesen war und keinen Erben hatte, kehrte nicht zurück und genauso wenig seine Schwester. Damit endete nach über siebenhundert Jahren das Geschlecht derer von Essendon und die Provinz Melengar wurde hinfort von Graf Mauvin Pickering als imperialem Gouverneur verwaltet. Er war allen Berichten nach ein guter und gerechter Mann und schon bald kursierten Gerüchte seiner bevorstehenden Hochzeit mit Alenda Lanaklin.

Die Provinz Chadwick war mit dem Tod Archibald Ballentynes herrenlos geworden. Das änderte sich, als die Imperatorin Degan Gaunt zum Grafen ernannte. In ihrer Rede sagte sie, die Ernennung sei in jeder Hinsicht verdient und angemessen.

Um Somershoh ritten Herolde durch das Land und verkündeten in jedem Dorf, wie es um das neue Percepliquis stand. Auf dem Berg in Amberton Lee standen die ersten Gebäude, die gerade so viel Platz boten, dass die Imperatorin mit ihrem Hof einziehen konnte. Modina nutzte das Fest dazu, den Umzug zu feiern und an die zu erinnern, die ihr Leben gegeben hatten, um das Imperium zu retten.

Die Spiele wurden in der neuen Stadt abgehalten, die im Wesentlichen aus mit Kreide und Schnur abgesteckten Grundrissen bestand. Tausende kamen in der Hoffnung, Ritter Hadrian oder Baron Breckton beim Turnier erleben zu können, aber keiner von beiden nahm daran teil. Den ersten Platz sicherte sich Ritter Renwick, der Ritter Elgar im letzten Stechen vom Pferde warf.

Höhepunkt der Feiern war jedoch die Trauung von Baron Breckton mit Baronesse Amilia, die von Patriarch Merton in einer Mondnacht vollzogen wurde. Am letzten Tag der Festivitäten machte Imperatorin Modina noch eine aufsehenerregende Ankündigung: Sie habe als Tochter und Erbin das Mischlingskind Allie adoptiert, die Kronprinzessin des Imperiums Alliena Novronia, wie sie ab jetzt hieß.

Zwei volle Wochen dauerten die Feiern, anschließend traten die Besucher mit Karren, Fuhrwerken und zu Fuß die lange Heimreise an. Auf dem Berg von Amberton Lee, der inzwischen offiziell in Neu-Percepliquis umbenannt worden war, lärmten wieder die Hämmer, Meißel und Sägen. Am Südhang weideten Schafe, am Nordhang Milchkühe.

Mit Sonnenuntergang gingen die ersten Lichter in den Fenstern des »Palasts« an – eines einfachen Blockhauses mit dreißig Zimmern. Es war das erste Gebäude, das die Zwerge errichtet hatten, und sollte später einmal als Unterkunft für Stallburschen und Hausmeister dienen. Vorerst beherbergte es jedoch die Regierung des Imperiums.

Auf der breiten Eingangstreppe, von der man eine schöne Aussicht hatte, hatte sich eine kleine Gruppe versammelt, um den Sonnenuntergang zu betrachten und auf die Ankunft der imperialen Kutsche zu warten.

»Die Bauarbeiten gehen wirklich gut voran«, sagte Hadrian, der den Arm um Arista gelegt hatte, zu Magnus. Er trug einen bequemen Rock und Arista ein bequemes Kleid aus blauem Leinen. »Schwer vorzustellen, dass ich hier vor vier Monaten noch gekämpft habe.«

Das Gelände war geebnet und in Terrassen abgestuft, auf denen später die an die Bergflanke angelehnten Häuser entstehen sollten. Gewaltige Steinblöcke markierten die Ecken der Gebäude und zwischen Pfählen gespannte Schnüre künftige Mauern, Straßen und Wege. Die meisten Gebäude waren rechteckig, einige auch achteckig oder überhaupt rund. Wieder andere hatten komplizierte Grundrisse, die sich nicht einfach beschreiben ließen.

»Sieht schön aus«, sagte Arista.

Magnus schnaubte. »Ihr seht ja noch gar nichts!« Er klopfte sich an die Schläfe. »Wenn Ihr erst wüsstet, was hier drin ist, wärt Ihr mit Recht begeistert. Neben der neuen Stadt wird die alte unter uns nur noch peinlich wirken.« Er blickte über die Kuppe. »Es wird allerdings einige Zeit dauern ... Jahre, oder eigentlich Jahrzehnte ... aber dann, ja, dann wird es schön sein.«

Die sommerliche Brise wehte Kinderlachen zu ihnen herauf. Am Hang unter ihnen machten Allie und Mercy Jagd auf Glühwürmchen. Dort stand auch die Stechpalme, unter der einst fünf Jungs über viele Tage in einem Schneehaus ausgeharrt hatten.

Eine Kutsche näherte sich und hielt an. Die Tür ging auf und Kanzler Nimbus stieg aus. Er trug seine üblichen grellbunten Kleider und die weiße Perücke und auf seiner Brust hing seine Amtskette aus massivem Gold. Er lächelte Modina und Amilia an und begrüßte alle mit einer ausladenden Handbewegung und einer schwungvollen Verbeugung.

»Da seid Ihr ja endlich«, sagte Modina und stand auf.

»Verzeiht, Eminenz«, sagte er und strich seine Kleider glatt. »Aber es gab noch so viel zu tun, bis in Aquesta alles abgewickelt war.«

»Wie lange werdet Ihr bleiben?«, fragte Amilia.

»Nicht lange, fürchte ich. Ich wollte mir nur ansehen, was Ihr hier aufbaut, und mich dann verabschieden.«

»Ich kann nicht glauben, dass Ihr uns verlasst. Und ich weiß nicht, wie ich ohne Euch zurechtkommen soll.«

»Ich bedaure, aber wie ich Ihrer Eminenz schriftlich mitgeteilt habe, ist es für mich höchste Zeit, weiterzuziehen. Ihr habt hier alles gut im Griff und die Bauarbeiten im neuen Percepliquis gehen gut voran. Als ich mein Amt übernommen habe, wussten wir beide, dass es nur vorübergehend sein würde. Morgen früh reise ich wieder ab.«

»Wirklich?«, rief Amilia. »So bald schon? Ich dachte, wir hätten wenigstens noch ein paar Tage.«

»Leider nein, Baronesse. Ich musste schon oft Abschied nehmen und habe festgestellt, dass man Abschiede am besten schnell hinter sich bringt.«

»Ihr wart uns eine große Hilfe«, sagte Modina und drückte ihm die Hand. »Das Imperium hätte ohne Euch nicht überlebt. Alle Bürger schulden Euch Dank.«

Nimbus sah Amilia an und zeigte auf die Imperatorin. »Die haben wir gut hingekriegt, nicht wahr? Ich glaube, das Brett im Korsett hat sich gelohnt.«

Amilia nickte, dann eilte sie die Treppe hinunter, umarmte ihn fest und küsste ihn zu seinem Schrecken auf die Wange. »Danke – danke für alles.«

Modina bedeutete Nimbus, näher zu kommen, und flüsterte ihm etwas ins Ohr.

»Ach richtig, das neue Paar«, sagte Nimbus und wandte sich Hadrian und Arista zu. »Meine besten Glückwünsche zur Hochzeit. Was werdet Ihr jetzt tun?«

»Richtig«, fiel Modina ein, »jetzt, da die Flitterwochen vorbei sind und Ihr offiziell zum Ritter geschlagen wurdet, Hadrian, was sind Eure Pläne?«

»Das dürft Ihr nicht mich fragen. Arista führt das Regiment. Wenn es nach mir gegangen wäre, wären wir schon längst nach Medford zurückgekehrt.«

»Natürlich.« Arista verdrehte die Augen. »Ich sehe dich vor

mir, wie du als König Hof hältst, zuhörst, wie Grafen und Barone sich darüber streiten, wer das Recht hat, sein Vieh am Nordufer des Galewyr zu tränken, oder einen Streit mit der Geistlichkeit schlichtest, die sich weigert, für die riesigen Ländereien in Kirchenbesitz Steuern zu zahlen.« Sie schüttelte den Kopf. »Nein, ich weiß, wie das geendet hätte. Ich hätte allein im Thronsaal gesessen und mich mit einem Dutzend Petitionen herumgeschlagen, während du auf der Jagd oder beim Turnier gewesen wärst. Tut mir leid, aber ich habe vom Regieren die Nase voll. Es würde uns beide nur unglücklich machen. Deshalb habe ich Melengar an Mauvin abgetreten. Das hat auch die Aufnahme Melengars ins Imperium erleichtert, weil er keine Bedenken hatte, Gouverneur zu werden.«

Sie stieß Hadrian mit der Schulter an. »Wisst Ihr überhaupt, wie unser Ritter die Flitterwochen verbracht hat? Was ihn so beschäftigt hat, dass er nicht am Turnier teilnehmen konnte?«

Die anderen sahen sie ein wenig unbehaglich an. Was würde sie als Nächstes ausplaudern?

Arista gab ihnen einen Moment, ihrer Phantasie freien Lauf zu lassen, dann sagte sie: »Er hat in Hintindar als Schmied gearbeitet.«

Magnus kicherte und Modina lächelte. Russell Bothwick dagegen bekam einen Lachanfall und schlug sich klatschend auf die Schenkel, bis seine Frau Lena ihm beschwichtigend die Hand auf das Bein legte. »Ihr seid doch wirklich eine romantische Seele«, sagte er durch seine Lachtränen hindurch. »Ein Schmiedefeuer anzuheizen statt …«

»Russell!«, rief Lena tadelnd.

»Was denn?«, fragte er und sah seine Frau verwirrt an. »Ich sage doch nur, dass es für ihn Wichtigeres geben sollte.«

»Ich arbeite ja nicht Tag und Nacht in der Schmiede«, sagte Hadrian abwehrend. »Und es gibt in Hintindar sonst keine. Grimbald ist vor über einem Jahr gegangen und die Bauern sind ganz verzweifelt. Die Feldarbeit mit stumpfen Hacken und Schaufeln zu verrichten braucht doppelt so lange. Und ich kann nicht mit ansehen, dass die Schmiede meines Vaters leer steht.«

»Aber das ist doch für den letzten noch lebenden Teshlor-Ritter kein angemessener Zeitvertreib«, bemerkte Nimbus. »Und Ihr?« Er sah Arista an. »Als letzte Meisterin der Kunst der Magie ... wie habt Ihr die Zeit verbracht?«

»Ich habe gelernt, wie man gutes Brot bäckt.« Auch Arista erntete überraschte Blicke, ganz besonders von Modina, Amilia und Lena. »Nein, im Ernst, ich kann das richtig gut. Arbor meint, ich sollte jetzt auch mal ein Mischbrot aus Roggen und Weizen machen.«

Nimbus warf Modina einen Blick zu und Modina nickte.

Sie beugte sich vor. »Ich möchte Euch beide etwas fragen. Ich habe darüber mit dem Kanzler bereits schriftlich gesprochen und glaube, dass er recht hat. Es muss so vieles getan werden. Kriegslüsterne Fürsten müssen gemaßregelt und Aufstände wie der in diesem Frühjahr niedergeschlagen werden. Die Elben haben sich hinter den Fluss zurückgezogen, aber dafür haben die Goblins wieder mit ihren Plünderungen begonnen. Und natürlich muss man sich um Tur Del Fur kümmern.«

»Ganz meine Meinung«, brummte Magnus. »Es war schon schlimm genug, als Menschen in Drumindor das Sagen hatten. Jetzt wohnen dort Ghazel.«

»Das Imperium braucht tüchtige Leute, die klug sind und Menschen führen und beschützen können. Ich kann selbst nicht alles tun.« Modina schloss die anderen mit einer Handbewegung ein. »Wir können nicht nach allem sehen. Das Reich ist riesengroß und wir können nicht überall sein. Außerdem müssen wir an seinen Fortbestand in der Zukunft denken. Solange ich lebe, wird es stabil bleiben, aber nach dem Tod eines Monarchen sind schon kleinere Königreiche auseinandergebrochen. Je größer das Reich, desto größer die Gefahr. Wenn wir dann nicht durch ein festes Gefüge und feste Traditionen zusammengehalten werden, kommt es zum Bürgerkrieg.«

»Zwei Dinge, die das alte Reich stark und stabil gemacht haben, waren das Cenzarium und die Teshlor-Zunft«, fuhr Nimbus fort. »Und der Große Rat setzte sich aus den besten und klügsten Köpfen der beiden Gremien zusammen. Sie sorgten für Ordnung und führten bei Abwesenheit des Herrschers die Regierungsgeschäfte weiter. Das Imperium wird erst wieder eine stabile Einheit sein, wenn wir diese Einrichtungen erneuert haben – wenn die Zauberer und Ordensritter wieder durch das Reich ziehen, an den Gerichten ferner Provinzen Recht sprechen und die Grenzen von Calis und Estrendor schützen.«

»Stellt Euch vor, was hundert Leute wie Hadrian und Arista bewirken könnten«, sagte Modina. »Oder wie Ihr.« Sie sah Myron an. »Wir brauchen auch eine neue Universität. Sheridan ist zerstört. Wir können uns keinen besseren Leiter dafür vorstellen als Euch.«

»Aber ich ...«, wollte Myron erwidern.

»Stellt sie Euch als größeres Kloster vor«, fiel Nimbus ihm ins Wort. »Mit einer größeren Gemeinde. Ihr werdet die altüberlieferten Fächer lehren, Philosophie, Ingenieurswissenschaften, Sprachen – darunter auch Elbisch – und natürlich die Religion Maribors. Wir können Expeditionen in die alte Stadt schicken, um alle Bücher zu holen, die es dort noch gibt. Mit ihrer Hilfe könnt Ihr das Wissen unter allen Lernwilligen verbreiten.«

»Wir werden die Bücher unter dem Dach der größten Bibliothek versammeln, die je gebaut wurde«, fügte Modina hinzu.

»Das klingt sehr verlockend, aber meine Mitbrüder ...«

»Es gibt genug Arbeit für alle.«

»Das Fundament für den Schreibsaal habe ich bereits gelegt«, sagte Magnus. »Er wird fünfmal so groß sein wie der in der Winde-Abtei.«

»Und das Cenzarium?« Arista sah ihn an.

Magnus lächelte ein wenig verlegen. »Dort werden bereits die Mauern hochgezogen. Wenn Ihr in diese Richtung blickt, links, seht Ihr sie.«

»Es ist also alles bereits entschieden?«, fragte sie in gespielter Empörung.

»Natürlich erwartet niemand und ganz sicher keiner der hier Anwesenden von Euch, dass Ihr noch mehr leistet«, erwiderte Nimbus rasch. »Ihr habt Euch in jeder Beziehung eine lange Pause verdient. Trotzdem war ich mir sicher, dass Ihr die Imperatorin nicht im Stich lassen würdet und auch nicht das Imperium, für dessen Neubegründung Ihr so hart gekämpft habt.«

»Und wo soll die Zunfthalle stehen?«, fragte Hadrian.

Magnus zeigte in dieselbe Richtung. »Natürlich auf der anderen Seite des Platzes, gegenüber vom Cenzarium, genau wie in der alten Stadt.«

»Dann sind wir wenigstens Nachbarn.«

»Wir könnten zusammen Mittag essen.« Arista grinste ihn an.

»Und dazwischen wird ein Brunnen mit Statuen von Alric, Wyatt und Elden stehen«, führte Modina weiter aus.

Hadrian sah Arista an. »Und?«

Arista kniff die Augen zusammen und schob die Lippen vor. »Wir sollen Euch gewissermaßen ersetzen, ja?«, fragte sie, an Nimbus gewandt.

Nimbus nickte. »Aus Euch wird ein neuer Großer Rat hervorgehen.«

»Wenigstens seid Ihr ehrlich. Also gut.« Mit einem bösen Blick auf Magnus fügte sie hinzu: »Aber für die Innenausstattung des Cenzariums bin *ich* zuständig. Ich kenne den Geschmack der Zwerge und er verträgt sich nicht mit der Kunst der Magie.«

Magnus schnaubte und brummte etwas.

Die Tür des Palastes ging auf und Royce trat heraus. »Hadrian, weißt du, wo …« Sein Blick fiel auf Nimbus und er verstummte entgeistert.

»Royce?«, fragte Hadrian.

Royce starrte den Kanzler mit seiner Perücke weiter unverwandt an.

»Ach, richtig«, sagte Modina. »Ihr kennt Nimbus noch gar nicht.«

»Doch ... doch, ich kenne ihn.« Royce machte zögernd einen Schritt auf den Kanzler zu. »Ich glaubte, du wärst tot.«

»Nein«, erwiderte Nimbus, »ich lebe noch, mein lieber Freund.«

Die anderen sahen die beiden verwirrt an.

»Aber wie ist das möglich?«

»Spielt das eine Rolle?«

»Ich bin damals zurückgekehrt, um dich zu befreien«, sagte Royce. »Ich wollte dich retten, aber Ambrose sagte ...«

»Ich weiß, aber ich brauchte nicht befreit und von dir gerettet zu werden. Nicht ich.«

Der Morgen zog hell und klar herauf. Goldene Sonnenstrahlen fielen über Amberton Lee und ließen die Fundamente der wachsenden Stadt deutlich hervortreten. Wie ein frisch gepflanztes Feld der Hoffnung breitete sie sich über die Kuppe aus. Im Tal drunten hing Nebel wie eine weiße Wolke über den Schlaufen des Bernum. Alles war still und selbst oben auf der Kuppe regte sich kein Lüftchen.

Modina war bereits aufgestanden. Sie wickelte sich ein Tuch um die Schultern und trat auf die Terrasse. Dort saß Royce mit baumelnden Füßen und sah zu, wie die beiden Mädchen hinter Ringelpelz her den taunassen Hang hinunterrannten.

»Ihr wisst, dass Ihr mir ein Mädchen wegnehmt, das mir besonders ans Herz gewachsen ist«, sagte sie.

Er nickte. »Ich habe Fürst Wymarlin vom Stamm der Eilywin zu meinem Stellvertreter ernannt und beauftragt, dafür zu sorgen, dass in Erivan wieder Frieden einkehrt. Doch jetzt muss ich dort unbedingt selbst nach dem Rechten sehen.« Er blickte wieder zu den beiden Mädchen hinunter. »Außerdem soll Mercy unbedingt auch diese Linie ihrer Vorfahren kennenlernen. Ich kenne sie ja selber kaum. Dazu muss ich über den Nidwalden setzen und ein Land betreten, das noch kein Mensch je betreten hat. Dann werde ich auch die Hauptstadt Estramnadon und den Ersten Baum sehen. Dreitausend Jahre erscheinen mir jetzt als unvorstellbar lange Zeit, aber eines Tages ... Es wäre auf jeden Fall besser, wenn beide Seiten in Freundschaft zusammenleben könnten. Noch sind die Elben nicht bereit, auf die Menschen zuzugehen, und die Menschen wollen nichts mit den Elben zu tun haben, aber mit der Zeit ... vielleicht.

Ich habe eine Reihe von Mischlingen gebeten, ihre Habe auf ein Fuhrwerk zu laden und in Avempartha auf mich zu warten. Wir sind nicht mehr viele – was ein Jammer ist, denn wir wären die perfekten Botschafter, weil wir gewissermaßen mit einem Fuß in beiden Welten stehen. Sie können Brücken für die Zukunft bauen. Wir fangen in Erivan an und dann schicke ich sie hierher zurück. Vielleicht wird eines Tages tatsächlich eine Brücke über den Nidwalden führen, auf der Wagen in beiden Richtungen verkehren.«

Er zeigte auf die Mädchen. »Die beiden machen den Anfang – Erbinnen zweier Königreiche, die gemeinsam hinter einem ziemlich dicken Waschbären herlaufen.«

Hadrian und Arista traten auf die Terrasse heraus, setzten sich zu Royce und nickten ein freundliches Guten Morgen.

»Und Ihr werdet gut auf Mercy aufpassen?«, fragte Modina.

»Glaubt mir – solange ich lebe, wird ihr nichts zustoßen.«

Hadrian lachte plötzlich und Modina und Arista sahen ihn an.

»Was ist?«, fragte Arista.

»Entschuldigt, aber ich hatte gerade eine Vision von Mercedes' zukünftigen Freiern. Die Armen! Könnt ihr euch vorstellen, wie viel Mut es erfordert, *Royce* um ihre Hand zu bitten?«

Alle lachten bis auf Royce, dessen Miene sich verdüstert hatte. »Freier?«, murmelte er. »Daran habe ich noch gar nicht gedacht ...«

Hadrian klopfte ihm auf die Schulter. »Na komm, ich helfe dir beim Packen.«

Royce lud die letzte Satteltasche auf das Packpferd, das ein Bursche aus dem Stall geholt hatte. Dann überprüfte er noch einmal den Sattelgurt des Ponys, auf dem Mercy reiten sollte. Die Sorge für ihre Sicherheit wollte er niemand anders überlassen.

Auch Myron war da, tätschelte den Pferden den Hals und sprach noch einen Segen über sie. Als er Royces Blick bemerkte, lächelte er und segnete auch noch den neuen König. »Leb wohl, Royce. Ich freue mich so sehr, dass ich dich kennengelernt habe. Weißt du noch, über was wir bei unserem letzten Gespräch in der Winde-Abtei gesprochen haben?«

Royces Mundwinkel zuckten und er lächelte. »Dass jeder Anspruch auf ein wenig Glück hat.«

»Ja, vergiss das nie. Ach ja, und wenn du auf der anderen Seite des Nidwalden auf irgendwelche Bücher stößt, bring sie bei deinem nächsten Besuch mit. Ich wüsste sehr gern mehr über die Elben.«

Hadrian kam Hand in Hand mit Arista die Palasttreppe herunter. »Jetzt heißt es also Abschied nehmen«, sagte er.

»Endlich bist du mich los«, erwiderte Royce.

»Aber du besuchst uns doch bald?«, fragte Arista.

Royce nickte lächelnd. »Die haben auf der anderen Seite des Flusses bestimmt keinen Montemorcey und ich kann nur ein paar Flaschen mitnehmen.«

»Dann sorge ich dafür, dass wir immer welchen vorrätig haben«, sagte Arista. Sie hatte das Horn von Gylindora mitgebracht und hielt es ihm hin. »Das gehört dem Herrscher der Elben.«

»Danke.«

Hadrian sah sich suchend um. »Keine Eskorte für den König?«

»Die wartet drunten auf der anderen Seite des Waldes an der Kreuzung. Ich wollte nicht, dass die Elben mich anstarren, wenn wir uns verabschieden.«

Royce nahm Aristas Hand und legte Hadrians Hand darauf. »Hiermit übergebe ich ihn Euch offiziell. Ab jetzt ist er Euer Problem. Ihr müsst gut auf ihn aufpassen, was nicht leicht ist. Er ist naiv, leichtgläubig, kindlich, primitiv, hat von praktisch nichts Wissenswertem eine Ahnung und ist ein ganz schrecklicher Idealist.« Er machte eine Pause und schien anstrengt zu überlegen. »Außerdem ist er unentschlossen, herzergreifend ehrlich, ein schrecklicher Lügner und so tugendhaft, dass man es gar nicht in Worte fassen kann. Er steht nachts zwei Mal auf, um sich zu erleichtern, knüllt seine Kleider zusammen, statt sie ordentlich zu falten, isst mit offenem Mund und spricht mit vollem. Er hat die unangenehme Angewohnheit, morgens beim Frühstück die Fingerknöchel knacken zu lassen. Und natürlich schnarcht er. Legt als Abhilfe dagegen einfach einen Stein unter seine Decke.«

»Du warst das? Immer, wenn wir draußen übernachtet haben?« Hadrian sah ihn empört an.

Arista umarmte den Dieb und drückte ihn fest an sich. Royce erwiderte die Umarmung, dann sah er ihr einen langen Moment in die Augen. »Er kann sich sehr glücklich schätzen.«

Sie lächelte und küsste ihn zum Abschied.

Als Nächster zog Hadrian ihn an sich, umarmte ihn und klopfte ihm auf den Rücken. »Pass auf dich auf, Junge.«

»Das tue ich doch immer. Ach, und tu mir einen Gefallen. Sieh zu, dass Magnus den bekommt.« Royce gab ihm Alversten. »Warte, bis ich weg bin, und sag ihm dann ... sag ihm, der Mann, der den Dolch gemacht hat, hätte gemeint, er solle ihn bekommen.«

Modina, Amilia und Nimbus kamen mit den beiden Mädchen aus dem Palast. Amilia hielt Ringelpelz unbeholfen auf den Armen. Die Imperatorin wischte sich Tränen von den Wangen und presste die Lippen fest zusammen, damit sie nicht zitterten. An der Treppe beugte sie sich zu Mercedes hinunter und hielt sie einige Minuten lang an sich gedrückt. Dann rannte das Mädchen die Stufen hinunter und zeigte auf das Pony. »Ist das meins?«

Royce nickte und Hadrian setzte sie darauf.

»Wiedersehen, Allie!«, rief sie und strich dem Pony über die Mähne. »Ich werde jetzt eine Märchenprinzessin.« Amilia reichte ihr den Waschbären hinauf.

Nimbus trug ebenfalls Reisekleidung. Auf seinem Rücken hing ein kleines Bündel, an seinem Gürtel eine Tasche aus Leder.

»Ihr wollt uns auch verlassen?« Amilia umarmte ihn.

»Zu meinem Bedauern ja, Baronesse. Es ist Zeit zu gehen.«

»Eure Familie in Vernes wird sich bestimmt über Eure Rückkehr freuen.«

Nimbus lächelte. Dann neigte er den Kopf, nahm die Amtskette ab und gab sie ihr.

»Wo ist Euer Pferd?«, fragte Hadrian.

»Ich brauche keins«, erwiderte Nimbus.

»Ich denke doch, dass das Imperium ein Pferd für Euch erübrigen kann«, sagte Modina.

»Ganz bestimmt, Eminenz, aber ich gehe wirklich lieber zu Fuß.«

Es wurden noch einmal Umarmungen und Küsse ausgetauscht und die Zurückbleibenden wünschten eine gute Reise und winkten. Dann setzten sich Royce, Mercedes und Nimbus hangabwärts in Bewegung. Allie rannte bis zu den Bäumen neben ihnen her, winkte noch einmal wie besessen und kehrte zu Modina zurück.

Royce ließ die Pferde langsam gehen und Nimbus marschierte neben ihnen her.

Sie tauchten in den Wald ein und der Palast, die Stadt und der Berg verschwanden hinter ihnen. Keiner von ihnen sagte etwas und sie lauschten auf das morgendliche Vogelgezwitscher und das Summen der Bienen. Mercedes war von ihrem Pony begeistert.

»Wie heißt es eigentlich?«, fragte sie.

»Ich glaube, es hat noch keinen Namen. Willst du ihm einen geben?«

»Au ja ... ich muss überlegen ... wie heißt deins, Papa?«

»Maus. Die Imperatorin hat ihm den Namen gegeben.«

Mercedes rümpfte die Nase. »Maus gefällt mir nicht. Ist meins ein Junge oder ein Mädchen?«

»Ein Junge«, sagte Royce.

»Ein Junge, gut … hm.« Sie klopfte sich ratlos mit dem Finger an die Lippen und runzelte nachdenklich die Stirn.

»Wie wäre es mit Elias?«, schlug Nimbus vor. »Oder vielleicht Sterling?«

Royce sah ihn an und Nimbus lächelte freundlich zurück.

»Sterling ist gut«, sagte Mercedes.

Der Wald lichtete sich und sie gelangten auf offenes Gelände. Hier kreuzte sich die alte Straße mit den neuen, von zahlreichen Ferienreisenden ausgetretenen Straßen, die westlich nach Rehagen und nördlich nach Colnora führten. In der Nähe wartete eine Gruppe von Reitern in Gold und Blau auf weißen Pferden.

»Hier trennen sich unsere Wege«, sagte Nimbus.

Royce sah ihn forschend an. »Wer bist du in Wirklichkeit?«

Nimbus lächelte. »Das weißt du doch.«

»Wenn du nicht gewesen wärst …« Royce verstummte. »Ich hatte immer Schuldgefühle, weil ich mich nie bei dir bedankt habe.«

»Ich möchte mich auch bei dir bedanken, Royce.«

Royce hob erstaunt den Kopf. »Wofür?«

»Für die Erinnerung daran, dass jeder, egal was er getan hat, Erlösung finden kann, wenn er danach sucht.«

Nimbus wandte sich ab und schlug die Straße nach Rehagen ein. Royce sah ihm nach, dann drehte er sich zu seiner Tochter um. »Und jetzt besuchen wir die Elben, ja?« Im selben Moment krachte über ihnen ein Donnerschlag, dass der Boden erzitterte und die Blätter an den Bäumen rauschten.

Verwirrt blickte Royce zum wolkenlos blauen Himmel auf.

»Sieh mal!«, rief Mercedes und zeigte die Straße entlang.

Royce folgte ihrem Arm. Nimbus war stehen geblieben, hatte den Kopf in den Nacken gelegt und blickte nach oben.

Von dort schwebte in einer sanften Brise schaukelnd eine weiße Feder nieder. Endlich war sie so nah, dass der dürre Mann mit der weiß gepuderten Perücke die Hand danach ausstrecken und sie mit den Fingern auffangen konnte. Behutsam küsste er sie und steckte sie in seine Tasche. Er machte die Tasche zu und ging weiter. Eine muntere Melodie pfeifend verschwand er hinter dem nächsten Hügel.

Länder und Götter Elans

Bekannte Regionen der Welt Elan
Estrendor: Wildnis im Norden
Erivan: Elbenlande
Apeladorn: Menschenlande
Ba-Ran-Archipel: Inseln der Goblins
Westerlande: Wildnis im Westen
Dacca: Insel der Südmenschen

***

Nationen Apeladorns
Avryn: wohlhabende Zentralländer
Trent: nördliche Gebirgsländer
Calis: tropische Region im Südosten, beherrscht von Kriegsherren
Delgos: Republik im Süden

***

Länder Avryns

Ghent:	Besitztum der Nyphronkirche
Melengar:	kleines, aber altes und angesehenes Königreich
Warric:	mächtigstes Königreich Avryns
Dunmore:	jüngstes Königreich mit der unbedeutendsten kulturellen Tradition
Alburn:	bewaldetes Territorium
Rhenydd:	armes Territorium
Maranon:	Hauptlandwirtschaftsgebiet. Gehörte zu Delgos, bis dieses Republik wurde
Galeannon:	gesetzlose unfruchtbare Hügelgegend, Schauplatz mehrerer großer Schlachten

***

Die Götter

Erebus:	Göttervater
Ferrol:	ältester Sohn, Gott der Elben
Drome:	zweiter Sohn, Gott der Zwerge
Maribor:	dritter Sohn, Gott der Menschen
Muriel:	einzige Tochter, Göttin der Natur
Uberlin:	Sohn von Muriel und Erebus, Gott der Finsternis

***

Politische Strömungen

Imperialisten:	wollen die ganze Menschheit unter einem Herrscher einen, der direkt von dem Halbgott Novron abstammt
Nationalisten:	wollen einen vom Volk gewählten Regenten
Royalisten:	wollen die unabhängigen Monarchien aufrechterhalten

Glossar der Namen, Orte und Begriffe

Abner Gallsworth: Leiter der Stadtverwaltung von Aquesta
Adam: Stellmacher aus Rehagen
Addie Wood: Mutter von Thrace / Modina, Frau Therons, in Dahlgren ums Leben gekommen
Adeline: Königin von Alburn, verheiratet mit Armand, Söhne Rudolf und Hector, Tochter Beatrice
Adwhite: Ritter und Dichter, Verfasser von *Beringers Lied*
Albert Winslow: landloser Vicomte, vermittelt Riyria Aufträge von Adligen
Alburn: Königreich in Avryn, regiert von König Armand und Königin Adeline, gehört zum Neuen Imperium
Alenda Lanaklin: Tochter des Markgrafen Victor Lanaklin und Schwester des Mönchs Myron
Alg Holzarbeiter in Hintindar
Allie: Tochter von Wyatt Deminthal, zur Hälfte Elbin, kurzzeitig von Merrick Marius als Geisel gehalten
Alric Essendon: König von Melengar, Bruder Aristas und Sohn Amraths
ALTE BURG: Herberge, in der Hadrian und Royce immer absteigen, wenn sie in Aquesta sind
Altes Imperium: erste Union der Königreiche der Menschen, vor tausend Jahren nach der Ermordung des Imperators Nareion untergegangen
Alversten: Dolch, der von Royce verwendet wird
Alysin: das Jenseits der Elben
Amberton Lee: Berg mit alten Ruinen unweit von Hintindar, Ort, an dem Arista zwei Seret-Ritter tötet

Ambrose Moor: Direktor des Gefängnisses und Salzbergwerks von Manzant

Amilia: Gouvernante, dann Sekretärin der Imperatorin, Tochter eines Stellmachers, geboren in Tarin im Tal

Amiter: Königin, zweite Frau von König Urith, Schwester des Androus, von Imperialisten getötet

Amrath Essendon: ehemaliger König von Melengar, Vater von Alric und Arista, im Auftrag der Nyphronkirche getötet

Amril: Gräfin, der Arista Furunkel anhext

Androus Billet: Vizekönig von Rehagen, Mörder von König Urith, Königin Amiter und ihren Kindern

Ankor: Stamm der Ghazel

Anna: Zofe der Imperatorin Modina

Antun Bulard: Historiker und Verfasser der *Geschichte Apeladorns*, Passagier der *Smaragdsturm*, mit der Suche nach dem Horn von Gylindora beauftragt

Apeladorn: Menschenlande, bestehend aus den vier Nationen Trent, Avryn, Delgos und Calis

Apelanesisch: Sprache, die in den vier Königreichen der Menschen gesprochen wird

Aquesta: Hauptstadt des Königreichs Warric, Residenzstadt des Neuen Imperiums

Arbor: Bäcker in Hintindar, verheiratet mit Dunstan, der Tochter des Schuhmachers und Hadrians erster Liebe

Arcadius Vintarus Latimer: Professor für Überlieferung an der Universität von Sheridan, nimmt Mercy in seine Obhut

Archibald Ballentyne: Graf von Chadwick und Lehnsherr von Baron Breckton, bekommt für seine Dienste die Herrschaft über Melengar versprochen und ist in die Imperatorin Modina verliebt; Spitzname Archie

Arista Essendon: Prinzessin von Melengar, Schwester Alrics und Tochter Amraths, Anführerin der siegreichen Rebellen von Rehagen, vorübergehend Bürgermeisterin von Rehagen und Regentin von Rhenydd, Hexe von Melengar, wird bei dem Versuch, Degan Gaunt zu befreien, erwischt und in Aquesta inhaftiert

Armand: König von Alburn, verheiratet mit Adeline, Söhne Rudolf und Hector, Tochter Beatrice

Armigil: Braumeisterin von Hintindar, mit den Blackwaters befreundet

Arvid McDern: Sohn des Dillon McDern von Dahlgren

Asendwayr: Elbenstamm, Jäger
Ätzer: Mitglied der Diebeszunft Schwarzer Diamant und Verräter, der Arista an die Seret ausliefert
Avempartha: alte Burg der Elben, Zuhause des Gilarabrywn, der Dahlgren angreift
Avryn: mittlere und mächtigste der vier Nationen Apeladorns, zwischen Trent und Delgos gelegen
Ayers: Wirt des LACHENDEN GNOMS in Rehagen

Ba Ran Ghazel: Goblins der See
Baldwin: Graf, zu dessen Landbesitz Hintindar gehört
Ballentyne: herrschende Familie der Grafschaft Chadwick
Banner: Besatzungsmitglied der *Smaragdsturm*, einer der wenigen Überlebenden
Barak: von Zwergen bewohntes Ghetto in Trent
Ba-Ran-Archipel: Inselgruppe der Goblins
Barker: Flüchtlingsfamilie in Aquesta, bestehend aus Vater Brice, Mutter Lynnette und den Söhnen Finis, Hingus und Wery
Bartholomew: Stellmacher aus Tarin im Tal, Vater Amilias
Basil: Offizierskoch auf der *Smaragdsturm*, stirbt auf See
Bastion: Diener im imperialen Palast
Beatrice: Prinzessin von Alburn und Tochter König Armands, Schwester von Rudolf und Hector
Belinda Pickering: außergewöhnlich schöne Frau von Graf Pickering, Mutter von Lenare, Mauvin, Fanen und Denek
Bella: Köchin des LACHENDEN GNOMS in Rehagen
Belstrad: Adelsfamilie aus Chadwick, zu der unter anderem Baron Breckton und Wesley gehören
Bendlton: Koch der wiederaufgebauten Winde-Abtei
Bennington: Wachsoldat in Aquesta
Bently: Feldwebel in der Armee der Nationalisten, wird von Hadrian zum persönlichen Adjutanten befördert
Bergviertel: wohlhabende Wohngegend in Colnora
Bernard Green: Kerzenmacher aus Alburn, lebt in Aquesta
Bernard: Erzkämmerer des imperialen Palasts
Bernice: frühere Zofe Aristas, in Dahlgren getötet
Bernie Defoe: Matrose auf der *Smaragdsturm*, früheres Mitglied der Diebes-

zunft Schwarzer Diamant, mit der Suche nach dem Horn von Gylindora beauftragt
Bernum: Fluss, der durch die Stadt Colnora fließt
Bernum-Höhe: besonders wohlhabendes Wohnviertel von Colnora
Beryl: Seekadett auf der *Smaragdsturm*, stirbt auf See
Bethamy: König und Herrscher, angeblich zusammen mit seinem Pferd begraben
Biddings: Kanzler des imperialen Palasts
Bishop: Leutnant an Bord der *Smaragdsturm*, stirbt auf See
Blackwater: Nachname Hadrians und seines Vaters Dangrab
Blatternsaft: Gift, das nicht durch Magie bekämpft werden kann
Blutwoche: Woche, in der Vieh, das nicht durch den Winter gefüttert werden kann, geschlachtet wird
Blythin: Burg in Alburn
Bocant: zweitreichste Familie von Colnora, hat aus der Verarbeitung von Schweinefleisch ein gewinnträchtiges Unternehmen aufgebaut
Bootsmann: Unteroffizier, der die Arbeit der Matrosen beaufsichtigt
Bothwick: Bauernfamilie aus Dahlgren, Vater Russell, Mutter Lena
Braga, Percy: ehemaliger Großherzog und Großkanzler von Melengar, exzellenter Schwertkämpfer, Schwiegeronkel von Alric und Arista, hat den Mord an Amrath in Auftrag gegeben und wird von Graf Pickering getötet
Brand: Straßenjunge, der im Kampf um ein Hemd angeblich ein anderes Kind getötet hat, Spitzname Brand der Unerschrockene
Breckton: Baron Belstrad, Sohn von Baron Belstrad von Chadwick und Bruder von Wesley, Befehlshaber der nordimperialen Armee und Ritter von Chadwick, gilt vielen als bester Ritter Avryns
Brideeth: elbisches Schimpfwort, schlimmste Beleidigung
Brilli: von Royce als Mitglied des Schwarzen Diamanten verwendeter Name
Bristol Bennet: Bootsmann auf der *Smaragdsturm*, stirbt auf See
Brodric Essendon: Gründer der Dynastie Essendon
Bulard, Antun: siehe Antun Bulard
Burandu: Häuptling des Tenkindorfes Oudorro

»Calide Portmore«: Volkslied, das oft bei Trinkgelagen gesungen wird
Calis: südlichste und östlichste der vier Nationen Apeladorns, gilt als exotisch und führt ständig Kämpfe gegen die Ba Ran Ghazel

Caswell: Bauernfamilie aus Dahlgren
Cenzar: Zauberer des alten novronischen Reiches
Cenzarium: Sitz des Rats der Cenzaren in Percepliquis
Colnora: größte und reichste Stadt Avryns, Stadt der Kaufleute, entstanden aus einem Rastplatz an einer Kreuzung wichtiger Handelsstraßen
Constance: Baronesse, fünfte imperiale Sekretärin der Imperatorin Modina
Cora: Milchmädchen im imperialen Palast
Cornelius DeLur: reicher Geschäftsmann, der angeblich die Nationalisten unterstützt und in illegale Handelsgeschäfte verwickelt ist, Vater von Cosmos
Cosmos Sebastian DeLur: Sohn von Cornelius, auch bekannt als Klunker, der Anführer der Diebeszunft Schwarzer Diamant
Cranston: Professor an der Universität von Sheridan, wegen Ketzerei angeklagt und verbrannt

Daccer: Volk grausamer Seefahrer, das auf den Inseln von Dacca südlich von Delgos lebt
Dagastan: große, ganz im Osten gelegene Handelsstadt von Calis
Dahlgren: abgelegenes Dorf am Ufer des Nidwalden, Opfer des Gilarabrywn-Angriffs
Damengambit: Folge von Zügen zur Eröffnung einer Schachpartie
Dangrab Blackwater: Vater von Hadrian
Danthen: Holzarbeiter aus Dahlgren
Daref: Baron aus Warric, Partner von Albert Winslow
Darius Seret: Gründer der Seret-Ritter
Davens: Junker, in den die jugendliche Arista sich verliebt hat
Davis: Besatzungsmitglied der *Smaragdsturm*, stirbt auf See
Defoe, Bernie: siehe Bernie Defoe
Degan Gaunt: Anführer der Nationalisten, Bruder von Miranda und Erbe Novrons, von den Imperialisten in Aquesta eingekerkert
DeLancy, Gwen: Prostituierte aus Calis, Besitzerin des MEDFORDHAUSES und der DORNIGEN ROSE in Medford und Freundin von Royce Melborn
Delano DeWitt: von Wyatt Deminthal benützter Deckname, als er Hadrian und Royce den Mord an König Amrath in die Schuhe schieben will
Delgos: eine der vier Nationen Apeladorns und einzige Republik unter lauter Monarchien, hat nach der Ermordung Glenmorgans III. und nachdem

es einen Überfall der Ba Ran Ghazel ohne Hilfe des Imperiums überstanden hat, gegen die Nachfolger Glenmorgans rebelliert

DeLorkan: Herzog aus Calis

DeLunden: Bischof, Oberhaupt der Nyphronkirche in Aquesta

DeLur: wohlhabende Kaufmannsfamilie, Vater Cornelius, Sohn Cosmos

Deminthal, Wyatt: Quartiermeister und Rudergänger auf der *Smaragdsturm* und Vater von Allie, von Merrick Marius dazu gezwungen, mit Hilfe Riyrias den Verteidigungsmechanismus von Drumindor lahmzulegen

Denek Pickering: jüngster Sohn von Graf Pickering

Denny: Angestellter der DORNIGEN ROSE

Der Thron von Melengar: Theaterstück, das auf dem Mord an König Amrath basiert und die Heldentaten zweier Diebe und des Prinzen von Melengar schildert

Derin: Stamm von Zwergen

Dermont: Baron, Befehlshaber der Südlichen Imperialen Armee, fällt im Kampf um Rehagen

Derning, Jacob: Toppsgast auf der *Smaragdsturm*, Mitglied des Schwarzen Diamanten, rettet Royce und Hadrian aus dem Gefängnis in Tur Del Fur

Devon: Mönch aus Tarin im Tal, hat Amilia Lesen und Schreiben beigebracht

DeWitt, Delano: siehe Delano DeWitt

Diakon Tomas: Priester von Dahlgren, erlebt das Ende des Gilarabrywn und erklärt Thrace Wood zur Erbin Novrons

Digby: Wache in Schloss Essendon

Dilladrum: Führer aus Erbon, der die Mannschaft der *Smaragdsturm* zum Palast der vier Winde bringen soll und bei der Flucht ums Leben kommt

Dime: Besatzungsmitglied der *Smaragdsturm*, stirbt auf See

Dioylion: Verfasser der *Gesammelten Briefe des Dioylion*

Dixon Taft: Barmann und Betreiber der DORNIGEN ROSE, hat in der Schlacht von Medford einen Arm verloren

Dobbs: Diener von Merrick Marius

DORNIGE ROSE: Wirtshaus von Gwen DeLancy in Medford, dient Riyria als Basis

Dovin Thranic: Inquisitor der Nyphronkirche, Halbelbe, mit der Suche nach dem Horn von Gylindora beauftragt

Drash: Ghazelhäuptling und Berufskämpfer, auch Drash von Klune genannt

Drew, Edgar: alter Matrose

Drome: Gott der Zwerge

Drondilsfeld: Burg von Graf Pickering, einst Burg von Brodric Essendon und Machtzentrum von Melengar

Drumindor: von Zwergen erbaute Burg am Eingang der Bucht von Terlando in Tur Del Fur, nutzt die Lava eines nahegelegenen Vulkans zu ihrer Verteidigung, von Goblins erobert, nachdem Royce und Hadrian den Verteidigungsmechanismus lahmgelegt haben

Drundel: Bauernfamilie aus Dahlgren, bestehend aus Mae, Went, Davie und Firth

Dubrion Ash: Verfasser von *Das vergessene Volk,* einer Geschichte der Zwerge

Dulnar: Ritter, der bei den Wintertid-Spielen eine Hand verliert

Dunlap, Paul: ehemals Kutscher von König Urith, tot

Dunmore: jüngstes und rückständigstes Königreich von Avryn, regiert von König Roswort, Teil des Neuen Imperiums

Dunstan: Bäcker in Hintindar und Kindheitsfreund Hadrians, mit Arbor verheiratet

Dur Guron: östlichster Teil von Calis

Durbo: Behausung der Tenkin

Ecton: Baron und Vasall von Graf Pickering, General von Melengar

Edelsteinschloss: Erfindung der Zwerge zum Abschließen eines Behälters, kann nur mit einem bestimmten und entsprechend geschliffenen Edelstein geöffnet werden

Edgar Drew: siehe Drew, Edgar

Edith Mon: Großmagd, im imperialen Palast zuständig für Spülküche und Zimmermädchen

Edmund Hall: Professor für Geometrie an der Universität von Sheridan, Entdecker von Percepliquis, von der Nyphronkirche zum Ketzer erklärt, im Kronturm eingesperrt, Mann von Sadie und Vater von Ebot und Dram

Eilywin: Elbenstamm, Baumeister

Eimermann: Bezeichnung für einen Auftragsmörder in der Diebeszunft Schwarzer Diamant

Elan: die Welt

Elbrecht: Straßenjunge, Anführer einer kleinen Bande, bestehend aus Minte, Brand und Kine, Spitzname »der Alte«

Elden: Hüne, Freund von Wyatt Deminthal

Elgar: Ritter von Galeannon, Freund von Gilbert und Murthas

Elinya: Esrahaddons Geliebte
Ella: Köchin in Drondilsfeld
Ella: von Arista verwendeter Deckname, als sie vorgibt, Zimmermädchen im imperialen Palast zu sein
Ellis Far: Schiff, mit dem ein Kurier von Melengar zu den Nationalisten fährt, von den Imperialisten abgefangen
Elquin: Meisterwerk des Dichters Orintine Fallon
Emery Dorn: junger Revolutionär aus Rehagen, in Arista verliebt, fällt im Kampf um Rehagen
Enden: Baron und Ritter aus Chadwick, gilt als zweitbester Ritter nach Breckton, in Dahlgren getötet
Enild: Baron aus Melengar
Erandabon Gile: »Panther von Dur Guron«, kriegerischer Tenkinfürst und Verrückter
Erbe Novrons: direkter Nachfahre des Halbgottes Novron, zum Herrscher Avryns bestimmt
Erbon: Region in Calis nordwestlich von Mandalin
Erebus: Göttervater, in Menschengestalt auch Kile genannt
Erivan: Reich der Elben
Erlic: Baron und Ritter, der die Zerstörung von Dahlgren überlebt hat
Erma Everton: Deckname, den Arista in Hintindar verwendet
Erntemond: der Vollmond, der dem Herbstbeginn am nächsten ist
Ervanon: Stadt im nördlichen Ghent, Sitz der Nyphronkirche, einst Hauptstadt des von Glenmorgan I. errichteten Hausmeierreiches
Esrahaddon: Zauberer und ehemals Mitglied des Rats der Cenzaren, wegen Vernichtung des alten Imperiums zu einer Haftstrafe in Gutaria verurteilt, von Merrick getötet
Essendon: königliche Familie von Melengar
Estramnadon: angeblich Hauptstadt oder zumindest ein heiliger Ort des Reiches Erivan
Estrendor: Wildnis im Norden
Ethelred, Lanis: früher König von Warric, Mitregent des Neuen Imperiums und Imperialist
Everton: Hauptmann und Kommandant des Südtors von Aquesta
Everton: von Arista, Hadrian und später Royce verwendeter Deckname
Evlin: Stadt am Ufer des Bernum
Exeter: Familienname der Herrscher von Hanlin

Falina Brockton: richtiger Name von Esmeralda, Schankmagd der DORNIGEN ROSE
Fallenried: Stadt, in der Merton die Ausbreitung einer schrecklichen Krankheit verhindert
Fallon, Orintine: Dichter, der darüber schreibt, wie Muster in der Natur Mustern des menschlichen Lebens entsprechen
Falquin: Professor an der Universität von Sheridan
Fan Irlanu: Seherin und Wahrsagerin aus Oudorro, sagt Royce die Zukunft voraus, darunter den Tod eines ihm nahestehenden Menschen
Fanen Pickering: mittlerer Sohn von Graf Pickering, von Luis Guy getötet
Faquin: unfähiger Zauberer, der mit Alchimie statt wirklicher Magie arbeitet
Farilane: Prinzessin, Verfasserin der *Völkerwanderung*
Faulde-Brüder: post-imperialer Ritterorden mit dem Ziel, die Kampfkunst der Teshlor-Ritter zu bewahren
Fenitilian: Mönch des Maribor, stellt warme Schuhe her
Ferrol: Gott der Elben
Festivitate Grunderinge: Feier zum Gedenken an die Gründung von Percepliquis
Finiless: berühmter Autor
Finlin, Ethan: Mitglied des Schwarzen Diamanten und Besitzer einer Windmühle, lagert Schmuggelgut
Fletcher: Hersteller von Pfeilen
Forrest: Einwohner von Rehagen mit Kampferfahrung, Sohn eines Silberschmieds
Freda: Königin von Dunmore, Frau von Roswort
Fredrick: König von Galeannon, Mann von Josephine

Gafton: Admiral des Imperiums
Galeannon: Königreich in Avryn, regiert von Fredrick und Josephine, gehört zum Neuen Imperium
Galenti: Name, unter dem Hadrian in Calis kämpfte, kalisches Wort für »Killer«
Galewyr: Fluss entlang der Südgrenze Melengars und der Nordgrenze Warrics, mündet bei dem Fischerdorf Roe ins Meer
Galien: früherer Erzbischof der Nyphronkirche

Galilin: Provinz von Melengar, regiert von Graf Pickering
Gangspill: drehbare Vorrichtung auf einem Schiff zum Einholen des Ankers
Gaunt, Degan: siehe Degan Gaunt
Genevieve Hargrave: Herzogin von Rochelle und Frau Leopolds, Schutzherrin von Riyria, Spitzname Genni
Gerald Baniff: Leibwächter der Imperatorin Modina, Familienfreund der Belstrads
Gerand: Arzt in Rehagen
Gerty: Hebamme in Hintindar, die Hadrian zur Welt gebracht hat, mit Abelard verheiratet
Gewölbe der Tage: großer Saal vor dem Grab Novrons
Ghazel: auch Ba Ran Ghazel, Bezeichnung der Zwerge für die Goblins, wörtlich »Goblins der See«
Ghazel-Meer: Meer im Süden, östlich des Sharon-Meers
Ghent: Territorium der Nyphronkirche, gehört zum Neuen Imperium
Gilarabrywn: elbische Kriegsbestie, aus Avempartha entkommen, zerstört das Dorf Dahlgren und wird von Thrace getötet
Gilbert: Ritter aus Maranon, Freund von Murthas und Elgar
Gill: Wachposten der Armee der Nationalisten
Ginlin: Mönch des Maribor und Winzer, weigert sich, ein Messer anzufassen
Glamrendor: Hauptstadt von Dunmore
Glanzer: Anführer der Diebeszunft Schwarzer Diamant in Rehagen
Glenmorgan: geboren in Ghent, einte 326 Jahre nach dem Untergang des novronischen Reiches erneut die vier Nationen von Apeladorn, Gründer der Universität von Sheridan, Erbauer der großen von Norden nach Süden führenden Straße und des Palastes von Ervanon, von dem nur noch der Kronturm steht
Glenmorgan II.: Sohn Glenmorgans, ließ sich nach dem frühen Tod seines Vaters aufgrund mangelnder Erfahrung bei der Verwaltung des Reiches von Kirchenbeamten helfen. Die Kirche nutzte die Gelegenheit und verlangte im Gegenzug umfassende Privilegien für sich und kirchentreue Adlige. Sie war auch nicht bereit, Delgos gegen die in Calis eingefallenen Ba Ran Ghazel und die Daccer zu verteidigen, um die Abhängigkeit der Republik vom Imperium zu steigern.
Glenmorgan III.: Enkel Glenmorgans, wollte kurz nach Herrschaftsantritt das von seinem Großvater geschaffene Reich erneuern und zog mit einer Armee gegen die Ghazel, die bereits das südöstliche Avryn erreicht hatten. Er besiegte die Ghazel in der Ersten Schlacht in den Vilanischen Ber-

gen und plante daraufhin, Tur Del Fur zu Hilfe zu kommen. Aus Angst vor seiner Macht verrieten die Adligen ihn im sechsten Jahr seiner Regierung und sperrten ihn in den Kerker von Schloss Blythin. Die Kirche, die auf seine Popularität und wachsende Macht eifersüchtig war und um den Einfluss von Adel und Geistlichkeit fürchtete, klagte ihn der Ketzerei an. Er wurde schuldig gesprochen und hingerichtet. Damit begann der rasche Niedergang des Hausmeierreiches. Später behauptete die Kirche, selbst vom Adel benutzt worden zu sein, und belegte viele Adlige mit dem Bann.

Glouston: an den Galewyr angrenzende Provinz im Norden Warrics unter Markgraf Lanaklin, vom Neuen Imperium erobert und eingegliedert

Grady: Matrose auf der *Smaragdsturm*, stirbt im Kampf in der Arena des Palasts der vier Winde

Gravin Dent: geachteter Ritter aus Delgos

Gravis: Zwerg, der in Drumindor Sabotage begeht

Green: Leutnant auf der *Smaragdsturm*, einer der wenigen Überlebenden

Grelad, Jerish: Teshlor-Ritter, erster Leibwächter der Erben und Beschützer Nevriks

Grigoles: Verfasser von *Über das gemeine Recht des Imperiums*

Grimbald: Hufschmied in Hintindar, hat die Schmiede von Dangrab Blackwater übernommen

Gronbach: fieser Zwerg aus einem Märchen

Große Par: Hauptstraße von Percepliquis, führt zum imperialen Palast

Grumon, Mason: Hufschmied in Medford, hat für Riyria gearbeitet, fällt in der Schlacht von Medford

Gunguan: Lasttier der Vintu

Gur Em: am östlichen Ende von Calis, dichtester Teil des Dschungels

Gutaria: geheimes Gefängnis der Nyphronkirche, in dem Esrahaddon gefangen gehalten wird

Guy, Luis: Inquisitor der Nyphronkirche, tötet Fanen Pickering, Sohn der Evone und des Jarred

Gwen DeLancy: siehe DeLancy, Gwen

Gwydry: Elbenstamm, Bauern

Haddi: Spitzname Hadrians als Kind

Hadrian Blackwater: Söldner, Hälfte von Riyria, Leibwächter des Erben, in ganz Calis als Galenti bekannt, berühmter Arenakämpfer

Handel: Rektor der Universität von Sheridan, ursprünglich aus Roe, tritt dafür ein, die Republik Delgos offiziell anzuerkennen
Harbert: Schneider in Hintindar, Mann von Hester
Harkon: Abt der wieder aufgebauten Winde-Abtei
Hartenford: Verfasser des *Stammbaums der Könige von Warric*
Heldabeeren: wildwachsende Früchte, aus denen Wein hergestellt wird
Herclor Math: Zwerg und Steinmetz
Herold: Schiff von Dovin Thranic, Antun Bulard, Bernie Defoe und Levy
Heslon: Mönch des Maribor, großer Koch
Hestle: Familienname der Herrscher von Bernum
Hexe von Melengar: abschätzige Bezeichnung für Arista
Hilfred, Reuben: Leibwächter Aristas und in sie verliebt, erleidet in Dahlgren schwere Verbrennungen, kommt beim Versuch, Degan Gaunt zu befreien, in Aquesta ums Leben
Hill McDavin: Verfasser von Büchern über den Seehandel
Himbolt: Baron aus Melengar
Hingara: kalischer Führer, stirbt im Dschungel Gur Em
Hintindar: kleines Gutsdorf in Rhenydd, Zuhause von Hadrian Blackwater
Hivenlyn: Ryns Pferd, der elbische Name bedeutet »unerwartetes Geschenk«
Hobbie: Stallknecht in Hintindar
Hohes Viertel: wohlhabendes Stadtviertel von Medford
Horn von Delgos: südlichste Spitze von Delgos, dient Seeleuten als Landzeichen
Horn von Gylindora: ist laut Esrahaddon in Percepliquis versteckt, wird von Dovin Thranic, Levy, Bernie Defoe und Antun Bulard gesucht
Hoyte: ehemals Erster Offizier des Schwarzen Diamanten, hat Royce dazu gebracht, Jade zu töten, und ihn ins Manzant-Gefängnis geschickt, von Royce getötet

Ibis Feinlein: Küchenmeister im imperialen Palast
Imperatorin Modina: vormals Thrace Wood aus Dahlgren, versinkt nach dem Tod ihrer Familie und der Zerstörung ihres Dorfes in schweren Depressionen, zur Imperatorin des Neuen Imperiums ernannt
Imperialer Palast: Machtsitz des Neuen Imperiums, ursprünglicher Name »Burg von Warric«

Imperialisten: politische Partei, die alle Königreiche der Menschen unter einem Anführer vereinen will, dem direkten Nachfahren des Halbgotts Novron
Inquisitor: von der Nyphronkirche beauftragt, die Ketzerei auszumerzen und den Erben Novrons zu finden
Instarya: Elbenstamm, Krieger
Irawondona: elbischer Fürst, gehört zum Stamm der Jäger

Jacob Derning: siehe Derning, Jacob
Jade: Auftragsmörderin des Schwarzen Diamanten, Freundin Merricks, versehentlich von Royce getötet
Jasper: Ratte im Kerker des imperialen Palasts
Jenkins Talbert: Junker aus Tarin im Tal
Jenkins: Diener von Merrick Marius
Jeremy: Wache in Schloss Essendon
Jerish Grelad: siehe Grelad, Jerish
Jerl: adliger Nachbar der Pickerings, bekannt für seine preisgekrönten Jagdhunde
Jervis: Ritter, in einem Turnier zu Wintertid vom Grafen von Harborn getötet
Jimmy: in der Herberge ZUM LACHENDEN GNOM angestellt
Joqdan: kriegerischer Fürst des Tenkin-Dorfs Oudorro
Josephine: Königin von Galeannon, mit Fredrick verheiratet

Kalier: Angehörige der Nation Calis, mit dunkler Haut und mandelförmigen Augen
Kämmerer: Bediensteter am Hof eines Königs oder Adligen
Kampf um Rehagen: Aufstand gegen die Imperialisten, angeführt von Emery Dorn und Arista
Karat: Mitglied der Diebeszunft Schwarzer Diamant
Kaz: kalisches Wort für einen Mischling aus Elbe und Mensch
Kendell: Graf aus Melengar, treuer Gefolgsmann von Alric Essendon
Keng: im Alten Imperium verwendete Währung
Kile: Name des Erebus, als er nach Elan geht, um dort in Menschengestalt gute Werke zu vollbringen
Kilnar: Stadt im Süden Rhenydds

Kine: jüngstes Mitglied von Elbrechts Straßenbande, bester Freund von Minte
Klunker: Anführer der internationalen Diebeszunft Schwarzer Diamant, bürgerlicher Name Cosmos DeLur
Krindel: Prälat der Nyphronkirche und Historiker
Kris: Dolch mit gewellter Klinge, wird in magischen Ritualen verwendet
Kronturm: Wohnsitz des Patriarchen und Mittelpunkt der Nyphronkirche

»Ladies von Engenall«: lebhafte Volksmelodie, auf der Fiedel gespielt
Lambert, Ignatius: Rektor der Universität von Sheridan
Lanaklin: einst herrschende Familie von Glouston, jetzt im Exil in Melengar, lehnt das Neue Imperium ab
Landoner: Professor an der Universität von Sheridan, der Ketzerei angeklagt und verbrannt
Langdon-Brücke: mit Schwänen geschmückte Brücke im Speicherviertel von Colnora, führt über den Bernum
Langschwert: langes, zweihändig geführtes Schwert mit spitz zulaufender Klinge und langer Parierstange, vielseitig einsetzbar. Die Länge des Griffs und der Parierstange ermöglichen eine Reihe von verschiedenen Handstellungen und die Verwendung als Hieb- und Stichwaffe. Das Langschwert ist die traditionelle Waffe des erfahrenen Ritters.
Lanksteer: Hauptstadt des Königreichs Lordium in Trent
Laven: Bürger von Rehagen, liefert den Rebellen Emery Dorn an die Imperialisten aus
Leibeigene: an den Grund gebundene Personen, Eigentum des Grundherrn
Leibwächter des Erben: Teshlor-Ritter, der den Erben Novrons beschützt
Leif: Fleischer und Hilfskoch im imperialen Palast
Lena Bothwick: Frau von Russell, Mutter von Tad, aus einer armen Familie in Dahlgren
Lenare Pickering: Tochter von Graf Pickering und Belinda, Schwester von Mauvin, Fanen und Denek
Leopold Hargrave: Herzog von Rochelle, Mann von Genevieve und Förderer Riyrias, Spitzname Leo
Leuchtstern: Schiff, das von Daccern versenkt wird
Levy: Arzt, mit der Suche nach dem Horn von Gylindora beauftragt
Linder: Baron, der bei einem Wintertid-Turnier von Gilbert getötet wird
Lingard: Hauptstadt von Relison, einem Königreich in Trent

Linroy, Dillnard: Hofbankier in Melengar
Livet Glim: Hafenaufseher in Tur Del Fur
Logger: kleines Fischerboot mit einem oder mehreren Luggersegeln
Lothomad der Kahle: König von Lordium in Trent, hat sein Territorium nach dem Zusammenbruch des Hausmeierreichs durch Ghent nach Süden bis nach Melengar ausgedehnt, wo er 2545 von Brodric Essendon in der Schlacht von Drondilsfeld besiegt wurde
Louden: einer von mehreren Rittern, die von Hadrian im Wintertid-Turnier besiegt werden
Luis Guy: siehe Guy, Luis
Luret: Gesandter des Imperiums in Hintindar, hat Royce und Hadrian verhaftet

Mae: Baronin, Angebetete von Albert Winslow
Magnus: Zwerg, tötet König Amrath und bringt Aristas Turm zum Einsturzen, entdeckt den Eingang von Avempartha, baut die Winde-Abtei wieder auf und ist von Royces Dolch besessen
Malness: früherer Ritter des Knappen Renwick
Mandalin: Hauptstadt von Calis
Manzant: berüchtigtes Gefängnis und Salzbergwerk in Manzar, Maranon, von dessen Insassen nur Royce Melborn je freigekommen ist
Maranon: Königreich in Avryn unter dem Königspaar Vincent und Regina, gehört zum Neuen Imperium, verfügt über viel fruchtbares Ackerland
Mares-Kathedrale: Sitz der Nyphronkirche in Melengar, vormals unter Bischof Saldur
Maribor: Gott der Menschen
Marius, Merrick: früheres Mitglied des Schwarzen Diamanten unter dem Namen Schleifer, Meisterdieb und Auftragsmörder und ehemals bester Freund von Royce, bekannt für seinen strategischen Kopf, Freund Jades, Mörder Esrahaddons, plant die Zerstörung von Tur Del Fur und erpresst Wyatt, damit er Royce und Hadrian hintergeht
Mauerfall: Kinderspiel
Maus: Pferd von Royce, graue Stute, die ihren Namen von Thrace bekommen hat
Mauvin Pickering: ältester Sohn von Graf Pickering, seit seiner Kindheit mit der königlichen Familie Essendon befreundet, Leibwächter von König Alric

Mawyndulë: mächtiger Zauberer
McDern, Dillon: Hufschmied in Dahlgren
Medford: Hauptstadt von Melengar
MEDFORDHAUS: von Gwen DeLancy betriebenes Bordell neben der DORNIGEN ROSE
Melengar: Königreich in Avryn unter der Herrschaft der Essendons, als einziges Königreich Avryns vom Neuen Imperium unabhängig
Melissa: Zofe Aristas
Mercy: Mädchen in der Obhut von Arcadius Latimer und Miranda Gaunt
Merrick Marius: siehe Marius, Merrick
Merton: Monsignore von Ghent, Retter von Fallenried, führte laute Gespräche mit Novron
Milborough: Baron aus Melengar, im Kampf gefallen
Milford: Wachfeldwebel in der Armee der Nationalisten
Millie: früheres Pferd von Hadrian, in Dahlgren getötet
Minte: Waisenjunge, der in Aquesta auf der Straße lebt, bester Freund von Kine
Mir: Mischlinge mit Elben- und Menschenblut
Miralyith: Elbenstamm der Magier
Miranda Gaunt: Schwester von Degan Gaunt, hilft Arcadius, Mercy aufzuziehen
Modina: siehe Imperatorin Modina
Mon, Edith: siehe Edith Mon
Montemorcey: ausgezeichneter Wein, importiert durch die Gewürzhandelsgesellschaft in Vandon
Muriel: Göttin der Natur, Tochter des Erebus und Mutter Uberlins
Murthas: Ritter aus Alburn, Sohn des Grafen von Fentin und Freund Gilberts und Elgars
Myron Lanaklin: argloser Mönch des Maribor mit einem unfehlbaren Gedächtnis, Sohn von Victor und Bruder Alendas
Mystika: Stute Aristas, auf der sie nach Rehagen reitet

Nareion: letzter Imperator des novronischen Reiches, Vater Nevriks
Naron: Erbe Novrons, der 2992 in Rehagen gestorben ist
Nationalisten: politische Partei unter Führung von Degan Gaunt, die für die Herrschaft des Volkes eintritt
Nemesis: Jagdfalke der Herzogin von Rochelle

Neues Imperium: zweites Reich, das die meisten Königreiche der Menschen vereint, Oberhaupt Imperatorin Modina, regiert von Ethelred und Saldur
Nevrik: Sohn des Nareion, Thronfolger, der sich verstecken musste und von Jerish Grelad beschützt wurde
Nidwalden: Fluss entlang der Ostgrenze Avryns, hinter dem das Reich der Elben beginnt
Nilynnd: Elbenstamm der Handwerker
Nimbus: Hauslehrer der Imperatorin und Gehilfe der imperialen Sekretärin, stammt aus Vernes
Nipper: Küchenjunge in der Küche des imperialen Palastes
Novron: Retter der Menschen, Halbgott, Sohn Maribors, hat in den großen Elbenkriegen die Elbenarmee besiegt, Begründer des novronischen Reiches, Erbauer von Percepliquis und Mann Persephones
Nyphronkirche: Gemeinschaft derer, die Novron und Maribor als Götter verehren

Oberdaza: Hexendoktor der Tenkin oder Ghazel
Orrin Flatly: Stadtschreiber von Rehagen, Aristas Gehilfe
Osgar: Amtsdiener in Hintindar
Ostrium: Gemeinschaftsraum der Tenkin, in dem Mahlzeiten eingenommen werden
Oudorro: freundlich gesinntes Dorf der Tenkin in Calis

Palast der vier Winde: Residenz Erandabon Giles in Dur Guron
Parker: Quartiermeister und später Befehlshaber der nationalistischen Armee, fällt im Kampf um Rehagen
Parthaloren-Fälle: großer Wasserfall des Nidwalden bei Avempartha
Patriarch: Oberhaupt der Nyphronkirche, lebt im Kronturm in Ervanon
Percepliquis: alte Hauptstadt des novronischen Reiches, benannt nach der Frau Novrons, beim Untergang des Alten Imperiums zerstört und in Vergessenheit geraten
Percy Braga: siehe Braga, Percy
Perin: Krämer aus Rehagen
Persephone: Frau Novrons, nach der Percepliquis benannt wurde
Pickering: Adelsfamilie aus Melengar, herrscht über Galilin; Graf Pickering

gilt als bester Schwertkämpfer von ganz Avryn und verwendet angeblich ein magisches Schwert

Pickilerinon, Seadric: Heerführer, sein Sohn hat den Familiennamen zu Pickering verkürzt

Platz des Hochgerichts: einst tagte hier das höchste Adelsgericht von Avryn, jetzt Ort der Wintertid-Spiele

Poe: Gehilfe des Kochs an Bord der *Smaragdsturm*, arbeitet für Merrick

Praleonische Wache: Leibwächter des Königs in Rehagen

Price: Erster Offizier der Diebeszunft Schwarzer Diamant

Prinzessin: Name des Pferdes, auf dem Arista nach Percepliquis reitet

Quarz: Mitglied der Diebeszunft von Rehagen

Ran: Halbelbe, der hilft, Alric vor Baron Trumbul zu retten

Rattennest: Versteck der Diebeszunft Schwarzer Diamant in Rehagen

Red: alter, großer Elchhund, der meist in der Küche des imperialen Palasts liegt

Regent: verwaltet ein Königreich für den abwesenden oder unfähigen Herrscher

Regina: Königin von Maranon, Frau König Vincents

Rehagen: Hauptstadt des Königreichs Rhenydd, Heimat von Royce Melborn

Rendon: Baron aus Melengar

Renian: Kindheitsfreund des Mönchs Myron, früh gestorben

Renkin Pool: Bürger von Rehagen mit Erfahrung im Kämpfen

Renquist: von Hadrian ernannter Befehlshaber der nationalistischen Armee

Renwick: Page, wird Ritter Hadrian als Knappe zugewiesen

Retinual, Tobis: Professor für Geschichte an der Universität von Sheridan, hat für den Kampf gegen den Gilarabrywn ein Katapult gebaut

Rhelacan: von Drome geschmiedetes und von Ferrol verzaubertes Schwert, das Maribor Novron schenkt, um die Elben zu besiegen

Rhenydd: armes Königreich in Avryn unter König Urith, jetzt Teil des Neuen Imperiums

Rilantal: fruchtbares Land, das Glouston und Chadwick trennt

Ringelpelz: junger Waschbär, Haustier von Mercy

Rionillion: Stadt, die ursprünglich an der Stelle von Aquesta stand, im Bürgerkrieg zerstört, der auf den Untergang des novronischen Reiches folgte
Ritterlichkeit: acht Tugenden, nach denen der Ritter streben soll
Riyria: Elbisches Wort für »zwei«, Zweiergruppe oder -bund, Bezeichnung für den Zusammenschluss von Royce Melborn und Hadrian Blackwater
Rosworth: König von Dunmore, Mann von Königin Freda
Rote Hand: außerhalb von Melengar operierende Diebeszunft
Royalisten: politische Partei, die für unabhängige Königreiche eintritt
Royce Melborn: Dieb, Hälfte von Riyria, Halbelbe
Rudolf: Sohn König Armands, Prinz von Alburn, Bruder von Beatrice und Hector
Rufus: Graf, skrupelloser Feldherr aus dem Norden, zum Imperator des Neuen Imperiums bestimmt, dann aber in Dahlgren von einem Gilarabrywn getötet
Rupert: König von Rhenydd, ledig
Russell Bothwick: Bauer aus Dahlgren, verheiratet mit Lena, Vater von Tad

Saldi: Spitzname von Maurice Saldur bei seinen engsten Mitarbeitern
Saldur, Maurice: früherer Bischof von Medford und Freund und Berater der Essendons, Mitregent des Neuen Imperiums, Spitzname Saldi
Salifan: für Weihrauch verwendete, duftende Wildpflanze
SALZMAKRELE: Schenke im Hafenviertel von Aquesta
Sarap: Wort der Sprache der Tenkin, bedeutet Versammlungsplatz, Ort für Gespräche
Schlacht von Medford: Gefecht zu der Zeit, in der Arista als Hexe angeklagt ist
Schlacht von RaMar: blutige Schlacht, in der Hadrian gekämpft hat
Schleifer: Name von Merrick Marius als Mitglied der Diebeszunft Schwarzer Diamant
Schwarzer Diamant: internationale Diebeszunft mit Sitz in Colnora
Senon, Hochland von: Hochebene oberhalb von Chadwick
Seret: die Ritter Nyphrons, militärischer Arm der Kirche, begründet von Darius Seret und von Inquisitoren befehligt
Set: Mitglied der Diebeszunft Schwarzer Diamant in Rehagen
Seward: Kapitän der *Smaragdsturm*, stirbt auf See
Sharon-Meer: Meer im Süden, westlich des Ghazel-Meeres

Shirlum-kath: kleiner Wurm aus Calis, Parasit, kann unbehandelte Wunden infizieren
Siward: Verwalter in Hintindar
Smaragdsturm: Schiff des Neuen Imperiums unter Kapitän Seward
Somershoh: beliebter Feiertag zur Sommersonnenwende mit Picknicken, Tänzen, Banketten und Turnieren
Stanley, Francis: Graf von Harborn, kämpft im Wintertid-Turnier gegen Ritter Jervis mit für beide tödlichem Ausgang
Staul: Tenkinkrieger an Bord der *Smaragdsturm*, mit der Suche nach dem Horn von Gylindora beauftragt, wird von Royce im Dschungel von Calis getötet
Stechpuppe: beim Üben für ein Turnier verwendet, schwingt bei einem Treffer zurück und kann den Reiter aus dem Sattel werfen

Tad Bothwick: Sohn von Lena und Russell, aus einer armen Bauernfamilie in Dahlgren
Tagebuch des Edmund Hall: ketzerisches Tagebuch einer Reise nach Percepliquis, einer der im Kronturm aufbewahrten Schätze
Talbert: Bischof, Oberhaupt der Nyphronkirche in Rehagen
Tarin im Tal: Heimatort Amilias
Tartane: kleines Schiff, verwendet als Fischerboot und für den Handelsverkehr in Küstennähe
Tek'chin: Kampfdisziplin der Teshlor-Ritter, von den Fauld-Brüdern bewahrt und an die Pickerings weitergegeben
Temple: Schiffsoffizier auf der *Smaragdsturm*
Tenkin: Gruppe von Menschen, die wie Ghazel leben und im Verdacht stehen, mit den Ghazel blutsverwandt zu sein
Terlando, Bucht von: Hafen von Tur Del Fur
Teshlor: legendäre Ritter des novronischen Reiches, die größten Krieger aller Zeiten
Teshlor-Halle: Gebäude in Percepliquis, in dem die Teshlor trainiert und gewohnt haben
Theron Wood: Vater von Thrace, Bauer in Dahlgren, durch den Gilarabrywn getötet
Thrace Wood: Tochter von Theron und Addie, von den Regenten in Modina umbenannt und zur Imperatorin des Neuen Imperiums gekrönt, hat in Dahlgren den Gilarabrywn getötet

Thranic, Dovin: siehe Dovin Thranic
Tibith: Freund von Minte und Kine, der nicht mehr lebt
Tiger von Mandalin: Name, den Hadrian in Calis getragen hat
Tolin Essendon: Sohn von Brodric, hat die Hauptstadt von Melengar nach Medford verlagert und Schloss Essendon erbaut, auch Tolin der Große genannt
Tope Entwistle: Kundschafter im Norden, meldet das Vorrücken der Elben
Toppsgasten: Matrosen, die droben in der Takelage arbeiten
Tramus Dan: Leibwächter Narons, hat seinen Namen später zu Dangrab Blackwater geändert
Trenchon: Vogt von Rehagen
Trent: bergige Königreiche im Norden, die dem Neuen Imperium noch nicht untertan sind
Trilon: kleine, schnelle Armbrust der Ghazel
Trumbul: Baron und Söldner, von Percy Braga angeheuert, um Prinz Alric zu töten
Tulan: tropische Pflanze aus dem südöstlichen Calis, Verwendung in religiösen Zeremonien, getrocknete Blätter werden als Opfer für den Gott Uberlin verbrannt, ihr Rauch ruft beim Einatmen Visionen hervor
Tur Del Fur: Küstenstadt in der Bucht von Terlando in Delgos, ursprünglich von Zwergen erbaut, wird von Goblins erobert, nachdem Royce und Hadrian die Verteidigungsanlagen der Stadt lahmgelegt haben
Tur: sagenhaftes Dorf, angeblich in Delgos, Stätte des ersten Besuchs von Kile, Herstellungsort legendärer Waffen

Uberlin: Gott der Daccer und der Ghazel, Sohn des Erebus und seiner Tochter Muriel
Uli Vermar: von Esrahaddon verwendetes Wort, dessen Bedeutung unklar ist
Ulurium-Brunnen: großer Brunnen mit Skulpturen am Ende der Großen Par in Percepliquis, vor dem Palast
Umalyn: Elbenstamm der Ferrolpriester
Universität von Sheridan: renommierte Hochschule in Ghent, an der Arista studiert hat
Unterstadt: verarmter Stadtteil von Medford
Urith: früherer König von Rehagen, kommt in einem Brand ums Leben

Urlineus: Stadt im östlichen Calis, nach ständigen Angriffen der Ghazel als letzte Stadt des novronischen Reiches gefallen, wurde nach seiner Eroberung zum Einfallstor der Ghazel nach Calis
Uzla Bar: Häuptling der Ghazel, macht Erandabon die Herrschaft über die Ghazel streitig

Valin: älterer Graf und Ritter aus Melengar, bekannt für seine Tapferkeit, weniger für seine strategischen Fähigkeiten
Vandon: Hafenstadt in Delgos, Sitz der Gewürzhandelsgesellschaft von Vandon, Piratenhafen und inzwischen Zentrum des legalen Handels der Republik Delgos
Vella: Küchenmagd im imperialen Palast
Venlin: Patriarch der Nyphronkirche am Ende des novronischen Reiches
Vernes: Hafenstadt an der Mündung des Bernum
Verrat in Medford: imperialistische Version des Theaterstücks *Der Thron von Melengar*
Vigan: Polizeichef von Rehagen
Vince Everton: von Royce Melborn in Hintindar verwendeter Deckname
Vince Griffin: Gründer des Dorfes Dahlgren
Vincent: König von Maranon, verheiratet mit Königin Regina
Vintu: Stamm aus Calis
Vollstrecker: Ghazel-Kämpfer
Vorschiff: vorderer Teil eines Schiffs mit den Unterkünften ranghöherer Mannschaftsmitglieder

Warric: Königreich in Avryn, früher unter Ethelred, jetzt Teil des Neuen Imperiums
Wesbaden: bedeutende Hafenstadt in Calis
Wesley: Sohn von Baron Belstrad, Bruder von Baron Breckton, Bootsmann auf der *Smaragdsturm*, kommt in der Arena des Palasts der vier Winde ums Leben
Westerlande: unerforschtes Gebiet im Westen
Wicend: Bauer aus Melengar, zugleich Name der Furt, die über den Galewyr nach Glouston führt
Widley: Professor an der Universität von Sheridan, der Ketzerei angeklagt und verbrannt

Wilbur: Waffenschmied in Aquesta
Wilfred: Fuhrmann in Hintindar
Winde-Abtei: Kloster der Mönche des Maribor, nach einem Brand wiederaufgebaut durch Myron Lanaklin mit Hilfe des Zwergs Magnus
Winslow, Albert: siehe Albert Winslow
Wintertid: wichtigster Festtag zur Wintersonnenwende, wird mit Gelagen und Geschicklichkeitsspielen begangen
Wüterich: Pferd von Ritter Hadrian
Wyatt Deminthal: siehe Deminthal, Wyatt
Wylin: Hauptmann der Wache in Schloss Essendon
Wymar: Markgraf aus Melengar, Mitglied von Alrics Rat

Yolric: Lehrer Esrahaddons

Zephyr: Mönch in der wiederaufgebauten Winde-Abtei, Illustrator
Zitterling: vergorenes, süßes Getränk, aus Blumen hergestellt
Zulron: missgestalter Oberdaza von Oudorro
ZUM KÖNIGLICHEN FUCHS: billigste Herberge im wohlhabenden Bergviertel Colnoras
ZUM LACHENDEN GNOM: Herberge in Rehagen, Wirt Ayers
Zweihänder: langes Schwert, das mit beiden Händen gehalten wird

Map

SUND

Lanksteer

TRENT

Ervanon

Ghent · Dunmore

Sheridan · Glamrendor

Melengar · Dahlgren

Drondilsfeld

Windermere-See · Galilin · Medford · Hochland

Winde-Abtei · Windham

Verlorene Lande · Roe · Chadwick

Glouston · Galewyrfluss

WESTERLANDE · Ridanal

AVRYN

Warric · Colnora · **Albur**

Aquesta · Amberton Lee · Rochelle · Caren

Ratibor · Hintindar · Berntunfluss

Rhenydd

Kilnar · Vernes · Vila · Gale

Manzar · **Maranon**

DELGOS

Vandon

SHARON-MEER

Tur Del Fur · Tierre · Bucht von Dagastan

Dacca

Wyldeland

RIVAN
Elbenlande

Östliche Küstenlinie, gezeichnet nach altem imperialistischem Dokument

N
W — E
S

BA-RAN-
Archipel

GOBLINSEE

due
baden CALIS
Mandalin• GurEm
Dagastan• Dur Guron

GHAZEL-
MEER

Die Welt Elan